KB010797

시와 진실 1

부클래식
050

시와 진실 1

요한 볼프강 폰 괴테

박광자 옮김

부북스

일러두기

본 역서에서 번역의 기준으로 삼은 판본은 Johann Wolfgang von Goethe: Goethes Werke in 14 Bänden, Hrsg. von Erich Trunz, Bd. 9/ Bd. 10, München(1973)이다. 각주는 Trunz의 주에 역자의 주를 추가했고, 인터넷의 정보를 이용하기도 했다.

차례

제1부

맞아야 교육이 된다[01]

---

01 고대 그리스의 작가 메난드로스(342-291 BC)의 희극에 나오는 말.

저자의 머리말

이번의 작업은 다른 어떤 것보다도 유독 머리말이 필요해 보이는데, 여기에 머리말을 대신해서 어느 친지의 편지를 소개하고자 한다. 이 편지로 인해 내가 이번의 대작업을 시작한 때문이다.[02]

"친구, 당신의 문학 전집 열두 권이[03] 출간되어서 그것을 훑어보고 잘 알려진 작품과 함께 잘 알려지지 않은 여러 작품도 만나보게 되었습니다. 이번의 전집을 보니 잊고 있던 작품들도 기억이 되살아납니다. 동일한 체재를 갖춘 전집 열두 권을 눈앞에 놓고 보니 그것을 하나의 유기적인 전체로 보게 되고, 저자의 모습과 재능을 눈앞에 그려보게 됩니다. 하지만 당신이 작가 생활을 시작했을 때의 의욕이나 그동안 활동하며 보낸 세월로 보면 열두 권은 충분하지 못한 것 같습니다. 개개의 작품이 어떤 특별한 계기에서 집필되었는지, 그 안에 어떤 외적 대상, 또는 내적 성숙의 단계가 반영되어 있으며 어떤 도덕적, 미학적 원리와 신념이 담겨있는지는 잘 알 수 있지만, 전체로 놓고 보면 작품들은 서로 연관이 없어 보입니다. 때로는 같은 작가가 쓴 것이라고 도저히 믿

---

02 허구적인 편지로, 괴테는 이 자서전이 역사성보다는 문학성으로 이해되기를 부탁하고 있다.

03 튀빙엔의 코타 출판사에서 나온 12권짜리 전집을 말한다. Goethes Werke, Bd.1–12,Tübingen, Cotta, 1806–1808.

기지 않는 경우마저 있습니다.

그럼에도 불구하고 당신의 생활이나 사고방식을 남들보다 좀 더 잘 알고 있는 동료들은 노력을 중단하지 않고 갖가지 의문점을 풀어 문제를 해명해 보려고 애를 쓰고 있습니다. 동료들은 이러한 탐구의 길에서 부딪치게 되는 여러 어려움마저 당신에 대한 오랜 애정이나 관계 때문에 매력으로 느끼고 있습니다. 하지만 당신이 작은 도움이라도 준다면 우리에게는 기쁜 일이 될 것입니다. 우리의 간청에 대해서 결코 도움을 거절하지 않으시기 바랍니다.

그래서 부탁하는 것은 무엇보다도 새로 책을 내게 된다면 정리된 작품들을 정확한 내적 관계에 따라 연대순으로 배열하고, 당신에게 영향을 끼쳐서 작품의 소재가 되었던 삶이나 감정 상태는 물론이고 당신이 따랐던 이론적 원칙들을 서로 연관 지어 서술해달라는 것입니다. 만약에 이런 수고를 소규모의 친구를 위해 해준다면 광범위한 사람들에게도 이 일은 유쾌하고 유익한 일이 될 것입니다. 고령이 되어도, 비록 멀리 떨어져 있어도 작가는 그를 사랑하는 사람들과 대화하는 특권을 결코 포기해서는 안 됩니다. 고령에 강력하고 놀랄만한 작품을 집필하는 것이 누구나 할 수 있는 일은 아니지만, 그래도 인식이 한층 완전하고 자각이 더욱 명확해졌을 때 과거의 작품을 다시 소재로 다루어서 마지막 작품으로 완성하는 일은 유쾌하고 기분 좋은 일이 될 것입니다. 그리고 그런 작업은 예술가와 더불어, 예술가에 의해서, 교양을 연마해온 많은 사람에게 다시 새로운 교양을 쌓을 기회를 만들어 주게 될 것입니다."

이런 간곡한 요청이 나로 하여금 거기에 응할 마음이 생기도록 만들었다. 왜냐하면, 젊었을 때에는 열정적으로 자신만의 길을 가면서 타인의 요구를 못 참고 거절하지만, 노년이 되면 누군가가 용기를 돋아주고 새로운 행동을 하도록 다정하게 격려해주기를 바라기 때문이다. 그래서 나는 곧 12권 전집에 수록된 장단편의 작품들을 선별하여 연대순으로 정리하는 일을 시작했다. 나는 작품을 쓴 시대와 당시의 상황을 기억에서 더듬어 보려고 했다. 하지만 이 일은 점점 더 어려워졌는데, 이미 발표된 작품들의 틈새를 메우려면 자세한 보고와 설명이 필요한 까닭이었다. 내가 초기에 연습 삼아 쓴 작품들은 하나도 남아있지 않고, 시작만 하고 완성하지 못한 여러 작품도 없어져 버렸다. 게다가 다수의 완성작도 후일에 고쳐서 다른 형태로 바꾸었기 때문에 처음의 형태가 아예 사라진 것이 많다. 이런 것 이외에 내가 과학이나 문학 밖의 다른 예술에서 많은 노력을 한 것, 낯설게 보이는 그런 분야에서 단독, 혹은 친구들과 협력해서 때로는 남몰래 연습 삼아, 때로는 공개적으로 발표하고 연구한 것에 관해서도 기억을 되살려야 했다.

　나를 좋아하는 사람들을 만족하게 하고자 나는 모든 것을 차례대로 기술하고자 했다. 그런데 이 노력과 고찰은 자꾸만 나를 점점 멀리, 앞으로 끌고 갔다. 과도한 요구지만 거기에 응할 생각으로 내면의 감정이나 외부의 영향, 내가 걸어온 이론적, 실천적 단계를 순서에 따라 기록하려고 애를 쓰다 보니 어느새 나의 협소한 사생활로부터 넓은 세상으로 확장되었고 가깝게, 혹은 멀리서 나에게 영향을 끼친 수많은 인물의 모습이 나타났다. 나와 동시대의 대다수 사람에게 큰 영향을 끼쳤던 정치계의 거대한 변화 역시 생각하지 않을 수 없었다. 그 이유는 전기의 본래 임무가 인간을 시대와의 관계 속에서 묘사하고, 전체가 어느 정도로 그와 부딪쳤고 어느 정도 그를 보호했으며 어떻게 그가 그 안에서 세계관과 인생관을 형성했으며 예술가, 시인, 작가의 경우 어떻게 그것을 다시 외부로 반영했는가를 보여주는 것이라고 생각하는 까닭이다. 여기에는 도저히 생각도 못 한 것이 요구되는데, 개인은 자신과 자신의 시대를 알아야 한다는 점이다. 자신에 관해서는 어떤 상황에도 변하지 않는 것으로 이해해야 하고, 시대에 관해서라면 원하던 원하지 않던 모두를 휩쓸어 규정짓고 빚어내는 것이 시대이기 때문에 누구라도 십 년 일찍 혹은 늦게 태어났다면 형성과정이나 다른 사람에게 끼치는 영향에서 완전히 다른 사람이 되었으리라는 것을 이해할 수 있어야 한다.

이번의 글은 이런 방식으로, 이런 관찰과 생각에서, 이런 회상과 숙고에서 나오게 되었으니 이번 저술에 관해서는 이런 시각으로 제대로 감상, 이용되기를, 그리고 아주 합리적인 평가가 내려지기를 바란다. 그 밖에 이 전기를 특히 반은 문학적으로, 반은 역사적으로 기술한 것에 관해서도 말하고 싶은 것이 있지만, 이 문제는 아마도 이야기 도중에 다시 말할 기회가 있을 것이다.

제1장

1749년 8월 28일 정오를 알리는 종소리와 함께 나는 프랑크푸르트 암 마인에서 세상에 태어났다. 별자리는 좋았다. 태양은 처녀자리에서 낮의 정점을 지나고 있었다. 목성과 금성은 다정하게 태양을 바라보았고, 수성도 반감이 없었으며, 토성과 화성은 별로 관심이 없었다. 때마침 보름이라 행성시간[04]에 들어간 달만이 대일조[05]의 위력을 발휘하고 있었다. 그래서 달은 나의 출생을 방해했고, 그 시간이 지나기 전까지는 나의 출생이 끝날 수 없었다.

길조를 보여주는 이 별자리를 훗날 점성가들은 굉장히 높게 평가했는데, 내가 목숨을 보전한 것은 그 때문이 아닌가 싶다. 왜냐하면 산파가 미숙해서 나는 거의 사산아로 태어나 한참 고생을 하고서야 겨우 세상의 빛을 볼 수 있었기 때문이다. 우리 식구들을 큰 곤경에 빠트린 이 사건은 시민들에게는 보탬이 되었는데, 왜냐면 시장이었던 외할아버지 요한 볼프강 텍스토르가 이 일을 계기로 조산부 제도를 만들고, 산파교육을 시작하고 개혁한 까닭이다. 이 일은 내 뒤에 태어난 많은 사람에게 도움이 되었을 것이다.

---

04 과거 천문학자들은 일곱 개의 행성, 즉 태양, 달, 화성, 수성, 목성, 금성, 토성이 일주일 중 하루씩 지구를 지배할 뿐 아니라 낮 시간도 분할해서 지배한다고 생각했다. 여기서는 괴테의 출생 시간인 정오가 마침 달이 지배하는 시간이었다는 뜻이다.

05 태양과 정반대에 있는 황도 위에 희미하게 보이는 빛으로 대부분 타원형이다. 황도(黃道)는 하늘에서 태양이 한 해 동안 지나가는 길이다.

아주 어린 시절에 겪은 일을 기억하려 할 때 우리는 종종 다른 사람들한테 들은 것과 실제로 자신이 보고 체험해서 알게 된 것을 혼동한다. 이런 문제는 아무리 파헤쳐 알아보려 해도 아무런 신통한 결과가 나오지 않는다. 내 기억에 따르면 우리는 오래된 집에서 살았는데, 집은 벽을 뚫어 두 채를 한 채로 이은 것이었다. 서로 연결되지 않은 방 사이로 구부러진 계단이 나 있었고, 같은 층인데 높이가 같지 않을 때는 계단을 만들어 높이를 맞추어 놓았다. 우리 어린아이들, 나하고 누이동생에게는 아래층의 널찍한 현관방이 제일 마음에 드는 공간이었다. 거기에는 출입문 앞에 커다란 나무 창살 문이 있어서 그 문을 통해서 직접 거리나 바깥 공기를 접할 수 있었다. 많은 집에 딸린 새장 같은 이런 공간을 게렘스[06]라고 불렀는데, 여자들은 거기에 앉아 바느질이나 뜨개질을 했다. 하녀는 채소를 다듬었고, 이웃여자들이 오면 서로 이야기를 나누었다. 그래서 계절이 좋을 때면 거리는 남국의 풍경 같은 느낌을 주었고, 바깥세상 사람들과 대화하면서 해방된 기분도 느낄 수 있었다. 아이들도 이런 게렘스를 통해서 이웃 아이들과 사귀었다. 우리 집 맞은편에는 세상을 떠난 시장의 세 아들이 살았는데, 그들 폰 옥센슈타인 삼 형제는 나를 귀여워해서 갖가지 장난도 하고 나를 놀리기도 했다.

우리 식구들은 내가 했던 갖가지 우스꽝스러운 장난에 관해 말하기를 좋아했는데, 보통 때는 점잖고 고고한 이웃사람들이 나를 부추겨 사고 치게 만든 사건이었다. 그런 장난 중에서 하나만 소개하는 것으로도 충분하다. 마침 도자기 그릇 장이 섰을 때였다. 우리 집

---

06 테라스 비슷한 공간으로 이해된다.

에서는 그릇을 부엌에만 쓰려고 장만하는 것이 아니라 우리 어린아이들의 놀이에 쓸 작은 그릇들도 사 두었다. 어느 화창한 오후에 집안이 온통 고요한데 나는 게렘스에서 내 장난감 사발과 단지를 가지고 마음껏 장난하고 있었다. 그러다가 그것만으로는 시시해서 그릇 하나를 길로 내던졌는데, 그릇 깨지는 소리가 어찌나 요란한지 신이 났다. 신이 나서 내가 손뼉 치는 것을 보고 옥센슈타인 형제들이 소리쳤다. "하나 더!" 나는 바로 얼른 단지 하나를 던졌는데 그들의 외침은 계속되었다. "하나 더!" 나는 사발, 냄비, 주전자 등을 차례차례 길바닥에 내던졌다. 옆집 형제들이 박수를 그치지 않자 나는 그들이 재미있어 하는 것에 더욱 신이 나서 들떠 있었다. 그런데 물건이 모두 동나고 말았다. 그런데도 그들은 계속 "하나 더!"라고 소리를 질렀다. 그래서 나는 부엌으로 달려가 접시를 가져왔고, 접시는 깨지면서 더욱 신 나는 구경거리를 제공했다. 나는 부엌을 들락거리면서 손에 닿는 대로 선반에서 접시를 하나씩 꺼내왔다. 그런데도 건너편 형제들이 지치지 않고 소리쳤기 때문에 나는 끌어낼 수 있는 그릇 모두를 끌어내 깨트렸다. 한참 후에야 누군가가 나타나 나를 막았다. 그러나 일은 이미 벌어졌고, 그 많은 사기그릇 대신 신 나는 얘깃거리만 남게 되었고, 사건의 주동자들은 세상을 떠날 때까지 이 사건을 재미있어했다.

우리가 사는 집은 원래 아버지의 어머니, 그러니까 친할머니의 집이었는데, 할머니는 현관 바로 뒤의 큰 방을 사용하셨다. 그 방은 현관과 곧장 연결되어 있어, 우리가 놀다 보면 할머니의 안락의자까지 침범하곤 했다. 할머니가 편찮으시면 놀이터가 할머니의 침대까지 확장되었다. 내가 기억하는 할머니는 이를테면 정령(精靈) 같은 분, 아름답고 마른 모습으로 늘 희고 깔끔하게 옷을 입는 분이셨다. 할머니는 부드럽고 다정하고 마음 고운 분으로 내 기억에 남아있다.

우리 집이 있는 거리를 사람들은 히르쉬그라벤[07]이라고 불렀다. 그런데 사슴도, 굴도 볼 수 없었기 때문에 그 내용을 확실하게 알고 싶었다. 얘기 듣기로 과거에는 시의 외곽에 우리 집이 있었고, 지금 길이 전에 사슴을 기르던 호(壕)였다고 한다. 사슴을 그곳에 모아서 기른 이유는 시의회가 매년, 오랜 관습에 따라, 사슴 한 마리로 공개적인 잔치를 베풀었는데 그런 축일에 쓰기 위한 것이었다고 한다. 혹시 제후나 기사들이 시외로 나가 사냥하는 것을 금하거나 방해하는 경우, 혹은 적이 도시를 포위해서 진을 치더라도 그 일이 가능하도록 하기 위한 것이었다. 이 이야기는 우리 마음에 들었고, 사슴 사육장이 그대로 남아있으면 좋겠다고 생각했다.

집 뒤쪽은 특히 위층에서 내다보면 이웃의 정원들이 거의 끝이 보이지 않을 정도로 도성까지 뻗어 있어서 전망이 아주 좋았다. 하지만 유감스럽게도 그곳 공유지가 사유지로 바뀌면서 길모퉁이에 위치한 우리 집과 다른 몇 집은 굉장히 협소해지고 말았다. 로스마르크트[08]에서 여기까지 있는 집들은 널찍한 뒤채와 큰 마당을 갖게 되었지만, 우리 집은 그렇게나 가까이 있는 낙원과는 높은 담장에 의해서 차단되고 말았다.

3층에는 정원실이라고 부르는 방이 있었는데, 그렇게 부른 이유는 마당이 없는 대신에 창 앞에다 얼마 안 되는 식물을 기른 까닭이

---

07 사슴 구덩이란 뜻으로 프랑크푸르트 중심가에 있는 괴테의 생가는 지금도 관광객들이 찾는 최고의 명소이다.

08 길 이름으로, 원래는 말 시장이란 뜻이다.

다. 자라면서 그곳을 가장 좋아하게 되어, 슬픔은 아니지만, 감상적인 그리움에 빠져 머물던 곳이다. 앞서 말한 마당 밖으로 도시의 성벽 너머로 아름답고 비옥한 들판이 보였고, 그것은 회히스트까지 이어졌다. 여름이면 대개 그 방에서 공부하고 폭풍우를 지켜보고, 서향 창을 통해서 석양을 실컷 바라보기도 했다. 그 방에서는 이웃사람들이 마당을 돌아다니며 화초를 가꾸는 것이 보였고, 아이들이 노는 것도, 사람들이 모여서 흥겹게 노는 것도 보였다. 구주회[09]의 핀이 굴러가 넘어지는 소리도 들렸다. 그것으로 인해 내 마음속에서는 일찍부터 외로움과 거기서 비롯된 모호한 그리움의 감정이 솟아나서 천성적인 나의 진지함, 경외감과 어울려 어린 시절에 영향을 발휘하더니, 그 이후 점점 더욱 확연히 그 결과를 드러내기 시작했다.

집이 낡아서 구석이 많고 어두운 곳이 많으면 아이들의 마음에 공포감을 일으키기에 십상이다. 그런데 아이들한테 불안감이나 보이지 않는 것에 대한 공포심을 없애고 무서운 것에 익숙하도록 만들려는 교육 원칙이 불행하게도 그때까지 남아 있었다. 그래서 우리는 아이들끼리 자게 되어 있었는데, 무서워서 잠을 잘 수 없을 때에는 살그머니 일어나 하인이나 하녀들에게로 갔다. 그럴 때면 아버지가 잠옷을 뒤집어쓰고 변장을 하여 우리 앞에 나타나 놀라게 하여서 우리를 방으로 돌아가게 하였다. 여기서 오는 악영향은 누구나 생각할 수 있을 것이다. 이중의 공포에 싸인 사람이 어떻게 공포에서 벗어날 수 있겠는가! 하지만 언제나 쾌활하고 명랑해서 남들도 그러기를 바라는 나의 어머니는 더 나은 교육법을 생각해 냈다. 어머니는 상으

---

09 볼링 비슷한 게임.

로 목적을 달성할 수 있었다. 복숭아가 익을 무렵이었기 때문에 어머니는 만약 우리가 무서움을 참아낸다면 아침에 복숭아를 주겠다고 약속했다. 그 방법은 성공했고, 어머니도 우리도 매우 만족스러웠다.

집 안에서 내 시선을 가장 많이 끈 것은 현관에다 아버지가 장식해 놓은 여러 개의 로마 풍경화였다. 그것은 피라네시[10]의 선배가 되는 서너 명의 노련한 화가들이 그린 판화였는데, 구성 방식이나 원근법에 이해가 깊고 필치가 매우 명확하여 칭찬할 만한 그림들이었다. 여기서 나는 매일 같이 포폴로 광장, 콜로세움, 베드로 광장, 베드로 성당의 내부와 외부, 성 안젤로와 기타 많은 것을 보았다. 이 그림들은 나에게 깊은 인상을 주었다. 평소 과묵한 아버지도 때로는 친절하게 그림을 설명해 주셨다. 이탈리아나 그 나라에 관계된 것에 관한 아버지의 애착은 독특했다. 아버지는 이탈리아에서 가져온 자그마한 대리석과 광물 수집품을 종종 우리에게 보여주셨다. 그러고는 시간 대부분을 이탈리아어로 쓴 여행기를 손수 청서하고 편집하고 여러 권으로 나누어 묶는 데 소비했다. 지오비나치라는 나이 들고 쾌활한 이탈리아어 교사가 그 일을 도왔다. 그분은 노래도 잘 불렀다. 그래서 어머니는 매일 그 사람이나 어머니의 노래에 피아노 반주를 해야 했다. 곧 나는 〈쓸쓸한 어두운 숲〉[11]이라는 노래를 배워서 그 뜻을 이해하기도 전에 외우고 말았다.

아버지는 남을 가르치기 좋아하는 성격이어서, 직무에 손을 뗀 후에는 아는 것과 할 수 있는 것을 다른 사람들에게 전해주고 싶어 하셨다. 결혼 초 수년 동안 아버지는 어머니에게 열심히 글을 쓰고,

---

10 Giovanni Battista Piranesi (1720 – 1778): 로마 풍경을 그린 에칭화로 유명한 화가.

11 solitario bosco ombroso: Giuseppe Tartini 작곡, Paolo Rolli 작사의 아리아 (1727).

피아노를 치고, 노래 부르게 하여, 그 덕으로 어머니는 필요한 만큼의 지식은 갖춰야 한다고 생각하셨고, 이탈리아어도 어느 정도 배웠다.

노는 시간에 우리는 대개 할머니한테 가 있었다. 그 넓은 거실은 우리가 놀기에 충분한 공간이었다. 할머니는 이런저런 것으로 우리에게 놀 거리를 만들어주고, 먹을 것도 주셨다. 하지만 어느 크리스마스 저녁에 인형극을 공연하도록 해서 이 낡은 집에 새로운 세계를 만들어낸 일이야말로 할머니가 베푼 은혜중에서도 최고의 일이었다. 생각지도 못했던 이 연극은 아이들의 마음을 사로잡았고, 사내아이인 나한테 특히 강한 인상을 남겨 그 후 오래도록 큰 영향을 주었다.

처음에 우리는 무언의 등장인물들이 나와서 만들어내는 작은 무대를 그저 구경만 했지만 얼마 후에는 스스로 연습하고 각본을 연출하도록 우리 손에 맡겨졌다. 이 무대는 사랑하는 할머니의 마지막 유품이었기 때문에 우리에게는 무척 소중했다. 할머니는 그 뒤 병세가 악화하여서 집에서 뵐 수 없게 되었고, 곧 세상을 떠나게 되어 영영 만나 뵐 수 없게 되었다. 집 안의 분위기는 완전히 달라져서 할머니의 별세는 식구들에게 무척 큰 의미가 있게 되었다.

할머니의 생존 시에 아버지는 집의 모양을 조금이라도 변경하거나 손을 대는 것을 삼갔다. 하지만 대규모의 개축을 준비하고 있는 것을 식구들은 알고 있었고, 이제 그 일이 즉시 시작되었다. 다른 여러 옛 도시들과 마찬가지로 프랑크푸르트 시에서도 목조건물을 지을 때 공간을 넓게 차지하기 위해서 2층뿐만 아니라 위층까지 계속 아래층보다 튀어나오게 길 밖으로 과감하게 내어 지었다. 그로 인해서 가뜩이나 좁은 골목길은 더 음산하고 답답한 느낌을 주었다. 그런데 드디어 법령이 발효되어 신축하는 경우에 누구든지 바닥면에서 내어 짓는 것은 괜찮지만, 위의 층은 바닥과 수직으로 지어야만 하게 되었다. 아버지는 건축의 외관에는 별로 관심을 두지 않았지만, 내부만은 편하게 꾸미려고 애를 썼다. 3층 방을 길 위로 내어 지으려는 생각을 포기할 수 없었기 때문에 아버지는 다른 사람들이 시도하는 방식을 사용했다. 그래서 집의 윗부분을 떠받치면서, 아래에서부터 하나하나 빼내면서 새로운 것을 끼워서 올라가는, 법에 저촉되지 않는 개축 방법을 썼다. 그 결과 마지막에는 낡은 것이 하나도 남아 있지 않았지만, 이 모든 신축은 개축으로 인가받을 수 있었다. 이렇게 집을 부수고 걷어내고 새로 끼워 넣는 동안 감독과 지휘를 더 잘 하기 위해서 아버지는 집에서 나가지 않기로 작정했다. 아버지는 건축기술에 이해가 매우 깊었기 때문이었다. 공사가 진행되는데도 아버지는 식구들도 내보내려 하지 않았다. 이 새로운 시대는 아이들에게는 매우 놀랍고 신기한 시기였다. 재미없는 공부와 일에 시달리면서 늘 갇혀 있었던 방, 아이들이 놀던 복도, 언제나 깨끗하게 유지하려고 애를 써온 벽, 이 모든 것이 목수의 손도끼와 미장이의 흙손에 의해 밑에서부터 무너지는 것을 보았다. 그러는 동안 버팀목으로 받쳐놓은 위층은 마치 공중에 떠 있는 것 같았는데, 그동안에도 평소나 다름없이 아이들에게는 늘 얼마간의 수업과 공부가 진행되었다. 이런 모든 일로 아이들의 머릿속에는 혼란이 일어났고, 혼란은 좀처럼 극복되지 않았다. 그래도 아이들은 이런 상황에서 별로 불편을 몰랐다. 노는 장소가 전보다 늘어났고, 버팀목에 매달려 그네를 타고 널 빤지 위에서 시소를 할 수 있기 때문이었다.

처음에 아버지는 계획을 고집스럽게 밀고 나갔다. 하지만 지붕 일부를 뜯어내고 거기에다 벽에서 걷어낸 방수포를 덮었는데도 아무런 보람 없이 비가 새어 침대로 떨어지자 할 수 없이 결심을 바꾸었다. 오래전부터 아이들을 맡겠다고 제의해 온 호의적인 친지들에게 한동안 아이들을 맡겨 학교에 보낼 결심을 하게 된 것이다.

이 변화에는 좋지 않은 일이 뒤 따랐다. 지금까지 집 안에 갇혀서 엄격하나마 순진하고 고상하게 교육받던 아이들이 거친 소년들의 무리 속으로 내던질 때 비속한 것, 나쁜 것, 심지어 비열한 것에 느닷없이 시달리게 되는데, 이런 것에 맞서 방어할 아무런 무기도, 능력도 갖추고 있지 않기 때문이었다.

내가 태어난 도시를 처음 알게 된 것도 이때였다. 혼자서, 혹은 유쾌한 친구들과 함께 시내를 이리저리 돌아다니는 일을 점점 더 자유롭게 마음껏 하게 된 것이다. 엄숙하고 품격 있는 이 프랑크푸르트 시의 환경이 나에게 준 인상을 어느 정도 전달하려면 이쯤에서 내가 태어난 도시가 어떻게 내 눈앞에서 전개되었는가 하는 이야기부터 해야 한다. 나는 마인 강 대교(大橋)를 걷는 것이 제일 좋았다. 그 길이로 보나 견고함으로 보나 아름다운 외관으로 보나 이 다리는 주목할 만한 건축물이었다. 그리고 그것은 시 당국이 시민들에게 베풀어 준 배려의 유일무이한 기념비이기도 했다. 다리 아래로 흐르는 아름다운 강은 내 눈을 사로잡았다. 다리 위의 십자가 꼭대기에 황금빛 수탉 장식이 햇살을 받아 반짝일 때면 나는 언제나 기분이 좋았다. 대개는 거기서 작센하우젠을 지나 산책을 했고 1 크로이처를 내고 신이 나서 강을 건넜다. 그리고 강 저쪽으로 건너가 포도주 시장으로 들어가 화물을 내려놓고 있는 기중기를 감탄하면서 바라보았다. 특히 나를 즐겁게 해 준 것은 화물선의 입항이었다. 갖가지 물건들이 배에서 육지로 내려졌고 그중에는 갖가지 특이한 모습을 한 사람들도 육지에 내렸다. 거기서 시내로 들어올 때면 나는 카를 대제와 그후계자들이 거처했던 성터라고 알려진 자리에 세워진 잘호프[12] 건물에 언제나 공손하게 인사를 하고 지나갔다. 그런 다음에는 상업지역으로 들어갔다. 특히 장날에는 성 바르톨로모이스 성당[13] 주변의 혼잡 속으로 파묻혀 들어갔는데, 거기에는 먼 옛날부터 상인이나 소매인들의 무리가 몰려들어 장소를 차지했기 때문에 그 후에도 널찍하고 유쾌한 건물은 찾아볼 수 없었다. 우리 아이들에게는 파르아이젠이라는 가게가 중요한 곳이어서, 황금빛 동물이 인쇄된 알록달록한 종이를 사기 위해서 동전 몇 개를 들고 그곳으로 가곤 했다. 하지만 좁고 사람들이 붐비고 지저분한 시장 광장을 뚫고 지나가는 것은 싫은 일이었다. 두려워하면서 그 길에 있는 좁고 지저분한 고깃간을 도망치듯 지나가던 일이 기억난다. 거기에 비하면 뢰머베르크[14]는 훨씬 좋은 산책길이었다. 노이에 크레메[15]를 지나 신시가(新市街)로 들어가는 길은 언제나 상쾌하고 즐거웠다. 단지 마리아 성당 옆에서 시내로 가는 길이 없어서 늘 하젠가세나 카타리나 성문을 지나 한참을 돌아가야 하는 일은 짜증이 났다. 무엇보다도 아이들의 관심을 제일 많이 끈 것은 도시 안에 있는 자그마한 도시, 성채 안에 있는 성채, 즉 겹겹의 담을 두른 수도원 구역, 수 세기 전부터 남아있는 성곽 같

---

12 Saalhof 12세기경에 세워진, 관세를 부과하던 징수국 건물.

13 Bartholomäuskirche: 14세기에 세워진 성당으로 대표적인 고딕 건물.

14 고대 로마인들의 정착지로 알려졌으며, 현재 프랑크푸르트 시의 중심이다.

15 Neue Kräme는 도심인 차일과 베드로 성당 사이에 있다.

은 공간들로 뉘른베르크 궁, 콤포스텔, 브라운펠스, 대대로 내려오는 슈탈부르크 가의 저택, 그리고 최근에 주택이나 창고로 많이 바뀐 성 채들이 그것이었다. 당시 프랑크푸르트에는 두드러지게 뛰어난 건 축물이 없었다. 이 모든 것이 오래전 프랑크푸르트 시와 근처 지역의 극도로 불안정했던 시대를 말해준다. 구시가의 경계를 보여주는 성 문과 탑, 신시가지를 둘러싼 다른 성문, 탑, 성벽, 다리, 성곽, 참호 등 모든 것들이 불안한 시대에 공동체의 안전을 도모하려는 필요에서 생겨났다는 것, 광장이나 더 넓게 새로 확장한 길도 모두가 단지 우 연히, 혹은 임의로 생겨난 것이지 정돈이라는 생각으로 만들어지지 않았음을 여실하게 드러내고 있었다. 당시 내 마음에는 오래된 것에 대한 애호심이 뿌리내렸는데 그런 것은 특히 오래된 연대기, 목판화, 예를 들어 흐라버[16]의 〈포위당한 프랑크푸르트〉 같은 그림을 통해서 더욱 고무되고 풍부해졌다. 다른 취향도 생겨났는데, 그것은 다양하 고 자연스러운 인간의 상황을 관심이나 아름다움 같은 것은 배제하 고 파악해보려는 마음이었다. 그래서 일 년에 한두 번 도시 성벽의 통로 안쪽을 걷는 것은 가장 즐거운 산책 중의 하나가 되었다. 정원, 안뜰, 뒤채 건물들이 성벽 외벽에까지 이어져 있어서 집이라는 작고 격리되고 숨겨진 공간에 숨어 있는 수많은 사람을 볼 수 있었다. 멋 을 낸 부자들의 전시용 정원에서부터 시민들의 실용적인 과수원, 공 장이나 표백 터, 또는 그 비슷한 시설, 묘지에까지 이르는 지극히 다 양하고 놀라워 발걸음을 떼어 놓을 때마다 바뀌는 구경거리 곁으로 우리는 지나갔는데, 도시 구역 안에는 하나의 작은 세계가 숨어 있어

---

16 네덜란드의 화가 Hans Grave의 1552년 작.

서 아무리 보아도 우리 아이들의 호기심은 다 채워지지 않았다. 자기 친구를 위해서 마드리드의 지붕을 밤새 벗겨 냈다는 저 유명한 절름발이 악마[7]라고 해도 여기 우리의 눈앞에 탁 트인 하늘 아래에서 환한 햇빛을 받으며 펼쳐진 것보다 더 많은 것을 친구에게 보여주지는 못할 것이 분명했다. 이 길에 있는 갖가지 탑, 계단, 성문들을 통과하는 데 필요한 열쇠는 병기창 담당자의 수중에 있었다. 그래서 우리는 그들의 부하 직원들의 환심을 사려고 열심히 일을 꾸몄다.

이보다 더 중요하고, 다른 의미에서 더 유익한 것은 뢰머라고 부르는 시청이었다. 우리는 그곳 아래층의 아치형 홀을 돌아다니는 것을 굉장히 좋아했다. 허가를 받고 매우 소박한 넓은 시의회 회의실에도 들어가 보았다. 어느 정도 높이까지는 징두리판벽이 붙어 있었지만, 그 외에 벽이나 아치 천정이 전부 흰색이고 그림이나 조각 같은 것은 찾아볼 수 없었다. 단지 벽 한가운데 높은 곳에 짧은 문구만이 보였다.

한 사람 말은 아무런 말도 아니다.
양쪽을 공평하게 들어봐야만 한다.

고대의 양식에 따라 시의회 회원들의 좌석은 판벽을 따라 둥그스름하게, 바닥에서 한 단 높게 있었다. 시의회의 계급을 어떻게 좌석에 따라 구분했는지는 쉽게 알아볼 수 있었다. 왼쪽 문에서 맞은편 구석까지를 제1의 좌석으로 삼아 배심원들이 앉았고, 모퉁이에는

---

17 Alain Rene Lesage의 소설《절름발이 악마 Le Diable boiteux》(1707)에 등장하는 이야기로, 집 안을 들여다보기 위해서 악마가 지붕을 걷어낸다.

시장이 앉았는데 그 앞에는 작은 탁자가 놓여 있었다. 시장 왼편에서 창가까지에 제2의 의원들이 앉았고, 창가를 따라서 제3 좌석이 이어져 있었는데 거기에는 수공업자들이 앉았다. 회의실 가운데는 기록자를 위한 탁자가 하나 놓여있었다.

한번은 뢰머에 갔을 때 시장을 면접하는 사람들 무리 속에 섞여서 들어간 적도 있었다. 하지만 더 큰 매력은 황제의 선출과 대관에 관련된 일체의 것이었다. 문지기의 호의로 우리는 평상시에는 격자로 막아두는 황제의 계단에 올라가 보았는데 새로 환하게 프레스코화가 칠해져 있었다. 자주색 벽걸이가 걸리고 귀한 당초무늬로 금빛 테두리로 장식한 선출실은 우리에게 경외심을 불러일으켰다. 황제 훈장[18]을 단 채로 제국의 표장을 무겁게 들고 있는 아이들과 요정들이 그려진 문 위의 그림을 열심히 구경하면서 우리는 생전에 대관식을 한번 보았으면 하고 바랐다. 널따란 황제의 홀에 일단 들어가면 우리를 거기서 나오게 하는 일은 보통 어려운 일이 아니었다. 재수가 좋아 그곳에 들어가는 날이면 우리는 일정한 높이에 빙 둘러 그려진 황제들의 흉상 곁에서 그들의 위업에 관해 이야기해 주는 사람을 우리들의 진정한 친구로 생각했다.

카를 대제에 관해 우리는 믿을 수 없는 이야기를 많이 들었다. 하지만 내가 처음으로 역사에 흥미를 갖게 된 것은 대혼란의 시대[19]를 남자다움으로 종결지은 합스부르크 가의 루돌프였다. 카를 4세도 우리의 시선을 끌었다. 금인칙서[20]와 중세 형사재판법에 관해선 이미

18　대관식에서 몸에 다는 장식품들을 말한다.

19　황제가 없던 대공위 시대(1254~1273)를 말한다.

20　금인칙서(Goldene Bulle, 금인헌장, 황금문서)는 1356년 신성로마제국의 황제 카를

들었고, 자신의 적수이자 맞수 황제로 옹립된 귄터 폰 슈바르츠부르
크[21]에게 프랑크푸르트 시민들이 충성했는데도 카를 4세가 시민들을
벌하지 않았다는 얘기도 들었다. 또한, 우리는 막시밀리안이 인류와
시민들의 벗으로 찬미 될 것이며 그가 독일 황실 출신의 마지막 황
제가 될 것이라는 예언이 있었다는 말도 들었다. 그가 세상을 떠난
뒤 황제의 선출이 스페인 왕 카를 5세와 프랑스의 왕 프랑수와 1세
만을 대상으로 행해진 사실을 보면 그 예언은 불행하게도 적중했다.
걱정스럽게 사람들은 그런 예언, 아니 그런 전조가 이제 다시 나타나
고 있다고들 했다. 왜냐하면, 황제의 초상을 걸만한 여지가 이제 한
자리밖에 남아있지 않은데, 그런 상황은 우연 같기도 하지만 애국심
을 가진 사람들에게는 걱정스러운 것이었다.

　　이렇게 시내를 돌아다닐 때 우리는 대성당도 갔는데 거기에서
자기편은 물론 적에게까지 존경을 받았던 훌륭한 귄터 왕의 묘를
찾아가는 것을 잊지 않았다. 전에 이 묘지 위에 놓여있던 진귀한 비
석은 이제는 교회 안에 세워져 있었다. 그 옆에 있는, 곧장 선거실
로 통하는 문은 오랫동안 닫혀 있었지만, 마침내 우리는 상관을 통
해서 그 유명한 곳으로 들어가 볼 기회를 얻었다. 그런데 전처럼 그
곳을 상상으로 마음속에 그리고 있는 것이 더 나을 뻔했다. 왜냐하
면, 유력한 제후들이 황제선출이라는 중요한 일을 하기 위해 모였던
독일의 역사상 그렇게나 중요한 방에는 그에 적합한 장식이라고는

　　4세가 발포한 제국법으로, 신성로마제국황제의 선거제와 선제후 특권을 주로 다루
　　고 있다.
21　Günther von Schwarzburg: 루드비히 4세의 사망 후 1349년 황제로 선출되었으나 곧
　　카를 4세에 의해 축출되어 병사했다. 그를 주인공으로 한 Ignaz Holzbauer의 오페라
　　가 있다.

하나도 없었을 뿐 아니라 오히려 기둥, 장대, 받침대 같은 치워버리고 싶은 장애물만 잔뜩 쌓여있는 까닭이었다. 그 후 얼마 안 되어 시청에서 많은 외국의 귀빈들에게 금인칙서를 보여주는 자리에 참관할 허락을 받았을 때, 우리의 상상력은 훨씬 더 큰 자극을 받았고 가슴이 뛰었다.

소년이 열광적으로 들은 이야기는 연이어 열린 두 차례의 대관식으로 그 이야기를 식구들, 나이 든 친척들, 친지들은 신이 나서 얘기해 주었다. 프랑크푸르트 시민 중에 상당한 연배의 사람들이라면 이 두 차례의 사건이나 그에 수반된 사건들을 생애의 정점으로 생각하지 않는 사람이 없었기 때문이었다. 카를 7세의 대관식은 특히 프랑스 사신들이 비용이나 취향을 살려서 성대한 축제로 만들었다. 그런 만큼 왕이 자신의 수도인 뮌헨에서 살지 못하고 제국 도시[22] 프랑크푸르트의 시민들에게 손님의 대우를 부탁하지 않으면 안 되었던 일은 그 선량한 왕에게는 너무도 서글픈 일이었다.

프란츠 1세의 대관식은 카를 7세 때만큼 화려하지 않았지만, 황후 마리아 테레지아의 참석으로 자리가 빛났다. 황후의 아름다움은 남자들에게 강한 인상을, 카를 7세의 진지하고 품위 있는 모습과 푸른 눈은 여성들에게 서로 비슷한 정도로 강한 인상을 남긴 것 같았다. 적어도 이야기를 해주는 남자나 여자는 열심히 듣고 있는 소년에게 이 두 사람에 관해 각자 좋은 점만을 말해주려고 경쟁적이었다. 이런 모든 설명이나 이야기는 모두 다 느긋하고 평화로운 마음에서

---

22 황제에게 직속된 도시로 자유도시로 불리기도 한다. 뤼벡, 우트레히트, 아우구스부르크, 보름스, 슈파이어, 슈트라스부르크, 도르트문트, 바젤 등이 오래된 직속 도시들이다.

이루어졌는데, 왜냐하면 아헨 조약[23]으로 이미 모든 불화는 종지부를 찍었기 때문이었다. 지나간 전쟁이나 데팅엔[24] 전투, 최근에 일어난 특별한 사건들도 마치 대관식 이야기를 할 때처럼 즐겁게 이야기할 수 있었는데 언제나 평화로운 세상이 되면 그런 법이지만 이 모든 중대사건이나 위험한 사건들은 다만 행복하고 걱정 없는 사람들의 얘깃거리가 되려고 있었던 것처럼 보였다.

이렇게 편협한 애국심으로 반년이 지나자 다시 연시(年市)가 돌아와 모든 아이의 머릿속을 믿을 수 없을 만큼 흥분시켰다. 시내에 많은 가게가 생겨 삽시간에 새로운 도시가 만들어졌고, 인파가 밀리고 번잡한 속에서 물건을 내리고 푸는 일이 철이 들기 시작하는 아이들에게 누를 수 없는 호기심과 물건에 대한 아이의 소유욕을 자극했다. 남자아이들은 자라면서 이런저런 방식으로 그의 작은 지갑이 허용하는 한 소유욕을 채우려고 애를 썼다. 그러면서 동시에 세계가 무엇을 생산하고 세계 각지의 사람들이 무엇을 서로 교환하는지 감을 잡게 되었다.

봄, 가을에 열리는 이 굉장한 시즌은 유별난 의식으로 공지되었다. 이 의식은 과거 시대에서 현재 시대에까지 이어지는 의식을 우리에게 생생하게 보여주기 때문에 한층 더 가치가 있다. 경호일[25]에는

---

23 아헨조약으로 오스트리아 왕위 계승전쟁(1740~1748)은 종결되지만 이후 오스트리아와 프로이센의 대립은 피할 수 없게 되어 7년 전쟁(1756~63)을 일으키게 된다.

24 Dettingen 전투: 오스트리아 왕위계승 문제로 1743년에 있었던 전투

25 뒤에 설명이 나오지만, 연시를 맞아 물자를 프랑크푸르트 시내로 들어올 때는 강도들을 피하고자 일종의 호위병들이 뒤따라 왔는데, 그런 사람과 상품이 성문을 통해 도시로 들어오는 날을 말한다.

전 시민이 길에 나와서 파르가세[26]로, 다리 쪽으로, 작센하우젠으로 몰려갔다. 낮에는 별일이 없는데도 창문마다 사람들이 몰려있었다. 사람들은 오로지 몰려들기 위해서 길로 나오는 것 같았고, 구경꾼들은 서로 구경하려고 모여든 것 같았다. 구경거리는 어두워야 나타났는데, 눈으로 보는 것보다는 상상이 더 많았기 때문이었다.

누구나 멋대로 옳지 않은 짓을 하는 불안한 과거에 연시에 가는 상인들은 지체가 높은, 혹은 낮은 강도들에게 멋대로 착취당하고 괴롭힘을 당했기 때문에 제후나 여타 권력계급의 사람들은 무장하고 자기 영내의 상인들을 프랑크푸르트까지 호위했다. 하지만 제국 도시의 시민들은 자신이나 자신의 영역을 내주려 하지 않았기 때문에 시민들이 방문자들을 맞으러 나갔다. 그리하여 호위한 사람들이 어디까지 와도 된다든가 또는 시내에 들어올 수 있다거나 없다는 문제로 늘 분쟁이 일어났다. 이런 분쟁은 상거래나 연시에만 일어나는 것이 아니라 전시나 평화 시를 막론하고 일어났는데, 특히 황제 선거일에 높은 계층의 인물이 오는 때에도 일어났다. 시내로 들어올 수 없게 된 수행자들이 주인과 함께 억지로 들어오려고 하는 경우 폭력사태까지 벌어지기도 했다. 이 일에 관해서 여러 차례 협상이 오가고, 결국 권리의 유보사항이 있긴 했지만, 양쪽에서 잠정적인 협정이 맺어지기도 했다. 하지만 오랫동안 늘 분쟁 거리였던 이 제도가 이제는 거의 쓸모없고 적어도 불필요하다고 간주하여 수백 년 묵은 분쟁이 이제는 폐기될 조짐마저 보이고 있었다.

어쨌든 그날이면 시의 기병대들이 지휘관을 선두로 여러 부대로

---

26 Fahrgasse: 프랑크푸르트 시의 중심으로 중세 이후 중요한 행사가 여기서 많이 열렸다.

나뉘어 여기저기 성문을 지나 시외로 나갔다. 그러고는 일정한 지점에서 호위받을 자격을 갖춘 시의원의 기병이나 경기병을 만났다. 이들은 지휘관과 더불어 환영을 받고 향연도 받았다. 시민들의 기병대는 저녁때까지 머물러 있다가 기다리고 있는 군중들의 눈에 띄지 않게 시내로 들어왔다. 그들 대부분이 말을 제대로 탈 줄 모르기 때문이었다. 가장 큰 행렬은 브뤼켄 성문 쪽에서 들어왔다. 그래서 그쪽이 제일 혼잡했다. 마지막으로 깊은 밤에 호위를 받으며 뉘른베르크의 우편마차가 도착했다. 관례대로 노부인이 마차에 타고 있다는 말이 돌았다. 그 때문에 마차 속의 승객을 분간할 수 없을 정도로 어두운데도 마차가 도착하자 거리의 소년들이 함성을 질렀다. 마차를 뒤따르며 브뤼켄 성문으로 몰려드는 군중들은 믿을 수 없을 정도여서 거의 정신을 잃을 정도였다. 다리에서 가까운 집에는 구경꾼들이 제일 많이 몰려들었다.

더 진기한 다른 의식은 대낮에 사람들을 열광시키는 취주악대의 재판이다. 상공업의 번창으로 이 의식은 정비례해서 늘어나는 관세를 면세해주거나 아니면 경감이라도 해달라고 주요 상업도시들이 요구하던 지난 시절을 기억나게 한다. 이들 도시의 지지가 필요한 황제는 독자적으로 재량권을 가졌을 때는 특권을 허용했는데, 기간은 보통 1년으로 한정하여 해마다 허가를 갱신받아야만 했다. 이 갱신 행사는 상징적인 예물에 의해 행해졌는데, 선물은 황제가 임명한 프랑크푸르트의 시장에 증정되었다. 시장이 때로는 세금징수까지 겸하기 때문이었다. 선물 증정식은 바르톨로모이스 연시가 열리기 전에 시장이 배심원과 함께 위엄을 갖추고 법정에 착석하고 있을 때 행해졌다. 뒤에 가서 시장은 황제한테서 임명되는 것이 아니라 시가 선출하게 되었는데도 시장은 이 특권을 그대로 가지고 있었고, 여러 도시의 면세를 허가하는 일과 보름스, 뉘른베르크, 알트 밤베르크의 사절들이 이 은전에 감사하기 위해 행하는 의식은 그대로 전해 내려오고 있었다. 성모 강림절 하루 전에 공개적인 재판이 고지되었다. 넓은 황제의 방에는 출입을 막은 높은 단 위에 배심원들이 앉고 가운데에 한 단 더 높은 곳에 시장이 앉았으며 각 당의 전권을 위임받은 대리인들이 아래 오른쪽에 앉아 있었다. 서기가 이날을 위해 보존해온 중요한 판결문을 소리 높여 낭독했다. 대리인들은 사본을 요청하고 항소하기도 하면서 여타 필요한 일을 했다.

그때 갑자기 과거로 돌아간 듯 신비로운 음악이 들린다. 세 명의 취주악사인데, 한 사람은 옛날 퉁소를, 다음 사람은 나팔, 다음 사람은 피리 혹은 오보에를 불었다. 악사들은 금빛 장식을 한 푸른 외투를 입었는데, 옷소매에다 악보를 고정해놓았고 머리에는 무엇인지를 쓰고 있었다. 그들은 10시 정각에 사절이나 수행원보다 앞서서 묵고 있는 숙소를 나와 현지인들과 외지사람들이 놀라서 바라보는 가운데 황제의 방으로 들어갔다. 그들이 들어서면 재판은 중단되고, 악사 일행은 차단막 앞에 서고 사절들은 들어와서 시장의 맞은편에 섰다. 오랜 관례에 따르는 상징적 선물들은 대개 도시에서 그것을 가져온 도시의 주거래 상품들이었다. 이를테면 후추는 모든 상품의 대표여서 사절은 아름답게 세공한 나무잔에 후추를 채워서 들고 왔다. 은전을 베풀어 그 도시를 받아들인다는 표시로 이상한 트임이 있는, 비단으로 단을 두르고 술을 단 장갑 한 켤레를 나무잔 위에다 놓았다. 때에 따라 황제 자신이 사용하는 장갑이었다. 곁에는 하얀 막대가 하나 놓였는데 그것은 전에는 법률 심리에서 빠져서는 안 되는 것이었다.[27] 작은 은화 몇 닢도 놓았는데, 보름스 시는 늘 낡은 펠트 직물 모자를 가져왔다가 도로 가져갔기 때문에 여러 해 동안 똑같은 모자가 이 의식의 증인이 되었다.

사절은 인사말을 하고 예물을 바치고 은전이 지속한다는 증명서를 시장에게서 받은 다음 빙 둘러있는 무리 밖으로 물러났다. 악사들이 다시 연주하고 일행은 도착했을 때와 마찬가지로 나갔다. 법정은 심리를 다시 계속하는데 그것은 제2의 사절, 제3의 사절이 들어올 때까지 계속된다. 왜냐하면, 제2, 제3의 사절이 시간 간격을 약간 두고 들어오기 때문인데, 그것은 구경꾼들의 즐거움을 오래 지속시키기 위한 것과 또 다른 이유는 악사들이 세 번 다 같은 사람들이기 때문이었다. 고풍스러운 그들은 탁월한 연주자였는데, 매년 이 행사에 참가하도록 뉘른베르크 시가 자기 도시와 이웃 도시를 위해서 고용한 사람들이었다.

우리 어린이들에게는 이 행사가 특히 재미있었는데 그것은 외할아버지가 영예로운 자리에 앉아 있는 것을 보는 것이 무척이나 기분 좋았기 때문이었다. 우리는 대개 당일에 격식을 갖추어 할아버지를 찾아가곤 했는데, 할머니는 후추를 양념 통에 붓고 난 후에 나무잔과 막대, 장갑, 혹은 옛 은화를 가져오셨다. 지난 세기로 되돌아가지 않고는, 부활한 악사나 사절들을 보거나 혹은 손으로 쥐어 내 것으로 만들 수 있는 선물들을 통해 눈앞에서 신비롭게 재현된 조상들의 풍습, 습관, 생각을 파악하지 않고는, 마법으로 과거를 불러오는 이런 의식들이 해명되지 않기 때문이었다.

---

27 과거에 사형 판결을 내릴 때 흰 막대기를 부러트린 풍습에서 유래한 것이다.

그런 예스러운 축제에 이어 좋은 계절이 오면 우리 어린이들에게는 시 외곽의 야외에서 많은 축제가 기다렸다. 마인 강 하류의 우측 기슭 아래, 성문에서 반 시간 거리 떨어진 곳에 유황천이 솟고 있었는데 깨끗하게 울타리가 둘러쳐 있고 아주 오래된 보리수나무에 둘러싸여 있었다. 거기에서 멀지 않은 곳에는 '선인의 집'이라고 부르는, 이 온천 때문에 과거에 그곳에다 지은 자선병원이 있었다. 이 인근 공동 초지의 사람들은 매년 정해진 날에 소 떼를 모으고 목동들은 애인들과 더불어 축제의 하루를 보냈다. 춤추고 노래하고 갖가지 놀이와 심한 장난도 했다. 도시의 다른 편에도 비슷하지만 좀 더 넓은 초지가 있는데, 거기에도 샘이 있고 멋진 보리수가 있었다. 그곳에서는 성령강림절 때 양 떼를 모았는데, 혈색이 안 좋은 가엾은 고아들을 그런 날에야 고아원의 높은 담 밖으로 데리고 나왔다. 그런 버림받은 생명도 언젠가는 세상의 거친 파도를 넘어야 하므로 일찍 세상과 부딪쳐 일이나 인내에 익숙해지도록 어려서부터 육체적으로, 정신적으로 단련을 시킬 필요가 있다는 것을 아직은 모르기 때문이었다. 언제라도 밖으로 나가고 싶은 유모나 하녀들은 우리를 아주 어려서부터 그런 곳으로 데리고 나갔다. 그래서 이런 시골 축제는 내가 기억하는 어린 시절의 기억 중의 하나로 남아있다.

그러는 동안 집이 완성되었다. 만사에 미리 생각하고 준비하고, 필요한 경비도 준비되어 있었기 때문에 일은 무척 빨리 끝났다. 우리는 다시 한데 모이게 되어 편안한 기분이었다. 거듭 생각을 했던 설계였기에 막상 집이 완성되고 보니 목적을 이루기 위한 과정에서 불편했던 것은 모두 잊어버리게 되었다. 새집은 개인 주택으로는 아주 넓고 환하고 화사했다. 계단은 넓어졌고 현관도 밝은 분위기로 바뀌었고 몇 개의 창으로 앞의 풍경들을 편안하게 즐길 수 있었다. 실내, 마무리, 장식 등에 필요한 것들이 하나씩 완성되어 갔는데 그것은 일 거리이자 동시에 재미이기도 했다.

맨 처음에 정리한 것은 아버지의 도서목록이었다. 그중에서 송 아지 가죽 장정 또는 반 가죽 장정의 가장 좋은 책들은 아버지의 사 무실 겸 서재를 장식했다. 아버지는 라틴어 고전작품을 아름다운 네 덜란드 판으로 소장했는데, 외양의 통일성을 갖추려고 모두 사절판 으로 샀다. 로마 시대 미술에 관한 책과 품격 있는 법률 서적도 많았 다. 이탈리아 작가들도 빠지지 않았는데, 아버지는 특히 타소[28]에 각 별한 애정을 품고 있었다. 최근에 나온 최상의 여행기들도 있었는데 아버지는 몸소 카이슬러[29]와 네마이츠[30]의 작품들을 수정, 보완하는 일을 낙으로 삼으셨다. 꼭 필요한 참고도서, 각국의 언어 사전과 백 과사전은 누구나 자유롭게 참고하도록 가까이 두었고, 유익하고 재 미도 있는 다른 책들도 많이 소장하고 있었다.

장서의 나머지 반은 다락방의 특별실에 가지런히 꽂혀 있었는데, 그것은 제목이 아름답게 쓰인 양피지 장정의 책이었다. 신간 서적의 구매, 책의 제본이나 정돈을 아버지는 언제나 차근차근 질서 있게 해 나갔다. 이런저런 도서에 관해 특별한 장점을 알려주는 〈지식인들을 위한 도서 안내〉가 아버지에게 큰 영향을 끼쳤다. 법학 박사학위 논

---

28 Torquato Tasso (1544~1595): 르네상스 후기 이탈리아의 가장 위대한 시인으로, 제 1차 십자군 원정 당시의 예루살렘 점령과정을 다룬 영웅 서사시 〈해방된 예루살렘 Gerusalemme liberata〉(1581)으로 유명하다. 괴테는 훗날 대표적인 독일 고전주의 희 곡 중의 하나로 일컬어지는《토르콰토 타소》를 썼다.

29 JohannnGeorg Keissler: 독일, 뵈멘, 헝가리, 스위스, 이탈리아 등지의 여행기를 썼다.

30 Joachim Christoph Nemeitz: 이탈리아 여행기가 유명하다.

문도 매년 한두 권씩 늘어났다.

　그다음은 그림이었는데 전에 곳곳에 흩어져서 걸려 있던 그림들이 모두 서재 옆의 아늑한 방에 수집되어 벽에 걸렸다. 모두 금 테두리를 한 크고 검은 액자에 넣어 보기 좋게 벽에 걸렸다. 아버지는 생존하는 대가에게 관심을 가져야 하고, 세상을 떠난 대가들은 선입견이 개입되는 경우가 많으니 조금 덜 관심을 두는 것이 좋겠다고 강조해서 말했다. 아버지가 말한 바로는 그림은 라인 포도주와 같아서 대체로 얼마나 오래되었느냐에 따라 가치를 두지만, 전년만큼 좋은 포도주가 이듬해에 나올 수도 있다고 말했다. 세월이 지나고 나면 새 포도주 역시 오래 먹은 포도주와 마찬가지로 귀하고 어쩌면 더 맛이 좋을 수도 있다고 했다. 이런 주장을 아버지는 다음과 같은 말로 증명하려고 했는데, 다시 말해 애호가들은 오래된 그림들이 색이 어두워지고 갈색빛이 더 나기 때문에 높은 평가를 하고 있으며 그런 그림이 갖게 된 조화로운 색조가 종종 칭송을 받는다는 것이다. 아버지는 새 그림이 앞으로 어두워지지 않을까 걱정 같은 것은 하지 않았고, 그런 식으로 높은 평가를 받는 것을 원치 않는다고 말했다.

　이런 원칙에 따라 아버지는 여러 해 동안 프랑크푸르트의 모든 화가에게 일을 부탁했다. 즉 떡갈나무 숲이나 너도밤나무 숲, 그 밖의 소위 시골 풍경에다 가축을 멋있게 곁들여 그릴 줄 아는 화가 하르트,[31] 그리고 렘브란트를 모범으로 삼아 실내의 불빛과 반사광을 잘 그리고 대화재를 인상 깊게 그려 렘브란트와 한 쌍이 되는 그림

---

31 Friedrich Wilhem Hirt (1721~1772).

주문을 받은 트라우트만,[32] 라인 강을 자하트레벤[33]의 기법으로 열심히 그린 쉬츠,[34] 그에 못지않게 꽃, 과일, 정물, 조용히 일하고 있는 인물들을 네덜란드파의 선례에 따라 깔끔하게 그려낸 융커[35] 등에 관심을 두고 있었다. 집이 새롭게 정리되고 공간도 편안해지자 좀 더 솜씨가 뛰어난 한 화가를 알게 되면서 아버지의 미술 애호는 새롭게 살아났는데, 그는 브링크만[36]의 제자인 다름슈타트의 궁정화가 제카츠[37]로, 그의 재능과 성격에 관해서는 뒤에 자세히 말할 기회가 있을 것이다.

다른 방들도 정해진 다양한 용도에 따라 그런 식으로 계속 완성되었다. 전체적으로 깨끗하고 정돈된 분위기였다. 무엇보다도 커다란 판유리를 통해서 집 안의 채광이 완전해졌다. 전의 집에서는 여러 가지 이유가 있긴 했지만, 창이 대개 원형이어서 채광이 부족했었다. 모든 것이 잘 진행되어서 아버지는 기분이 좋은 모습이었다. 일꾼들이 언제나 아버지의 요구에 맞춰 부지런하고 정확하지는 않았기 때문에 아버지의 기분은 종종 흐려지기도 했지만, 이보다 더 행복한 일은 생각할 수 없을 정도였다. 특히 많은 좋은 일들이 집 안에서, 밖에서 생겼기 때문이다.

그러나 이례적인 세계적인 사건으로 인해 소년의 정서적 평화는 바닥부터 흔들리게 되었다. 1755년 11월 1일 리스본에서 지진이 일

32 Johann Georg Trautmann (1713~1769).

33 Hermann Sachtleben (1609~1685).

34 Christian Georg Schütz (1718~1791).

35 Justus Juncker (1703~1767).

36 Philipp Hieronzmus Brinkmann (1701~1760).

37 Johann Conrad Seekatz (1719~1768).

어나 지금껏 평화롭고 안정된 세계에 엄청난 공포를 불러왔다. 화려한 수도이자 상업도시, 항구도시인 이곳에 경고도 없이 가공할 불행이 닥친 것이다. 땅이 진동하며 뒤흔들리고, 바다가 뒤끓고, 배가 부서지고, 집이 무너지고, 교회와 탑이 그 위로 넘어지고, 왕궁 일부가 바다에 잠기고, 갈라진 땅이 불을 토해냈다. 편안함 속에서 즐거움을 누리던 6만 명의 사람들이 한꺼번에 파멸하고 말았다. 그 불행을 느끼거나 의식할 틈이 없던 사람들은 그래도 그중에서는 행복한 사람이라고 말할 수 있다. 불길은 계속 솟았고, 불길과 더불어 여느 때는 숨어 있었지만, 이번 일로 풀려난 범죄자들 무리가 미친 듯이 날뛰었다. 살아남은 불행한 사람들은 약탈과 살인, 범죄에 무방비로 노출되었다. 자연은 사방에서 무한정 횡포를 휘둘렀다.

실제 소식보다도 먼저 이 이변의 전조가 광범위하게 나타났다. 즉 여러 곳에서 약한 진동이 감지되었고 많은 온천, 특히 약효가 있는 온천이 이상하게 멈춘 것으로 밝혀졌다. 그런 만큼 소식 자체의 영향력은 컸다. 사실에 관한 보도는 처음에는 대충이지만, 그다음에는 무시무시한 세부사항이 덧붙여져서 퍼져 나갔다. 이것에 대해 신앙심 깊은 사람들은 생각에 빠졌고, 철학자들은 위안의 말을 찾았고, 성직자들은 형벌의 설교를 끊임없이 내뱉었다. 세계의 관심은 한동안 모두 이 한 가지에 집중되었다. 이 폭발의 광범위한 피해가 곳곳에서 더욱 많이, 더욱 상세한 소식이 들려옴에 따라 다른 사람들의 불행으로 흥분된 민심은 자신과 가족에 대한 걱정으로 더욱더 불안해졌다. 공포의 악령이 그렇게 빨리, 그렇게 강력하게 전율을 세상에 퍼트린 적은 없었을 것이다.

이 모든 것을 계속 이야기 들어야 하는 소년은 상당히 충격을 받았다. 창조자이자 하늘과 땅을 지키는 분으로 신앙서 첫 장의 말씀이 그렇게도 현명하고 은혜롭다고 말하고 있는 신께서 옳은 자와 옳지 않은 자를 한꺼번에 파멸에 빠트린 것은 결코 아버지답지 못하다는 것을 증명한 것이었다. 소년의 마음은 이런 인상을 지워보려 했지만 허사였다. 현자나 학자들 자신도 이런 현상을 어떻게 보아야 할지 의견이 일치하지 않았기 때문에 더욱 갈피를 잡을 수 없었다.

이어 다가온 여름에는 구약에서 그렇게 많이 이야기하고 있는 진노한 신을 직접 볼 기회가 있었다. 어느 날 갑자기 천둥과 번개가 치고 우박이 들이쳐서 서향인 집의 뒷벽에다 새로 끼운 유리창이 무참하게 깨지고, 새 가구들이 망가지고 몇몇 귀한 책과 그 밖에 귀한 물건들이 파손되었다. 넋이 나간 하인들이 아이들을 어두운 복도로 데리고 나가 무릎을 꿇고 엄청난 소리로 외치면서 신의 노여움을 가라앉히려 했기 때문에 아이들은 더욱 무서움에 사로잡혔다. 아버지께서만 정신을 차리고 창문을 떼어 내려놓았다. 그렇게 해서 유리창은 몇 장 건질 수 있었지만, 우박에 이어 비가 마구 들이쳐서 우리가 드디어 정신을 차리고 보니 현관과 계단에 온통 물이 넘쳐나고 있었다.

이런 사건들로 방해되었지만, 아버지가 우리 아이들을 위해 계획한 수업이 중단되는 일은 별로 없었다. 아버지는 젊은 시절에 코부르크 김나지움에서 공부했는데, 그 학교는 독일의 교육기관 중에서 최고의 위치에 있는 학교 중의 하나였다. 거기서 아버지는 여러 언어와 기타 학문적 교육의 훌륭한 토대를 닦았다. 후에 라이프치히에서 법학을 공부했고, 마지막에는 기센에서 학위를 받았다. 열심히 정성껏 완성한 아버지의 박사학위 논문 〈상속 취득의 방식에 관하여)는 아직도 법학자들에게서 높은 평가를 받으면서 인용되고 있다.

자신이 이루지 못한 일을 아들 세대에서 실현하고자 하는 것이 모든 아버지의 염원이다. 이를테면 인생을 다시 살면서 과거 인생의 체험을 이번에야말로 마음껏 이용해 보겠다는 생각이 그것이다. 당대의 교사들을 못 미더워한 아버지는 자신의 지식에 믿음과 인내심을 가지고 있었고 성실하게 할 수 있다는 확신으로 아이들을 직접 가르치기로 작정했다. 꼭 필요하다고 생각되는 부분적인 수업만을 정식 교사들이 담당하도록 했다. 이미 곳곳에서 교육학의 호사(好事) 취향이 등장하고 있었다. 그러한 결정에는 공립학교의 교사들이 보이는 현학적인 태도와 우울한 성격이 첫 번째 계기가 된 것 같다. 더욱 나은 것을 모색하지만, 비전문가가 하는 교육이 얼마나 결함이 많은가 하는 문제는 아직 생각하지 못하고 있었다.

그때까지 아버지의 인생행로는 원하는 대로 잘 진행됐다. 같은 길을 갈 것이니 나는 좀 더 편하게 앞으로 나가라는 것이 아버지의 생각이었다. 아버지는 나의 타고난 재능을, 그것이 아버지에게는 부족했던 까닭에 더욱 존중했다. 말하자면 아버지 자신은 모든 것을 엄청난 노력과 끈기, 반복을 통해서 얻은 것이었다. 언제나 아버지는 자신이 나와 같은 소질을 가졌더라면 전혀 다르게 처신했을 것이고, 나처럼 게으르게 지내지는 않을 것이라고 나에게 진지하게, 때로는 농담 삼아 말씀하셨다.

아무런 기초가 없었지만 나는 이해하고 받아들이고 간직하는 것이 빨라서 아버지나 그 밖의 교사가 나한테 줄 수 있는 것이 부족하게 되었다. 문법은 내 눈에 멋대로 날뛰는 법칙으로 보여서 마음에 들지 않았다. 법칙이 우스워 보였다. 법칙이란 내가 모두 특별히 익혀야 하는 수많은 예외에 의해 무용지물이 되는 까닭이었다. 운이 달린 라틴어 입문서가 없었더라면 나는 굉장히 고생했을 것이다. 나는 그 책을 장단에 맞춰 흥얼거렸다. 지리 교과서 역시 그런 암기용 시구로 되어 있었다. 거기에는 아주 멋없는 각운으로 우리가 기억해야 할 사항을 강조하고 있었다.

> 위셀 상류엔 늪지가 많아
> 좋은 토지가 흉악해졌다.

나는 언어의 형태와 표현법을 쉽게 익혔다. 개념 속에 들어 있는 의미도 스스로 쉽게 알아냈다. 문법의 오류로 뒤처질 때도 있긴 했지만, 수사학이나 작문 같은 것에서 아무도 나를 능가하지 못했다. 아버지가 특별히 기뻐했던 것은 작문으로, 아버지는 상당한 현금을 아이에게 상으로 주곤 했다.

내가 셀라리우스[38]를 암기해야 하는 그 방에서 아버지는 누이동생[39]에게 이탈리아어를 가르쳤다. 내 과제를 빨리 끝내면 조용히 앉아 있어야 했기 때문에 나는 책을 펴 놓은 채 이탈리아어 수업에 귀를 기울였는데, 이탈리아어는 나에게는 재미있는 변형, 교묘한 변형으로 보였다.

기억하고 서로 관련짓는 것에 대한 나의 조숙함은 일찍부터 그

---

38 Andreas Cellarius (1596~1665): 지도 제작자로 1660년에 유명한 천구도(天球圖)를 완성했다.

39 괴테는 모두 여섯 남매였지만 모두 어려서 사망하고 여동생 코르넬리아만이 살아남았다.

런 것으로 이름을 날리는 다른 아이들과 마찬가지였다. 그런 까닭에 아버지는 내가 대학에 입학할 때까지 기다리기가 힘들었다. 곧 아버지는 나 역시 아버지가 특별히 좋아하는 라이프치히 대학에서 똑같이 법학을 공부하고, 그 뒤 다른 대학에 가서 박사학위를 받아야 한다고 말씀하셨다. 두 번째로 다닐 대학은 내가 어디를 선택하든 괜찮다고 하셨다. 이유는 지금도 잘 모르겠지만, 아버지가 괴팅엔만은 좋아하지 않았기 때문에 나는 괴로웠다. 왜냐하면, 괴팅엔 대학이야말로 내가 많은 신뢰와 희망을 품은 곳인 때문이었다.

아버지는 또한 나에게 베츨라나 레겐스부르크로 가고, 빈에도 가서 거기서 이탈리아로 가는 것이 좋겠다고 말했다. 그러면서도 이탈리아를 보고 나서 다른 곳을 보면 재미가 없으니 파리부터 가봐야 한다고 몇 번이나 말씀하셨다.

장래의 내 청년 시절을 이야기하는 이런 꿈같은 얘기는 듣고 또 들어도 좋았다. 특히 이탈리아 이야기는 끝으로 가면 나폴리에 관한 이야기로 이어지기 때문이었다. 그런 이야기를 하실 때면 아버지는 평소의 진지하고 딱딱한 모습이 어느새 녹아 버리고 생기가 넘쳤다. 우리 아이들의 마음속에는 그 천국에 어서 들어가 보고 싶은 뜨거운 욕망이 솟구쳤다.

차츰 늘어나는 개인 수업을 나는 이웃 아이들과 함께 받았다. 공동 수업은 대체로 나한테는 이익이 없었다. 교사는 평범한 수업을 했고, 학생들의 거친 태도와 나쁜 장난은 빈약한 수업을 불안하고 지겹게 만들어 방해만 되었다. 수업을 재미있고 다채롭게 만드는 명문집(名文集)은 우리 손까지 들어오지 않았다. 어린아이들에게는 너무 딱딱한 코르넬리우스 네포스,[40] 너무 쉬운데다가 설교와 종교 수업으로 말미암아 평범해져 버린 신약성서, 셀라리우스와 파르소[41]는 우리에게 아무런 흥미도 주지 못했다. 반면 우리는 당대 독일 시인들을 읽으면서 운을 달고, 시를 쓰는 것에 대하여 일종의 열광에 휩싸였다. 과제를 수사학이 아니라 시의 문제로 다루는 것이 재미있다고 생각하였는데 이것이 내 마음을 사로잡았다.

우리 소년들은 일요일에 모임이 있었는데 각자 시를 지어 와야 했다. 그런데 여기에서 어떤 이상한 일을 만나게 되어 나는 오랫동안 불안했다. 내가 볼 때 어떤 것이건 내가 쓴 시가 남들의 시보다 월등하게 보인 것이었다. 그런데 가만히 보니 내 경쟁자들이 너무도 유치한 것을 내놓으면서도 나처럼 자기 것이 제일 낫다고 생각하고 있었다. 더욱 의아스런 일은 비록 그런 것에 전혀 능력이 없는 어느 모범생 아이가 가정교사에게 운을 맞춘 시를 지어 달라고 하고서 들고 와서 그것을 최고작으로 생각할 뿐 아니라 자신이 쓴 것으로 확신한다는 사실이었다. 서로 친한 사이였는데, 그 아이는 나한테 언제나 꿋꿋하게 그렇게 주장했다. 그런 오류와 착각을 분명히 보았기 때문에 나는 어떤 때는 혹시 나도 마찬가지가 아닌지, 혹시 다른 아이들의 시가 정말로 내 시보다 나은 게 아닌지, 내가 그들을 그렇게 생각하듯 그들에게 나도 정신 나간 것으로 보이는 것이 아닌지 오랫동안 불안했다. 왜냐하면, 확연한 진실의 잣대를 발견하는 것이 불가능하기 때문이었다. 드디어 나는 시 쓰는 일은 중단했다. 그러다가 드디어 건방짐과 자존심, 그리고 우리들의 장난을 알게 된 교사와 부모님

---

40 Cornelius Nepos: 로마의 역사가 (기원전 100년경 ~ 기원전 24년).

41 Georg Pasor: 신약성서 주석서로 유명함 (1600년).

이 즉석에서 실행한 작문 심사가 나를 안심하게 하였다. 거기서 시를 잘 써서 나는 두루 칭찬을 받았다.

당시에는 아이들을 위한 문고는 준비되어 있지 않았다. 나이 든 사람들이 어린아이 같은 생각을 하고 있어서 자신의 학식을 후대에 전해 주는 것으로 만족했다. 아모스 코메니우스[42]의《그림으로 보는 세상》외에는 이런 종류의 책으로 우리의 손에 들어오는 것이 없었다. 우리는 메리안[43]의 동판화가 들어있는 2절판 성서를 몇 번이고 들춰 볼 뿐이었다. 같은 화가의 동판화가 들어 있는 고트프리트[44]의《연대기》는 세계사의 특이한 사건들을 우리에게 알려주었다.《고대편람》[45]은 온갖 우화, 신화, 기이한 이야기를 전해 주었다. 곧 우리는 오비디우스의《변신 이야기》까지 알게 되었고, 이런 최초의 서적들을 열심히 공부했기 때문에 어린 내 머릿속에는 많은 이미지와 사건, 수많은 특이한 인물들과 사건들이 가득했다. 이런 수확물을 가공하고 반복하고 다시 끌어내느라고 나는 조금도 심심하지 않았다.

종종 이런 거칠고 위험한 고대의 것보다 엄숙하고 도덕적인 효과를 주는 것이 있었는데, 페늘롱[46]의《텔레마크》같은 것이었다. 그 작품을 처음 노이키르히의 번역을 통해서 알게 되었는데, 극히 불완전한 것인데도 내 마음에 아주 유쾌하고 유익한 영향을 주었다.

《로빈슨 크루소》가 일찍부터 끼어든 것은 당연하고,《펠젠부르

---

42 Amos Comenisus (1592~1670): 체코의 교육학자.

43 Matthäus Merian (1593~1651): 스위스 태생의 화가.

44 Johann Ludwig Gottfried (1584~1633): 번역자, 작가, 편찬자 .

45 Accera Philologica: 고대사에 등장하는 이야기를 모아 Peter Lauremberg (1585~1639) 가 편찬해낸 책.

46 François de Salignac de La Mothe Fénelon (1651~1715): 프랑스의 종교가 겸 소설가.

크 섬)[47]이 빠지지 않은 것도 이상한 일이 아니다. 앤슨 경[48]의 《세계여행》은 진실의 품위와 픽션의 풍부한 환상을 연결한 것으로, 우리는 생각 속에서 이 탁월한 선원을 따라가면서 머나먼 세상으로 인도되었다. 우리는 지구본을 손가락으로 짚어가면서 발자취를 더듬어 보았다. 꽤 풍성한 수확을 나는 목전에 두고 있었는데, 그것은 당시의 형태로는 우수한 것은 아니었지만, 그 내용만은 우리에게 과거의 풍성한 업적을 진술하게 전해주는 많은 도서를 접하게 된 일이었다.

훗날 대중본, 대중판이라는 이름으로 알려지고 유명해진 서적을 만들어내는 출판사, 아니 제본소가 프랑크푸르트에 있었는데, 책이 엄청나게 잘 팔렸기 때문에 형편없는 입지에다 조판 활자로 거의 읽을 수 없는 인쇄를 했다. 우리 아이들은 고서점 앞의 작은 탁자에서 이런 귀중한 케케묵은 유물들을 발견하여 2, 3크로이처로 자기 것으로 만드는 행운을 가졌다. 《오일렌슈피겔》, 《하이몬의 네 아이》, 《아름다운 멜루지네》, 《옥타비아누스》, 《아름다운 마겔로네》, 《포르투나스》, 《영원한 유대인》 같은 책들이 군것질 대신 여기에 손을 내밀 마음만 있으면 얼마든지 손에 넣을 수 있었다. 무엇보다 좋은 점은 그런 책은 읽다가 찢거나 파손했을 때에도 다시 사다가 읽을 수 있다는 점이었다.

여름에 가족들끼리 마차를 타고 나갔다가 갑작스러운 폭우로 방해를 받아서 유쾌한 기분이 불쾌하게 돌변하듯이 아이들의 질병도

---

47 Insel Felsenburg (1731~43): 《로빈슨 크루소》를 모방한 Gottfried Schnabel의 소설이다. 18세기에 독일에서는 영국 소설의 영향을 크게 받았다.

48 George Anson (1697~1762): 영국의 해군 제독으로 1770~1774에 걸쳐 세계 일주 항해를 했다.

아름다운 시절에 갑자기 닥치는 수가 있다. 내 경우도 다르지 않았다. 자루와 마법의 모자가 등장하는 《포르투나스》 책을 산 지 얼마 안 됐는데 불쾌감과 열이 나를 엄습했다. 천연두 증세였다. 그때까지만 해도 천연두 예방주사는 문제점이 많은 것으로 받아들여지고 있었다. 대중적인 저술가들이 알기 쉽게 적극적으로 장려하고 있었지만, 독일 의사들은 자연에 미리 맞서는 것 같은 이 시술을 주저했다. 그래서 돈을 벌려는 영국인들이 대륙으로 건너와서 돈을 받고 선입견 없는 유복한 집안의 아이들에게 예방주사를 놓아주는 상황이었다. 하지만 다수의 사람은 아직도 이 오래된 재앙에 노출되어 있었다. 여러 가정에 이 질병이 나타나 많은 아이를 죽게 하고 흉하게 만들었다. 이미 성공적인 사례를 통해서 효력이 증명되었는데도 예방접종을 할 엄두를 내는 부모는 드물었다. 이 병은 우리 집에도 닥쳐 맹렬하게 나를 덮쳤다. 전신에 천연두 열꽃이 돋아 얼굴까지 뒤덮었다. 나는 며칠 동안 눈을 못 뜨고 심한 고통 속에서 누워 있었다. 모두 내 고통을 덜어주려고 애를 썼고, 내가 가만히 있으면서 문지르거나 비벼서 병을 악화시키지만 않는다면 온갖 것을 다 해주겠다고 약속했다. 나는 꿋꿋하게 참았다. 하지만 식구들은 떠도는 소문에 따라 환자를 될 수 있는 대로 따뜻하게 감쌌고, 그래서 병은 악화하였다. 고통스러운 시간이 지나고 나자 내 얼굴에서 가면 같은 것이 떨어져 나갔고 눈에 보일만 한 흔적은 피부에 남지 않았다. 하지만 눈에 띄게 모습이 달라졌다. 햇빛을 다시 보게 되고 차차 피부의 흉터도 사라졌기 때문에 나 자신은 만족스러웠지만, 남들은 무정하게도 과거의 모습을 자꾸만 상기시켰다. 특히 전에 우상처럼 나를 받들던 소탈한 숙모는 매번 "어머나, 얘, 왜 이렇게 미워졌어!"라고 큰 소리로 말했다. 그런 다음에 전에 얼마나 나를 예뻐했었는지, 나를 데리고 다니면 얼마나 남들의 시선을 끌었는지를 장황하게 이야기했다. 그래서 나는 사람이란 남들에게 주었던 기쁨에 대해 종종 혹독한 대가를 치르게 된다는 사실을 일찍부터 터득하게 되었다.

홍역이든 천연두든 어린 시절을 괴롭히는 어떤 질병도 나를 빼놓고 지나가는 법이 없었다. 그리고 매번 식구들은 이제는 재앙이 영원히 지나갔으니 다행이라고 말했다. 하지만 유감스럽게도 또 다른 무엇인가가 뒤에서 위협적으로 다가왔다. 그런 일은 나를 더욱 생각에 잠기게 하였다. 나는 초조한 괴로움을 떨쳐버리려고 인내 연습을 많이 했기 때문에, 스토아학파의 철학자들이 높이 평가하는 이 미덕을 본받을 만한 훌륭한 것으로 생각하게 되었다. 인내에 대해서는 기독교의 가르침 역시 적극적으로 장려하고 있었기 때문에 더욱 그렇게 생각하게 되었다.

가족들의 질병을 이야기하는 기회에 같은 병에 걸려서 적잖이 고생을 했던 세 살 아래의 동생[49]을 기억하고자 한다. 이 동생은 천성이 부드럽고 조용하고 고집이 있었다. 우리는 한 번도 제대로 친해보지 못했다. 그 아이는 어려서 세상을 떠났다. 마찬가지로 일찍 세상을 떠난 형제 중에서 나는 예쁘고 착한 여동생 하나만 기억이 난다. 몇 해가 지나고 나니 나는 여동생과 둘 만 살아남았고, 그러므로 우리는 더욱 다정하고 사이좋게 지내게 되었다.

이런 질병이나 장애가 되는 다른 불쾌한 일들로 인해 좋지 않은 일이 생겼다. 그것은 일종의 교육일지, 수업일지 같은 것을 준비

---

49 동생 Hermann Jakob Goethe (1752~1759).

해 놓고 아버지께서 그동안 뒤처진 것을 만회하려 한 까닭이다. 회복되자 아이들에게는 두 배의 수업이 부과되었다. 그것을 공부하는 것은 어렵지 않았지만, 결정적인 방향을 잡아가던 나의 내적 발전이 그 때문에 정지되고, 어느 정도 후퇴를 하게 된 점에서 나에게 그것은 힘든 일이었다.

이런 교수법이나 교육적 압박을 피해서 우리는 보통 외가로 피신했다. 외할아버지댁은 프리트베르크 가에 있었는데 과거에는 요새였던 것 같았다. 가까이 가 보면 총안[50](銃眼)이 있는 커다란 성문 밖에는 아무것도 없고 문 양편으로 집 두 채가 붙어있었다. 안으로 들어가 좁은 입구를 지나면 꽤 넓은 마당이 나온다. 이런저런 건물들이 마당을 둘러싸고 있었는데 이제는 그 건물들이 모두 합쳐져서 집 하나가 되어 있었다. 우리는 대개 마당으로 곧장 달려갔다. 마당은 건물 뒤쪽으로 넓고 깊게 이어져 있었는데 손질이 잘 되어 있었다. 통로 양편에는 포도 넝쿨을 얹은 격자 울타리가 둘려 있고 한쪽에는 푸성귀가, 다른 한쪽에는 꽃이 심어져 있었다. 꽃은 봄에서 가을까지 몇 차례나 바뀌면서 마당을 장식했다. 남쪽을 향한 긴 담에는 늘어서듯이 기대어 심어놓은 잘 기른 복숭아나무들이 서 있었다. 여름 동안 복숭아나무에는 금단의 열매가 먹음직스럽게 달려 있었다. 하지만 거기에서 우리들의 욕심을 채우는 것은 금지되어 있었기 때문에 우리는 차라리 그 옆을 피해서 엄청나게 많은 요하니스베리와 구즈베리가 가을까지 계속 열매를 맺어 우리들의 욕심을 채워주는 맞은편으로 몸을 돌렸다. 높고 널따랗게 퍼진 오래된 뽕나무 역시 그

---

50 성벽에 요철 형으로 만든 총구멍.

에 못지않게 중요했다. 열매 때문이기도 하지만, 비단 실을 뽑는 누에가 그 잎을 먹고 산다는 이야기를 들었기 때문이었다. 이 평화로운 공간에서 할아버지는 저녁마다 정원사가 거친 일을 하는 동안 섬세한 과일나무를 느긋하지만 부지런하게 손수 돌보거나 꽃 가꾸는 일을 하셨다. 아름다운 패랭이꽃을 가꾸고 늘리는 여러 가지 일을 할아버지께서는 조금도 싫어하지 않았다. 또한, 공을 들여서 복숭아나무 가지를 손수 부챗살처럼 펼쳐지도록 조심스럽게 묶으셨는데, 과일들이 편하고 풍성하게 자라도록 하기 위해서였다. 튤립, 히아신스 등의 알뿌리를 분류하고 보관하는 일도 할아버지는 다른 사람에게 맡기지 않았다. 아직도 나는 할아버지가 갖가지 종류의 장미를 열심히 접목하고 계신 모습을 기억한다. 그럴 때면 가시에 찔리지 않도록 고풍스러운 가죽장갑을 끼셨는데, 장갑은 취주 악사 재판에서 매년 세 켤레씩 받았기 때문에 결코 부족한 적이 없었다. 할아버지는 법복 비슷한 잠옷을 입으셨는데, 머리에는 항상 주름진 검정 벨벳 모자를 쓰고 계셔서 알키노스와 라에르테스[51]의 중간쯤 되는 인물로 보였다.

이 모든 마당 일을 할아버지는 공직과 마찬가지로 규칙적으로 정확히 해나갔다. 아래층으로 내려오기 전에 할아버지는 항상 다음 날 처리할 신청서를 정리하고 기록을 읽었다. 아침에는 시청에 나갔다가 돌아오셔서 식사하시고 할아버지 의자에서 끄덕끄덕 주셨다. 모든 일이 매일 똑같았다. 할아버지는 말수가 적고 화를 내는 법이 없었다. 나는 할아버지가 화낸 모습을 본 적이 없다. 할아버지를 둘러싼 모든 것은 고풍스러웠다. 나는 굽도리를 댄 할아버지의 방에서

---

51 두 사람은 호메로스의 《오디세이아》에 등장하는 인물들로 알키노스는 파이아케스의 왕이고, 라에르테스는 오디세우스의 아버지이다.

어떤 것도 달라지는 것을 한 번도 본 적이 없다. 할아버지의 서재에는 법률 서적 외에는 초창기의 여행기, 항해기, 그리고 지리상의 발견에 관한 책밖에 없었다. 이런 흐트러짐 없는 평화와 영원한 지속의 느낌을 다른 어느 곳에서도 본 적이 없다.

그렇지만 이 품위 있는 어르신에 대해서 가지고 있는 경외심을 더욱 고조시키는 것은 할아버지가 예언 능력, 특히 자신이나 자신의 운명에 대해 예언의 능력을 갖추고 있다고 굳게 믿었기 때문이었다. 할머니 이외에는 아무에게도 마음속을 자세하게 털어놓지 않았지만 우리는 할아버지가 의미 있는 꿈으로 미래에 일어날 일을 계시받는다는 것을 알고 있었다. 예를 들어 소장 시의원이던 시절에 할아버지는 배심원석에 빈자리가 생기면 자신이 앉게 될 것이라고 할머니에게 확언한 적이 있다고 한다. 그리고 그 후 얼마 되지 않아 실제로 배심원 중의 한 사람이 뇌졸중으로 세상을 떠나게 되었는데, 후임을 선출하고 추첨하는 날 아침에 할아버지는 축하객 맞을 준비를 해놓으라고 일러두었고, 결정적인 황금 구슬이 정말로 할아버지에게 돌아간 것이다. 여기에 대해 할아버지는 그런 일을 예시한 간단한 꿈을 할머니에게 다음과 같이 얘기했다고 한다. 꿈에서 할아버지는 자신이 여느 때처럼 시의회의 회의에 앉아 있는 모습을 보았는데 갑자기 뒤에 세상을 떠난 배심원이 자리에서 일어나 내려오더니 할아버지에게 정중하게 인사를 하고 자기가 떠난 자리에 가서 앉으라고 말하고 문을 나갔다는 것이다.

시장이 세상을 떠났을 때에도 그 비슷한 일이 일어났다. 그런 경우에는 대개 황제가 시장을 선거하던 과거의 권리를 끄집어낼 것을 걱정하기 때문에 자리를 채우는 데 시간을 오래 끌지 않았다. 이번에는 다음 날 아침에 비상회의가 열린다는 통보가 한밤중에 법원 직원을 통해서 전달되었다. 그런데 들고 있는 초롱의 불이 꺼지려고 하자 그 사람은 갈 길을 계속 가야 하니 토막 초라도 있으면 하나 달라고 했다. 그러자 할아버지가 집 안의 여자들에게 "온전한 초를 한 자루 내주어라, 나 때문에 고생하고 있다."라고 했다는 것이다. 이 말은 그대로 사실이 되었다. 정말로 할아버지는 시장이 되었다. 더 이상한 일은 추첨을 할 때 할아버지는 세 번째로, 즉 맨 마지막으로 구슬을 집게 되었는데 두 개의 은구슬이 먼저 나왔다는 것, 즉 황금 구슬은 할아버지를 위해서 마지막까지 바닥에 그대로 남아 있었다는 것이다.

우리가 들은 다른 꿈 역시 별 특징이 없고 단순해서 유별나지도, 기이하지도 않은 그런 꿈이었다. 그뿐만 아니라 나는 어렸을 적에 할아버지의 책이나 비망록을 넘겨보다가 다른 것들 속에서 원예와 관련된 기록을 발견한 적이 있었는데 거기에는 "어제저녁에 아무개가 우리 집에 와서 말하기를……"이라고 적혀 있었다. 이름이나 계시 같은 것은 암호로 적혀 있었다. 혹은 "어젯밤에 보니……"라고만 쓰여 있고, 그다음에는 접속사나 그 외에 몇 마디를 제외하고는 판독할 수 없는 암호로 되어 있었다.

여기서 말해 둘만 한 것은 평소에 예감 능력의 흔적을 전혀 찾아볼 수 없는 사람들이 할아버지의 영향으로 멀리서 같은 시간에 일어나는 질병이나 죽음의 사건을 예감하는 능력을 감각적인 인지를 통해서 갖게 되는 일이었다. 하지만 할아버지의 아들이나 손자들에게 이런 재능은 전혀 물리지 않았다. 그들 대부분은 오히려 건장한 사람들로, 즐겁게 삶을 즐기고 현실의 일에만 눈을 돌렸다.

이 기회에 나는 어린 시절에 나에게 많은 호의를 베풀어준 사람들을 감사의 마음으로 기억하고자 한다. 예를 들면 자료상 멜버 씨와 결혼한 둘째 이모[52]를 방문할 때마다 항상 잘 지냈다. 이모의 집과 상점은 인파가 많고 활기찬 시장 한가운데 있었다. 그곳에서 우리는 휩쓸려 버릴까 봐 무서워하는 인파와 무리를 신이 나서 창문으로 내다보았다. 상점에 있는 많은 상품 가운데서 처음에는 감초와 갈색 글자가 찍힌 감초 과자가 가장 관심을 끌었지만, 차츰 나는 가게에 들어오고 나가는 많은 다양한 물건들에 흥미를 느끼게 되었다. 젊은 시절에 우리 어머니가 옷을 단정하게 입고, 우아한 여자다운 일을 하거나 책 읽기를 좋아하였지만, 이모는 이웃집을 돌아다니며 나한테 상당 기간 그랬던 것처럼 돌봐 줄 사람이 없는 아이들을 맡아 돌보고 머리를 빗겨 주고 안아 주었다. 이모는 대관식 같은 공공 축제일이면 특히 집에 붙어 있지를 못했다. 어린아이였을 때부터 그런 축제일이면 땅에 뿌려진 돈을 주우러 다녔다. 들은 바로는 상당히 돈을 모아 그것을 손바닥에 올려놓고 좋아하고 있었는데 어떤 사람이 치는 바람에 애써 모은 것을 한 번에 잃은 적도 있다고 한다. 또 한 가지 자랑하는 일은, 마차를 타고 지나가는 황제 카를 7세에게 모든 사람이 침묵하고 있는데 이모가 갓돌 위에 올라서서 마차 안을 향해 힘차게 만세를 불렀다는 것, 그리고 대담하게 이목을 집중시킨 이 행동에 대해서 황제가 이모를 향해 모자를 벗고 정중하게 감사를 표한 일이었다.

이모의 집에서는 주위의 모든 것이 활기차고 명랑했다. 우리 아이들은 이모 덕택에 잘 지낼 수 있었다.

---

52 Johanna Maria Melber.

훨씬 조용하게, 자신의 천성에 맞는 상황에서 사는 둘째 숙모[53]는 성 카타리나 교회의 슈타르크 목사와 결혼했다. 목사는 신념이나 신분에 어울리는 조용한 생활을 하고 있었고 멋진 장서를 가지고 있었다. 그 집에서 나는 호메로스를 알게 되었다. 그것은 폰 레온 씨가 편찬한《최신판 신 나는 여행》의 제7부에서 따온《호메로스의 트로이 정복기》라는 제목으로, 프랑스 취향의 요란한 동판화로 멋을 낸 산문 번역본이었다. 거기 실린 그림들은 내 상상력을 망쳤는데, 오랫동안 나는 호메로스의 영웅들을 그 책에 그려진 모습으로밖에는 상상할 수가 없었기 때문이었다. 사건들 자체는 정말로 마음에 들었다. 다만 이 책이 트로이의 정복에 관해서는 아무런 언급이 없이 헥토르의 죽음으로 이야기가 끝난 것은 비난하지 않을 수 없었다. 이런 약점에 관해 고모부에게 이야기했더니 고모부는 나한테 베르길리우스를 읽으라고 권했는데, 베르길리우스는 내 요구를 완벽하게 채워주었다.

우리 아이들이 다른 수업과 함께 꾸준히 진행되어 점점 수준이 높아지는 종교수업을 받은 것은 당연한 일이었다. 하지만 우리에게 전해지는 교회의 프로테스탄티즘은 일종의 무미건조한 도덕에 불과했다. 재치 있는 강론은 생각도 할 수 없었고, 교리는 영혼에도 마음에도 와 닿지 않았다. 그래서 합법적인 교회로부터 여러 종류의 분파가 생겨나고 있었다. 분리파, 경건과, 헤른후트파,[54] 시골 정적파[55] 등

---

53 Anna Maria Starck.

54 Herrnhut: Zinzendorf 백작에 의해 시작된 경건주의 운동이며, 괴테는 어머니의 친구인 클레텐베르크 부인을 통해 헤른후트 파의 영향을 많이 받게 된다.

55 Stille im Lande: 1780년경 설립된 경건주의 일파로, 그 중심은 명상과 기도이다.

이 그들인데, 명칭이 무엇이든 어느 종파이든 그리스도를 통해서, 공인된 종교의 형태에서 가능한 것 이상으로 신성에 더 가깝게 다가가려는 의도를 가지고 있었다.

소년인 나는 이런 견해와 사상에 관해 끊임없는 이야기를 들었다. 성직자든 속인이든 찬성과 반대로 파가 나누어진 까닭이었다. 다소나마 분파에 속한 사람들은 소수였지만 이들의 사고방식은 독창성, 진실함, 끈기, 독자성으로 사람들의 마음을 끌었다. 그들의 덕목이나 그 표현방식에 관해서는 여러 이야기를 들었는데 특히 어느 독실한 함석장인(匠人)의 말은 유명했다. 동료 중의 한 사람이 "자네의 고해신부가 누구인가?"라고 물으면서 창피를 주려고 하자 그는 쾌활하게 "내 고해신부는 아주 고귀하신 분으로, 다윗 왕의 고해신부가 그분이십니다."[56]라고 대답했다고 한다.

이런 일이나 그 비슷한 일이 소년인 나에게 깊은 인상을 남겼고, 나로 하여금 비슷한 생각을 하게 한 것 같다. 나는 자연의 위대한 신, 하늘과 땅을 창조하고 지키는 분, 세상의 아름다움과 우리가 받고 있는 여러 가지 은혜로 말미암아 그분의 과거 분노를 오래전에 잊게 된 그 소중한 분에게 직접 다가가겠다는 생각을 하게 되었다. 하지만 내가 그분에게 가는 길은 매우 독특했다.

소년인 나는 신앙의 제1조에 의지하고 있었다. 자연과 직접 교섭하며, 자연을 자신의 과업으로 소유하고 사랑하는 신이야말로 나에게는 진정한 신으로 보였다. 신은 다른 어떤 것과 마찬가지로 인간과 밀접한 관계를 맺고 있으며, 별의 운행이나 시간, 계절, 동식물과 인

---

56 다윗의 고해자는 하느님으로, 이 말은 함석장인이 사람을 거치지 않고 직접 하느님과 소통한다는 뜻이다.

간을 돌보고 있었다. 복음서의 몇몇 구절이 이 점을 확실하게 전하고 있었다. 그런 존재에게 내가 어떤 모습을 부가할 수는 없었다. 그래서 나는 신을 그분의 과업 가운데서 찾았고, 구약성서 식으로 제단을 만들려고 했다. 자연물은 세상을 비유적으로 보여주니 그 위로 불꽃이 타오르면 불꽃이 창조주를 우러러보는 인간의 마음을 보여준다고 생각했다. 그래서 나는 내가 가지고 있고 우연히 숫자가 늘어나게 된 광물 수집품 중에서 최상의 것을 찾았다. 그것을 쌓아 올리는 방법이 제일 어려운 일이었다. 아버지한테는 빨간 래커 칠을 하고 금박 꽃무늬를 입힌 아름다운 악보대가 있었는데, 사방이 피라미드 모양이고 층이 여럿 나 있어서 사중주를 할 때 아주 편한 것이었다. 그런데 근자에 오면서 거의 사용하지 않고 있었다. 나는 그것을 제단으로 삼아 자연의 대표적인 물건들을 층층으로 쌓아올렸는데 그것은 즐거운 일, 매우 의미 있는 일로 보였다. 어느 이른 아침에 첫 예배를 올릴 작정이었다. 단지 젊은 성직자는 좋은 향기가 나면서 동시에 불길이 일도록 하는 방법을 알 수가 없었다. 드디어 두 가지가 한꺼번에 가능하게 되었는데, 그것은 불길은 안 솟지만, 불빛을 내면서 좋은 향을 내는 작은 향초를 가지게 된 것이다. 희미하게 타면서 연기를 내는 이 초는 불꽃 이상으로 활활 타오르는 마음의 움직임을 더 잘 표현하는 것 같았다. 해가 떠올랐는데 아직은 이웃집이 동쪽을 가리고 있었다. 해가 드디어 지붕 위에 나타났다. 나는 바로 점화경(點火鏡)을 들고 아름다운 사기 접시에 놓인 향초에 불을 붙여 보았다. 모든 것이 생각대로 잘 되었고, 예배 의식은 완벽했다. 제단은 새집에서 배정받은 내 방의 특별한 장식이 되었다. 아무도 그것을 장식용 광물 표본으로밖에 보지 않았고, 말하고 싶지 않은 비밀에 관해서는 나만이 알고 있었다. 소년은 그 의식을 반복하고 싶었다. 마침 해가 알맞게 솟아 올라왔는데 초를 받칠 사기 접시가 수중에 없었다. 그는 향초를 악보대 위에 올려놓고 불을 붙였다. 그런데 예배가 너무도 거창했기 때문에 이 제물들이 손을 쓸 수 없을 정도의 재화를 일으킬 때까지 성직자는 아무것도 알지 못했다. 향초는 빨간 래커와 아름다운 금박에까지 타 내려갔고, 마치 악령이 도망가면서 지울 수 없는 검은 자국을 남겨 놓은 것처럼 보였다. 어린 성직자는 극도로 당황했다. 크고 화려한 광물 표본으로 이 상처 자국을 가려 놓을 수 있었지만, 다시 제를 올릴 용기는 사라지고 말았다. 이제 그는 이 우연을 신에게 그런 방식으로 다가가려는 것이 도대체 얼마나 위험한지를 말해주는 암시이자 경고로 생각하게 되었다.

제2장

지금까지의 이야기는 세상이 오랜 평화를 누리며 행복하고 편안한
시절의 이야기이다. 그런데 이렇게 좋은 시절을 유쾌하게 즐길 수 있
는 곳은 사실 도시뿐이다. 도시는 자체의 법으로 살아가고, 상당수의
시민을 수용할 만큼 넓으며, 상업과 무역이 주민들을 부유하게 만들
어 줄 수 있는 좋은 곳에 있는 까닭이다.[57] 타지 사람들도 도시를 오
가면서 이득을 얻을 수 있지만, 그런 일은 일단 도시에다 이득을 가
져다주지 않고는 불가능하다. 도시는 엄청나게 큰 면적을 소유하지
않아도 내부의 번영을 얼마든지 이룰 수 있는데, 그것은 대외관계에
큰 비용을 쓰지도, 공조의 의무도 갖지 않기 때문이다.

　내가 어린 시절에 프랑크푸르트 사람들은 이런 식으로 계속 행
복한 세월을 보냈다. 그러나 1756년 8월 28일 일곱 번째 생일이 지
나자마자 내 인생의 다음 7년 동안 커다란 영향을 미치게 된 세계적
으로 유명한 전쟁이 발발했다.[58] 프로이센의 왕 프리드리히 2세가 6
만 명을 이끌고 작센을 공격한 것이다. 그보다 먼저 선전포고가 아니
라 왕 자신이 썼다는 선언문이 발표되었다. 선언문은 그런 엄청난 사

57　독일에는 프랑크푸르트, 브레멘, 함부르크 같은 자유도시들이 경제적으로 독자적인
　　성장을 해왔다.
58　7년 전쟁 (1756~1763): 왕위계승 전쟁에서 프로이센에 패해 슐레지엔을 빼앗긴 오스
　　트리아가 그곳을 되찾기 위해 프로이센과 시작한 전쟁이다.

건을 일으키게 한, 그리고 그것을 정당화하는 동기에 관해 쓴 것이었다. 즉시 세상은 구경꾼이 아니라 심판자로 나서도록 양편으로 나뉘었는데, 우리 가정은 커다란 세상의 축소판이었다.

프랑크푸르트 시의 배심원으로 프란츠 1세의 대관식에서 하늘을 덮는 천개(天蓋)를 들고 여제 마리아 테레지아한테서 초상이 든 귀한 황금 목걸이를 받았던 우리 외할아버지는 사위, 딸들과 함께 오스트리아 편을 들었다. 반면 카를 7세로부터 황실 고문으로 임명된 아버지는 이 불행한 군주의 운명에 진심으로 동조하여 좀 더 적은 숫자의 가족들과 함께 프로이센 쪽으로 마음이 기울었다. 수년 동안 일요일마다 계속되던 모임에 곧 문제가 생겼다. 가족들 사이에서 흔히 있는 알력이 이제 완연히 모습을 드러내게 되었다. 식구들은 다투고, 문제를 일으키고, 침묵하고, 불쑥 일어나서 가버렸다. 평소에는 명랑하고 침착하고 점잖은 외할아버지도 참을성을 잃었다. 불길을 진압하려고 여자들이 애를 써보았지만, 소용이 없었고, 몇 차례 불쾌한 장면이 벌어진 후 우리 아버지가 제일 먼저 모임에서 탈퇴했다. 열정적인 이모가 커다랗게 환호하면서 전하는 프로이센의 승리를 이제 우리는 집에서 눈치 볼 필요 없이 마음껏 기뻐했다. 여기에 대한 관심 탓에 다른 관심은 모두 뒷전으로 밀려났고, 아직 많이 남아 있는 그 해를 우리는 계속되는 소란 속에서 보냈다. 드레스덴 점령, 처음에는 국왕이 조용히 행동했지만, 곧 시작된 느리지만 확실한 전진, 르보지츠의 승리, 작센인들을 포로로 사로잡은 일은 우리 편에게는 큰 승리였다. 적에게 이로워 보이는 모든 것은 부인하거나 축소했다. 그런데 반대편 식구들도 똑같은 행동을 했기 때문에 거리에서 마주치면 꼭《로미오와 줄리엣》에서처럼 다툼이 일어났다.

나 역시 프로이센 편, 정확하게 말하자면 프리츠[59] 편이었다. 하지만 사실 프로이센이 우리하고 무슨 상관이란 말인가! 모두의 마음에 작용한 것은 위대한 왕의 성품이었다. 나는 아버지와 함께 우리 편의 승리를 기뻐하며 승리의 노래를 받아 적었다. 그보다 더 좋아한 것은 적을 조롱하는 노래였는데, 그 노래는 운(韻)이 정말 형편없었다.

맏손자이자 대자(代子)인 나는 어린 시절부터 일요일마다 외할아버지댁에서 식사했다. 나에게는 한 주일 중 가장 즐거운 시간이었다. 하지만 이제는 한 입도 맛이 없었는데, 나의 영웅이 끔찍스럽게 욕먹는 소리를 들어야 했기 때문이었다. 외할아버지댁에는 우리 집과는 다른 바람이 불었고, 이야기도 달랐다. 외할머니와 외할아버지에 대한 나의 사랑과 존경심은 줄어들었다. 우리 집에 오면 할아버지 댁 이야기는 할 수 없었다. 나 스스로 알아서 그만둔 것도 있고, 어머니가 경고하기도 했다. 이런 일로 나는 나 자신 속으로 빠져들었고, 여섯 살 때 리스본 지진 이후 신의 은혜를 어느 정도 의심하게 되었듯이 이제는 프리드리히 2세 때문에 과연 대중이 옳은지를 의심하기 시작했다. 나는 천성적으로 공경하는 마음을 가지고 있어서 존경할 만한 것에 대한 믿음이 흔들리려면 큰 충격이 필요했다. 유감스럽지만 우리는 미풍양속이나 점잖은 태도를 그 자체 때문이 아니라 남들 때문에 강요받았다. 사람들이 뭐라고 말할지를 생각했고, 사람들은 틀림없이 올바르고 모든 것을 완전하게 제대로 평가한다고 생각했었다. 그런데 이제 나는 그 반대되는 일을 경험했다.

---

59 프리드리히 2세.

극히 위대하여 이목을 끌만한 업적이 비난당하고 적수를 만들었으며, 최고의 행위가 부인되지는 않았어도 적어도 왜곡되고 축소되었다. 그리고 그런 부당함이 모든 동시대인 중에서 탁월한 사람, 자신이 할 수 있는 일을 날마다 증명하고 입증하는 유일한 사람한테서 일어난 것이다. 서민들이 아니라, 우리 외할아버지나 삼촌같이 뛰어난 사람들한테서 그런 일이 일어난 것이다. 당파가 있을 수 있으며 나 자신도 결국은 어떤 당파에 속한다는 것을 소년인 나는 알지 못했다. 내가 더 옳다고 생각했고 내 생각이 더 낫다고 주장해도 된다고 생각했는데, 나와 비슷한 생각을 하는 사람들이나 나는, 마리아 테레지아의 아름다움이나 그 외의 장점을 모두 높게 평가하고, 보석이나 금전에 대한 프란츠 황제의 애착까지도 나쁘게 생각하지 않았기 때문이다. 다운 백작[60]을 멍텅구리로 부르는 것도 그럴 수 있는 일로 생각되었다.

이제 곰곰이 생각을 해보니 나는 여기서 평생 나를 따라다닌, 나중에 나이가 들고야 통찰과 학식으로 해결할 수 있게 된, 대중에 대한 무시, 대중에 대한 경멸의 싹을 발견한다. 일찍 당파의 부당함을 알게 된 것, 사랑하고 존경하는 사람들과 멀어지는 것에 익숙해진 것이 소년인 나에게는 불행하고 해로운 일이었다. 계속되는 전투와 사건은 당파로 갈라진 사람들에게 안식도, 평화도 빼앗아 갔다. 우리는 악의적인 쾌감, 생생한 악행과 난폭한 행위가 계속 일어나고 격해지는 것을 보았는데, 그것은 2~3년 후에 프랑스인들이 프랑크푸르트를 점령해서 우리 집안이 정말로 불편해질 때까지 계속되었다.

---

60 Leopold Joseph Daun (1705~1766): 7년 전쟁기간 오스트리아의 사령관.

먼 곳에서 일어나는 이 대사건을 대부분 사람은 열광적인 얘깃거리로 생각했지만, 시대의 심각성을 통찰한 사람들은 프랑스의 참전으로 우리 지역도 전쟁터가 될 수 있음을 걱정했다. 어른들은 전보다 더 우리를 집 안에 잡아두려 했고, 우리가 여러 가지에 정신이 빼앗겨 여전히 즐겁게 지내도록 신경 썼다. 그런 목적으로 할머니의 유품인 인형극을 다시 하게 되었는데, 구경꾼들은 내 다락방에 앉았고 연기자나 연출자는 옛날 프로시니엄 극장에서처럼 옆방에 자리를 잡았다. 이번에는 이 아이, 다음번에는 저 아이를 관객으로 입장시키는 특전을 베풀었기에 나는 처음에는 많은 친구를 만들었다. 하지만 특유의 초조감 때문에 아이들은 참을성 있는 관객이 되지 못했다. 아이들은 연극에 방해되었다. 그래서 우리는 유모나 하녀가 확실하게 기강을 잡을 수 있는 더 어린 관객을 찾아야 했다. 우리는 인형에 맞추어진 원래 대본을 외웠는데 처음에는 그것만 공연했다. 그러나 곧 싫증이 나서 의상과 장식을 바꾸고 다른 작품들을 해보았는데, 그런 작은 무대에 올리기에는 너무 큰 작품들이었다. 분에 넘치는 이런 행동으로 우리가 정말로 해낼 수 있는 것을 축소하고 심지어 파괴하기도 했지만 그래도 이런 어린애다운 재미나 장난을 통해서 나는 창의력, 표현력, 상상력과 어느 정도의 기술을 다양하게 익히고 촉진하게 되었다. 그토록 좁은 공간과 적은 비용으로 아마 다른 어떤 방법으로도 그만한 성과를 단기간에 낼 수 없을 것이다.

컴퍼스와 자를 다루는 법을 나는 일찍 습득했는데, 기하 시간에 배운 모든 것을 실제에 그대로 응용했기 때문이다. 그리고 마분지 작업에 몰두했다. 기하학을 응용하는 작은 상자 같은 것에 그치지 않고 기둥, 계단, 납작 지붕으로 장식된 별장을 고안하기도 했지만 완성된 것은 많지 않았다.

내가 훨씬 더 끈기 있게 했던 일은 우리가 인형들보다 키가 더 커지자 공연하고 싶은 희극이나 비극에 쓰일 보물창고를 재단사인 우리 집 하인의 도움으로 스스로 마련하는 일이었다. 친구들도 그런 물품을 만들었는데 그들은 자기네 것이 내 것만큼 멋지고 좋다고 생각했다. 하지만 나는 그런 도구를 한 인물한테만 사용하지 않고 작은 무리의 인물들까지 갖가지 소도구로 꾸밀 줄 알았기 때문에 우리 친구들 모임에서 나는 점점 더 꼭 필요한 존재가 되었다. 그런 놀이가 패거리를 만들고, 싸움과 폭력을 일으키고 대개는 욕설과 불쾌한 일로 끔찍한 결과를 가져온다는 것은 짐작이 가는 일이다. 패거리가 자주 바뀌었지만 보통 어느 특정한 친구가 내 편이 되고, 나머지는 반대편에 붙었다. 필라데스[61]라고 부르고 싶은 유일한 친구는 다른 아이들의 부추김으로 단 한 번 나를 떠난 적이 있었지만, 나한테 적수로 맞서는 것을 일 분도 견뎌내지 못했다. 우리는 눈물을 흘리면서 화해했고, 끝까지 한편이 되었다.

나는 그 친구와 나를 좋아하는 아이들에게 동화를 들려주어 몹시 즐겁게 해줄 수 있었다. 아이들은 내가 일인칭으로 이야기하는 것을 좋아했는데, 친구인 나에게 그런 신기한 일들이 있었다는 것을 큰 기쁨으로 여겼다. 그들은 내가 어떻게 놀고 어딜 오가는지 자기들이 잘 알고 있는데 나한테 그런 모험이 일어난 시간이나 공간이 어떻게 가능할지 그런 것은 전혀 의심하지 않았다. 사건의 장소가 전혀 다른 세계는 아니라도 타 지방인 경우가 무척 많았고, 모든 일은 오늘 아

---

61 필라데스는 아가멤논의 아들인 오레스트의 사촌으로, 오레스트와 필라데스는 절친한 친구의 대명사이다.

니면 어제 일어난 일이었다. 그들은 내가 놀리는 것보다 더 많이 스스로 속아 넘어가고 있었다. 내가 천성에 맞게 이 가공의 인물이나 허풍을 차츰 다듬어서 예술의 형태로 만들지 못했더라면 그런 허풍은 틀림없이 나에게 나쁜 결과를 남겼을 것이다.

이런 충동을 제대로 자세히 살펴보면 장본인에게는 사실로 보일지 몰라도 전혀 사실일 수 없는 말을 다른 사람들로 하여금 사실로 믿도록 요구하는 작가의 오만함을 볼 수 있다.

여기에서 내가 편하게, 회상하는 식으로 이야기한다면 아마 하나의 실례, 본보기가 되어 더 재미있고 구체적으로 알아듣게 될 것이다. 이제 내가 친구들에게 자주 얘기를 해주었기 때문에 지금도 상상이나 기억 속에 선명하게 떠오르는 동화 하나를 이야기하고자 한다.

신(新) 파리스[62]
소년 동화

얼마 전 성령강림절 전날 밤에 꿈을 꾸었는데, 꿈에서 나는 거울 앞에 서서

---

62 우리가 흔히 동화, 혹은 민담이라고 부르는 메르헨(Märchen)에는 두 종류가 있다. 전래한 이야기에 근거를 둔, Grimm 형제의 동화로 대표되는 Volksmärchen(전래 동화/민담)이 있고, 여기 괴테의 〈신 파리스〉와 같이 작가가 알려진 Kunstmärchen(창작 동화)이 있다. 전래동화나 창작동화나 모두 낭만주의 시대에 화려하게 꽃을 피웠으니, 괴테의 창작동화는 시대를 앞선 선구적인 작품이라고 할 수 있다. 괴테의 대표적인 메르헨은 〈메르헨 Märchen〉(1795),〈신 파리스 Der neue Paris〉(1811),〈신 멜루지네 Die Neue Melusine〉(1817)로, 〈신 파리스〉는 괴테의 나이 62세 때, 그러니까《시와 진실》집필 중에 쓰인 것이다. 그리스 신화 속의 인물인 파리스는 세 여신 헤라, 아테네, 아프로디테 중에서 황금 사과를 줄 최고의 미녀를 선택하는 어려운 과제를 받았다.

축제일에 입으라고 부모님이 맞춰주신 새 여름옷을 입는 중이었어. 너희가 아는 대로 그것은 커다란 은 버클이 달린 산뜻한 가죽 구두, 고급 면 스타킹, 검정 서지[63] 바지와 금 단추가 달린 초록 바라칸[64] 상의였어. 거기다 금색 천으로 만든, 우리 아버지가 결혼하실 때 입었던 조끼도 입었어. 머리를 다듬고 분을 뿌렸는데, 곱슬머리가 머리에 솟아올라 작은 날개처럼 보였지. 나는 옷을 제대로 챙겨 입을 수가 없었는데, 계속 옷이 뒤바뀌고 다음 번 옷을 입으려고 하면 자꾸만 앞서 입은 옷이 벗겨지는 거야. 그래서 정신을 못 차리고 있는데, 젊고 잘생긴 남자가 나한테 오더니 아주 친절하게 인사를 하더군. "안녕하세요!"라고 내가 말했지. "여기서 뵙게 되어 기쁩니다." — "나를 아십니까?" 그가 미소 지으면서 대답했어. — "그럼요."라는 것이 역시 미소를 띤 나의 대답이었지. "메르쿠어[65] 씨지요. 그림에서 자주 봤습니다." — "그래요, 내가 바로 그 사람입니다. 그런데 신들한테서 중요한 부탁을 받고 파견되었습니다. 이 사과 세 개 보이나요?" 그가 손을 내밀어 사과 세 개를 보여주는데, 사과는 신기할 정도로 아름답고 커서 손에 잘 잡히지 않았어. 하나는 빨강, 다른 것은 노랑, 세 번째 것은 초록색이었어. 과일 모양으로 깎아놓은 보석이라고밖에 생각되지 않았지. 내가 그걸 잡으려 하자 그가 뒤로 물러서면서 이렇게 말하더군. "이건 당신에게 주는 사과가 아닙니다. 당신은 이 사과를 도시에서 가장 아름다운 세 청년에게 주어야 합니다. 그러면 그 청년들은 각자의 운명에 따라 원하는 아내를 찾을 것입니다. 받으세요. 임무를 잘 수행해 주십시오!" 떠나면서 그는 앞으로 내민 내 두 손에다 사과를 올려놓았어. 사과는 더 커진 것 같았는데, 빛을 향해 높이 쳐들어 보니 속이 훤히 들여다보였어. 그런데 곧 사과가 위쪽으로 길

---

63 흔히 사지라고 부르는 양복감.
64 낙타나 양모로 만든 코트나 상의용 직물.
65 상업과 교역의 신인 메르쿠리우스.

게 늘어나더니 인형 크기의 아름다운 세 여자가 되는 거야. 그들의 옷은 앞서 사과 빛깔이었어. 미끄러지듯 그들은 내 손가락을 벗어나 위로 올라갔는데, 나는 한 명이라도 붙잡아 보려고 했지만 벌써 너무 높게, 너무 멀리 둥둥 떠갔기 때문에 뒷모습만 바라보는 수밖에 없었어. 나는 멍하니 돌처럼 굳어서 거기에 서 있었는데, 그래도 두 손을 쳐들고서 혹시 무엇이라도 보일까 해서 나의 손가락을 들여다보았어. 그런데 갑자기 내 손가락 끝에서 더없이 사랑스러운 소녀 하나가 빙빙 돌며 춤추는 모습이 보였어. 조금 전 여자들보다 작지만 아주 귀엽고 쾌활했어. 이 소녀는 다른 여자들처럼 날아가지 않는데, 이 손가락 끝에서 저 손가락 끝으로 춤추며 오락가락했기 때문에 한동안 나는 그 소녀를 신기하게 들여다보았어. 그 소녀가 무척 마음에 들었기 때문에 나는 붙잡을 수 있겠다고 생각하고 얼른 손을 내밀었어. 그런데 그 순간 머리를 한 대 얻어맞은 느낌이 들더니 나는 완전히 정신을 잃고 쓰러져 버렸어. 정신을 차리니 얼른 옷을 입고 교회로 가야 할 시간이었어.

예배를 보는 동안 나는 그 모습을 여러 번 떠올려 보았어. 외할아버지 댁에서 점심을 먹을 때도 그랬지. 오후에는 몇몇 친구들한테로 가려 했는데, 새 옷을 입고 모자를 옆에 끼고 칼까지 옆구리에 찬 내 모습을 보여줄 생각이었지. 이번에는 내가 그 애들한테 가기로 약속이 되어 있었어. 그런데 아무도 집에 없었어. 정원으로 갔다는 말을 듣자 나는 그 애들을 따라가서 저녁을 즐겁게 보낼 생각을 했어. 가는 길이 성벽을 따라가게 되었는데, 으스스한 기분이 들기 때문에 그에 딱 어울리게 '불길한 성벽'이라는 이름이 붙은 장소를 지나게 되었지. 천천히 걸으며 나는 세 여신을 생각했고, 특히 그 작은 요정을 생각하면서 손가락을 이따금 공중으로 쳐들었지. 그녀가 다시 사랑스럽게 내 손가락 위에서 춤을 추었으면 하고 바라면서 말이야. 이런 생각에 잠겨 걸어가는데, 왼편 성벽에서 전에 본 적이 없는 작은 문 하나가 눈에 띄는 거야. 문은 낮았지만, 위쪽이 아치로 되어 있어서 상당히 큰 남자도 들어갈 수 있을 것 같았어. 아치와 벽은 석공과 조각가들이 아주 아름답게 다듬어 놓은 것이었어. 하지만 정말로 나의 눈길을 끈 것은 문이었어. 장식이 별로 없는 갈색의 오래된 목재로 만든 문인데, 높고 깊게 판 넓은 청동 테가 둘려있었거든. 잎사귀 모양의 장식 안에는 진짜와 똑같이 생긴 새들이 새겨져 있었는데 정말 감탄하지 않을 수 없었어. 그렇지만 정말 신기하게 보인 것은, 열쇠 구멍이 보이지 않는다는 거야. 손잡이도 두드리는 고리도 보이지 않았기 때문에 나는 이 문들은 안쪽에서만 열리는 모양이라고 추측했지. 틀리지 않았어. 왜냐하면, 장식을 만져보려고 문으로 다가서자, 문이 안쪽으로 스르르 열리기 때문이었지. 그러고는 한 남자가 나타났는데, 그 사람의 옷은 길고 헐렁하고 뭔가 특별한 것이었어. 위엄 있는 수염이 턱을 구름처럼 감싸고 있었기 때문에 나는 그 사람을 유대인으로 생각했지. 내 생각을 알아차렸는지 그 사람이 성호를 그으면서 자기가 선량한 가톨릭 신자라는 것을 내게 알렸지. "청년, 어떻게 여기로 왔고, 여기서 무얼 하고 있는 겁니까?" 친절한 목소리와 태도로 그 사람이 물었어. — "이 문의 세공에 감탄하고 있습니다."라고 내가 대꾸했지. "이 비슷한 것을 저는 한 번도 본 적이 없습니다. 애호가들의 수집품 중에서 아직은 소품밖에는 구경하지 못했거든요."— "그런 세공을 좋아한다니 기쁩니다. 문 안쪽은 훨씬 더 아름다우니 생각이 있으면 들어오십시오." 마음이 썩 내키지가 않았는데 문지기의 이상한 복장과 외진 장소, 무엇인지는 모르지만, 허공에 떠 있는 무엇인가가 내 마음을 무겁게 했거든. 그래서 나는 바깥쪽을 좀 더 보겠다며 머뭇거렸지. 그런데 열린 문 사이로 정원이 보이기 때문에 나는 슬그머니 정원 안을 들여다보았어. 문 바로 뒤로 그늘진 넓은 장소가 보였는데, 일정한 간격을 두고 서 있는 오래된 보리수들의 가지가 서로 얽혀 촘촘하게 덮고 있어서 아무리 더운 낮이라도 아무리 많은 사람이 모여든다고 해도 그 아래서 쉴 수 있을 정도였어. 어느새 나는 문턱을 넘어섰고 노인이 나를 한 발자국씩 앞으로 이끄는 것을 알았지. 나도 저항하지 않았는데, 그런 경우 왕자나 술탄이라면 위험한지 절대 묻지 않는다는 말을 항상 들었기 때문이지. 옆구리에는 검도 차고 있었거든. 노인이 적대감을 보이면 노인을 처리하면 되지. 그래서 나는 아주 자신 있게 들어섰어. 문지기가 문을 닫았는데, 문은 내가 거의 알아채지도 못할 정도로 소리가 나직하게 잠기더군. 노인은 안쪽을 장식한 훨씬 더 정교한 세공을 나한테 보여주고 설명하면서 특별한 호의를 보였어. 나는 완전히 마음을 놓고 둥그렇게 둘린 담 안의 그늘진 공간으로 계속 따라들어갔는데, 벽에는 이것저것 경탄할 만한 것이 많았어. 조개, 산호, 광석으로 장식된 벽감에는 트리톤[66]의 입에서 물이 대리석 수조로 넘쳐흐르고 있었어. 그 사이로 새들의 사육장이나 다른 철책이 만들어져 있었는데, 안에서는 다람쥐가 신 나게 뛰어다니고, 모르모트와 그 밖에 별의별 동물들이 왔다 갔다 했어. 우리가 걸어가는데 새들은 지저귀며 노래했지. 특히 찌르레기는 멍청한 이야기들을 늘어놓았는데, 한 마리는 마치 학생들이 발음하는 것처럼 "파리스, 파리스"라고 소리치고, 다른 한 마리는 "나르시스, 나르시스" 하면서 소리쳤어. 새들이 그렇게 소리치는 동안 노인이 나를 진지하게 쳐다보는 것 같았지만 나는 모르는 척했는데, 사실 노인에게 관심을 가질 여유도 없었어. 왜냐하면, 우리가 한 바퀴 돌고 있는데, 이 그늘진 공간이 사실은 커다란 원이며 훨씬 더 중요한 다른 원을 에워싸고 있다는 사실을 알게 된 때문이야. 우리는 작은 문에 다시 이르렀는데, 노인은 나를 내보내려 하는 것 같았어. 그러나 내 눈은 줄곧 이 놀라운 정원의 한가운데를 둘러싸고 있는 황금 격자 울타리를 향하고 있었지. 노인이 나를 벽쪽으로만, 그러니까 중심에서 꽤 떨어진 곳으로만 데리고 다녔지만 말이야. 그 울타리는 우리가 한 바퀴 돌 때 충분히 볼 기회가 있었지. 그가 작은 문을 향해 발을 내딛으려 하자 내가 그에게 절을 하며 말했어. "저에게 이토록 극

---

66 바다의 신 포세이돈의 아들로 나팔을 불어서 파도를 일으키고 잠잠하게 한다.

진하게 대해 주시니 작별하기 전에 감히 부탁을 한 가지만 더 하겠습니다. 엄청나게 커다란 원을 그리며 정원을 둘러싸고 있는 것처럼 보이는 저 황금 철책을 가까이 가서 보면 안 될까요?" — "좋습니다. 하지만 그러려면 몇 가지 조건이 있습니다." — "조건이 뭐지요?" 내가 얼른 물었지. —"모자와 칼은 여기에 놓아두어야 하고, 나와 동행하는 동안 내 손을 놓아서는 안 됩니다." — "그러지요!"라고 대답하고 모자와 칼을 나는 아무 데나 눈에 띄는 돌 벤치에 놓았어. 노인은 즉시 오른손으로 내 왼손을 약간 힘주어 붙잡고는 나를 똑바로 앞으로 안내했어. 철책으로 다가갔을 때, 놀라움은 경악으로 변했지. 그런 것은 한 번도 본 적이 없는 것이었어. 높은 대리석 받침대 위에 무수한 창과 양날 창이 나란히 줄지어 세워져 있는데 기이하게 장식된 창끝이 서로 맞닿아서 커다란 원을 이루고 있었어. 그 사이의 틈새로 들여다보니까 바로 뒤에서 물이 나지막하게 흐르고 있었는데, 양편에는 대리석 턱이 있고 물의 맑은 밑바닥에는 금빛, 혹은 은빛 물고기들이 유유하게 혹은 재빠르게, 하나씩 혹은 떼를 지어 헤엄치고 있었어. 정원의 가운데가 어떻게 생겼는지 궁금해서 나는 수로 너머도 너무 보고 싶어졌어. 하지만 막상 보니 아주 실망스러웠어. 맞은편에도 물 주변에는 비슷한 울타리가 둘려 있었는데 어쩌나 교묘하게 되어있는지 이편의 틈새가 저편의 창이나 양날창하고 정확히 맞물리게 되어 있었어. 다른 장식까지 계산에 넣으면 도저히 안을 들여다볼 수 없었어. 게다가 아직도 나를 잡고 있는 노인 때문에 자유롭게 움직일 수조차 없었지. 이 모든 것을 자주 보았기 때문에 내 호기심은 점점 더 커졌지. 용기를 내어 건너편으로 가도 되겠느냐고 노인에게 물어보았어. — "안 될 거야 없지만 새로운 조건이 있지요." 노인이 말했어. 조건이 뭐냐고 묻자 옷을 갈아입어야 한다더군. 나는 만족했지. 그는 담을 따라 작고 깨끗한 홀로 나를 인도했어. 그 방의 벽에는 여러 가지 의복이 걸려 있는데 전부 동방의 의상에 가까워 보이는 것들이었어. 나는 얼른 옷을 갈아입었고, 노인은 놀랄 만한 힘으로 내 머리카락에서 분가루를 털어내고 알록달록한 그물에 머리를 밀어 넣게 했어. 커다란 거울 앞에서 보니 변장을 한 내 모습이 썩 멋진 것 같았고, 딱딱한 나들이 정장을 입었을 때보다 더 마음에 들더군. 나는 대목장터에서 춤꾼들이 하는 것처럼 이런저런 몸짓을 해보고 몇 번 훌쩍 뛰어도 보았지. 그러다가 거울 속에서 우연히도 내 뒤에 있는 벽감을 보게 되었어. 벽감의 하얀 바닥 위에는 조그만 초록색 끈이 세 개 늘어져 있었어. 모두가 같은 방식으로 꼬여 있었는데, 멀어서 어떤 방식인지는 분명하게 볼 수 없었어. 그래서 급히 돌아보며 노인에게 벽감의 끈에 대해 물었지. 노인은 정중하게 하나를 가져다 내게 보여주더군. 꽤 탄탄한 초록 명주 끈이었는데, 구멍이 두 개 있는 초록 가죽에 묶여 있어서 별로 바람직하지 않은 용도에 쓰이는 도구 같은 인상을 주었어. 그게 꺼림칙해서 노인에게 그 의미를 물었더니, 노인은 아주 침착하고 너그럽게 대답해 주었어. 그건 여기서 주는 신뢰를 남용하는 사람들을 위해서 놓아둔 것이라고 말이야. 노인은 끈을 다시 제자리에 걸어 놓고 즉시 자기를 따라오라고 했어. 이번에는 노인이 나를 붙잡고 있지 않았기 때문에 나는 자유롭게 노인 곁에서 따라갔지.

이제 나의 호기심은 울타리를 지나고 수로를 건너는 문이 어디 있고, 다리가 어디 있을까 하는 것이었어. 아직껏 문이나 다리 같은 것을 보지 못했기 때문이지. 그래서 우리가 황금빛 울타리 쪽으로 서둘러 가고 있을 때 그곳을 아주 자세히 관찰했지만, 순식간에 시야에서 사라지고 갑자기 갖가지 창, 투창, 도끼, 양날 창이 요동하며 뒤흔들리기 시작하기 때문이었지. 이 기이한 움직임은 고대 식으로 창으로 무장한 군대가 서로 향하여 돌격하는 것처럼 모든 창끝을 서로 맞물려 내리면서 끝이 났어. 눈을 어지럽히는 혼란과 귀에 들리는 쨍그랑 소리가 견딜 수 없을 정도였지만, 모든 창의 끝이 완전히 내려져 수로를 에워싸 최고로 찬란한 다리를 만들었을 때의 그 광경은 정말 놀라운 것이었어. 이제 한껏 영롱한 정원이 내 눈앞에 펼쳐졌어. 그것은 서로 엇갈린 화단들로 나뉘어 있었는데, 전체로 보면 미로를 이루고 있었어. 화단은 전부 내가 본 적 없는 키가 작고 털로 뒤덮인 식물로 둘려 있었는데, 화단마다 꽃이 심어져 있었어. 꽃들이 키가 작고 땅에 붙어 있었기 때문에 처음의 설계를 쉽게 알아볼 수 있었지. 가득한 햇살 속에서 내가 즐긴 이 멋진 광경이 내 두 눈을 사로잡았어. 구불구불한 길에 더없이 맑고 푸른 모래가 뿌려져 있어서 그 모래가 땅에다 더 짙은 하늘이나 물속에 비친 하늘을 만들어놓은 듯했기 때문에 나는 발을 어디에다 떼어 놓아야 할지 알 수가 없었어. 그렇게 나는 두 눈을 땅바닥으로 향한 채로 한동안 안내자 곁을 걸었는데, 그러다가 드디어 이 둥그런 화단과 꽃들 한가운데에 사이프러스나 포플러 같은 나무들이 큰 원을 이루고 서 있는 것을 알게 되었어. 맨 밑가지들이 땅에서 솟아난 것처럼 보였기 때문에 원을 볼 수는 없었던 거야. 내 안내자는 지름길로 가지 않고 나를 중앙으로 데리고 갔는데, 높은 나무들의 원 안으로 들어가니 귀한 정원 건물의 주랑이 앞에 있는 것을 보고 얼마나 놀랐는지 몰라. 그 건물은 다른 방향에서 보아도 같은 모습, 같은 입구가 있는 것 같았어. 하지만 이런 훌륭한 건축술을 가진 건물보다 나를 매혹시킨 것은 거기서 흘러나오는 천상의 음악이었어. 라우테, 혹은 하프, 혹은 비파 소리가 나다가 이 세 악기 중 어느 것도 아니고 무슨 줄을 퉁기는 것 같은 묘한 소리가 들렸어. 우리는 문 쪽으로 갔고 노인이 가볍게 밀자 문은 곧 열렸는데, 문을 나온 문지기가 꿈속에서 내 손가락 위에서 춤을 춘 그 귀여운 소녀와 완전히 똑같아서 나는 얼마나 놀랐는지 몰라. 이미 알고 있었던 것처럼 그녀가 나에게 인사를 하면서 어서 들어오라고 했어. 노인은 뒤에 남고, 나는 그녀와 함께 천장이 둥글고 아름답게 장식된 짧은 복도를 지나 중앙 홀로 들어갔는데, 안에 들어서자 나는 웅장한 대성당과도 같은 그 높이에 깜짝 놀랐어. 그렇지만 내 관심은 오래 그곳에 머물지 않았어. 더 매력적인 구경거리 때문에 시선이 아래로 향했거든. 원형 천장의 한가운데 아래에 세 여자가 양탄자 위에 삼각형으로 앉아 있는데 세 가지 다른 색깔 옷을, 한 여자는 빨간 옷을 다른 여자는 노란 옷을 세 번째 여자는 초록 옷을 입고 있었어. 안락의자는 금빛으로 번쩍이고 양탄자는 그대로 꽃밭이었어. 그들은 내가 바깥에서 들었던 세 악기를 품에 안고 있었는데, 내 방문 때문에 방해를 받아 연주를 멈추고 있었어. "어서 오세요." 하며 중앙에 앉았던, 즉 문을 향해 마주 보고 있던 하프를 든 빨간 옷의 여인이 말했어. "음악을 좋아한다면 알레르테[67] 곁에 앉아서 들으십시오." 그제야 나는 아래쪽에 꽤 긴 자그마한 벤치가 있고, 그 위에 라우테가 하나 놓여 있는 것을 보았어. 그 얌전한 소녀가 악기를 들고 나를 자기 곁으로 끌어당겼지. 나는 내 오른편의 두 번째 여인도 살펴보았어. 그녀는 노란 옷을 입었는데, 비파를 손에 들고 있었어. 저 하프 켜는 여자가 멋진 몸매에 인상이 고상하고 태도에 위엄이 있었다면, 비파를 연주하는 여성은 가볍게 우아하고 명랑한 사람임을 알아차릴 수 있었지. 앞서 말한 여성은 진갈색 머리카락인데 그녀는 금발의 날씬한 여성이었어. 그들 음악의 다양함과 화음으로 이제 초록빛 의상을 입은 세 번째 미인도 살펴보지 않을 수 없게 했지. 그녀의 라우테 연주는 무언가 내 마음을 울리면서도 동시에 눈길을 끄는 것이었어. 그녀는 나에게 제일 마음을 쓰고 연주도 나에게 맞추어 하는 것처럼 보였어. 하지만 난 그녀를 제대로 파악할 수가 없었어. 표정이나 연주를 바꾸는 데 따라서 금방 사랑스럽게 느껴지는가 하면 이상하게 느껴지고, 솔직하게 보이다가도 고집스럽게 느껴졌거든. 금방 내 마음을 움직이려는 것처럼 보이다가 금방 나를 놀리려는 것처럼 보였어. 그렇지만 어떻게 하든 그녀가 나한테서 얻는 건 별로 없었어. 팔꿈치와 팔꿈치를 서로 맞대고 앉은 내 옆의 작은 여자가 나를 완전히 사로잡았기 때문이지. 세 여자가 분명히 내가 꿈에서 본 요정들이고 그

---

67 활발한 여자라는 뜻이 있다.

때의 사과색이 옷 색깔이라는 것을 잘 알고 있었지만, 나는 그들을 붙잡을 생각이 없었어. 나는 오히려 귀여운 작은 소녀를 더 붙들고 싶었어. 내 기억에 그녀가 꿈속에서 나에게 가한 타격만 남아 있지 않다면 말이야. 그녀는 그때까지 라우테를 가만히 들고만 있었어. 그런데 주인들이 연주를 멈추더니 그녀에게 몇 가지 흥겨운 짧은 노래를 연주해 보라고 시켰어. 그녀는 몇 가지 춤곡을 아주 흥겹게 연주했지. 연주가 끝나자마자 그녀가 냉큼 일어났고 나도 똑같이 따라 했어. 그녀는 연주하며 춤을 추었고 나는 열심히 함께 춤을 추었어. 일종의 소규모 발레를 한 거야. 여자들은 만족한 듯 보였어. 춤을 끝내자마자 그들이 작은 소녀더러 저녁이 올 때까지 나한테 뭔가 맛있는 것을 주어 기운을 차리게 하라고 명령했기 때문이지. 이 세상에 이런 낙원 말고 또 다른 것이 있으리라는 것을 나는 그만 잊고 있었어. 알레르테가 내가 지나온 복도로 나를 즉시 인도했는데, 복도 옆에는 잘 꾸며진 방이 두 개 있었고, 그중 하나가 그녀의 방이었어. 그녀는 내게 오렌지, 무화과, 복숭아, 포도를 내놓았지. 나는 외국의 과일뿐만 아니라 제철에 앞서 나온 과일들을 아주 맛있게 먹었어. 사탕도 넘쳐나게 많았는데 그녀는 크리스털로 된 큰 잔을 거품이 이는 포도주로 채워주었어. 하지만 마시고 싶은 생각은 없었는데 과일로 충분히 목을 축였기 때문이지. "우리 이제 놀아요." 그녀가 말하며 나를 다른 방으로 안내했는데, 그곳은 크리스마스 대목 시장 같아 보였어. 하지만 크리스마스 시장에서는 그렇게 귀하고 정교한 물건들은 결코 볼 수 없지. 거기에는 온갖 종류의 인형, 인형 옷, 인형 집기들이 있었어. 부엌, 거실, 가게 같은 것 말이야. 그리고 장난감들도 헤아릴 수 없이 많았어. 정교하게 만든 물건들이 보관된 모든 유리장을 그녀가 하나하나 나에게 보여주었어. 처음 몇 개의 장을 잠그면서 소녀가 말했어. "이런 것은 당신이 볼 만한 것이 아닙니다. 제가 잘 알아요. 여기엔 건축자재가 있어요. 성벽과 탑, 저택, 궁정, 교회, 큰 도시를 세울 수 있는 자재들이죠. 하지만 난 이런 것이 재미없어요. 당신과 나한테 똑같이 즐거운 다른 것을 보도록 하죠." 그러고 나서 그녀는 상자를 몇 개 꺼내왔는데, 그 안에는 자그마한 병정들이 층층이 쌓여 있었어. 아직 한 번도 그런 아름다운 것을 본 적이 없었노라고 나는 곧바로 고백해야만 했어. 그런데 그녀는 하나하나 더 자세히 살펴볼 시간을 주지 않고 상자 하나를 옆구리에 끼더니 나더러 다른 상자를 집어 들라고 했어. "우리 황금 다리로 가요." 그녀가 말했지. "거기가 병정을 가지고 놀기 제일 좋아요. 군대를 배치할 방향을 창들이 바로 알려주거든요." 이제 우리는 흔들거리는 황금 다리까지 갔어. 내가 무릎을 꿇고 앉아 전열을 정비하는 동안 발아래에는 물이 졸졸 흐르고 물고기들이 첨벙대는 소리가 들렸어. 인제 보니 전부 기병뿐이었어. 그녀는 아마존의 여왕을 지휘관으로 가지고 있다고 자랑했어. 반대로 나는 아킬레우스와 당당한 그리스 기병대를 가지고 있었지. 군대가 서로 대치하고 있었는데 그보다 더 아름다운 건 없었어. 그건 말하자면 우리가 가진 납으로 만든 납작한 기마병이 아니고, 사람과 말이 둥그렇게 입체적으로 극히 정교하게 세공된 것이었어. 발에 발판도 없이 저 혼자 서 있었는데 어떻게 균형을 유지하는지 도무지 알 수가 없었어.

우리는 각자 매우 흡족해하며 군대를 살피고 있었어. 그런데 그녀가 내게 공격을 통고하는 거야. 상자에는 무기도 들어 있었어. 광을 낸 작은 마노 구슬들로 가득 찬 상자였거든. 이것으로 우리는 얼마만큼 떨어져서 전투했는데, 확실한 약속은 인형들을 쓰러트리려고 필요 이상 세게 던져서는 안 된다는 것이었어. 어느 것도 상처가 나면 안 되니까. 드디어 양쪽의 포격이 시작되었고 처음에는 둘 다 만족했어. 그런데 적수는 내가 자기보다 목표를 더 잘 겨냥하는 것을 알아차렸고, 마침내 서 있는 남은 병정의 숫자로 승리가 정해진다는 것을 알자 가까이 다가와 던져 점점 성과를 거두기 시작했어. 그녀는 내 최상의 군대를 쓰러뜨렸는데, 내가 항의를 하면 할수록 그녀는 그만큼 더 열심히 던졌어. 마침내 나는 화가 나서 나도 같은 짓을 하겠다고 선언했지. 실제로 나는 가까이 다가가기만 한 것이 아니라 화가 나서 훨씬 더 세게 던졌어. 그러자 곧 그녀의 작은 여자 켄타우로스[68] 몇 개가 산산조각이 났어. 그녀는 흥분해 있어서 그걸 금방 알아채지 못했지. 그러나 나는 곧 돌처럼 굳어져 버리고 말았어. 글쎄, 부서진 모형들이 저절로 한데 모여 붙는 거야. 전사(戰士)도 말도 다시 멀쩡해져서 완전히 살아나더니, 빠르게 말을 달려 황금 다리에서 보리수나무 아래로 전속력으로 달리더니 어떻게 된 것인지 이해가 안 되지만 담 쪽으로 사라져버리는 거야. 그것을 보자 나의 적은 큰 소리로 울음을 터뜨리며 슬퍼했어. 돌이킬 수 없는 손실을, 말로 할 수 없는 큰 손해를 내가 자기한테 입혔다는 거야. 화가 난 나는 그녀를 괴롭히는 것이 즐거워서 남아 있는 몇 개의 마노 구슬을 보지도 않고 힘껏 그녀의 군대 속으로 던졌지. 나는 불행하게도 그때까지 게임 규칙에서 제외되어 있던 여왕을 맞추었고, 여왕의 곁에 있던 부관들까지 다 부서져 버리고 말았어. 그런데 그들이 재빨리 다시 일어나더니 앞서 병정들처럼 도망을 치는 거야. 그들은 정신없이 보리수나무 아래로 말을 몰더니 담 쪽으로 사라져버리고 말았어.

내 적수는 나를 비난하고 욕했지만, 발동이 걸린 나는 황금 창 주위에서 굴러가는 마노 구슬 몇 개를 더 잡으려고 몸을 굽혔어. 화가 나서 그녀의 부대 전체를 없애버릴 작정이었지. 하지만 그녀 역시 느리지 않아서 갑자기 나에게 달려들어 머리가 울릴 정도로 내 뺨을 갈겼어. 여자애의 손찌검에는 거친 키스가 답이라고 늘 들어온 나는 그녀의 두 귀를 잡고 연거푸 키스했지. 그러자 그 애는 나까지 놀랄 만큼 엄청난 비명을 질렀어. 그 순간 그녀를 놓아주었는데 그건 잘한 일이었어. 나한테 무슨 일이 일어나고 있는지 알지 못했거든. 발밑의 땅이 흔들리며 울리기 시작한 거야. 울타리가 다시 움직이고 있는 걸 나는 재빨리 알아차렸어. 하지만 생각해 볼 시간도, 도망치

---

68 그리스 신화에 등장하는 상반신은 사람의 모습이고 하반신은 말인 상상의 종족.

기 위해 발을 땅에 붙일 수도 없었어. 매 순간 창에 찔릴까 봐 겁이 났는데, 똑바로 일어선 양날 창과 창이 벌써 내 옷을 찢기 시작했으니까. 무슨 일이 일어나는지 어떻게 되는 건지 도대체 알 수가 없었어. 아무것도 들리지도 보이지도 않았으니까. 울타리가 무너지는 것과 동시에 나는 보리수 발치로 날아갔고 한참 만에 실신과 공포의 상태에서 깨어났어. 정신이 들자 나의 분노도 살아났지. 그 애는 나보다는 좀 약하게 다른 쪽 땅으로 떨어진 모양 인데, 적수의 조롱에 찬 말과 깔깔거리는 소리가 들리자 내 분노는 더욱 북 받쳤어. 나는 벌떡 일어났지. 내 주위 사방에서 울타리가 부서지면서 나와 함께 날아간 소부대가 대장 아킬레우스와 함께 여기저기 흩어져 있는 것을 보자 나는 우선 영웅을 잡아 나무를 향해서 던졌어. 그가 다시 살아나 도망 치는 것이 내게는 두 배로 마음에 들었는데, 세상이 멀쩡한 것을 보니 야릇 한 쾌감이 생겼기 때문이지. 그런데 내가 그리스인 병정 모두를 아킬레우스 의 뒤를 따라가도록 하려는 순간 갑자기 물이 쉭쉭거리며 온 사방에서, 돌 과 담, 바닥과 나뭇가지에서 솟구쳐 나오는 거야. 어디로 몸을 돌려도 위에 옆에 사방에서 나를 향해 물이 들이치는 거야. 내 얇은 옷은 삽시간에 완전 히 속속들이 젖고 이미 조각조각 찢겼어. 그래서 난 서슴지 않고 전부 벗어 버렸지. 신발을 벗어 던지고, 옷도 하나하나 벗어 던졌지. 그래, 날씨도 더운 데 내리쬐는 햇볕을 그렇게 온몸에 받으니 정말 기분 좋았어. 완전히 알몸 으로 나는 물속을 의젓하게 걸었지. 그러면서 언제까지나 이렇게 기분이 좋 으면 좋겠다고 생각했어. 분노는 식었고, 내 작은 적수와 화해를 해야겠다 는 생각밖에는 없었어. 그런데 순식간에 물이 갑자기 없어지더니, 내가 젖 은 바닥에 젖은 몸으로 서 있는 거야. 느닷없이 내 앞으로 나서는 노인이 조 금도 반갑지 않았어. 숨을 수 없다면 적어도 몸을 가릴 수라도 있었다면 하 고 나는 생각했어. 부끄러움, 한기, 어느 정도라도 몸을 가리려는 노력이 나 를 더할 나위 없이 초라한 인물로 만들었지. 그 순간을 놓치지 않고 노인은 나를 엄청나게 비난했지. "어쩔 수가 없다. 저 초록 띠로 네 목하고 등을 흠씬 갈겨 줄 테다!" 이 위협에 나는 정말 화가 났어. 내가 소리쳤지. "그런 말은 물론 그런 생각조차 삼가십시오. 안 그러면 당신하고 당신의 여주인들은 살아남지 못합니다!" ― "그따위 말을 하는 너는 대체 누구지?" ― "신들의 총애를 받는 사람이오. 저 여성들이 어울리는 남편을 찾아 행복하게 살아갈지 아니면 마법의 수도원에서 초췌하게 늙어갈지 그건 내 손에 달려 있습니다." ― 노인이 몇 걸음 뒤로 물러났어. "누가 그걸 알려주었지?" 그가 놀라서 의심쩍어하며 물었어. ― "사과 세 개죠. 보석 세 개 말입니다." ― "대가로 바라는 게 뭔가?" 그가 외쳤어. ― 내가 말했지. "무엇보다 그 작은 소녀요. 나를 이런 형편없는 지경으로 몰아넣은 아이 말입니다." 아직도 축축하고 진흙탕인 바닥을 꺼리지도 않고 노인이 내 앞으로 몸을 던졌어. 그런 다음 일어났는데 그는 하나도 젖지 않았어. 다정하게 그가 내 손을 잡고 앞서 방으로 나를 인도하여 얼른 다시 옷을 입혀주었어. 곧 나는 다시 아까처럼 나들이옷을 입고 머리를 빗었지. 문지기는 더는 아무 말도 하지 않았어. 그러나 나는 문턱 너머로 내보낼 때, 나를 제지하더니 나에게 길 건너 성벽에 붙은 몇 가지 물건을 가리켰어. 뒤로 작은 정원 문을 가리키면서 말이야. 나는 그의 뜻을 잘 이해했지. 알지 못하는 사이에 내 뒤에서 닫힌 작은 정원의 문을 더 확실하게 다시 찾자면 내가 그 물건들을 마음속에 새겨두라는 뜻이었어. 맞은편에 무엇이 있는지 나는 잘 기억해 두었어. 높은 성벽 위로 늙은 호두나무 가지가 드리워져 있어서 성벽을 마감하는 돌림띠를 부분적으로 덮고 있었지. 나뭇가지는 석판에까지 닿아 있는데, 석판을 장식한 테두리는 잘 보였지만 거기에 새겨진 글은 읽을 수 없었어. 석판은 어느 벽감의 받침돌 위에 놓여 있었는데 거기서는 인공적으로 만들어놓은 분수가 물을 층층이 놓인 수반을 거쳐 커다란 수조로 흘려보냈고, 수조는 작은 연못이 되었다가 땅속으로 없어지고 말았어. 분수, 새겨진 글, 호두나무, 이 모두가 수직으로 서 있었어. 나는 내가 본 대로 그려 보려고 했어.

그날 저녁과 그 후 여러 날을 내가 어떻게 보냈는지는 뻔하지. 나 자신도 믿기 어려운 이 이야기를 얼마나 자주 스스로 되풀이했는지 몰라. 어떻게든 가능한 대로 기억의 표적만이라도 머릿속에서 새롭게 하고 그 귀한 작은 정원 문을 잘 보아두기 위하여 나는 다시 '불길한 성벽'으로 갔어. 그러나 너무 놀랍게도 모든 것이 달라져 있었어. 호두나무들은 성벽 너머로 솟아 있었지만, 바로 나란히 서 있지는 않았어. 석판 하나가 박혀 있었지만, 나무에서 멀리 오른쪽에 떨어져 있었고, 장식도 없었는데, 거기 새겨진 글은 읽을 만했어. 분수가 있는 벽감은 훨씬 왼쪽에 있었는데, 내가 보았던 것과는 전혀 비교가 안 되는 것이었어. 그래서 나는 두 번째 모험이 첫 번째처럼 꿈이었다고 믿지 않을 수 없었지. 작은 정원 문은 흔적도 없었어. 나에게 위로가 되는 유일한 것은 그 세 가지 것이 늘 그 위치를 바꾸는 것처럼 보인다는 것이야. 계속 그곳을 찾아가면서 나는 호두나무들이 약간 가까워지고, 석판과 분수가 서로 다가가는 것처럼 보이는 것 같았거든. 아마 모두가 다시 한데 모인다면 정원 문도 보이게 될지 몰라. 나는 모험을 다시 계속하기 위하여 무엇이든 다 해볼 작정이야. 내가 너희에게 뒤에 일어날 일을 이야기해 줄 수 있을지, 아니면 그렇게 하지 못할지는 말을 할 수가 없어.

친구들은 환호했고 이 동화가 사실인지 확인하려고 법석이 났다. 그들은 나에게도, 다른 친구들에게도 말하지 않고 각자 혼자서 이야기에 나오는 장소로 가서 호두나무, 석판, 분수를 찾았지만 그런 것들은 늘 서로 떨어진 거리에 놓여 있었다. 그 나이에는 비밀을 지키는 것이 견디기 어려우므로 결국 그들은 모두 나에게 고백을 했다. 그러자 논쟁이 일어났다. 한 아이는 그것들이 한 지점에서 움직이지 않고 언제나 서로 같은 간격을 두고 있다고 자신 있게 말했다. 두 번째 아이는 그것들이 움직이기는 하지만 서로 멀어지고 있다고 우겼다. 세 번째 아이는 움직인다는 점에서는 두 번째 아이와 의견이 일치했지만, 자기가 보기로는 호두나무, 석판, 분수가 오히려 가까워지고 있다고 주장했다. 네 번째 아이는 이상한 것을 보았다고 하면서 호두나무가 가운데 있지만, 석판과 분수는 내가 이야기한 반대편에 있다고 했다. 정원 문의 흔적에 관해서도 아이들은 의견이 조금씩 달랐다. 그래서 아주 단순해서 쉽게 설명할 수 있는 문제도 사람들이 서로 어긋난 생각을 하거나 주장할 수 있다는 것을 나는 일찌감치 경험했다. 내가 동화의 속편을 들려주기를 완강히 거부하자 아이들은 앞서 이야기를 다시 해달라고 졸랐다. 나는 상황들을 많이 바꾸지 않도록 조심하면서 이야기를 똑같이 되풀이해서, 듣는 사람들이 마음속에 이 우화를 사실로 믿도록 만들었다.

나는 거짓과 위선을 싫어했고, 절대 경솔하지 않았다. 오히려 일찍이 자신과 세계를 관찰하는 데서 우러나오는 내적 진지함이 외모에 드러났다. 일종의 이런 품격 때문에 나는 때로는 호의를, 때로는 비웃음을 샀다. 좋은 친구들이 없지는 않았지만, 거칠게 제멋대로 굴며 우리를 괴롭히는 것을 재미로 알고, 내가 이야기를 꾸며내고 내 친구들이 들으면서 신나서 빠져든 동화 같고 자기도취적인 꿈에서 우리를 거칠게 깨우는 아이들에 비하면, 그런 아이들은 늘 소수였다. 이제는 유약함과 공상의 재미에 탐닉하는 대신 피할 수 없는 재난을 견디거나 그런 것에 맞서기 위해 스스로 강해질 필요가 있다는 것을 새삼 느끼게 되었다.

내가 소년으로서 가능한 한 진지하게 키워낸 금욕주의 훈련 가운데는 신체적 괴로움을 참는 것도 있었다. 교사들은 몹시 불친절했고 어리석게도 자주 매나 구타로 우리를 다루었는데, 어떤 경우에도 반항하거나 대항하는 것이 금지된 상황이었기 때문에 우리는 더욱 잘 참고 더욱 강인해졌다. 어린 시절의 많은 장난이 이런 견디기 경쟁에 근거하고 있다. 예를 들면 두 손가락으로 혹은 손 전체로 사지가 얼얼해질 때까지 서로 때린다든지, 놀이에서 져서 맞게 될 때 아무렇지도 않은 것처럼 견뎌낸다든지, 그리고 씨름에서나 격투에서 거의 이겨 놓은 적수가 술책을 써도 말려들지 않는 것, 장난으로 받는 고통을 참는 것, 아이들이 자주 서로에게 하는 꼬집기나 간지럼을 아무렇지도 않게 참는 것 등이다. 이런 것을 통하여 다른 사람들한테 쉽게 패배하지 않는 큰 장점을 얻게 된다.

그런데 내가 그런 고통을 버텨내는 전문가였기 때문에 다른 사람들이 귀찮게 구는 일은 늘어만 갔다. 못된 장난이란 한계를 모르는 법이어서 기어코 나를 참을 수 없게 만들고 말았다. 한 가지 예만 들어 보겠다. 선생님이 수업에 오지 않았다. 우리는 모두 모여서 얌전하게 이야기를 나누고 있었다. 그런데 선생님을 기다리다가 나에게 호의를 가진 아이들이 집으로 가버리고 나를 별로 좋아하지 않는 아이들 셋과 내가 남게 되자 그 아이들은 나를 괴롭히고 망신을 주어 내쫓으려 했다. 그들은 잠시 나를 방에 놔두고 나가더니 막대기를 들고 돌아왔다. 빗자루를 부러뜨려 만든 것이었다. 나는 아이들의 의도를 알아차렸지만, 수업 시간이 얼마 남지 않았다고 생각했기 때문에 종이 칠 때까지 저항하지 않기로 작정하고 있었다. 그 애들은 사정없이 내 허벅지와 다리를 때리기 시작했다. 나는 꼼짝하지 않았지만, 곧 내가 잘못 계산했다는 것과 그런 고통은 시간이 길게 느껴진다는 것을 알았다. 참고 있는 동안 나의 분노는 커졌다. 그래서 종이 치자마자 나는 가장 방심하고 있는 아이의 덜미를 잡아 순식간에 땅바닥에 쓰러뜨리고 무릎으로 등을 내리눌렀다. 더 어리고 약한 아이가 뒤에서 달려들자 이번에는 팔로 머리를 감아 숨이 넘어가도록 목을 졸랐다. 마지막 아이가 아직 남아 있었는데 결코 약한 아이가 아니었다. 내게는 방어할 만한 것이 왼손밖에 없었다. 나는 아이의 옷을 붙잡고 잽싸게 몸을 돌려 그 아이가 허둥대는 틈을 타서 그 애를 쓰러뜨려 얼굴을 바닥에다 눌렀다. 아이들이 나를 물고 할퀴고 짓밟았지만 내 생각과 사지는 복수심만 가득 차 있었다. 나는 유리한 위치에서 아이들의 머리를 서로 찍어 댔다. 아이들은 마침내 살려달라고 비명을 질렀고, 곧 우리는 건물 안에 있던 사람들에게 에워 쌓였다. 여기저기 흩어져 있는 회초리와 긴 양말이 벗겨져서 드러난 내 다리가 유리한 증거가 되어 나는 벌이 유보되었고 집으로 올 수 있었다. 그러나 나는 앞으로 아무리 가벼운 모욕이라도 누구든 목을 졸라 죽이거나 눈을 후비고 귀를 잘라내겠다고 소리쳤다.

아이들 간의 일이 대개 그렇듯 이 사건은 곧 잊혔고 그냥 웃음거리가 되었지만, 이 일은 공동수업 시간을 줄이다가 결국에는 완전히 없애버리는 원인이 되었다. 나는 다시 전처럼 집에 더 묶이게 되었다. 집에서는 한 살 어린 여동생 코르넬리아가 점점 편안한 내 놀이 친구가 되었다.

그렇지만 내 놀이 친구들에게서 당한 많은 불쾌한 일을 좀 더 이야기하고 이 이야기를 넘어가야겠다. 왜냐하면, 사람이란 남들이 어떻게 살았는지, 인생에서 무슨 일이 일어나는지를 아는 것, 무슨 일이 일어난다면 그것이 그냥 일어나는 일이지 특별히 자신이 운이 좋거나 나빠서 일어나지 않았다는 것을 아는 것이야말로 도덕이 전하는 교훈인 까닭이다. 이런 것을 알아도 화를 피하는 데에 별로 쓸모는 없지만, 그래도 우리가 상황을 알고 견뎌내고 극복하는 법을 배우는 데는 상당히 유익하다.

여기에 적당한 일반적인 이야기를 하나 해보겠는데, 그것은 자라면서 점잖은 가문의 아이들이 큰 모순을 겪는다는 것이다. 이 아이들은 부모와 교사로부터 절도 있고 이해심 있고 분별 있게 처신하고 누구도 제멋대로 오만하게 괴롭히지 말고, 혹시 자신에게 나타날 수 있는 모든 나쁜 충동을 억제하도록 경고받고 지도받는다. 그런데 아이들이 그런 수행에 몰두하고 있는 동안 반대로 그들은 다른 사람들한테서 자신에게는 비난받고 극도로 금지된 일을 당해야 한다. 그로 인해 이 가련한 존재들은 자연 상태와 문명 상태 사이의 쇠쇄에 가차 없이 조여들어 가고, 한동안은 억제할 수 있지만 결국 개성에 따라 교활해지든지 폭력적인 사람이 되고 만다.

차라리 폭력은 폭력으로 퇴치할 수 있다. 그러나 생각이 선하고, 사랑과 연민을 가진 아이는 대개 조롱이나 악의에 맞설 줄을 모른다. 나는 친구들의 폭행은 어느 정도 저지할 수 있었지만, 그들의 빈정댐이나 욕설에는 맞설 수가 없었다. 그런 경우 방어하는 쪽은 늘 지기 마련인 탓이다. 이런 종류의 공격은 화를 돋우면 물리적인 힘으로 격퇴하지만 그렇지 않은 경우 마음속에서 아무런 결론도 나지 않는 이상한 생각을 불러오게 한다. 나를 싫어하는 아이들이 못마땅해 하는 것은, 다른 우월한 점 중에서도 우리 할아버지가 시장의 위치에 있어 내가 가족에 관해 우쭐댄다는 것이었다. 할아버지가 동료들 가운데서 일인자라는 것은 식구들에게 적잖은 영향을 미쳤다. 악사 재판 후에 언젠가 우리 할아버지가 배심원들 한가운데 다른 사람들보다 한 계단 높게, 황제의 초상 아래에서 왕좌에 앉은 것처럼 앉았다고 자랑하자 어떤 아이가 비웃듯이 대꾸했다. 나더러 공작새가 제 발을 보듯이 바이덴호프 여인숙 주인의 처지에서 왕좌나 왕관에는 감히 다가갈 수도 없었던 우리 친할아버지를 보라는 것이었다. 그 말에 나는 조금도 부끄럽지 않다고, 왜냐하면 바로 그 점에 우리 고향 도시의 멋과 장점이 있다고 대답했다. 시민은 평등하며, 누구나 자기 방식대로 일하는 것이야말로 스스로 이익이 되고 명예로운 일이라고 나는 말했다. 나는 그 훌륭한 분이 오래전에 돌아가신 것이 유감스러울 뿐이고, 친할아버지를 개인적으로 알고 싶어서 초상화를 여러 번 살펴보았고 무덤까지 찾아간다고 말했고, 적어도 그분이 계셨으니까 내가 있는 것이기 때문에 친할아버지의 지난 생애의 소박한 기념물에서 비문을 보는 것이 기쁘다고 말했다. 그러자 나를 나쁘게 생각하는, 가장 악랄한 다른 아이가 앞서 아이를 옆으로 끌어당겨 귀에다 무슨 말을 속삭였다. 아이들은 계속 조롱하듯 나를 쳐다보았다. 나는 분통이 터져서 그 아이들에게 크게 이야기하라고 소리쳤다. "자, 그건 말이지……" 하고 첫 번째 아이가 말했다. "알고 싶다면 말해주지. 얘가 그러는데 네가 친할아버지를 찾아내려면 꽤 오래 찾으러 돌아다녀야 할 거래." 더 분명하게 말하라고 나는 더욱 심하게 위협했다. 그러자 그들은 부모에게서 엿들었다는 황당한 얘기를 들려주었다. 우리 아버지가 어느 귀족의 사생아인데, 선량한 시민인 우리 할아버지가 아버지 노릇을 해주기로 나섰다는 것이었다. 아이들은 파렴치하게도 갖가지 증거를 끌어댔다. 예를 들면 우리 집 재산은 외할머니한테서 온 것뿐이고, 프리트베르크나 다른 지역에 사는 나머지 친척들은 재산이 없다는 등 오직 악의에서 비롯되는 여타 주장들을 했다.

나는 그들의 예상 이상으로 침착하게 그들의 말에 귀를 기울였다. 내가 자기네 머리채를 쥘 기색이면 아이들은 얼른 달아날 자세였기 때문이다. 하지만 나는 아주 침착하게 그래도 상관없다고 말했다. 인생이란 누구 덕에 사는지를 완전히 무시할 수 있을 정도로 멋진 거라고, 왜냐하면 인생이란 신에게서 받은 것이며 신 앞에서 우리는 모두 평등하기 때문이라고 했다. 아이들이 아무런 성과도 거두지 못하자 그 일은 그쯤에서 끝났고 우리는 계속 함께 놀면서 지냈다. 아이들 사이에서는 놀이가 늘 확실한 화해의 수단이다.

그렇지만 이 심술궂은 말 때문에 내게는 은연중에 사라져가던 윤리적 질병에 대한 예방접종이 이루어졌다. 아주 합법적은 아니더라도 어떤 귀족의 손자라는 것이 전혀 마음에 안 들지는 않았다. 나의 촉각은 이 흔적을 더듬어서, 나의 상상력은 고무되었으며 예민함도 자극되었다. 나는 자취를 찾는 과제를 시작하였다. 그럴듯한 새로운 이유를 찾아냈고 꾸며냈다. 그분의 초상화가 할머니의 초상화와 함께 옛집의 응접실에 걸려 있던 것밖에는 친할아버지 이야기는 별로 들어보지 못했다. 두 개의 초상화는 새집을 짓고 나서는 위층 방에 보관되었다. 할머니는 할아버지와 나이가 같았는데, 굉장한 미인이었음이 틀림없다. 할머니 방에서 별과 훈장을 단 군복을 입은 어느 잘생긴 신사의 조그만 초상화를 본 기억도 난다. 그 초상화는 할머니가 돌아가신 후 다른 많은 소소한 집기들과 함께, 집을 개축하던 모든 것을 뒤집어 놓았던 때에 사라져버렸다. 이런 여러 가지 많은 것들을 내 작은 머릿속에서 조합하면서 나는 현대적 시인의 재능을 일찌감치 시험했다. 그 재능은 인생의 중요한 상황을 재미나게 연결해서 전체 문화 세계의 관심을 이끌어낼 줄 아는 능력을 말한다.

그런데 그런 사정을 누구에게도 털어놓고 이야기하지는 못하고 돌려서라도 감히 물어보지 못했기 때문에, 그 일에 조금이라도 접근하기 위해서는 남모르는 노력이 있어야만 했다. 즉 나는 아들이 자주 아버지나 할아버지들을 결정적으로 닮는다고 자신 있게 주장하는 이야기를 들었다. 우리 집 친구들의 몇몇, 그중에도 특히 가까웠던 참사원 슈나이더[69]는 인근의 모든 제후며 귀족들과 사업상 관계를 맺고 있었다. 그들 중 적잖은 사람들이 정치에 몸을 담거나 그저 후손으로 라인 강 및 마인 강 유역, 그리고 그 두 강 사이의 지역에 영지를 가지고 있었는데 특별한 호의를 입은 경우 충직한 사업 위임자들이 그들의 초상화로 그들을 기렸다. 어린 시절부터 여러 번 벽에서 보았던 이들을 나는 이제 두 배나 주의를 기울여 살펴보았다. 우리 아버지와 한군데라도 닮은 곳이 없는지, 더욱이 나하고 닮은 곳을 찾을 수 있지나 않을까 캐보면서 말이다. 그러나 찾아내는 일에 너무 자주 성공하는 바람에 오히려 아무런 확신에도 이르지 못하고 말았다. 내 눈에 친족임을 암시하는 것처럼 보이는 몇 가지가 금방 이 사람의 눈인가 하면 금방 저 사람의 코가 되기 때문이다. 나는 이런 특징에 완전히 속아서 우왕좌왕했다. 나중에는 친구의 비난을 터무니없이 지어낸 이야기로 여겨야 했는데도 그 느낌만은 남아 있어서 환상 속에 역력히 살아 있는 모든 귀족의 초상을 남몰래 혼자 살펴보고 조사하는 일을 그칠 수 없었다. 사람이 어리석음을 내면에서 심화하고 남모르는 허영에 들뜨는 모든 것을 얼마나 좋아하는지, 그것이 자신에게 명예인지 치욕인지 전혀 생각하지 않는다

---

69 Johann Kaspar Schneider (1721~86): 바이에른 선제후의 프랑크푸르트 주재관으로 괴테 집안과 가까웠다.

는 것은 정말로 사실이다.

하지만 여기에서 심각한, 비난하는 식의 성찰은 이제 멈추고 저 아름다운 시절에서 내 시선을 다른 곳으로 돌리고자 한다. 그럴 것이 누가 유년 시절의 충만함을 적절하게 이야기할 수 있겠는가! 우리는 눈앞에서 뛰어다니는 어린 사람들을 기쁜 마음으로 경탄하며 바라본다. 어린아이들은 대부분 훗날 그들이 실제로 이루어낼 수 있는 것 이상의 기대를 주기 때문이다. 자연은 우리에게 여러 가지 짓궂은 장난을 하지만 그중에서도 이 점만은 아주 특별하게 우리를 골리려고 작정한 것으로 보인다. 자연이 아이들에게 주어서 세상으로 내보내는 초기의 기관들은 피조물의 가장 직접적인 상태에 맞게 되어 있다. 피조물은 그 기관들을 꾸밈없이, 수수하게, 지극히 익숙하게 가장 근접한 목적에 사용한다. 자체로 살펴보면 또래들과 함께 자기 힘에 맞는 상황에 있는 아이는 더할 나위 없이 이해력 있고 분별 있으며 교육이 더는 필요 없을 정도로 편안하고 명랑하고 민활하다. 소질대로만 아이들이 계속 자란다면 누구나 세상에서 천재가 될 것이다. 그러나 성장에는 발전만 있는 것이 아니다. 한 사람을 결정하는 다양한 유기적 체계는 서로 떨어져 나가고, 이어지기도 하고, 스며들며, 변화하고, 몰아내고, 집어삼키기도 한다. 그리하여 시간이 좀 흐르고 나면 일부 능력들, 일부 힘의 발현은 거의 자취를 찾아볼 수 없게 된다. 사람의 소질은 전체적으로 결정적인 방향을 갖는 것이긴 해도, 훌륭하고 경험이 많은 전문가도 앞길을 믿을 만하게 예언하기는 어려운 법이다. 그렇지만 후일에 가서는 어떤 점이 미래의 것을 암시했었는지를 잘 알 수 있다.

그래서 나는 내 어린 시절의 이야기를 처음의 몇 장에서 완전히 마무리하지는 않으려 한다. 그보다는 이 어린 시절에 눈에 뜨이지 않게 이미 관통하고 있던 여러 가닥의 실을 나중에 끄집어내서 계속해 나가도록 하겠다. 한 가지 여기에서 지적해야 할 것은 전쟁이라는 사건들이 우리의 마음과 생활방식에 점차 어떻게 큰 영향을 끼쳤는가 하는 점이다.

평화로운 시민은 중요한 세계적인 사건들에 대해서 일종의 묘한 관계를 맺고 있다. 그런 사건들은 이미 멀리서부터 사람을 자극하고 불안하게 만들어 자신과 직접 관계가 없는데도 그것을 비판하거나 관심을 두도록 만든다. 성격이나 외부 상황에 따라 사람들은 각자 재빨리 한쪽 편에 가담한다. 큰 사건, 중요한 변화가 가까이 다가오면, 이런저런 외적인 불편함과 함께 내적인 불쾌감이 계속 남게 되어서 대부분 그것이 불행을 첨예화하고 두 배로 상승시키고 아직은 가능한 장점까지도 파괴해 버린다. 그렇게 되면 같은 편과 적에게서 동시에 고통을 당하게 되는데, 대개는 적보다 같은 편에게 더 시달린다. 그렇게 되면 스스로 애정이나 장점을 어떻게 지키고 간직해야 할지 도무지 알 수 없게 되고 만다.

완전히 시민적 안정을 누리고 있었지만 1757년은 그럼에도 불구하고 커다란 정서적 동요 가운데서 흘러갔다. 그 해처럼 사건이 많았던 해도 아마 없을 것이다. 승리, 위업, 재난, 복구가 연이어 진행되었고, 서로 얽혀서 서로 상쇄시키는 것으로 보였다. 그러나 언제나 프리드리히 대제의 모습, 그의 이름, 그의 명성이 가장 먼저 맨 위에 떠돌고 있었다. 왕을 존경하는 사람들의 열광은 점점 더 커지고 점점 더 활기를 띠었으며, 그의 적수들의 증오는 점점 더 혹독해져서 가족까지 분열시키는 견해 차이는 가뜩이나 여러 방식으로 갈라진 시민들을 더욱더 분열시키는 데 적잖이 이바지했다. 프랑크푸르트처럼 세 개의 종교[70]가 시민을 세 집단으로 갈라놓고, 지배 계층조차 소수밖에 정치에 참여하지 못하는 도시에서는 외부와 만남을 끊고 연구나 취미 활동에 전념하며 나름대로 고립된 생활을 하는 부유하고 학식 있는 사람들이 많을 수밖에 없었다. 당시의 프랑크푸르트 시민의 특징을 생생하게 그려내려면 여기서나 앞으로나 그런 사람 중 일부에 관해서 이야기하지 않으면 안 된다.

여행에서 돌아오자 아버지는 흑백 구슬에 의한 비밀투표를 하지 않고 하위 관직을 맡겨준다면 소신에 따라 도시에 봉사하기 위해서 무보수라도 일을 하겠다는 생각을 하게 되었다고 한다. 나름대로 소신이 있었고 자신의 의도가 선의에서 나온 생각으로, 법적인 혹은 관례적인 것은 아니지만, 아버지는 자신이 그런 대우쯤은 받을 만하다고 생각했다. 그랬던 까닭에 자신의 시도가 거부당하자 아버지는 분노와 불쾌감에 빠져들어 앞으로 결코 어떤 직책도 갖지 않겠노라고 맹세를 했다. 직책을 가지는 일이 불가능하도록 궁정 고문관이라는 직함을 마련하였는데 그것은 시장이나 최고 연장자인 배심원들이 특별한 명예의 칭호로 가지는 직함이었다. 아버지는 자신을 그렇게 최고위자와 동등하게 만들어놓아 이제 아래서부터 시작할 수 없게 되었다. 그런 식으로 지내다가 시장의 맏딸과 결혼을 하게 되자 그로 인해 이번에는 시의회에서마저 배제되었다. 아버지는 은퇴자에 속하게 되었는데 이들은 사교라는 것을 모르는 사람들이었다. 그들은 자기들끼리도, 전체 사회와도 대립한 채 고립되어 지냈는데, 그렇게

---

70 가톨릭, 루터파, 칼뱅파를 말한다.

격리되다 보니 대부분 성격은 독특한 점이 점점 더 심화하였다. 하지만 아버지는 여행하고 자유로운 세계를 접하면서 동시대의 보통 시민들보다 더 멋지고 더 진취적인 생활방식을 가지고 있었다. 아버지는 그 사람들 사이에서 선배나 동료도 찾아냈다.

폰 우펜바흐[71]라는 이름은 잘 알려졌었다. 당시 폰 우펜바흐는 배심원으로 좋은 명망을 얻으며 살고 있었다. 그는 이탈리아에 다녀왔으며, 특히 음악에 몰두하여 유쾌하게 테너로 노래를 불렀고 멋진 악보들을 수집했기 때문에 그 집에서는 콘서트나 오라토리움이 개최되었다. 그는 스스로 노래도 하고 음악가들을 애호했는데, 사람들은 그것이 그의 품위에 썩 어울리지 않는다고 생각했고, 그 점에 대하여 초대받은 손님들이나 동향인들은 몇 가지 우스운 말을 하곤 했다.

또 기억나는 것은 폰 헤켈 남작이다. 부유한 귀족인 그는 결혼했지만, 아이가 없었고, 점잖은 생활을 하는 데 필요한 모든 소도구를 갖추고 안토니우스 골목의 멋진 저택에 살고 있었다. 그는 좋은 그림, 동판화, 고대 예술품, 수집가나 애호가들의 수집품들을 많이 소유하고 있었다. 그는 가끔 저명인사들을 점심 식사에 초대했고, 나름 독특한 방식으로 자선을 베풀었다. 자기 집에서 가난한 사람들에게 옷을 갈아입히고 낡은 옷은 남겨두게 했는데 그들이 선물 받은 옷을 깨끗하고 단정하게 입고 온다는 조건으로만 매주 한 번씩 자선을 베풀었다. 친절하고 교양 있는 그의 모습이 어렴풋이 기억난다. 더 똑똑하게 기억나는 것은 그분의 경매였다. 나는 거기에 처음부터 끝까지 참석했고 몇 가지를 아버지의 명령에 따라, 혹은 나 자

---

71 Johann Friedrich von Uffenbach (1987~1769): 자연 과학자이자 미술수집가, 작가.

신의 충동에서 사기도 했는데, 그것들은 아직도 내 수집품들 가운데 남아 있다.

직접 눈으로 본 적은 없지만, 전부터 문학계와 프랑크푸르트 시에서는 요한 미하엘 폰 로엔[72]이 상당히 주목을 받고 있었다. 그분은 프랑크푸르트 출생은 아니지만, 이곳에 정착하여, 친정의 성이 린트하이머인 우리 외할머니 텍스토르의 자매와 결혼하였다. 그는 궁정과 정계를 잘 아는 분으로, 새 귀족 직함에 만족해하며 종교계와 정계의 다양한 활동에 용기 있게 개입하여 명성을 얻었다. 그는 교훈적 소설 《폰 리베라 백작》을 썼는데 그 내용은 "혹은 궁정의 정직한 남자"라는 부제에서 알 수 있다. 이 작품은 대개는 교활함밖에 모르는 궁정에 도덕성을 요구했기 때문에 사람들이 좋아했고 작가는 갈채와 명망을 갖게 되었다. 그랬던 만큼 두 번째 작품은 그에게 더욱 위험을 불러왔다. 《유일하게 참된 종교》는 관용, 특히 루터교와 칼뱅교 사이의 관용을 촉구하는 생각을 담은 책이었다. 이로써 그는 신학자들과 다투게 되었는데, 특히 기센의 베너 박사[73]가 반박문을 썼다. 폰 로엔이 반박을 하자, 다툼은 격렬해져 인신공격이 되었다. 하지만 거기서 발생한 유쾌하지 못한 일은 그분이 링엔 시장직에 취임하는 계기가 되었다. 프리드리히 2세가 그를 프랑스에서는 이미 훨씬 더 많이 진행된 개혁에 호의를 가진, 선입견 없는 계몽된 인간이라고 생각한 까닭이다. 유쾌하지 못하게 결별하게 된 동향인들은 그가 링엔에 가서 결코 만족하지 못할 것이라고, 링엔은 프랑크푸르트에 비견할 수 없는 곳인데 절대로 만족할 수가 없을 것이라고 말했

---

72 Johann Michael von Loen (1694~1776): 계몽주의 시대의 작가.

73 Johann Hermann Benner (1699~1782): 기센 대학 신학 교수.

다. 우리 아버지도 그런 시장직이 과연 좋은 것인지를 의심했고, 그 선량한 이모부가 국왕과 가까이하지 않는 것이 좋을 것이라고 확언하였다. 아무리 비범해도 군주의 측근이 되는 것은 위험하기 때문이라는 것이었다. 유명한 볼테르가 전에는 총애를 받아 국왕의 프랑스 문학 스승이 되었지만, 프로이센 공사 프라이타크의 요구로 프랑크푸르트에서 얼마나 굴욕적으로 체포되었는지를 보았다고 했다. 궁정이나 왕에게 봉사하는 것을 경계하라는 성찰과 예는 얼마든지 있지만 그런 경우를 태생이 프랑크푸르트인 사람은 도무지 이해하지 못한다는 얘기였다.

오르트 박사[74]라는 탁월한 사람은 이름만 기억하려 한다. 공로가 있는 프랑크푸르트 사람들에게 여기서 기념비를 세워주기보다는 그 명성이나 사람이 어린 시절부터 나에게 영향을 주었던 범위 내에서만 이들을 언급하려 한다. 오르트 박사는 부유한 사람이고 지식이나 식견으로는 당연히 그럴 법하지만 한 번도 관직을 가져본 적이 없는 사람 중의 하나였다. 그는 독일 고대사, 특히 프랑크푸르트 지방의 고대사 부문에 대하여 많은 연구를 하였다. 소위 '프랑크푸르트 종교개혁'에 대한 주석서를 펴냈는데, 이것은 독일제국 직속 도시의 중요 법률들이 수록되어 있다. 이 책에서 역사에 관한 장(章)을 나는 소년 시절에 열심히 공부했다.

앞에서 우리 이웃으로 회상했던 저 폰 옥센슈타인 가의 세 형제 중 첫째는 은둔 생활로 인해 생전에는 관심을 받지 못했다. 그런 그가 자신이 죽으면 아침 일찍 아무도 모르게 동행자나 수행자 없이

---

74 Johann Philipp Orth (1698~1783): 법학자.

인부들이 묘지로 운구하라는 유언을 남겨 많은 주목을 받았다. 장례는 그가 바란 대로 치러졌고, 이 일은 호사스러운 장례에 익숙한 프랑크푸르트 시에서 크게 이목을 끌었다. 전통 방식으로 그런 일을 치르는 사람들은 모두 이런 혁신에 반발했다. 그러나 이 의연한 명문가의 인물은 모든 계층에서 추종자를 갖게 되었다. 사람들은 그런 장례를 비웃어 옥센 시신이라고 부르기도 했지만, 재산이 별로 없는 많은 가정에서는 반갑게도 그런 장례가 점점 우세해졌고, 호화 장례는 차츰 자취를 감추었다. 내가 이런 상황을 인용하는 것은 그것이 겸양과 평등의 사상의 초기 징후 중 하나를 보여주기 때문이다. 지난 세기 후반에 위에서부터 여러 가지 방식으로 나타났고 예기치 않은 효과[75]를 내며 번져나간 그 사상 말이다.

골동품 애호가들도 없지 않았다. 회화 진열실, 동판화 수집실이 있었고, 특히 향토적 특성이 있는 진기한 것들이 열성적으로 수집되고 보관되었다. 이전에는 어떤 수집품도 그런 관리를 받지 못했었다. 이제 프랑크푸르트 시의 좀 오래된, 인쇄되거나 필사된 규정이나 훈령들을 조심스럽게 찾아 시대 순으로 정돈하고 향토의 법과 관습의 보물로 경외심을 가지고 간직하게 되었다. 많이 남아있는 프랑크푸르트 사람들의 초상화도 한데 수집되어 전시관의 특별실을 만들었다.

이런 사람들을 아버지는 모범으로 삼으신 듯했다. 아버지는 정직하고 명망 있는 시민이 갖추어야 할 특성들을 하나도 빼놓지 않고 갖추고 있었다. 또한 집을 수리한 이후로는 모든 종류의 소유물을 정

---

75 프랑스 혁명과 그것에 대한 독일인들의 동조를 의미한다.

리했다. 쉥크 지도책 같은 당시의 우수한 지리책의 수집, 앞서 말한 규정집들과 법령집의 수집, 초상화, 옛날 무기를 보관하는 장롱, 기묘하게 생긴 베네치아산 유리잔, 잔, 트로피가 든 장롱, 광물 표본, 상아, 청동, 그리고 수백 가지의 물건들이 분류되고 전시되었다. 그리고 소장품을 늘리기 위하여 경매가 있으면 나 역시 어김없이 몇 가지 임무를 맡곤 했다.

아주 어린 시절부터 특별한 이야기를 많이 들었고, 몇몇 식구와 관련해서는 이런저런 놀라운 일을 직접 겪기도 했던, 중요한 한 가문을 기억해야겠다. 바로 젱켄베르크 가문이었다. 그 아버지에 대해서는 언급할 만큼 아는 게 없지만 부유한 사람이었다. 아들을 셋 두었는데, 다들 젊은 시절에 이미 기인으로 시선을 끌었다. 선행이든 악행이든 아무도 두드러져서는 안 되는 좁은 프랑크푸르트 시에서 그런 사람들은 좋게 받아들여지지 않았다. 그런 별스러움은 놀림감 별명과 오래 기억에 남는 이상한 이야기라는 열매를 거둘 뿐이다. 아버지는 '토끼 골목' 모퉁이에서 살았는데, 그 골목은 그 집의 표지, 세 마리까지는 아니고 토끼 한 마리를 그린 그 집의 표지 때문에 그런 이름을 갖게 되었다. 그래서 이 세 형제를 그냥 토끼 삼 형제라고 불렀고, 그들은 그 별명을 오래도록 떨쳐내지 못했다. 젊은 시절에는 큰 장점들이 자주 이상하고 볼품없는 것으로 알려지곤 하는데, 여기서도 그런 일이 일어났다. 장남은 나중에 큰 명성을 날리게 된 제국 궁정 고문관 폰 젱켄베르크이다. 둘째는 관청에 들어가서 탁월한 재능을 보였는데, 그 재능은 엉터리로 떠벌리는, 실로 사악한 식이어서 고향에 해를 끼치지는 않았지만 적어도 동료들에게 훗날 해가 되는 결과를 남겼다. 의사이자 아주 성실한 사람인 셋째는 명문가만 진료

하고 거의 진료를 하지 않았는데, 나이가 많이 들 때까지 늘 어딘가 기이한 외모를 지니고 있었다. 그 사람은 언제나 옷차림이 몹시 깔끔해서, 거리에서 보면 늘 구두와 양말을 갖추어 신고 머리에는 분가루를 곱게 뿌린 곱슬머리 가발을 썼으며, 모자를 옆구리에 낀 모습이었다. 걸음걸이가 빨랐는데 이상하게 건들건들 앞으로 걸었으며, 길을 이쪽저쪽으로 지그재그로 걸었다. 그래서 비꼬기 좋아하는 사람들은 그가 똑바로 걸으면 뒤따라올지도 모를 죽은 혼령들을 피해서 그런 이상한 걸음걸이를 한다느니, 악어가 무서워서 도망가는 사람 흉내를 내고 있는 것 같다고들 말했지만, 이 모든 농담이나 우스개는 그가 안뜰과 정원 그리고 온갖 것이 딸린 아셴하이머 골목에 있는 훌륭한 저택을 의학재단에 기증했을 때 외경심으로 변했다. 그곳에는 오직 프랑크푸르트 시민을 위한 병원시설 외에 식물원, 해부학 강의실, 화학 실험실, 훌륭한 도서실. 그리고 소장을 위한 주택이 세워졌는데, 어떤 대학과 비교해도 부끄럽지 않은 규모였다.

인품보다는 이웃에 대한 영향력과 글을 통해서 나에게 중요한 영향을 끼쳤던 다른 탁월한 인물은 카를 프리드리히 폰 모저[76]였다. 업무활동과 관련하여 그는 우리 지역에서 언제나 사람들의 입에 올랐다. 그 역시 철저하게 도덕적인 성격이었는데, 인간 본성의 파괴는 그에게도 일어났고, 그런 성격은 결국 그를 경건파로 이끌어갔다. 그는 폰 로엔이 궁정 생활에서 하려 했던 것처럼 행정을 양심적으로 처리해 나가려 했다. 대부분의 독일 궁정들에서 군주와 공복 간의 관계는 군주들은 절대적인 복종을 요구하는 반면 공복들은 대개 자신

---

76 Karl Friedrich von Moser (1723~1798): 1751년에서 67년까지 프랑크푸르트에 살았다.

의 확신에 따라 일하고 봉사하려 했다. 그래서 끊임없는 갈등이 생겨나고 급속한 변화들과 폭발이 생겨났는데, 무절제한 행동의 영향력은 큰일에서보다 작은 데서 훨씬 빨리 눈에 띄고 해를 입히기 때문이었다. 많은 집안이 부채를 지고 있어서 황제의 재무정리 위원회까지 만들어졌다. 조만간 다른 사람들 역시 같은 길을 갔는데 거기서 공복들은 비양심적으로 일하면서 이익을 얻거나, 아니면 양심적으로 일하면서 욕을 먹고 미움도 받았다. 모저는 정치가이자 사업가로 활동하고자 했다. 여기서 그의 타고난, 직업으로까지 계발된 재능이 그에게 결정적인 이득을 주었다. 그는 인간이자 동시에 시민으로 행동하면서 될 수 있으면 자신의 도덕적 품위를 떨어뜨리지 않으려 했다. 그의 작품《군주와 공복》,《사자 굴 속의 다니엘》,《성유물(聖遺物)》은 오로지 그가 고문까지는 아니어도 늘 옥죄어 있다고 느낀 상황을 그린 것이다. 이 책들은 모두 그가 처한 화해할 수 없고 벗어날 수도 없는 상황의 초조감을 보여주고 있다. 이런 식으로 생각하고 느끼다 보니 그는 뛰어난 능력을 아낌없이 쏟을 다른 직책을 몇 번이나 찾아야만 했다. 나는 그를 유쾌하고 활동적이며 그러면서도 부드러운 사람으로 기억하고 있다.

멀리서지만 클롭슈톡[77]이라는 이름도 우리에게 큰 영향을 미치고 있었다. 처음에는 그런 탁월한 사람의 이름이 그렇게 이상할 수 있는가 하고 의아하게 생각했다. 그렇지만 곧 익숙해졌고 더는 이 음절의 의미는 생각하지 않게 되었다.[78] 우리 아버지의 서재에서 나는 지금까지 이전 시대의, 특히 당대에 차츰 부각되어 유명해진 시인들

---

77 Friedrich Gottlieb Klopstock (1724~1803): 질풍노도 시대의 서정시인.
78 두드리는 막대기란 뜻이다.

을 발견했다. 이들의 작품은 모두 운이 맞았는데, 아버지는 시에서 운은 불가결한 것으로 여기셨다. 거기에는 아름다운 가죽 장정으로 카니츠, 하게도른, 드롤링어, 겔러트, 크로이츠, 할러가 일렬로 꽂혀 있었다. 그 옆에는 노이키르히의 《텔레마크》, 코펜의 《예루살렘의 해방》과 다른 번역서들이 꽂혀 있었다. 이 모든 서적을 나는 어린 시절부터 열심히 읽었고 부분적으로는 외웠기 때문에 모임에 재미로 자주 불려갔다. 반대로 클롭슈톡의 《메시아》가 대중의 경탄 대상이 되었을 때 이런 시를 시로 안 보는 아버지에게는 괴로운 시대가 시작되었다. 아버지는 이 작품을 집에 들이지 않으려고 조심했지만, 우리 집안의 친구인 참사관 슈나이더 씨가 몰래 그것을 어머니와 아이들에게 가져다주었다.

별로 독서를 안 하는 이 사업가에게도 《메시아》는 출간되자마자 강력한 인상을 주었다. 그렇게 자연스럽게 표현되고 그토록 아름답게 정제된 경건한 감정, 조화로운 산문으로밖에 안 보이지만 호감을 주는 시의 언어가 멋없는 이 사업가를 어찌나 사로잡았는지 그는 가장 이야기가 많이 되고 있는 처음 열 편의 노래를 가장 훌륭한 교육서로 간주했다. 그는 일 년에 한 번 업무에서 벗어나는 부활절 전주에 혼자 남몰래 그것을 읽고 그것으로 한 해를 버틸 원기를 얻기로 했다. 처음에 그는 자신의 감정을 오랜 친구인 우리 아버지에게 전하려고 생각했다. 그렇게 귀한 내용의 책에 대해서 그의 눈에는 아무래도 상관없는 한갓 외적 형식을 꼬투리 잡아 우리 아버지가 가지고 있는 이유를 알 수 없는 반감을 경험하게 되자 그는 몹시 당황했다. 쉽게 짐작할 수 있듯이 이 작품에 관해 많은 대화가 오갔다. 그러나 두 분 사이는 점점 멀어져 갔다. 격한 장면이 있었고, 그 온순한 분은 마침내 젊은 시절의 친구와 훌륭한 일요일 수프를 한꺼번에 잃지 않으려면 자기 쪽에서 애독서에 관해서 침묵하기로 작정했다.

전향자를 만드는 것은 누구에게나 자연스러운 희망이다. 아버지를 제외한 나머지 가족들에게서 자신이 받드는 성자(聖者)에 대한 열린 마음을 발견했을 때 그가 내심 얼마나 기뻤겠는가! 해마다 한 주일만 필요한 책을 자기가 보고 그는 나머지 기간에는 책을 우리에게 주었다. 어머니는 그것을 몰래 숨겨두었고 우리 남매는 쉬는 시간이면 구석에 숨어서 가장 눈에 뜨이는 구절을 외우고, 특히 가장 섬세하고 격렬한 구절들을 한껏 재빠르게 기억 속에 담아 그것을 우리 것으로 만들었다.

포르치아의 꿈을 우리는 다투어 낭독했고 홍해에 추락하게 된 사탄과 아들라멜레히가 주고받는 거칠고 절망적인 대화를 서로 나누어 주고받았다. 사탄 역은 폭력적인 역이라 내 몫으로 돌아왔고, 다른 역, 조금 더 가련한 역은 누이동생이 맡았다. 끔찍하기는 해도 울림이 좋은 서로 주고받는 저주가 입에서 줄줄 흘러나왔다. 우리는 기회만 있으면 이 악마의 말투로 서로 반갑게 인사했다.

어느 겨울날 토요일 저녁이었는데, 일요일 아침에 일찍 느긋하게 옷을 입고 교회에 갈 수 있도록 아버지는 늘 촛불 곁에서 면도를 부탁하셨는데, 우리는 난로 뒤 의자에 앉아서, 이발사가 비누 거품을 바르는 동안 늘 하던 저주의 말을 꽤 나직하게 중얼거리고 있었다. 그러다가 아드라멜레히가 무쇠 같은 두 손으로 사탄을 붙드는 장면이 되었다. 누이동생이 거칠게 나를 움켜잡으면서 낮은 소리이기는 하지만 그래도 감정을 높여가면서 읊기 시작했다.

살려다오! 간청하노니, 만약 네가 요구한다면
괴물아, 너를 받들겠다! 저주받은 놈, 이 못된 죄인아.
나 죽는다! 나는 복수에 불타는 끝없는 죽음의 고문에 시달린다……
나 뜨겁고 엄청난 증오로 일찍이 널 미워할 수 있었건만!
이제는 그럴 수 없다! 그것이야말로 찌르듯 비통한 일이다!

거기까지는 그럭저럭 지나갔다. 그런데 여동생이 무서운 목소리로 크게 다음 구절을 외쳤다.

아, 나는 결국 박살이 나고 마는구나……

사람 좋은 이발사가 놀라서 비눗물 접시를 그만 아버지 가슴에 쏟았다. 그러자 큰 소란이 벌어졌고, 만약 면도가 시작되었더라면 벌어졌을지도 모를 불상사를 고려하여 엄격한 조사가 행해졌다. 못된 장난을 했다는 의심을 불식하기 위하여 우리는 우리가 맡은 악마 역할을 털어놓았고, 이렇게 해서 6음보 시행이 불러일으킨 불행이 만천하가 분명하게 드러나자 이 시는 다시 비방을 당하고 추방되었다.
이렇게 어린이들과 민중은 위대한 것, 고결한 것을 놀이, 심지어 익살극으로 변모시키곤 한다. 아니면 그들이 어떻게 그런 것을 보존하고 감당해 낼 수 있겠는가!

제3장

당시에는 새해가 되면 인사를 다니느라고 온 도시에 활기가 넘쳤다. 평소에 쉽사리 집 밖으로 나오지 않는 사람들도 신세 진 사람이나 친구들에게 인사를 하고 예의를 갖추기 위해서 제일 좋은 옷을 입었다. 아이들에게는 이날 특히 외할아버지댁에서 열리는 잔치가 제일 기대되는 즐거움이었다. 손자들은 일찍부터 군악대나 시립 악단, 기타 여러 사람이 연주하는 북소리, 오보에, 클라리넷, 나팔과 코넷 소리를 들으려고 할아버지 댁에 모였다. 새해 선물이 봉인된 봉투에 이름이 적혀, 아이들의 손에 의해 세배 드리는 사람들에게 전해졌는데, 시간이 갈수록 저명인의 숫자가 늘어났다. 친한 사람들과 친척들이 맨 먼저 등장하고, 그다음에는 하급 관리들이 나타났다. 참사회 의원들도 시장에게 인사하는 것을 빠뜨리지 않았다. 그중 선택된 소수의 사람은 일 년 내내 닫아두는 응접실에서 저녁을 대접을 받았다. 케이크, 비스킷, 마르치판 과자, 달콤한 포도주가 아이들에게는 더할 나위 없는 매력이었다. 시장은 두 명의 성주(城主)와 함께 해마다 몇몇 단체한테서 약간의 은 제품 선물을 받았는데, 그것은 일정한 등급에 따라 손자들과 대자(代子)들에게 분배되었다. 작은 규모지만 한마디로 이 잔치에는 화려하고 성대한 잔치를 빛나게 만드는 것이 하나도 빠지지 않았다.

    1759년 새해가 왔다. 아이들에게는 전해와 마찬가지로 기다려

온 즐거운 날이었지만, 나이 든 사람들에게는 걱정스럽고 불길한 예감이 드는 새해였다. 프랑스인들이 행군하면서 시내를 통과하는 일은 자주 있어 익숙한 일이지만, 지난해 말에는 더욱 잦아진 때문이었다. 제국 직속 도시의 오랜 관습에 따라 부대가 접근해 오면 중앙탑의 탑 지기가 나팔을 불었다. 이번 설날에는 나팔 소리가 그칠 줄을 몰랐는데 그것은 대규모 군대가 여러 방향에서 움직이고 있다는 신호였다. 실제로 대부대가 도시를 통과했다. 모두 그들이 지나가는 것을 보려고 달려나갔다. 전에는 소규모로 행진하는 것이 보통이었는데 이번의 대규모 부대는, 점점 그 숫자가 늘어나, 제지할 힘도, 제지할 의지도 없었다. 1월 2일에는 부대의 긴 줄이 작센하우젠을 관통해 다리를 건너 파르가세를 거쳐 콘스타블 초소까지 가 멈춰 서서 그곳을 담당하는 작은 부대를 제압하여 초소를 접수했으며, 차일 거리를 통과해 별 저항도 받지 않은 채 중앙 검문소까지 차지했다. 순식간에 평화로운 거리가 전쟁터로 변했다. 부대는 정식 주둔지가 마련될 때까지 그곳에서 야영했다.

오랫동안 전례가 없던 이 예기치 못한 엄청난 사건으로 평온하던 시민들은 무겁게 압박받았지만, 아버지보다 더 괴로운 사람은 없었다. 아버지는 완성도 채 안 된 새집에 외국 군인들을 받아들여야 했고, 평소에는 사용하지 않는 잘 꾸민 응접실들을 그들에게 내주어야 했으며, 그토록 꼼꼼히 정돈하고 손질하던 물건들을 낯선 사람들이 함부로 다루게 내놓아야 했다. 프로이센 편인 아버지는 이제 집안에서 프랑스인들에게 포위당한 꼴이 된 것이다. 아버지 자신에게 닥칠 수 있는 가장 비극적인 일이었다. 하지만 프랑스어에 능하고 항상 기품 있고 점잖게 행동하시는 분이기 때문에 만약에 아버지가 이 일을 조금만 편하게 받아들였다면 우리와 자신에게 닥친 우울한 많은 시간은 줄어들었을 것이다. 우리 집에 체류하게 된 사람은, 군인이기는 하지만 군정관으로, 민사사건과 군인과 시민 사이의 분쟁, 채무 사건, 분규를 조정하는 사람이기 때문이었다. 그는 토랑 백작이었다. 앙티브에서 멀지 않은 프로방스의 그라스 태생으로, 크고 마르고 근엄한 모습에, 얼굴은 천연두 때문에 보기가 안 좋았지만 검고 불타는 듯한 눈이 있고, 품위 있고 신중하게 처신하는 사람이었다. 그가 들어온 것이 식구들에게는 다행한 일이었다. 내어줄 방과 우리 식구들이 머물게 될 방에 관해 이야기가 오갔는데, 밤이었는데도 그림 방이 언급되자 백작은 그 자리에서 촛불을 들고 잠시라도 그림을 보여 달라고 청했다. 그는 크게 기뻐하며 안내를 하는 아버지에게도 극히 정중한 태도를 보였다. 그림을 그린 화가들 대부분이 생존 작가들이며, 프랑크푸르트와 그 인근에 살고 있다는 말을 듣자 그들을 될 수 있는 대로 빨리 만나 일을 맡기는 것이 최고의 소원이라고 그가 말했다.

그러나 미술에 관심 보인 이러한 공감도 아버지의 생각을 바꾸거나 성격을 약화시키지는 못했다. 피치 못할 일은 할 수 없이 그대로 두고 거리를 두었지만, 아버지 주변에서 일어나는 마음에 들지 않는 일에는 아주 사소한 것도 못 견뎌 했다.

이런 와중에도 토랑 백작은 모범적으로 처신했다. 새 벽지를 망치지 않으려고 그는 벽에다 못질하지도, 거는 일도 하지 않았다. 부하들은 세련되고 조용하며 질서가 잡혀 있었다. 그러나 온종일, 그리고 밤늦게까지 그는 제대로 쉴 수가 없었다. 소송인들이 계속 찾아오고, 구금자들이 끌려와 호송되고 여러 장교나 부관들이 찾아오는

데다가, 백작은 매일 식사에 손님을 초대했기 때문에, 꽤 크다고 해도 한 가정에 맞게 건축하여 계단이 한 개밖에 없는 우리 집에서 모두가 절도 있고 엄숙하고 엄격하다 해도 벌집처럼 소란하고 웅성대는 까닭이었다.

기분이 상해서 날마다 우울증 환자처럼 자신을 더욱더 괴롭히는 집주인과 호의는 있지만, 몹시 근엄하고 정확한 군인 손님 사이에 다행히도 유쾌한 통역관이 중개자로 있었다. 그는 잘생긴 얼굴에 통통하고 명랑한 사람이고, 프랑크푸르트 사람인데 프랑스어를 잘하며 매사에 능란하여 갖가지 소소하고 불쾌한 일들을 농담으로 해결하는 사람이었다. 어머니는 이 사람을 통해 남편의 기분 때문에 자신이 처한 상황을 백작에게 알리게 했다. 그런 일을 통역관이 어찌나 현명하게 설명했는지 아직 완전히 설비가 끝나지도 않은 새집과 집주인의 타고난 은둔자적인 성격, 교육에 대한 가족의 집념, 그리고 그 밖의 여러 가지 일을 백작에게 부탁할 수 있었다.

최고의 정의와 청렴, 명예로운 품행을 큰 자랑으로 삼는 백작은 숙영자로서도 모범적으로 처신하기로 작심한 것 같았다. 체류기간 몇 년 동안 갖가지 상황에서도 어김없이 그 결심을 잘 지켰다.

이탈리아어는 우리 식구들 모두한테 전혀 낯설지 않은 언어였는데, 이탈리아어를 조금 하는 어머니는 즉시 프랑스어도 배우기로 했다. 이 소란스런 사건의 와중에 어머니는 통역관의 아이의 대모가 되었고, 대자의 아버지인 통역관은 우리 가정에 이중으로 호감을 느끼고 우리 집 맞은편 집에 살던 그는, 아이의 대모가 틈만 나면 언제든지 프랑스어를 배우도록 시간을 내주었다. 무엇보다 백작과 개인적으로 주고받을 수 있는 관용어들을 익혔다. 그것은 효과가 좋았다.

안주인이 그 나이에도 그렇게 노력을 하는 것에 백작은 흡족했다. 성격이 명랑하고 재치가 있고, 무뚝뚝하지만 신사도를 발휘할 줄 아는 사람이었기 때문에 좋은 관계가 이루어졌고, 대자로 이어진 두 사람의 동맹관계는 원하는 바를 이룰 수 있었다.

앞서 말했듯이 아버지를 명랑하게 만드는 것이 가능했다면, 이렇게 바뀐 상황도 별로 부담스럽지 않았을 것이다. 백작은 사리사욕 없이 엄격하게 일을 처리했다. 그런 지위라면 받을 만한 선물조차 그는 거절했다. 뇌물과 비슷해 보이는 사소한 것에도 화를 냈고 벌까지 주면서 물리쳤다. 부하들에게 가장 엄격하게 명한 것은 집주인에게 조금의 비용도 부담시키지 말라는 것이었다. 반면 우리 아이들한테는 풍성한 간식이 분배되었다. 그 시절의 소박한 생활을 설명하자면, 어느 날 어머니는 백작의 식탁에서 우리에게 보내온 빙과를, 얼음은 설탕을 아무리 많이 뿌려도 위에서 소화가 안 된다며, 전부 쏟아 버려서 우리를 무척 슬프게 만드셨다.

맛있는 간식을 즐기며 잘 소화하는 것을 점차로 배우는 것 말고도 아이들한테는 정확한 수업 시간과 엄격한 규율에서 어느 정도 풀려나게 되어 좋았다. 아버지의 언짢은 기분은 더욱 심해져서 불가피한 것은 참거나 견디지 못하였다. 오로지 백작을 내쫓기 위해서 아버지는 자신과 어머니, 통역관, 시의원들, 모든 친구를 얼마나 괴롭혔는지 모른다. 주어진 상황에서 그런 사람이 집에 있는 것만도 정말 잘 된 일이고, 백작이 숙영지를 옮긴다고 해도 장교건 병사들이건 계속 교대로 집에 묵게 될 것이라고 사람들이 아무리 말해도 소용이 없었다. 아버지는 그 어떤 이야기도 받아들이지 않았다. 아버지에게 현실은 너무도 견딜 수 없어서, 그 불쾌감으로 인해 앞으로 더 나쁜 일이 닥칠 수도 있다는 것을 인지하지 못하셨다.

평소에 우리에게 주로 쏟던 아버지의 활동은 이런 식으로 불구가 되었다. 아버지가 우리에게 부과하던 것을 이제는 여느 때처럼 정확하게 요구하지 않았기 때문에, 우리는 가능한 한 많이 군사적, 혹은 다른 공적인 행사들에 대한 호기심을 집에서뿐만 아니라 거리에서도 채우려고 했다. 집의 대문은 보초가 지키고 있었지만, 밤낮으로 열려 있어, 시끄러운 아이들이 드나드는 것에 신경을 쓰지 않아서 일은 그만큼 쉬웠다.

군정관의 판결로 조정되는 갖가지 안건들은, 그가 판결에다 재치 있고 명랑한 어구를 덧붙이는 데 가치를 두고 있기 때문에, 특별한 매력이 있었다. 그의 판결은 엄정했고, 표현하는 방식은 기발하면서도 짜릿했다. 그는 오수나 공작[79]을 모범으로 삼은 듯했다. 통역관이 우리와 어머니를 즐겁게 하려고 이런저런 일화를 들려주지 않는 날이 거의 없을 정도였다. 명랑한 이 남자는 솔로몬식의 판결을 모은 작은 모음집까지 가지고 있었다. 그러나 지금 나는 일반적인 분위기만 기억이 나고 특별하게 기억나는 것은 없다.

백작의 놀라운 성격은 차츰 더 많이 드러났다. 자신의 특성을 그는 스스로 확실하게 의식하고 있었다. 그래서 일종의 불쾌감, 우울증 혹은 나쁜 악령이라고 할 만한 것이 엄습할 때면 종종 며칠씩 방에 파묻혀서 시종 이외에는 아무도 만나지 않고 절박한 안건이 있어도 접견을 허락하지 않았다. 하지만 악령이 물러나면 즉시 전과 다름없이 온화하고 명랑하고 활동적인 모습으로 나타났다. 쾌활하고 낙천

---

79 Herzog von Osuna (1579~1624): 시실리와 나폴리의 섭정으로 재미있는 표현을 즐겼다.

적인, 작고 마른 그의 시종 쌩 장의 이야기로는 젊은 시절 백작이 그런 기분에 압도되어 큰 불상사를 저지른 덕이 있었기 때문에 온 세상의 이목을 끄는 중요한 자리에 있는 지금 비슷한 불행이 다시는 일어나지 않도록 조심한다는 것이었다.

백작이 우리 집에 온 처음 며칠 동안에 히르트,[80] 쉬츠, 트라우트만, 노트나겔, 융커 같은 프랑크푸르트의 화가들 모두가 초빙되었다. 화가들은 완성된 그림들을 보여주었고, 백작은 사들일 만한 것을 사들였다. 말끔하고 환한 내 다락방이 백작에게 내주기 위해 치워져서 즉시 진열실 겸 화실로 개조되었다. 백작이 예술가들 모두에게, 화필이 자연스럽고 소박해서 특히 마음에 드는 다름슈타트의 제카츠에게 한동안 작업을 시킬 생각이었기 때문이었다. 그래서 고향 그라스에서 백작의 형이 소유하고 있는 아름다운 건물의 모든 방의 크기를 보내오게 하였고, 그 뒤에는 화가들과 함께 벽의 분할을 논의하고 거기에 따라 완성할 유화의 크기를 정했는데, 그림은 액자에다 넣지 않고 벽 위에 태피스트리처럼 부착시킬 작정이었다. 이제 작업이 열심히 진행되었다. 제카츠는 시골 풍경을 맡았는데 풍경 안의 노인들과 아이들을 실물처럼 훌륭하게 잘 그렸다. 그런데 청년들은 별로 잘 그려지지 않았고 너무 말라 보였다. 여자들은 정반대 이유로 마음에 들지 않는데, 왜냐하면 그에게는 작고 뚱뚱하고, 착하지만 편안하지는 않은 아내가 있었는데 그녀는 자기 이외에 여자 모델을 허락하지 않았기 때문에 마음에 드는 그림이 나올 수 없기 때문이었다. 게다가 화가는 인물들의 크기를 확대해서 그려야 했다. 그가 그린 나무는 사

---

80 여기에 등장하는 화가들은 이미 제1장에서 언급된 바 있다.

실적이었지만, 잎은 보잘것없었다. 이젤 그림에서 완벽함을 자랑하는 브링크만의 제자였는데도 말이다.

풍경 화가인 쉬츠가 가장 잘 적응한 것 같았다. 그는 라인 지방을 능란하게 다루는데다가 아름다운 계절을 살려주는 환한 색조에 능란했다. 비교적 큰 규모의 작업에도 익숙해서 솜씨나 안목에서 부족함이 없었다. 그는 매우 유쾌한 그림들을 그렸다.

트라우트만은 신약성서에 나오는 몇 가지 부활의 기적을 렘브란트식으로 그렸고, 불타는 마을과 방앗간도 그렸다.[81] 방의 디자인에서 내가 본 바로는, 그에게도 별도의 공간이 배당되었다. 히르트는 떡갈나무 숲과 너도밤나무 숲을 멋있게 그렸다. 그가 그린 가축 떼는 칭찬할 만했다. 극히 정밀한 그림을 그리는 네덜란드 화가들 모방에 익숙한 융커는 이 벽지 스타일에 제일 적응을 못 했지만 좋은 보수를 받고 꽃과 과일로 여러 칸을 장식했다.

이 화가들을 내가 아주 어린 시절부터 알고 있었고 그들의 작업장을 자주 찾아갔기 때문에 백작도 내가 자기 주위에 있는 것을 좋아했다. 그렇게 해서 나는 일을 맡기거나, 의논하거나, 주문하거나, 물품이 인도되는 자리에 있었고 특히 스케치나 초안을 가져올 경우 내 의견을 이야기할 수 있었다. 미술 애호가들한테서, 그리고 특히 내가 열심히 참석하는 경매에서 역사에 관한 그림이 나오면 나는 일찍이 그 내용이 성서에서 온 것인지 세속에서 온 것인지 혹은 신화에서 온 것인지 금방 알아맞힌다고 이름이 나 있었다. 그리고 비유적인 그림의 의미의 경우 항상 다 알지는 못하지만 나보다 더 잘 아는

---

81 트라우트만은 불타는 장면을 즐겨 그렸고 〈불타는 트로이〉로 널리 알려졌다.

사람이 그 자리에 있는 경우가 드물었다. 그래서 화가들에게 이런저런 주제에 관해 가르쳐주곤 했었는데, 그런 장점들을 나는 이번에도 신이 나서 열성껏 발휘했다. 기억나는 것은 요셉의 이야기에 관한 열두 점의 그림에 관해서 상세하게 글을 썼던 일인데, 그중에서 몇 개는 실제로 그림으로 제작되었다.

아이로서는 칭찬받을 만한 이런 일에 이어 이 화가들 집단 안에서 내가 경험한 작은 부끄러운 일도 언급해야 하겠다. 사람들이 방으로 가져오는 모든 그림을 나는 차츰차츰 잘 알게 되었다. 어린애다운 호기심에서 내가 보지 못하거나 조사하지 못한 채로 어떤 것도 남겨놓지를 못했다. 한번은 난로 뒤에서 검은 상자 하나를 찾았는데, 그 속에 무엇이 숨겨져 있는지 보려고 애쓰다가 오래 생각해 보지도 않고 뚜껑을 열었다. 그 안에 든 그림은 사람들 앞에다 내놓지 못하는 종류의 그림들이었다. 곧 다시 뚜껑을 닫느라 부산을 떨었지만 재빠르지 못했다. 백작이 들어오는 바람에 나는 들키고 말았다. "누가 이 상자 열라고 허락했지?" 백작은 군정관다운 표정으로 말했다. 나는 대답할 말이 별로 없었고, 백작은 즉시 엄하게 벌을 내렸다. "일주일간 이 방에 발을 들여놓아서는 안 된다." 나는 절을 하고 나왔다. 나는 이 명령을 그 방에서 작업하고 있던 사람 좋은 제카츠가 지겨워할 정도로 정확히 준수하였다. 그는 주변에서 내가 왔다 갔다 하는 것을 좋아했는데, 평상시에 내가 가져다주던 제카츠의 커피를 꾀를 부려 문턱에다 놓고 왔다. 작업을 하다말고 커피를 가지러 일어나야 했기 때문에 그는 기분이 상해서 나를 원망할 정도였다.

이젠 내가 한 번도 배운 적이 없는 프랑스어를 어떻게 쉽게 배우게 되었는지를 말해야 할 것 같다. 여기서도 언어의 울림이나 음색,

사용법, 억양, 어투와 그 밖에 드러나는 특징들을 쉽게 포착할 수 있는 나의 타고난 재능이 도움되었다. 라틴어 덕택에 많은 단어를 알고 있었는데, 더 도움을 준 것은 이탈리아어였다. 나는 하인, 군인, 보초, 방문객들이 하는 말에 귀를 기울여 짧은 기간에 많은 것을 얻어 냈고, 대화에 끼어들지는 못해도 간단한 질문이나 대답은 그럭저럭 할 수 있게 되었다. 그러나 이 모든 것은 연극이 내게 가져다준 장점에 비하면 아무것도 아니다. 외할아버지에게서 나는 무료입장권을 받았는데, 아버지가 반대했지만, 어머니의 도움으로 그것을 매일 사용할 수 있었다. 외국 공연을 볼 때 나는 극장에서 무대 앞의 1층 좌석에 앉았는데 무대 위에서 무슨 이야기를 하는지는 조금밖에, 아니면 전혀 이해하지 못하기 때문에 더욱더 열심히 귀를 기울였다. 오로지 몸짓 유희와 말투에서만 재미를 찾는 수밖에 없으므로 그만큼 더 동작이며 몸짓 표현, 대사 표현 등에 주의했다. 가장 알아듣기 어려운 것은 희극이었다. 이야기가 빠르고 표현이 생소한 속된 생활과 관련되기 때문이었다. 비극은 거의 공연되지 않았는데, 알맞은 박자, 알렉산드로스 격 시행의 리듬, 표현의 보편성 덕분에 비극 쪽이 나한테는 여러모로 이해가 쉬웠다. 오래지 않아 나는 아버지 서재에서 만났던 라신[82]을 집어 들어, 한 구절도 맥락이 닿게 제대로 이해하지 못했지만, 희곡을 무대 식으로 낭독했다. 청각기관과 그 옆의 발음기관이 포착한 대로 아주 생동감 있게 말이다. 나는 전체 구절을 외워서 마치 암기한 앵무새처럼 그 구절들을 낭송했다. 일찍이 나는 어릴 적에 거의 이해하지 못하는 성서 구절들을 암기해서 그 구절들을 신

---

82 Jean Baptiste Racine (1639~ 1699).

교 목사의 어조로 낭송하느라고 고생을 한 적이 있었는데, 그에 비하면 이 일은 쉬웠다. 당시에는 운문으로 쓴 프랑스 희극이 매우 인기 있었다. 데투슈,[83] 마리보,[84] 라 쇼세[85]의 작품들이 빈번히 공연되었는데, 지금도 특색이 있는 몇 인물들은 똑똑하게 기억난다. 몰리에르의 작품들은 기억이 덜 남아 있다. 나에게 가장 인상적인 것은 르미에르[86]의《이페름네스트라》였는데, 그것은 신작으로 세심한 주의를 기울여 무대에 올려서 반복 공연되었다. 가장 우아한 인상을 받은 것은《마을의 예언자》,《장미와 콜라스》,《아네테와 뤼뱅》이었다. 리본으로 장식한 소년, 소녀와 그들의 동작은 지금도 내 기억 속에서 남아있다.[87] 오래 지나지 않아 극장 전체를 둘러보고 싶다는 마음이 생겼는데, 그렇게 할 수 있는 기회가 생겼다. 나한테는 전체 작품들을 끝까지 들을 만한 참을성이 항상 있는 것이 아니어서 가끔 복도에서, 혹은 계절이 좋으면 문 앞에서 또래의 아이들과 여러 가지 장난을 하면서 놀았는데, 그때 잘생기고 쾌활한 소년 하나가 우리들과 어울리게 되었다. 그 애는 극단 소속이었는데, 비록 단역이라도 여러 가지 단역을 맡아 하는 것을 보았다. 그 아이는 나하고 잘 통했는데 나와 프랑스어로 의사소통이 되었기 때문이었다. 같은 또래의 자기나라 아이가 극장이나 그 주위에 아무도 없었기 때문에 그 애는 더욱 나와 친해졌다. 우리들은 공연 시간 외에는 노상 함께 어울려 다녔

83 Philippe Néricault Destouches (1680 - 1754).

84 Pierre Carlet de Chamblain de Marivaux (1688 - 1763).

85 Pierre~Claude Nivelle de La Chaussée (1692~1754).

86 Antoine~Marin Lemierre (1723 - 1793).

87 괴테의 기억과는 달리《장미와 콜라스》는 1762년,《아네테와 뤼뱅》은 1764년에야 발표되었기 때문에 괴테가 혼동한 것으로 추측된다.

다. 공연 중에도 그 애는 나를 가만히 내버려 두는 일이 드물었다. 그는 더없이 사랑스러운 꼬마 허풍쟁이였다. 재미있게 계속 지껄이면서 자신이 겪은 모험, 싸움, 그 외의 여러 일들에 관해서 많은 이야기를 해주었는데 굉장히 재미있었다. 나는 그 아이로부터 불과 4주일 만에 프랑스어와 프랑스어의 어법에 관해 상상 외로 많은 것을 배웠는데, 아무도 내가 어떻게 갑자기 영감이라도 얻은 것처럼 외국어에 통달했는지 이해하지 못했다.

알게 된 지 며칠 되지 않아 그 애는 나를 극장으로 데리고 가서 막간에 남녀 배우들이 머물고 의상도 갈아입는 휴게실로 안내했다. 그곳은 좋지도 편하지도 않았는데, 원래는 콘서트홀인 것을 극장으로 바꾸었기 때문이었다. 무대 뒤에는 배우들을 위한 별도의 방이 없었다. 과거에 연주자들이 쓰던 꽤 큰 부속실들에 이제는 남녀 배우가 한데 모여 있었는데, 의상을 입거나 갈아입을 때에도 별로 예의를 차리지 않았고 동료는 물론 우리 앞에서도 별로 부끄러운 기색이 없었다. 그런 일이 나는 처음이었지만 자꾸 방문하다 보니 습관이 되어 곧 자연스러워졌다.

얼마 지나지 않아 나에게는 나름의 특별한 관심이 생겼다. 나와 친구가 된 그 소년은 이름이 드론이었는데 꼬마 드론은 허풍이 있기는 해도 예의 바르고 몸가짐이 얌전한 아이였다. 그 애가 나에게 누나를 소개해 주었는데 우리보다 두세 살 많고 큰 키에 균형 잡힌 몸매, 갈색 피부, 검은 머리카락과 눈을 가진 아름다운 소녀였다. 그녀의 몸가짐 전체에는 무언가 차분하고 어딘지 슬픈 것이 있었다. 나는 온갖 방법으로 마음에 들려고 해봤지만, 그녀의 주의를 끌 수는 없었다. 소녀들이란 자기보다 어린 소년들에 대해서는 자신이 훨씬 어른

답다고 착각하고 청년들만 바라보면서 그들에게 첫사랑을 쏟는 소년들에 대해서는 아주머니 같은 태도를 보이는 법이다. 드론에게는 남동생이 또 하나 있었지만 나와 친해지지 못했다.

이따금 그들의 어머니가 공연 연습이나 모임에 나가면 우리는 놀이도 하고 얘기도 하려고 그 집에 모였다. 그때마다 나는 그 예쁜 누이에게 꽃 한 송이나 과일, 아니면 그 무엇이라도 건네주지 않은 적이 한 번도 없었다. 언제든 그걸 아주 정중한 태도로 받고 더없이 공손하게 고마움을 표하기는 했지만, 그녀의 슬픈 눈길이 환해지는 것을 나는 한 번도 본 적이 없었고 평소에 나에게 관심을 두는 흔적을 찾을 수 없었다. 마침내 나는 그녀의 비밀을 발견한 것 같았다. 소년이 우아한 비단 커튼으로 장식된 그의 어머니의 침대 뒤에서 파스텔화 하나를, 어느 잘생긴 남자의 초상을 보여주면서 교활한 표정으로 실제 아빠는 아니지만, 아빠나 다름없다고 말했다. 그 애가 그 남자에 관해서 나름 장황하게 떠벌리는 식으로 이런저런 이야기를 늘어놓을 때, 나는 딸은 그 아버지의 자식이지만 다른 두 형제는 애인 소생인 것 같다고 생각하게 되었다. 그녀의 슬픈 모습이 이해되자 그만큼 더 그녀가 좋을 뿐이었다.

이 소녀에 대한 애정은 나에게 때때로 한계를 넘는 동생의 허풍을 견디도록 도와주었다. 그 애가 전에 남을 해칠 생각은 없었지만 다른 사람들을 혼내주었다는 대단한 행동을 나는 계속 이야기 들어야만 했다. 전부 다 명예 때문이라며 그는 항상 적수에게서 무기만 뺏고 나서 다 용서해주었다고 말했다. 그러면서 상대의 칼을 쳐서 떨어뜨리는 자신의 재주가 어찌나 놀라운지 상대의 칼이 나무 위로 엄청나게 높게 날아가서 쉽게 찾지도 못한 적이 있다고 말했다.

내가 쉽게 극장 구경을 다닐 수 있었던 것은 시장의 손에서 나온 무료입장권 덕이었다. 나는 어느 자리에나 앉을 수 있었고 무대 앞의 귀빈석에도 앉을 수 있었다. 무대는 프랑스식으로 매우 낮고 양쪽이 좌석으로 둘러싸여 있었는데, 낮은 칸막이로 좌석과 차단되어 있었다. 무대는 뒷줄로 갈수록 점점 높아지는 좌석들에 에워싸여 있었는데 첫 줄 좌석은 무대보다 아주 조금밖에 높지 않았다. 배우들과의 거리가 가까워서 환상까지는 아니지만, 호감이 많이 사라지는 이 앞줄 좌석은 전부 귀빈석으로 정해져서 대개 장교들만 이용했다. 볼테르가 그토록 격한 불만을 토로한 무대 옆 좌석의 사용, 혹은 남용을 나는 체험하고 두 눈으로 확인도 했다. 예컨대 군대가 통과하느라 극장이 만원이 될 때, 이미 차 있는 귀빈석을 점잖은 장교들이 얻으려고 몰려들면 무대 앞쪽에다 벤치나 의자를 몇 줄 더 놓았는데 그렇게 되면 남녀 주인공들은 제복이나 훈장에서 별로 많이 떨어지지 않은 공간에서 그들의 비밀을 드러낼 수밖에 없었다. 나는 그런 상황에서 〈이페름네스트라〉가 공연되는 것을 보았다.

막간에도 막은 내려오지 않았다. 이상한 풍습을 하나 더 언급하겠는데, 그런 식의 예술에 어긋나는 일을 선량한 독일 소년인 나로서는 견딜 수가 없었기 때문에 참기 어려웠다. 그것은 극장을 최고로 신성한 곳으로 생각하고 극장에서 돌발적인 방해가 일어나는 것을 관객의 위엄에 맞서는 중범죄로 즉시 처벌하는 일이었다. 그래서 희극 공연 때마다 발 앞에 무기를 세워놓은 근위보병 두 명이 공공연하게 막의 맨 뒤 양쪽에 서서 공연 중에 내부에서 일어나는 모든 일에 대한 증인이 되었다. 언급했듯이 막간에 막이 내려오지 않았기 때문에 두 명의 보병이 교대할 때는 갑자기 음악이 울렸는데, 그들이 무대의 옆쪽에서 서 있는 보병들에게로 곧장 오면 먼저 있던 보병들은 마찬가지로 의연하게 물러났다. 이런 식의 교대 행사는 연극에서 환상을 제거하는 데 안성맞춤이었다. 이런 일이 디드로의 연극 원칙과 실례에 따라 연극에서 있는 그대로의 자연스러움을 요구하면서 완벽한 속임수야말로 연극술 특유의 목적이라고 주장하는 시대에 일어났기 때문에 그만큼 더 이상해 보였다. 그래도 비극에서는 이런 군사적인 경비를 하지 않았다. 고대의 영웅들은 자신을 방어할 권리가 있었기에 앞서 보병들은 무대배경 뒤에 서 있었다.

이야기를 덧붙이자면 나는 그 무렵 디드로의 〈가장(家長)〉과 팔리소[88]의 〈철학자들〉을 보았는데 〈철학자들〉에서 철학자 역의 배우가 네 발로 기면서 날(生) 배추 꼭지를 씹던 모습이 아직도 기억난다.

이 모든 다양한 연극이 우리를 항상 극장에 묶어 둔 것은 아니었다. 날씨가 좋으면 우리는 극장 앞이나 그 부근에서 놀면서 온갖 어리석은 짓을 다 저질렀는데, 특히 일요일이나 축제일에는 우리들의 외모와 어울리지 않는 짓이었다. 나나 친구들은 앞서 말한 동화에서처럼 옷을 입고 모자를 옆구리에 끼고 작은 검을 찼는데, 칼자루에는 커다란 비단을 묶어 장식했다. 언젠가 우리가 늘 하던 식으로 법석을 떨고 있었고 우리 사이에 드론이 섞여 있었는데 갑자기 그 애가 내가 자기를 모욕했으니 결투에 응해야 한다고 선언했다. 무슨 일로 그러는지 이해할 수 없지만, 나는 도전을 받아들여 칼을 빼려 했다. 그런데 그가 말하기를 이런 경우 일을 쉽게 결말을 짓자면 조용한 장소로 가는 것이 통례라는 것이었다. 그래서 우리는 헛

---

88 Charles Palisso (1730~1814): 〈철학자들〉은 루소의 자연으로 돌아가라는 사상을 비판한 희극이다.

간 뒤로 가서 적절한 자세를 취했다. 결투는 다소 연극적인 방식으로 이루어져서 칼날이 쩽그랑거리며 부딪쳤는데, 행동에 열이 올라 드론의 칼끝이 내 칼자루의 묶인 리본에 걸렸다. 리본이 찢어지자 그 애는 이제 완벽하게 명예 회복을 했노라고 단언했다. 그런 다음 나를 연극적으로 포옹했고, 우리는 가까운 카페로 가서 아몬드 우유를 한 잔 마시며 감정의 동요를 진정시켰고 오랜 우정의 끈을 더 단단하게 맺었다.

훗날이기는 하지만 극장에서 내가 마주치게 되었던 또 다른 모험을 이 기회에 이야기하겠다. 나는 내 놀이 친구들 중 하나와 편안하게 1층 좌석에 앉아서, 순회공연 중인 프랑스 무용교사의 아들인 우리 또래쯤 되는 예쁜 소년이 아주 노련하고 우아하게 추는 독무를 즐겁게 감상하고 있었다. 다른 무용수들처럼 그 애는 꼭 끼는 소매 없는 빨간 상의를 입었는데 앞 단이 마치 급사의 짧은 앞치마처럼 무릎 위에서 펄럭였다. 이 초보 예술가에게 관객들과 함께 갈채를 보내고 있을 때 왠지 모르지만 나는 도덕적인 성찰을 한번 해봐야겠다는 생각이 떠올랐다. 나는 함께 간 친구에게 말했다. "그 아이가 멋있게 치장해서 훌륭하게 보이지만 오늘 밤 어떤 누더기를 걸치고 자는지 누가 알아!" 모두 벌써 일어나 있어서, 우리는 앞으로 나가지 못하고 있었다. 좀 전에 내 곁에 앉아 있다가 이제는 나에게 바싹 다가와 있는 한 부인이 우연하게도 그 꼬마 예술가의 어머니였다. 그녀는 내 말에 몹시 모욕감을 느꼈다. 불행히도 내 말을 알아들을 만큼 독일어를 알아들었고, 비난하는 데 필요한 꼭 그만큼의 독일어도 할 줄 알았다. 그녀가 나를 심하게 몰아세웠다. 도대체 네가 누구인데 그 젊은이의 가정과 유복함을 의심하느냐, 그 아이가 어떤 것에도 너한테 뒤지지 않고 재능으로 말하면 너 같은 아이는 꿈도 못 꿀 행운을 약속해 준다고 말했다. 이 비난의 설교를 부인이 혼잡한 무리 가운데서 하는 바람에 주위 사람들이 나를 쳐다보면서 내가 대체 무슨 못된 짓을 했는지 의아하게 생각했다. 사과할 수도, 도망칠 수도 없으므로 나는 정말 당황했다. 그래서 부인이 잠시 멈추자 별생각 없이 이렇게 말했다. "왜 이렇게 시끄럽게 구시지요? 오늘 홍안이 내일은 백골입니다!" 이 말에 부인은 할 말을 잃은 것 같았다. 그녀는 나를 쳐다보더니 어느 정도 몸을 움직이게 되자 나에게서 멀어져 갔다. 나는 내가 한 말에 대해서 더는 생각하지 않았다. 그러나 얼마 후 그 소년이 다시 무대에 나오지 못하고 병이 들어 위독하다는 말을 들었다는 소식을 듣게 되자 내가 한 말이 생각났다. 그 소년이 죽었는지 어떤지는 알 수가 없다.

때에 맞지 않게 혹은 어리석게 한, 그런 암시에 의한 그런 식의 예언을 옛사람들은 상당히 신용했다. 그리고 어느 민족, 어느 시대에나 믿음과 미신의 형식들이 항상 같다는 것은 무척 특이한 일이다.

우리의 도시가 점령된 처음부터 특히 아이들과 젊은이들에게는 오락 거리가 그치지 않았다. 연극, 무도회, 행진이며 행군이 여기저기서 우리의 주의를 끌었다. 특히 행군은 점점 더 늘어났는데, 우리 눈에 군대 생활은 아주 신 나고 즐겁게 비쳤다.

군정관이 우리 집에 머무는 동안 우리는 프랑스 군대의 온갖 중요한 인물들을 차츰 다 보았는데 특히 우리에게까지 명성이 난 지도자들을 가까이에서 볼 수 있는 혜택도 누렸다. 그래서 마치 관람석에서처럼 우리는 층계와 층계참에 서서 장군들이 우리 곁을 지나가는 것을 느긋하게 바라보았다. 누구보다도 먼저 생각나는 사람은 잘생기고 상냥한 신사였던 수비즈 공[89]이다. 그리고 아주 선명하게 생각나는 사람은 한결 젊고, 크지는 않지만, 체격이 좋고, 활기차고, 재치있게 주변을 둘러보는 민첩한 폰 브롤리오 원수[90]다.

폰 브롤리오 원수는 몇 번 군정관에게 왔었는데 중요한 이야기가 오가는 것을 알아차릴 수 있었다. 주둔이 시작된 지 삼 개월밖에 안 되어 이 새로운 상태에 우리가 아직 적응을 못 하고 있는데 연합군이 행군해 오고 있고 마인 강변 지방에서 프랑스군을 몰아내려고 브라운슈바이크의 대공 페르디난트가 오는 중이라는 소문이 암암리에 퍼졌다.[91] 특별한 전과를 올리지 못하는 프랑스군에게 큰 기대를 하는 사람은 없었고, 로스바흐 전투 이래 프랑스군은 무시해도 된다고 믿고 있었다. 사람들은 페르디난트 대공에게 큰 신뢰를 보내며, 생각이 프로이센 편인 사람들은 모두 지금까지의 압박에서 해방되기를 고대했다. 우리 아버지는 다소 명랑해졌고 어머니는 근심에 빠졌다. 어머니는 지금의 작은 불행이 곧 크나큰 재난으로 바뀔 수 있다는 것을 통찰할 만큼 아주 현명하셨다. 프랑스군이 페르디난트 공작에 맞서는 진격을 하지 않고 이 프랑크푸르트 시 근처에서 공격을 기다릴 것이 너무도 분명하기 때문이었다. 프랑스군의 패배, 도주, 도시 방어 또한 있을 수 있는 상황으로, 퇴로를 차단하고 다리를 지

---

89 Charles de Rohan (1715~1787): 프랑스의 사령관.

90 Victor Francois, Duc de Broglie (1718~1804): 야전 사령관으로 1759년부터 1762년까지 프랑크푸르트에 주둔했다.

91 7년 전쟁(1756~63): 비옥한 슐레지엔을 두고 오스트리아가 프로이센과 시작한 전쟁이지만 내적으로는 유럽 열강의 이권이 걸린 전쟁이었다. 오스트리아-프랑스-작센-스웨덴-러시아가 동맹을 맺어 프로이센-하노버-영국의 연합에 맞섰다. 프로이센-영국의 승리로 영국은 해외 식민지 경영에서 선두주자가 되고, 프로이센은 슐레지엔의 영유권과 유럽 강대국의 지위를 갖게 된다.

키기 위한 폭파와 약탈, 그 모든 것을 흥분해서 상상해 보았는데 그건 양쪽 모두를 근심에 빠지게 했다. 무엇이든 다 견디지만, 걱정만은 견디지 못하는 우리 어머니는 통역관을 통해서 자신의 두려움을 백작에게 전했다. 거기에 대해 어머니는 상투적인 답변만을 받았다. 침착하게 지내고 아무것도 두려워할 것이 없으니 조용히 처신하고, 아무와도 그런 이야기를 하지 말라는 얘기뿐이었다.

몇몇 부대가 프랑크푸르트 시를 통과해 갔다. 그들이 베르겐 근처에서 멈췄다는 소식이 들렸다. 왕래, 기병과 보병이 점점 늘었고, 우리 집은 밤낮으로 수선스러웠다. 늘 명랑하고, 언제 봐도 거동과 몸가짐이 변함없던 폰 브롤리오 원수를 내가 본 것도 이 시기였는데, 그렇게 좋은 인상을 지속해서 준 그 사람의 모습이 나중에 역사에서 훌륭하게 언급되는 것을 보았을 때는 기쁘기도 했다.

그렇게 불안한 수난주간[92]이 지나고 1759년 수난일이 다가왔다. 깊은 고요가 폭풍이 다가왔음을 알렸다. 아이들에게는 밖에 나가는 것이 금지되었고, 마음을 진정하지 못한 아버지는 밖으로 나갔다. 전투가 시작되어 맨 위층으로 올라가 보니, 부근이 잘 보이지는 않았지만, 대포의 포성과 소총의 집중사격 소리는 정말 잘 들렸다. 두세 시간 후 우리는 전투의 첫 징표를 마차의 행렬에서 보았다. 마차 위에는 비참하게 불구가 되고 처참한 모습을 한 각양각색의 부상자들이 우리 집 옆을 지나 야전병원으로 바뀐 마리아 수녀원으로 수송되었다. 즉시 시민들의 자선심이 발휘되어 맥주, 포도주, 빵 그리고 돈이 아직도 무언가를 받을 수 있는 사람들에게 건네졌다. 얼마 뒤 상처

---

92 고난주간이라고도 한다. 예수가 빌라도의 재판을 거쳐 십자가에서 처형당하기까지 지상에서 겪은 인간적인 고난을 기념하는 한 주간이다.

입고 포로가 된 독일인들이 이 행렬에서 보이자 동정심은 한이 없었다. 곤궁한 동포를 돕기 위해서라면 모두들 내놓을 수 있는 것은 모두 내놓으려는 듯이 보였다.

그렇지만 포로들은 연합군에게는 불행한 전투의 표시였다. 당파심에서 연합군이 이길 것으로 확신했던 아버지는, 패배한 쪽이 자신을 딛고 넘어 도주할 것이 틀림없다는 생각은 하지 못하시고, 희망을 걸었던 승리자들을 마중하러 가는 성급한 대담함을 보이셨다. 아버지는 일단 프리트베르크 성문 앞에 있는 자신의 농장으로 가보았지만, 그곳은 모든 것이 쓸쓸하고 고요할 뿐이었다. 그래서 대담하게 보른하임 들판으로 가보았는데 그곳에서 보이는 것은 경계석을 향해 총을 쏘면서 장난하고 있는 흩어진 낙오병들과 수송대원들뿐이었다. 튕겨 나온 총알이 호기심 때문에 나온 산책자의 머리 주위를 소리를 내며 스쳐 갔다. 그제야 아버지는 돌아가는 편이 낫겠다고 생각을 했는데, 포성이 이미 명확히 알려주는데도 몇 번이나 물어보고 나서야 만사가 프랑스군에게 유리한 정황이며 퇴각이란 어림도 없다는 것을 깨달았다. 불쾌해진 아버지는 집으로 오는 길에 부상당하고 사로잡힌 동포들을 보자 완전히 냉정함을 잃고 말았다. 아버지 역시 지나가는 사람들에게 갖가지 자선을 했다. 아버지가 베푸는 자선은 독일인들만 받아야 하는 것이었지만 꼭 그렇게 되지는 않았다. 운명이 아군과 적군을 동시에 집어삼켰기 때문이었다.

일찌감치 백작의 말을 믿어 꽤 안정된 날을 보내던 어머니와 우리 아이들은 한껏 기뻤다. 아침에 《보물 상자》[93]의 신탁을 바늘로 점

---

93 경건파 신앙인들의 《기독교 신도들의 보석상자》라는 책을 가리키는데, 성경 구절이 적힌 책으로 여기에 바늘을 꽂은 다음 펴서 맨 먼저에 띄는 글귀로 점을 보았다.

쳐보았을 때 현재와 미래에 대하여 매우 위안이 되는 대답을 받았기 때문에 어머니는 이중으로 위로를 받았다. 우리는 아버지도 우리와 똑같은 믿음과 똑같은 생각을 가지기를 바랐고 할 수 있는 한 아버지의 환심을 사려했으며, 온종일 거부하던 음식을 제발 좀 드시라고 간청했다. 아버지는 우리의 애교와 식사를 모두 물리치고 방으로 올라가셨다. 그래도 우리의 기쁨은 방해받지 않았다. 일은 이제 결판이 난 것이었다. 이날 평소와는 달리 말을 타고 나섰던 군정관이 드디어 돌아왔는데 그가 집에 있는 것이 어느 때보다도 절실했다. 우리는 달려가서 그의 손에 입을 맞추며 기쁨을 표현했다. 그것이 군정관의 마음에 든 것 같았다. "좋아!" 그가 평소보다 더 다정하게 말했다. "나도 말이지 즐겁단다, 얘들아!" 그는 즉시 우리에게 사탕과 단 포도주와 아무튼 최상의 것을 주라고 말하고는 이미 급한 용무와 부탁을 들고 온 사람들에 에워싸여 자기 방으로 올라갔다.

우리는 맛있는 간식을 받았고, 그곳에 참석하려 하지 않는 아버지가 안타까워서 어머니에게 아버지를 모셔와 달라고 했다. 그러나 어머니는 우리보다 현명해서 그런 선물이 아버지에게 얼마나 불쾌할지 잘 아셨다. 어머니는 저녁 식사를 제대로 준비해서 1인분을 아버지 방으로 올려보내고자 했다. 하지만 아버지는 비상 상황에서도 그런 예외를 결코 참지 못하는 분이었다. 그래서 맛있는 선물들은 옆으로 치우고 아버지를 평소대로 식당으로 오시도록 이야기했다. 드디어 아버지가 마지못해 마음을 움직였다. 그러나 이 일이 어떤 화를 아버지와 우리 자신에게 초래했는지 우리는 예감하지 못했다. 계단은 집 전체에 막힌 곳이 없이 모든 홀 앞을 지나게 되어 있다. 아버지가 식당으로 내려오자면 백작의 방 앞을 지나가지 않을 수 없었다. 방 앞의 홀이 사람들로 가득 차는 바람에 백작은 몇 가지 일을 한 꺼번에 처리하기 위하여 방 밖으로 나오려고 했다. 그런데 그것이 유감스럽게도 아버지가 내려오는 순간이었다. 백작은 명랑하게 아버지에게 다가서서 반갑게 인사하며 말했다. "위험한 일이 이렇게 다행하게 지난 것에 대해 피차에 축하해야겠습니다." — "절대로 아닙니다!" 아버지가 원한을 품고 대답했다. "나는 귀하가 악마한테 쫓겨가길 바랐습니다. 나까지 끌려가는 한이 있더라도 말입니다." 한순간 백작은 가만히 있었다. 그러나 다음 순간 격분하며 소리쳤다. "그냥 넘어갈 일이 아닙니다! 선생은 나와 정당한 행위에 모욕을 가했으니 그냥 넘어갈 수 없습니다!"

그사이 아버지는 태연히 계단을 내려와 우리에게 합류했는데 전보다 명랑한 모습으로 식사를 시작했다. 우리는 기뻤고 아버지가 얼마나 위험한 방식으로 마음의 돌을 떨쳐 버렸는지 몰랐다. 곧 어머니가 불려갔는데 우리는 백작이 어떤 맛있는 것들을 주었는지 아버지에게 잔뜩 이야기할 생각이었다. 어머니는 돌아오지 않았다. 드디어 통역관이 들어왔다. 눈짓으로 그는 우리를 잠자리로 보냈다. 시간이 늦은 터라 우리는 기꺼이 말을 들었다. 편안하게 하룻밤을 잘 자고 나서야 우리는 전날 밤에 집을 뒤흔든 소동에 관해 알게 되었다. 군정관이 즉시 아버지를 초소로 끌고 가라고 명령한 것이다. 결코, 거역할 수 없다는 것을 부하들은 잘 알고 있었다. 하지만 이따금 그들은 명령의 수행을 지체시켜 감사의 말을 들었다. 그들에게 그런 마음이 강하게 일게 한 것은 어떤 경우에도 생기를 잃지 않는 대부(代父)인 통역관이었다. 소란이 워낙 컸기 때문에 명령의 실행을 지체하는 것이 문제가 되지 않고 어느 정도 변명도 되었다. 통역관은 어머니를 불러내어, 부관에게 달렸으니 탄원하고 부탁해서 명령 수행을 조금만이라도 연기하도록 해보라고 말했다. 그 자신은 서둘러 백작에게 갔다. 백작은 마음을 간신히 억누르고 안쪽 방에 들어가 있었는데, 마음속의 불쾌감을 죄 없는 사람에게 화풀이하거나 자신의 품위를 손상하는 결단을 내리느니 차라리 이 중대한 업무를 한순간 정지시켰다.

통역관이 백작과 나눈 대화, 우리의 뚱뚱한 대부가 백작을 설득한 그 대화를, 다행스러운 성과를 꽤 자랑하면서 그는 자주 되풀이하여 들려주었기 때문에 나는 아직도 기억 속에서 잘 그려낼 수 있다.

통역관은 감히 백작의 별실 문을 열고 들어갔는데 그것은 철저하게 금지된 일이었다. "무슨 일인가?" 백작이 노해서 외쳤다. "나가게! 여기는 쎙 장을 빼고는 아무도 들어올 권리가 없어."

"그럼 한순간만 저를 쎙 장으로 여겨주십시오." 통역관이 대답했다.

"그러자면 엄청난 상상력이 필요해. 그런 사람 둘이 있어도 자네 하나만 못하지. 물러가게!"

"백작님, 백작님은 천부적인 재능을 갖고 계십니다. 거기에 제가 호소하는 겁니다."

"나한테 아첨할 생각이군! 난 안 넘어가네."

"백작님께서는 큰 재능이 있으십니다. 격정의 순간, 분노한 순간에도 다른 사람들의 의견에 귀 기울이시는 재능 말입니다."

"그래 맞아! 문제는 그 의견이란 것인데, 내가 너무 오래 그 의견들을 들어 준거야! 여기 사람들이 우리를 좋아하지 않는다는 것, 시민들이 우리를 눈을 흘기면서 쳐다보는 것을 나는 너무도 잘 알아."

"모두 다 그런 건 아닙니다!"

"대다수가 그렇지! 이곳 시민들은 제국 직속 프랑크푸르트 시 시민들이라고 주장하지. 그들은 황제를 선출하고 대관하는 것을 보았어. 그리고 부당하게 공격을 당해 나라를 잃어버리고 약탈자들에게 망하게 될 위험에 처했을 때 황제는 다행히도 황제를 돕기 위해서 돈과 피를 아끼지 않는 충직한 연합군을 찾았어. 그런데 이곳 사람들은 국가의 적을 항복시키기 위해 자기네 몫으로 갖게 된 부담을 조금도 지려고 하질 않아."

"네, 백작님께서는 그런 성향에 대해 이미 오래전부터 잘 알고 계시면서도 현명한 분답게 잘 견디셨습니다. 하지만 그런 사람들 수는 적습니다. 백작님께서도 스스로 비범한 사람으로 평가하셨던 그 적의 빛나는 특성에 현혹된 몇 안 되는 사람들뿐입니다. 극소수입니다. 아시잖습니까!"

"그래요! 내가 너무 오래 알고 견뎌왔소. 그렇지 않았다면 그 사람이 그렇게 중요한 순간에 내 얼굴에 대고 그런 모욕적인 말을 하지는 못했을 것이오. 그런 자들이 많아도 상관없소. 그 뻔뻔한 대표자가 이번에 처벌받아야 할 것이오. 앞으로 어떤 꼴을 당하게 될지 그들도 알아야만 합니다."

"백작님, 조금만 연기해 주십시오!"

"일에 따라서는 신속히 처리해야 하는 것도 있습니다."

"조금만 연기해 주십시오!"

"이보시오! 자네가 날 그릇된 길로 이끌려고 하나 본데, 잘 안 될 겁니다."

"저는 백작님이 잘못되게 하지도, 잘못된 길을 가지 않도록 만류하는 것도 아닙니다. 백작님의 결정은 정당합니다. 프랑스인으로서, 군정관으로서 합당합니다. 하지만 군정관님은 토랑 백작이기도 하다는 점을 생각해 보십시오."

"토랑 백작은 여기서 할 말이 없습니다."

"그러나 그 훌륭한 분의 말에도 귀를 기울여야 합니다."

"대체 그가 뭐라고 하는데?"

"아마 이렇게 말할 것입니다. '군정관! 당신은 너무도 오래도록 몽매하고 불만스럽고 서툰 많은 사람을, 그들이 너무 심하지만 않으면 참아왔소. 이번 사람은 너무 심합니다. 하지만 참아야 합니다! 그러면 누구나 당신을 칭찬하고 찬양할 것입니다."

"당신도 알다시피 나는 당신의 익살을 종종 참아왔지만 내 호의를 오용하면 안 됩니다. 이곳 사람들은 다들 눈이 멀었습니까? 우리가 이번 전투에서 졌으면, 그들의 운명은 어떻게 되었을까요? 우리는 성문 밖까지 나가서 프랑크푸르트 시를 봉쇄하고 버티고 방어했습니다. 아군이 퇴각하더라도 다리 너머로 엄호하기 위해서 말입니다. 적이라고 두 손을 놓고 있나요? 수류탄이든 뭐든 손에 든 걸 던지지요. 되는 대로 불을 지를 겁니다. 여기 이 집주인은 무얼 어쩌겠다는 겁니까! 지금쯤 여기 이 방에는 불꽃이 튀고 있을 겁니다. 그 빌어먹을 베이징 벽지를 아끼느라고 내 지도를 못질해서 거는 것조차 삼가고 있는 이 방 안에서 그들은 아마 온종일 무릎을 꿇고 있어야 할 겁니다."

"많은 사람이 그런 일을 당했지요!"

"우리를 위해 축복을 기원해야 합니다. 정군과 장교들에게 경의와 기쁨을 보여주고 지친 병사에게는 기운 내라고 먹을 것을 대접하며 위로해야 합니다. 그러기는커녕 많은 근심과 노력으로 얻은 내 생애의 가장 아름답고 행복한 순간을 당파성으로 망치고 있어요!"

"예, 당파성입니다. 그러나 그 사람을 처벌하는 것은 당파심을 더욱 고조시킬 뿐입니다. 그 사람하고 생각이 같은 이들은 백작님이 독재자, 야만인이라고 아우성칠 것입니다. 사람들은 그 사람을 정의를 위해 고통받는 일종의 순교자로 여길 것입니다. 그리고 그의 적인 반대파들까지도 그 사람을 동료 시민으로 보고 그를 동정할 것입니다. 그리고 백작님이 옳다고 생각하면서도 백작님이 너무 가혹했다고 느낄 것입니다."

"자네 말은 벌써 너무 오래 들었으니 이만 나가주게!"

"한 말씀만 더 들어주십시오! 이 일은 그 사람에게, 이 가정에 닥칠 수 있는 전대미문의 엄청난 것이라는 점도 생각해 주십시오. 이 집 가장의 선의로 감동할 이유야 없지만, 부인은 백작님이 원하는 일이라면 미리 앞질러 이루어드렸고, 아이들은 백작님을 큰아버지처럼 여깁니다. 이 단 한 번의 타격으로 이 집의 평화와 행복은 영원히 깨지게 될 겁니다. 그렇습니다. 제가 말씀드릴 수 있는 것은 집 안으로 떨어졌을지 모를 폭탄도 이보다 큰 폐해를 가져오지는 않으리라는 점입니다. 저는 백작님이 자제하시는 것을 보고 경탄해 왔습니다. 백작님, 이번에 제게 백작님을 존경하도록 해 주십시오. 적의 집에서도 스스로 다정한 손님으로 처신하는 군인은 존경할 만합니다. 그런데 이 집에는 적이 아니라, 잠시 생각을 잘못한 한 사람이 있을 뿐입니다. 참으십시오. 그러면 백작님께 영원한 명예가 될 것입니다."

"이상스럽게 되어가는군." 백작이 미소를 띠고 대답했다.

"완전히 자연스럽게 되는 겁니다. 저는 부인, 아이들을 백작님께 무릎 꿇도록 보내지 않았습니다. 백작님께서 그런 장면을 싫어하신다는 것을 알기 때문입니다. 그러나 그들이 얼마나 감사할 것인지를 말하고 싶습니다. 그들이 베르겐 근교 전투 일과 그날 백작님의 너그러움을 두고 평생 이야기하는 모습을 그려드리겠습니다. 그들은 자자손손 이야기를 할 것이고 낯선 사람들에게도 백작님에 대한 관심을 불러일으킬 것입니다. 이런 행적은 사라지지 않는 법입니다!"

"자네는 나의 약점을 잘못 짚었군, 통역관. 나는 사후의 명성을 생각하지 않네. 그런 것은 남에게 중요하지만 나는 아닐세. 현재에 올바로 행하고, 내 의무를 소홀히 하지 않고, 내 명예를 손상하지 않는 것, 그것이 내가 열망하는 것이오. 우리는 말을 너무 많이 했어. 이제 가게. 그리고 감사는 내가 용서하는 그 배은망덕한 사람한테 가서 받도록 하시게!"

이 예상치 못한 행복한 결말에 놀라고 감동한 통역관은 눈물을 참을 수 없었고 백작의 두 손에 키스하려 했다. 백작은 그를 물리치며 엄숙하게 말했다. "알다시피 나는 이런 걸 좋아하지 않습니다!" 그러면서 백작은 밀려드는 일을 살피고 기다리는 많은 사람의 청원을 듣기 위해서 대기실로 나갔다. 그렇게 해서 일은 일단락이 났고, 다음 날 아침 우리는 전날 먹다 남은 사탕 선물을 먹으며 재난이 지나간 것을 축하했다. 우리는 다행히도 자느라고 재난이 닥칠 수도 있었던 것을 몰랐던 것이다.

통역관이 정말로 말을 그렇게 현명하게 했는지 아니면 다행스럽게 끝난 좋은 일 뒤에 그렇듯이 그 장면을 상상으로 만들어 낸 것인지 알 수가 없는 일이다. 하지만 적어도 그는 같은 일을 되풀이 말할 때 말이 바뀐 적은 한 번도 없었다. 요컨대 그 날은 그에게는 평생에 가장 애를 태운 날이면서 또한 가장 영광에 찬 날이었다.

　백작이 일체의 부적절한 의례를 얼마나 단호히 거부했는지, 자기한테 어울리지 않는 칭호는 얼마나 받아들이지 않았는지, 그리고 명랑한 때면 늘 재치 있었는지에 대해서는 다음의 작은 사건이 증거가 될 것이다.

　어느 날 까다롭고 어울리기 싫어하는 프랑크푸르트 시민 중 한 사람인 어느 점잖은 남자가 자기의 집에 주둔한 군인들에 대해 하소연하기로 작정했다. 그는 직접 찾아왔는데 통역관이 도와주겠다고 제의했지만 도움이 필요 없다고 하더니 백작 앞으로 가서 점잖게 절을 하며 "각하!" 하고 불렀다. 백작은 같이 절을 하고 상대방을 역시 각하라고 불렀다. 이런 지나친 칭호에 남자는 당황해서 자기가 사용한 칭호가 너무 미미했다고 생각하고 한층 더 깊게 몸을 숙이며 말했다. "전하!" — "여보시오." 백작이 정색하고 말했다. "더는 올라가지 맙시다. 그러다가 금방 폐하까지 가겠습니다." 상대는 당황한 나머지 아무런 말도 못했다. 통역관은 약간 거리를 두고 서 있었다. 그 말을 다 들으면서도 그는 심술궂게도 꼼짝도 하지 않고 있었다. 그러자 백작이 쾌활한 어조로 말했다. "선생님, 성함이 어떻게 되십니까?" — "슈팡엔베르크입니다."라고 그가 대답하자 백작이 이렇게 말했다. "저는 토랑입니다. 토랑 한테 무슨 볼일이 있으신가요? 자, 이제 우리 앉읍시다. 일은 곧 처리됩니다."

　일은 내가 여기서 슈팡엔베르크라고 칭한 사람이 만족할 정도로 금방 처리되었다. 장난기가 발동한 통역관은 그날 저녁 우리 식구들에게 그냥 이야기만 전해준 것이 아니라 온갖 상황과 몸짓을 생생하게 보여주었다.

그런 혼란, 불안, 걱정이 지나가면 곧 이전의 편안함과 즐거움이 다시 찾아왔다. 젊은이들은 어느 정도만 되면 날마다 즐겁게 살아가기 마련이다. 프랑스 연극에 대한 나의 열정은 공연 때마다 커졌고 나는 하루 저녁도 빠지지 않았는데, 매번 공연이 끝난 후 식사 중인 식구들의 식탁에 앉아 조금 남아 있는 음식을 먹고 있으면 연극이 아무 쓸모 없는 것이고 아무런 효과도 없다는 아버지의 비난을 견뎌야만 했다. 그런 경우 나는 대개 연극 옹호자들이 나와 같은 궁지에서 할 수 있는 온갖 주장을 끌어댔다. 행복 속의 죄악, 불행 속의 덕성이 문학 속의 정의를 통해서 다시 균형을 이루게 된다는 것이었다. 나는《미스 사라 샘슨》[94]이나《런던 상인》[95]같이 잘못이 처벌을 받게 되는 좋은 예들을 열을 내서 강조했다. 하지만《스카팽의 간계》[96] 비슷한 것이 프로그램에 있고, 권모술수에 능한 하인의 속임수나 방종한 청년의 바보짓들이 좋은 성과를 거두는 것을 보고 관객이 기뻐하는 것이 비난을 받을 때면 궁지에 몰렸다. 양쪽이 서로 상대방을 이해시키지 못했다. 그렇지만 아버지는 내가 믿을 수 없는 속도로 프랑스어에 익숙해지는 것을 보자 곧 연극과 화해를 했다.

인간이란 남이 하는 것을 보면 재능이 있든 없든 스스로 한번 해보려고 한다. 나는 곧 프랑스 극의 전 과정을 훑었고 몇몇 작품들은 이미 두세 번째 무대에 올렸다. 품위 있는 비극에서부터 경박한 후속 익살까지 모든 것이 내 눈과 정신의 앞을 스쳐 갔다. 어린아이 때 감히 테렌티우스를 모방했듯이 소년이 된 이제는 훨씬 더 생

---

94 Lessing의 〈Miss Sara Sampson〉(1755).

95 George Lilo의 〈The London Merchant〉(1731).

96 Molière의 〈Les Fourberies de Scapin〉(1672).

생하고 절박한 계기에서 내 능력이 되든 안 되든 프랑스의 형식들을 되풀이해 보지 않고는 배겨낼 수 없었다. 당시에는 피롱[97] 취향의 반은 신화적이고 반은 비유적인 작품들이 공연되고 있었다. 패러디 성격을 띠고 있는 이런 것들은 특별히 내 마음에 들었다. 쾌활한 머큐리 신의 황금 날개, 변장한 주피터의 번갯불, 매혹적인 다나에, 신들이 찾아간 미녀들은 이름이야 무엇이든 양을 치거나 사냥하는 여자만 아니라면 좋았다. 그리고 오비디우스의 《변신 이야기》와 포미[98]의 《판테온의 신비》가 내 머릿속에서 들끓었기 때문에, 나는 곧 그런 소품 하나를 환상 속에서 만들어 냈다. 그 작품에 관해 말할 수 없는 것은 배경은 전원인데 그래도 공주도 왕자도 신도 빠짐없이 등장한다는 것뿐이다. 특히 머큐리 신은 기억이 생생해서 내가 두 눈으로 보았다고 맹세라도 하고 싶을 정도였다.

나는 직접 깨끗하게 작성한 필사본을 친구 드론에게 내보였다. 그는 그것을 아주 우아하게 진짜 후원자의 표정으로 받아들여 훑어보더니 나에게 몇 가지 언어상의 잘못과 대사가 너무 긴 부분을 지적하더니 결국 한가할 때 더 자세히 살펴보고 판단해 주겠다고 약속했다. 혹시 그 작품이 공연될 수 있겠느냐는 나의 겸손한 질문에 그는 전혀 불가능하지는 않다고 확언했다. 극장에는 아주 많은 작품이 받아주기를 바라면서 들어오는데 그가 나를 진심으로 밀어주겠다고 했다. 다만 이 일은 비밀로 하라고 했다. 한번은 자기가 쓴 작품으로 감독을 놀라게 했는데 만약 작가가 자기로 너무 일찍 발견되지만 않았더라면 공연되었을 것이라고 했다. 나는 될 수 있으면 꼭 입을 다

---

97 Alesis Piron (1689~1773): 프랑스의 희곡작가.

98 François~Antoine Pomey (1619~1673): 고대의 신들에 관한 안내서를 썼다.

물겠노라고 약속했고, 마음속에서는 이미 내 작품의 제목이 거리와 광장 모퉁이에 큰 글씨로 붙어 있는 모습이 보였다.

　신중하지 못하지만, 그 친구는 대가의 역할을 하기를 너무도 원했던 것 같다. 그는 작품을 주의 깊게 꼼꼼히 읽고 나와 함께 앉아서 소소한 것 몇 가지를 고치더니 대화가 진행되면서 전체 작품을 뒤집고 또 뒤집어 작품이 완전히 무너질 정도가 돼버렸다. 그는 삭제하고 첨가하고 인물을 빼고 다른 인물로 대체했다. 멋대로 횡포를 부렸기 때문에 나는 머리끝까지 화가 났다. 그가 작품을 잘 이해하리라는 생각으로 나는 내버려두고 있었다. 그는 종종 나한테 아리스토텔레스의 삼일치론이나, 프랑스 무대의 규칙성, 개연성, 운율의 조화나 그에 관련되는 모든 것에 대하여 하도 그럴듯하게 이야기를 해서, 나는 그가 연극을 그저 배운 것이 아니라 제대로 기초가 잡혀 있다고 생각했다. 그는 영국인들을 비난하고 독일인들을 경멸했다. 요컨대 내가 내 인생에서 꽤 자주 되풀이해서 들어야 했던 연극론에 관한 온갖 말을 장황하게 떠벌렸다.

　우화 속의 소년처럼 나는 누더기가 되어버린 내 작품을 집으로 가지고 돌아와, 회복시켜 보려 했지만 허사였다. 그렇지만 완전히 포기하지는 않았기에, 내 초고를 조금만 고쳐서 우리 서기를 통하여 깨끗하게 정서한 다음 아버지에게 건네 드렸다. 그렇게 해서 한동안 연극이 끝난 후 아버지께 꾸중을 듣지 않고 조용히 저녁을 먹을 수 있게 되었다.

　이 시행착오가 나를 심사숙고하게 만들었으며, 나는 이제 누구나 끌어대는 이 이론들, 특히 주제넘은 나의 스승 드론의 비행으로 의심을 하게 된 법칙들을 나는 원천에서 직접 알아보기로 했다. 그것은 어렵지는 않지만, 힘이 들었다. 우선 코르네유의《삼일치론에 대한 논문》을 읽었는데, 어떻게 삼일치를 해야 하는지는 잘 알았지만 왜 그것이 필요한지는 확실하지 않았다. 괴로운 일은《르 시드》에 대한 논란을 알게 되고 코르네유와 라신이 비평가와 관객에 맞서 자신들을 방어할 필요가 있었던 그 서문을 읽어 내가 더 큰 혼란에 빠졌다는 것이다. 여기서 나는 인간은 누구도 자기가 무얼 원하는지 모른다는 것, 더할 나위 없이 훌륭한 영향을 끼친《르 시드》같은 작품이 전지전능한 추기경 한 사람의 명령으로 나쁜 작품으로 판정되었다는 것, 내 시대의 생존하는 프랑스인들의 우상인 라신이 이제는 나에게도 우상이 되었다는 것, (쇠프 폰 올렌슐라거가 우리들에게《브리타니쿠스》를 공연하게 했을 때 내가 네로 역을 맡았기 때문에 나는 라신을 상당히 잘 알았다.) 생전에 라신이 애호가들이나 비평가들과 좋은 관계가 아니었다는 사실을 분명히 알게 되었다. 그런 모든 것을 통해서 나는 전보다 더 혼란스러워졌다. 이리저리 늘어놓은 이야기들, 과거의 이론적 횡설수설로 오랫동안 고생을 겪은 다음에 나는 불필요한 것과 더불어 소중한 것까지 내버리고 말았다. 그리고 탁월한 작품을 내놓은 작가들도 그가 작품에 관해 이야기를 시작하면, 다시 말해 그들이 행동에 이유를 대며 자신을 방어하고, 변명하고, 미화하려 들면 항상 제대로 되지는 않는다는 것도 알게 되었다. 그래서 나는 생생한 현재로 돌아와 연극을 더 열심히 보고, 더 성실하고 끊임없이 독서를 했다. 그 무렵에 나는 라신과 몰리에르를 다 읽고 코르네유의 대부분을 독파할 수 있는 인내력도 지니게 되었다.

군정관은 여전히 우리 집에 기거하고 있었다. 그의 몸가짐은 어떤 점에서도 달라지지 않았다. 우리들의 대한 태도에서는 더욱 그랬다. 언제나 변함없이 공정하고 성실하게 일하기는 했지만, 이제는 전처럼 직책을 명랑하게, 처음처럼 열성을 가지고 해나가지 않는 것이 눈에 띄고 대부인 통역관도 그 점을 우리에게 더욱 확인해주었다. 프랑스인보다는 오히려 스페인인의 모습을 보여주는 그의 성격과 처신, 종종 업무에 영향을 주는 그의 기분, 주위 상황에 대한 완강함, 그의 인품이나 성격을 건드리는 모든 것에 대한 예민함, 이 모두가 백작으로 하여금 이따금 상관과 갈등을 빚게 하는 것 같았다. 더욱이 그는 극장에서 벌어진 일로 결투를 해서 상처를 입었으며, 설상가상으로 그 자신이 치안 책임자이면서 금지된 행위를 한 것에 대해서 사람들은 좋지 않게 생각했다. 이 모든 것으로 그는 더욱 은둔 생활을 하게 되었고 일 처리에도 덜 열정적으로 되었다.

그러는 동안 주문했던 그림 대부분이 배달되었다. 토랑 백작은 그 그림들을 보는 것으로 여가를 보냈다. 그림들은 앞서 얘기한 다락방에서 걸었는데 그림 위에 그림을, 큰 그림 다음 작은 그림을, 또 나란히 걸었는데 자리가 협소하므로 겹쳐서 걸기도 하고 떼서 말아두기도 했다. 그림은 새롭게 검토되었다. 가장 성공한 부분에 대해서는 되풀이하여 기뻐했다. 그러나 이런저런 점은 다르게 되었으면 좋았으리라는 아쉬움도 없지 않았다.

여기서 나아가 새롭고 아주 놀라운 작업에 대한 생각이 튀어나왔다. 즉 어떤 화가는 인물들을, 다른 화가는 배경을, 세 번째 화가는 수목을, 네 번째 화가는 꽃을 잘 그렸기 때문에 백작은 이 여러 재능을 하나의 그림에 합쳐서 완벽한 작품을 만들어낼 수 있지 않을까 하는 생각에 이르게 되었다. 완성된 풍경화에 예쁜 양 떼를 그려 넣는 것부터 시작되었다. 그런데 여백이 항상 넉넉한 것이 아닌데다가 동물화가에게는 양 한두 마리가 많거나 적은 것이 문제가 되지 않기 때문에 아주 넓은 풍경도 너무 좁았다. 그런데 인물화가가 목동하고 나그네 몇 사람을 더 추가하자 마치 서로 공기를 빼앗는 식이어서 탁 트인 공간인데도 모두가 질식하지 않는 게 이상해 보일 정도였다. 이 작업이 어떻게 끝나게 될지 알 수가 없고 마음에도 들지 않았다. 화가들은 언짢아했다. 초기의 주문에서는 이득이 있었지만, 그 후의 작업에서는 백작이 후하게 지급을 했지만, 화가들은 손해를 보았다. 하나의 그림에 여럿이 공동으로 일하는 것은 온갖 노력에도 불구하고 좋은 효과를 내지 못했고, 누구나 자신의 작업이 다른 사람의 작업으로 망쳐졌다고 생각했다. 하마터면 화가들 사이에 알력이 생겨 서로 화해할 수 없을 뻔했다. 그림의 변경이나 추가 작업은 앞서 말한 아틀리에에서 이루어졌는데 나는 화가들하고 혼자 그곳에 있었다. 습작에서, 특히 동물 그림에서 나는 이런저런 동물이나 무리를 찾아내어 그것을 앞쪽에 놓는 게 좋겠다니, 멀리 두는 게 좋겠다니 하면서 제안을 하는 것이 재미있었다. 내 말에 화가들은 자기 생각을 확신하기도 하고 또는 좋게 받아들여 따라주기도 했다.

이 작업에 참여한 화가들은 극도로 낙담했다. 특히 제카츠가 그랬는데, 그는 매우 우울하고 소극적인 사람이었다. 친구들과 함께 있을 때는 비교할 수 없는 명랑한 기분을 보이는 뛰어난 사교가였지만, 일할 때는 홀로 생각에 잠겨서 완전히 자유롭기를 바랐다. 그런데 어려운 임무를 더할 나위 없는 근면과 더없는 열정으로 끝냈는데도 여러 차례 다름슈타트에서 프랑크푸르트로 와야만 했다. 자신이 그린 그림을 약간 손질하거나 남의 그림에 풍경을 추가하기 위하여, 혹은 남을 도와 자신의 그림에 제삼자가 요란스러운 것들을 추가하게 하기 위해서였다. 불만이 커졌고 그는 단호하게 거절했다. 그 역시 우리 대부였는데, 그가 백작의 뜻을 따르도록 유도하기 위해서는 노력이 많이 필요했다. 아직도 생각나는 것은 전체 그림이 정리되고 포장되어 정해진 자리에 실내 장식자가 곧바로 그림을 걸 수 있도록 상자들까지 이미 준비된 상태에서 아주 사소하지만 불가피한 수정 작업이 필요하게 되었는데 제카츠를 오게 할 수 없었던 일이다. 물론 그는 마지막까지 최선을 다했다. 방문 위에 거는 그림으로 그는 아이들과 소년의 모습에 따라 4원소[99]를 그렸었는데 인물뿐만 아니라 부수적인 것에도 더할 나위 없이 공을 들였다. 그는 이 그림들을 넘겨주었고 보수도 이미 받은 상태였다. 그래서 그는 완전히 일을 끝낸 것으로 생각하고 있었다. 그런데 치수를 너무 작게 측정했던 몇몇 그림들을 약간의 붓질로 확대하기 위하여 다시 오라고 한 것이다. 그는 그런 작업은 다른 화가라도 할 수 있다고 생각했고, 게다가 이미 새 일을 착수한 상태였다. 한마디로 제카츠는 오려고 하지 않았다. 발송할 물건이 문 앞에 세워져 있었고 그림을 건조 시킬 날짜도 필요했다. 이런 지체 상황은 곤혹스러운 일이었다. 백작은 절망해서 병사를 시켜 화가를 데려오려고 했다. 그림들을 발송하기 위해서는 결국 통역관이 마차에 몸을 실어 그 고집쟁이를 가족들과 함께 데려오는 수밖에 없었다. 제카츠는 백작의 친절한 영접을 받았고 대접을 잘 받았으며 보수를 넉넉히 받고 돌아갔다.

그림들을 발송하자 집 안에는 커다란 평화가 찾아왔다. 지붕 밑 다락방은 치워져서 나한테 다시 돌아왔고, 상자가 떠난 것을 보자 아

---

99 흙, 물, 불, 공기를 말한다.

버지는 백작도 뒤따라 내보내고 싶은 생각을 억제하지 못했다. 왜냐하면, 백작의 기호가 아무리 자신의 기호와 일치한다 하여도, 또 생존한 대화가를 돌본다는 자신의 원칙이 더욱 부유한 사람에 의해 그렇게 성과 있게 실현된 것을 보는 것이 아버지에게 기쁜 일이고, 자신의 수집품이 계기가 되어 유능한 미술가 몇 명이 곤궁한 시절에 상당한 소득을 마련하는 계기를 갖게 된 사실에 무척 고무되긴 했지만, 아버지는 자기 집에 침입한 낯선 사람이나 그의 행동에 대해서는 어떤 것도 좋게 생각할 수 없는 것에 대해서는 변함이 없었다. 화가들을 벽지장식을 그리는 화가로 비하해서는 안 되고 그들이 신념과 능력에 따라 일을 했으면 결과물이 흡족하지 않더라도 만족해야 하며, 그것에 잔소리하거나 흠을 잡아서는 안 된다는 것이 아버지의 생각이었다. 한마디로 백작의 관대한 노력에도 불구하고 아무런 좋은 관계도 맺어지지 않았다. 아버지는 백작이 식사 중일 때만 화실을 찾았다. 내 기억으로는 단 한 번 제카츠가 뛰어난 솜씨를 보여서 그 그림을 보려고 온 식구들이 몰려갔을 때 아버지와 백작이 만나서 그 미술품에 대해 공동의 호감을 보여준 것이 있다. 두 사람 간에는 결코 찾아볼 수 없는 호감이었다.

크고 작은 상자들이 집에서 치워지자 전부터 시작되었지만 중단되었던 백작을 몰아내는 공작이 재개되었다. 아버지는 이의를 제기하여 공정함을 이루려 했고, 청원하고 영향력을 동원해서 호의를 얻어내려고 애를 썼고 마침내 주둔지 담당자들이 다음과 같은 결정을 하기에 이르렀다. 백작은 거처를 바꾸도록 하고 수년 동안 고생을 한 것에 대한 보상으로 앞으로 우리 집은 숙영을 면제한다는 것이었다. 하지만 여기에 대해 그럴듯한 구실을 대기 위해서 지금껏 군정관이 점령했던 2층에 세입자를 받아들여 새로운 숙영을 원천 봉쇄하도록 하라는 것이었다. 좋아하던 그림들과 헤어진 후 집에 별다른 흥미를 찾지 못한 채 소환되어 전근되기를 바라던 백작은 다른 좋은 집으로 옮기는 것을 이의 없이 수락했고 우리와 평화롭고 좋은 마음으로 헤어졌다. 곧 그는 이 프랑크푸르트 시를 떠났으며 단계적으로 다양한 관직을 거쳤지만 별로 만족하지 못한 것으로 안다. 그래도 그는 열심히 구해 들인 그림들이 형의 성에 잘 도착하여 즐거워했고 몇 차례 편지를 보내 치수를 알리면서 예전의 화가들에게 추가로 다양한 작업을 부탁했다. 마침내 백작으로부터 소식이 끊겼고 몇 년인가 지나서 우리는 그가 서인도 제도의 어느 프랑스령 식민지에서 총독으로 삶을 마쳤다는 소식을 들었을 뿐이다.

제4장

프랑스군의 체류 때문에 많은 불편이 있었음에도, 우리 아이들은 그것에 너무도 익숙해져서 그때가 무척 그리웠고, 이제는 집이 죽은 듯이 느껴졌다. 가족 간의 통합이 다시 완전하게 이루어질지도 불확실했다. 새로운 세입자들과는 이미 이야기가 되어 있었고, 몇 차례 비질과 걸레질, 대패질과 왁스 바르기, 문양을 그려 넣고 광택제 칠을 하고 나니 집은 완전히 예전으로 돌아갔다. 부모님의 귀한 친구인 관청주임 모리츠[100] 씨가 식구들과 함께 이사를 왔다. 프랑크푸르트 태생은 아니지만 유능한 법률가이자 사업가로 그는 몇몇 소영주들, 백작이나 귀족들의 법률 안건을 처리해 주고 있었다. 명랑하고 호감을 주는 사람으로, 나는 그가 열심히 서류를 들여다보는 모습밖에 본 적이 없다. 부인과 아이들은 부드럽고 조용하고 유복했는데, 식구들끼리 지내기 때문에 우리 집안과의 왕래는 늘지 않았다. 고요함, 우리가 오랫동안 누리지 못한 평화가 다시 찾아왔다. 나는 다시 내 지붕 밑 방에 거처하게 되었다. 방에 있으면 이따금 그림의 유령들이 눈앞에서 오락가락했는데, 그것을 나는 일과 공부로 쫓아내려고 했다.

이제는 관청국장 모리츠의 동생인 외교 참사관 모리츠[101]가 자주

---

100 Heinrich Philipp Moritz (1711~1769).
101 Johann Freidrich Moritz (1716~1771).

우리 집에 왔다. 그는 사교가 타입으로, 풍채가 보기 좋고 행동이 편안하여 호감을 주었다. 그도 다양한 신분의 사람들이 가진 안건을 돌봐주고 있었는데, 파산 사건과 황실 재무정리 위원회를 계기로 우리 아버지와 몇 차례 접촉이 있었다. 두 사람은 서로 존중했고 함께 채권자 편이었다. 하지만 위원들의 다수가 채무자들 편인 경우가 많으므로 종종 불쾌한 일을 겪어야 했다. 참사관은 자신의 지식을 전해주는 것을 좋아했고, 수학을 좋아하지만, 현재의 생활에서 쓸모가 없으므로 내가 수학 공부하는 것을 돕는 일을 낙으로 삼았다. 그래서 나는 건축학의 틈새를 전보다 더 정확하게 메워나갔고, 날마다 한 시간씩 받는 미술교사의 수업에도 더욱 매진하게 되었다.

마음씨 좋은 이 노교사는 아마추어 화가일 뿐이었다. 우리더러 선을 그어 합쳐서 눈과 코, 입술과 귀, 마지막으로 전체 얼굴과 머리를 만들어야 한다고 했다. 형태가 자연스러운지 혹은 부자연스러운지 그런 것은 고려하지 않았다. 우리는 한동안 인간 형태의 대체물에 고생했고, 드디어 르브랭[102]의 《열정》을 그리게 되자 그사이에 아주 많이 진척한 것으로 생각했다. 하지만 캐리커처 역시 도움이 되지 못했다. 우리는 풍경과 수목을 그렸고, 수업 중에는 스케치에서 모든 것을 순서도 방법도 없이 무작정 그렸다. 나중에 우리가 도달하게 된 수준은 정밀하게 베끼는 것뿐이어서, 원본의 가치나 격조에는 관심도 두지 않았다.

이런 노력에 있어 아버지는 모범적으로 우리를 앞서 갔다. 그림을 그려본 적이 없었지만 이제 자식들이 그림을 배우고 있기 때문

---

102 Charles Lebrunn (1619~1690): 루이 14세의 첫 번째 궁정화가로 미술 교본이 유명하다.

에 아버지는 그 연세에도 뒤처지지 않고 아이들한테 젊어서 어떻게 공부해야 하는지 모범을 보여줄 작정이었다. 아버지는 피아체타[103]의 두상 몇 점을 모사하기 시작했고, 피아체타의 잘 알려진 8절판 그림을 보고 영국 연필로 네덜란드 종이 위에 아주 섬세하게 그렸다. 윤곽이 깔끔해야 한다는 것만 관찰한 것이 아니라 동판화의 음영 기법 또한 정확하게 모방했다. 그런데 아버지는 딱딱함을 피하려고 명암을 너무나도 가벼운 터치로 했기 때문에 그림에 잘 드러나지 않았다. 그래도 그림은 매우 섬세하고 한결같았다. 지속적이고 지칠 줄 모르는 노력으로 아버지는 화집 전체를 순서에 따라 전부 다 그렸다. 하지만 우리는 이리저리 건너뛰면서 마음에 드는 것만 골라서 그렸다.

이 무렵 우리에게 음악을 가르치기로 했던, 이미 오래전부터 의논된 계획도 실행되었다. 그런데 그렇게 된 결정적인 계기는 조금 언급할 만하다. 피아노 배우기는 결정이 이미 나 있었지만, 교사가 아직 정해지지 않은 상태였다. 그런데 어느 날 나는 우연히 피아노 교습을 받고 있는 어느 친구의 방에 들어가게 되었는데, 교사가 너무나 마음에 들었다. 오른손과 왼손의 손가락 하나하나에 별명을 붙여놓고, 그 손가락이 쓰여야 할 때가 되면 아주 재미난 별명으로 손가락을 불러주었다. 흑백의 건반들도 같은 방식으로 그 모습에 따라 이름을 불렀고, 음 자체도 시각적 이름으로 등장했다. 그렇게 구성된 화려한 모임이 즐겁게 뒤섞여 진행되고 있었다. 운지법과 박자도 아주 쉽고 구체적으로 되어서 최상의 유머로 학생을 즐겁게 만들어 전체

---

103 Giovanni Battista Piezetta (1682~1754): 베네치아의 화가이자 미술원 원장.

가 멋지게 진행되고 있었다.

집으로 오자마자 나는 부모님께 이제 진지하게 생각하셔서 이 대단한 사람을 우리의 피아노 교사로 모셔달라고 졸랐다. 조금 주저했지만, 부모님은 여기저기 알아보셨는데, 그 선생에 대해서는 나쁜 말도, 특별히 좋은 말도 듣지 못했다. 그사이에 나는 동생에게 그 모든 재미있는 명칭 이야기를 들려주었고, 우리는 기다릴 수 없을 만큼 초조해져서 어서 빨리 그 사람이 우리의 교사가 결정되도록 뜻을 관철했다.

처음에는 악보 읽기로 시작했다. 그런데 도무지 아무런 재미난 일도 생기지 않았다. 우리는 피아노를 배우기 시작하면, 즉 손가락 쓰는 법을 배우기 시작하면 그 익살스러운 방법이 시작되려니 희망을 품고 위로했다. 그러나 건반도 손가락 놓기도 친구 집에서 본 것하고 비슷한 것은 단 몇 가지라도 나오지 않았다. 오선 위와 그 사이의 획으로 이루어진 건조한 악보처럼 흑백의 건반 역시 언제까지나 무미건조했다. '엄지 씨'이니 '가리킴 씨', '황금 손가락' 같은 말은 한마디도 나오지 않았다. 지루한 수업에서 재미없는 농담을 할 때에도 그는 얼굴 하나 찌푸리지 않았다. 여동생은 내가 자기를 속였다고 혹독하게 비난했고, 전부 꾸며낸 이야기라고 믿었다. 나 자신도 어리둥절해서 정신이 없었고, 그 사람이 수업을 제대로 했음에도 불구하고 별로 배우지 못했다. 나는 예전의 재미가 언제 나올지 기다리면서 누이동생을 달래는 데 하루하루를 보내야 했다. 그러나 끝내 나오지 않았다. 우연한 사건이 이 수수께끼를 풀어주지 않았더라면 나는 결코 그 이유를 해명하지 못했을 것이다.

한창 수업을 받고 있을 때 내 놀이 친구 중 하나가 들어왔는데,

그러자 유머의 분수에서 물줄기가 일시에 열렸다. 그는 손가락을 말할 때마다 '엄지 씨', '가리킴 씨', '바둥 씨', '살며시 씨'로 불렸고, 예를 들어 파와 솔을 부를 때는 '파 오빠'와 '솔 오빠', 올림 파와 올림 솔을 말할 때는 '파 동생', '솔 동생'으로 불러내 놀랄만한 꼬마들의 모임을 만들어냈다. 내 친구는 웃음을 그치지 못했고, 그렇게 신 나게 많이 배울 수 있는 것을 부러워했다. 그 애는 부모님에게 그런 탁월한 분을 선생으로 모셔줄 때까지 계속 조르겠다고 맹세했다.

그렇게 나에게는 새로운 교육론의 기본 원칙에 따라 두 가지 예술에의 길이 일찌감치 열렸는데, 운에 따라서 배운 것뿐이어서 타고난 재능으로 그 분야에서 계속 나아갈 확신은 없었다. 아버지는 그림 그리기는 누구나 배워야 한다는 주장이었다. 그래서 아버지는 특히 그림 그리기를 명했다는 막시밀리안 황제를 존경했다. 아버지는 나에게도 음악보다는 미술 공부를 더 진지하게 독려했고, 반면 음악은 주로 누이동생에게 권해서 동생은 공부 시간 외에 하루의 상당한 시간을 피아노에 붙어있어야 했다.

이런 식으로 공부하도록 자극을 받으면 나는 그만큼 더 열심히 하려고 했고 자유 시간도 갖가지 흥미로운 일에 할애했다. 아주 어린 시절부터 이미 나는 자연물에 대해 알아보고 싶은 의욕을 느꼈다. 아이들이 한동안 가지고 놀던 물건들을 이리저리 다루다가 결국 토막토막 내어 찢고 조각내는 것을 사람들은 이따금 잔인한 성향으로 분석한다. 하지만 그것은 물건이 어떻게 만들어지고 내부는 어떻게 생겼는지 알려는 호기심이 그런 식으로 드러나는 법이다. 나는 어렸을 때 꽃잎이 꽃받침 안에서 어떻게 생겼나 보려고 꽃을 쥐어뜯고, 깃털이 어떻게 날개에 붙어 있는지를 보려고 새의 깃털을 뽑은 기억이 난다. 아이들의 이런 점을 나쁘게 생각해서는 안 된다. 자연을 연구하는 사람들 역시 결합하고 연결하는 것보다는 더 자주 분리하고 나누는 것을 통해서, 살리기보다는 오히려 죽이기를 통해서 배운다고 생각된다.

진홍빛 헝겊에 예쁘고 단단하게 꿰매 넣은 자석 하나도 어느 날 그런 연구 욕심 때문에 희생되고 말았다. 이 자석의 알 수 없는 인력은 거기에 알맞은 자그만 쇠막대에만 해당하는 것이 아니라 더욱더 강해져서 매일 더 큰 무게를 지탱할 수 있었다. 이 신비로운 미덕이 엄청나게 나를 사로잡아 나는 한동안 그 작용을 바라보면서 놀라고 즐거워했다. 드디어 나는 표면을 떼어내면 좀 더 상세한 해명이 가능할 것으로 생각하고 결국 그렇게 해보았지만, 많이 알아낼 수 없었다. 벗겨 내도 알게 된 것이 없기 때문이었다. 껍질을 벗겨 내자 맨 광석이 내 두 손에 놓였는데, 나는 그 광석으로 줄밥이며 바늘을 가지고 갖가지 실험을 하느라 지칠 줄 몰랐다. 그렇지만 내 어린 지능은 다양한 경험 외에 다른 소득을 더 얻어내지는 못했다. 내가 전체 장치를 다시 조립할 줄을 모르기 때문에 부속들은 흩어졌고, 기구와 더불어 그 놀라운 현상 자체도 사라져버렸다.

기전기(起電機)의 조립도 성공하지 못했다. 전기가 모두의 마음을 사로잡던 시절에 어린 시절을 보냈던 친지 한 분이 우리에게 자신이 얼마나 소년 시절에 그런 기계를 갖고 싶어 했는지, 기본 원리를 무시하고 어떻게 자기가 낡은 물레바퀴 하나와 의학용 컵 몇 개를 가지고 큰 효과를 냈는지를 자주 이야기해주었다. 그분이 이야기를 반복하면서 전기에 관해 가르쳐 주었기 때문에 우리 아이들로서는 그 일이 수월하게 느껴져 우리도 낡은 물레바퀴와 컵 몇 개를 가지고 오랜 시간 이리저리 애써보았다. 최소한의 전기 작용도 일으키지 못한 채 말이다. 그럼에도 우리는 그것이 가능한 일이라는 믿음에 확고하게 매달렸고, 대목장이 열릴 때 다른 희귀한 것, 마술이나 요술 중에 기전기가 재주를 보여줄 때면 몹시 즐거웠다. 그 시절에는 기전기가 부릴 수 있는 재주가 자석의 재주만큼 매우 다양했다.

공교육에 대한 불신은 나날이 늘어갔다. 사람들은 가정교사를 구하느라 애를 썼는데, 각각의 가정이 비용을 감당할 수가 없으므로 같은 생각을 하는 몇 가정이 힘을 합쳤다. 그러나 아이들은 서로 어울리지 못했고 젊은 선생은 권위가 별로 없어서 언짢은 일만 되풀이되다가 결국 불쾌하게 헤어지게 되었다. 그러니 더 지속적이고 좀 더 장점이 있는 다른 기관을 생각하게 된 것은 자연스러운 일이었다.

프랑스어를 제대로 생생하게 가르쳐야 한다는 누구나 느끼는 필요성에서 사람들은 기숙학교를 세울 생각을 하게 되었다. 우리 아버지는 젊은 사람 하나를 키웠는데, 그 사람은 아버지의 하인이며 시종이자 비서, 요컨대 모든 일을 맡아 하는 사람이었다. 파일이라는 이름의 그 청년은 프랑스어를 잘했고 이해도 완벽했다. 결혼하자 아버지는 그의 일자리를 생각하게 되었고 사람들은 그가 시설을 세우는 게 좋겠다는 생각에 이르렀다. 이 시설은 차츰 작은 학교로 확대되었고, 거기서는 라틴어와 그리스어까지 필요한 모든 것을 가르치게 되었다. 프랑크푸르트는 외부와 폭넓게 교류하기 때문에 나이 어린 프랑스인이나 영국인들이 독일어나 또 다른 것을 배우기 위하여 이 시설에 맡겨지는 경우도 있었다. 파일은 한창나이의 남자여서 놀라운 에너지와 활동성을 가지고 칭찬을 받을 만큼 시설을 잘 이끌어 나갔다. 부지런하기 이를 데 없는 그는 학생들에게 음악

선생이 필요하자 몸소 음악에 뛰어들었다. 전에 건반을 만져본 적도 없던 그는 매우 이른 시일에 제대로 능숙하고 훌륭한 피아노 연주를 할 정도가 되었다. 그는 우리 아버지의 원칙을 받아들인 것 같았는데, 그것은 나이가 들어도 다시 스스로 학생으로 돌아가야 한다고 얘기해 주는 것 이상으로 젊은 사람을 고무하고 자극하는 것은 없으며, 새로운 것을 숙련하려면 나이가 어려서 더 큰 혜택을 받고 있는 젊은이들보다 앞서 가려는 열성과 끈기를 가지고 노력해야 한다는 것이었다.

피아노 연주에 애착이 생긴 파일은 악기에도 관심을 끌게 되었고 최상의 악기들을 마련할 생각으로 게라에 있는 악기로 널리 유명한 프리데리치 상점과 관계를 맺게 되었다. 거기서 피아노 몇 대를 판매용으로 위탁받은 파일은 그랜드피아노를 한 대가 아니라 몇 대씩 집에 들여놓고 그 피아노로 연습하고 남에게 들려주기도 하는 기쁨을 누렸다.

이 사람의 활동 덕분에 우리 집에도 상당한 음악 열정이 생겼다. 몇 가지 쟁점을 제외하고 아버지는 그와 지속해서 좋은 관계를 맺고 있었다. 우리에게도 프리데리치의 그랜드피아노가 마련되었는데, 나는 피아노를 치면서 그것을 별로 건드리지 않았지만, 누이동생은 그 그랜드피아노 때문에 고생이 더 늘었다. 새 악기에 합당한 경의를 표하기 위해 날마다 몇 시간씩 더 연습해야 했기 때문이다. 동생의 연습시간에는 아버지가 감독으로, 파일이 모범이자 격려자인 집안 친구로 번갈아가며 곁에 서 있었다.

아버지의 별난 취미 한 가지가 아이들을 괴롭게 만들었다. 그것은 양잠인데, 아버지는 양잠이 널리 퍼져 일반화될 경우 갖게 될 이 점에 관해서 이해가 깊었다. 양잠을 정성껏 운영하고 있는 하나우 시의 몇몇 친지들이 첫 번째 계기를 만들었다. 적절한 시기에 그곳에서 아버지에게 누에의 알을 보내왔다. 모두 뽕나무에 잎이 돋자마자 알을 부화시켰으며, 눈에 잘 보이지도 않는 이 생물들을 세심하게 돌보았다. 누에에게 좀 더 많은 공간과 보살핌을 주기 위하여 지붕 밑 방에다 판자로 상판과 버팀대까지 만들어 세웠다. 누에는 빨리 자랐고 마지막 허물을 벗고 나니 어찌나 식욕이 왕성한지 충분한 양의 뽕잎을 마련하기 힘들 정도였다. 누에들은 밤이고 낮이고 먹이를 줘야 했다. 몸에서 크고 놀라운 변화가 일어나는 시기에 영양부족이 되지 않도록 하는 것이 매우 중요하기 때문이었다. 날씨만 좋다면 그 일은 신 나는 놀이가 될 수도 있다. 그러나 뽕나무가 냉기에 시달리면 큰 고생이었다. 더 괴로운 일은 막판에 비가 오는 것이었다. 누에는 습기를 조금도 견디지 못했다. 그래서 젖은 뽕잎을 일일이 세심하게 닦아서 말려야 했는데, 그런 일을 언제나 정확하게 할 수는 없었다. 결국, 이런저런 이유로 갖가지 누에한테 질병이 번졌다. 질병으로 가엾은 누에가 수천 마리씩 죽었다. 여기서 비롯되는 부패는 페스트 같은 냄새를 풍겼는데 몇 마리라도 구하자면 죽거나 병든 누에를 골라내어 건강한 누에와 격리해야 했기 때문에 이 일은 우리를 괴롭히는, 더없이 괴롭고 꺼림칙한 일이었다.

일 년 중 아름다운 봄과 여름의 몇 주일을 누에를 돌보느라 보내고 나면 우리는 아버지의 다른 일도 도와야 했다. 그 일은 더 간단하기는 해도 그에 못지않게 힘든 일이었다. 로마의 풍경화에 관한 일이었는데, 그 그림들은 옛집에서 아래위에다 검은 테를 대어 벽에 몇 년 동안 걸어두었기 때문에 빛, 먼지, 연기로 누렇게 빛이 바래고 파리 때문에 더러워져 있었다. 그런 더러움이 새집에 용납될 리 없다. 그래도 이 그림들은 그림에 담긴 지역에서 멀리 떨어져 있는 우리 아버지한테는 가치가 있었다. 이런 사생화는 초기에는 직전에 받은 인상을 새롭게 하고 되살려준다. 하지만 사생화란 우리 눈이 받은 인상에 비하면 보잘것없고 대개는 그저 처량한 대용품이다. 그러다가 원래 모습에 대한 기억이 점점 사라지면, 복제물이 눈에 띄지 않게 원모습의 자리로 들어와 그것만큼 귀해지며, 그에 따라서 처음에 무시했던 것이 차츰 좋은 평가와 애착을 얻게 된다. 사생화가 모두 그런데, 특히 초상화가 더욱 그렇다. 현존 인물의 초상화에 만족하기 쉽지 않지만, 부재한 인물이나 작고한 분의 초상화는 어느 것이나 환영을 받는다.

어쨌든 아버지는 지금까지 소홀히 취급했다는 생각에서 동판화들을 될 수 있는 대로 많이 복원하고자 했다. 그건 표백하면 가능하다고 잘 알려졌었다. 그런데 커다란 판에다 해도 성공률이 시원찮은데, 이 방법을 조건이 좋지 못한 자리에서 시행하였다. 그을린 동판을 커다란 판 위에다 적셔서 햇볕에 내놓았는데, 그 널빤지 판들은 다락방 창문 앞에 있는 물받이 통에 넣어 지붕에 기대어 세워두었기 때문에 늘 이런저런 사고에 노출된 때문이었다. 이 일에서 가장 중요한 점은, 종이가 폭 젖으면 안 되고 언제나 습기를 머금고 있어야만 한다는 점이다. 그렇게 유지하는 책무를 나와 누이동생이 맡았다. 한눈팔지 않도록 주의해야 하는 까닭에 너무도 지루하고 초조해서, 평소에는 너무도 바랐던 한가로움이 말할 수 없는 고통이 되었다. 그래도 일은 진행되었고. 제본사는 한 장 한 장을 딱딱한 종이에다 붙여서 우리의 소홀로 인해 여기저기가 찢긴 가장자리를 바로잡느라고 최선을 다했다. 그림은 모두 한 권으로 묶였고, 이번에는 건질 수 있었다.

생활과 배움의 다양함이란 면에서 우리에게 부족한 것이 없어야 하므로, 바로 이 시기에 영어 선생이 등장하게 되었다. 그는 언어에 완전 초보만 아니면 누구나 4주 안에 영어를 가르쳐주고, 부지런히 배우면 스스로 독학이 가능하도록 만들어주겠다고 했다. 그는 많은 보수를 원하지 않았고, 수업에 학생 수는 아무래도 상관없었다. 우리 아버지는 즉석에서 시험해 보기로 하고 나와 동생을 그 속성 수업에서 수업받게 했다. 시간은 엄수되었고, 복습도 빼놓지 않았다. 4주 동안 다른 공부는 조금 소홀히 했다. 교사는 우리에게 만족했고, 우리도 그에게 만족하며 헤어졌다. 꽤 오래 우리 도시 프랑크푸르트에 머물렀고 학생들이 많이 생겼기 때문에 그는 이따금 와서 우리 공부를 도와주었다. 우리가 그를 믿어준 첫 사람 중 하나라는 것에 고마워했고, 다른 아이들에게 우리를 본보기로 말할 수 있는 것을 자랑스러워했다.

이 결과로 우리 아버지는 영어도 일련의 다른 언어 공부에 포함해야겠다고 신중하게 고려하게 되었다. 고백건대 금방 이 문법과 이 예문집에서 저 문법, 저 예문집으로, 금방 이 작가에서 저 작가로 옮겨 가며 공부하는 것은 시간뿐 아니라 주제에 대한 관심마저 사라지게 하여 점점 부담스럽게 만든다는 것이다. 그래서 나는 모든 것을 한꺼번에 처리해야겠다는 생각을 하게 되었고 한 번에 끝낼 생각으로 서로 멀리 떨어져 살기 때문에 자신의 상황과 느낌을 소식으로 주고받는 7~8명의 형제자매가 등장하는 소설을 하나 생각해냈다. 맏형은 여행에서 본 갖가지 일이나 사건을 훌륭한 독일어로 보고한다. 누이동생은 여성 특유의 문체로 나중에 나온 《지크바르트》[104]처럼 요점이 명료한 단문으로 오빠나 다른 형제자매들에게 일부는 집안의 상황에 대하여, 일부는 마음에 걸리는 일들에 관해서 답장을 쓴다. 한 형제는 신학을 공부하며 잔뜩 격식을 차린 라틴어를 쓰는데, 이따금 라틴어에다 그리스어 추신을 덧붙인다. 함부르크에 수습사원으로 고용된 다른 형제에게는 영어 편지를 맡겼고, 마르세유에 있는 그 아래 동생에게는 프랑스어 편지를 맡겼다. 이탈리아어는 처음으로 세상 여행에 나선 음악가가, 마지막에는 모르는 게 없다고 잘난 척하지만, 집에 갇혀 있는 철부지 막내는 다른 언어가 차단되어 있기 때문에 유대인의 독일어에 빠져서 알아볼 수 없는 악필로 다른 형제들을 절망에 빠뜨리고, 재미있는 착상으로 부모를 웃게 하였다.

이 기이한 형식을 위해 내가 만들어낸 인물들이 머무는 지역의 지리를 연구하고, 재미없는 장소에다 인물의 갖가지 성격과 그 활동에 친근함을 주는 인간적인 일을 덧붙이고 꾸며서 내용을 차츰 만들어나갔다. 연습장은 점점 늘어갔다. 아버지는 만족했지만 나는 오히려 내 지식이나 깊이가 부족하다는 것을 실감하게 되었다.

그런데 일을 한번 시작하면 대개 끝도 한계도 모르는 습성이 이번에도 발동했다. 괴상한 유대 독일어를 배워서 할 수 있을 만큼 써보려다가 나는 곧 나한테 히브리어 지식이 부족한 것을 느꼈다. 망가지고 왜곡된 현재 언어의 기원이 되는 히브리어에 대해 얼마만큼은 확실하게 논할 수 있어야 했다. 나는 아버지에게 히브리어를 배울 필요성을 털어놓았고, 열심히 아버지의 승낙을 요구했다. 나에게

---

104 Siegwart: Johann Martin Miller가 1776에 발표한 인기소설.

는 고차적인 목적이 있었다. 신약성서나 구약성서를 이해하려면 기본 언어인 히브리어가 필요하다는 이야기를 곳곳에서 들었기 때문이었다. 신약성서는 비교적 쉽게 읽었는데 공부도 충분히 했고 일요일에도 예배 후에 이른바 복음서와 서간집을 낭송하고 번역하고 설명 들었다. 구약성서 역시 그렇게 하고 싶었는데, 구약의 독특한 매력이 전부터 특별히 마음에 들었기 때문이었다.

무슨 일이든 철저히 하는 아버지는 김나지움의 교장인 알브레히트 박사에게 개인 교습을 부탁하기로 했다. 수업은 간단한 언어에서 내가 꼭 필요한 것을 이해할 때까지만 매주 직접 해주기로 했다. 아버지는 수업이 빠르지는 않지만 적어도 영어의 두 배의 시간이면 끝날 것으로 생각했다.

알브레히트 교장 선생은 세상에서 가장 특이한 인물 중 한 사람이었다. 키가 작고, 뚱뚱하진 않지만 널찍한 체형에, 기형은 아니지만 못생긴 외모였다. 간단히 말하자면 성가대 옷을 입고 가발을 쓴 이솝 같은 인물이었다. 일흔 살이 넘은 얼굴에는 신랄한 미소가 어려 있었는데, 언제나 크게 뜬 두 눈은 불그스름하지만 늘 반짝였고 재치로 빛났다. 그는 맨발의 수도사들이 사는 낡은 수도원에 살았는데, 학교의 본거지가 그곳이기 때문이었다. 어렸을 적에 나는 부모님을 따라 그 수도원에 가끔 갔었는데, 길고 어두운 복도, 접객실로 바뀐 예배실, 끊어진 계단과 구석진 곳을 으스스한 기분으로 두루 돌아다녔었다. 그분은 나를 볼 때마다 불편하지는 않게 나를 시험하고, 칭찬하고 격려했다. 어느 날 공개 시험 뒤 진급식 때 은제 근면상을 나눠주는 동안 교장은 외부 구경꾼인 내가 강단에서 멀지 않은 곳에 서 있는 것을 보았다. 그의 작은 주머니에서 기념주화를 꺼내는 것을 내가 탐을 내면서 바라본 모양으로, 그가 손짓하더니 한 계단을 내려와 나에게 은화 하나를 건네주었다. 학생도 아닌 아이에게 준 선물이 규칙에서 벗어난다고 남들은 생각했겠지만 내 기쁨은 컸다. 그 선한 노인은 그런 것에 별로 아랑곳하지 않았다. 워낙 괴짜인데다, 별나게 행동하는 사람이었다. 나이가 든 탓에 활동이 쉽지 않았을 텐데 교육자로서 매우 좋은 평판을 얻고 있었고 자신이 해야 일을 알고 있는 사람이었다. 그는 자신이 나이가 아니라 외부 상황 때문에 더 방해를 받고 있다고 생각하고 있었다. 내가 아는 것은 그가 장로회, 장학관, 성직자, 교사들에게 불만이 많았다는 것이다. 그는 타인의 잘못과 결점을 지적했고, 풍자를 즐기는 천성 그대로 글이나 공공 연설에서도 거리낌이 없었다. 자신이 책을 읽고 높게 평가하는 거의 유일한 작가인 루키아노스[105]처럼 그는 말하거나 글을 쓸 때 모든 것에 가차 없었다.

다행히도 그는 불만스런 사람들에게 결코 직접 말하지 않고 암시, 풍자, 고전 문구나 성경 구절로만 괴롭혔다. 언제나 그는 미리 써온 연설을 읽었는데, 그의 강연은 불쾌하고 이해가 안 되고, 무엇보다 기침 소리와 가끔 신랄한 대목을 예고하거나 말할 때 뱃속에서부터 나오는 웃음 때문에 종종 중단되었다. 공부를 배우기 시작하면서 나는 그 이상한 분이 온화하고 친절한 사람으로 느껴졌다. 날마다 나는 저녁 6시에 선생님에게 갔는데, 초인종 달린 문을 닫고 들어가 길고 침침한 수도원 복도를 지나서 걸어갈 때면, 늘 내 집 같은 편안함

---

105 Lucianus: 2세기에 살았던 시리아 태생의 그리스 작가로 그의 《진실한 이야기》는 난파한 사람이 고래 뱃속에 들어가 달나라와 행복의 섬, 죽은 자의 나라 등을 돌아보는 이야기이다.

을 느꼈다. 우리는 서재에서 방수포를 덮은 책상 앞에 앉았다. 그의 곁에는 언제나 열심히 읽은 루키아노스의 책 한 권이 놓여 있었다.

온갖 성의에도 불구하고 나는 쉽게 목표에 이르지 못했다. 도대체 히브리어가 무슨 소용이 되느냐고 선생님이 조롱 섞인 말을 해대기 때문이었다. 나는 유대 독일어를 배우겠다는 생각은 말하지 않고, 원전을 더욱 잘 이해하기 위해서라고 대답했다. 그러자 그는 미소를 지으며 아마 읽는 것만 배우는 것으로 만족해야 할 거라고 말했다. 그 말에 나는 기분이 나빴다. 그래서 히브리어 자모를 배우게 되자 주의력을 집중했다. 알파벳에는 그리스어와 비슷한 것이 있었고 형태도 파악되었고 명칭도 대부분 낯설지 않았다. 나는 모든 것을 빨리 이해해서 외운 뒤에 이제는 읽기로 넘어가야겠다고 생각했다. 오른쪽에서 왼쪽으로 읽는다는 것은 잘 알고 있었다. 그때 갑자기 온갖 종류의 점과 획으로 된 작은 자모와 기호가 한 무리 나타났는데 모음이었다. 나는 엄청나게 놀랐는데 대문자에 모음이 있고, 나머지는 이상한 명칭들로 숨겨진 것 같았기 때문이다. 유대민족은 번성기 내내 초기의 기호로 만족했으며 다른 방법으로 쓰거나 읽을 줄 몰랐다는 것을 나는 배웠다. 나는 이 고대의 방식이 보기보다 편해 보여서 그것을 사용하고 싶었다. 그러나 노교사는 엄하게 말하기를 문법이란 일단 사람들이 좋아하며 쓰는 방식대로 써야 한다는 것이었다. 점이나 획이 없이 읽는 것은 극히 힘든 일로, 학자들과 숙련된 사람들이나 해낼 수 있다고 했다. 그래서 나는 작은 기호를 익히는 일도 시작해야만 했다. 일은 점점 더 혼란스러워졌다. 원래의 큰 기호 몇 개는 뒤에 생긴 작은 기호가 헛되지 않도록 거기 놓인 것뿐으로, 전혀 쓸모없는 것이 되었다. 부드러운 숨을, 때로는 다소 거친 후두음을 표시하기도 하지만 종종 받침대나 버팀목 역할밖에 아무것도 하지 않았다. 드디어 전부 다 잘 안 것 같은 기분이 들었는데, 그러자 이번에는 크고 작은 부호의 몇 개가 무용지물이 되어 눈은 계속 바쁘게 움직이는데 입은 별로 할 일이 없었다.

나는 이미 아는 내용을 서툴고 이상한 말투로 더듬거리려야 했는데, 어떤 비음이나 후두음은 불가능한 발음으로 표시되어있어 나는 어느 정도 홀가분한 마음으로 잔뜩 쌓인 이 기호들의 기이한 명칭에 어린아이답게 재미있어했다. 황제, 국왕, 공작 같은 명칭이 강음부호로 여기저기서 쓰이고 있어서[106] 굉장히 재미있었다. 하지만 이런 얄은 재미들은 금방 매력을 잃고 말았다. 그래도 읽고 번역하고 되풀이하고 외우면서 책의 내용이 그만큼 더 생생하게 다가왔기 때문에 손해될 것은 없었는데, 이것이야말로 내가 우리 노교사한테서 배우고자 했던 것이었다. 이미 오래전부터 전승된 것과 실제적이고 가능한 것 사이의 모순이 내 눈길을 끌었기 때문이었다. 불가능해 보이는 다른 일이나 일치하지 않는 일은 제쳐놓고라도, 기브온[107]에 떠서 지지 않았다는 해나 아얄론[108] 골짜기에서 지지 않았다는 달을 들고 나와 나는 가정교사들을 이런저런 곤경에 빠뜨렸다. 나는 히브리어의 대가가 되기 위하여 구약성서에 전적으로 몰입했는데, 그것을 이제 루터의 번역이 아니라 아버지가 마련해 주신 제바스치안 슈미트[109]의 직역 대역본으로 철저히 공부하면서 더욱 자극을 받았다. 내가 그

---

106 히브리어에서는 이런 명칭이 강세의 종류를 나타낸다.

107 여호수아 제10장에 나오는 이야기.

108 여호수아 제12~13장에 나오는 이야기.

109 Sebastian Schmidt (1617~1696) 슈트라스부르크 대학의 신학 교수.

것을 연구하면서 앞서 말한 의문들이 다시 고개를 들기 시작했기 때문에 유감스럽게도 우리의 수업은 어학 연습의 면에서 구멍이 생기기 시작했다. 읽기, 설명하기, 문법, 적기, 말하기에 온전히 반 시간을 쓰는 경우는 드물었다. 내가 이야기의 의미를 파고들면서 아직 창세기를 읽고 있는데도 뒤에 나올 많은 것을 언급하기 시작한 까닭이었다. 사람 좋은 노교사는 처음에 내가 그렇게 다른 길로 빠지면 되불러 오려고 했지만, 내가 그러는 것에 결국은 그 자신도 재미있어하게 되었다. 그는 늘 기침과 웃음에서 벗어나지 못했는데, 귀찮은 일이 생길만한 것에 대해서는 말을 하지 않았지만, 나는 계속 귀찮게 굴었다. 나는 점점 더 힘을 내고 대담해졌는데 나에게는 의문을 해결하는 것이 의문을 제시하는 것보다 더 중요한 때문이었다. 태도로 미루어 보아 그는 내 말을 수긍하는 것 같았다. 하지만 나는 대개 요란한 웃음과 함께 그가 "이 바보 같은 녀석아!"라고 내지르는 말밖에는 다른 아무 말도 그에게서 들을 수 없었다.

그러는 동안 그는 성서를 모든 면에서 이리저리 누비는 나의 어린애다운 열성을 상당히 진지하게 받아들이게 되었고, 지도해줄 만하다고 여겼던 것 같다. 그래서 얼마 뒤 서재에 있는 커다란 영어본 성서를 내게 보도록 허락해 주었다. 어렵고 의심스러운 구절들의 해석이 이해하기 쉽고 명확하게 되어 있었다. 이 책의 번역본은 독일 신학자들의 노력 덕분에 원서를 앞서는 장점들이 있었다. 그 책에는 다양한 견해가 인용되었고, 서로 병행할 수 없는 것 사이에 일종의 조정이 이루어져서 성서의 위엄과 종교의 가치, 인간의 지성이 어느 정도 공존할 수 있었다. 수업의 끝 무렵에 내가 질문을 꺼내고 의문을 제기할 때마다 그는 서가를 가리켰다. 그 책을 꺼내 오면 나에게 읽도록 하고, 자신은 루키아노스를 읽었다. 그리고 책에 관해서 내가 의견을 말하면 나의 총명함과 날카로운 통찰력에 대한 응수는 한결같은 미소가 전부였다. 긴 여름날이면 그는 이따금 내가 읽을 수 있는 한 나를 혼자 앉혀두었고 내가 한 권씩 집으로 가져가는 것을 허락했다.

인간이란 원하는 곳으로 갈 수 있고 하고 싶은 일을 할 수도 있지만, 항상 자연이 정해준 길로 되돌아가게 마련이다. 이번의 내 경우도 그랬다. 언어를 알고 성서의 내용 자체를 알고자 하는 나의 노력은 결국 그렇게 많이 칭송되는 아름다운 땅과 그 주변, 그리고 지구상의 그 지역을 수천 년 동안 빛내온 민족들과 사건들로 내 상상력 속에서 더욱 생생한 모습을 갖추게 되었다.

그 작은 땅은 인류의 기원과 발전을 지켜보았으며, 그곳에서부터 태고사의 유일한 첫 이야기가 우리에게 전해졌다. 그 지역은 단순하고도 손에 잡힐 듯하게, 그러면서도 동시에 다양하고 대규모의 이동과 정착에 적합하게 우리의 상상력 앞에 펼쳐져 있었다. 여기 4대강 가운데 사람이 살 수 있는 땅 중에서 쾌적한 작은 지역이 젊은 사람들한테 선택되었다. 여기에서 인간은 최초의 능력을 발휘해야 했고 전체 후손에게 부과된 숙명, 즉 평화를 잃는 대신에 인식을 얻게 되었다. 낙원은 사라졌다. 인간은 수가 늘어나고 타락해 갔다. 이 족속의 무례함에 아직 익숙지 못한 여호와는 참지 못하고 그들을 완전히 멸해버렸다. 세상을 휩쓴 홍수에서 소수만이 살아남았다. 그리고 무섭게 불어났던 물이 빠지자마자 살아남아 감사하는 사람들의 눈앞에 조국의 대지가 다시 펼쳐졌다. 4대강 중의 둘, 유프라테스 강과 티그리스 강은 여전히 하상(河床)을 흐르고 있다. 유프라테스는 옛날부터 있었고, 티그리스는 그 흐름을 두고 하는 말이었다.[110] 엄청난 변혁이 있었던 후 낙원의 세세한 흔적은 찾을 수 없게 되었다. 새로운 인류는 두 번째 출발하게 되었다. 가능한 모든 방식으로 먹고 일할 기회를 찾아 대개는 온순한 가축 떼를 모아 그것을 거느리고 사방으로 떠날 기회를 찾았다.

이런 생활방식과 혈족의 번식은 곧 민족을 서로 갈라지게 했다. 하지만 친척들이나 친구들을 영원히 떠나보내도록 즉시 결정할 수는 없었다. 그래서 그들은 멀리서도 돌아올 길을 가리켜줄 높은 탑을 지을 생각에 이르게 되었다. 그러나 이런 시도는 인식을 위한 첫 번째 노력과 마찬가지로 실패로 돌아갔다. 행복하면서 동시에 현명할 수 없고, 다수인 동시에 하나일 수 없었을 것이다. 여호와는 그들을 혼란에 빠뜨렸고, 공사는 중단되었다. 인간은 흩어졌다. 세상에는 많은 사람들이 있지만 갈라지게 되었다.

하지만 우리의 시선, 우리의 관심은 여전히 이 지역에 매여 있다. 드디어 한 사람의 선조가 여기서 나온다. 후손들에게 결정적인 성격을 각인시켜 주어 영원히 하나의 위대한 민족으로 온갖 행불행, 장소의 변화에도 불구하고 한데 결속된 민족으로 결합하는 그런 상서로운 선조이다.

아브라함은 유프라테스 강에서부터 신의 지시를 따라 서쪽으로 이동한다. 사막은 그의 행렬에 결정적인 장애가 되지 못한다. 행렬은 요르단 강가에 이르러 강을 건너 아름답고 양지바른 팔레스티나 지

---

110 굽은 갈퀴, 혹은 화살의 뜻.

역으로 퍼져나간다. 이 땅은 전부터 사람들이 점유한 지역이라 사람이 꽤 많이 살고 있다. 그리 높지는 않지만, 돌산이라 불모지인 산들은 강물을 머금어 경작에 유리한 계곡으로 나누어져 있다. 도시, 마을, 각각의 주거지가 평지나 혹은 강물이 요르단 강으로 모이는 큰 계곡의 기슭에 흩어져 있다. 그곳에 사람들이 살면서 경작하고 있었다. 세상은 아직도 넓어서 인간은 주위의 모든 땅을 차지할 만큼 불안을 느끼지도 욕심 사납지도, 부지런하지도 않았다. 소유지 사이에는 풀을 뜯는 가축의 무리가 유유히 돌아다닐 수 있는 넓은 지역이 펼쳐져 있었다. 그런 공간에 아브라함이 머물렀고, 그의 동생 롯이 곁에 있었다. 그러나 그런 곳에 오래 머물 수는 없었다. 백성이 늘었다가 줄기도 하고, 생산물이 수요에 따르는 균형을 이루지 못해 어느새 기근이 일어났고, 이주민들의 우연한 출현으로 양식이 줄어든 토착민들과 갈등을 빚게 된다. 갈대아 태생의 두 형제는 이집트로 간다. 그리하여 수천 년 세계의 중요한 사건들이 일어나는 무대가 등장한다. 티그리스 강에서 유프라테스 강까지, 유프라테스 강에서 나일 강까지는 사람이 살고 있었는데, 그곳에 신들이 사랑했고 우리에게 소중한 유명한 인물이 양 떼와 재화를 가지고 그 공간을 이리저리 유랑하며 재화를 단시일에 풍요롭게 증식시키는 모습이 보인다. 형제들은 돌아오지만, 궁핍을 견뎌내며 영리해진 그들은 서로 헤어질 결심을 한다. 둘은 그래도 양지바른 가나안에 머문다. 그러나 아브라함이 마므레 숲이 마주 보이는 헤브론에 머물자, 롯은 싯딤 골짜기로 간다. 우리가 대담하게 상상력을 발휘해서 요르단 강에 지하 배수구가 있고 현재 사해 지역은 메마른 땅이었을 것이라고 상상한다면 그곳 싯딤 계곡은 제2의 낙원이었을 것으로 상상할 수 있으며 그것은 틀림없을 것이다. 그 골짜기의 거주자들과 그 부근 주민들이 방탕아와 패덕자로 악명이 높은 것을 보면 편안하고 풍성한 생활을 했을 것으로 추측할 수 있기 때문에 더욱 그렇게 생각된다. 롯은 그들과 더불어서, 하지만 그들과 어울리지는 않은 채 그곳에서 산다.

헤브론과 마므레 숲은 하느님이 아브라함과 이야기를 나누고, 그에게 시선이 사방으로 닿는 만큼 넓은 땅을 언약해준 중요한 장소로 나타난다. 이 고요한 지역에서 천상의 이들과 교류할 수 있었고 그들을 손님으로 대접하며 많은 대화도 나눌 수 있었던 유목 민족으로부터 이제 시선을 다시 동쪽으로 돌려, 전체적으로는 아마도 가나안의 상황과 비슷했을 주변의 세계의 상태를 살펴보자.

가족이 모여 하나가 되는데 부족들의 생활양식은 그들이 점령했거나 점령한 지역에 따라 달라져 있다. 사용할 물을 티그리스로 내려보내는 산맥 위의 부족은 호전적이었다. 이미 오래전부터 세계의 정복자들과 지배자들을 암시하며, 당시에 이미 무시무시한 출정으로 후대 위업의 선례를 보여주는 부족이다. 엘람의 왕, 케도르 라오모르는 동맹자들에게 강력한 영향력을 행사하고 있었다. 그는 오랫동안 지배하여 아브라함이 가나안에 도착하기 12년 동안 이미 요르단 강에 이르는 지역의 백성들에게 공물을 받고 있었다. 이들 민족은 마침내 배반하고 동맹자들은 전쟁을 위해 무장한다. 갑자기 그들이 가나안으로 가려고 아브라함이 갔던 것으로 추정되는 길 위에 나타난다. 요르단 강의 왼쪽과 하류 부근의 백성들은 진압된다. 케도르 라오모르는 무리를 이끌고 남쪽 사막 민족들을 향하여 행군하고 이어서 북쪽으로 방향을 돌려 아말렉 족을 친다. 그들마저 정복하고 나서는 가나안에 이르러, 싯딤 골짜기의 왕들을 기습하여 뿔뿔이 흩어지게 한

다음 승리의 행군을 레바논까지 확장하기 위하여 노획물을 가지고 요르단 강을 거슬러 올라온다.

　포로들, 약탈당한 사람들, 재물과 함께 납치된 사람들 가운데 롯이 있는데, 그는 자신이 손님으로 와있는 땅과 운명을 함께하게 된 것이다. 아브라함이 그것을 알게 되는데 여기서 이 선조는 곧바로 전사이자 영웅의 모습으로 나타난다. 그는 노비들을 모아 무리로 나눈 다음 까다로운 약탈 부대를 습격하여, 배후의 적과 예상하지 못한 승리자들을 혼란에 빠뜨리고 정복당한 왕들의 소유물과 함께 동생과 동생의 재물을 되찾는다. 이 짧은 출정으로 아브라함은 그 땅의 소유권을 얻게 된다. 백성들 눈에 아브라함은 보호자, 구원자였고 고매함으로 왕처럼 보였다. 계곡의 왕들은 감사하며 그를 환영했고, 왕이며 사제인 멜기세덱은 그를 축복했다.

　후손이 영원히 번창하리라는 예언은 새로워지고, 그들은 점점 더 번창한다. 그는 유프라테스 강에서 이집트의 강까지 전체 지역을 약속받는다. 그러나 대를 이을 아들이 얻기 어려워 보인다. 그는 여든 살이 되었는데 아들이 없다. 아브라함보다 신들에 대한 믿음이 덜한 사라는 초조해진다. 그녀는 동방의 풍습에 따라 하녀를 통하여 후사를 얻으려 한다. 그러나 하갈이 아브라함과 가까워져 아들을 얻게 되자 집안에 분열이 생긴다. 사라가 자신이 데리고 있는 하갈을 부당하게 대하자 하갈은 다른 유목민의 무리에서 더욱 나은 삶을 찾으려고 도주한다. 하지만 그녀는 더욱 높은 계시로 되돌아오고, 이스마엘이 태어난다.

　아브라함은 이제 아흔아홉 살이 되었다. 수많은 후손을 가지리라는 예언은 아직도 되풀이되지만, 부부는 그것을 우습게 느낀다.

그렇지만, 사라가 결국 임신을 하고 아들을 얻게 되는데 그의 이름은 이삭이다.

역사는 대개 인류의 합법적인 종족 번식에 근거하고 있다. 따라서 가장 중요한 세계사적 사건들은 가정의 비밀에 이르기까지 추적해 보지 않을 수 없다. 선조들의 결혼 또한 나름의 성찰을 위한 계기를 우리에게 준다. 인간의 운명을 유도하기를 좋아하는 신들은 여기서 모든 종류의 결혼 사건들을 모범으로 보여주려는 듯하다. 많은 사람의 구혼을 받은 아름다운 아내와 그토록 오랜 세월 자식 없이 결혼생활을 해온 아브라함은 백 살이 되었을 때 그는 두 여자의 남편, 두 아들의 아버지가 된다. 이 순간 그의 가정의 평화가 교란된다. 나란히 있는 두 아내와 서로 맞선 두 어머니의 두 아들은 서로 화합이 불가능하다. 법률, 인습, 여론에 따라 불리한 쪽이 물러나야 한다. 아브라함은 하갈과 이스마엘에 대한 애정을 희생해야만 한다. 두 사람은 쫓겨나 전에 자발적으로 도피했던 그 길을 이제는 자신의 의사와 어긋나게 가지 않을 수 없게 된다. 처음에는 아이와 자기 죽음을 향해 가는 것처럼 보였으나 전에 그녀를 되돌아가게 했던 하느님의 천사가 그들을 구해 이스마엘 역시 위대한 민족이 이루어지도록, 그리고 모든 언약 중에서도 가장 믿기지 않는 언약이 그 한계를 넘어 성취되도록 한다.

나이 든 부모와 늦게 태어난 외아들. 여기에 이제 가정의 평화와 지상의 행복이 있는 것 같았다. 그러나 결코 그렇지 못했다. 신들은 이 선조에게 다시 가장 힘든 시련을 마련한다. 이 시련에 관해서는 미리 이런저런 성찰을 해보지 않고서는 이야기할 수 없다.

자연스럽고 보편적인 종교가 생겨나 거기서 특별한 계시를 받은 종교로 발전되자면, 지금까지 우리의 상상력이 머무르는 땅, 생활양식, 인종이 아마 거기에 가장 잘 맞는 것 같다. 적어도 우리는 온 세상에서 이처럼 유리하고 명랑한 곳이 과연 있을지 찾기 힘들 것이다. 자연적인 종교가 일찍이 인간의 심성에서 비롯한다고 가정한다면 거기에 필요한 것은 역시 온화한 사고이다. 그것이 세계 질서를 전체에서 이끄는 보편적인 섭리의 확신에 근거하기 때문이다. 어떤 특별한 종교, 신들에 의해 이런저런 민족에게 계시가 된 종교는 신앙과 신의 본질을 어떤 은총 받은 인간, 가문, 부족, 민족에게 약속하는 특별한 섭리를 포함하고 있다. 이 섭리는 인간의 내면에서 스스로 개발하기는 어려워 보인다. 그것은 태고로부터 내려오는 전통, 인습과 근거를 요구한다.

그래서 특별한 섭리를 아는 먼 옛날 사람들을 신앙의 영웅으로 기술하고 그들이 의지해야 할 고귀한 존재로 알며, 모든 계율을 무조건 기다리는, 비록 약속보다 후에 이루어져도 그것을 끝없이 기다리는 이스라엘의 전통은 아름다운 일이다.

특별하게 계시가 된 종교는 어떤 한 사람이 신들의 은총을 다른 사람들보다 더 받을 수 있다는 생각을 바탕으로 한 것으로, 그것은 무엇보다도 주로 상황에서의 분리로부터 시작된다. 태초의 인간들은 서로 근친으로 보이지만, 그들이 하는 일이 곧 그들을 가르게 되었다. 사냥꾼은 모든 사람 중 가장 자유로운 사람이다. 사냥꾼에게서 전사와 지배자가 발전되어 나왔다. 경작하고 몸을 땅에 바치고, 집이며 거둔 것을 간직할 창고를 지은 인류는 생활이 지속과 안정을 약속하기 때문에 어느 정도 자부심을 느끼게 된다. 그 대신 양치기에게는 구속 없는 환경과 무한정한 소유가 그의 몫으로 돌아간 듯 보인다. 가축 떼는 무한히 증가하여 사방으로 확장되었다. 이 세 계급은 처음에는 서로 언짢게 경멸하며 바라보았을 것이다. 도시민에게 양치기는 공포였고, 양치기 역시 도시민으로부터 자신을 분리했다. 사냥꾼들은 우리들의 눈에서 벗어나 산속으로 모습을 감추었다가 정복자의 모습으로 다시 나타났다.

이들의 선조는 유목민 계층에 속했다. 사막과 목초지들의 생활방식은 그들의 사고에 넓이와 자유를 주었고, 머리 위의 둥근 하늘 지붕은 밤의 온갖 별들과 함께 그들의 감정에 고매함을 주었다. 그리고 그들은 활동적이며 재빠른 사냥꾼보다, 안전하고 조심스럽게 실내에 사는 농부들보다 신이 그들 곁으로 찾아온다는 믿음, 그들을 찾아와 그들에게 관심을 두고, 그들을 인도하고 구원한다는 흔들리지 않는 믿음을 더 많이 필요로 했다.

역사의 흐름을 따라가다 보면 또 다른 생각을 하게 된다. 이들 선조의 종교가 아무리 인간적이고 아름답게 보여도 거기에는 야성과 잔인성의 면모가 흐르고 있으며, 인간이란 그런 것에서 벗어나기도, 거기에 빠져들기도 한다는 것이다.

증오가 피를, 정복한 적의 죽음을 통해 화해에 이르는 것은 자연스럽다. 전장에 즐비한 시체들 가운데서 평화가 체결되는 것은 충분히 생각해 볼 수 있는 일이다. 도살된 짐승을 통해 동맹을 굳게 한다고 믿는 것도 같은 생각에서 나오는 이야기이다. 항상 자기편으로, 아니면 적대자, 혹은 조력자로 생각하는 신들을 도살된 짐승을 통해서 내 편으로 끌어와 그들을 무마시키고 환심을 사려는 생각 역시 이상하게 생각할 필요가 없다. 그러나 우리가 제물의 편에서 태고 시대의 모습을 바라보면 아주 꺼림칙하고 기이한 풍습을 발견한다. 아마도 전쟁에서 비롯된 것 같은데, 무슨 종류든 제아무리 많이 바쳐도 희생된 동물을 반드시 두 쪽을 내어 두 편으로 갈라놓았고, 그 사이의 중간에 신과 동맹을 맺으려는 사람들을 세워 둘 사이를 잇는 풍습이 그것이다.

그 아름다운 세계에서 놀랍고 예감에 찬 또 다른 충격적인 일이 벌어지는데, 그것은 신에게 바쳐진 것, 약속된 모든 것을 전부 죽여야만 하는 것으로, 이 역시 전쟁의 풍습이 평화 시대로 옮겨진 것 중의 하나일 것이다. 강력한 방어를 하는 도시의 주민들은 그런 서약으로 위협당한다. 도시가 습격을 받거나 다른 식으로 무너지게 되면 살아 있는 것은 아무것도 남겨두지 않는다. 남자들은 절대로 살려두지 않았고 이따금 여자들, 아이들, 가축들도 그런 운명을 함께한다. 분별없이 그리고 미신에서 이런저런 제물이 신들에게 약속된다. 지켜주고 싶은 사람들, 이웃들과 심지어는 자식들까지 그런 광기의 속죄양으로 피를 흘리게 된다.

참으로 민족의 선조답게 부드러운 아브라함의 성격에서는 그렇게 야만적인 경배 방식이 나올 수 없었다. 그러나 신들은 이따금 우리를 시험하기 위하여, 그리고 인간이 신의 것으로 만들어 놓은 그 특성을 드러내 보이기 위해 인간에게 무시무시한 명령을 내린다. 아들을 새로운 맹약의 담보로 희생시키라는 것이다. 그리고 지금까지처럼 아들을 그저 도살하여 태우는 것이 아니고 두 조각으로 갈라, 그 연기 나는 내장 사이에 서서 자비로운 신들로부터 새로운 약속을 기다리라는 것이다. 바로, 맹목적으로 아브라함은 그 명령을 수행할 준비를 한다. 신들에게는 그런 의지만으로도 충분하다. 이제 아브라함의 시련은 끝났다. 그보다 더한 일은 있을 수 없기 때문이다. 그런데 사라가 죽는다. 이로써 아브라함이 가나안 땅을 소유할 기회가 생긴다. 그는 무덤이 하나 필요한데, 그 일은 그가 자신이 소유하기 위해서 이 땅을 둘러본 첫 번째 일이다. 마므레 숲이 바라보이는 이중의 동굴을 그는 전부터 찾아놓았던 것 같다. 이 동굴을 그는 거기에 붙어 있는 경작지와 함께 사들인다. 그가 따른 법률상의 형식에 보면 이 재산이 그에게 얼마나 중요한지를 보여준다. 어쩌면 그가 생각했던 것 이상으로 중요한지도 모른다. 왜냐하면, 그와 그의 아들들과 손자들이 바로 거기서 안식을 찾을 것이고, 전체 땅에 대한 다음 요구, 그리고 거기에 전부 모이게 되는 그의 후손들의 끊임없는 애착으로 이 땅이 소유의 근간이 되기 때문이다.

이제부터는 가족들의 여러 사건의 장면이 번갈아 전개된다. 여전히 아브라함은 엄격하게 주민들과 분리되어 있다. 이집트 여인의 아들인 이스마엘은 그 땅의 딸과 결혼하지만, 이삭은 동족이며 동등한 신분의 여성과 혼인하게 된다.

아브라함은 종복을 메소포타미아로 보내어 거기 남겨둔 친척을 찾아가게 한다. 영리한 엘레아자르는 아무도 모르게 도착하여, 적당한 신부를 집으로 데려오기 위하여 우물가 처녀들의 살림솜씨를 시험한다. 그가 마실 물을 청하자 리브가는 부탁하지도 않은 그의 낙타에게까지 물을 먹인다. 그는 선물을 전하고 청혼한다. 그녀는 거절하지 않았다. 그렇게 그는 리브가를 주인의 집으로 인도하고, 리브가는 이삭과 맺어진다. 여기서도 오랫동안 후사를 기다려야만 한다. 몇 년간 시련의 세월이 지나서야 비로소 리브가는 축복을 받는다. 그런데 아브라함의 중혼으로 인해 두 어머니에게서 일어났던 불화가 여기서는 한 어머니에게서 일어난다. 성격이 정반대인 두 아들은 어머니의 배 속에서 이미 서로 다툰다. 그들이 태어난다. 형은 활달하고 힘이 세며, 동생은 섬세하고 영리하다. 형은 아버지가, 동생은 어머니가 사랑하는 자식이 된다. 태어나면서 이미 시작된 우선권 다툼이 늘 계속된다. 에사오는 운명이 그에게 정해 준 장자의 신분에 대해 무심하고 무관심했다. 야곱은 형이 자기를 뒤로 밀어낸 것을 잊지 않고, 원하는 특권을 얻을 온갖 기회를 노린다. 그는 형에게서 장자권을 협상해 내고, 아버지의 축복을 가로챈다. 에사오가 화가 나서 동생을 죽이겠다고 맹세하자, 야곱은 자신의 운을 선조의 땅에서 시험해 보기 위해 달아난다.

이제 그토록 고귀한 가문에서 처음으로 자연과 상황이 그에게 부여하지 않은 특권을 지략과 계책을 이용해서 얻어내는 데 주저함이 없는 인물이 나타난 것이다. 성서가 도덕적인 인물을 선조나 신들의 은총을 입은 사람으로 결코 지명하지 않는다는 점은 자주 지적되고 언급되는 사실이다. 그들 역시 지극히 다양한 성격을 가진, 갖가지 결함과 약점이 있는 인간들이다. 하지만 신의 마음을 따르는 사람들에게는 중요한 특성 하나가 빠져서는 안 된다. 그것은 신이 자신과 그의 민족을 특별히 돌보아 준다는 흔들림 없이 믿는 믿음이다.

보편적이고 자연적인 종교는 신앙을 필요로 하지 않는다. 창조하고 질서를 부여하며 인도하는 위대한 존재가 자신을 우리에게 이해시키기 위해서 자연 뒤에 숨어 있다는 확신, 그런 확신이 개인 누구나의 마음에서 우러나오기 때문이다. 만약 인생을 관통하는 이런 확신의 실마리를 혹시 놓치는 일이 생기더라도 어디에서나 곧 그 가닥을 다시 붙잡을 수 있다. 그러나 특수한 종교에서는 위대한 존재가 어떤 개인, 어떤 부족, 어떤 민족, 어떤 지역을 결정적으로 먼저 돌본다고 생각하기 때문에 사정이 전혀 다르다. 이런 종교는 흔들림 없는 신앙을 바탕으로 한다. 그렇지 않으면 바닥부터 파괴된다. 이런 종교에서 의심은 어떤 것이든 치명적이다. 확신으로 되돌아갈 수 있지만, 신앙으로 되돌아갈 수는 없기 때문이다. 그래서 끝없는 시험과 되풀이되는 약속 실현의 보류를 통해서 신앙에 대한 선조들의 능력을 백일하에 드러나도록 만드는 것이다.

야곱도 이런 믿음을 품고 길을 떠났다. 술책과 속임수로 호감을 얻지 못한 그는 라헬에 대한 지속적이고 변함없는 사랑을 통하여 우리의 호감을 다시 얻게 된다. 엘레아자르가 야곱의 아버지를 위해서 리브가에게 구혼했듯이 레아는 야곱이 즉석에서 직접 구혼한 여인이다. 야곱을 통해 광대한 민족의 언약이 처음으로 완전하게 구현된다. 그는 많은 아들을 두게 된다. 그러나 또한 그 아들들과 그들의 어머니들로 인해 엄청난 마음의 괴로움을 겪게 된다.

사랑하는 여인을 얻고자 야곱은 초조해하지 않고 흔들림도 없이 칠 년을 봉사한다. 목적에 이르는 모든 수단이 합법적이라는 생각에서, 야곱과 비슷한 그의 장인은 야곱을 속이고 야곱이 형에게 했던 것을 복수한다. 야곱은 품 안에 안은 여자가 사랑하지 않는 여자임을 알게 된다. 그를 달래기 위하여 라반은 잠시 뒤 그에게 사랑하는 여인을 주기는 하지만, 새로운 칠 년의 봉사를 조건으로 한다. 그렇게 해서 이제 불쾌한 일에 불쾌한 일이 이어진다. 사랑하지 않는 아내는 아이를 많이 낳지만, 사랑하는 아내는 아이를 낳지 못한다. 사랑하는 아내는 사라처럼 하녀를 통하여 어머니가 되려 하고, 사랑하지 않는 여인은 그녀에게 이런 특권을 주는 것조차 싫어한다. 그녀도 하녀를 남편에게 데려간다. 그리하여 이제 선량한 조상이 세상에서 가장 고통받는 남자가 되었다. 아내가 넷, 그중 세 여자가 낳은 아이들, 그런데 사랑하는 아내로부터는 자식이 하나도 없다! 드디어 사랑하는 아내도 축복을 받아 요셉이 태어난다. 열정적인 사랑이 낳은 늦둥이다. 14년에 걸친 야곱의 봉사는 끝났다. 그러나 라반은 야곱이라는 제일가는 충직한 하인 없이 지내고 싶지 않다. 그들은 새로운 조건을 맺어 양 떼를 나눈다. 라반은 흰색 양을 갖는데, 숫자가 더 많은 쪽이다. 야곱은 이를테면 찌꺼기에 불과한 얼룩 양들을 감수한다. 그러나 야곱은 자기의 이익을 보존할 줄 알았다. 그리고 변변치 않은 음식으로 장자권을 얻고 변장하여 아버지의 축복을 받아냈듯이 이제 그는 술책으로 양 떼 중 가장 좋고 가장 큰 무리를 자기 것으로 만들고, 진정으로 품위 있는 이스라엘 민족의 선조가 되고 후손의 모범이 된다. 라반과 그 식솔은 그의 계책은 이해하지 못했지만, 결과는 알아차린다. 불화가 생긴다. 야곱은 가족과 모든 재산을 가지고 도망친다. 그리고 때로는 운으로, 때로는 계책으로 자신을 뒤쫓아 오는 라반에게서 도망한다. 라헬이 그에게 아들을 하나 더 선사하지만, 그녀는 해산 도중에 죽는다. 어머니는 죽지만 고통에서 태어난 아들 베냐민은 살아남는다. 한편 늙은 아버지는 아들 요셉을 잃어버린 줄 알고 커다란 고통을 느끼게 된다.

널리 알려졌고 여러 차례 이야기된 이런 이야기를 왜 여기서 다시 장황하게 늘어놓느냐고 묻는 사람이 있을지 모른다. 그런 사람에게는 내가 어떻게 내 산만한 생활과 토막이 난 학업에서 나의 정신, 나의 감정을 하나로 모아 할 일을 조용히 했는지 다른 어떤 방식으로는 설명할 수가 없다는 것이 대답이 될 것이다. 거칠고 이상하게 바깥이 돌아가는데도 나를 에워쌌던 평화를 어떤 다른 방법으로도 설명할 수 없기 때문이다. 앞서 말한 동화가 증거가 되겠지만 늘 바쁘게 움직이는 상상력이 나를 이리 저리로 끌고 다니고 우화, 역사, 신화와 종교가 뒤섞여 나를 혼란케 하고 위협을 가하면 나는 얼른 동방의 세계로 피신했다. 모세서의 첫 권에 심취하여 나는 양치기 종족들 가운데로 들어가 깊은 고독과 넓은 사회 안에 들어가 있을 수 있었다.

이스라엘 민족이 역사 속으로 가물가물 사라지기 전에 이 가문의 이야기는 마지막으로 한 사람을 더 보여주는데, 그는 젊은이들의 마음을 희망과 상상력으로 즐겁게 만들어주는 인물이다. 열정적인 부부간의 사랑으로 태어난 아이, 바로 요셉인데 그는 침착하고 명석하여 스스로 가정에서 두드러진 인물이 된다. 형제들에 의해 불행 속으로 던져진 그는 노예생활 속에서도 의연하고 꿋꿋하며, 위험한 유혹을 뿌리치고 예언을 통해 자신을 구하고, 업적을 이루어 칭송되고 추앙받는다. 그는 처음에는 어느 큰 왕국에서, 그 뒤에는 자기 식구들에게 도움을 주고 쓸모 있는 인물이 된다. 그는 침착함과 위대함에서 선조인 아브라함을 닮았고 조용하고 성실한 점에서는 할아버지인 이삭을 닮았다. 아버지에게서 물려받은 장사 수완을 그가 큰 규모로 발휘하니, 그것은 자신을 위해 장인에게서 양 떼를 얻어내는 정도가 아니라, 왕을 위해 민족과 재물을 함께 구하게 된다. 이 자연스러운 이야기는 너무도 아름다운데, 단지 너무 짧아 보이기 때문에 이 이야기를 세세한 부분까지 상세하게 묘사할 필요가 있다.

윤곽만 주어진 성서의 인물과 사건을 상세하게 그려내는 일은 독일인들에게 낯선 일이 아니다. 구약성서와 신약성서의 인물들은 클롭슈톡에 의해 섬세하고 감정이 가득한 성격을 얻게 되었고, 그것은 소년인 나를 위시하여 많은 동시대인에게 큰 호감을 주었다. 이런 것에 대한 보드머의 작업은 거의, 혹은 전혀 알지 못했지만 모저의 《사자 굴 속의 다니엘》은 어린 마음에 큰 영향을 주었다. 여기에는 사려 깊은 사업가이자 신하가 갖가지 고난을 겪고 높은 명예에 이르게 된다. 파멸하게 될 상황에서도 신앙심은 언제나 그의 방패이자 무기가 된다. 요셉의 이야기를 각색하는 것은 내가 오랫동안 소망한 일이었다. 하지만 어떤 형식을 택해야 할지 알 수 없는데다가 그런 작업에 적합할 만한 어떤 운율에도 능숙하지 않았다. 나는 산문으로 다루는 것이 쉬울 것 같은 생각이 들어 온 힘을 모아 개작에 열중했다. 인물들을 구분하여 상세하게 묘사하려 했고, 정황과 일화를 집어넣어 단순한 옛이야기를 새롭고 독자적인 작품으로 만들어보려 했다. 하지만 그런 일에는 알맹이가 필요하며, 그것은 오로지 체험을 통한 인지에서만 만들어진다는 점을 나는 생각지 못했다. 나는 사건들을 세밀한 부분까지 묘사하고, 순서에 따라 이야기를 정확하게 이끌어가기만 했다.

내가 이 작업을 아주 수월하게 할 수 있게 된 사정이 있는데, 그것으로 인해 이번 작품뿐 아니라 나의 글쓰기 전체가 극도로 분량이 많아지게 되었다. 다방면에 능력을 갖췄지만, 과로와 자만심으로 둔해져 버린 한 젊은이가 우리 집에서 보호를 받으며 살고 있었다. 그는 식구들과 평온하게 지냈는데, 조용하고 내성적이어서 가만히 혼자 놔두기만 하면 늘 만족스럽고 기분이 좋았다. 이 사람은 아주 세심하게 써놓은 공책들을 갖고 있었는데, 민첩하고 읽기 좋은 필치를 갖고 있었다. 그가 가장 즐겨 하는 일은 필기로, 베낄 것을 주면 좋아했고, 구술을 받아 적게 하면 더 좋아했다. 그럴 때면 자신의 행복했던 대학 시절로 돌아간 기분이기 때문이었다. 민첩한 필력이 없고 독일어를 작고 떨리게 쓰셨던 아버지에게는 더 바람직한 일이 없었다. 그래서 자기 일이든 남의 일이든 일 처리를 할 때면 이 젊은이에게 보통 하루 몇 시간씩 구술을 시키곤 하셨다. 아버지의 구술 사이사이에 나 역시 머리를 스쳐 가는 모든 것을 남의 손을 빌려 종이에 옮기는 것이 편해졌고, 받아 적고 보관하기 쉬우므로 이야기를 만들거나 모방하는 나의 재능은 더욱 활발해졌다.

나는 그때까지 성서를 산문 서사시로 만드는 것 같은 대작에 착수해 본 적이 없었다. 마침 평온한 시절이었고, 나의 상상력을 팔레스티나와 이집트로부터 끌어내는 것은 아무것도 없었다. 내 원고는 나날이 불어났는데, 이를테면 허공에 대고 나 자신에게 말하면 종이에 옮겨졌고, 단지 몇 장만 고쳐 쓰면 될 정도였다.

나 자신도 놀랐지만 일은 실제로 이루어졌는데 작품이 완성되자 몇 년 전에 써놓은 버리기 아까운 많은 시가 생각났고 개작한 요셉 이야기와 그것들을 같은 크기로 한데 모으면 그럴듯한 4절판 묶음책이 될 것 같았고, 거기에 《다양한 시》라는 이름을 붙이면 좋을 것 같았다. 이 생각이 매우 마음에 들었는데 알려진 유명한 작가들을 모방하는 기회를 살짝 잡았기 때문이었다. 나는 소위 아나크레온[111]풍의 시들을 꽤 많이 썼는데, 운율이 편안하고 내용이 쉬워서 술술 나왔다. 그렇지만 이 작품들을 시집에 넣을 수는 없었다. 각운이 없어서 아버지께는 뭔가 즐거운 것을 보여드리고 싶었기 때문이었다.

---

111 BC 582경~485경. 그리스의 서정 시인으로 술과 사랑을 노래한 시가 유명하다.

그런 점에서는 종교적인 송가가 더 잘 어울린다고 생각했고, 그래서 엘리아스 슐레겔[112]의《최후의 심판》을 모방하면서 열심히 노력했다. 그리스도의 지옥순례를 기리는 송가 하나는 부모님과 친구들에게서 많은 갈채를 받았고, 몇 년 동안 내 마음에 들기도 했다. 매번 인쇄되어 나오는 소위 일요일의 찬송가도 나는 열심히 연구했다. 그런 가사는 수준이 낮아서 내가 규정된 방식대로 시 몇 편을 쓴다면 작곡을 해서 교구 신도들의 신앙생활에 쓰일 수 있다고 생각을 했다. 이상의 작품들과 그와 유사한 몇 가지를 나는 일 년 넘게 전부터 내 손으로 베꼈다. 이런 개인적인 연습으로 나는 글쓰기 교사의 숙제에서 벗어날 수 있었다. 모든 것이 편집되고 잘 정리되어 쓰기 좋아하는 청년에게 깨끗하게 필사해 달라고 부탁하는 것은 별로 힘든 일이 아니었다. 그것을 들고 나는 제본소로 달려갔다. 내가 곧 깔끔한 묶음 장정을 아버지께 건네자 아버지는 특별히 기뻐하면서, 매해 그런 4절판 한 권씩을 내도록 격려해 주었다. 내가 이 모든 것을 소위 한가한 시간에만 했기 때문이었다.

다른 상황 한 가지가 신학, 혹은 성서 연구에 몰두하게 하였다. 수석 목사인 요한 필리프 프레네니우스[113]는 호감을 주는 잘생긴 외모에다 부드러운 성품으로, 교구뿐 아니라 프랑크푸르트 시 전체에서 모범적인 성직자이자 훌륭한 연설가로 존경받았다. 그는 헤른후트파[114]

---

112 Elias Schlegel은 종교적인 시를 쓴 것이 없고 아마 괴테는 J. A. Cramer를 그와 혼동한 것 같다.

113 Johann Philipp Fresebius (1705~1761).

114 독일의 북동부에 있는 자그마한 마을에서 니콜라우스 루트비히 폰 친첸도르프 (1700~1760)에 의해 시작된 공동체 운동이다.

에 맞섰기 때문에 그 분파인 경건파[115] 사람들에게서는 좋은 평판을 받지 못했지만, 치명적인 상처를 입은 자유주의 사상가인 어느 장군을 개종시켜 대중 사이에서 유명해지고 성스러운 존재가 되었는데 이 분이 세상을 떠난 것이다. 그의 후계자로 온 플리트라는 사람은 키가 크고 잘생기고 기품이 있었는데, 마르부르크 대학의 교수였고 사람들을 교화시키는 것보다는 가르치는 데 재능을 가지고 있어서 즉시 일종의 종교 강좌를 열었다. 그는 설교를 어느 정도 수업과 연관 지어 강좌에 이용하려고 했다. 나는 교회에 다니게 된 어린 시절부터 구두법(句讀法)을 알았고, 이런저런 때에 꽤 완벽하게 설교를 낭독할 수 있었다. 그런데 교구 안에서는 이 새 목사에 대해 이런저런 찬반 논란이 돌았고, 많은 사람이 그의 교육적 설교에 특별한 신뢰를 두지 않으려 했기 때문에 나는 세심하게 필기를 하기로 했다. 나는 설교를 듣기에 아주 편안하면서도 눈에 띄지 않는 자리에서 이미 그런 작은 시도들을 해 본 적이 있기 때문에 그만큼 더 잘할 수 있었다. 나는 주의 깊고 민첩했다. 그가 "아멘"이라고 하는 순간 나는 서둘러 교회를 나와서 종이와 기억에다 메모한 것을 급히 구술시키는 데 몇 시간을 바쳤다. 종이에 옮겨진 설교를 나는 식사 전에 아버지께 건네 드릴 수 있었다. 아버지는 이 성공에 몹시 영광스러워하셨고, 마침 식사를 하러 온 친구분[116]도 이 기쁨을 나누었다. 그렇지 않아도 친구분은 나에게 큰 호의를 가지고 있었다. 나는《메시아》를 외우고 있었는데 문장(紋章) 수집을 위해서 인장을 얻으려고 그를 찾아

---

115 Philipp Jakob Spener에 의해 시작된 17세기 중반에서 18세기에 걸쳐 활발했던 도덕성과 헌신, 기도를 강조한 종교 운동.
116 Johann Caspar Schneider (1712~1786): 사업가로 괴테 집안의 오랜 친구였다.

갔을 때 《메시아》 중에서 훌륭한 구절을 그에게 낭송해서 그로 하여금 눈물을 흘리게 한 적도 있었다.

다음 일요일에도 나는 그 일을 계속 열심히 했고, 기계적인 그 일이 재미있었기 때문에 내가 적어 보관한 것에 대해서는 깊이 생각하지 않았다. 처음 3개월간 이 노력은 꾸준히 지속하였다. 그러나 주제넘게도 내가 결국 성서 자체에 대한 특별한 해명도, 도그마에 대한 좀 더 자유로운 견해도 발견하지 못하자, 작은 허영심을 충족시키는 데 너무나도 비싼 값을 치르는 것 같아 그 일을 한결같은 열성으로 계속할 수 없게 되었다. 처음에는 그렇게 양이 많던 강론이 점점 빈약해져 갔고, 만약에 완벽주의자인 아버지가 좋은 말과 약속으로 성령강림 첫 일요일까지만 견뎌내도록 이끌어주지 않았더라면 결국 나는 완전히 중단하고 말았을 것이다. 마지막에는 종이에 낭독한 성서 구절과 설교와 구두법 이외에는 거의 아무것도 기록되지 않았다.

일을 끝까지 해내는 것에 관한 한 아버지는 특별히 집요한 면이 있었다. 한번 시작한 일은 아무리 그사이에 불편하고, 지루하고, 짜증이 나고, 심지어 시작한 일의 쓸모없음이 뚜렷하게 드러나더라도 끝을 봐야 했다. 아버지는 일을 끝까지 해내는 것 자체를 유일한 목적으로, 끈기 있게 버텨내는 것을 유일한 미덕으로 여기는 것 같았다. 긴 겨울밤에 가족들이 책 한 권을 읽기 시작하면 우리가 금방 모두 거기에 절망하고, 이따금 아버지 자신이 제일 먼저 하품을 시작한 사람이어도 그것을 끝내야만 했다. 우리가 바우어[117]의 《교황사》를 읽어내야 했던 어느 겨울밤이 아직도 기억난다. 교회 관계의 일

---

117 Archbald Bower (1686~1766): 스코틀랜드의 역사학자.

이란 것이 아이들이나 젊은이들에게는 별로, 혹은 전혀 와 닿는 것이 없으므로 끔찍한 상황이었다. 그렇게나 무관심하고 그렇게나 마음에 들지 않았음에도, 그 낭독의 많은 것이 내 마음에 남아 후일 많은 것을 그것과 연결할 수 있었다.

이런 이상한 사건과 일들이 계속 연달아 일어나서 그것이 할 만한 일인지 유익한 일인지 생각해 볼 겨를도 없었지만, 아버지는 자신의 주된 목표에서 결코 눈을 떼는 법이 없었다. 아버지는 내 기억력과 재능을 파악하고 조합하여 법률 분야로 방향을 돌려보려 했고, 나에게 교리문답서의 형식이나 내용에 따라 만든 작은 책 한 권을 주셨는데 호페[118]의 《관습법》이었다. 나는 곧 질문과 답을 외웠고 질문자와 대답자 역할을 다 잘해낼 수 있었다. 당시의 종교 수업에서는 주요 연습의 하나가 재빠르게 성서 구절을 찾는 것을 배우는 것이었는데 법학에서는 《로마법 대전》 역시 그런 식으로 잘 파악하는 것이 필요했다. 나는 그것에도 완벽하게 정통하게 되었다. 그러자 아버지는 《스트루베[119] 소책자》로 넘어갔는데 이 책은 별로 빨리 나가지 못했다. 책의 형식이 초보자가 스스로 해나갈 수 있을 정도로 쉽지 않은데다가 아버지의 교육방식은 나에게 어울릴 만큼 진취적이지 못했기 때문이었다.

몇 년 전부터 우리가 처한 전시적 상황뿐 아니라 시민의 생활 자체를 통해서, 그리고 역사와 소설 읽기를 통해 너무나도 명백해진 바는 법이 침묵하고 개인에게 아무런 도움이 되지 못하는 경우들이 많으므로 개인이 스스로 헤쳐나가야 하는 경우가 참으로 많다는 점이

118 Joachim Hoppe (1656~1712).
119 Adam Struve (1619~1692): 법학자이자 예나대학 교수.

었다. 우리는 이제 많이 자라 관행에 따라 이런저런 다른 것도 배워야 했는데, 우리 몸을 지키고 말을 타면서 초보 모습을 보이지 않으려면 펜싱하고 기마도 배워야 했다. 펜싱 연습은 매우 유쾌했다. 이미 오래전부터 우리는 개암나무 막대기로 만든 목검을 가지고 있었는데, 손을 보호하기 위해 버드나무로 엮은 바구니 모양의 자루가 달려있었다. 이제 쇠 칼날을 달게 되었는데, 부딪치며 나는 쨍그랑 소리가 요란했다.

우리 도시에는 펜싱 사범이 두 명 있었다. 한 사람은 나이가 들고 진지한 독일인으로 엄격하고 건실한 방식으로 펜싱을 하는 사람이었고, 다른 사람은 프랑스인으로 전진과 후퇴를 하고, 몇 번의 기합을 항상 넣으면서 가볍고 민첩한 찌르기로 유리한 위치를 차지하는 사람이었다. 어느 방식이 나은지에 대해서는 의견들이 갈라졌다. 내가 수업을 받는 소그룹은 프랑스 사범이 가르쳤다. 우리는 곧 전진과 후퇴, 찌르기와 물러서기, 항상 기합을 넣는 데 익숙해졌다. 친구 몇몇은 독일인 펜싱 사범한테 배웠는데 정반대로 연습했다. 중요한 연습에 임하는 이 다른 방식들, 서로 자기 사범이 더 낫다는 각자의 확신이 또래인 젊은이들을 정말로 갈라놓았다. 하마터면 펜싱 교습소끼리 심각한 싸움이 날 뻔했다. 논쟁이 거의 칼싸움 같았기 때문이다. 드디어 문제를 해결하기 위하여 두 사범이 결투를 벌였는데, 그 결과를 내가 장황하게 묘사할 필요는 없을 것 같다. 독일인 사범은 특유의 자세로 성벽처럼 버티고 서서 장점을 살려 상대방 칼을 쳐서 떨어뜨려 몇 번이나 무장해제 시켰다. 적수는 그건 불합리하다고 주장하면서, 민첩하게 밀고 나가 상대방을 지치게 하였다. 그 역시 독일인 사범을 몇 차례 공격했는데 만약 진짜 경기였다면 그를 저 세상으로 보낼 뻔했다.

전체적으로는 아무런 결정이 나지 않았고 상황이 나아지지도 않았지만, 소수가 독일인 사범에게로 옮겨 갔는데, 그중에는 나도 있었다. 하지만 나는 먼저의 사범한테서 이미 너무 많은 것을 배웠기 때문에 새 사범이 그 버릇을 버리게 만들 때까지는 상당한 시간이 흘렀다. 독일인 사범은 우리 개종자들을 원래 제자들보다 덜 좋아했다.

승마는 사정이 더 나빴다. 우연히도 가을에 승마장에 가게 되어 나는 춥고 축축한 계절에 승마를 시작하게 되었다. 나는 이 멋진 기술을 학문처럼 취급하는 것이 정말 싫었다. 처음이나 끝이나 말의 허리를 죄는 것이 문제 되는데, 누구도 죈다는 것이 무엇인지, 그것이 왜 중요한지 알 수 없었다. 왜냐하면, 여기서는 등자 없이 이리저리 말을 탔기 때문이다. 수업은 오로지 학생들을 속이고 치욕을 주는 것뿐이었다. 재갈을 물리거나 푸는 것을 잊으면, 혹은 채찍이나 모자를 떨어뜨리면, 소홀한 일 하나하나, 실책 하나하나에 벌금을 내고 비웃음까지 샀다. 이것이 나는 아주 기분 나빴고, 무엇보다 연습 장소 자체가 정말이지 견딜 수 없었다. 눅눅하지 않으면 먼지투성이인 넓고 더러운 공간, 추위, 곰팡냄새, 이 모든 것이 나는 너무도 싫었다. 아침 식사나 기타의 선물, 재주 좋게 건네는 뇌물에 매수된 교관은 다른 아이들한테는 좋은 말을 주고 나한테는 나쁜 말들을 내주었으며, 나를 기다리게 하고 무시하는 것 같아서 세상에서 가장 신 나야 하는 일이 나는 가장 불쾌한 수업이 되었다. 당시의 인상과 상황이 어찌나 생생하게 남아 있는지 후에 열정적으로 무모하게 말을 타는 습관을 갖게 되어 여러 날, 여러 주일 말을 타게 되는 일이 있어도 실내 승마장은 조심스럽게 피했고, 그런 곳에 머무는 경우에도 잠깐만 머물렀다. 완전한 기술을 배우는 초기에 그것을 고통스럽고 위협적인 방식으로 배우게 되는 경우가 적지 않다. 그것이 괴롭고 어렵다는 생각에서 요즘에는 젊은이들에게 모든 것을 쉽고 재미있고 편하게 가르쳐야 한다는 교육원칙이 도입되고 있다. 하지만 그 방식에도 또 다른 피해와 단점은 있는 것 같다.

봄이 오면서 우리 집은 다시 조용해졌다. 나는 전에는 프랑크푸르트 시에 있는 교회와 세속 건물, 공공건물과 개인 건물을 열심히 보고 다니면서 특히 당시까지만 해도 잘 보존되어 있던 고대 유적들에서 큰 즐거움을 찾았는데, 하지만 후에는 레르스너[120]의 《연대기》와 프랑크푸르트에 관한 아버지의 장서와 노트를 읽으면서 과거의 인물들을 눈앞에 그려보는 일에 빠져들었다. 시대, 풍습, 중요한 인물의 특성에 많은 관심을 끌게 되면서 이 일은 자연스럽게 시작되었다.

어려서부터 나는 고대 유적들 가운데서 다리탑 위에 꽂혀 있는 국사범의 해골이 이상했다. 비어있는 쇠못을 보면 서너 사람의 해골이 있었던 것 같은데 시간이 흐르고 눈비를 맞으면서 1616년부터는 하나만 남아 있었다. 작센하우젠에 갔다가 프랑크푸르트로 돌아올 때마다 탑이 앞에 나타나고 해골이 눈에 들어왔다. 소년일 때 나는 이들 폭도, 페트밀히 도당의 이야기를 즐겨 들었다. 어떻게 그들이 도시 행정에 불만을 품고 폭동을 일으켜 유대인 지역을 약탈하고 끔찍스런 싸움을 벌였으며 결국은 잡혀서 제국의원들에 의해 사형 판결을 받았는지 말이다. 나중에 자세한 정황을 듣고는 그들이 어떤 사

---

120 Achilles Augustus Lersner (1662~1732): 1706년에 프랑크푸르트 시의 연대기를 출간했다.

람들이었는지에 더욱 관심이 쏠렸다. 이제 나는 동시대에 나온 낡은 목판화가 들어 있는 책에서 그들이 사형선고를 받기는 했지만 많은 시의원들 역시 갖가지 무질서와 많은 무책임으로 면직되었다는 사실을 알게 되자 좀 더 자세한 정황을 알게 되어 그 불행한 사람들을 안타깝게 생각하게 되었다. 훗날에 개선된 법에서 보자면 그들은 희생자라고 할 수 있다. 왜냐하면, 오랜 귀족 가문의 림푸르크 회, 동호회에서 만들어진 프라우엔슈타인 회, 또는 법률가, 상인, 수공업자들이 정치에 참여할 수 있는 제도가 만들어진 것도 그 시대의 덕택인 때문이다. 새로운 정치는 베네치아식[121]의 복잡한 무기명투표로 보완되었고, 시민 평의회의 구속을 당하며, 부당한 사람에게는 특별한 자유를 보류하는 권한을 행사하게 되었다.

소년들과 젊은이들의 마음을 무겁게 하는 것 중의 하나는 유대 골목으로 불리는 유대인 거주 지역의 상태였다. 그 골목은 성벽과 해자(垓子) 사이에 마치 감옥처럼 갇힌 외줄의 좁은 길이었다. 비좁고 더럽고 혼잡하고 낯선 언어의 억양 때문에 성문을 지나며 건너다보기만 해도 불쾌한 인상을 주었다. 나는 한동안 혼자서는 그곳에 들어가지 못했다. 언젠가 값을 흥정하거나 계속 가격을 매기고 값을 부르는 많은 사람의 소란에서 벗어나고 난 뒤에는 쉽사리 다시 그곳으로 가지 않게 되었다. 게다가 고트프리트의 《연대기》에 끔찍하게 그려진 기독교도 아이들에 대한 유대인들의 잔인함을 보여주는 옛날 동화들이 어린 마음에 음침하게 어른거렸다. 근래에는 그들에 대한 생각이 나아졌음에도, 아직도 다리탑 아래의 둥그런 벽에 있는 그들

---

121 구슬로 하는 일종의 비밀투표 방식.

을 모욕하는 커다란 풍자화나 비방화는 여전히 그들에게 불리한 것이다. 왜냐하면, 그것은 이를테면 개인이 장난삼아 그린 것이 아니고 공공 기관에서 만든 것이기 때문이었다.

하지만 그들은 변함없이 신의 선민이고, 지금은 어떻든 오랜 과거를 기억하며 방랑하고 있었다. 그들은 실로 활동적이며 호감을 주는 사람들로, 관습을 존중하는 그들의 집요함 역시 존중하지 않을 수 없었다. 그 밖에도 여자애들은 예뻤고, 안식일에 기독교도 소년이 피셔펠트 거리에서 그들과 마주쳐 다정하게 관심을 보이면 기뻐했다. 나는 그들의 예법에 관심이 많았다. 마침내 나는 그들의 학교를 수시로 방문했고, 할례와 결혼식에 참석했으며 장막절[122]에 관해 그림도 하나 그렸다. 어디서나 환영을 받고 좋은 대접을 받았으며 다시 오라고 초대를 받았다. 나를 데리고 가거나 소개하는 인사들이 영향력 있는 사람이었기 때문이었다.

그렇게 해서 나는 대도시의 소년 시민으로 이 구역 저 구역을 내몰린 듯 찾아다녔다. 시민사회의 평화와 안정 한가운데는 끔찍한 사건들도 없지 않았다. 집안의 평화를 가까운 혹은 먼 곳의 화재가 깨트리기도 했고, 큰 범죄가 발각되어 여러 주일 동안 조사와 처벌로 도시를 불안에 몰아넣기도 했다. 갖가지 처형을 목격하기도 했는데 어느 책의 분서 현장에 있었던 것 역시 기억할 만하다. 프랑스 희극 소설이었는데, 국가는 아니지만, 종교와 풍습에 해로운 책이었다. 무생물이 처벌받는 것을 보는 것은 무서운 일이었다. 불꽃이 튀고, 갈퀴로 불씨를 다시 돋우자 불길은 점점 더 넓게 퍼졌다. 불에 탄 책장

---

122 이스라엘 사람들이 이집트에서 나와 광야에 장막을 치고 살았던 일을 기념하는 날로, 유대인들의 추수 감사절이라고 할 수 있다.

이 사방으로 날아가자 사람들은 탐욕스럽게 그걸 잡으려 했다. 우리도 그대로 있지 않고 몰려가서 한 권 주웠다. 금지된 즐거움을 맛본 사람들 숫자는 적지 않았다. 그렇다, 만약 작가가 관심을 끌려 한다면 아마 그보다 더 나은 방법은 없을 것이다.

그렇지만 좋은 계기로 나는 프랑크푸르트 시내 여기저기를 돌아다니기도 했다. 아버지는 일찍부터 나에게 작은 심부름을 시키는 데 익숙하셨다. 특히 일을 시킨 수공업자들을 독촉하는 일을 내게 맡기셨다. 아버지는 모든 것이 정확한 것을 바라셨고, 즉시 지급하는 대신에 가격을 깎았기 때문에 사람들은 아버지가 적당하다고 생각하는 이상으로 일을 오래 끌었다. 그래서 나는 거의 모든 작업장에 가보게 되어 남의 처지에서 생각하기도 하고, 각자의 특수한 생활 방식에 공감하기도 했다. 무슨 일이든 즐겁게 참가하는 것이 내 천성이라 그런 심부름을 계기로 많은 즐거운 시간을 보냈고, 각 개인의 일하는 방식을 알게 되었으며 삶의 방식이 가져오는 갖가지 불가피한 상황이 어떤 기쁨, 고통, 고난, 이로움을 가져오는지도 알게 되었다. 나는 상류층과 하류층을 연결하는 이 근면한 계층과 가까워졌다. 한편에는 단순하고 거친 생산품을 열심히 만들어내는 사람들이 있고, 다른 편에는 완성된 것을 즐기는 사람들이 있는데, 수공업자들은 재주와 손을 써서 이들 둘이 서로 무언가를 받아들여 각자의 요구에 만족하도록 중재한다. 직업에 따라 형태와 색깔이 다른 직공들의 여러 가정의 상황에 나는 관심을 많이 가지게 되었는데, 이것은 나에게 평등에 대한 감정을 갖도록 만들고 심화시켰다. 모든 사람은 아닐지라도 인간의 모든 상황은 평등하다는 생각이었다. 존재한다는 단순한 사실이 중요한 요점이지, 다른 것은 모두 쓸데없고 우연한 것이었다.

함께 산책 삼아 마차를 타고 나가도 유원지에서 무얼 먹어본 기억이 거의 없는 것으로 보아 아버지는 순간적인 즐거움으로 즉시 소모되는 지출을 쉽게 용납하는 분이 아니셨던 것 같다. 반면에 내적 가치와 좋은 외양을 지닌 물건을 마련하는 데는 인색하지 않으셨다. 전쟁 막바지에도 아버지는 조금도 불편을 안 느끼셨건만 아버지 이상으로 평화를 원한 사람은 아무도 없었을 것이다. 이런 뜻에서 아버지는 어머니에게 평화가 선포되면 다이아몬드가 박힌 황금상자를 선사하겠노라고 약속하신 바 있다. 이런 행복한 사건을 희망하면서 벌써 몇 년 동안 이 선물이 만들어지고 있었다. 상당히 큰 이 상자는 하나우에서 제작되었는데, 그곳의 금 세공사들이나 비단 공장의 책임자들이 아버지와 친밀했기 때문이다. 상자에는 몇 가지 도안이 들어갔다. 뚜껑에는 꽃바구니 장식을 했는데, 위에는 올리브 가지를 문 비둘기가 날고 있었다. 보석을 박을 자리는 남겨두었는데, 일부는 비둘기에, 일부는 꽃에, 또 다른 일부는 상자를 여는 곳에 박기로 되어 있었다. 거기에 필요한 보석을 주고 완벽하게 처리하도록 부탁받은 라우텐자크라는 보석사는 노련하고 쾌활한 사람이었다. 재주 있는 다른 예술가들과 마찬가지로 그는 필요한 일은 잘 안 하고, 자신에게 즐거움을 주는 일만 하는 사람이었다. 보석은 상자의 뚜껑에 박히게 될 모습대로 검정 밀랍 위에서 모습을 보이고 있었는데 아주 멋있었다. 그런데 좀처럼 황금 위에 올려지지 못했다. 처음에 아버지는 일이 지체되어도 그대로 있었다. 그러나 평화의 희망이 점점 선명해지고, 모든 조건, 특히 요젭 대공이 신성로마제국 황제로 추대되는 것이 좀 더 확실해지자 점점 초조해졌다. 나는 매주 한 번씩, 결국 마지막에는 거의 날마다 이 게으른 예술가를 찾아가야만 했다. 나의 끊임

없는 괴롭힘과 설득으로 비록 느리지만 어쨌든 일은 진척되었다. 시작했다가도 금방 다시 손에서 놓을 수 있는 일이었기 때문에 언제나 옆으로 밀려나기 때문이었다.

그런데 이런 작업태도의 원인은 세공사가 자기 일을 하고 있기 때문이었다. 프란츠 황제가 보석, 특히 색깔 있는 보석에 큰 애착을 가지고 있다는 것은 누구나 알고 있었다. 라우텐자크는 상당한 재산이 있었는데 나중에 알려진 바로는 자신의 재산 이상으로 그런 보석들에 돈을 들여서 보석 꽃다발을 만들기 시작했다. 보석 하나하나가 모양과 색깔에 따라 눈에 띄고 전체로서는 하나의 예술품이어서 황제의 보물실에 보관될 만한 가치가 있는 것이었다. 그는 쉬엄쉬엄 여러 해를 두고 그 일을 해왔는데, 곧 평화조약이 체결되면 황제가 아들의 대관식에 참석하러 프랑크푸르트에 도착할 것이기 때문에 그 일을 끝맺음하고 이제는 조립 중이었다. 그런 물건들을 보고 싶은 내 마음을 그는 아주 노련하게 이용하여, 독촉하러 보낸 심부름꾼인 나의 정신을 산만하게 하여 내 할 일은 잊고 다른 데로 주의를 돌리게 했다. 그는 나에게 보석에 관한 지식을 가르쳐주었고, 그 특성이며 가치에 주목하게 하여 마침내 나는 그의 꽃다발 전체를 외워 알게 되었고, 고객 앞에서 그와 똑같이 자랑해 가며 소개할 수 있을 정도가 되었다. 지금도 눈에 선하다. 아마 더 비싼 것도 보았겠지만 그런 호화로운 구경거리 물건보다 더 우아한 것은 보지 못했다. 그 밖에도 그는 조촐한 동판화 수집품들과 다른 미술품들을 소유하고 있었는데, 그것에 관해 이야기하기를 좋아했기 때문에 나는 그 집에서 많은 시간을 유익하게 보냈다. 후베르투스부르크의 회담 일이 확정되어서야 비로소 그는 나를 보아서 나머지 작업을 해주었고, 드디어 평화의 기념일에 비둘기는 꽃과 함께 어머니의 손에 들어가게 되었다.

주문한 그림을 화가들한테 재촉하기 위해서도 나는 비슷한 심부름을 했다. 다른 사람들도 흔히 가지고 있는 고정관념 한 가지를 아버지는 가지고 있었는데, 그것은 목판에 그린 그림이 캔버스에 그린 그림보다 더 좋다는 것이었다. 그래서 아버지는 온갖 형태의 좋은 떡갈나무 판자를 마련하는 데 관심을 쏟았다. 엉터리 화가들이 이런 중요한 일을 목수에게 미룬다는 사실을 잘 알고 있었기 때문이었다. 아버지는 오래된 두꺼운 널빤지를 구하고 목수에게 아교 칠, 대패질, 마무리를 완벽하게 하도록 했다. 그런 다음에는 널빤지를 충분히 말리기 위해서 여러 날 동안 위층 방에 보관했다. 그런 소중한 목판 중의 하나를 화가인 융커에게 맡기면 그는 화려한 꽃무늬가 있는 꽃병을 예술적이고 장식적으로 그렸다. 마침 봄이어서 나는 매주 내 손에 들어오는 아름다운 꽃을 몇 번이나 그에게 가져다주었다. 그러면 화가는 그 꽃들을 그림에다 즉시 끼워 넣어 전체를 점점 꽃으로 충실하고 착실하게 구성해 나갔다. 한번은 쥐도 잡았는데 그걸 가져갔더니 그 쥐를 아주 사랑스러운 동물로 그리겠다고 하더니 화병 발치에서 이삭을 먹는 모습으로 아주 정확하게 그렸다. 나비나 딱정벌레같은 죄 없는 동물도 가져다주었더니 사실적이고 기교가 뛰어난 그림이 완성되었다.

작품이 곧 인도될 어느 날 그 선량한 사람이, 그림이 마음에 들지 않는다고 장황하게 털어놓았을 때 나는 적지 않게 놀랐다. 개별적인 부분은 좋은데 그림이 전체로는 구성이 좋지 않다는 얘기였다. 그는 그림이 점진적으로 완성된 데다가 처음에 각각의 꽃을 정리하고 빛이나 그림자, 색채에 대한 포괄적인 계획을 세우지 않은 실책을 범했기 때문이라고 했다. 반년 동안 내 눈앞에서 이루어졌고 부분적으로는 내 마음에 든 그림을 그는 나와 함께 상세하게 점검해 나갔는데 섭섭하게도 나는 완전히 이해되었다. 그는 나중에 그려 넣은 생쥐를 실책으로 여기며 말했다. "이런 동물은 많은 사람에게 혐오감을 주기 쉽거든. 그러니까 호감을 주려면 저건 그려 넣지 말았어야 해." 선입견에서 벗어났으니 스스로 전보다 훨씬 똑똑해졌다고 생각하는 사람들이 그러듯이 나는 그 예술품이 정말로 경멸스러웠고, 화가가 같은 크기의 다른 판자를 만들도록 하자 그에게 완벽하게 동의했다. 새 목판에다 그는 취향에 따라 형태가 좋은 화병과 예술적으로 정리된 꽃다발을 그렸으며 살아 있는 작은 동물들도 귀엽고 유쾌한 것으로 택하여 배치해 놓았다. 다시 마련한 판자에도 그는 세심하게 그렸는데, 이미 완성한, 그리고 오랫동안 열심히 한 연습이 큰 도움이 되었다. 완성된 그림은 두 점이었고, 우리는 더 예술적이고 더 눈에 들어오는 나중 것에서 큰 기쁨을 느꼈다. 아버지는 하나가 아닌 두 점의 그림에 놀라셨는데, 선택권은 아버지에게 맡겨졌다. 아버지는 우리의 의견과 그 근거를 인정했고, 특히 화가의 선의와 부지런함을 인정했지만 두 그림을 며칠 바라보신 후에 처음 것으로 결정하셨는데, 이 선택에 대해 더 이상의 말씀은 없었다. 화가는 화가 나서 두 번째의 성의껏 그린 그림을 도로 가져가면서, 참지 못하고 이렇게 말했다. 아버지가 그런 결정을 내리는데 한몫을 한 것은 첫 번째 그림을 그린 좋은 떡갈나무 판자 탓이라는 것이었다.

그림에 관해 생각하자니 내 기억에는 커다란 시설이 하나 떠오르는데, 그곳과 그곳 주인이 특히 내 마음을 끌었기 때문에 거기서 많은 시간을 보냈던 곳이다. 그곳은 커다란 유포(油布) 공장으로 화가 노트나겔[123]이 세운 것이었다. 그는 탁월한 화가였지만, 재능이나 사고방식에서 예술보다는 공장 경영에 더 맞는 사람이었다. 뒤뜰하고 정원이 있는 아주 넓은 공간에서 온갖 종류의 유포가 완성되었는데, 주걱으로 밀랍을 칠해 짐마차 같은 데 쓰는 거친 물건에서부터 틀로 무늬를 찍은 도배용 유포, 노련한 직공들이 솔을 가지고 환상적인 중국의 꽃이나 실제 꽃, 인물이나 풍경을 그려 넣은 우량품과 최상품에 이르기까지 각종 유포가 제조되었다. 무한한 다양성이 나를 즐겁게 했다. 평범한 작업에서부터 예술적 가치를 거부할 수 없는 일들에 이르기까지 많은 사람이 하는 일은 매력적이었다. 나는 연이어진 방에서 작업 중인 젊은, 혹은 나이가 좀 든 직공들과 알게 되었고 이따금 직접 손도 대어보았다. 그의 상품은 굉장히 잘 팔렸다. 당시 집을 짓거나 집에 가구를 갖추려는 사람은 평생 쓸 물건을 마련하고 싶어 했는데, 이 방수포 벽지로 말하자면 무척 오래가는 물건이었다. 노트나겔 자신은 전체를 지휘하는 것만으로도 할 일이 많았고, 지배인이나 점원들에 둘러싸여 사무실에 앉아 있었다. 남는 시간이면 그는 미술품 수집에 골몰했다. 주로 동판화를 수집했는데, 그것을 그림들과 함께 매매하기도 했다. 동시에 그는 에칭 작업도 좋아해서 여러 가지 판자에 그것을 시험해보았고 이 기술을 말년까지 계속했다.

노트나겔의 주택이 에쉔하임 성문 가까이에 있었기 때문에 그를 방문할 때는 보통 시외로 나가서 성문 밖에 아버지가 소유하고 있는 토지로 갔다. 그 하나는 수목원이었는데, 땅은 초지로 이용되었

---

123 Johann Andreas Benjamin Nothnagel (1729~1804): 1774년에 괴테는 그에게서 유화를 배웠다.

다. 소작을 주고 있었지만, 아버지는 나무를 옮겨 심는 일이나 나무를 기르는 일을 세심하게 돌보았다. 프리트베르크 성문 밖의 잘 손질된 포도원은 아버지에게 더 많은 일거리를 주었는데, 포도나무 그루터기들 사이로 아스파라거스를 길게 공들여 심어 가꾸기 때문이다. 좋은 철이면 아버지가 그곳에 매일 나갔고, 그럴 때 우리는 대개 아버지를 따라갈 수 있었기 때문에 봄의 첫 수확에서부터 가을의 마지막 수확까지를 누리는 기쁨을 누렸다. 우리는 정원 일도 배웠는데 해마다 되풀이되었기 때문에 마침내 훤히 알게 되고 능숙하게 되었다. 갖가지 여름과 가을 열매들을 수확한 후에 마지막으로 하는 포도 따기가 가장 신 나는 일이자 가장 바라는 일이었다. 포도 자체가 그것이 재배되고 마시는 장소와 지역에 자유로운 분위기를 만들기 때문에, 가을을 마감하고 동시에 겨울을 시작하는 포도 수확일은 말할 수 없이 명랑한 기분으로 가득했다. 흥과 환호가 온 지역에 퍼졌다. 낮에는 구석구석에서 환호와 뇌성 같은 축포 소리가 들렸고, 밤에는 여기저기서 불꽃과 조명탄이 터져서 사방에서 사람들이 잠을 자지 않고 신이 나서 이 축제가 길게 연장되기를 바라고 있다는 것을 알 수 있었다. 그 뒤에는 포도즙을 짜고 지하실에서 발효시키느라고 집에서는 즐거운 일거리가 넘치고 그러다 보면 어느새 겨울로 접어들게 된다.

이 시골 소유지는 1763년 봄에는 더욱 즐거운 곳이 되었다. 그 해에 후베르투스부르크 평화조약이 체결되어 2월 15일이 축제일이 되었기 때문이다. 그 조약의 결과로 내 생애의 많은 날이 행복하게 흘러갔다. 그렇지만 이 글을 더 진척시키기 전에 나의 청년기에 중요한 영향력을 행사한 몇 사람을 기억하는 것을 나는 의무라고 생각한다.

프라우-엔슈타인 가문의 일원인 폰 올렌슐라거는 배심원이자 앞에서 언급한 오르트 박사의 사위로 유쾌하고 다혈질인 미남이었다. 그는 시장 예복을 입으면 점잖은 프랑스 고위 성직자의 풍채가 나는 사람이었다. 대학 공부를 마친 다음 그는 궁정과 국사에 진력했는데 그런 용무로 여행을 자주 하게 되었다. 그는 나를 특히 소중하게 여기고, 관심을 가진 일들에 관해서 나하고 자주 이야기하였다. 마침 그가 《금인칙서[124] 주해》를 쓰고 있을 때 그 주변에 있었기 때문에 그는 이 자료의 가치와 중요성을 나에게 분명하게 각인시켜주었다. 그것을 통해서 나의 상상력은 거칠고 불안했던 그 시대를 회상하게 되었다. 그가 이야기해 준 역사를 나는 성격과 정황을 이따금 흉내까지 내면서 상세하게 보여주어 생생하게 표현하곤 했다. 그는 크게 기뻐하고 갈채를 보내면서 내가 되풀이하도록 고무시켰다.

어린 시절부터 나는 늘 책의 첫머리나 작품의 구절들을 외우는 이상한 습관이 있었다. 처음에는 모세 5경을, 그다음에는 《아이네이스》[125]와 《변신》[126]을 암기했다. 이제 나는 금인칙서를 외워서 나의 후원자를 미소 짓게 했다. 내가 진지하게 갑자기 "스스로 분열하는 나라는 모두 붕괴하리라. 그 나라의 제후들은 도둑과 한패이기 때문이다."[127]라고 외치면 그 현명한 사람은 미소를 띤 채 고개를 가로

---

124 1356년에 신성로마 황제인 카를 4세가 뉘른베르크 및 메츠의 제국의회에서 발포한 제국법으로 라틴어로 쓰였는데 황금의 인새(印璽)를 사용한 까닭에 황금헌장, 금인칙서, 금인헌장으로 불린다.

125 베르길리우스의 로마 건국신화

126 오비디우스의 그리스 로마의 근간이 되는 이야기 모음.

127 "Omne regnum in se divisum desolabitur: nam principes ejus facti sunt socii furum."

저으며 "황제가 제국 총회의에서 휘하의 제후들 앞에서 저런 말을 공표한 그 시대는 도대체 어떤 시대였는지 알 수가 없다."라며 생각에 잠겨 말했다.

폰 올렌 슐라거는 사교에 있어 매우 우아했다. 집에서 여는 모임은 별로 많지 않았지만, 재치 있는 이야기하는 것을 좋아했고 우리 젊은 사람들로 하여금 때로 연극을 하도록 했다. 그런 연습이 젊은이들에게 유용하다고 생각했기 때문이다. 우리는 슐레겔의 《카누트》[128]를 공연했는데 거기서 내게는 왕, 누이동생에게는 에스트리테, 그리고 그 집 막내아들에게는 울포 역이 돌아갔다. 그다음에 우리는 《브리타니쿠스》[129]에 도전했다. 연기 재능뿐만 아니라 언어도 연습해야 하기 때문이었다. 나는 네로 역을, 누이동생은 아그리피나를, 그 집 아들이 브리타니쿠스를 맡았다. 우리는 과분한 칭찬을 받았고, 칭찬받은 것 이상으로 잘했다고 생각했다. 나는 이 집안과 친밀한 관계를 맺고 있었고 그 집안 덕분에 많은 즐거움을 누리고 더욱 빠른 발전을 이룰 수 있었다.

오래된 귀족 가문 출신인 폰 라이넥[130]은 유능하고 성실하지만, 고집이 있고, 웃는 모습을 한 번도 본 적이 없는, 피부색이 가무잡잡한 마른 사람이었다. 그는 외동딸을 집안 친구에게 유괴당하는 불행을 당했다. 가혹한 소송을 하면서 그는 사위를 고소했다. 법정이 형식에 매여 그의 복수욕에 신속하고도 아주 엄하게 응해 주지 않자 그는 법정과도 사이가 틀어졌다. 다툼에서 다툼으로, 소송에서 소송이

---

128 Kanut: Johann Elias Schlegel (1719~1749)의 5막으로 된 역사극.
129 Britanicus: 프랑스의 희곡작가 Jean Baptiste Racine이 1669년 발표한 희곡.
130 Friedrich von Reineck (1707~1775).

이어졌다. 그는 완전히 자기 집과 정원에 틀어박혀 널찍하지만 초라한 아래층에서 살았다. 여러 해 전부터 페인트공의 붓이 간 적이 없고, 어쩌면 하녀의 빗자루가 지나간 적도 없는 것 같은 곳이었다. 그런데 그가 나를 무척 좋아해서 작은아들을 나에게 특별히 소개해 주었다. 그는 뜻이 맞는 오랜 친구들이나 사업상 거래가 있는 사람들, 자신의 법률 고문을 이따금 식사에 초대했는데, 그럴 때면 나를 빼놓지 않고 초대했다. 그 집에 가면 아주 잘 먹었는데 음료는 더 좋았다. 그렇지만 틈새가 많아 연기가 나는 큰 난로는 손님들에게 큰 고통을 주었다. 가까운 사람 하나가 한번은 용기를 내어 그것을 지적하였다. 저런 불편함을 대체 겨우내 어떻게 견디느냐고 그에게 물어본 것이다. 거기에 그는 제2의 티몬[131]과 헤아우톤티모로우메노스[132]가 되어 대답했다. "제발 이것이 나를 괴롭히는 재앙 중에서 최악의 것이면 얼마나 좋겠소!"라고 그는 말했다. 나중에는 주위의 충고로 딸과 손자를 만났다. 그러나 사위는 끝까지 그의 눈앞에 나타나지 못했다.

이렇게 훌륭하지만, 불행한 이 남자는 나하고 같이 있으면 좋은 영향을 받았다. 나와 즐겨 이야기를 나누고 특히 세상 형편에 대해 가르쳐주면서 마음이 가벼워지고 명랑해지는 느낌이 드는 것 같았다. 그래서 아직도 그의 주위에 모이는 몇 안 되는 옛 친구들은 그의 불쾌한 생각을 진정시키고 오락에 초대하고 싶을 때면 종종 나를 이용했다. 그는 이따금 우리와 함께 마차를 타고 외출했고, 오랜 세월 동안 시선 한번 보내지 않던 지역들을 다시 눈여겨보았다. 그는 옛 지주들을 기억해내고 그들의 성격과 사건에 관해 이야기했는데, 그

---

131 Timon: BC 5세기경 아테네의 인간 혐오자.

132 Heautontimo: Terenz의 희곡 제목으로 자학자 라는 뜻.

럴 때면, 엄격하기는 하지만 명랑하고 재치 있는 모습을 보여주었다. 우리는 그를 다른 사람들 속으로 데려가려 했지만, 그것은 불행한 결과를 초래할 뿐이었다.

폰 말라파르트[133]라는 신사는 그보다 나이가 더 많거나 같은 연배였는데, 로스마르크트 거리에 아주 멋진 저택을 소유하고 있고 제염소에서 상당한 수입을 올리는 사람이었다. 그 사람도 외톨이로 살았다. 그러나 여름이면 보켄하임 검문소 앞에 있는 정원으로 자주 가서 아름다운 패랭이꽃 화단을 키우고 가꾸었다.

폰 라이넥 역시 패랭이꽃 애호가였다. 꽃이 활짝 피자 두 사람이 서로 만나는 것이 어떨지 제안을 해보았다. 오랫동안 권하자 마침내 폰 라이넥이 우리와 함께 일요일 오후에 마차를 타고 가서 보겠다고 결심을 했다. 두 노신사의 반가운 인사는 간결해서 마치 무언극 같았다. 그들은 외교관 같은 걸음으로 기다란 패랭이꽃 화단을 따라 왔다 갔다 했다. 만개한 꽃들은 무척 아름다웠고, 다양한 꽃들의 독특한 형태와 색깔, 서로 차이가 나는 꽃의 장점과 독특함이 결국 입을 열게 하여 두 사람은 퍽 다정해진 것처럼 보였다. 그래서 다른 사람들은 기뻐했고, 인접한 정자에 앉아서 윤이 나는 유리병에 오래된 라인 산 포도주가 담겨 있고 멋진 과일과 그 외에도 맛있는 것이 테이블 위에 놓인 것을 보고 즐거워했다. 그러나 유감스럽게도 그것을 맛볼 수는 없었다. 불행하게도 고개를 약간 숙인 아름다운 패랭이꽃 한 송이가 앞에 피어있는 것을 보고 폰 라이넥이 사랑스럽게 둘째 손가락과 가운뎃손가락으로 꽃을 꽃받침 쪽에서 들어 올려 꽃이 잘

---

133 원래 이름은 Friedrich Wilhelm von Malapert (1700~1773).

보이도록 했다. 하지만 이렇게 살짝 손이 닿은 것조차도 주인의 기분을 상하게 하기에 충분했다. 정중하지만 아주 무뚝뚝하게 그리고 다소 자만한 태도로 폰 말라파르트가 눈으로만 보고 만지지는 말라고 주의를 시킨 것이다. 폰 라이넥은 꽃을 놓았지만, 그 말에 화가 나서 평소처럼 무뚝뚝하고 엄격하게 전문가나 애호가에게는 꽃을 그렇게 붙들고 바라보는 것이 당연한 일이라고 말했다. 이어 그는 동작을 되풀이하며 꽃을 다시 한 번 손가락 사이에다 끼었다. 양쪽 집안의 친구들은—폰 말라파르트 쪽에서도 한 사람을 데리고 왔다—말할 수 없이 당황했다. 토끼한테 다른 토끼를 쫓도록 해야 할 상황이었다. (이것은 대화를 끊고 다른 이야기로 넘어가야 할 때 우리가 사용하는 잘 알려진 관용구였다.) 그러나 아무 소용이 없었다. 노신사들은 완전히 입을 다물어버렸고, 우리는 폰 라이넥이 그런 행동을 또 할까 봐 매 순간 겁이 났다. 그렇게 되면 만사는 끝장인 때문이었다. 양쪽 집안의 친구들은 그들에게 이런저런 다른 것에 정신을 쏟도록 해서 두 신사를 갈라놓았다. 우리는 현명하게 출발 준비를 했다. 매혹적인 식탁을 유감스럽게도 즐기지도 못한 채 우리는 등 뒤로 바라보아야만 했다.

프랑크푸르트 출신이 아닌 데다 개혁교인[134]이라서 아무런 공직도 변호사도 하지 못한 궁중 고문관 휘스겐[135] 씨는 탁월한 법률가로 많은 신뢰를 받았기 때문에 타인 명의로 마음 놓고 프랑크푸르트에서든 제국 법원에서든 업무를 볼 수 있었다. 그 집 아들과 함께 글쓰기 수업을 받기 때문에 내가 그 집을 드나들 때 그는 이미 예순 살이

---

134 루터교가 아니라 칼뱅교를 믿었다는 뜻이다.

135 Heinrich Sebastian Hüsgen (1745~1807).

었다. 몸집이 컸는데 마르지 않았고, 큰 키에 뚱뚱하지 않은데도 떡 벌어진 모습이었다. 얼굴은 수두 자국으로 일그러졌고 한쪽 눈이 없어 처음에는 다소 혐오스럽게 보였다. 대머리였는데 언제나 술이 달린 끈으로 묶어 종처럼 생긴 흰 모자를 쓰고 있었다. 광택 있는 모직이나 다마스트 천으로 된 그의 실내 가운은 언제나 깔끔했다. 그는 가로수 길가의 일 층에 있는 환한 방에 살고 있었는데, 깔끔한 환경이 주위와 잘 어울렸고, 서류와 서적, 지도들이 잘 정리되어 있어 밝은 인상을 주었다. 예술분야의 다양한 글로 잘 알려진 그의 아들 하인리히 제바스치안은 젊은 시절에는 별로 유망하지 않았다. 성격은 좋지만 지루했고, 거칠지는 않아도 직선적이었고, 배우는 데 특별한 애착이 없어서 아버지를 피하려고만 했는데, 원하는 것이 있으면 모두 어머니에게서 가질 수 있기 때문이었다. 그와 반대로 나는 가까워지면 질수록 점점 더 노인에게 끌렸다. 그는 중요한 소송사건만 맡았기 때문에 다른 데 열중하거나 즐길 시간이 충분히 있었다. 오랫동안 가깝게 지내거나 그의 가르침을 받지는 않았지만, 그가 신이 나 세상과 대립하고 있다는 것을 나는 잘 알 수 있었다. 그가 가장 좋아하는 책 중 하나는 아그리파[136]의 《학문의 거짓》이었는데 그 책을 나에게 특별히 권했고, 내 어린 두뇌는 그것 때문에 한동안 상당한 혼란에 빠졌다. 나는 젊은이의 유쾌한 기분에서 일종의 낙관주의로 기울어 있었고, 유일신이나 여러 신과 다시 화해하고 있었다. 악에 대해서는 균형을 잡아주는 것이 여러 가지 있다는 것, 화를 당해도 다시 살아날 수 있고, 고난으로부터는 구제되고 완전히 파멸하지는 않는다는

---

136 Heinrich Cornelius Agrippa von Nettesheim (1487~1535): 쾰른 태생의 신학자, 철학자로 학문에 대한 신랄한 비판자였다.

것을 몇 해에 걸쳐 체험으로 알게 되었다. 인간이 무엇을 행하든 나는 너그럽게 보았으며, 그 노인분이 결코 만족하지 못한 것에서도 나는 많은 칭찬할 만한 것을 발견했다. 한번은 그가 세계를 상당히 일그러지게 설명하면서 한방으로 이야기를 끝내려는 것을 보았다. 그는 늘 하는 방식대로 왼쪽 눈을 감은 채 오른쪽 눈으로 나를 날카롭게 쏘아보며 콧소리로 "신도 결점이 있다."고 말했다.

티몬과도 같은 나의 스승은 수학자이기도 했다. 직접 일을 하지는 않았지만, 실용적 성품은 그를 기계 분야로 이끌었다. 당시로서는 놀라운 시계를, 시간과 날짜와 더불어 태양과 달의 움직임도 보여주는 시계를 그는 자신의 설계로 만들게 했다. 일요일 아침 10시가 되면 매번 손수 태엽을 감아주었는데, 교회에 나가지 않기 때문에 아주 확실하게 할 수 있었다. 그의 집에서 모임이나 손님 초대를 한 번도 본 적이 없다. 옷을 차려입고 외출하는 모습을 본 기억도 십 년에 두 번도 채 안 된다.

이런 사람들과 나눈 갖가지 이야기는 무의미한 것이 아니었다. 각자 자신의 방식으로 나에게 영향을 주었다. 각각의 사람들에게 나는 종종 친자식보다 더 많은 관심을 가진 존재였고, 나를 제2의 자신으로 만들려고 노력하면서 친아들보다 더 호감을 주려 했다. 올렌 슐라거는 나를 궁정인으로 키우려 했고, 라이넥은 외교적인 사업가로 키우려 했다. 두 사람 모두, 특히 라이넥은 내가 시나 극 같은 것을 쓰는 것을 싫어하게 만들려고 했다. 휘스겐은 나를 자신과 같은 티몬으로, 그러면서도 유능한 법학자가 되었으면 했다. 그의 관점에서 보면 법학은 반드시 필요한 도구로, 그것으로 인간쓰레기에 맞서 자신과 가족을 방어하고, 억압받는 사람을 도우며, 악인을 벌줄 수도 있다고 했다. 하지만 그중 마지막 일은 특별히 할 만한 일도, 권할 일도 아니라고 했다.

충고와 지침을 얻기 위하여 이들 곁에서 가깝게 지냈다면 나는 나보다 나이가 별로 많지 않은 젊은이들에게는 지지 않으려고 경쟁하려고 도전했다. 여기서 나는 다른 누구보다 슐로서 형제[137]와 그리스바흐[138]를 들겠다. 그렇지만 이들과는 후에 여러 해 동안 계속 친밀하게 지내고 관계가 끊어지지 않았기 때문에 여기서는 단지 그들이 당시 언어나, 대학의 생활을 시작하는 공부에서 탁월하다는 칭찬을 받았고 모범적이었다는 것, 그리고 그들이 언젠가는 정치나 종교계에서 대단한 일을 이루어낼 것으로 누구나 기대를 했다는 것 정도만 이야기하겠다.

나로 말하면 무언가 비상한 것을 이루어낼 생각을 하고 있었다. 그러나 그것이 무엇인지는 아직 분명하지 않았다. 하지만 사람이란 이루어야 할 공적보다는 받을 보상부터 생각한다는 것을 부정하지 않겠다. 받을만한 행운을 생각할 때면 나에게는 시인을 장식하려고 엮은 월계관이 가장 매력적이었다는 것을 부정하지 않겠다.

---

137 형인 Hieronymus Peter Schlosser(1735~1797)는 변호사였다가 후에 시장이 되었고, 동생 Johann Georg Schlosser (1739~1799)는 변호사로 1773년에 괴테의 여동생 코르넬리아와 결혼했다.

138 Jacob Johann Griesbach (1745~1812): 신학자로 훗날 예나 대학교수가 되었다.

제5장

새마다 각자의 미끼가 있듯이 인간도 각자의 방식대로 이끌리고 유혹에 빠지는 법이다. 본성, 교육, 환경, 습관이 나를 조야한 모든 것에서 떼어놓았다. 나는 신분이 높지 않은 계층, 특히 수공업자들과 종종 접촉했지만 거기서는 더 깊은 관계가 생기지는 않았다. 나에게는 무언가 별나고 어쩌면 위험한 것을 해볼 만한 배짱이 있었고 이따금 그런 데에 마음이 쏠리기도 했지만, 그런 것을 붙잡을 계기는 없었다.

　반면 전혀 예기치 않았던 방식으로 나는 아주 가까이서 큰 위험, 적어도 한동안 당황스럽고 궁지에 몰리게 된 상황에 말려들게 되었다. 내가 앞에서 필라데스라고 부른 소년과의 좋은 관계는 청년기까지 계속되었다. 부모님들이 아주 가까운 사이는 아니어서 만나는 일마저 조금씩 드물어졌지만, 그래도 만나기만 하면 언제나 즉시 예전의 우정 어린 환호가 터져 나왔다. 한번은 우리가 안쪽 성문과 바깥쪽 성 갈렌 성문 사이의 쾌적한 산책로 길에서 마주쳤다. 반가운 인사를 하자마자 그가 말했다. "자네 시는 여전히 내 맘에 들어. 최근에 나한테 준 것들을 몇몇 유쾌한 친구들한테 읽어주었더니 아무도 그걸 자네가 썼다고 믿으려 들질 않더군." —"내버려둬. 안 믿으면 어때." 내가 대꾸했다. "우리끼리 재미로 쓴 건데 남들이 무슨 상관이야."

"믿지 않는 친구가 저기 오네!" 내 친구가 말했다. — "그 이야기는 꺼내지 마. 아무 소용없어. 사람들의 생각을 바꾸지는 못해."라고 내가 대답했다. 그러나 친구는 이렇게 대꾸했다. "그냥 넘어가게 놔둘 수 없지."

별로 중요치 않은 그런 짧은 대화를 주고받은 후에 나를 너무도 높게 평가한 친구는 그대로 지나치지 못하고 약간 신경질적으로 상대방을 보면서 말했다. "그 멋진 시를 쓴 친구가 바로 여기 있어. 너희는 믿지 않았지." — "그 일이 절대 기분 나쁘지 않을걸." 그가 대답했다. "그런 시를 쓰려면 어린 나이에 학식이 많이 필요하다고 생각한 것이니, 오히려 경의를 표한 셈이거든." — 나는 다소 무심하게 반응했다. 그러나 내 친구는 계속했다. "믿게 하는 것은 별로 힘들지 않아. 이 친구한테 주제를 하나 줘 봐. 그러면 즉석에서 시를 쓸 거야." 내가 좋다고 친구의 의견에 동조하자 그 제삼의 인물은 부끄러워하는 젊은 아가씨가 총각에게 호감을 드러내려고 애쓰는 아주 점잖은 연애편지 하나를 시로 써 볼 용기가 있느냐고 물었다. "그보다 더 쉬운 거야 없지, 필기구만 있다면." 내가 대답했다. 그가 일기 수첩을 꺼냈는데, 그 안에는 백지가 잔뜩 있었다. 나는 벤치에 앉아 쓰기 시작했다. 그동안 두 사람은 이리저리 거닐며 나한테서 눈을 떼지 않았다. 곧 나는 그런 상황을 떠올려보았고, 어떤 예쁜 소녀가 나에게 정말로 마음이 기울어서 산문이나 시로 내게 고백하려 한다면 얼마나 좋을까 생각했다. 그래서 나는 주저 없이 사랑을 고백하기 시작했고, 그것을 크니텔 시행과 마드리갈 시행 사이를 오가는 운율로, 한껏 소박한 필치로 단숨에 써 내려갔다. 내가 시를 두 사람 앞에서 읽어주자 의심했던 사람은 경탄했고, 내 친구는 매료되었다. 시가 그의 수첩에 쓰였으니 그 시를 달라는 요구를 나는 물리칠 수 없었고, 나도 내 능력의 증거자료가 그의 수중에 있는 것을 보는 것이 좋았다. 그는 감탄과 칭찬의 말을 되풀이하면서 자리를 떴는데, 앞으로 종종 만나고 싶다고 해서 곧 함께 시골로 나들이를 가기로 약속했다.

패거리가 만들어졌는데 거기에는 그만그만한 젊은이 몇몇이 더 어울렸다. 머리는 나쁘지 않은 중간계층이지만 보기에 따라서는 신분이 낮은, 그렇지만 학교는 다녔기 때문에 이런저런 지식과 얼마만큼의 교양을 갖춘 친구들이었다. 크고 부유한 도시에는 별별 생업이 다 있기 마련이다. 그들은 변호사에게 대필을 해주고, 하층계급의 자녀들에게 과외수업을 해주어 초급학교[139]의 학업을 도와주면서 자구책을 마련하고 있었다. 견진성사를 받은 다 큰 자녀들한테는 종교 수업을 복습시켜 주고, 중개인들이나 상인들에게 몇 가지 심부름을 해주지만 저녁 시간, 특히 일요일이나 휴일에는 알뜰하게 즐기기도 했다.

그들이 전에 내가 써준 서신을 칭찬하면서 자기들이 그걸 아주 유쾌하게 사용했다고 고백했다. 즉 이 편지를 필체를 바꿔서 베끼고 좀 더 가까운 관계로 보이는 수식어를 덧붙여 어느 잘난 척하는 젊은 남자에게 보냈는데, 그는 자기가 은근히 환심을 사려 했던 여성이 자기한테 극도의 사랑에 빠져 있다는 굳은 확신을 하게 되어 그녀에게 자신의 마음을 좀 더 알릴 기회를 찾고 있다는 것이었다. 그러면서 털어놓기를 그 사람의 간절한 소망은 오로지 그녀에게 시로 답장을 보내는 것뿐이라고 했다. 하지만 그 젊은이나 자기들에게 그

---

139 17세기 이후 좀 낮은 계층을 대상으로 만들어진 학교제도.

릴 만한 재주가 없으니, 간절한 그의 답장을 내가 직접 작성해 주기를 간청한다는 것이었다.

속임수란 언제나 한가하고 다소 재치 있는 사람들의 즐거움이다. 죄가 안 되는 악의나 잘난 척하면서 남의 괴로움에 고소해하는 기쁨 같은 것은, 스스로 어떤 일에 열중하지도 외부에 도움이 될 만한 영향력도 줄 수도 없는 사람들한테는 즐거움이 된다. 나이가 몇 살이든 이런 근질거림에서 완전히 벗어나지 못한다. 소년 시절에 우리는 서로 자주 골려주었고, 많은 놀이가 사실 이런 속임수나 그럴듯하게 만들어낸 덫에 근거하고 있다. 지금의 장난이 더 심할 것은 없어 보였다. 나는 동의했다. 그들이 내게 편지에 담길 많은 상세한 정보를 알려주었고, 나는 곧바로 완성하여 그들에게 보냈다.

얼마 안 되어 나는 모임의 저녁 잔치에 참석해 달라는 친구의 간절한 초대를 받았다. 사랑에 빠진 사람이 잔치를 마련해서 시인 비서의 역할을 그렇게 탁월하게 해낸 친구에게 확실하게 감사의 표시를 하고자 한다는 것이었다.

상당히 늦은 시간에 자리가 마련되었는데 식사는 극히 간소했지만 술은 마실 만했다. 주고받는 이야기의 대부분은 그 자리에 참석한, 별로 명석하지 못한 사람을 놀리는 일에 머물렀다. 편지를 되풀이해서 읽으면서 그는 그만 그 편지를 자기가 쓴 것으로 믿으려 들었다.

선량하게 타고난 것인지 나는 그런 악의 있는 속임수에서 별 기쁨을 느끼지 못했다. 그 주제가 되풀이되는 것이 곧 못 견디게 싫어졌다. 예기치 않은 사람의 등장이 나를 다시 생기 있게 만들지 않았더라면, 분명 나는 불쾌한 저녁을 보냈을 것이다. 우리가 도착했을 때는 식탁이 벌써 깨끗하고 단정하게 차려져 있었고, 충분한 수량의 포도주병이 상 위에 놓여 있었다. 시중드는 것은 필요 없었고, 우리끼리만 앉아 있었다. 그런데 마침내 술이 떨어져 한 명이 하녀를 불렀다. 하녀 대신 어느 소녀가 나왔는데, 보통 이상의 아름다움을, 그런 환경에서 마주치니 더욱 믿을 수 없는 아름다움을 지니고 있었다. 친절하게 저녁 인사를 한 다음 그녀가 "뭐가 필요하세요?"라고 물었다. "하녀가 아파서 잠자리에 들었어요. 내가 심부름을 해 드릴까요?" 그러자 한 사람이 말했다. "포도주가 떨어졌는데. 몇 병 더 가져다주면 정말 좋겠어." "그래, 그레트헨. 거기야 한 걸음걸이지." 하고 다른 사람이 거들었다. "그럼요!" 그녀가 대답하면서, 빈 병 몇 개를 식탁에서 집어 들고 서둘러 나갔다. 그녀의 뒷모습은 더욱 사랑스러웠다. 작은 머리에 조그만 모자가 무척이나 얌전하게 얹혀있고, 가느다란 목은 우아하게 목덜미와 어깨를 이어주고 있었다. 그녀의 모든 것이 훌륭해 보였다. 고요하고 정직한 눈과 사랑스러운 입만이 눈길을 끌고 마음을 사로잡는 것이 아니었기에, 나는 더 침착하게 전체 모습을 바라보았다. 나는 친구들에게, 아가씨를 밤에 혼자 집 밖으로 내보내느냐고 비난했다. 그들은 그런 나를 비웃었다. 곧 그녀가 벌써 다녀온 걸 보자 나는 마음이 놓였다. 술집은 바로 길만 건너면 되는 곳에 있었다. "술을 갖다 줬으니 같이 앉아." 하고 한 사람이 말했다. 그녀가 앉았지만 유감스럽게도 내 곁으로 오지는 않았다. 그녀는 우리들의 건강을 빌며 한 잔 마시더니 늦게까지 모여 있지는 말고, 어머니가 곧 잠자리에 드시니 너무 시끄럽게 굴지 말라고 충고를 한 후 일어났다. 어머니란 그녀의 어머니가 아니라, 우리를 초대한 친구의 어머니였다.

그 순간부터 이 소녀의 모습이 어디를 가도 내 마음을 떠나지 않았다. 그것은 여성이 처음으로 나에게 남긴 인상이었다. 집 안에서 그녀를 만날 구실을 찾을 수도, 찾고 싶지도 않았기 때문에 나는 그녀를 보러 교회로 갔고, 곧 그녀가 어디 앉는지 알아냈다. 그렇게 해서 긴 예배 시간 동안 그녀를 실컷 볼 수 있었다. 그녀가 교회를 나설 때 나는 말을 걸 엄두도 못 냈고, 바래다줄 엄두는 더더욱 못 냈다. 그녀가 나를 알아차리고 내 인사에 대해 고개를 끄덕여 주는 듯한 것만으로도 이미 축복이었다. 그렇지만 그녀에게 접근하는 행운은 오래지 않아 찾아왔다. 사람들은 사랑에 빠진 그 남자에게 내가 비서가 되어 그의 이름으로 써준 편지가 정말로 그 여성에게 주어졌다고 믿게 하였고, 이제 곧 답장이 틀림없이 올 거라는 그의 기대를 극도로 고조시켜 놓았다. 이 답장도 나더러 쓰라는 것이었다. 이 심술꾸러기 친구들은 필라데스를 통하여 이 일이 제대로 멋지고 완벽하게 되도록 나의 모든 기지와 기술을 사용하도록 끈질기게 간청했다.

내 아름다운 여인을 다시 보게 된다는 희망으로 나는 즉시 일에 착수했는데, 만약 그레트헨이 나에게 그렇게 쓴다면 내 마음에 들 온갖 것들을 생각했다. 모든 것이 그녀의 모습, 태도, 본성, 의지에서 나온 것이라고 얼마나 열심히 믿었는지 그것이 현실이었으면 하는 소망을 억누를 수 없었고, 비슷한 일이 그녀한테서 나에게로 생길 수도 있다는 생각만으로 황홀함에 빠져들었다. 그렇게 나는 다른 사람을 골린다고 생각하면서 나 자신을 속였고, 거기서 이런저런 기쁨과 많은 괴로움을 받았다. 재차 재촉을 받자 나는 편지를 완성했으니 곧 가겠다고 약속한 후에 정해진 시간에 맞추어 그 집에 도착했다. 그 젊은 무리 중 한 명만이 집에 있었다. 그레트헨은 창가에 앉아 물레를 돌리고 있었고, 어머니는 왔다 갔다 하고 있었다. 그 청년은 나에게 그걸 읽어달라고 요청했다. 나는 그렇게 했는데 종이 너머로 아름다운 소녀 쪽을 결눈질하면서 감동을 실어서 읽었다. 그리고 그녀의 태도에서 얼마만큼의 동요, 두 뺨에 어린 가벼운 홍조를 보았다고 생각했기 때문에 더 잘, 더 생기 있게 내가 그녀에게서 듣고 싶은 것을 표현했다. 잦은 칭찬으로 읽기를 중단시키던 그녀의 사촌은 나에게 약간의 수정을 부탁했다. 좋은 집안 출신으로 유복하며 도시에서 알려진 명망 있는 문제의 여성보다는 그레트헨의 상황에 맞는 몇몇 구절에 해당한 것이었다. 젊은 사람은 원하는 수정 부분을 확실히 알려주고 필기도구를 가져다준 다음 볼일 때문에 잠깐 자리를 비웠다. 나는 큰 탁자 뒷벽에 붙여놓은 긴 의자에 앉아서 고쳐야 할 부분을 거의 탁자 전체를 차지하는 커다란 석판에다 항상 창턱에 놓여 있는 철필로 쓰고 있었다. 철필이 언제나 창턱에 놓여 있는 이유는 석판에 자주 계산을 하고 갖가지를 적어두기 때문에, 알릴 사항이 있으면 오가는 사람들이 거기에다 써서 알리기 때문이었다.

한동안 이런저런 것을 쓰고 다시 지우다가 나는 초조해져서 소리쳤다. "영 안 되네!" 그러자 그 사랑스러운 소녀가 야무진 말투로 끼어들었다. "그게 더 잘된 거네요! 전혀 안 되었으면 좋겠는데요. 그런 싸움에 끼어들면 안 돼요." 그녀는 실감개를 놓고 일어서서 내가 있는 탁자로 다가서더니 매우 조리 있고 친절하게 훈계를 하는 것이었다. "이 일은 순진무구한 장난처럼 보입니다. 장난이긴 해요. 그러나 죄가 없지는 않아요. 나는 벌써 그런 경우를 몇 번 경험했어요. 젊은 사람들이 그런 악행 때문에 크게 당황하게 되는 경우 말입니다." ― "그럼 난 어떻게 해야 하죠? 편지는 이미 썼고, 그들은 내가 그것을 고칠 거라고 믿고 있는데." — "제 말을 믿으세요. 그리고 고치지 마세요. 그래요, 도로 가지고 돌아가세요. 그리고 그 일은 친구더러 하라고 하세요. 한마디만 참견할게요. 왜냐하면, 찾아서 나쁜 짓을 하지는 않지만 재미나 이득을 보려고 종종 갖가지 대담한 일들을 벌이는 이 친척들한테 매여 있는 나 같은 불쌍한 여자도 편지를 부탁받은 대로 베껴주지는 않거든요. 그들은 필체를 바꾸어 편지를 베꼈어요. 사정이 별로 달라지지 않는다면 이걸로도 또 그렇게 할 거예요. 그런데 좋은 집안의 젊은이로, 유복하고 매인 데 없는 당신 같은 분이 어쩌자고 좋은 일이 생길 리 없고 불쾌한 일이나 생길 일에 왜 도구로 쓰려고 하세요?" 나는 그녀가 잇달아 이야기하는 것을 듣는 것이 행복했다. 이전에는 그녀가 대화 중 몇 마디 정도만 했기 때문이다. 나의 애정은 믿을 수 없이 커갔다. 나는 자신을 걷잡을 수 없어 이렇게 대꾸했다. "저도 생각하시는 만큼 그렇게 아쉬운 것 없는 사람은 아닙니다. 원해도 될 만한 가장 소중한 것이 빠져 있는데 내가 유복한 것이 무슨 도움이 되겠습니까."

그녀가 시 편지의 초안을 앞으로 끌어당겨 아름답고 우아하게 반쯤 소리 내어 읽었다. "정말 아름답군요." 이른바 천진스런 표현의 정점에서 멈추면서 그녀가 말했다. "이것이 더 나은 곳, 진실한 곳에 쓰이지 못한 것이 유감이네요." — "물론 그럴 수만 있다면 더 바랄 게 없지요." 내가 외쳤다. "자기가 무한히 사랑하는 아가씨에게서 저런 사랑의 확언을 받을 수 있는 사람은 얼마나 행복하겠습니까!" — "물론 그러자면 많은 것이 필요하죠." 그녀가 대답했다. "그리고 많은 것이 가능할 거고요." — "만약 당신을 잘 알고, 평가하고, 존경하고, 경배하는 누군가가 당신 앞에 저런 종이를 놓는다면, 그리고 당신에게 정말 절박하게, 정말 진심으로 다정하게 청한다면 당신은 어떻게 하시겠습니까?" 나에게 밀어놓았던 편지를 나는 그녀 쪽으로 더 가까이 밀었다. 그녀가 미소를 짓고, 한순간 생각해 보더니 펜을 들고 서명을 하는 것이었다. 나는 황홀해서 제정신이 아니었다. 펄쩍 뛰어 일어나 그녀를 포옹하려 했다. ― "키스는 안 돼요!" 그녀가 말했다. "그건 속되거든요. 그러나 될 수 있다면 사랑하기로 해요." ― 나는 종이를 들어 집어넣으며 말했다. "아무에게도 이 종이를 주지 않겠어요. 일은 이것으로 끝입니다! 당신이 날 구했습니다." ― "이제 그 구원을 완성하세요." 그녀가 외쳤다. "그리고 서둘러 가세요. 다른 사람들이 와서 당신을 고통과 당황에 빠뜨리기 전에." 나는 그녀에게서 떠날 수가 없었다. 그러나 그녀는 두 손으로 내 오른손을 붙잡고 사랑에 가득 차서 손을 굳게 쥐면서 무척이나 다정하게 부탁했다. 나는 눈물이 날 것만 같았다. 그녀의 눈시울도 촉촉해진 것 같았다. 나는 내 얼굴을 그녀의 두 손에 눌렀다가는 서둘러 떠났다. 나의 생애에서 그토록 혼란에 빠져본 적은 없었다.

순결한 젊은이의 첫사랑에 대한 애착은 전적으로 정신적인 방향 전환을 일으키기 마련이다. 자연은 한쪽 성이 다른 성 안에서 선과 미를 감각적으로 인지하는 것을 원하는 것 같다. 그리고 이 소녀를 바라봄으로써, 그녀에 대한 나의 애착을 통하여 내게도 새로운 아름다움과 탁월함의 세계가 열렸다. 나는 나의 시 편지를 수백 번 읽어보고, 서명을 바라보고, 서명에 키스하고, 서명을 가슴에 대고 눌렀으며 이 사랑스러운 고백을 기뻐했다. 그러나 나의 황홀이 고조되면 될수록, 그녀를 곧바로 찾아가서 다시 보고 말할 수 없는 것이 그만큼 더 괴로웠다. 친구들의 비난과 치근거림이 두려웠기 때문이다.

일을 중개할 수 있는 착한 필라데스를 만날 줄도 몰랐다. 그래서 나는 다음 일요일 그 친구들이 보통 가는 니더라트[140]로 갔는데, 거기서 정말로 그들을 찾아냈다. 그렇지만 나는 몹시 어리둥절했다. 그들이 나를 불쾌하거나 낯설게 대하는 대신 즐거운 얼굴로 대했기 때문이다. 특히 제일 나이가 어린 사람이 몹시 친절했는데 내 손을 잡으며 말했다. "지난번에는 우리한테 짓궂게 장난을 했지요. 우리는 정말 화가 났습니다. 그렇지만 모습을 감추고 시 편지를 가져간 덕분에 우리는 당신을 좋게 생각하게 되었습니다. 그렇지 않았더라면 중단할 생각 따위는 결코 하지 못했을 겁니다. 화해의 뜻으로 오늘 우리에게 한턱내십시오. 그러면 우리가 무엇을 생각하는지, 그게 도대체 무엇인지 듣게 될 겁니다. 그리고 그게 분명 기쁘기도 할 거고요." 이런 말은 나를 적잖이 당황하게 하였다. 나는 나 자신과 친구 하나를 조금 대접할 정도의 돈밖에 가진 게 없었기 때문이다. 한 패거리, 특히 늘 적절한 시기에 분수를 지키지 못하는 그런 패거리들을 접대할 형편이 결코 아니었다. 이 제안은 그들이 여느 때에는 어디까지나 매우 명예롭게 자신의 술값을 내는 것을 고수했기에 그만큼 더 나를 어리둥절하게 했다. 그들은 나의 당황하는 모습에 미소를 지었고, 그 중 좀 더 어린 사람이 말을 이었다. "우선 앉아요. 그러면 다음 이야기를 들려드리지요." 우리가 앉자 그가 말했다. "연애편지를 최근에 가져가 버렸을 때, 우리는 전체 일을 다시 한 번 속속들이 이야기하고 이런 생각을 했습니다. 우리가 쓸데없이 다른 사람을 불쾌하게 하고 우리를 위험하게 만들고 단순히 알량한 남의 괴로움을 보는 기쁨

---

140 프랑크푸르트의 마인 강 남쪽 지역.

으로 선생의 재능을 오용하고 있다고요. 우리가 그걸 모두의 이득을 위해 이용할 수 있는데도 말입니다. 자, 여기에 결혼 축시 주문서 하나가 있습니다. 장례 조시 주문서도 있고요. 두 번째 것은 바로 작성해야 하고, 처음 것은 아직 여드레 정도 시간이 있습니다. 선생한테는 쉬운 일일 텐데, 이 일을 하면 우리를 두 번 대접하는 겁니다. 오래도록 은혜를 기억하겠습니다." 이 제안은 모든 면에서 내 마음에 들었다. 나는 어린 시절부터 당시 매주 몇 편씩 발표되는, 명망 있는 혼인에서는 수십 편씩 등장하는 즉흥의 경조사 시를 얼마만큼 부러워하며 바라보고 있었다. 그런 일이라면 나도 똑같이, 아니 더 잘할 수 있다고 생각하기 때문이었다. 이제 나에게 자신을 보여줄, 특히 내 글이 인쇄된 것을 볼 기회가 나타난 것이었다. 나는 망설이지 않았다. 그들은 나에게 의뢰인의 인적 사항과 가족 사항을 알려주었다. 나는 약간 떨어져 앉아 초안을 만들어 몇 연을 완성했다. 그렇지만 다시 패거리 쪽으로 가서 포도주를 아끼지 않고 마신 탓에 시가 막히기 시작했고, 그날 저녁에 시를 완성해 넘겨줄 수가 없었다. 그들은 내일 저녁까지는 시간이 있다고 말했다. "고백해야겠는데, 우리가 이 조시로 받는 사례비는 내일 또 한 번 즐거운 저녁을 마련하는 데 충분합니다. 우리 집으로 오십시오. 우리에게 이런 착상을 하게 해준 그레트헨도 함께 즐기는 것이 마땅하니까요." 나의 기쁨은 말할 수 없었다. 집으로 오는 길에 나는 아직 완성하지 못한 행에 관한 생각뿐이었고, 자러 가기 전에 이미 전체를 완성하여 다음 날 아침 깨끗하게 정서했다. 그 날은 나에게 한없이 길었다. 어두워지자 나는 다시 작고 협소한 그 집에서 더없이 사랑스러운 아가씨 곁에 있었다.

이런 식으로 점점 더 가까워지게 된 이 젊은이들은 원래 속된 사람들은 아니지만 평범한 사람들이었다. 그들의 활동은 칭찬할 만했다. 어떻게 무얼 벌 수 있는지, 그 다양한 수단과 방법에 관해서 이야기할 때면 나는 그들의 말에 즐겁게 귀 기울였다. 그들이 가장 즐겨 하는 이야기는 처음에 아무것도 없이 시작해서 현재 매우 부유하게 된 사람들에 관한 것이었다. 어떤 사람들은 가난한 수습사원으로 자신을 후원자에게 꼭 필요한 사람으로 만들어 마침내 사위가 되었고, 어떤 사람들은 성냥 같은 것을 파는 작은 소매점을 확장하고 개량하여 이제 부유한 사업가, 상인으로 보이게 되었다는 것이다. 특히 두 다리가 탄탄한 젊은 사람들에게는 잔심부름, 특히 서투른 부자들을 위해 갖가지 주문이나 구매를 떠맡아 주는 일이 어디까지나 생계에 도움이 되고 소득이 된다고 했다. 우리가 모두 그런 이야기들을 즐겨 들었으며, 누구나 그 순간 자기 자신 안에도 세상에서 앞으로 나아가기 위해서만이 아니라 심지어 비상한 행운을 만들 능력을 충분히 갖추고 있다고 상상하면서 다소 자만했다. 그렇지만 이 대화를 필라데스보다 더 진지하게 이끌어가는 사람은 아무도 없었다. 드디어 필라데스는 고백하기를, 자기는 한 아가씨를 무척 사랑하며 약혼을 했다는 것이었다. 자기 부모의 재정 상태는 대학에 가는 것을 감당하지 못했지만 자기는 좋은 필체, 계산, 그리고 언어를 공부해서 가정의 행복을 희망하고 거기에 최선을 다하겠다는 것이었다. 친구들은 그의 이른 약혼을 찬성하지는 않았지만 그를 칭찬했다. 그리고 그를 훌륭하고 좋은 젊은이로 인정하긴 하지만, 그가 무언가 비상한 것을 할 만큼 충분히 활동적이거나 수완이 있다고는 생각하지 않는다고 덧붙였다. 그가 이제 자신을 합리화하느라 무엇을 해보려 하며 그것을 어떻게 시작하려 하는지를 장황하게 설명하자, 나머지 사람들도 고무되어 각자 무엇을 할 수 있고 하고 있으며, 어떤 길을 걸어왔고 무엇을 우선 염두에 두고 있는지를 이야기하기 시작했다. 차례가 결국 나한테로 왔다. 나도 이제 나의 생활방식과 전망을 말해야 했다. 내가 생각하고 있는 사이에 필라데스가 먼저 말했다. "우리가 너무 손해 보지 않도록 한 가지만 유보해야겠어. 이 친구가 자신이 처한 외적 상황의 장점들을 고려하지 못하도록 하는 거야. 만약 자기도 우리처럼 이 순간 완전히 <u>스스로</u>의 힘만으로 서 있다면 어떻게 할 것인지, 이 친구는 차라리 꾸며낸 이야기를 하는 편이 낫겠어."

이 순간 계속 물레질을 하고 있었던 그렌트헨이 일어나 평소대로 식탁 끝에 앉았다. 벌써 술을 몇 병 비운 터라 나는 최상의 유머로 나의 가설적인 인생사 이야기를 들려주기 시작했다. "맨 먼저 제안하는 것은 한번 터놓은 고객 관계를 유지하도록 해달라는 거야. 차츰 즉흥시의 전체 수입을 나한테 주고, 우리가 사례비를 그저 먹어 치우지만 않으면 나는 틀림없이 중요한 뭔가가 되겠지. 그다음에는 내가 자네들의 일에까지 손을 대도 나를 나쁘게 생각하지 않아야 하네." 이어 나는 내가 그들의 일에서 무엇을 알아차렸는지, 내가 무슨 능력이 있는지를 이야기해 주었다. 각자가 전에 자신의 벌이를 돈으로 평가했으니 나의 재정을 형성하는 데도 도움이 되어주기를 청한 것이었다. 그렌트헨은 지금까지의 모든 것을 열심히 귀 기울여 함께 들었다. 그것도 그녀에게 썩 잘 어울리는 자세로. 이제 그녀는 경청하거나 무슨 말인가를 하고 싶어 하는 듯했다. 그녀는 두 손을 포갠 팔을 탁자 가장자리에 놓았다. 머리를 움직이는 것도 결코 이유나 의미 없이 하지는 않았다. 이따금 우리가 이야기하다 막히면 그녀가 짧은 몇 마디로 같이 이야기에 끼어들어 이런저런 것에 대하여 밀어주고 도와주었다. 그러고 나서 다시 보통 때와 같이 잠잠하고 고요해졌다. 나는 그녀에게서 눈을 뗄 수 없었다. 내가 나의 계획을 그녀와 연관시키지 않고 생각하거나 말하지 않았다는 것은 쉽게 짐작할 수 있는 일일 것이다. 그리고 그녀에 대한 애정이 내가 하는 말에 진실과 가능성의 외양을 주었기 때문에 나 자신도 한순간 착각이 들어, 내 이야기에서 전제한 것처럼 스스로 몹시도 외톨이고 의지할 데 없는 사람이라 생각되었고, 그녀와 함께한다는 생각에 극도로 행복감을 느꼈다. 필라데스는 자신의 고백을 결혼으로 끝냈는데, 다른 사람들더러 장래 계획에서 그런 문제도 생각해 보았는지 물어보았다. "그건 전혀 의심할 게 못 돼." 내가 말했다. "왜냐하면, 사실 우리가 바깥으로부터 그렇게 놀라운 방식으로 모아들인 것을 집안에서 간직하고 즐기기 위해서는 우리 각자에게 아내가 필요하기 때문이지." 나는 내가 원하는 아내 모습을 그려 보였는데, 그것은 분명 그레트헨과 똑 닮은 모습이었다.

조시(弔詩)는 다 써먹었고, 결혼 축시가 이제 고맙게도 가까이 있었다. 나는 모든 두려움과 근심을 극복했고, 아는 사람들이 많은 덕에 용케 내 활발한 저녁 즐거움을 우리 식구에게 감출 수 있었다. 사랑스러운 아가씨를 보며 그녀 곁에 있다는 것은, 이제 내 삶의 불가결한 조건이 되었다. 그들 역시 나한테 익숙해졌고, 피치 못할 일만 없으면 우리는 거의 날마다 함께 지냈다. 그사이 필라데스가 애인을 집으로 데려왔고, 이 쌍은 많은 저녁을 우리와 함께 보냈다. 결혼할 사람들로서는 가벼운 일이지만 그들은 애무를 숨기지 않았다. 나에 대한 그레트헨의 몸가짐은 거리를 유지하는 데 능숙했다. 그녀는 누구에게도 손을 내밀지 않았고, 나에게도 그랬다. 그녀는 접촉을 싫어했다. 다만 내가 글을 쓰거나 낭독할 때만 이따금 내 곁에 앉았다. 그리고 그럴 때면 친밀하게 팔을 내 어깨에 얹고 공책이나 종이를 들여다보았다. 그러나 내가 비슷한 자유를 행사하려 들면, 그녀는 물러나 몸을 사리고는 빨리 되돌아오지 않았다. 하지만 그녀 쪽에서는 그런 자세를 되풀이했다. 그녀의 몸짓과 동작은 모두 매우 단조로웠지만 언제나 똑같이 알맞고 아름답고 매력적이었다. 그런 친밀함은 그녀가 다른 누구에게 보여주는 것을 본 적이 없다.

내가 다양한 무리의 젊은이들과 함께 벌인 몹시 천진스러우면서도 즐거웠던 야유회는, 회히스트의 시장(市場) 배를 타고 배 안에서 별난 승객들을 구경하고, 기분 나는 대로 이 사람 저 사람과 어울리며 농담하고 놀린 일이다. 우리가 회히스트에서 배에서 내릴 때, 같은 시간에 마인츠에서 출발한 시장선이 도착했다. 손님들로 꽉 찬 음식점은, 배를 타고 강을 거슬러 오가며 상류층의 승객들이 같이 식사하고는 각자 갈 길을 계속 가는 곳이었다. 왜냐하면, 배 두 척이 다시 돌아가기 때문이었다. 우리는 매번 점심을 먹은 다음 강을 거슬러 프랑크푸르트로 돌아왔고 큰 무리를 지어, 가능한 한 제일 저렴한 배를 탔다. 한번은 그레트헨의 친구들과도 그렇게 함께 갔는데 회히스트의 식탁에서 한 젊은 남자와 어울리게 되었다. 우리보다 약간 나이가 들어 보였고, 다른 친구들과 안면이 있는 사람이었다. 나에게 자신을 소개한 그는 유난히 두드러지는 점은 없지만, 썩 호감을 주는 인상이었다. 마인츠에서 배를 타고 온 그는, 우리와 함께 프랑크푸르트로 되돌아가면서 시정(市政)이나 공직, 지위에 관한 갖가지 일에 대해서 나와 이야기를 나누었는데, 그런 것들에 아주 정통한 것처럼 보였다.

헤어질 때 작별을 고하면서 내 추천을 받고 싶으니, 자기를 좋게 생각해주었으면 한다는 말을 덧붙였다. 그가 무슨 말을 하려는 것인지 알지 못했는데, 친구들이 며칠 뒤 설명해 주었다. 친구들은 그를 좋게 말하면서 우리 할아버지에게 소개장을 부탁했다. 지금 바로 중간 관직 하나가 비어 있는데, 그가 그 자리를 매우 얻고 싶어 한다는 것이었다. 한 번도 그런 일에 개입해 본 적이 없으므로 처음에 나는 사양했다. 그러나 어찌나 오래 조르는지 마침내 그렇게 하겠다고 결심하게 되었다. 유감스럽게도 특례를 베푸는 그런 관직 수여에 할머니나 이모들이 말을 거들면 효과가 없지 않다는 것을 나는 이따금 보아왔었다. 나도 이제 얼마만큼의 영향력을 행사해 보려 할 만큼 자란 것이다. 그런 호의를 베풀면 어떤 식으로든 은혜를 갚을 것이라고 밝힌 내 친구들을 위해 나는 손자의 수줍음을 극복했고, 내게 건네진 서류를 넘겨주는 일을 떠맡았다.

어느 일요일 식사를 끝낸 후 외조부가 정원에서 일하고 계실 때, 가을이 다가와 곳곳에서 내 도움이 필요한 만큼 바쁜 때였는데 조금 망설인 후 나는 말씀을 드리면서 청원서를 내밀었다. 그것을 보시더니 할아버지는 이 젊은이를 잘 아느냐고 물으셨다. 나는 할 수 있는 일반적인 이야기를 해드렸고, 할아버지는 그 정도로 해두셨다. "그가 그럴 만한 사람이고 좋은 증명서가 있다면 그 사람이나 너를 위해 한번 힘써보도록 하마." 더 이상의 말씀은 없었고, 오랫동안 나는 그 일에 대해서는 아무 얘기도 듣지 못했다.

얼마 전부터 그레트헨이 물레질 대신 바느질에 열중하였는데, 그 것은 매우 특이한 일이었다. 낮이 이미 짧아지고 겨울이 다가오고 있었기 때문에 더욱 이상하게 보였다. 그것에 대해 더는 생각해 보지 않았는데, 오전에 몇 번 그녀가 여느 때처럼 집에 없는 것을 보고 좀 불안할 뿐이었다. 집요하게 물어보지 않았기 때문에 어딜 갔는지 알아낼 수 없었다. 그러던 어느 날 나는 놀라 소스라치고 말았다. 무도회 준비를 하는 누이동생이 내게 장신구점에서 소위 이탈리아 꽃이라는 걸 가져다 달라고 부탁했다. 그 꽃은 수녀원에서 만든 것으로 작고 아름다웠으며 특히 치자 꽃, 장미 같은 것들이 아주 예쁘고 자연스러웠다. 나는 호의를 베풀어 전에 동생과 함께 종종 간 적 있는 그 가게에 갔다. 내가 들어서고 여주인이 반갑게 인사하자마자, 나는 창가에 어떤 여자가 앉아 있는 모습을 보았다. 레이스 모자를 쓰고 있었는데, 그렇게 가리고 있어도 아주 젊고 아름다우며 몸매가 좋아 보이는 여자였다. 그녀가 조수라는 건 쉽게 알아볼 수 있었다. 리본과 깃털을 작은 모자에 다느라 바빴기 때문이다. 장신구 가게 주인은 나에게 각양각색의 꽃이 하나씩 들어 있는 기다란 상자를 보여주었다. 꽃을 들여다보고 고르는 동안 나는 다시 창가에 있는 그 여인을 흘깃 보았다. 그레트헨과 믿을 수 없이 비슷하다는 것을 알게 되었을 때, 결국 그녀가 바로 그레트헨임을 확신했을 때 나의 놀라움이 얼마나 컸는지 모른다! 그녀가 나에게 눈짓을 하여 우리가 아는 사이임을 누설하지 말라는 신호를 보내자 나에게는 어떤 의심의 여지도 남을 수 없었다. 극도로 혼란에 빠져있었고, 동시에 그녀의 변장이 나를 불쾌하게 했지만, 그 와중에 어느 때보다 더욱 매력적으로 보이는 그 소녀 곁에서 나의 한가함을 사랑했기 때문이었다. 드디어 여주인은 참을성을 완전히 잃어버리고 꽃으로 가득 찬 마분지 상자를 통째로 들고 왔다. 그 상자를 누이동생에게 보여주고 직접 고르게 하라는 것이었다. 여주인이 상자를 하녀에게 들려 먼저 보내는 동안 나는 이를테면 가게 밖으로 쫓겨나게 됐다.

집에 도착하자마자 아버지가 나를 부르시더니, 요젭 대공이 로마황제로 선출되고 대관식을 올리는 것이 이제 확실하다고 알려주셨다. 그러면서 그렇게 극히 중요한 사건을 준비 없이, 그저 입이나 멍하니 벌리며 놀라서 바라보고만 지나가게 해서는 안 된다고 하셨다. 아버지는 지난 두 번의 황제 선출 및 대관식 기록을, 또한 지난번의 선출 규정을 나와 함께 샅샅이 점검해 볼 생각이셨다. 그런 다음 무슨 새로운 조건을 현재의 경우에 덧붙일 수 있는지 알아볼 심산이셨다. 기록이 펼쳐졌고, 우리는 밤늦게까지 그 일에 골몰했다. 그사이 예쁜 내 아가씨가 조금 전의 차림으로, 혹은 새로운 차림으로 신성로마제국의 최고위직 인물들 사이를 오락가락했다. 이날 저녁에는 그녀를 보는 것이 불가능했고, 나는 매우 불안한 밤을 지새웠다. 어제의 연구가 다음 날도 열심히 계속되었고, 저녁 무렵에서야 나는 애인을 찾아갈 수 있었다. 그레트헨은 다시 평상복 차림이었다. 그녀는 나를 쳐다보면서 미소를 지었지만, 나는 다른 사람들 앞이라 무슨 말을 할 용기가 없었다. 전체 무리가 다시 조용하게 모여서 앉자 그녀가 말을 시작했다. "요즘에 우리가 결정한 일을 친구에게 털어놓지 않는다는 것은 온당치 않아요." 그녀는 계속 이야기를 이어갔다. 각자가 어떻게 세상에서 자신을 인정받게 할지에 관해 이야기가 있던 최근의 모임 이후, 그들 사이에서 여성은 어떤 식으로 자기 재능과 일을 개발해서 시대에 유익하게 사용할 수 있을까 하는 이야기도 나왔다는 것이다. 거기에 대해 친구들은 지금 마침 보조원이 한 명 필요한 장신구 가게에서 일을 해보라고 그녀에게 제안했고, 그래서 날마다 어느 정도의 시간을 거기서 보내기로 여주인과 합의하였고,

보수도 좋다는 것이었다. 다만 그곳에서 단정한 태도를 유지하기 위해 어떤 복장을 해야 하는데, 그 복장은 평소 그녀의 생활이나 성향에 전혀 어울리지 않기 때문에 언제나 옷을 벗어두고 온다고 했다. 이 설명으로 마음이 진정이 되기는 했지만, 나는 예쁜 아가씨가 많은 사람이 드나드는 가게에, 그것도 유흥가의 사람들이 모여드는 곳에 있다는 것이 도무지 마음에 들지 않았다. 그렇지만 나는 아무것도 눈치채지 못하게 했고, 질투 섞인 근심은 남모르게 혼자서 삭이려고 애썼다. 게다가 나에게는 그럴 시간이 오래 주어지지 않았다. 나보다 연하의 친척 하나가 그 자리에서 행사시 주문을 받아 들고 와 인적 사항들을 들려주면서 즉시 시를 구상하고 초안을 잡아주기를 요구했다. 그는 그런 작업과 관련하여 나하고 이미 몇 번 이야기를 나누었다. 나는 그런 경우 신이 나서 이야기하기 때문에, 그는 내게서 이 일에 있어 수사학적 면이나, 그 주제의 개념에 대한 분석이나 이해뿐 아니라 나 자신이나 다른 사람들이 한 이런 종류의 작업의 예를 아주 상세하게 그에게 설명하라고 부탁하였다. 그 젊은이는 시적인 자질은 없지만, 머리가 좋았다. 그가 너무나도 세부적인 것으로 들어가고 모든 것에 관해 설명을 들으려 하자 나는 약간 투덜거렸다. "내 일에 개입해서 내 고객을 빼앗아 가려는 것으로 보이는군."— "부인하진 않겠습니다." 그가 미소를 지으며 말했다. "그래도 당신한테는 아무 손해도 끼치지 않기 때문이지요, 얼마나 걸릴지 모르지만, 당신은 대학을 갈 것이니 그때까지는 덕을 좀 보게 해주세요."— "좋아요." 나는 흔쾌히 대답하고는 그에게 직접 초안을 잡아보고, 대상의 성격에 따라 운율을 선택하고, 또 그 밖의 뭐든 필요해 보이는 것을 하도록 그를 격려했다. 그는 진지하게 그 일에 착수해 나갔다. 그러나 도무지 일이 잘되질 않았다. 결국, 내가 늘 너무 많이 고쳐주다 보니 처음부터 직접 쓰는 편이 더 쉽고 나을 정도였다. 그렇지만 이 가르치기와 배우기, 가르침의 전달, 이 교대 일은 우리에게 유쾌한 즐거움을 주었다. 그레트헨이 참여하여 많은 훌륭한 착상으로 우리 모두를 즐겁게 했다. 실로 행복하게 했다고 해도 좋다. 그녀는 낮에는 장신구점에서 일했고, 저녁에는 보통 우리와 어울렸다. 행사시의 주문이 더는 제대로 들어오지 않았어도 우리의 만족감에는 지장이 없었다. 그렇지만 한번은 행사시가 주문자의 마음에 들지 않아 항의와 함께 되돌아오는 바람에 고통을 맛보기도 했다. 그럼에도 불구하고 우리는 자신을 위로했는데, 우리가 그것을 우리의 최상 작업으로 여기면서 그 주문자가 못난 감정가라고 제멋대로 생각했기 때문이다. 어쨌든 무언가를 배우려는 그 친척은 이제 가공의 과제에 처방을 내 났다. 그 과제를 푸는 것이 늘 우리는 충분히 즐거웠지만, 아무 수입도 가져다주지 않았기 때문에 우리의 작은 연회는 훨씬 검소하게 마련되어야 했다.

국가의 중대사인 신성로마 황제의 선출과 대관은 바야흐로 현실성을 더해 가고 있었다. 처음에 아우크스부르크에서 1763년 10월에 열리기로 공고되었던 선제후 회의가 프랑크푸르트로 옮겨졌고 그해 말, 또 다음 해 초에 여러 가지 준비가 시작되었다. 그 시작을 장식한 것은 우리가 한 번도 본 적이 없는 행렬이었다. 시의 직원 한 사람이 말을 타고, 역시 말을 탄 네 명의 트럼펫 연주자의 호위를 받으며 보병 근위대에 에워싸여 도시의 구석구석에서 크고 뚜렷한 목소리로 기다란 칙령을 낭독했다. 그것은 우리에게 임박한 일에 대한 소식을 전해 주고, 시민들에게는 정황에 맞는 몸가짐을 하라고 촉구하기 위한 것이었다. 오래지 않아 세습 원수가 보낸 제국 숙영 담당 장교가 모습을 보였다. 시의회는 공사들과 그 수행원들의 거처를 오래된 관례에 따라 배정하고 지명하기 위해 많은 숙고를 했다. 우리 집은 팔츠 선제후의 관할구역 안에 있기에, 받아들일 숙영 준비를 새롭게 마련해야 했다. 전에 토랑 백작이 머물렀던 중간층이 팔츠 선제후의 기사를 위해 비워졌고, 뉘른베르크의 사업 담당자인 폰 쾨니히스탈 남작도 위층에 들었기 때문에 우리 집은 프랑스인들이 머물던 시절보다 더 북적거렸다. 이것은 내가 집에 없어도 되고 거리에서 하루 대부분을 보낼 수 있는, 그리하여 공개행사를 눈으로 포착할 수 있게 하는 구실이 되었다.

시청 방의 변경 작업과 설비 작업이 볼 만하게 진행된 다음, 사절들이 한 명씩 한 명씩 도착하여 2월 6일에는 그들의 장엄한 첫 행진이 거행되었다. 그 후 우리는 역시 뢰머[141]에서 화려하게 벌어진 황실위원들의 도착과 행진에 경탄하지 않을 수 없었다. 폰 리히텐슈타인 제후의 품위 있는 인격은 좋은 인상을 주었다. 그렇지만 일가견 있는 사람들은 호사스러운 제복들이 이미 전에 한번 사용된 것이며, 이 선제 및 대관 행사가 과거 카를 7세 대관식의 찬란함에 필적하기는 어렵다고 주장했다. 우리 젊은 사람들은 눈앞의 구경거리만으로도 만족스러웠다. 우리에게는 모든 것이 몹시 훌륭하게 생각되었으며, 어떤 것은 우리를 깜짝 놀라게 했다.

선제 회의가 드디어 3월 3일로 정해졌다. 이제 도시는 새로운 의식에 흥분했고, 사절들이 서로 예방하는 모습을 보기 위해 늘 다리

---

141 시청이 위치한 프랑크푸르트의 중심가.

품을 팔았다. 우리는 입을 벌리고 멍하게 바라만 볼 것이 아니라 집에 가서 적절하게 보고하기 위하여, 적어도 몇 줄이라도 완성하기 위하여 모든 것을 잘 명심해 두어야 했기 때문에 정확하게 지켜보아야만 했다. 그것은 우리 아버지와 폰 쾨닉스탈 씨가 한편으로는 우리에게 공부가 되도록, 다른 한편으로는 비망록에 남기기 위해서 우리와 상의했던 일이다. 그래서 형식 면에서 매우 생생한 제후선출 및 대관식 비망록을 만들 수 있었으니 이것은 정말로 나에게 너무도 특별한 도움이 되었다.

나에게 인상을 남긴 위원들의 면면을 들자면 우선 마인츠 선제후의 수석 사절이자 훗날의 선제후인 폰 에어탈 남작이 있다. 외관상 전혀 눈에 띄지 않는 레이스 달린 검은 가운을 입고 있는 그가 나는 아주 마음에 들었다. 제2 사절, 폰 그로슐락 남작은 체격이 좋고 편안한 인상에 몸가짐이 점잖은 사교가로, 전체적으로 유쾌한 인상을 주었다. 보헤미아 사절 에스터하지 제후는 키는 크지 않지만, 체격이 좋고 생기 있었으며 동시에 고상하고 점잖고 오만하지도 냉정하지도 않았다. 나는 그 사람에게 특별히 애착을 느꼈는데, 그를 보면서 브롤리오 원수를 떠올렸기 때문이다. 그렇지만 이 탁월한 인물들의 모습과 기품은 브란덴부르크의 사절 폰 플로트 남작에 대하여 가졌던 선입견으로 어느 정도 사라졌다. 이 사람은 옷차림이나 하인들과 마차를 치장하는 데 있어 무척이나 검소했기에 두드러져 보였는데 7년 전쟁 이후 외교적 영웅으로 유명했다. 레겐스부르크에서 그는 몇몇 증인이 보는 데서 왕에게 선고된 파문 선언을 교부하려던 공증인에게 "뭐라고! 그걸 교부한다고!"라고 간명하게 대꾸하며 그를 계단 아래로 내동댕이쳤는지, 아니면 내동댕이치게 시켰던 사람이었다. 직접 내동댕이쳤다는 쪽을 우리는 믿었는데, 그편이 더 마음에 들었기 때문이다. 그리고 우리는 또한 불같은 검은 눈으로 이리저리 눈길을 던지는 이 자그마하고 땅딸한 남자가 능히 그럴 수 있다고 생각했다. 특히 그가 마차에서 내릴 때면 만인의 눈이 그에게로 쏠렸다. 언제나 일종의 즐거워하는 쉬쉬하는 소리가 나왔고, 하마터면 그에게 손뼉을 치고 만세나 브라보를 외칠 뻔했다. 국왕은 높이 자리 잡고 있었고, 국왕에게 몸과 혼을 바친 사람들 모두가 인기가 높았는데, 군중 가운데는 프랑크푸르트 사람들 외에 각 지역에서 온 독일인들도 있었다.

한편으론 이런 일들이 상당히 흥겨웠다. 어떤 종류의 일이 일어나든 간에, 일어나는 모든 일에는 어떤 의미가 숨겨져 있었고, 내적 관계가 나타났으며, 그런 상징적인 의식들은 그렇게 많은 양피지, 종이, 서적에 의해 거의 숨넘어가는 독일 제국을 한순간 다시 살아있도록 나타내기 때문이었다. 그러나 다른 한편에선 나는 남모르는 불쾌감을 감출 수 없었다. 집에서 아버지를 위해 내부 보고서를 베끼면서 균형을 이루고 있는 몇몇 힘들이 여기서 서로 대치하며, 새로운 통치자를 옛 통치자보다 더 많이 제한하려 할 때만 그들이 일치한다는 것을 알았을 때 그랬다. 그리고 누구나 자신의 특권을 유지하고 확장하는 범위 안에서만 통치자의 권력을 기뻐하고, 자신의 독립을 더욱 확고히 하려 한다는 사실을 알아차렸을 때 그랬다. 요젭 2세의 과격한 성품과 예상되는 그의 계획 앞에서 그들이 겁을 먹었기 때문에 이번에는 여느 때보다 더 조심하고 있었다.

우리 외조부 댁과 내가 방문하는 다른 시 참사원들 집에는 좋은 시절이 아니기도 했다. 왜냐하면, 지체 높은 손님들이 그렇게 많이 왔으니, 예의상 인사를 다니고 선물을 건네야 하기 때문이었다. 시청에서도 일반적으로나 구체적으로나 적잖이 늘 저항하고 맞서고 싸워야 했다. 그런 기회가 오면 누구나 시청에 무언가를 끄집어내 책임을 지우려 만 하지, 부탁하는 사람 중에서 시청을 지원하거나 도우러오는 사람은 별로 없기 때문이었다. 요컨대 이와 비슷한 경우에 비슷한 사건이 일어나는 레르스너의 《연대기》에서 내가 선량한 시의원들의 인내와 끈질김을 경탄하며 읽었던 모든 것이 이제 생생하게 눈앞에서 펼쳐진 것이다.

불쾌함은 또한 도시가 서서히 필요한, 혹은 불필요한 사람들로 채워졌다는 점에서 비롯되었다. 도시 측은 여러 궁정에다 케케묵은 금인칙서의 규정을 상기시켰지만 허사였다. 용무로 파견된 사람들과 그 동행자들뿐 아니라 많은 귀족, 호기심에서 혹은 개인적인 목적으로 오는 기타 인물들이 보호를 받았는데, 문제는 누가 숙영을 할당받으며 누가 임시숙소를 세내어야 하는지가 늘 바로 결정되지 않았다. 혼란은 커졌고, 거기에 아무 책임도 없는 사람들까지 불편함을 느끼기 시작했다.

이 모든 것을 조용히 바라보는 우리 젊은이들조차도 눈과 상상력에 충분한 만족을 느끼지 못했다. 스페인 외투 같은 헐렁한 옷, 사절들의 커다란 깃털 모자 그리고 이런저런 몇 가지는 진정으로 예스러운 모습이었다. 반면에 어떤 것은 반쯤 신식이거나 전적으로 현대적이어서, 갖가지가 뒤섞여 불만스러웠고 때로는 몰취미한 모습이었다. 그런 까닭에 황제와 장래 황제의 입성을 위해 대규모 준비가 진행되고 있다는 것, 마지막 선제 포기 조항이 기초가 되어 선제후회의 협상들이 급속히 진척되고 있는 것, 그리고 선제일이 3월 27일로 잡힌 것은 우리를 매우 행복하게 만들었다. 뉘른베르크와 아헨으로부터 제국의 표장[142](表章)이 도착할 것이고, 마인츠 선제후의 입성도 기대되고 있었다. 하지만 제후의 사실(私室)과 숙소 때문에 아직도 혼란이 끊임없이 계속되고 있었다.

그동안 나는 집에서 기록 작업에 열심히 매달렸다. 일하는 동안 이번의 새로운 규칙의 제정에 관해 고려해 달라는 여러 가지 자질구레한 불평이나 신청이 여러 방면에서 들어왔음을 알게 되었다. 각 계층은 이 문서에서 자신의 특권을 지키려 했고, 세력이 높아지는 것을 보았으면 했다. 그렇지만 그런 많은 의견과 소망들이 각하되어 많은 것이 예전과 그대로였다. 그래도 이의를 제기한 사람들은 그들에게 무시당하긴 했어도 결코 손해는 나지 않게 해주겠다는 굳은 확언을 받아냈다.

제국 궁내청은 많은 어려운 일들을 도맡아야만 했다. 외래객의 무리가 늘어나면서 그들의 숙소를 지정하는 것이 점점 더 어려워졌기 때문이다. 다양한 선제후 관할지역의 경계에 대한 합의는 이루어지지 않고 있었다. 시 당국은 시민들에게 의무가 아닌 부담은 덜어주려고 했다. 그리하여 밤낮으로 끊임없이 불만, 이의 제기, 다툼, 알력이 일어났다.

마인츠 선제후의 입성이 3월 21일에 이루어졌다. 이제 예포가 발사되기 시작했는데, 그 소리에 우리는 한참 동안 몇 차례 귀가 먹을 뻔했다. 식순에서 중요한 것은 이 축제였다. 왜냐하면, 우리가 지금까지 입장하는 것을 본 모든 사람은 아무리 신분이 높아도 단지 신

---

142 왕관, 보검, 옥새(玉璽) 같은 것.

하에 불과했기 때문이다. 이번에는 군주이며 독자적인 영주로서 황제의 이인자를 격에 맞는 대단위의 수행원들이 인도하고 호위하고 있었다. 이 화려한 입성에 대해서는, 나중에 다시 이 이야기로 되돌아올 기회가 생기면 이런저런 할 말이 많을 것 같다. 물론 그런 기회는 아무도 쉽게 예측할 수가 없지만 말이다.

바로 그날 라바터가 왔다. 베를린에서 집으로 돌아가는 도중 프랑크푸르트를 지나는 길에 이 축제를 함께 구경한 것이다. 그런 세속적인 장관이 그에게는 하등의 가치도 없는 것이기는 했지만, 호사스러움과 모든 부차적인 것이 따른 이 행렬은 분명 그의 활발한 상상력에 선명한 인상을 새겨주었을 것이다. 몇 해가 지나서 이 탁월하지만, 성미가 까다로운 남자가 나에게 성 요한의 계시록이었던 것으로 기억되는 시적인 주해서를 전해 왔을 때, 나는 그가 그려놓은 그리스도 적수의 입성이 걸음 하나하나, 인물 하나하나, 상황 하나하나가 마인츠 선제후의 프랑크푸르트 입성을 모방했음을 발견했다. 심지어 담황색 말의 머리에 씌운 술 장식까지 빠지지 않았을 정도였다. 내가 저 기묘한 시풍의 시대에 관해 서술하게 되면 거기에 대해더 자세히 말하게 될 것이다. 구약이나 신약 성서의 신화들을 완전히 현대적으로 개작하면, 그리고 현재 삶의 겉모습을 그것이 비천한 것이든 고상한 것이든 거기에 옷을 둘러준다면 그 신화들을 우리의 직관이나 감정에 더 가까운 것으로 만들 수 있을 것이다. 이런 시풍이 어떻게 차츰차츰 인기를 얻게 되었는지도 나중에 분명 이야기할 기회가 있을 것이다. 하지만 여기서 이것만큼은 지적해야겠는데 그 시풍은 라바터와 그의 열렬한 추종자들 외에는 더는 이용하지 않는다는 것이다. 그들 중 한 사람은 동방박사 세 사람을, 그들이 베들레헴에 들어가는 모습을 어찌나 현대적으로 기술했는지 라바터를 방문하던 제후들이나 귀족들과 그들을 오인하지 않을 수가 없을 정도였다.

이제 선제후 에머리히 요젭이 자신의 신분을 숨기고 콤포스텔에 입성하여, 마침 군중이 흩어질 때 혼잡한 군중 속에서 내가 보게 된 필라데스와 그의 애인과 함께 온 그레트헨의 모습으로 눈길을 돌리고자 한다. (이 세 사람은 이제 떼어놓을 수 없는 것 같았다.) 서로 마주쳐 반갑게 인사를 하자마자 벌써 우리는 이날 저녁을 함께 보내기로 했다. 나는 시간에 맞추어 도착했다. 평소에 모이는 사람들이 모여 있었다. 이 사람에게는 이것이, 저 사람에게서는 저것이 가장 눈길을 끌었기에 저마다 무언가 이야기를 들려주고, 말하고, 진술했다. 마침내 그레트헨이 말했다. "하시는 말이 요 며칠 있었던 일 자체보다 저를 더욱 혼란스럽게 합니다. 제가 본 것의 앞뒤를 맞출 수가 없군요. 어떻게 되는 일인지 정말 알고 싶어요." 그녀에게 그런 설명을 해주는 것은 쉬운 일이니 무엇에 관심이 있는지 말만 해달라고 내가 대답했다. 그녀의 질문에 몇 가지를 설명하다 보니 체계 있게 말하는 것이 더 나을 것 같다는 생각이 들었다. 나는 서툴지 않게 이 축제와 그 기능을, 배우들은 계속 연기를 하고 있는데 막이 제멋대로 내려오는 연극에 비교했다. 그런데 나는 내버려 두면 몹시 다변이 되곤 했기 때문에, 모든 것을 처음부터 오늘에 이르기까지 체계 있게 이야기해 주었으며, 내 사설을 좀 더 생생하게 만들기 위해 거기 있는 석필과 커다란 석판 이용도 소홀히 하지 않았다. 다만 다른 사람들이 몇 차례 질문하고 자기들이 옳다고 했지만 나는 별로 방해를 받지 않고 나의 설명을 만족스럽게 끝마쳤다. 그레트헨은 계속 귀를 기울이며 나를 격려해 주었다. 그녀는 나에게 감사했고, 그녀의 표현을 따르자면 이 세상일들에 대해서 배웠고, 이런저런 일들이 어떻게 일어나며 그것이 무슨 뜻인지 아는 모든 사람이 부럽다고, 자기가 남자였으면 좋겠다고 했다. 그녀는 나에게 이미 많은 가르침을 빚지게 되었다는 점을 정중히 인정할 줄 알았다. "만약 내가 남자라면 함께 대학에서 뭔가 제대로 배우고 싶어요." 대화는 그런 식으로 계속되었고 그녀는 프랑스어 수업을 받기로 했다고 말했다. 프랑스어의 필요성을 그녀는 장신구 가게에서 알게 되었다. 나는 왜 이제는 가게에 나가지 않느냐고 물었다. 최근엔 저녁 시간에 자주 나갈 수 없어서 나는 이따금 그녀 때문에, 그녀를 한순간이라도 보기 위해서 낮에 가게 앞을 지나갔기 때문이다. 그녀는 이런 시끄러운 시기에는 자신을 그곳에 드러내놓고 싶지 않기 때문이라고 말해 주었다. 도시가 전의 상태로 돌아가면 다시 갈 생각이라고 했다.

이제 우리는 다가온 선출 날짜에 관해 이야기를 나누었다. 무엇이 어떻게 이루어지는지 나는 세밀하게 이야기해 줄 수 있었고, 판에다 자세한 그림을 그리면서 설명을 뒷받침했다. 제단, 왕좌, 안락의자와 좌석이 있는 교황 선출 회의의 공간을 완전하게 떠올린 것이었다. 우리는 적절한 시간에 매우 유쾌하게 헤어졌다.

본성상 어느 정도 조화롭게 이루어진 젊은 쌍에게 여자가 배우고 싶어 하고 청년이 학식이 있을 때만큼 아름다운 결합에 이르는 것은 없다. 거기서 기본적이고도 유쾌한 관계가 이루어진다. 여자는 남자에게서 자신의 정신적 존재의 창조자를 보고, 남자는 여자에게서 자연과 우연, 그리고 일면적인 의지가 아니라 상호 간의 의지로 완성된 피조물을 본다. 이러한 상호 작용은 너무도 감미로워서 신구

(新舊) 아벨라르[143] 이래로, 두 존재의 이런 만남에서 더없이 강력한 정념과, 많은 행복만큼이나 많은 불행이 생겨난다고 이상하게 여겨서는 안 된다.

가장 큰 규모의 의식과 함께 열리는 방문 행사와 답례 방문 행사 때문에 바로 다음날 시내에서 큰 움직임이 있었다. 그러나 프랑크푸르트 시민으로서 특히 나의 관심을 끌고 관찰을 많이 하게 만든 것은 안전을 보장하는 선서식이었다. 선서식은 대표자가 아니라 시민 계층이 직접 집단으로 했다. 처음에는 시 참사관과 고관들이 시청의 로마 황제 홀에서, 그다음에는 광장 뢰머베르크에서 전체 시민들이 그들의 다양한 계층에 따라 선서를 했고, 마지막으로는 나머지 군인들이 했다. 여기서는 제국의 수뇌와 일원들에게 안전보장을 서약하고, 임박한 대사에서 안전보장을 확고부동하게 기리기 위한 명예로운 목적으로 모인 사람들 전체를 한 번에 조감할 수 있었다. 드디어 트리어 선제후와 쾰른 선제후가 몸소 도착했다. 선출일 전날 저녁이 되자 모든 외지인은 도시에서 나갈 것이 명해졌다. 성문은 닫혔고, 유대인들은 그들의 골목에 억류되었으며, 프랑크푸르트 시민들은 자기들만이 언제까지나 그런 큰 의식의 증인일 수 있다는 것에 대해 적잖이 자랑스러워했다.

지금까지는 모든 것이 상당히 신식으로 이루어졌다. 최고위층과 고위층 인물들은 마차만 타고 이리저리 움직였다. 하지만 이제 우리는 그들이 옛날 방식대로 말 탄 모습을 보게 될 것이다. 군중의 성황과 혼잡은 대단했다. 나는 시청 안을 생쥐가 익숙한 곡식밭을 알 듯

---

143 구 아벨라르는 프랑스 철학자이자 신부인 피에르 아벨라르와 엘로이즈 이야기를, 신 아벨라르는 루소의 《신 엘로이즈》의 가정교사인 생프뢰와 쥘리의 사랑을 말한다.

환히 알고 있었기 때문에 선제후들과 사절들이 처음에는 호사스러운 마차를 타고 들어와 위에서 모였다가 말을 타려고 정문 앞으로 갈 때까지 꽤 오래 바짝 붙어서 따라다닐 수 있었다. 잘 훈련된 준마들에 풍성하게 수놓은 마구를 씌우고 온갖 방식으로 치장하였다. 유쾌한 미남인 선제후 에머리히 요젭은 말을 타니 그 풍채가 더욱 돋보였다. 다른 두 사람에 대해서는 별로 기억이 나지 않는다. 평소 그림에서 보았던, 족제비로 둘러친 제후의 빨간 외투들이 야외의 하늘 밑에서 우리에게 매우 낭만적으로 보였다는 것밖에는 기억나지 않는다. 그곳에 참석하지 않은 세속 선제후들의 사절들이 금으로 수놓은 천에다 금술을 풍성하게 두른 스페인 옷을 입은 모습도 우리의 눈을 즐겁게 했다. 특히 고풍스럽게 위로 말려 올라간 모자의 커다란 깃털은 호사스럽게 나부꼈다. 도무지 마음에 들지 않았던 것은 짤막한 신식 바지와, 흰 비단 양말, 그리고 유행하는 구두였다. 어느 정도 일관된 의상을 보여줄 생각이라면, 그리고 우리였다면 마음에 드는 작은 반장화나 샌들 혹은 그 비슷한 것을 원했을 것이다.

몸가짐에서는 폰 플로트 사절이 다시금 다른 사람들과 구분되었다. 그의 모습은 생기 있고 명랑했는데 전체 행사에 대해 각별히 경외심을 갖고 있지 않은 것처럼 보였다. 노신사인 그는 앞사람이 얼른 말에 오를 수 없었기 때문에 한동안 넓은 입구에서 기다려야 했는데 자신의 말이 앞으로 인도될 때까지 웃음을 참지 못했다. 말 위로 민첩하게 올라, 프리드리히 2세의 걸맞은 사절로서 우리로부터 또다시 경탄을 받았다.

이제 우리에게 다시 막이 내려졌다. 나는 교회 안으로 밀고 들어갔는데, 그곳에는 즐거움보다는 불편함이 더 컸다. 선출하는 선제후들은 지성소로 들어가 있었다. 그 안에서는 신중한 숙의 대신 긴 의식이 선출의 자리를 대신하고 있었다. 오래 기다리면서 밀고 밀리고 한끝에 결국 시민들은 신성로마제국 황제로 선포된 요젭 2세의 이름을 들었다.

점점 더 많은 외지인이 도시로 몰려들었다. 모두가 예복을 입고 마차를 타고 다녀서, 결국 온통 황금 예복으로 차려입지 않고서는 시선을 끌지 못할 정도였다. 황제이자 국왕은 이미 쉰보른 백작의 호이젠슈탐 성에 도착해 있었고, 거기서 관례에 따른 인사와 환영을 받았다. 이 중요한 시기에 도시는 온갖 종교의 축제를 기렸다. 장엄미사와 설교가 이어졌고, 시민 측에서는 찬미가에 맞춰 계속 축포를 쏘아 올렸다.

처음부터 여기까지 이 모든 공식 축제들을 심사숙고해서 만든 예술 작품으로 본다 해도 비판할 점은 별로 발견되지 않을 것이다. 준비는 완벽했다. 공식 장면들은 차례로 진행되면서 점점 중요함이 더해졌다. 사람들이 늘어나고 인물들은 지위가 높아졌으며 주변도 그들 자신도 점점 더 호사스러워졌다. 내내 들떠서 준비를 구경하던 사람들의 눈조차 혼란스러울 정도였다.

앞서 더 상세한 묘사를 미루어 두었던 마인츠 선제후의 입성은 탁월한 어느 사람[144]의 상상력 안에서 예시된 바 있는, 위대한 세계 지배자의 도착을 보여주기에 충분할 만큼 호사스러웠고 이목을 끌었다. 그러나 황제와 장래의 국왕이 도시로 가까이 오고 있다는 말이 나오자 우리의 기대는 극도로 고조되었다. 작센하우젠에서 조금 떨

---

144 스위스 목사이자 인상학 연구로 유명했던 Johann Kaspar Lavater (1741~1801)를 말한다.

어져 천막 하나가 세워졌는데 그 안에 전체 시의회 직원이 머물렀다. 제국의 수뇌에게 합당한 존경을 보이고 도시의 열쇠를 바치기 위해서였다. 그 훨씬 바깥쪽, 아름답고 널찍한 평지에 또 하나의 호사스러운 천막이 마련되었는데, 거기로는 전체 선제후들과 선출 사절들이 폐하를 영접하러 갔다. 반면 그들의 수행원들은 길을 따라 도열해 있었다. 차츰 차례가 다가오면 그들은 다시 도시 쪽으로 움직여 적절하게 행렬 속으로 들어가게 되어 있었다. 황제가 도착해서 천막으로 들어섰다. 선제후들과 사절들은 경외심에 가득한 영접을 마친 후 최고의 지배자에게 질서 있게 길을 터주기 위하여 물러났다.

성벽과 거리 안에 펼쳐지는 이 광경을 감탄하며 바라보려고 도시 안에 머물다 보니, 트인 벌판보다 훨씬 더 많은 구경을 하게 된 사람들이 우리였다. 골목에 늘어선 시민들이 세운 바리케이드 때문에, 군중의 쇄도 때문에, 거기서 일어나는 갖가지 장난과 불쾌한 돌발사건 때문에 우리가 재미있어하는 사이에 드디어 종소리와 포성이 지배자가 바로 가까이 와 있음을 알려주었다. 프랑크푸르트 사람에게 특히 기분 좋았음이 틀림없었던 것은, 그 많은 군주와 그들의 대리자들이 와 있는 이런 기회에 제국 직할 도시 프랑크푸르트 또한 작은 군주로 참석했다는 사실이었다. 프랑크푸르트의 기병대장이 행렬을 열었고, 위에 붉은 바탕에 흰 독수리가 아주 두드러진 문장 덮개를 씌운 승마용 말이 그 뒤를 이었고, 장관과 그 아래 직급 공무원, 고수와 트럼펫 주자, 의회 대의원들이, 공무원 제복을 입고 걸어가는 시의회 직원들의 수행을 받으며 따라왔다. 여기에 아주 멋지게 말을 탄, 시민 기사 3개 중대가 가세했는데, 우리가 어린 시절부터 수행자들을 호위 영접해 올 때나 다른 공식 기회가 있을 때 알았던 사람들이었다. 우리는 이런 명예에 참가한 것에 기뻐했고, 현재 그들의 충만한 영광 속에 나타나는 주권을 단편적으로나마 접하는 것이 기뻤다. 그 뒤로 제국 원수의 다양한 수행자들과 여섯 명의 세속 선제후들이 파견한 선출 사절들이 차례차례 다가왔다. 그들은 적어도 스무 명의 신하들과 두 대의 의장 마차로 구성되었으며, 몇몇은 더 큰 수로 이루어져 있었다. 성직에 있는 선제후들의 수행자 수가 자꾸 더 많아졌다. 신하들과 가문의 직원들은 헤아릴 수 없어 보였다. 쾰른 선제후와 트리어 선제후는 스무 대가 넘는 의장 마차를 거느리고 있었는데, 마인츠 선제후 역시 똑같았다. 말을 타거나 걷고 있는 아랫사람들 모두 아주 호화로운 차림새였고, 성직자든 속인이든, 또한 호화로운 마차를 타고 있는 주인이든 화려하고 위엄 있게 온갖 훈장으로 장식한 모습으로 나타나는 것을 잊지 않았다. 당연히 황제 폐하의 수행자들이 여타의 것을 압도했다. 말 조련사, 손으로 끄는 말, 승마 용구, 말의 몸에 씌운 화려한 덮개, 말 눈가림 덮개들이 모든 사람의 이목을 끌었으며, 시종, 자문관, 시종장, 궁내 대신, 기병대장이 탄 16조의 육두마차의 화려한 축연 행렬이 호사스럽게 행렬의 한 구간을 마감했다. 하지만 이 구간은 그 호사스러움과 긴 행렬에도 불구하고 그저 선봉대일 따름이었다.

이제 품위와 화려함이 고조되고 행렬은 더 화려해졌다. 대부분은 걷고, 몇 사람은 말을 탄 채 선발된 하인들의 호위를 받으며 선제후 사절들과 선제후 자신이, 점점 서열이 높아지면서 하나씩 호사스런 의장마차를 타고 나타났다. 마인츠 선제후 바로 뒤에는 10명의 황제 시종들, 41명의 제복 입은 하인들, 8명의 호위병이 폐하께서 몸소 오고 있음을 알렸다. 뒷면에까지 거울을 달고 그림과 래커 칠, 조각과

도금으로 장식하고 수놓은 붉은 벨벳으로 내부를 위에서부터 덮은 더없이 호화로운 의장마차가 우리를 신 나게해서, 오래전부터 고대 해온 두 수장, 즉 황제와 국왕을 가장 찬란한 모습으로 바라볼 수 있도록 해주었다. 행렬은 멀리 우회로를 거쳐 갔는데, 행렬을 전부 펼쳐 보여 많은 사람이 구경할 수 있게 하려고 그렇게 한 것이다. 행렬은 작센하우젠을 거쳐 다리를 건너, 파르 가세를 지난 다음, 차일 거리를 따라 내려갔다가 예전에는 성문이었지만 도시가 확장된 이후 자유로운 통로가 된 카타리나 문을 지나 시내 중심가로 향했다. 그곳은 세상의 외관의 화려함과 발맞춰 수년에 걸쳐 높이와 폭을 확장해 왔다. 많은 제후와 황제들이 들고 났던 이 성문 길의 치수를 재어보고 사람들은 이번에 황제의 의장마차가 조각이나 다른 외부의 것에 부딪히지 않고는 통과할 수 없음을 알게 되었다. 사람들은 상의했고, 불편한 우회로를 피하도록 거리의 포석을 들어내어 말과 마차가 오르내리는 경사를 쉽게 만들기로 했다. 같은 뜻에서 가게나 노점들의 차양도 모두 걷어냈다. 왕관을 그린 깃발, 독수리 문장, 수호신 상이 부딪치고 훼손되지 않기 위해서였다.

고귀한 손님을 실은 이 귀한 마차가 우리에게 다가왔을 때, 우리는 높은 인물들에게 눈길을 보냈지만, 시선은 어쩔 수 없이 찬란한 말, 마구, 마구의 장식으로 쏠렸다. 특히 눈길을 끈 것은 말 위에 앉아 있는 이상한 두 명의 마부와 선(先)기수였다. 그들은 다른 민족 출신으로, 완전히 다른 세계에서 온 사람들 같아 보였는데, 검은 벨벳과 노란 벨벳으로 된 긴 상의에 커다란 깃털 다발이 달린 모자를 궁정의 예식에 따라 쓰고 있었다. 그런데 그 뒤로는 어찌나 많이 한꺼번에 몰려오는지, 더 이상 구분이 어려울 정도였다. 마차의 좌우에는 스위스 근위병들, 작센의 검을 오른손에 곧추세워 들고 있는 세습 원수, 무더기로 따르는 궁정의 사동들과 친위대가 따라오는데, 솔기마다 금빛 장식을 한 검은 벨벳 외투를 입고 그 밑에는 빨간 속저고리와 역시 금을 풍성히 박아 넣은 가죽 빛깔 조끼를 입고 있었다. 보고, 설명하고, 가리키느라 어찌나 정신이 없었는지, 그에 못지않게 호화로운 복장을 한 선제후 호위병들은 돌아볼 겨를도 없었다. 15조의 쌍두마차로 행렬을 마감하는 프랑크푸르트 시의회와 특히 마지막에 붉은 벨벳 쿠션 위에 도시의 열쇠들을 받쳐 든 시의회 서기까지 볼 생각이 아니었더라면 창에서 물러났을 것이다. 우리 도시의 선발 보병 중대가 행렬 끝머리를 장식한다는 사실은 우리에게도 무척 명예롭게 느껴졌으며, 우리는 독일인으로서, 또 프랑크푸르트 시민으로서 이 영예로운 날에 기분이 갑절로 고무되었다.

우리는 어떤 집에 자리를 잡았는데, 행렬이 교회에서 나와서 되돌아갈 때 다시 우리 곁을 지날 게 틀림없는 곳이었다. 예배, 음악, 의식과 행사, 축사와 답사, 연설과 강연 등이 예배당, 합창대, 선제(選帝)실에서 진행되어 마지막에 선출 승복의 선서까지 하려면 워낙 일이 많은 까닭에 우리는 멋진 식사를 하고 신구 두 군주의 건강을 빌면서 술도 몇 병 비울 시간이 충분히 있었다. 그사이 그런 기회면 항상 그렇듯이 대화는 지난 시절로 돌아갔는데 나이 지긋한 사람들은 인간적인 관심이나 열정에서 현재보다 과거가 나았다고 주장했다. 프란츠 1세의 대관식에서는 모든 것이 지금 같지 못했다. 아직 평화가 완결되지 않아, 프랑스, 브란덴부르크 선제후국, 팔츠 선제후국이 선거에서 반대했다. 미래 황제의 부대는 사령부가 있는 하이델베르크 부근에 집결했는데, 아헨에서 올라오는 제국 휘장을 팔츠 사람들에게 거의 탈취당할 뻔하기도 했다. 그사이 물밑 협상이 진행되어 양측은 최악의 상태만은 면할 수 있었다. 마리아 테레지아는 임신 중에도 성사된 남편의 대관식을 보기 위해서 몸소 왔다. 프란츠 황제는 하이델베르크에서 아내와 만나서 함께 올 생각이었으나 너무 늦게 도착하는 바람에 마리아 테레지아가 이미 출발을 한 뒤였다. 남들 눈에 띄지 않게 황제는 나룻배에 올라타 서둘러 아내가 탄 배에 도착했다. 사랑하는 이들 부부는 이 놀라운 만남을 기뻐했고, 동화 같은 이 이야기는 즉시 퍼져 사랑이 넘치고, 다산의 축복을 받은 이 부부에게 세상이 관심을 가졌다. 부부로 맺어진 이래 두 사람은 한 번도 떨어져 본 적이 없었는데 빈에서 피렌체로 가는 여행 중에 한 번은 베니스 국경에서 검역을 받게 되었을 때는 함께 격리되기도 했다. 도시에서 마리아 테레지아는 대환영을 받았다. 그녀는 '춤 뢰미션 카이저'라는 숙소에 들었고, 그사이 보른하임 황야에는 부군을 맞이하는 대형 천막이 세워졌다. 그곳에는 성직 신분인 선제후들 중에서는 마인츠 선제후 혼자, 세속 선제후들 가운데서는 작센, 뵈멘 하노버 선제후들만이 가 있었다. 입성이 시작되었다. 완전함이나 호화로움에 있어 모자라는 부분은 아름다운 한 여성이 와 있는 것만으로 충분히 상쇄되었다. 그녀가 위치 좋은 집의 발코니에 서서 만세와 박수로 남편을 환영하자 백성들이 그녀를 따랐고 그러자 열광이 넘쳤다. 위대한 사람들도 인간이기에 시민들이 그들을 사랑하려면 그들 역시 자신과 동등한 사람으로 생각하는 것이 필요하다. 그리고 그런 생각이 가장 잘 이루어질 수 있는 것은 시민들이 두 사람을 서로 사랑하는 부부, 다정한 부모, 애착을 가진 형제자매, 충실한 친구로 생각할 때이다. 사람들은 온갖 축복을 빌어주고 앞날을 예언했는데, 이제 그 축복이 장남에게서 성취된 것을 보게 된 것이다. 아들은 아름다운 청년의 모습으로 누구나 호감을 느끼게 하는 사람이었고, 그가 보여주는 고귀한 성품은 세상 사람들에게 더없이 큰 희망을 품도록 만들어주었다.

우리가 지난 시절로, 미래로 정신없이 빠져들어 가 있을 때, 몇몇 친구들이 들어와 우리를 다시 현재로 불러냈다. 그들은 새로운 것의 가치를 보고 맨 먼저 알리려고 서두르고 있었다. 그들은 우리가 방금 최고의 호사스러움이 지나가는 것을 본 가운데 높은 인물들의 아름다운 인간적 면모를 이야기해 줄 수 있었다. 호이젠슈탐과 저 대형 천막 사이에서, 황제와 국왕이 다름슈타트의 백작을 숲에서 만나기로 약속이 되어 있다는 것이었다. 여생이 길지 않은 노제후인 다름슈타트 백작이 예전에 자신이 모셨던 주군을 다시 한 번 보려 한다는 것이었다. 두 사람은 백작이 프란츠를 황제로 선출한 선제후들의 결정을 담은 훈령을 하이델베르크로 전했고 그때 받은 귀한 선물에 대하여 백작이 확고부동하게 충성을 서약했던 날을 기억했을 것이다. 이 귀한 인물들은 전나무 숲에 섰다. 나이가 들어 기력이 쇠한 방백은 전나무에 몸을 의지했는데 이 감동적인 대화를 조금이라도 오래 계속할 수 있기 위해서였다. 그 장소는 훗날, 소박하게도 표시가 되었고 우리 젊은 사람들은 몇 번 그곳으로 놀러 간 적도 있다. 그렇게 몇 시간을 옛일을 회상하고 요즘의 일을 생각하다 보니 좀 줄어들었지만, 더 밀집된 행렬이 다시 우리 눈앞을 물결치듯 지나가는 것이었다. 우리는 그 하나하나를 더 가깝게 관찰하고 집중하여 훗날을 위해 마음에 새겨두었다.

그 순간부터 도시는 끊임없이 움직였다. 자격과 의무가 있는 모든 사람이 하나씩 최고의 인물에게 인사를 했는데 한 사람씩 하기 때문에 들어가고 나가는 일이 끝이 없었다. 덕분에 우리는 고관들의 궁정 복장을 아주 편안하게 반복해서 볼 수 있었다.

제국을 상징하는 표장들이 도착했다. 하지만 이런 데서도 전통적인 교섭이 있기 마련이어서, 마인츠 선제후와 프랑크푸르트 간의 구역과 수행상의 분쟁으로 표장은 밤늦을 때까지 벌판에서 반나절을 보내야 했다. 결국은 프랑크푸르트 시가 양보를 해서, 마인츠 사람들이 표장을 방어선까지 인도하는 것으로 마무리되었다.

나는 그 무렵 제대로 정신을 차리질 못하고 있었다. 집에 가서 써야 할 것과 옮겨야 할 것 때문인데, 모든 걸 보고 싶고 보아만 하는 까닭이었다. 축제로 들뜬 3월의 후반부가 끝나가고 있었다. 나는 그레트헨에게 마지막으로 거행되는 대관식 날 볼 만한 것에 관하여 충실하고도 상세하게 알려주기로 약속했었다. 고대하던 날이 가까이 왔다. 사실 무엇을 이야기해 줄까 하는 것보다 그녀에게 어떻게 이야기해 주어야 할까 하는 생각이 더 많았다. 눈으로 보고 적은 모든 것을 나는 오로지 바로 유일한 목전의 용도를 위해 재빠르게 가공했다. 드디어 어느 날 저녁 꽤 늦게 그녀의 집에 닿았을 때, 나의 이번 강연이 준비가 안 되었던 첫 번째 보고보다 훨씬 잘 되리라고 벌써 자만하고 있었다. 즉흥적인 것이 철저히 계획한 것보다 오히려 더 기쁨을 주는 경우가 종종 있는 까닭이었다. 모인 사람들은 거의 아는 얼굴이었지만 몇몇 낯선 사람들도 있었다. 그들은 게임을 하고 있었고, 그레트헨과 어린 사촌들만 내가 있는 석판 쪽에 와 앉았다. 타지인인 그 사랑스러운 소녀는 선출일에 프랑크푸르트 시민으로 인정받고 그녀에게도 이 유일무이한 구경거리가 허락된 데 대해 무척이나 즐거워했다. 내가 돌봐주고, 지금까지 필라데스를 통해서 입장권, 좌석, 친구들이나 주선을 통하여 이런저런 곳에 입장할 수 있도록 관심을 기울여준 것에 대해서도 진심으로 고마워했다.

그레트헨은 제국의 보물에 관하여 이야기 듣기를 좋아했다. 나는 될 수 있는 대로 그것을 함께 구경하자고 그녀와 약속했다. 젊은 국왕에게 미리 의상을 입어보고 왕관도 써보게 했다는 말을 듣자 그녀는 농담조로 몇 마디 덧붙이기도 했다. 나는 그녀가 대관식 날의 행사를 어디서 구경하는 게 좋을지 알고 있었고, 그녀에게 앞으로 있을 일, 특히 그녀의 자리에서 자세히 볼 수 있는 모든 것에 주의를 기울였다.

그러다 보니 우리는 시간 가는 줄을 몰랐다. 벌써 자정이 훨씬 넘었는데, 불행히도 나는 집 열쇠를 가지고 있지 않았다. 큰 소란을 일으키지 않고는 집으로 들어갈 수가 없었다. 나는 그녀에게 나의 당황스러운 상황을 알렸다. 그녀가 말했다. "결국, 다들 같이 있는 게 제일 나을 것 같네요." 어디서 밤을 보내야 할지 몰랐기 때문에 친구들과 낯선 사람들 역시 이미 그 생각을 하고 있었다. 일은 곧 결정되었다. 초가 다 탈 상황이었기 때문에 그레트헨은 커다란 황동 램프에 심지와 기름을 부어 불을 붙인 다음 커피를 끓이러 갔다.

커피는 두세 시간 동안 활기를 더해 주는 데 보탬이 되었지만, 차츰 놀이는 맥이 빠졌고 이야기도 끝이 났다. 어머니는 큰 소파에서 잠이 들었고, 낯선 사람들은 여행으로 지쳐 여기저기서 졸고 있었고, 필라데스와 애인은 구석에 앉아 있었다. 애인은 머리를 그의 어깨에 기댄 채 잠들어 있었다. 필라데스도 오래가지 못했다. 나이 어린 사촌은 우리 맞은편 석판 탁자 앞에 앉아 두 팔을 포개 얼굴을 얹고 자고 있었다. 나는 창가 귀퉁이 쪽의 탁자 뒤에 앉아 있었고 그레트헨은 내 곁에 있었다. 우리는 나직하게 이야기를 나누었다. 그러나 드디어 그녀에게도 잠이 엄습했다. 그녀는 머리를 내 어깨에 기대더니 금방 잠이 들었다. 그렇게 이제 나 혼자 깨어 더없이 기이한 상황 가운데에 앉아 있었다. 하지만 나 또한 이 죽음의 친절한 친구인 잠에 빠져들고 말았다. 나는 잠이 들었고, 다시 깨보니 벌써 날이 훤히 밝아 있었다. 그레트헨은 거울 앞에 서서 머릿수건을 매만지고 있었다. 그녀는 어느 때보다도 더 사랑스러웠다. 그리고 내가 떠날 때 아주 애정을 기울여서 내 두 손을 꽉 잡았다. 나는 일부러 길을 돌아서 살그머니 집으로 들어갔다. 히르쉬그라벤 쪽으로, 이웃 사람들의 항의가 있었지만, 아버지가 벽에다 밖이 내다보이는 작은 창문을 내놓았기 때문이다. 집으로 돌아올 때 아버지가 눈치채지 못하게 하려면 우리는 그쪽을 피했다. 늘 중간 역할로 도움을 주는 어머니는 그날 아침 차 마시는 시간에 내가 없는 것을 내가 일찍 외출한 것으로 감싸주셨고, 그래서 이 천진난만한 밤으로 인한 어떤 불쾌한 일도 나에겐 일어나지 않았다.

나를 에워싼 이 무한히 다양한 세계는 전체적으로 보아 극히 단순한 인상을 남겼을 뿐이다. 나는 대상의 외관을 정확하게 보는 것 외에는 다른 관심이 없었고, 이 일로 사물의 내적 관계를 지각하기 시작했지만, 아버지와 폰 쾨닉스탈 씨가 부탁한 일만 했을 뿐이다. 나는 그레트헨밖에 아무것에도 애착이 없었고, 모든 것을 그녀에게 되풀이해 주고 그녀에게 설명하기 위해서 잘 보고 포착하려는 것 외에 다른 의도는 없었다. 따라서 행렬이 지나가는 동안 모든 것을 하나하나 확인하기 위하여 작게 소리 내어 자주 이 행렬을 중얼중얼

말해 보았다. 그리고 이런 주의력과 정확성 때문에 애인에게서 칭찬을 받았다. 다른 사람들이 손뼉 치고 인정해 주는 것은 단지 덤으로 밖에 여겨지지 않았다.

나는 이런저런 높고 귀한 인물들에게 소개되기는 했지만, 그들 중 일부는 다른 사람에 신경 쓸 시간이 없었고, 좀 나이가 든 사람들은 젊은 사람과 어떻게 이야기를 나누고 시험해봐야 하는지 알지 못했다. 내 쪽에서도 별 재주가 없어서 나는 그들의 호의를 받기는 했지만, 갈채를 받지는 못했다. 내가 열중한 것은 오직 내가 현재 하고 있는 일뿐이었고, 그것이 다른 사람들에게도 맞는 것인지는 생각하지 않았다. 대체로 나는 너무 활달하지 않으면 너무 조용했으며, 사람들이 내 마음에 드느냐 아니냐에 따라 붙임성 있거나 답답하거나 했다. 그래서 유망한 인물이기는 했으나 별난 사람으로 평판이 났다.

1764년 4월 3일 대관일이 드디어 밝아왔다. 날씨는 좋았고 모든 사람이 들떠 있었다. 몇몇 친척들과 친구들과 함께 나는 시청 건물 안 맨 위층의 좋은 자리에 앉게 되었다. 거기서 우리는 전체를 완전히 조감할 수 있었다. 우리는 이른 새벽부터 가서 낮에 가까이서 구경했던 시설들을 이제 높은 곳에서 조감하듯 내려다보았다. 광장에는 새로 세운 분수가 좌우에 커다란 통을 달고 있었는데, 진열대 위의 쌍두 독수리의 부리에서 백포도주는 이쪽에 적포도주는 저쪽에서 따르게 되어 있었다. 저쪽에는 귀리가 한 무더기 놓여 있고, 이쪽에는 커다란 오두막이 세워져 있는데, 그 안에서는 기름진 소들이 통째로 엄청나게 큰 꼬챙이에 꿰여 이미 며칠째 숯불에 구워지고 익혀지는 모습이 보였다. 시청에서부터 큰길로, 길에서 시청으로 이어지는 모든 통로의 양쪽에는 차단기가 내려지고 보초가 지키고 있었다. 큰 광장에 차츰 사람들이 가득했고, 출렁대고 밀리면서 더 혼잡스러워졌다. 새로운 볼거리가 나타나고 뭔가 특별한 것이 통고 되는 쪽을 향해 사람들의 무리가 가려고 하기 때문이었다. 이 모든 것에도 불구하고 무척 조용했는데, 경종이 울리자 모든 사람들이 전율과 경악에 사로잡힌 것처럼 보였다. 위에서부터 광장을 내려다볼 수 있었던 사람들이 처음으로 주목하게 된 것은 아헨과 뉘른베르크 군주들이 제국을 상징하는 물건들을 사원으로 가져가는 행렬이었다. 이것들은 수호 성물로 마차의 일등 좌석을 차지했다. 시의원들은 이 물건들에 존경을 표하며 뒷좌석에 점잖게 앉아 있었다. 세 명의 선제후가 교회로 들어왔다. 표장들이 마인츠 선제후에게 건네졌고 왕관과 칼은 즉시 황제 숙소로 보내졌다. 그사이 주요 인사들이나 교회 참관인들이 여러 가지 준비나 행사 때문에 분주했는데 그것은 우리들이나 이런 일에 정통한 다른 사람들이 쉽게 예상할 수 있는 일이었다.

그러는 동안 사절들이 우리 눈앞에서 뢰머를 향해 왔고, 하급 장교들은 천개(天蓋)를 시청에서 황제 숙소로 가져왔다. 곧 세습원수 폰 파펜하임 백작이 말에 올랐다. 늘씬한 체격의 미남으로, 스페인 전통 의상, 화려한 조끼, 황금 외투, 높은 깃털 모자 그리고 흩날리는 머리카락이 잘 어울렸다. 모든 종이 울리면서, 백작이 움직이자 말을 타고 사절들이 그를 따라 황제의 숙소로 향했는데, 선출일보다도 더 호화로웠다. 이날은 정말이지 몸을 여러 개로 쪼갰으면 싶었다. 그곳 황제 숙소에도 가고 싶었기 때문이다. 우리는 거기서 일어나는 일을 서로 이야기했다. "이제 황제가 실내용 예복을 입으실 거야. 고대 카롤링거 왕조의 문양을 따라 만든 새 의복인데, 세습 신하들이 제국 표장을 받아 들고 말에 오르면 예복을 입은 황제, 스페인 복장을 한 신성로마제국 황제가 말에 오르시지. 일이 다 갖춰지면 끝없이 긴 선발대 행렬이 이미 우리 앞에 모습을 드러낼 거야."

화려한 옷차림의 신하들과 나머지 신하들, 당당하게 입성하는 귀족들을 보느라 눈은 이미 지쳐 있었다. 그리고 선출 사절들, 세습 신하들 그리고 마지막으로 열두 명의 배심원들과 시의원들이 들고 들어오는 천개 아래에 낭만적 복장을 한 황제가, 그 왼편 약간 뒤로는 스페인 복장의 아들이 호화롭게 장식한 말을 타고 천천히 들어오자 눈이 혼란스런 지경이었다. 마술을 써서 이 모습을 한순간만이라도 잡아두었으면 싶었다. 그러나 이 찬란한 광경은 바로 지나쳐 갔다. 그리고 그들이 지나가자마자 공간은 즉시 다시 물밀 듯이 밀고 밀려오는 백성들로 채워졌다.

이제 새로운 혼잡이 생겨났다. 시청 광장에서 나가는 다른 통로가 뢰머 문을 향하여 열려야 했고, 교회에서 돌아오는 행렬이 디딜 나무다리가 놓여야 했기 때문이다. 교회 안에서 일어난 일, 즉 도유식, 대관식, 기사 서임식을 준비하고 수반하는 끝없는 의식들에 대한 모든 이야기는 교회에 있기 위해서 다른 많은 것을 희생한 사람들로부터 나중에 신이 나서 들었다.

그 사이에 우리는 앉은자리에서 간소한 식사를 했다. 우리가 경험하는 가장 큰 축제일에 찬 음식으로 만족해야 했지만 가장 오래된 최상의 포도주를 각자 자신의 집 지하실에서 가져왔기 때문에 적어도 그런 면에서는 이 고풍스러운 잔치를 고풍스럽게 축하한 셈이다.

광장에서 이제 가장 볼 만한 것은 빨강, 노랑, 흰 천으로 덮여 완성된 다리였다. 처음에는 마차에 탄 모습을, 다음으로는 말에 탄 모습을 우리가 경탄하며 바라보았던 황제가 이제 걸어서 올 것이고 그 모습에 우리는 다시 한 번 경탄하게 될 것이다. 이상하게도 마지막 모습이 가장 즐거웠다. 황제가 그런 방식으로 자신의 모습을 보이는 것이 가장 자연스러운 것이면서 또한 가장 품위 있다고 생각했기 때문이다.

프란츠 1세의 대관식에 참석한 바 있는 나이가 든 사람들 이야기로는 당시에는 굉장히 아름다운 마리아 테레지아가 뢰머 바로 옆에 있는 프라우엔슈타인 가옥의 발코니에서 축제를 바라보았다고 한다. 남편이 교회에서 특이한 차림으로 돌아와 카를 1세의 유령 같은 모습으로 나타나 장난으로 두 손을 들어 그녀에게 황제의 지구의(地球儀), 왕홀, 멋진 장갑을 들어 보이자 그녀가 끝없이 웃음을 터뜨렸다고 한다. 구경하던 모든 백성에게 그것은 큰 기쁨과 감동을 자아냈다고 한다. 그런 모습 가운데 모든 그리스도인 중에서 가장 지고한 한 쌍의 선하고 자연스러운 부부간의 모습을 눈으로 보고 인정하게 된 때문이었다. 마리아 테레지아가 남편에게 반갑게 인사하느라 손수건을 흔들고 직접 큰 소리로 만세를 부르자, 백성들의 열광과 환호는 고조되어 극에 달했고 환호성이 그칠 줄 몰랐다고 한다.

종소리와 함께 색색으로 장식된 다리에 천천히 들어서는 긴 행렬의 선두가 모든 행사가 끝났음을 알렸다. 관심은 어느 때보다 높아졌는데 행렬이 똑바로 우리를 향해서 왔기 때문에 우리에게는 전보다 더 뚜렷하게 보였다. 우리는 행렬과 사람들로 메워진 광장 전체를 거의 평면도를 보듯 내려다보았다. 다만 마지막 화려한 광경은 너무나도 뒤엉켜 버리고 말았다. 황금으로 수놓은 천개와 밑에 자리한 사절, 세습 신하, 황제와 국왕, 세 명의 성직 선제후들, 검은 옷을 입은 배심원들과 시의원들, 이 모든 것이 덩어리로 보였기 때문이었다. 오로지 하나의 뜻에 따라 움직였는데 때맞춰 울리는 종소리와 함께 호화롭고, 조화롭게 교회를 나서는 모습은 마치 신성(神聖) 그 자체가 우리를 향해 빛을 보내는 것처럼 보였다.

정치적으로 종교적인 축전은 무한한 매력을 지닌다. 우리는 지상의 권위가 눈앞에서 권력의 모든 상징으로 에워싸인 것을 보고 있다. 그 권위가 천상의 권위 앞에 절을 할 때 양자 간의 유대는 의미를 더한다. 왜냐하면 개인은 신성과의 유대를 몸을 던져 경배하는 것으로만 행동으로 보일 수 있기 때문이다.

시장에서 울리는 환호성이 이제 대광장 뒤까지 퍼졌고, 격렬한 만세 소리가 수천 명의 목구멍에서 그리고 가슴으로부터도 울려 나왔다. 이런 큰 축제는 지속적인 평화의 담보가 될 것이기 때문이었다. 실제로 지속적인 평화가 여러 해를 두고 독일을 행복하게 했다.

며칠 동안 공고된 바는 다리도 분수 위의 독수리도 훼손되면 안 되므로 백성들은 누구든 손을 대서는 안 된다는 것이었다. 사람들이 몰려들 때 생길 수 있는 불가피한 불행을 막으려는 조처였다. 그렇지만 어느 정도 서민의 마음을 달래기 위해서 특별히 정해진 사람들이 행렬을 따라갔고, 다리에서 천을 풀어 깃발처럼 말아서 공중으로 던졌다. 작은 사건이 생기기는 했지만, 웃어 넘길만한 일이었다. 천이 공중에서 풀려 떨어지면서 몇몇 사람들을 덮었는데, 사람들이 이쪽 저쪽 끄트머리를 잡아 끌어당기는 바람에 그 가운데에 있던 사람들을 바닥에 쓰러뜨리고 덮어버려 한참 동안 골탕을 먹었다. 마침내 천을 찢거나 잘라 누구나 폐하가 딛고 걸어서 성스러워진 천의 한 조각씩을 들고 가게 되었다.

난폭하게 즐기는 이 모습을 오래 구경하지 않고 나는 높은 내 자리에서 좁은 층계와 통로를 지나 서둘러 아래로 내려와 뢰머의 큰 계단으로 달려갔다. 거기에는 멀리서 보고 놀란, 귀하고 화려한 무리가 위로 올라가게 되어 있었다. 혼잡은 심하지 않았는데, 시청으로 통하는 곳에 사람이 배치되어 있었기 때문이다. 나는 운 좋게도 바로 위 철제 난간으로 갔다. 이제 수행자들은 아래의 둥근 천장 통로에 남아 있었고 주요 인물들이 내 곁을 지나 올라왔다. 세 번 꺾이는 계단 덕분에 나는 그들을 여러 방향에서, 마지막으로는 아주 가까이에서 살펴볼 수 있었다.

마침내 황제와 국왕이 올라왔다. 아버지와 아들은 쌍둥이 형제처럼 똑같은 차림을 하고 있었다. 자색 비단에 진주와 보석으로 화려하게 치장된 황제의 예복, 왕관, 왕홀 제국 지구의가 눈에 들어왔다. 모든 것이 새로웠고 고대를 모방해 품위가 있는 것이었다. 황제는 그런 옷을 입은 채로 아주 편안하게 움직였고, 성실하고 기품 있는 그 얼굴은 황제이며 동시에 아버지임을 알아보게 했다. 반대로 젊은 국왕은 엄청난 의복을 입고 카를 대제의 보물들을 든 채 변장이라도 한 것처럼 옷을 질질 끌며 왔는데, 이따금 아버지를 쳐다보며 웃음을 감추지 않았다. 안쪽에 무언가 많이 집어넣은 것이 틀림없는 왕관은 치솟은 지붕처럼 머리에서 떨어져 나와 있었다. 소매 넓은 예복과 목에 두른 긴 띠는 아무리 잘 맞추고 재봉을 잘했어도 마음에 드는 외관을 만들지 못했다. 왕홀(王笏)과 제국을 상징하는 지구의(地球儀)는 놀랄 만한 것이었다. 부인할 수 없었던 점은, 그 옷에 손색이 없는 권력자가 그것을 입고 치장한 것을 보았으면 훨씬 더 좋은 효과가 났을 것이다.

이 인물들이 들어가고 큰 홀의 문이 다시 닫히자 나는 서둘러 내 자리로 돌아갔다. 그 자리는 다른 사람들이 차지하고 있었지만, 약간 고생을 한 후 다시 찾을 수 있었다.

나는 제때 창가 자리를 다시 차지한 것이다. 공개적으로 볼 수 있는 가장 진기한 광경이 곧 벌어질 것이기 때문이었다. 모든 백성이 시청 건물 뢰머를 향하고 있었고, 또다시 솟은 만세 소리로 황제와 국왕이 큰 홀의 발코니에서 예복을 입은 모습을 백성에게 보이고 있다는 것을 알 수 있었다. 그러나 두 분만 볼 만한 것이 아니라, 두 분의 눈앞에서 기이한 구경거리가 일어날 참이었다. 이제 날씬한 미남의 세습 원수가 가볍게 몸을 날려 준마 위에 올랐다. 그는 칼 대신에 오른편에는 자루가 달린 은제 도량기를, 왼편에는 쟁기날을 차고 있었다. 그런 모습으로 울타리 안의 귀리 더미를 향해 말을 몰아 돌진하여, 귀리를 통이 넘치게 고르게 퍼 담은 후 아주 품위 있게 그것을 들고 되돌아왔다. 황제의 외양간이 이제 급식소가 된 것이다. 그다음에는 세습 시종관이 똑같이 그곳으로 가서 단지, 수건과 함께 대야를 가지고 돌아왔다. 구경꾼에게 더 재미있는 것은 세습 사옹원 원장이었다. 그는 구운 소고기 한 조각을 가지고 왔다. 그는 은접시를 가지고 차단기를 지나 큰 오두막으로 지은 부엌까지 말을 타고 가서는, 곧 음식을 가지고 다시 나와 뢰머로 향했다. 순서는 이제 세습 헌작관(獻爵官)이었는데, 그는 분수까지 말을 타고 달려가 포도주를 가져왔다. 그렇게 해서 이제 황제의 연회석이 차려졌다. 모든 사람의 눈이 세습 재상을 기다렸다. 그는 돈을 뿌릴 터였다. 그는 멋진 준마를 타고 있었는데, 안장 양쪽에는 권총집 대신 팔츠 선제후의 문장을 수놓은 몇 개의 호화로운 주머니가 달려 있었다. 움직이자마자 그가 이

주머니에서 금화와 은화를 오른쪽으로 또 왼쪽으로 아낌없이 뿌렸다. 동전은 공중에서 비처럼 아주 재미있게 반짝였다. 이 선물을 붙잡으려고 수천 개의 손이 순간적으로 공중에서 버둥거렸다. 돈이 떨어지자 사람들은 땅바닥을 향하여 파고들 듯이 몸을 숙이며 동전을 집으려고 다투었다. 돈을 던지는 사람이 말을 타고 앞으로 나가면서 이런 움직임을 양쪽에서 계속했기 때문에 구경꾼들에게는 재미있는 광경이 이어졌다. 가장 신이 나는 장면은 그가 주머니들을 통째로 던지자 모두가 이 가장 큰 상을 잡아채려 했을 때였다.

두 분은 발코니에서 물러났고, 선물을 조용히 감사하며 받기보다는 강탈하려 하는 서민들에게 또다시 하나의 기부행사가 이어졌다. 지금보다 거칠고 우악스러웠던 시대에는 귀리는 세습 원수가 그 몫을 가져가고, 분수의 포도주는 세습 헌작관이 가져가고, 요리는 세습 사용원 원장이 일을 마친 다음에 바로 내주는 풍습이 유행했다. 이번에는 불상사를 막으려고 가능한 한 질서와 절도를 유지했다. 그렇지만 오래된 짓궂고 고약한 장난이 다시 나타나, 어떤 사람이 귀리 한 자루를 꾸리면 다른 사람은 그의 자루에 구멍을 뚫는 식으로 그 비슷한 종류의 장난이 벌어졌다. 구운 황소 고기와 관련해서는 매번 그렇듯이 심각한 전투가 벌어졌다. 두 개의 조합, 즉 도축업자들과 포도주 통 운반인들 둘 중에서 한 측이 전통대로 다시 이 엄청난 구이를 분배받는 우위를 점하였다. 도축업자들은 자르지도 않고 부엌으로 공급된 황소에 대해서 자기들이 첫 번째 권리가 있다고 믿었다. 반면 포도주 운송인들은 부엌이 그네들 동업조합 가까운 곳에 세워졌고 자신들이 지난번에도 이겼다는 이유로 권리를 주장했다. 사실 그들의 조합과 총회 건물의 창살 쳐진 박공 창문에는 노획된 황소의

뿔이 승리의 표시로 솟아 있는 것이 보였다. 수적으로 많은 두 조합에는 힘 있고 쟁쟁한 조합원들이 있었다. 당시 어느 쪽이 승리를 차지했는지는 이제 기억에 남아 있지 않다.

이런 종류의 축제는 뭔가 위험하고 충격적인 것으로 마무리되기 마련이지만 오두막 부엌을 내주자 정말 무서운 일이 벌어졌다. 지붕에는 어떻게 올라갔는지도 모르게 순식간에 사람들이 바글거렸다. 오두막은 부서지고 무너져 내렸다. 멀리서 보면 밀려든 사람 몇 명은 깔려 죽었으리라고 생각할 수밖에 없는 상황이었다. 오두막에는 순식간에 지붕이 사라지고, 서까래와 발코니에서 이음새를 떼어내려고 매달린 사람들도 있었다. 밑에서는 기둥을 톱질해서 골조가 이리저리 흔들리고 곧 무너질 것만 같은데 몇몇 사람들은 계속 위에서 대롱대롱 매달려 있었다. 마음 약한 사람들은 눈을 돌렸고, 누구나 큰 사고를 예감했다. 하지만 누구도 다쳤다는 이야기는 듣지 못했다. 모든 것이 격렬하고 폭력적이기는 해도 무사히 지나갔다.

발코니를 떠나 들어간 회의실에서 황제와 국왕이 다시 나오면 큰 뢰머 홀에서 식사가 있다는 것을 누구나 알고 있었다. 전날 그 시설을 보고 경탄해서, 나의 열렬한 소망은 오늘 그 안을 한 번만이라도 들여다보았으면 하는 것이었다. 그래서 나는 익숙한 좁은 길을 통해 다시 큰 계단으로 갔다. 맞은편에 홀로 들어가는 문이 있기 때문이었다. 여기서 나는 오늘 제국 수녀라고 자처하는 귀한 인물들을 바라보며 놀랐다. 마흔네 명의 백작들이 부엌에서 음식을 내가며 내 곁을 지나갔는데 모두가 호화로운 차림이어서 그들의 복장과 이런 행동의 대조가 소년의 마음을 어지럽게 만들었던 것 같다. 혼잡은 심하지 않았지만, 공간이 작아서 굉장히 혼잡스럽게 느껴졌다. 홀의 문에는 보초가 서 있었는데 사람들이 빈번히 드나들었다. 나는 팔츠 가문의 집사를 발견하고 그에게 나를 들여보내 줄 수 있겠느냐고 말을 걸었다. 오래 생각해 보지 않고 그는 마침 들고 있던 은그릇 중 하나를 나에게 주었다. 내 옷차림이 깨끗했던 만큼 더 쉽게 그럴 수 있었던 것 같다. 그렇게 나는 신성한 곳으로 들어갔다. 팔츠 백작의 식탁은 왼쪽 문 바로 곁에 있었고, 나는 몇 걸음 걸어 차단목 바로 뒤의 약간 높은 곳에 자리 잡았다.

홀의 다른 끝 창가, 천개 밑의 옥좌에는 황제와 국왕이 예복 차림으로 앉아 있었다. 왕관과 왕홀은 약간 뒤쪽에 황금빛 쿠션 위에 놓여 있었다. 성직에 있는 세 명의 선제후들은 식탁을 등지고 약간 높은 자리에 앉아 있었다. 마인츠 선제후는 폐하 맞은편에, 트리어 선제후는 오른편에 그리고 쾰른 선제후는 왼편에 자리를 잡았다. 홀의 상석은 품위 있고 즐거워 보였고, 성직자들이 오래도록 군주와 사이 좋게 지내게 될 것이라는 말이 나왔다. 반면 호화롭게 치장을 하기는 했어도 주인이 없는 전체 세속 선제후들의 음식이나 탁자는, 그들과 제국 수뇌 사이에 수백 년 동안 서서히 생겨난 좋지 못한 관계를 생각하게 했다. 그들의 사절들은 옆방에서 식사하기 위해 이미 물러났다. 보이지 않는 많은 손님이 극히 호사스럽게 음식을 내놓고 있어서 홀은 유령 같은 모습을 하고 있었고, 아무도 앉지 않은 중앙의 연회 탁자는 더욱 슬프게 보였다. 왜냐하면, 많은 식기가 빈 채로 놓여 있었는데, 여기에 앉을 권리를 가진 사람들이 품위를 위해서, 최대로 명예스런 날 자신의 명예를 손상하지 않기 위해 시내에 있으면서도 오늘은 참석하지 않았기 때문이다.

나이가 어리고 있는 곳이 너무도 혼잡스러워서 나는 많은 것을 제대로 알아보지 못했다. 그래도 나는 가능한 한 많이 눈으로 포착하려 노력했다. 후식이 나오고 사절들이 의례를 표하기 위해서 다시 들어오자 나는 바깥으로 나왔고, 반나절을 굶은 터라 근처의 친구 집에서 다시 원기를 회복한 후 저녁 등화 장식을 구경할 준비를 했다.

이 화려한 저녁을 나는 멋지게 축하하고 싶었다. 그레트헨과 필라데스와 그 애인에게 밤에 어디에서 만나자고 약속을 해두었기 때문이었다. 애인을 만났을 때는 벌써 도시 곳곳에 불이 밝혀져 있었다. 나는 그레트헨에게 팔을 내밀었다. 우리는 여러 사절의 숙소를 이리저리 구경했으며 함께 매우 행복했다. 친구들은 처음에 우리와 같이 있었지만, 인파에 휩쓸려 나중에는 어디론가 사라져버렸다. 화려한 불빛으로 사절들이 체류하는 몇몇 집은 앞이 대낮만큼 환했다. (팔츠 선제후가 머문 곳이 특히 두드러졌다.) 사람들이 알아보지 못하도록 나는 약간 변장을 했는데, 그레트헨도 그것을 나쁘게 보지 않았다. 우리는 다양하게 불을 밝힌 갖가지 기술, 마술 같이 불꽃에 에워싸인 집을 보고 감탄했다. 그런 것들로 사절들은 다른 사절을 압도하려 했다. 그중에서 에스터하지[145] 제후의 장식이 나머지 모든 것을 압도했다. 그런 식으로 고안하고 설치한 것에 우리는 매혹되었다. 장식 하나하나를 제대로 즐기고자 하던 참에 다시 친구들과 마주치게 되었는데, 그들은 브란덴부르크 사절이 숙소를 치장한 찬란한 조명 이야기를 해주었다. 우리는 로스 마르크트에서 잘호프까지 먼 길을 마다치 않고 가보았지만, 우리가 호된 놀림을 당했다는 사실을 알게 되었을 뿐이다.

---

145 Nikolaus Joseph Esterhazy (1714~1790): 오스트리아의 사령관.

잘호프는 마인 강을 향한 쪽은 균형이 잡히고 품위 있는 건물들이 있지만, 도시를 향한 쪽은 낡고 균형이 안 맞고 볼품없었다. 모양, 크기도 일치하지 않고 한 줄인데도 간격이 일정하지 않은 창문, 비대칭적으로 난 대문과 출입문, 거의 잡화상 같은 반지하층이 아무도 쳐다보지 않는 혼란스러운 외관을 이루고 있었다. 거기서부터는 아무 생각 없이 지어서 불규칙하고 통일성 없는 건축물이 이어졌다. 그런데 창문마다 문마다 열린 곳마다 모조리 등불로 둘러싸여 있었다. 잘 지은 집에서나 할 수 있는 것인데, 이곳 건물 정면 중에서 최악이고 가장 볼품없는 건물이 믿을 수 없는 최고의 밝은 조명을 받고 있었다. 무엇인가 고의적이라고 생각할 수밖에 없는 미심쩍은 구석이 있었지만, 누구나 이 모습에 어릿광대의 재미를 보듯 흥겨워했다. 호평을 들었던 플로트의 과거 행동에 일단 마음이 기울어졌기 때문에 행사마다 왕처럼 돌출하는 그의 악당 기질은 감탄스러웠다. 그래서 이제 우리는 에스터하지의 요정 왕국으로 다시 되돌아갔다.

이 고위 사절은 이날을 기리기 위하여 마음에 들지 않는 위치에 자리한 자신의 숙소를 완전히 무시하고, 대신 로스마르크트에 있는 커다란 보리수 광장 전면을 온갖 색이 번쩍이는 입구로, 후면은 더욱 호사스러운 배경으로 장식하도록 했다. 그는 주변 전체에다 불을 밝혔다. 환한 불을 밝힌 받침대 위에 피라미드 모양과 공 모양의 등불이 매달려 있었다. 나무 사이에는 환한 꽃장식이 달려 있고, 그 옆에는 등이 매달려 흔들리고 있었다. 곳곳에서 빵과 소시지를 사람들에게 나누어 주었고 포도주도 빼놓지 않았다.

우리 네 사람은 서로 어울려 이리저리 돌아다녔다. 그레트헨의 곁에서 나는 정말로 행복한 낙원의 땅을 걷는 기분이었다. 나무에서 수정(水晶) 그릇을 따면 거기에 원하는 포도주가 금방 채워지고, 과일들을 흔들면 뭐든 원하는 음식으로 변하는 곳 말이다. 드디어 우리도 허기를 느꼈다. 그리하여 필라데스를 따라 아주 예쁘게 꾸며진 식당을 찾았다. 다들 거리에서 돌아다니느라 다른 손님들이 없었기 때문에, 우리는 더욱 편안했고 밤 대부분을 우정과 사랑, 애정의 느낌 속에서 더없이 명랑하고 행복하게 보냈다. 그레트헨을 집 앞까지 바래다주었을 때 그녀는 내 이마에 키스하였다. 이런 호의를 그녀가 내게 증명해 보인 건 그것이 처음이자 마지막이었다. 유감스럽게도 그 저녁 이후 다시는 그녀를 보지 못하게 되었기 때문이다.

다음날 내가 아직 자리에 누워있는데 걱정과 근심이 가득해서 어머니가 들어오셨다. 어머니의 마음이 심란하다는 것은 쉽게 알 수 있었다. "일어나라. 불쾌한 일이 있을 것이니 각오를 해라. 네가 나쁜 패거리와 어울리는 바람에 아주 위험하고 좋지 않은 일에 얽히게 된 것이 밝혀졌어. 아버지는 거의 제정신이 아니시다. 제삼자를 통해 사실을 알아보기로 했다는 말씀만 아버지한테서 간신히 들었다. 방에 있으면서 기다리도록 해라. 시의원 슈나이더 씨가 오실 거야. 이 일을 아버지한테서, 그리고 당국에서 위임받은 분이다. 이미 조사가 시작되었다는데 상황이 몹시 나쁘게 진행될 수도 있다는 것을 명심해라."

일이 사실보다 훨씬 더 안 좋게 받아들여지고 있음을 알 수 있었다. 사실이 밝혀지더라도 나로서는 적잖이 불안했다. 구원자가 된 집안의 오랜 친지분이 들어왔다. 그의 눈에는 눈물이 고여 있었다. 내 팔을 붙들며 그분이 말했다. "이런 일로 자네한테 와서 정말 안 됐네. 자네가 그토록 잘못된 길을 가고 있을 줄은 몰랐네. 그러나 나쁜 무리가 무슨 짓인들 못 하겠나. 이렇게 돼서 경험 없는 젊은이가 한 발 한 발 범죄로 이끌리는 거지." — "무슨 범죄가 있었다는 것인지 도무지 모르겠습니다." 내가 대답했다. "저는 나쁜 사람들과 어울린 적이 별로 없습니다." — "지금은 변명할 때가 아닐세." 그가 내 말을 끊었다. "조사하는 거니까. 그러니 알아서 정직하게 고백해 주게." — "무엇을 알고 싶으신가요?" 내가 맞서 이야기했다. 그가 앉아서 종이 한 장을 꺼내더니 묻기 시작했다. "모 씨를 자네 조부에게 모모직의 후보자로 추천하지 않았나?" 그렇다고 나는 대답했다. "어디에서 그 사람을 알게 되었나?" — "산책 중에서입니다." — "어떤 사람들과 어울렸나?" 나는 멈칫했다. 내 친구들을 밝혀내고 싶지 않았기 때문이다. "침묵해 봐야 아무 소용없네. 이미 전부 밝혀졌다네." — "도대체 무엇이 밝혀졌죠?" — "이 사람이 그런 무리를 통해서 자네에게 소개된 사실 말이네, 모모 씨를 통해서 말일세." 여기서 그는 내가 한 번 본 적도, 알지도 못하는 세 사람을 언급했다. 질문자에게 나는 모르는 사람들이라고 즉시 밝혔다. 그가 계속했다. "이 사람들을 모른다고 하다니. 그들과 종종 모였지 않았나!" — "전혀 아닙니다. 말씀드린 대로, 첫 번째 사람 말고는 아무도 모릅니다. 그리고 그 사람도 집에서 만난 적은 한 번도 없습니다." — "자주 모모 거리에 가지 않았는가?" — "간 적 없습니다." 그것은 진실이 아니었다. 언젠가 필라데스를 따라 그의 애인 집까지 간 적이 있었는데, 그가 말하는 거리는 그녀가 사는 곳이었다. 하지만 우리는 뒷문으로 가서 마당의 뒤채만 갔을 뿐이다. 그러니 그 거리에 가지 않았다고 핑계 댈 수 있다고 생각했다.

그 선량한 사람은 질문을 계속 했지만 나는 것을 모두 부인할 수 있었다. 그가 알고 싶어 하는 모든 것이 나로서는 전혀 모르는 일이 었기 때문이다. 마침내 기분이 나빠 보이는 그가 이렇게 말했다. "내 신뢰와 호의에 매우 나쁘게 보답하는군. 나는 자네를 구하러 왔네. 자네가 이 사람들을 위해서 혹은 그들의 공범자들을 위해서 편지를 작성해서 글을 쓰고 그들의 나쁜 장난에 도움을 준 것은 부인하지 못 할 것이네. 나는 자네를 구하러 왔어. 문제는 간단하지 않아. 필체 모 방, 유언장 위조, 차용증서 바꿔치기 같은 일이야. 나는 집안 친구로 만 온 것이 아니네. 자네 가정과 자네의 젊음을 생각해서, 자네와, 자 네와 함께 그물에 걸려든 몇몇 다른 젊은이들을 보호하려고 당국의 이름과 명령으로 온 것이네." 그가 든 인물 중에는 내가 친했던 사람 이 없는 것이 눈에 띄었다. 여러 상황이 딱 들어맞지는 않았으나 서 로 관련은 있었다. 나는 내 친구들을 보호할 수 있을 것 같았다. 그러 나 임무에 착실한 그분은 점점 더 집요해졌다. 나는 부인할 수 없었 다. 내가 여러 번 밤에 늦게 집으로 돌아왔다는 것, 집 열쇠를 잊어버 린 것, 내가 의심스러운 낮은 신분 사람들과 유원지에 함께 있는 것 이 여러 번 목격되었다는 것, 이 일에 여자들도 얽혀 있다는 것, 모든 것이 이름까지 전부 드러난 것 같았다. 그것이 더욱 나에게 완강하게 침묵하도록 만들었다. 그가 말했다. "나를 여기서 그냥 가게 하지 말 게. 이 일은 지체할 수 없네. 내 뒤를 이어 곧 다른 사람이 올 텐데, 그 는 나처럼 많은 여유를 주지는 않을 걸세. 아무튼, 고집을 부려서 나 쁜 일을 더 그르치지나 말게나."

이제 나는 선한 친구들, 특히 그레트헨을 정말 생생하게 그려보 았다. 나는 그들이 붙잡혀 심문당하고 처벌받고 비방당하는 모습을 보았으며, 문득 그들이 적어도 나한테는 모든 면에서 정직했지만 나쁜 사건에 개입되었을 수 있고, 적어도 제대로 내 마음에 든 적이 없고 항상 늦게 집으로 돌아오고 즐거운 이야기라고는 할 줄 모르는 맏형이라면 그랬을 수도 있다는 생각이 번개처럼 머리를 스쳐 갔다. 여전히 나는 나의 고백을 유보하고 있었다. 내가 말했다. "저는 개인적으로 어떤 악한 일도 한 적 없고 그런 점에서는 두려울 것이 없습니다. 그러나 제가 교류했던 사람들이 대담한 혹은 불법적인 행동으로 죄를 저지르는 것이 불가능한 일은 아닙니다. 찾아보십시오. 죄를 찾아내시면 그들을 넘겨서 처벌하십시오. 하지만 저는 지금까지 아무것도 비난받을 일을 한 것이 없었습니다. 그들에게 빚진 것도 없고요. 그들은 내게 친절하고 선량하게 처신했습니다." 그는 내가 다 이야기하도록 내버려 두지 않고 약간 흥분하며 외쳤다. "좋아. 찾아내겠네. 이 악당들은 세 집에서 회합을 했지." (그는 거리 이름을 언급하며 집을 상세히 설명했는데, 불행하게도 그 가운데는 내가 갔던 집이 있었다.) "첫 소굴은 벌써 소탕되었고, 지금 이 순간 나머지 둘도 소탕되고 있을 걸세. 불과 몇 시간 내로 모든 것이 밝혀질 거야. 제발 솔직하게 고백하고 법정 조사나 대질심문 같은 모두 고약하다고 부르는 일에서 벗어나도록 하게." 그는 그 집을 언급하고 상세히 설명했다. 결국, 나는 아무리 입을 다물어도 소용없다는 생각이 들었다. 우리들의 모임이 죄가 없었다고 설명하면 나보다도 그들에게 도움이 될 것 같았다. "앉으십시오." 내가 외치면서 문으로 가는 그를 되불렀다. "모든 것을 말씀드리고 저나 선생님의 마음을 가볍게 합시다. 한 가지만 부탁하니 이제부터는 제 말의 진실을 의심하지 말아 주십시오."

나는 그에게 일 전체가 어떻게 비롯되었는지 유래를 이야기했다.

처음에는 침착하고 태연하게 했지만, 점점 더 많은 인물과 대상과 사건을 기억해 불러오고 떠올리면서, 그리고 그 많은 순진무구한 기쁨, 그 많은 명랑한 즐거움을 이를테면 형사 법정 앞에 옮겨내면서 그만큼 더 고통스러운 감정이 커져서 결국 나는 눈물을 쏟았고 억제할 수 없는 격정에 몸을 내맡겼다. 이제야 진짜 비밀이 드러나는 길로 접어들었다고 생각한 그는 내가 고통스러워하는 것을 내가 바야흐로 엄청난 일을 고백하려는 징후로 여겼다. 그로서는 일을 밝히는 것이 우선이기에 될 수 있는 대로 나를 진정시켜 보려 했다. 부분적으로밖에 성공하지 못했지만, 그것은 어쨌든 내가 내 사연을 부족하게나마 전부 이야기할 수 있는 정도는 되었다. 그는 이 일이 죄가 없다는 점에 만족하기는 해도 아직 어느 정도의 의심은 떨치지 않은 채 나에게 새로운 질문을 했는데, 그것이 나를 또다시 흥분시키고 고통과 분노로 몰아넣었다. 드디어 나는 더 이상은 아무것도 할 말이 없노라고, 그리고 나는 죄가 없고, 좋은 집안 출신이며 평판이 좋으니 아무것도 두려워할 필요가 없는 걸로 안다고 확언했다. 그들이 무죄임을 인정받지 못하거나 아무런 이해도 받지 못한다 해도 그들 역시 마찬가지로 무죄인데, 만약 그들이 나처럼 보호받지 못하고 그들의 어리석음이 관대히 받아들여지지 않고 잘못이 용서받지 못한다면, 만약에 그들에게 조금이라도 혹독하고 부당한 일이 일어난다면 나는 자해를 하겠으니 말리지 말아 달라고 말했다. 여기에 대해서도 친구는 나를 위로해 보려 하였다. 하지만 나는 그를 믿지 않았으며, 그가 나를 떠날 때 나는 더없이 끔찍한 상태에 놓여 있었다. 이제 나는 나 자신에게, 일을 발설하고 모든 관계를 백일하에 드러냈다고 비난했다. 이 유치한 행동, 젊은이들의 애착과 친밀함이 전혀 다르게 해석될 수도 있고, 어쩌면 그 선량한 필라데스까지 함께 이 사건에 엮어 넣어 매우 불행하게 만들 수도 있다는 것을 예견했다. 이 모든 상상이 생생하게 하나씩 내 마음으로 밀려왔다. 나는 비탄에 빠져서 어쩔 줄을 몰라 바닥에 몸을 내던져 방바닥을 눈물로 적셨다.

얼마나 오래 누워 있었는지 모르겠는데, 누이동생이 들어왔다가 나의 모습에 놀라 위로하려고 갖은 애를 다 썼다. 동생은 말하기를, 시청사람 한 사람이 아래층 아버지 방에서 슈나이더 씨가 오기를 기다렸고, 두 사람이 한동안 문을 잠그고 있다가 돌아갔는데, 서로 만족해하고 웃으며 이야기를 했다는 것이다. "아무 일도 아니니 정말 다행입니다."라는 말을 들은 것 같다고 했다. "물론이지, 아무 일도 아니야." 내가 펄쩍 뛰었다. "나는, 우리는 말이야. 아무 죄도 없어. 만약 내가 죄를 지었다면 사람들이 곤란한 상황에서 나를 구해 주겠지. 하지만 친구들은, 그들은, 누가 그들을 도와주겠어!"라고 내가 소리쳤다. 누이동생은 고귀한 사람들을 구해 내려면 낮은 사람들의 잘못도 가려야만 할 것이라는 장황한 설명으로 나를 위로해 보려 했다. 아무 것도 소용없었다. 동생이 가버리자마자 나는 다시 고통에 몸을 맡겼다. 그리고 나의 애정과 열정의 모습, 현재와 미래의 불행의 광경을 계속 번갈아 떠올렸다. 말도 안 되는 이야기를 연이어 꾸며내고, 불행에 불행을 겹쳐서 특히 그레트헨과 나를 정말 비참하게 만드는 것까지 하나하나 생각해 보았다.

슈나이더 씨는 나더러 방에만 있으면서 식구들 말고는 아무와도 내 일을 이야기하지 말라고 명했다. 그건 아주 좋은 일이었는데 나는 혼자 있는 게 제일 좋았기 때문이다. 어머니와 누이동생이 이따금 찾아와서 온갖 좋은 위로로 힘을 다해 내 편이 되어주는 일을 잊지 않왔다. 이틀째 되던 날 벌써 그들은 이제 모든 것을 다 알게 된 아버지 대신 나에게 완전한 용서를 알리러 왔다. 용서받아서 고맙긴 했지만, 관심 있는 사람들에게 전시된 제국의 보물들을 구경하러 외출하자는 제의는 완강하게 거절했다. 그 불쾌한 사건이 나한테는 더는 다른 일이 없겠지만, 가엾은 내 친구들에게 어떤 결말이 났는지 알 때까지는 세상일이든 신성로마제국 일이든 아무것도 더 알고 싶지 않다고 단언했다. 식구들은 여기에 관해 직접 아무 말도 해줄 수 없었기 때문에 나를 혼자 내버려 두었다. 다음날에도 집 밖으로 나가서 공공 축제에 참석하도록 내 마음을 움직여 보려 했지만 아무 소용이 없었다. 성대한 대연회 일도, 신분 승급 행사도, 황제와 국왕의 공개 연회도 아무것도 내 마음에 와 닿지 않았다. 팔츠 선제후가 두 분의 폐하를 배알하기 위하여 왔고, 폐하는 선제후들을 방문해서 남겨진 몇 가지 문제를 처리하고 선제후 연맹을 갱신하기 위하여 마지막 선제후 회의에 함께 가게 되어있지만, 그 어떤 것도 내가 처해있는 괴로운 고독에서 나를 벗어나게 해줄 수는 없었다. 황제가 카푸친 교단의 교회에 행차하는 것도, 감사 축제일 종소리가 울리는 것에도 나는 관심 없었다. 나는 방에서 한 발도 나가지 않았다. 마지막 예포 소리가 제아무리 커도 나는 꼼짝하지 않았다. 화약 연기가 사라지고 소리가 잦아들었을 때 이 모든 찬란함은 내 마음에서 사라졌다.

나는 이제 내 비참을 되씹고 그것을 수천 배 상상해서 확대하는 것 외에는 그 어떤 데서도 만족을 느끼지 못했다. 내가 가진 모든 상상력의 재능, 시와 수사학도 이 아픈 상처에 바쳐져서, 이 힘 때문에 육체와 정신을 치유할 수 없는 불행으로 휘몰아 갔다. 이 슬픔 속에서는 그 어떤 것도 희망으로, 바램으로 보이지 않았다. 이따금 내 가 없은 친구들과 애인이 어떻게 되었는지, 더 자세한 조사에서 무엇이 나타났는지, 그들이 어느 정도 범죄와 얽혔는지 아니면 무죄로 밝혀졌는지 알고 싶은 무한한 욕망에 사로잡히기도 했다. 나는 매우 다양하게 이런 것을 꼼꼼하게 생각해 보았는데, 그들은 죄가 없고 정말 불행하다고 생각했다. 나는 이런 미확인 상태에서 해방되고 싶었다. 그래서 집안 친구에게 사건의 진행 상황을 나한테 숨겨서는 안 된다고 격렬하게 위협하는 편지들을 썼다. 하지만 곧 나의 불행을 정확하게 알게 되고 지금까지 번갈아 가며 나를 괴롭히고 일으켜 세우기도 했던 환상 속의 위로마저 사라져 버리게 되지 않을까 두려워서 편지들을 찢어버렸다.

그렇게 밤낮을 불안정한 상태로 미친 듯이 흥분하다가 지쳐 늘어지기를 반복했다. 결국, 꽤 심각한 질병이 닥쳤을 때는 오히려 행복한 느낌이었다. 의사가 오고, 온갖 방식으로 나를 진정시키려고 애를 썼다. 문제의 죄에 많든 적든 연루된 친구들이 관대한 취급을 받았고, 가까운 친구들이 거의 무죄나 다름없이 가벼운 훈계로 풀려났고 그레트헨은 도시를 떠나 자기 고향으로 갔다고 나에게 진지하게 알려주면 나를 진정시킬 수 있으리라고 사람들은 생각했다. 마지막 그레트헨 이야기를 하면서 무척 망설였는데, 나 또한 그것이 좋지 않은 징조임을 눈치챘다. 왜냐하면, 자발적으로 떠난 것이 아니라 수치스럽게 추방당한 것임을 알아차렸기 때문이었다. 내 육체와 정신의 상태는 그런 것으로 나아지지는 않았다. 괴로움은 오히려 본격적으로 시작되었고, 나로 말하자면 그 뒤 오래도록 슬픈 사건과 불가피한 파국으로 이어지는 기이한 소설을 자학적으로 머릿속에 계속 상상하고 있었다.

제2부

젊어서 원한 것은 노년에 풍성하게 이루어진다

제6장

나는 빨리 회복하고 싶은 마음과 그러고 싶지 않은 마음이 교차하는 것을 느꼈다. 불쾌감이 다른 감정과 뒤섞였다. 사람들이 편지 같은 것을 가져다줄 때 나를 감시하면서 내가 어떤 반응인지, 숨기는지 혹은 보도록 내버려 두는지 유심히 살피는 것을 느꼈기 때문이었다. 나는 필라데스나 사촌 혹은 그레트헨이 소식을 전하거나 소식을 들으려고 나한테 편지를 보낼지 모른다고 추측을 해보았다. 그런 생각을 하니 걱정이 되어 화가 났고, 계속 새로운 억측을 하게 되어 이상한 상상까지 하게 되었다.

얼마 후에 나에게 특별한 감독자가 한 사람 생겼다. 다행히도 내가 좋아하고 존경하는 사람이었다. 가까운 집안의 가정교사였는데, 가르치던 제자가 혼자 대학으로 가버린 상황이었다. 슬픈 상황에 놓인 나를 그가 자주 찾아왔는데, 결국에는 내 옆방 하나를 내주는 것이 아주 당연해졌다. 그는 관심을 쏟아 나를 안정시켜 주었고, 내가 느낄 정도로 나한테서 눈을 떼지 않았다. 나는 진심으로 그를 존경했고 그레트헨에 대한 애정만은 숨겼지만, 전부터 다른 일은 다 이야기하며 지냈기 때문에, 함께 지내면서 서로 못 믿고 반목하는 것은 견딜 수 없는 일이라고 생각해서 마음을 터놓고 솔직하게 대하려고 했다. 이번 사건과 관련해서도 나는 숨김없이 이야기했는데, 지나간 나의 행복에 관한 사소한 상황들을 반복해서 이야기하는 가운데 나는 서서히 원기를 되찾았다. 이해심 많은 그 역시 드디어 사건의 전모를 나에게 상세하고 분명하게 말해주는 때가 되었다고 생각하기에 이르렀다. 일의 전모가 밝혀졌으니 마음을 가라앉혀 지난 일은 잊어버리고 새로운 삶을 시작해야 한다고 진지하고도 열성적으로 나를 설득하기 위해서였다. 우선 그는 나에게 어느 가문의 젊은이들이 속아서 뻔뻔스러운 속임수와 어처구니없는 범죄, 심지어 장난스러운 금전 사기 같은 곤란한 사건에 얽혀들었다는 이야기를 해주었다. 작은 범죄 그룹이 만들어졌는데 비양심적인 인간들이 가담하여 문서 위조와 서명 복제 같은 범죄를 저지르고, 엄중한 형벌을 받을 만한 범행까지 모의했다는 것이다. 드디어 내가 사촌들에 관해 물었더니, 그들은 죄가 없고 그냥 알고 지내던 사이일 뿐 아무런 관련이 없다고 했다. 처음에 내가 외할아버지께 추천을 부탁해서 나까지 의심을 받게 한 사람은 최악의 인물 중의 한 명인데, 범행을 기도하고 은폐하려는 목적으로 그 자리를 부탁했다. 전부 다 듣고 난 후에 나는 그레트헨이 어떻게 되었는지 물어보았다. 그녀에 대한 극진한 애정을 고백한 것은 이번이 처음이었다. 친구는 고개를 저으면서 미소를 띠었다. "안심해도 됩니다. 잘 해결되었어요. 진술도 나무랄데가 없었습니다. 그녀에게서는 선량하고 착하다는 것밖에는 아무것도 찾아내지 못했습니다. 심사관들도 호감을 느껴서 이 도시를 떠나고 싶다는 그녀의 소원을 거절하지 못했습니다. 당신에 관한 그녀의 고백도 훌륭했습니다. 나는 비공개 서류 속에 있는 그녀의 진술서를 읽어보았고, 서명도 보았습니다." — "서명했다고요! 그것이 나를 행복하게도 불행하게도 만드는 것입니다. 도대체 그녀가 무엇을 고백했나요? 무엇에 서명했습니까?" 내가 소리쳤다. 친구는 대답하기를 꺼렸다. 그러나 쾌활한 그의 얼굴빛은 위험한 것을 감추고 있지 않다는 것을 알려주었다. "당신에 관해, 또 당신과의 교제에 관해 말이 나오자 그녀는 숨김없이 이렇게 말했습니다. '제가 그를 좋아했기 때문에 자주 만난 것은 부정할 수 없는 사실입니다. 그러나 아이로 보았을 뿐, 그에 대한 애정은 누나 같은 감정이었습니다. 여러 상황에서 저는 충고를 해 주었습니다. 나는 그가 위험한 행동을 하도록 선동한 일이 없고, 폐를 끼치는 악의적인 장난에 관계하는 것을 말렸을 뿐입니다.'"

친구는 그레트헨을 교사로 부르기까지 했지만 나는 이야기를 듣고 있지 않았다. 그녀가 진술할 때 나를 아이로 불렀다는 것에 무척 기분이 상해서 그녀에 대한 열정에서 일시에 깨어난 느낌이 든 때문이었다. 그렇다. 나는 친구에게 이제 모든 일이 끝났노라고 확언했다. 그녀에 관해서 더는 말을 안 했고 이름조차 꺼내지 않았다. 그렇기는 해도 그녀의 모습이나 존재, 행동을 상상하는 좋지 못한 습관은 버릴 수가 없었다. 하지만 이제 그녀는 전과 다른 모습으로 나타났다. 나 스스로 분별 있고 재치 있다고 생각하고 있었는데, 나보다 불과 두세 살 많은 여자가 나를 아이 취급했다는 사실이 참을 수 없었다. 전에 그다지도 나를 매혹시켰던 그녀의 냉정하고 거부적인 태도도 이제는 아주 거슬렸다. 나에게 친근한 태도로 굴면서 나한테는 그러지 못하게 하던 태도도 혐오스러웠다. 시로 쓴 연애편지에 서명까지 해서 나에게 정식으로 애정을 표시했으니 나로서는 영리하고 욕심 많은 애교장이로밖에 볼 수 없는 상황이었지만, 그런 일은 없었더라면 더 좋았을 것이다. 장신구 가게의 그녀 모습도 이젠 순수하게 느껴지지 않았다. 이 화나는 생각을 얼마나 골똘히 했는지 마침

내 그녀의 사랑스러운 모습이 모두 지워지고 말 정도였다. 그래도 이성에 따라 사실을 확신한 뒤 그녀를 비난해야 한다고 생각했지만 내 생각이 거짓임을 입증하듯 그녀의 모습은 자주 내 앞에 어른거렸다.

그러는 사이 갈고리가 달린 화살은 내 가슴에서 빠져나갔다. 문제는 어떻게 하면 내부에 있는 청춘의 치유력을 도와주느냐에 있었다. 울고 정신없이 미쳐 날뛰는 일은 용기를 내서 그만두었는데, 이제 그런 일은 어린아이 짓으로 보였다. 회복의 길로 가는 큰 발걸음이었다. 밤늦게까지 격렬한 감정에 휩싸여 고민하며 눈물과 흐느낌으로 아무것도 삼킬 수 없게 되었고 먹고 마시는 일마저 괴로워 가슴까지 고통스러웠다. 그녀의 진술을 전해 듣고 진상을 알게 된 후 느낀 불쾌감으로 인해 나는 모든 감상적인 것을 몰아냈다. 나를 젖먹이로 취급하고 유모라도 되듯이 자신을 대단하게 생각하며 뽐내는 여자 때문에 잠도 휴식도 건강도 희생하는 것이 끔찍스런 것임을 알았다.

마음 상하게 하는 생각들은 오로지 활동을 통해서만 떨쳐내 버릴 수 있다는 것을 확신했지만, 도대체 무엇을 해야 한단 말인가? 나는 여러 면에서 많은 것을 만회해야 했고, 이제는 대학 진학 준비도 해야 했다. 그러나 어느 것에도 흥미가 없고 성공할 것 같지도 않았다. 많은 것이 이미 알고 있는 것으로 시시하게 보였다. 더 깊이 기초를 닦을 만한 힘도, 기회도 없었다. 그래서 유능한 옆방 친구의 취미를 따라서 해보고 싶은 마음이 들었는데 그것은 매우 새롭고 낯선 분야로 꽤 오랫동안 지식과 성찰의 넓은 영역을 제공해 주었다. 친구는 나에게 철학의 비밀을 알려주기 시작했다. 그는 예나에서 다리스[01]한데 배웠고, 잘 정돈된 두뇌를 가지고 있어 학설의 전체적 연관성을 명확히 파악하고 있었으며, 그런 것을 나에게도 가르쳐 주려고 애를 썼다. 그러나 유감스럽게도 내 머릿속은 그런 식으로 종합이 되지 않았다. 내가 질문을 하면 그는 나중에 대답해 주겠다고 했고, 내가 다시 요구하면 후에 해결해 주겠다고 약속했다. 우리의 가장 커다란 견해 차이는 철학은 종교나 문학 속에 이미 포함되어 있으니 철학을 따로 거기에서 분리할 필요가 없다는 나의 주장에서 비롯되었다. 그는 내 주장을 전혀 인정하지 않았고, 오히려 철학으로 기초가 세워져야 한다는 것을 증명하려 했다. 나는 그것을 완강히 부정했고, 대화가 진전됨에 따라 한 걸음씩 나의 주장에 맞는 근거를 발견해 갔다. 문학에는 불가능한 것에 대한 믿음이 있고 종교에도 불가해한 것에 대한 같은 신앙이 있기 때문에, 철학자들이 그들의 영역에서 이 양자를 증명하고 설명하는 것은 매우 곤란한 일이라고 생각한 때문이었다. 게다가 철학자마다 다른 근거를 찾았고, 모든 것은 결국 기초도 근거도 없다고 회의주의들이 주장한 사실은 철학사에서 입증되어 있었다.

독단적인 강의에서는 아무것도 얻지 못했기 때문에 친구가 함께 해볼 필요가 있다고 말한 철학사 공부가 굉장히 재미있었다. 그럴 마음이 든 것은 하나의 학설이나 의견이 내가 보는 바로는 다른 것과 차이가 없어 보인 때문이었다. 고대인들이나 그들의 학파에서 내 마음에 든 것은 문학, 종교, 철학이 완전히 하나로 합쳐 있다고 주장한 것으로, 욥기, 아가, 솔로몬의 잠언, 오르페우스와 헤시오도스의 노

---

01 Joachim Georg Daries (1714~1791): 도덕철학 교수.

래도 내 의견에 대해 정당한 증거를 보여 주는 것처럼 생각되었기 때문에 나는 점점 더 열렬히 처음의 의견을 주장했다. 나의 친구는 브루커[02] 축약본을 논거로 삼았는데 나는 앞으로 나갈수록 점점 더 알 수 없었다. 초기의 그리스 철학자들이 무엇을 하려 했는지 명확히 알 수가 없었다. 소크라테스는 생애와 죽음에 있어 그리스도와 비교할 수 있을 만큼 탁월한 현인으로 생각되었다. 반면 소크라테스의 제자들은 스승이 세상을 떠난 후 곧 분열하여 각자 공개적으로 각자의 독자적인 신념을 올바른 것으로 인식했던 사도들과 비슷해 보였다. 아리스토텔레스의 예리함도 플라톤의 완벽함도 나에게는 조금도 소용이 없었다. 반대로 스토아학파에 대해서는 전부터 애착을 가지고 있었기 때문에 에픽테토스[03]의 작품을 구해서 큰 관심을 두고 연구했다. 친구는 내가 한 면으로만 파고드는 것을 막을 수 없자, 하는 수 없이 내버려 두었다. 그는 다방면의 연구를 했지만 중요한 문제를 집약할 줄 몰랐다. 그는 인생에서는 단지 행위만이 중요하며, 즐거움이나 고통은 저절로 해결되는 것이니 젊은 사람은 내버려 두어도 괜찮다는 식이었다. 젊은 사람은 잘못된 원칙에 오랫동안 붙잡혀 있지는 않은 법이고, 인생은 곧 그들을 거기서 끌어내거나 다른 곳으로 유혹한다는 것이었다.

계절이 아름다워졌다. 우리는 자주 교외로 나가서 도시 주변에 산재한 많은 유원지를 찾아다녔다. 그러나 그런 곳이 나는 오히려 싫었다. 아직도 가는 곳마다 사촌들의 유령을 보았고 여기저기서 혹시

---

02 Johann Jakob Brucker (1696~1770): 철학자이자 역사학자. 여기서는 Institutiones Historiae Philosophicae (Leipzig 1747)의 축약본을 말한다.

03 Epiktetos (55년경~135년경): 스토아학파의 철학자.

만나지 않을까 두려웠기 때문이다. 사람들의 냉담한 시선도 괴로웠다. 나는 남의 눈길이나 비난을 받지 않고 돌아다니면서 혼잡함 속에서도 관찰자가 있다는 생각을 할 필요가 없는 무의식의 행복을 잃어버리고 말았다. 마치 내가 사람들의 주의를 끌어들이고, 그들이 내 거동을 감시하고 주목하고 비난하려고 쳐다보는 것 같은 우울한 망상이 나를 괴롭히기 시작했다.

그래서 나는 친구를 숲으로 데리고 갔다. 단조로운 소나무를 피해 잎이 아름답게 우거진 숲 속을 찾아다녔다. 그런 숲이 부근에 널리 퍼져 있지는 않았지만, 상처 입은 내 가련한 가슴을 가릴 정도는 되었다. 우리는 깊숙한 숲 속에서 참나무와 너도밤나무의 고목이 넓고 그늘진 공지를 만들고 있는 장소를 찾아냈다. 지면은 약간 경사가 져서 해묵은 나무 등걸이 그 가치를 뚜렷이 드러내고 있었다. 공터 주변에서는 빽빽이 들어선 관목 숲이 둘러섰고, 이끼 낀 암석이 힘차고 위엄 있게 내다보였다. 물이 풍부한 개울에는 물살이 빠른 폭포가 만들어져 있었다.

강가의 널찍한 장소에서 사람들과 함께 있는 것을 더 좋아하는 친구를 내가 억지로 여기까지 끌고 오자, 그는 농담조로 이것으로 내가 순수한 독일인이라는 것이 증명된다고 했다. 타키투스[04]를 인용하면서 그는 적막 가운데서 우리 선조들이 꾸밈없는 모습을 보여주는 자연이 전해 주는 감정에 얼마나 만족했는지를 장황하게 말하기 시작했다. 그런 것에 관해서 잠깐 이야기를 했을 때 내가 큰소리로 외쳤다. "아! 이렇게 소중한 장소가 왜 깊숙한 황야에 있지 않은가, 이

---

04 Tacitus (56~117년) 98년경 쓴 《게르마니아》가 유명하다.

장소와 우리를 신성하게 하고, 세상으로부터 격리하기 위해서 왜 우리는 주위에 울타리를 치면 안 된단 말인가! 어떤 우상도 필요 없다. 오직 자연과의 대화에서 가슴에 솟아오르는 것만큼 더 아름다운 경배는 없다!"그때의 느낌은 지금도 생생하지만, 정확히 무슨 말을 했는지는 기억에서 사라지고 없다. 하지만 젊은이나 교양을 갖추지 못한 백성들이 갖는 막연하고 풍부한 감정만이 숭고하다는 것, 만약에 외적인 사물을 통해서 우리의 마음에 감동을 일으키려면, 형체가 없거나 포착할 수 없는 형태이며 그것이 우리를 필적할 수 없는 위대함으로 압도한다는 것은 확실히 느꼈다.

영혼의 이런 분위기는 인간이면 누구나 어느 정도 느끼는 것으로, 우리는 이 고귀한 욕구를 다양한 방법으로 채우려고 노력한다. 하지만 숭고한 이런 느낌이 사물의 모습과 하나로 통합되는 것은 어스름한 시간인 까닭에 밤에 나타나기가 쉽고, 모든 것을 구별하고 분리하는 낮에는 추방당한다. 그래서 숭고한 것이 다행스럽게도 아름다움 속으로 도피하여 서로 긴밀히 결합하여 양자가 불멸하면서 절대 파괴되지 않는 것으로 되지 않는한, 숭고한 것은 지각(知覺)이 발전함에 따라 소멸하기 마련이다.

짧고 즐거운 순간들을 사색적인 나의 친구가 단축했다. 나는 거기를 떠나 인간 사회로 들어가 밝고 멋없는 환경 속에서 그런 감정을 다시 한 번 일깨워보려 했지만 허사였다. 그뿐만 아니라 그런 감정의 기억조차 간직할 수 없었다. 너무 멋대로 길들었기 때문에 내 마음은 안정시킬 수가 없었다. 사랑하지만 내 마음은 대상을 몰수당했고, 살아 있지만, 그 삶은 비참한 것이 되고 말았다. 어떤 친구가 여러분을 교육하려는 눈치를 노골적으로 보이면, 여러분은 결코 유쾌한 마음을 가질 수 없을 것이다. 하지만 어떤 여자가 여러분에게 친근하게 행동하면서 여러분을 교육한다면 그녀는 마치 기쁨을 가져다주는 천사처럼 숭배를 받을 것이다. 그러나 아름다움의 개념을 나에게 일깨워 주던 그 모습은 멀리 사라지고 말았다. 그 모습은 종종 참나무 그늘 밑으로 나를 찾아왔지만 나는 붙잡아 둘 수가 없었다. 그래서 나는 넓은 세상에서 그 비슷한 모습을 찾아보겠다는 강한 충동을 느꼈다.

어느 사이엔가 나는 친구이자 감독자에게 나를 혼자 두도록 만들었는데, 거의 강제적인 것이었다. 신성한 숲에서도 나는 무어라고 말할 수 없는 거대한 감정들이 충분치 못했기 때문이다. 내가 세계를 파악하는 기관은 무엇보다도 눈이었다. 어려서부터 나는 화가들 사이에서 생활했고, 대상을 그들처럼 예술과 관련지어 보는 것이 습관이 되어 있었다. 이제 홀로 고독 속에 몸을 맡기고 보니 절반은 선천적이고 절반은 후천적인 재능이 나타나기 시작했다. 어디에서나 나는 그림을 보았고, 시선을 끌면서 나를 즐겁게 하는 모든 것을 잡아두고자 했다. 그래서 미숙한 솜씨로 자연을 사생하기 시작했다. 모든 것이 부족했다. 아무런 기술적인 수단도 없이 나는 눈앞에 보이는 가장 아름다운 것을 그리려고 계속 노력했다. 그 결과 이 일로 인해서 나에게는 사물에 대한 주의력이 생겼다. 그러나 나는 사물이 나에게 영향을 주는 범위 내에서만 전체적으로 파악했을 따름이다. 자연이 나를 서술가로 만들어 주지 않은 것과 마찬가지로 나에게 개별적인 대상을 그리는 화가의 능력도 주지 않았다. 그러나 나를 표현하는 방법으로 남은 것은 단지 그것밖에 없으므로 그림이 잘 안 되면 안 될수록 나는 더욱더 끈기 있게 처참한 마음으로 열심히 계속했다.

그러나 일종의 장난기 역시 섞여 있던 것을 부정하고 싶지는 않다. 왜냐하면, 내가 어렵게 그림의 대상으로 휘어진 뿌리에서 반짝거리는 풀잎과 함께 밝게 빛나는 담쟁이덩굴이 기어 올라가 반쯤 그늘진 고목의 등걸을 선택하면, 그 일이 한 시간 내에는 끝나지 않으리라는 것을 경험으로 알고 있는 내 친구가 책 한 권을 들고 마음에 드는 장소를 찾아가는 버릇이 생긴 것을 내가 눈치챘기 때문이었다. 이제 내가 좋아하는 것에 몰두하는 일을 방해하는 것은 아무것도 없었다. 내가 그림을 열심히 그린 것은 그 속에서 그려놓은 것뿐 아니라 그리면서 생각했던 것들도 볼 수 있기 때문이었다. 흔한 풀이나 꽃 그림도 아름다운 일기로 남을 수 있다. 행복한 순간의 기억을 다시 불러올 수 있는 것은 결코 무의미한 것이 아니다. 다양한 시기에 그린 많은 그림이 가치 없다고 없애 버리기에는 너무도 아깝다. 그 그림들은 슬픔을 느끼게도 하지만 흐뭇한 마음으로 회상할 수 있는 시절로 나를 직접 옮겨 주기 때문이다.

그런 그림들이 자체로 흥미를 끌었다면 그것은 아버지의 참여와 관심 덕분일 것이다. 내가 차츰 상황이 회복되고 있으며 특히 자연을 그리는 데 열중하고 있다는 소식을 감독자에게서 전해 듣고 아버지는 무척 기뻐하셨다. 아버지 자신도 스케치와 회화를 중시하기도 했고, 한편으로 교부(教父) 제카츠가 아버지에게 나를 화가로 만들지 않는 것이 아깝다고 몇 번이나 말한 적이 있기 때문이었다. 그러나 이번에도 부자간의 개성이 충돌했다. 이유는 그림을 그릴 때 희고 좋은 새 종이를 사용하는 것이 나에게는 거의 불가능한 때문이었다. 나는 낡아 회색이 되고 구석에 글씨를 쓰다 만 것 같은 종이가 제일 좋았다. 마치 나의 무능력이 하얀 백지라는 시금석을 두려워하기라도 하는 것 같기도 했다. 그래서 완성한 그림이 없었다. 눈으로 본 것을 이해하지 못하고, 알고 있는 개별적인 것, 그것을 그려 낼 능력과 인내심이 없었으니 어떻게 완전한 것을 만들어 낼 수 있었겠는가! 이 점에서도 아버지의 교육방식은 감탄할 만했다. 아버지는 다정하게 나의 계획을 물어보고 모든 미완성 그림 둘레에 선을 그었다. 그렇게 해서 완전하고 세밀한 그림을 만들게 하려고 했다. 아버지는 멋대로인 종이를 똑같이 잘라 그것으로 화집을 만들어 장차 아들의 진보한 실력을 보면서 즐기려 했다. 그래서 내가 마음을 잡지 못한 채 불안한 마음으로 근방을 돌아다녀도 아버지는 조금도 언짢아하지 않았다. 내가 어떤 화첩이든 가지고 돌아오기만 해도 만족하는 표정이었다. 화첩으로 아버지는 인내력을 익히고 아들에 대한 희망을 어느 정도 굳힐 수 있었다.

가족들은 내가 전과 같은 애정이나 인간관계로 되돌아갈 수도 있다는 근심을 더는 하지 않게 되었고, 나에게 서서히 완전한 자유를 주었다. 우연한 일로 만난 사람들과 함께 나는 어렸을 때부터 멀리 장엄한 모습으로 솟아 있던 산으로 도보 여행을 했다. 우리는 홈부르크와 크론베르크를 찾아갔고, 펠트베르크에도 올라가 보았다. 산 위에서 내려다보는 전망은 더욱 먼 곳으로 우리를 유혹했다. 그래서 쾨니히슈타인도 찾아보지 않고는 못 견뎠고, 비스바덴과 슈발바흐가 며칠씩 우리를 붙잡아 두기도 했다. 우리는, 산 정상에서 내려다보았을 때, 멀리 굽이쳐 흐르는 라인 강에도 갔다. 마인츠는 우리를 감탄시켰지만, 더 멀리 야외로 나가려는 젊은이의 마음을 잡아 둘 수는 없었다. 우리는 비브리히의 맥주에 신이 나 만족하고 기쁜 마음으로 집으로 돌아왔다.

아버지가 많은 그림이 나오기를 기대했던 이번 여행에선 거의 수확이 없었다. 멀고 광활한 광경을 그림으로 파악하기에는 나의 감각이나 재능, 연습이 미치지 못하기 때문이었다. 나도 모르게 다시 협소한 곳으로 들어가 몇 장의 그림을 그렸다. 고대를 연상시키는 허물어진 성이나 성벽은 보지 못해서 훌륭한 소재를 발견할 수 없었지만, 그래도 가능한 한 열심히 모사했다. 마인츠 성벽 위에 있는 드루센[05]도 위험과 불편을 무릅쓰고 그렸다. 그러한 위험이나 불편은 여행에서 몇 장의 추억이 될 만한 그림을 그려서 돌아가려는 사람이면 누구나 경험해야 하는 것이었다. 이번에도 나는 가장 낡은 종이에 여러 사물을 어울리지 않게 잔뜩 그려 넣었다. 스승이자 아버지는 조금도 당황하지 않았다. 아버지는 종이를 잘라서 모은 그림들을 제본사에게 맡겨 정리하도록 부탁했고, 각 그림에 바깥 선을 그어 나로 하여금 억지로 산의 윤곽을 가장자리까지 그리게 했고, 풀과 돌들로 전경을 채우도록 했다.

아버지의 성실한 노력이 내 재능을 발전시키지는 못했다 하더라도, 이처럼 꼼꼼하게 정리하는 성격은 알게 모르게 나에게 영향을 끼쳐 나중에 여러 가지 방법으로 생생하게 드러났다.

짧은 기간 반복되며 진행되는, 절반은 오락이며 절반은 미술인 여행에서 나는 다시 집으로 돌아왔다. 전부터 강력하게 나를 끌어당기는 자석 때문이었다. 그것은 바로 누이동생이었다. 나보다 한 살 아래인 여동생은 내가 철이 들면서부터 함께 지내왔으며 그러기 때문에 나와는 가장 친밀한 사이였다. 이런 자연적인 이유에다 덧붙여

---

05 Drusenstein: 마인츠에 있는 로마 시대 유물.

서 우리 사이는 집안일로 일어난 충돌로 인해 더욱 긴밀해졌다. 애정이 깊고 다정하나 근엄한 아버지는 마음속에 온정을 품고 있으면서 외면상으로는 놀랄 정도로 철저하고 강철처럼 엄격했으며, 그렇게 함으로써 자식들에게 최선의 교육을 했다. 반대로 아직도 어린아이 같은 어머니는 두 자녀와 더불어, 그들 사이에서 비로소 성장한 분이었다. 세상을 건강한 눈으로 인식하는 세 사람은 생활력이 있고 현재를 향유하길 원했다. 가정 내에 떠도는 갈등은 해가 갈수록 심해졌다. 아버지는 확고부동하게 자기 뜻을 따랐고, 어머니와 어린아이들은 자신들의 감정과 생각을 포기할 수가 없었다.

이러한 사정에서 오누이가 굳게 뭉쳐 어머니 편을 들고, 금지된 즐거움을 조금이라도 맛보기 위해서 서로 단단히 결속해서 어머니 편을 드는 것은 자연스러운 일이었다. 하지만 붙잡혀 공부해야 하는 시간이, 쉬며 즐기는 시간과 비교해도 너무 길어서 한 번도 나처럼 오랫동안 집을 떠난 적이 없는 누이동생에게는 나와 재미있게 이야기를 나누고 싶은 욕망이 그리움으로 더욱 심해졌고, 그 그리움과 더불어 동생은 나와 멀리까지 동행했다.

어렸을 때부터 우리는 쌍둥이로 여겨질 만큼 공부와 놀이 그리고 성장과 교육을 공유했기 때문에, 이러한 관계와 신뢰감은 육체나 정신력의 발전에도 그대로 계속되고 있었다. 정신적 모습을 가장한 관능적 충동이나 관능적 모습을 가장한 정신적 욕구가 눈을 뜰 때의 경이로움, 계곡에서 솟아오르는 안개가 계곡을 덮어 어둡게 하듯이 해명보다 오히려 의혹을 남기는 모든 상황, 거기에서 생겨나는 숱한 혼란과 오류를 우리 남매는 손을 잡고 함께 나누며 극복했다. 더욱 가까워지면서 남매라는 성스런 부끄러움은 더욱 뚜렷하게 모습을 드러냈고, 서로 더욱 멀어지게 만드는 우리들의 묘한 상황에 대한 깨달음은 어렴풋이 모습을 드러냈다.

수년 전에 써보려고 하다가 하지 못했던 것을 전반적으로 이야기하려 하니 마음이 내키지는 않는다. 사랑했지만 잘 알 수 없던 동생을 너무 일찍 잃어버렸기 때문에[06] 그녀의 가치를 생생하게 설명할 동기는 충분하다. 동생의 개성을 표현할 수 있는 전체 작품의 구상이 떠오른다. 거기에 맞는 다른 형식으로는 리처드슨[07]의 소설 형식 외에는 생각나는 것이 없었다. 세밀한 섬세함을 통해서만 전체 성격을 생생하게 묘사하되, 신비하고 깊은 곳에서 우러난 것으로 그 깊이에 관한 암시를 주는 끝없는 섬세함으로 이루어진 형식이다. 이 방법만이 특이한 사람의 성격을 전하는 데 어느 정도 성공할 수 있었을 것이다. 샘물이 흐르고 있어야만 샘인 까닭이다. 그런데 세상일이 너무 번잡해서 나는 다른 일들과 함께 이 아름답고 경건한 계획을 그만두었다. 이제는 요술 거울의 힘을 빌려 고인의 그림자를 잠시나마 불러낼 수밖에 없다.

누이동생은 키가 크고 균형 잡힌 몸을 가졌으며 몸가짐에는 소박한 품격 같은 것이 있었는데, 그것이 기분 좋은 부드러움과 융합되어 있었다. 얼굴의 생김새는 빼어나지도 예쁘지도 않아서 자신과 일치되지도 않고, 일치될 수도 없는 본성을 드러내 주고 있었다. 눈은, 내가 이제까지 본 눈 중에서 가장 아름다운 눈이라고 할 수는 없지만, 그 속에 무엇인가 담겨 있는 것처럼 깊었으며, 호감이나 사랑을 표현할 때는 어느 것과도 비교할 수 없는 광채가 났다. 그러나 이 표

---

06 여동생 코르넬리아는 1777년 27살 나이로 세상을 떠났다.

07 Samuel Richardson (1689~1761): 영국 소설가.

현은 마음속에서 우러나 무엇을 동경하며 소원하는 그런 애정이 담긴 표현이 아니라 영혼 속에서 우러나는 표현으로, 풍성하고 풍부해서 받을 필요 없이 주기만 하는 것으로 보였다.

그러나 동생의 얼굴을 흉하고 이상하게 만든 것은 이마를 노출할 뿐 아니라 별생각 없이, 혹은 고의적으로 이마를 넓게 만드는 당시의 유행이었다. 동생은 매우 여성스럽고 보기 좋은 둥근 이마를 가지고 있었지만, 눈썹이 짙고 눈이 약간 튀어나와서 유행에 따라서 이마를 넓게 만들 경우 거부감까지는 아니지만 적어도 매력을 끌지는 못했다. 그녀는 일찍이 그것을 느끼고 있었다. 그래서 남성과 여성이 서로 잘 보이려는 허물없는 욕망을 느끼는 나이가 될수록 고통을 받았다.

자기 얼굴을 싫어하는 사람은 없고, 못생긴 사람이건 잘생긴 사람이건 현재의 모습을 좋아할 권리는 있다. 호의를 가지고 보면 아름답게 보이는 법이고 누구나 거울 속의 자기 모습은 호의적으로 보기 때문에, 설령 그러지 않으려고 해도 자기 모습을 만족스럽게 바라보게 되어 있다. 그러나 누이동생은 이성이 유난히 발달하였기 때문에 이 점에서 함께 노는 친구 중 자기가 가장 뒤떨어진다는 것을 너무도 잘 알고 있었고, 내적인 장점에서는 자신이 친구들보다 훨씬 훌륭하다고 위안을 받지도 못했다.

여성에게 아름다움이 부족하다 할지라도 친구들에게서 받는 무한한 신뢰, 존경과 사랑으로 그 상처는 충분히 보상받을 수 있다. 손아래든 위든 모두가 내 누이동생을 똑같은 감정으로 사랑하고 있었다. 주위에는 즐거운 모임이 만들어졌고 그중에는 젊은 남자들도 있었다. 저마다 남자친구가 있었지만, 누이동생만 짝이 없었다. 사실

동생의 외모가 어느 정도 남자를 가까이 오지 못하게 하는 점도 있었지만, 외모를 통해서 나타나는 속마음 역시 남자를 끌어당기기보다는 물리치는 편이었다. 기품 있는 존재는 타인들을 통해 자신을 돌아보게 하는 까닭이다. 누이동생은 그것을 절실히 느꼈고 나에게도 숨김없이 말했다. 그래서 더욱 강렬하게 애정을 나에게 돌렸다. 이런 경우는 특이한 것이었다. 누군가가 친구에게 연애 관계를 고백하면, 그 친구는 진심으로 동정한 나머지 상대방을 함께 사랑하게 되어 사랑의 경쟁자가 되어 상대방의 사랑을 자기에게로 끌어오는 것처럼 우리 남매의 관계도 그랬다. 나와 그레트헨의 관계가 끝나자 누이동생은 경쟁자가 없어졌다는 안도감을 느껴 더욱더 진심으로 나를 위로해 주었다. 나 역시 누이동생에게서 정당한 대우를 받을 때, 내가 동생을 진정 사랑하고 인정하고 존중하는 단 한 사람이란 사실에 마음속에서 절반은 짓궂은 희열을 느끼지 않을 수 없었다. 때때로 그레트헨과 헤어진 고통이 마음속에 되살아나 별안간 울고 한탄하거나 거친 행동을 하기 시작하면, 잃어버린 것에 대한 나의 절망감이 누이동생에게도 역시 청춘의 애정을 꽃피워보지 못하고 수포로 지나갔다는 절망적인 초조감을 불러일으켜, 우리는 서로 한없이 불행하다고 여겼다. 더욱이 서로 신뢰하는 두 사람이 애인이 될 수 없으므로 더 심했다.

쓸데없이 많은 불행을 안겨 주는 짓궂은 사랑의 신은 다행히도 이런 곤란 속에서 우리를 구해 주는 호의를 베풀어 주었다. 나는 파일[08] 기숙학교에서 교육을 받고 있는 어느 젊은 영국인과 교류하고 있었

08 Leopold Heineich Pfeil (1726~1792).

다. 그는 영어를 잘 설명해 주었고, 나는 그와 함께 영어를 공부하며 영국과 영국인에 관해서 여러 가지를 배웠다. 그는 상당히 오랫동안 우리 집에 드나들었는데, 그가 누이동생에게 애정을 품고 있다는 것을 나는 모르고 있었다. 그는 애정이 열렬한 사랑으로 자라날 때까지 마음속에 조용히 간직하고 있었던 것 같다. 그가 생각지도 않게 갑자기 고백했기 때문이다. 누이동생은 그를 잘 알고 존중했는데 그는 그럴 만한 사람이었다. 누이동생은 우리들의 영어 회화에 제삼자로 끼어 있었다. 우리는 그의 특이한 영어 발음을 배우려고 노력했다. 그 때문에 발음의 특성뿐만 아니라 그의 개인적인 특성에도 익숙해져서 마침내는 우리는 모두 한 입에서 같이 이야기하는 것처럼 진기하게 들렸다. 같은 방법으로 독일어를 우리에게서 배우려고 했던 그의 노력은 잘 이루어지지 않았다. 이 작은 연애 사건은 내가 알기에는 글이나 대화 모두 영어로 이루어졌다고 생각된다. 두 젊은이는 잘 어울렸다. 그는 누이동생처럼 키가 크고 훌륭한 체격으로 약간 더 호리호리했다. 그의 작은 얼굴은 천연두 자국이 심하지 않았더라면, 미남이라고 할 수 있었다. 그의 태도는 침착하고 착실했는데, 때로는 건조하고 냉정했다. 그러나 그의 속마음은 친절과 사랑이 넘쳐흘렀고 그의 영혼은 고귀했으며 애정은 지속적이고 확실하며 변함이 없었다. 최근에 사귀기 시작한 이 진지한 커플은 다른 연인들과 현격하게 차이가 났다. 이들과 달리 서로에게 오래전부터 훨씬 친숙하여, 훨씬 경솔하고, 미래에 관심 없는 다른 연인들은 서로의 관계에서 경박하게 오락가락한다. 지금의 관계란 그들에게 계속 이어질 진지한 결합을 위한 일종의 부질없는 전주곡 같은 것, 언젠가는 사라질 것으로 인생에 지속적인 영향을 남기지 않는다.

좋은 계절과 아름다운 곳을 쾌활한 친구들이 그냥 지나칠 리가 없었다. 야유회 중에 뱃놀이가 제일 재미있어서 우리는 자주 뱃놀이를 했다. 우리는 물로, 육지로 돌아다녔는데 각자 매력을 발휘해서 서로 커플을 이루었다. 짝없는 남자 몇은, 나도 그중 한 사람이었는데, 여자들과의 대화에 참여하지 못했고, 즐거운 날에 어울릴 사람으로 뽑히지도 못했다. 비슷한 처지의 친구가 있었는데 그에게 여자가 없는 중요한 원인은 명랑한 성격임에도 불구하고 자상한 애정이 모자라고, 이해력은 많지만 다정다감한 언행이 부족한 때문으로 보였다. 그는 경쾌하고 재치 있게 자기의 입장에 대해 불평을 늘어놓은 후에 다음 모임에서는 자신이나 모임 전체에 도움이 될 수 있는 제안을 하겠다고 약속했다. 그는 약속을 이행하는 것을 잊지 않았다. 즐거운 뱃놀이와 유쾌한 산책을 마친 후 그늘진 언덕의 풀 위에 눕기도 하고, 이끼 낀 바위나 그루터기에 앉아 유쾌하게 시골식의 식사를 한 후에 모두가 명랑하고 기분이 좋은 것을 보자 그 친구는 익살맞은 태도로 일행을 반원으로 둘러앉히고 나서 그 앞에서 웅변을 토하기 시작했다.

"존경하는 남녀 친구 여러분, 짝을 이룬 분들과 홀로인 분들! 이 호칭만으로도 참회를 권하는 설교사가 나타나 이 모임에서 양심을 환기하는 것이 얼마나 필요한지 알 수 있습니다. 나의 거룩한 친구 중 일부는 애인과 한 짝이 되어 매우 행복할 것입니다. 나머지 홀로 있는 분들은 나의 경험에서 확신할 수 있듯이 그야말로 비참한 상태입니다. 이 자리를 보니 사랑스러운 짝을 가진 분들이 많은데, 전체를 고려해 주는 것이 사교 상의 의무가 아닐까 생각해 달라는 것입니다. 우리가 이렇게 모이는 것은 서로 협력하기 위한 것이 아니고 무엇이겠습니까? 모임 속에 작은 분열이 있다면 어떻게 협력이 이루어집니까? 나는 아름다운 관계에 대해서 더 말하고 싶지도, 그것과 연관되고 싶지도 않습니다. 만사는 때가 있는 법이다! 이 말은 멋지고 위대한 말입니다. 단지 자기가 아주 즐거우면 누구나 이 말을 잊어버리는 법이지요."

그는 더욱 열을 내서 쾌활하게 사교상의 도덕과 감미로운 애정을 대조하며 말을 계속했다. "애정은 넘칩니다. 애정은 우리가 언제나 지니고 있고 연습할 필요도 없이 누구나 대가가 될 수 있습니다. 그러나 사교상의 도덕은 추구해야만 하고, 그것을 갖추기 위해서 노력해야 합니다. 그리고 이 점에서는 아무리 앞으로 나가 보려고 해도 결코 전부를 배울 수 없습니다." 그러면서 그는 개별적인 예를 들었다. 대부분 사람이 자신의 경우를 지적당한 것 같아서 서로 얼굴을 쳐다보지 않을 수 없었다. 그러나 이 친구에게는 무슨 일을 해도 남들이 나쁘게 보지 않는 특권이 있기 때문에 방해받지 않고 말을 계속할 수 있었다.

"결점을 끄집어내는 것만으로는 충분하지 못합니다. 동시에 더 좋은 방법을 제시하지 못한다면 그것은 오히려 부당한 일일 것입니다. 친구들, 나는 여러분에게 부활절의 설교사처럼 참회나 개심을 훈계하려는 것은 아닙니다. 모든 사랑스러운 연인들이 오래도록 행복을 지속하기를 원하는 것입니다. 그래서 무엇보다도 확실히 이 행복을 지속하는 데 공헌하기 위해서 우리가 함께하는 동안만은 사랑스러운 연인들이 서로 떨어져 있도록 제안합니다. 만일에 여러분이 찬성만 해준다면 이미 실행할 준비가 되어 있습니다. 여기에 신사 여러분의 이름이 들어 있는 주머니가 있습니다. 자, 숙녀 여러분! 이 중에서 제비를 뽑으십시오. 제비에 뽑힌 남자를 일주일 동안 종으로 삼아 귀여워해 주시기 바랍니다. 이것은 이 모임 안에서만 통용됩니다. 모임이 끝나면 이 관계도 끝나는 것입니다. 누가 집까지 바래다주는가는 마음이 가는 대로 결정하십시오."

일행 중의 대다수는 그의 연설과 태도를 보고 기뻐했으며 그 착안에 동의할 것처럼 보였다. 그러나 몇 짝은 그것이 자신들에게 이익이 되지 않는다는 듯이 앞만 바라보고 있었다. 그래서 친구는 큰 소리로 격하게 소리쳤다.

"맙소사! 비록 주저하는 사람이 있다 하더라도 누군가는 벌떡 일어나서 내 제안을 찬성해 주고, 장점을 설명해서 나로 하여금 자화자찬이 되지 않도록 해주는 사람이 한 명도 없다니 놀라운 일입니다. 죄송한 말씀이지만 여러분 중에는 내가 가장 연장자입니다. 나는 벌써 머리가 벗겨졌습니다. 생각이 많은 탓이지요."

여기서 그는 모자를 벗었다.

"민머리를 나는 기쁘고 자랑스럽게 거리낌 없이 내보이겠습니다. 내 피부에서 윤기를 앗아가고 아름다운 머리카락을 빼앗아 간 나의 사려 깊음이 조금이라도 나나 남들에게 도움이 될 수 있다면 말입니다. 여러분, 우리는 젊습니다. 그것은 아름다운 일입니다. 우리는 늙을 것입니다. 그것은 싫은 일입니다. 우리는 서로 나쁘게 생각하지 않습니다. 그것은 좋은 일이고 이런 계절에 적합한 것입니다. 하지만 여러분, 곧 스스로에게서 많은 것이 싫어지는 날이 올 것입니다. 그런 때에는 모두 자신이 제대로 살고 있다고 생각하면서 남들이 우리를 좋지 않게 생각하는 것을 전혀 이해하지 못하게 됩니다. 그런 경우를 우리는 대비해야 합니다. 자, 이제 그것을 해야 합니다."

그는 연설 전체, 특히 마지막 부분을 카푸친 교단 성직자의 어조와 몸짓으로 늘어놓았다. 가톨릭 교인이어서 신부들의 수사법을 연구할 기회가 많았기 때문이다. 그는 숨이 가쁜 것 같았다. 그는 실제로 성직자 같은 풍모를 풍기는 젊은 대머리에 맺힌 땀을 씻었다. 이와 같은 익살로 쾌활한 친구들은 기분이 좋아서 누구나 그의 이야기를 계속 듣고 싶어 했다. 그러나 그는 말을 계속하는 대신에 주머니를 꺼내 바로 옆에 있는 숙녀에게 소리쳤다. "한번 시험해보시죠! 작품을 보면 대가의 솜씨를 칭찬하게 될 겁니다. 일주일 후에 싫으면 집어치우고, 예전처럼 돌아가면 됩니다."

반은 자진해서, 반은 어쩔 수 없이 숙녀들이 제비를 뽑았는데, 이런 사소한 일에 온갖 열정이 함께 작동하고 있는 것이 보였다. 다행히도 쾌활한 짝들은 헤어지고 진지한 짝들은 그대로 남는 결과가 되었다. 내 누이동생도 영국인과 짝을 유지하게 되었다. 두 사람은 그것을 사랑과 행운의 신의 덕분으로 감사하게 생각했다. 새로운 짝들은 제안자에 의해 즉석에서 결합하였고, 서로의 건강을 축복하며 술잔을 들었다. 기간은 짧으므로 그만큼 더 많은 기쁨이 있기를 축원했다. 우리 모임이 이제껏 즐겨온 것 중에서 가장 즐거운 순간이었다. 짝을 이루지 못한 청년들은 제안자로부터 이번 주 동안 정신과 영혼, 신체를 잘 돌보라는 당부를 받았다. 정신과 신체는 내버려 두어도 저절로 잘 헤쳐나갈 수 있으니 특히 영혼을 돌봐야 한다는 것이 그의 말이었다.

모임의 대표들은 신임을 얻고자 재미있고 새로운 놀이를 신속히 진행해 조금 떨어진 장소에 생각지도 않았던 저녁 식사를 마련했다. 밤이 되어 집으로 돌아갈 때는 달빛이 밝아서 그럴 필요도 없는데 배에다 조명을 밝혔다. 그들은 하늘에 뜬 달의 부드러운 빛을 이 세상의 불빛으로 압도해 보는 것도 새로운 사교 행사에 적합한 일이하고 변명을 했다. 육지에 올라간 순간 우리의 솔론[09]이 소리쳤다. "미사가 끝났습니다! 가서 복음을 전파하십시오."[10] 모두 제비를 뽑아 맺어진 숙녀들을 본래의 연인에게 인계하고 다시 원래의 짝을 넘겨받았다.

다음 모임에는 이 행사를 여름 동안 계속하기로 했고 또 제비를 뽑았다. 이런 장난으로 모임에 새롭고 예기치 못했던 변화가 일어났다. 각자 자신의 재능과 애교를 발휘해서 일주일 동안 맺어질 애인의 환심을 사려고 야단법석이었다. 스스로 한 주일쯤은 상대를 즐겁게 할 수 있는 저력을 가졌다고 믿었기 때문이다.

이 제안에 따르기로 한 후 우리는 연설자에게 감사하는 대신 그가 연설의 가장 중요한 부분, 즉 결론을 내지 않았다고 비난했다. 이와 같은 비난에 대해서 그는 연설의 가장 중요한 부분은 설득으로, 설득할 생각이 없는 연설은 해서는 안 된다는 것이었다. 설득한다는 것은 어려운 일이기 때문이라는 것이다. 그럼에도 불구하고 사람들이 못 견디게 구니까, 그는 전보다 더 익살스럽게 인상을 찌푸리고 카푸친 교단 수도사의 설교를 시작했다. 엄숙한 이야기를 하려고 생각한 때문이었다. 그는 이번 일과 어울리지도 않는 성서의 격언, 적절치 않은 비유와 전혀 알아들을 수 없는 암시를 하면서 다음과 같은 원리를 설명했다. 즉 열정, 애정, 바람, 목표, 계획 같은 것을 숨길 줄 모르는 자는 이 세상에서 아무것도 이루지 못하며 어디를 가도 무슨 일을 해도 방해를 받는데, 특히 사랑에서 행복하기를 원하면 비밀을

---

09 Solon (638년경~기원전 558년경) 고대 그리스 아테나이의 정치가, 입법자, 시인.
10 "Ite, missa est!" 가톨릭에서 미사를 끝맺음하는 말.

지키도록 노력해야 한다는 것이었다.

거기에 대해 한마디도 없었지만 그런 생각은 전체에 충분히 배어 있었다. 이 특이한 사람에 관해 알아볼 것 같으면 그가 많은 재능을 가지고 타고났고 예수회 교단 학교에서 재능과 통찰력을 양성했고 세계와 인간에 대한 커다란 지식을 갖게 되었지만 그만 좋지 못한 방향으로만 갖게 되었다고 생각하면 된다. 그는 스물두 살가량 되었는데, 나를 자기식의 인간 멸시 사상으로 개종시키려 했지만, 나에게는 아무런 효과가 없었다. 나는 착하게 살고 다른 사람들의 착한 점을 보는 것에서 기쁨을 느끼기 때문이었다. 그러나 나는 그를 통해서 많은 일을 눈여겨보게 되었다.

유쾌한 모임을 완전하게 만들기 위해서는 매 순간이 활기차도록 기지의 화살이 자기를 향하는 것을 즐기는 배우가 절대적으로 필요하다. 만일 그가 기사들이 장난삼아 창던지기를 연습하는 짚으로 속을 메운 사라센 인형이 아니라, 좌충우돌하며 놀리고 도발하고 경상을 입히고 후퇴하고 자신을 폭로하는 척하면서 상대방의 급소를 찌를 줄 안다면, 그보다 더 매력적인 일은 아마 찾아낼 수 없을 것이다. 우리는 그러한 인물을 알고 있었다. 그는 호른[11]이라는 친구로 그 성부터 여러 농담거리가 되었다. 그는 몸집이 작아서 늘 '회르헨(작은 뿔)'이라고 불렸다. 사실 그는 친구 중에서 가장 작고 단단한 몸집을 가지고 있었다. 뭉툭한 코, 약간 튀어나온 입과 반짝거리는 작은 눈의 진갈색의 얼굴을 보면 언제나 미소를 떠오르게 했다. 그의 작고 둥근 머리는 검은 곱슬머리로 탐스럽게 덮여 있었다. 나이에 비해

---

11 Horn 뿔이라는 뜻이 있다. Hörnchen은 축소형이다.

일찍 푸르스름하게 돋아나는 수염을 그는 어서 기르고 싶어 했는데 익살스러운 표정으로 늘 친구들을 웃겼다. 그는 친절하고 민첩했다. 그는 자기가 휜 다리라고 주장했는데, 하도 주장하니까 모두 인정해 주었다. 그것으로 인해서 여러 가지 익살이 쏟아져 나왔다. 또한, 춤을 잘 춰서 여기저기 불려다녔는데, 그는 그 이유가 여자들이 무도장에서 자신의 휘어진 다리를 보고 싶어서라고 했다. 그의 쾌활한 성격은 변함이 없었고 그가 참석하는 것은 빼놓을 수 없는 일이 되었다. 그는 나와 함께 대학에 들어갈 예정이어서 우리는 더욱더 친하게 지냈다. 그는 수년 동안 무한한 사랑과 성심과 인내로써 나를 대해 주었기 때문에 존경하는 마음으로 추억할 가치가 있는 사람이다.

내가 시를 쓰고 힘들이지 않고 평범한 대상도 시로 만드는 능력이 있는 것을 보자 그도 해보고 싶어 했다. 우리는 작은 야유회나 나들이 때 일어나는 우연한 사건들을 시로 표현해 보았는데 거기서 한 사건의 표현이 화근이 되어 새로운 사건이 일어나곤 했다. 이런 사교적 농담은 으레 놀림으로 변질하기 쉬웠고, 종종 호른이 익살스러운 표현을 적당한 선에서 끝내지 않았기 때문에 때로 불쾌한 사건이 일어나기도 했지만 조금만 지나면 다시 가라앉고 사라지게 되었다.

그는 당시 한참 유행이었던 문학 형식인 희극적 영웅시를 써보려고 했다. 포프[12]의 〈곱슬머리 겁탈〉은 많은 모방 작품들을 만들어냈다. 차하리에[13]는 이 문학 형식을 독일 전국에 보급했다. 누구나 그것을 좋아한 이유는 거기에 등장하는 평범한 주인공이 약간 모자

---

12 Alexander Pope (1688~1744): 18세기 영국 시인으로 풍자적인 시를 많이 썼다.
13 Justus Friedrich Wilhelm Zachariä (1726~1777): 독일의 풍자시인.

란 인간이어서, 작가들이 좀 나은 사람을 총애하며 주인공을 놀리기 때문이었다.

이상하진 않지만 놀라움을 일으키는 것은 문학 특히 독일 문학에서 보면 일정한 형식이 독자로부터 성공적인 반응을 얻으면 그 주제에서 다시는 벗어날 줄 모르고 반복하려는 경향이 나타나는 것이다. 그렇게 되면 결국은 축적된 모작뿐 아니라 원작까지 숨이 막혀 질식하게 된다.

내 친구의 영웅 서사시가 그 증거다. 어느 대규모 썰매 대회에서 우둔한 사람에게 그를 싫어하는 여자가 배정된다. 그럴 때 일어날 수 있는 불행을 그는 짓궂게도 연달아 당한다. 드디어 키스 권한을 줬는데 그 순간 그는 썰매에서 떨어진다. 정령들이 그의 발을 건 것이다. 미녀는 고삐를 잡고 혼자 집으로 돌아온다. 재수 좋은 친구가 그녀를 맞아들여 불손한 연적을 조소하며 개가를 올린다. 그 밖에도 네 명의 다른 정령들이 연달아 그를 괴롭히고 마지막에는 지령이 그를 안장에서 들어서 내동댕이치는 내용으로, 구성이 재미있었다. 알렉산더 시행으로 쓰인, 실화에 근원을 둔 이 시는 우리 청중들을 즐겁게 했다. 우리는 그것을 뢰벤[14]의 〈발푸르기스의 밤〉이나 차하리에의 〈허풍쟁이〉와 충분히 비견할 수 있다고 믿었다.

우리의 사교 모임은 단 하루 저녁이었고 준비나 시간이 거의 걸리지 않아서 나는 독서할 시간이 충분히 있었고 공부할 시간도 충분하다고 생각했다. 나는 아버지를 위해서 호페의 소책자를 열심히 복습하고 그 책의 구석구석을 시험해 보고 《법전》의 중요한

---

14 Johann Friedrich Löwen (1726~1771): 독일의 극작가로 레싱과 함부르크의 국립 극장에서 같이 활동했다.

내용을 전부 내 것으로 만들어 버렸다. 또 억제할 수 없는 지식욕에 빠져서 고대 문학사를 연구하여 거기서 백과전서파에 빠져들어 게스너[15]의 《입문서》, 모어호프[16]의 《만능 지식인》 등을 통독하면서 학문과 생활에 있어 놀라운 사실들이 엄청나게 많이 있다는 일반적인 개념을 얻게 되었다. 이렇게 밤낮을 가리지 않은 공부는 나를 교육했다기보다는 오히려 혼란 속에 빠뜨렸다. 특히 아버지의 장서 중에서 벨[17]의 작품을 발견해 탐독했을 때는 더욱 큰 혼란 속에 빠지고 말았다.

마음속에서 항상 새롭게 솟아오르는 확신은 고대어가 중요하다는 것이었다. 고대어 속에 수사법의 모든 형태와, 세계를 감싸고 있는 모든 가치가 보존되어 있다는 사실이 문학적 혼란 가운데 늘 절실하게 느껴지기 때문이었다. 히브리어와 성서 연구는 뒤로 물러났고 그리스어 역시 그랬다. 그리스어 지식은 신약 성서의 범위를 넘어서지 못했다. 나는 라틴어 연구에 몰두했다. 라틴어로 쓰인 걸작들은 더욱 가까이게 있었고 뛰어난 원작 이외에 모든 시대의 작품들이 번역되어 위대한 학자들의 저술로 제공되어 있었다. 그래서 나는 라틴어로 많은 것을 어렵지 않게 읽었다. 나는 글자의 뜻은 모르는 것이 없었기 때문에 작가들을 이해했다고 믿었다. 그로티우스[18]가 자신은 테렌티우스를 다른 청년들과는 다르게 읽는다고 한 것에 나는 기분이 몹시 나빴다. 청춘은 무식해서 행복하다. 자고로 인간이란 생의

---

15 Johann Mathian Gessner (1691~1761): 괴팅엔 대학교수.

16 Daniel Georg Morhof (1639~1691): 독일의 문학사가.

17 Pierre Bayle (1647~1706): 프랑스의 철학자.

18 Hugo Grotius (1583 – 1645): 네덜란드의 법학자.

각 시기에 자신을 완전하다고 생각하고 진실과 거짓, 높은 것과 깊은 것을 보지 못한 채 단지 자신에게 맞는 것만 찾아 헤매는 법이다.

나는 독일어, 프랑스어, 영어에서처럼 라틴어를 문법규칙이나 아무런 개념 없이 사용하면서 배웠다. 당시 학교 교육의 실정을 아는 사람이라면 내가 문법과 수사학 공부를 건너뛴 것을 이상하게 생각하지 않을 것이다. 나에게는 모든 것이 자연스러운 것으로 생각되었다. 나는 말과 그 변형을 귀와 머릿속에 담아 두었다가 쉽게 그 말을 쓰기도 했고 지껄이기도 했다.

내가 대학에 들어가야 할 미카엘 대천사 축일[19]이 돌아왔다. 내마음은 공부 못지않게 삶으로 인해 동요하고 있었다. 고향 도시에 대한 반감은 더욱 노골적으로 드러났다. 그레트헨의 떠남으로 소년과 청춘이라는 나무는 그 중심이 부러졌기 때문에 다시 옆 가지가 자라서 지난 상처를 회복하려면 시일이 필요했다. 나는 이제 거리를 나돌아다니는 것을 그만두었고, 다른 사람들처럼 필요한 길만 갔다. 나는 그레트헨이 살던 구역은 물론 그 근처에도 가지 않았다. 옛 성벽과 탑들이 점점 싫어지고 시의 형태까지 마음에 들지 않았다. 이제까지 귀하게 보이던 모든 것들이 일그러진 모습으로 보였다. 시장의 손자인 나에게 공화정치의 숨은 결함이 드러나지 않을 수 없었다. 소년들이란 이제까지 무조건 존경해 왔던 것이 조금이라도 의심이 들면 깜짝 놀라 부지런히 조사하도록 유혹을 받는 법이기 때문에 더욱 심했다. 당파에 끌려 들어가 매수당하는 사람들에 맞선 정의로운 사람들의 헛된 분노를 너무나 잘 알게 된 나는 여하한 부정도 극도로 증

---

19 9월 29일.

오하게 되었다. 어린 사람들이란 모두 도덕적 엄격주의자들이기 때문이다. 시(市) 업무에 그저 사적으로 관계하고 있었던 아버지는 실패한 많은 일에 대하여 불만을 강하게 표현했다. 그리고 아버지가 그렇게도 많은 연구와 노력과 여행으로 다방면의 교양을 쌓았음에도 불구하고 결국 방화벽 속에서, 남들에게 부러워 보이지 않는 고독한 생활을 하는 것을 보지 않았는가? 이런 것들이 겹쳐 무거운 짐이 되어 내 마음을 압박했다. 그런 것을 피하려면 나에게 정해진 것과는 전혀 다른 삶의 계획을 생각할 수밖에 없었다. 나는 법학 공부를 포기하고 언어나 고대, 역사 같은 것을 기초로 하는 것을 하려고 했다.

나에게는 자신이나 타인 또는 자연에 대해 알게 된 것을 시적으로 모사하는 것이 가장 큰 기쁨이었다. 그것이 본능에서 우러났고 어떤 비판에도 흔들리지 않았기에 나는 점점 더 그것을 쉽게 해나갔다. 비록 내 작품들에 충분한 자신은 없었지만 그렇다고 결점 때문에 그것을 완전히 버릴 수는 없었다. 이런저런 비판을 받더라도 나는 그것이 점점 더 좋아져서 장차 하게도른,[20] 겔러트[21] 같은 사람들과 함께 명예롭게 불릴 것이라는 확신을 남몰래 가지고 있었다. 그러나 이런 생각만으로는 너무나 공허하고 부족하게 생각되었다. 나는 진심으로 심원한 학문 연구에 몸을 바쳐, 고대에 대해 완벽하게 이해하고 더욱 빨리 진보해서 대학에 설 수 있는 자격을 얻으려고 했다. 교수 지위는 자기의 교양을 완성하고 타인의 교육에도 공헌하려고 생각하는 젊은 사람에게는 가장 보람 있는 것으로 생각되었다.

---

20 Friedrich von Hagedorn (1708 ~1754): 독일의 시인.

21 Christian Fürchtegott Gellert (1715~1769): 독일의 시인.

이런 생각으로 나는 늘 괴팅엔을 주목하고 있었다. 하이네,[22] 미하엘리스[23] 등 여러 사람에게 나는 신뢰를 보내고 있었다. 나의 열렬한 소원은 그들을 스승으로 모시고 가르침을 받는 것이었다. 그러나 아버지는 요지부동이었다. 나와 의견이 같은, 집안의 친구 몇 사람이 아버지를 설득하려고 애를 썼으나 아버지는 내가 라이프치히에 가야만 한다고 고집했다. 나는 처음으로 아버지의 의사에 반대해서 나 자신의 공부 방식과 생활 방식을 택하기로 했고 그것을 정당방위로 생각했다. 그것을 모르고 내 계획에 반대하는 아버지의 고집은 나에게 반항심만을 불러일으켜, 아버지가 대학과 사회에서 겪어야 할 연구와 인생의 과정에 관해 미리 알려주면서 되풀이하는 동안 몇 시간이고 들으면서도 전혀 관심을 두지 않았다.

괴팅엔으로 갈 수 있는 희망이 끊기자 나는 시선을 라이프치히로 돌렸다. 거기서는 에르네스티[24]가 빛을 발하고 있는 것으로 보였고, 모루스[25]도 역시 상당한 신뢰가 갔다. 나는 몰래 반대 방향을 생각해 냈다. 오히려 어느 정도 굳은 지반 위에 공중누각을 세운 셈이었다. 인생 항로를 미리 정하는 것은 낭만적이고 명예롭게 생각되었다. 그리스바흐[26]가 그와 비슷한 경로를 택해서 이미 커다란 발전을 이루었고 사람들의 칭송을 받고 있었기 때문에, 내가 생각해 낸 인생 항로도 허무맹랑한 것이 아니라고 생각되었다. 죄수가 쇠사슬을 풀고 감옥의 창살을 줄로 절단했을 때의 그 은밀한 기쁨도 날이 가고

---

22 Gottlob Heine (1729~1812): 독일의 고대 언어학자.

23 Johann David Michaelis (1717~1791): 신학자, 동양학자.

24 Johann Friedrich Ernesti (1707~1781): 신학자이자 고전어 학자.

25 Samuel Friedrich Nathanael Morus (1726~1804): 고전어와 성서학자.

26 Johann Jakob Griesbach (1745~1812): 후일 예나 대학의 신학 교수가 된다.

10월이 가까워지면 내가 느꼈던 기쁨보다는 크지 못할 것이다. 안 좋은 계절이고 길이 나쁘다고 모두가 말렸지만 나는 조금도 놀라지 않았다. 겨울에 낯선 지방으로 들어간다는 생각도 내 마음을 우울하게 하지는 않았다. 단지 현재의 경우만이 음산해 보였고 미지의 세계는 밝고 유쾌하다고 상상했다. 나는 스스로 꿈을 만들어 그 꿈에 매달렸으며 장래에는 행복과 만족밖에 없다고 생각했다.

이런 계획을 모든 사람에게 비밀로 했지만, 누이동생에게만은 숨길 수가 없었다. 누이동생은 처음에는 깜짝 놀랐으나 후에 내가 동생을 그곳으로 불러서 내가 획득한 멋진 삶을 함께 즐기고 행복한 생활에 참가시켜 주겠다고 약속을 하자 겨우 진정했다.

그토록 기다리던 미카엘 대천사 축일이 드디어 돌아왔다. 나는 서적상 플라이셔 부부와 기쁜 마음으로 출발했다. 부인의 본가는 트리어 집안으로 비텐베르크에 사는 아버지를 만나러 가는 길이었다. 소중한 고향 도시에 두 번 다시 발을 들여놓지 않겠다는 듯이 나는 무심하게 떠나 버렸다.

일정한 시기가 되면 자식은 부모에게서, 하인은 주인에게서, 피보호자는 보호자에게서 떨어져 나간다. 성공하든 못하든 독자적으로 혼자 힘으로 살아가려는 노력은 언제나 자연의 이치에 부합하는 것이다.

우리는 만성문[27](萬聖門)을 나와 하나우를 지났다. 그 지역에 도착했을 때 계절 탓으로 즐길 만한 것은 별로 없었지만 새로운 것들이 주의를 끌었다. 비로 인해 도로가 파괴되어서 훗날에 볼 수 있었던

---

27 Allerheiligentor: Allerheiligenkirche 근처에 세워진 성문으로 19세기 초까지 프랑크푸르트의 동쪽 경계선 역할을 했다.

그런 좋은 상태는 아니었다. 그래서 여행이 편하지도 즐겁지도 않았다. 그러나 이 축축한 날씨 덕분에 가장 보기 힘든 자연 현상을 볼 수 있었다. 그 후 두 번 다시 비슷한 자연 현상을 보지 못했고 다른 사람들에게서 그런 것을 보았다는 말을 들은 적도 없다. 우리는 밤에 하나우와 겔른하우젠 사이에 있는 언덕을 올라가고 있었는데 곧 어두워지기 시작했기 때문에 위험하고 힘든 이 길에 몸을 맡기느니 차라리 걸어서 가기로 했다. 그때 나는 도로 오른쪽 깊은 곳에서 일종의 야외 원형 극장 같은 것을 보았다. 깔때기처럼 생긴 공간에 헤아릴 수 없는 작은 불빛이 층층이 겹쳐서 깜박거렸는데 어찌나 찬란한지 눈이 부실 정도였다. 우리 눈을 더욱 현혹한 것은 가만히 있지 않고 이리저리 사방으로 움직이는 불빛이었다. 물론 대부분 불빛은 움직이지 않고 조용히 있었다. 이 광경을 더 자세히 관찰하고 싶어서 나는 자리를 떠나기가 싫었다. 마부에게 물었더니 그런 현상에 관해서 알지 못했고 다만 근처에 오래된 채석장이 있는데 그 깊은 곳에는 물이 괴어 있을 것이라고 말했다. 그것이 도깨비불의 아수라장인지 아니면 빛을 내는 생명체들이 모인 것인지 알 수가 없다.

튀링엔을 지나면서 도로가 더 좋지 않았다. 불행히도 우리가 탄 마차는 밤이 될 무렵 아우어슈타트 부근에서 진창 속에 빠졌다. 그곳은 인적이 드문 곳으로 우리는 마차를 꺼내려고 전력을 다했다. 나도 노력을 아끼지 않았다. 그때 가슴 인대가 과도하게 늘어난 것 같았다. 이내 가슴에 고통을 느꼈고 그 고통은 없어졌다 다시 생겼다 하면서 여러 해가 지난 후에야 완전히 없어졌다.

그러나 그날 밤이 운명이 바뀌는 밤이었는지 내겐 생각하지도 않았던 행복한 사건이 있었던 다음 웃기는 불쾌한 일을 겪어야 했다.

우리는 아우어수타트에서 우리처럼 고생하고 늦게 도착한 점잖은 부부를 만났다. 위엄 있는 훌륭한 남자가 매우 아름다운 부인을 동반하고 있었다. 그들은 함께 식사하자고 친절히 권했다. 나는 그 아름다운 부인이 다정한 말을 걸어 주었을 때 매우 행복했다. 그러나 주문했던 수프를 재촉하라고 해서 밖으로 나왔을 때, 밤샘과 여행의 피로에서 벗어나지 못한 나는 잠이 쏟아져 어쩔 수 없이 걸음을 떼면서 졸고 있었다. 그래서 모자를 쓴 채로 방으로 돌아와 사람들이 식사 기도를 올리고 있는 것을 모른 채 멍하니 의자 뒤에 서 있었는데, 이 행동이 그들의 기도를 방해했다는 것은 꿈에도 생각지 못했다. 플라이서 부인은 재능과 기지가 있었고 구변도 좋았다. 좌석에 앉기 전에 낯선 사람들에게 여기서 본 것을 이상히 여기지 말아 달라고 부탁을 하고, 함께 온 청년은 모자를 써야만 신이나 국왕에 대해서 가장 훌륭한 경의를 표시할 수 있다고 믿는 퀘이커 교도의 소질을 가지고 있다고 말했다. 웃음을 참지 못한 그 아름다운 부인은 웃을수록 예뻤다. 그 부인이 그렇게 웃는 이유가 내가 아니라면 얼마나 좋을까 하고 생각했다. 내가 모자를 벗자 예의를 아는 그들은 농담을 접고 포도주 저장고에서 꺼내 온 최상의 포도주로 졸음과 불쾌함과 지나간 모든 안 좋은 일에 대한 생각을 깨끗이 지워 버렸다.

라이프치히에 도착했을 때는 바로 큰 장이 서는 때라서 특별한 즐거움을 맛보게 되었다. 거기서 본 것은 고향에서와 같은 것으로 단지 낯익은 상품과 상인들이 위치와 순서만 달리하고 있을 뿐이었다. 나는 흥미롭게 시장과 노점을 돌아다녔다. 특히 관심을 끈 것은 이상한 복장을 한 동부 지방 주민들, 폴란드인, 러시아인과 그리스인들이었는데 그들의 훌륭한 풍채와 기품 있는 복장이 무척 마음에 들었다.

그러나 이러한 활기찬 모습들은 이내 지나가 버리고, 내 앞에는 도시 자체가 아름답고 비슷비슷한 형태의 높은 건물들과 더불어 나타났다. 도시는 아주 좋은 인상을 주었고 특히 일요일이나 휴일의 조용한 순간에는 위엄마저 느껴지는 것을 부인할 수 없었다. 나는 달빛에 반은 어둠에 잠기고 반은 훤한 밤의 산책로를 자주 산책하게 되었다.

하지만 지금껏 나에게 익숙했던 것에 비하면 이러한 새로운 상태는 조금도 만족을 주지 못했다. 라이프치히는 고대를 연상케 하지 않는다. 기념물을 통해 이 도시가 보여 주는 것은 최근의 상업 활동, 유복함, 부를 창출하는 새로운 시대였다. 그래도 마음에 드는 것이 있었는데 그것은 거대해 보이는 건물이었다. 거대하게 높이 솟은 건물들은 거리 양쪽을 바라보며 서 있었는데 건물 안에는 마당이 있어 각기 하나의 시민 세계를 담고 있는데, 전체적으로 커다란 성곽, 다시 말해 소도시와도 같았다. 나는 이 특별한 공간 중의 한 곳에 유숙했는데, 신·구 노이마르크트 사이에 있는 포이어쿠겔[28]이라는 곳이었다. 통로 때문에 다소 번잡한 마당이 내다보이는 깨끗한 방 두 개를 빌려 대목장이 서는 동안은 서적상 플라이셔 씨가 쓰고 그 외에는 내가 사용했다. 옆 방 사람은 신학자로, 교육을 철저히 받았고 사려 깊은 사람인데 가난했다. 눈이 나빠서 장래를 근심하고 있었다. 얼마 안 되는 기름을 절약하기 위해서 캄캄해질 때까지 달빛 아래서 지나치게 독서를 한 나머지 병을 얻었다. 나이 든 여주인은 그에게 너그러웠고 나에게도 친절했으며 우리 두 사람을 잘 돌봐 주었다.

---

28 Feuerkugel: 불덩이, 태양이라는 뜻.

나는 소개장을 가지고 궁중 고문관 뵈메[29]에게 달려갔다. 그는 마스코프[30]의 제자로 지금은 그 후계자로 역사와 법률을 가르치고 있었다. 키가 작고 땅딸막한 남자가 나를 친절하게 맞아 주고 부인을 소개했다. 내가 방문했던 다른 사람들처럼 두 사람 역시 내가 앞으로 이곳에 체류하는 데 큰 희망을 주었다. 그러나 나는 법학을 떠나 고대인의 연구에 착수하겠다고 말할 기회가 오기를 기다리면서 처음에는 내 계획을 아무에게도 말하지 않았다. 내 계획이 너무 빨리 가족에게 알려지지 않도록 플라이셔 부부가 출발할 때까지 기다렸다. 그들이 출발한 후 나는 즉시 누구에게보다 먼저 이 일을 고백하려 했던 궁중 고문관 뵈메 씨를 찾아가 조리 있고 솔직하게 나의 계획을 설명했다. 그러나 그는 내 계획을 별로 호의적으로 받아 주지 않았다. 역사가이자 법학자인 그는 문예의 색채를 띤 것에 대해서는 무엇이든 반감을 품었다. 불행히도 그는 문예에 관계하는 사람들하고는 사이가 좋지 않았고, 더구나 멋모르고 내가 신뢰한다고 말한 겔러트는 그에게는 도저히 참을 수 없는 인간이었다. 그런 사람들에게 충실한 학생을 양보하고 자신이 학생 한 명을 잃는 것은 도저히 허용할 수 없는 일이었다. 즉석에서 그는 훈계조로 설교했고 사실과 달리 설령 자기가 찬성한다더라도 내 부모의 허가가 없이는 이런 일은 절대로 승인할 수 없다고 단언했다. 그는 문헌학이나 언어 연구는 물론 내가 넌지시 암시한 시 쓰기 연습에 대해서도 가차 없이 비난했다. 마지막으로 그는 만약 고대의 연구에 접근하려면 법학의 길을 택하는 것이 훨씬 잘할

---

29 Johann Gottlieb Böhme (1717~1780): 라이프치히 대학교수.
30 Peter Mascov (1684~1761): 역사학자.

수 있다고 결말을 지었다. 그는 에페르하르트 오토[31]와 하이네키우스[32]와 같은 훌륭한 많은 법학자를 상기시키며, 로마 고대사와 법학사에 관한 황금 같은 가치를 보장했다. 설령 내가 다시 생각해서 부모의 허락을 얻고 앞서 계획을 계속하더라도 이 공부는 결코 우회로가 아니라는 것을 분명하게 이야기해주었다. 그는 친절히 다시 한 번 생각해 보라고 권했으며, 얼마 후에 강의가 시작되어 자기도 결정을 해야 하니 내 결정에 관해 알려 달라고 말했다.

그가 그 자리에서 나를 재촉하지 않은 것은 다행이었는데, 그의 논리나 말할 때의 진지한 태도가 흔들리기 쉬운 나의 젊은 마음을 설득한 까닭이었다. 나는 그때 마음속으로 해보려는 일의 어려움과 생각해봐야 할 점을 비로소 알게 되었다. 그 후 뵈메 부인이 나를 초대했는데 가보니 혼자였다. 부인은 이미 젊지도 않고 몹시 허약했지만, 무척 온화하고 친절했다. 사람은 좋으나 말이 많은 남편과 현저한 대조를 이루고 있었다. 부인은 지난번 남편이 한 이야기를 끄집어내어 다시 한 번 매우 친절하고 다정하고 알기 쉽게 전체적으로 설명해 주었다. 거기에 나는 승복할 수밖에 없었다. 상대편도 내가 고집을 부린 약간의 유보 상태를 승인해 주었다.

뵈메는 그 후 나의 시간표를 조정해 주었다. 나는 철학, 법률사, 법학제요(法學提要)와 두서너 과목을 더 듣게 되어 있었다. 나는 그렇게 하겠다고 했지만 겔러트[33]의 슈톡하우젠에 관한 문학사와 실습에 출석하겠다는 생각만은 관철했다.

---

31 Everhard Otto (1685~1756): 뒤스부르크와 우트레히트 대학교수.
32 Heinecius (1681~1741): 할레와 프랑크푸르트 대학의 법학 교수.
33 겔러트는 1752년부터 라이프치히 대학의 교수였다.

겔러트가 젊은이들로부터 받고 있던 존경과 사랑은 대단한 것이었다. 나는 그를 방문한 적이 있었고 친절한 대접도 받았다. 그리 크지 않은 몸집에 우아하고 온순했으며 슬픈 눈매와 아름다운 이마, 심하지 않게 굽은 코, 잘생긴 입, 인상 좋은 타원형의 얼굴 등 모든 것이 그를 편안하고 바람직한 사람으로 보이게 했다. 하지만 그에게 접근하는 것은 힘들었다. 그의 두 조수는 누구도, 어느 때에도 출입을 막은 신전을 지키는 사제 같아 보였다. 실제로 그런 주의가 필요했다. 만일 접근하고 싶어 하는 사람들을 교수가 전부 맞아들여 이야기를 들어주려면 하루 전부를 바쳐야 할 것이기 때문이다.

처음에 나는 열심히 성실하게 강의를 들었다. 그러나 철학은 조금도 나를 깨우쳐 줄 것 같지 않았다. 내가 어렸을 때부터 지극히 편안하게 정리해 놓은 정신의 작업을 논리학에서는 올바른 용처를 파악하려고 뜯어내 분리하고 파괴하는 것이 이상했다. 사물과 세계와 신에 관해 나는 교수와 거의 같은 정도의 지식을 가졌다고 생각했다. 그리고 교수가 여러 군데에서 우물쭈물하는 것 같았다. 그래도 사육제 때까지는 그럭저럭 잘되어 갔는데, 사육제 때가 되니까 토마스플란 광장에 있는 빙클러 교수댁 근처에서 따끈한 도넛이 바로 강의 시간에 구워져 나왔기 때문에 늘 지각을 하게 되어, 노트에는 점점 공백이 생겼고 초봄쯤에는 노트의 마지막은 눈과 함께 녹아 사라지고 말았다.

법률 강의 역시 얼마 가지 않아 신통치 않아졌다. 이미 교수가 가르쳐줄 만한 정도의 것은 다 알고 있었기 때문이다. 필기할 때의 꾸준한 근면성도 점점 시들어 갔다. 오래오래 기억해 두려고 아버지에게 질문도 하고 대답도 하며 몇 번이고 충분히 반복했던 것을 또다시 필기한다는 것이 지루하게 생각되었다. 대학 이전에 어린 사람에게 너무 많이 가르치는 데서 오는 피해가 점점 더 많이 나타났다. 이것은 방법에서나 완벽한 전달에서 실패했을 경우 그들을 발전시키기보다는 와해시키는 이른바 실재적인 것에 방향을 맞추느라고 언어학습과 기초가 되는 지식을 제대로 하지 못하는 일이 일어나게 된다.

학생들이 곤란을 겪은 또 하나의 피해에 관해 여기서 말하고자 한다. 관직에 봉직하는 사람들처럼 교수들도 모두 같은 연령대일 순 없었다. 젊은 교수들은 본래 배우기 위해서 가르치는데 시대를 앞서 가는 훌륭한 두뇌를 가지고 있기 때문에, 철저히 학생을 희생시키면서 자신의 교양을 획득한다. 그들은 학생들에게 정말 필요한 것은 가르치지 않고 자기를 위해서 연구할 필요가 있는 것을 가르치기 때문이다. 반대로 나이 많은 교수 대다수는 이미 오래전부터 정지 상태에 있었다. 그들은 대개 고정된 견해만 전달하고 시대가 이미 무용하고 잘못된 것으로 판단 내린 것들을 가르치고 있었다. 이 양자에 의해서 비참한 갈등이 일어나고 젊은이들은 이리저리 끌려다닌다. 그 갈등은 충분한 지식과 교양이 있으면서 여전히 지식과 사색을 위해 꾸준히 노력하는 중년 교수들에 의해서 겨우 균형을 이루게 된다.

이 길에서 필요한 것보다 내가 훨씬 더 많은 것을 배워왔다는 사실을 알게 되자 나에게는 불만이 늘어갔는데 생활에서도 사소한 불쾌한 일들이 일어났다. 마치 누구나 장소를 옮겨 새로운 환경에 들어갈 때 신고식을 하는 것과 같았다. 여자들이 제일 먼저 비난한 것은 나의 복장이었다. 그것은 내가 고향에서 입었던 약간 이상한 옷차림을 하고 대학에 왔기 때문이다.

아버지는 쓸데없는 일을 하거나 누군가가 시간을 낭비하거나 시간을 이용할 기회를 찾아내지 못하는 것을 제일 싫어하셨다. 그래서 시간과 노력을 지나치게 절약했고 한 번에 두 마리 토끼 잡는 식을 무척 좋아하셨다. 다른 일에도 이용할 수 없는 하인은 집에 한 번도 둔 일이 없었다. 아버지는 전부터 모든 것을 자필로 썼고 후에는 집안의 젊은 사람들에게 필기시켰기 때문에 하인으로 재봉사를 두는 것이 상책이라고 생각했다. 그들은 자신의 의복뿐만 아니라 아버지와 아이들의 의복까지 만들고 또 수선도 해야 했기 때문에 시간을 잘 이용하지 않으면 안 되었다. 아버지는 대목장 때에 외지 상인들에게서 좋은 상품들을 사 최고급 옷감이 항상 떨어지지 않도록 했다. 아직도 기억나는 것은 아버지는 아헨의 뢰베니히 씨 댁을 늘 방문했고, 내가 어렸을 때부터 이런저런 훌륭한 상인들에게 인사시킨 일이다.

옷감의 품질에 대해 이렇게 노력했고, 각종 천, 서지, 괴팅엔 직물을 풍부히 준비해 두고 있었으며 필요한 안감도 충분했기 때문에 재료에서도 조금도 손색이 없었다. 그러나 스타일이 모든 것을 망쳐버렸다. 재봉사는 훌륭하게 재단해 놓은 의복을 바느질해서 완성품을 만들기는 했지만, 훌륭한 직공이라 해도 직접 재단까지 해야 했는데 이 점이 잘 안 된 때문이다. 게다가 아버지는 의복 일체를 깨끗이 잘 보관해서 오래 입는다기보다는 오래 보존하는 식이었다. 구식 스타일과 장식을 좋아하셨기 때문에 우리의 차림새도 기묘한 스타일이었다.

내가 대학에 입고 갔던 옷도 이렇게 만들어진 것이었다. 나무랄 데 없는 훌륭한 것으로 술까지 달린 것도 있었다. 이런 의복에 익숙한 나는 알맞은 옷차림이라고 생각했지만, 그것은 오래가지 못했다. 여자 친구들이 처음에는 가볍게 놀리다가 다음에는 조리 있게 마치 내가 다른 세계에서 온 사람 같아 보인다고 설득했기 때문이다. 나는 화가 났지만, 처음에는 어떻게 해야 할지를 몰랐다. 그러나 인기 있는 촌뜨기 시인 폰 마주렌[34]이 언젠가 나와 비슷한 복장을 하고 무대 위에 나타나 인품보다는 복장 때문에 놀림 받는 것을 보고 용기를 내어 의복 일체를 단숨에 최신식으로, 그 지방에 맞는 것으로 바꾸었다. 그 때문에 옷의 가짓수는 물론 많이 줄어들었다.

이런 시련 뒤에 또 다른 새로운 시련이 나타났다. 이번 것은 그렇게 쉽사리 정리하거나 바꿀 수 없는 일이어서 전보다 훨씬 기분이 상했다.

나는 고지 독일어 방언 속에서 태어나고 교육을 받아서 아버지께서 항상 언어를 순화하도록 노력을 하시고 우리에게 어렸을 때부터 방언의 결점에 대해 주의를 시키고 표준말을 쓰도록 교육했지만 그래도 뿌리 깊은 방언의 흔적이 남아 있었다. 그런 특징이 소박해서 좋았기 때문에 나는 즐겨 사용했는데, 새로운 동료들한테서는 매번 예외 없이 질책을 당했다. 고지 독일 사람들, 라인 강이나 마인 강변에 사는 사람은 (큰 강은 해안과 마찬가지로 항상 활기를 띠고 있기 때문에) 비유나 암시의 말을 많이 했고 속으로 알아들을 만한 경우 격언적인 문구도 잘 사용했다. 이 두 경우에 대개는 표현이 거칠지만, 표현의 목적을 생각해 보면 언제나 적절한 것이었다. 단지 예

---

34 Luise Adelgrunde Gottsched의 《마주렌 씨 Der Herr von Masuren》(1741)의 주인공으로, 이 희곡은 프랑스 작가 Destouches의 《촌뜨기 시인 Le Poete Campagnard》의 모작이다.

민한 귀에는 이따금 거슬리는 말도 있었을 것이다.

어느 지방이든 방언을 사랑하는 법이다. 방언이란 원래 혼이 숨 쉬는 영역이기 때문이다. 마이센 방언이 강한 힘으로 다른 방언을 지 배하고 몰아내기까지 했다는 사실은 누구나 다 알고 있다. 우리는 오 랫동안 고루한 억압 아래 고생을 해왔고 수많은 저항을 통해서 겨 우 모든 지방이 과거의 권리를 회복했다. 생기발랄한 젊은이가 고집 스러운 가정교사 아래에서 끊임없는 감시를 받아가면서 싫은 것을 참고, 결국 발음을 고치고 사고방식, 상식, 감정, 고향의 개성까지 희 생하지 않으면 안 되었다는 것을 한번 생각해 보면 쉽사리 알 수 있 을 것이다. 이런 견딜 수 없는 요구를 한 사람들은 교양 있는 남녀들 이었다. 그들의 설득에 나는 찬성할 수 없었고 스스로 확신도 없지 만, 그들이 옳지 못하다고 느꼈다. 성서의 중요한 구절 인용이나 소 박한 연대기 표현의 사용 같은 것을 나는 금해야 했다. 나는 《가일 러 폰 카이저스베르크》[35]를 읽은 것도 잊어버려야 했다. 이리저리 말 을 돌리지 않고 핵심을 말하는 격언도 사용하지 못했다. 내가 열심 히 배웠던 모든 것을 잊어야 했다. 나는 마음이 마비되는 것 같았고, 사소한 일마저 어떻게 표현해야 할지 몰랐다. 게다가 쓰는 대로 말 하고 말하는 대로 쓰라는 가르침을 받았다. 하지만 나는 말하는 것 과 쓰는 것은 엄연히 다르며, 양자는 각각의 권리를 주장해도 된다 고 생각했다. 또 마이센 방언도 종이에 쓰는 말에는 신통치 않은 말 이 귀에 많이 들렸다.

교양 있는 남녀, 학자 또는 고상한 모임을 즐기는 사람이 젊은

---

35 Geiler von Kaisersberg (1445~1510): 슈트라스부르크의 설교사로 설교집이 유명했다.

학생에게 얼마나 영향을 주는지를 아는 사람은 누구나 말을 하지는 않아도 라이프치히에 와 있다는 것을 알게 된다. 독일 대학은 각기 독특한 모습을 띠었다. 독일에서는 일반적인 교육이 전체적으로 퍼져 있지 않기 때문에 지방마다 고유의 풍습을 고수하고 개성을 극도로 발전시켰는데, 이 점은 대학에서도 마찬가지였다. 예나나 할레는 극도로 거친 분위기여서 강인한 체력과 격한 싸움, 난폭한 자기방어가 교풍을 이루었다. 그런 상태란 소란스런 법석을 통해서만 유지되고 번창할 수 있다. 거기서는 대학생들과 시민들과의 관계는 다양하긴 하지만 거친 이방인인 대학생이 시민에게 조금도 존경심을 표하지 않고 스스로 자유와 무례한 특권을 부여받은 존재로 여기는 점에서는 일치했다. 반대로 라이프치히에서는, 부유하고 교양 있고 예의 바른 주민과 교제를 하려면 학생이 공손하지 않을 수 없었다.

물론 예절 있는 태도란 여유 있는 생활양식에서 꽃피어난 것이 아니면 편협하고 완고하며 어떤 점에서는 우매하다고 볼 수 있다. 그래서 잘레 강의 거친 사냥꾼들은 플라이세 강변의 온순한 목동들보다 자기들이 훨씬 우월하다고 믿었다. 차하리에의 《허풍쟁이》는 언제나 평가받을 만한 자료로 남을 것이며, 거기에는 당시의 삶의 방식과 사고방식이 여실히 드러나 있다. 약하기는 해도 순진하고 어린애 같아서 사랑스러운 당대 사교 생활의 상황과 본질을 알고자 하는 사람에게는 그의 시가 환영받을 것이다.

공동체라는 주어진 상황에서 생겨난 온갖 풍습은 파괴하기 어려운 법이어서 당시의 많은 것들은 차히리에의 영웅 서사시를 상기시켰다. 대학 친구 중에, 자기는 부유해서 여론을 무시할 만큼 독립적이라고 생각하는 친구가 있었다. 그는 마차꾼들과 술을 마시고 의형제를 맺었으며 그들을 신사들처럼 마차에 태우고 자신은 마부석에 앉아 말을 몰았고, 때로는 마차를 전복시키고 흥거워했다. 소형 마차가 파괴되거나 승객이 타박상을 입으면 변상해 주었다. 아무도 모욕하지 않았지만, 세상을 한방에 조소하는 것처럼 보였다. 산책하기 좋은 어느 날 그는 친구와 같이 구두와 스타킹까지 갖춘 옷차림으로 토마스 제분소의 당나귀를 뺏어 시치미를 뚝 떼고 시의 주위를 달려서 산책길에 운집해 있던 많은 산책객을 놀라게 했다. 점잖은 몇 사람이 훈계하자 그는 거침없이 유사한 경우에 그리스도께서 어떻게 보였을지 알고 싶을 뿐이라고 말했다. 하지만 그에게 모방자는 없었고 친구도 별로 없었다.

재산과 명망이 있는 학생들은 상인 계층에 존경을 표시했는데, 그것은 이 식민지[36]가 프랑스 풍습의 모범을 보여주고 있기 때문에 외적인 형식도 따라야 할 필요가 있기 때문이었다. 재산이 있고 많은 봉급으로 생활이 넉넉한 교수들은 학생들에게 의존하지 않았다. 왕립 학교나 기타 고등학교에서 교육을 받고 출세를 희망하는 그 지방 출신 학생들은 대부분 전통적인 풍습을 감히 포기하지 못했다. 게다가 드레스덴이 근처에 있었고 거기서 오는 감시와 장학관의 건실한 신앙심이 도덕적, 종교적인 면에 영향을 미치지 않을 수 없었다.

이런 생활양식이 처음에는 싫지 않았다. 나는 소개장 덕분으로 상류 가정에 출입할 수 있었고, 그 가정이나 그들과 친밀한 사람들은 나를 환영해 주었다. 그러나 곧 그 사회가 여러 면에서 나를 비난하

---

36 라이프치히에는 프랑스에서 이주한 위그노 이민자들의 후손이 많아서 이렇게 말한 것이다.

는 것을 느꼈고, 그들처럼 옷차림을 해도 말하는 것까지 그들과 같아져야 했다. 그리고 무엇보다도 강의나 생각의 발전에 있어 대학에서 기대했던 것이 거의 이루어지지 않는 것을 알자 나는 게을러지기 시작했고, 사교상의 의무인 방문이나 기타 여러 가지 주의할 일을 게을리하기 시작했다. 만약 궁중 고문관 뵈메 씨에 대한 경외심과 부인에 대한 신뢰와 애착이 없었더라면 오래전에 이런 모든 관계에서 도망쳐 버렸을 것이다. 뵈메 씨는 유감스럽게도 젊은 사람들과 교제하면서 그들의 신뢰를 얻어 그때그때 그들의 요구에 따라 지도할 수 있는 재능을 가지고 있지 못했다. 그를 방문해서 한 번도 수확이 있었던 적이 없었다. 그와는 반대로 부인은 나에게 진심으로 관심을 보여 주었다. 부인은 허약해서 늘 집에 있었다. 그녀는 저녁 식사에 여러 번 나를 초대해 주었고, 좋은 습관은 있지만, 생활 예법이 부족한 나에게 세세한 외적 형식을 가르쳐 주고 바로 잡아 주었다. 그 집에서는 저녁을 함께 보내는 여자 친구가 딱 한 명 있었다. 그녀는 부인보다 거만하고 선생처럼 굴었는데, 나는 그녀가 싫어서 반항심에서, 부인 덕분으로 고쳐진 무례한 행동을 일부러 다시 했다. 그래도 그녀들은 끈기 있게 피켓이나 롱부르 같은 카드놀이를 나한테 가르쳐주었다. 그런 것을 할 줄 알고, 하는 것이 사교 모임에서는 필수적이었다.

뵈메 부인이 나에게 끼친 가장 큰 영향은 내 취미에 관한 것이었다. 그것은 부정적이었지만 비평가와 완전히 일치하는 것이었다. 당시 고체트[37]의 홍수는 노아의 홍수처럼 독일 전국을 휩쓸었고 최

---

37 Johann Christoph Gottsched (1700~1766): 평론가로 시학에서 엄격한 규범을 주장했다.

고봉까지 올라갈 기세였다. 이 홍수가 지나가고 진창이 마를 때까지는 오랜 시일이 필요했다. 어느 시대에나 아류 시인들은 넘치게 많은 법이어서 천박하거나 무취미한 모방이 오늘날 생각할 수도 없을 정도의 쓰레기 더미를 만들어냈다. 그래서 나쁜 것의 나쁜 점을 찾아내는 것이 당시 비평가들 최대의 기쁨이고 승리였다. 약간의 상식을 가지고 있고 고대인에 관해 피상적인 지식을, 근대인들에 관해서 좀 더 나은 지식을 가지고 있는 사람이라면 자신이 어디서나 적용되는 표준을 가지고 있다고 스스로 생각하고 있었다. 뵈메 부인은 평범하거나 빈약한 것, 저속한 것을 싫어하는 교양 있는 분이었다. 게다가 남편은 문학 전체에 불만을 가지고 그녀가 인정할 만한 것까지도 인정하지 않는 성격이었다. 나는 조금이라도 마음에 드는 것은 전부 외우고 있었는데, 내가 부인에게 존경을 받고 있는 유명한 시인들의 시나 산문을 낭독해 주면 잠깐은 꾹 참고 들었다. 하지만 인내심은 오래가지 않았다. 부인이 최초로 맹렬히 비난한 것은 바이세[38]의 〈유행을 따르는 시인들〉로, 당시 상당한 인기가 있어 반복 상연되었고 특히 내가 재미있어 한 작품이었다. 이 일을 자세히 들여다보면 부인이 틀렸다고 할 수도 없다. 몇 번인가 나는 내 시를 이름은 안 밝히고 낭독해 주었으나 그것 역시 다른 시보다 나을 것이 없었다. 그래서 내가 즐겨 산책했던 독일 파르나소스산[39]의 아름답고 다채로운 풀밭이 무참히 베어지고, 내가 건초를 뒤집어쓰고 조금 전까지 생생한 기쁨을 주었던 것이 죽은 것으로 조

---

38 Christian Felix Weiße (1726~1804): 계몽주의 시대의 아동과 청소년 문학의 작가.

39 파르나소스산은 그리스 중부에 위치한 석회암 산으로 신화에 따라 신성하게 여겨져 왔다.

롱받는 것을 보아야 했다.

그녀의 교훈에는 매우 온순하고 친절한 모루스 교수까지 합세했다. 그를 궁중 고문관 루드비히 씨의 식탁에서 알게 되었는데, 내가 시간이 나면 찾아가도 되겠느냐고 묻자 그는 쾌히 맞아 주었다. 나는 고대에 관해 그에게 질문하면서 무엇을 근대인들에서 내가 좋아하는지를 숨기지 않았다. 그러자 그는 뵈메 부인보다 더 냉정하게, 게다가 더 괴로운 일은 더 많은 근거를 가지고 비판했다. 처음에 나는 몹시 불쾌했으나 얼마 후 놀라서 드디어 눈을 뜨게 되었다.

겔러트까지 연습 시간에 우리에게 시를 멀리하라고 경고하자 탄식은 더해졌다. 그는 산문으로 된 글만 원했고 늘 그것을 먼저 평해 주었다. 그는 시를 단지 변변치 못한 부속물로만 취급했다. 그리고 가장 괴로웠던 것은 그의 눈에는 산문도 별로 신통치 않았다. 나는 전부터 쓰던 방식대로 짧은 소설이 밑에 깔린 편지체 글을 즐겨 썼다. 주제는 열정적이고 문체도 일반적인 산문 형식을 벗어났지만, 내용은 작가가 인간 이해에 별로 깊이 통달하지 못했음을 나타내고 있었다. 교수는 내 글도 일일이 읽어 보고 빨간 잉크로 고쳐서 여기저기 도덕적 주를 첨가해서 돌려주었지만 별로 호의적은 아니었다. 재미삼아 오랫동안 간직하고 있던 이런 종이 몇 장이 유감스럽게도 세월이 지나면서 사라지고 말았다.

연장자들이 올바른 교육적 태도를 보이고자 한다면, 젊은이들에게 기쁨을 주는 것이면 즉시 다른 것으로 교체나 대치할 수 없으면 어떤 것이든 금하거나 싫어해서는 안 된다. 모든 사람이 내가 좋아하고 애착을 가지는 일에 반대했는데, 그 대신 권한 것은 나와 너무나 거리가 멀어서 그 장점을 이해할 수 없거나, 아니면 너무 가까워서 비난당한 것보다 더 좋은 것으로 볼 수 없었다. 그 때문에 나는 완전히 혼란에 빠지고 말았다. 그래서 나는 키케로의 《웅변가》에 관한 에르네스티[40]의 강의에 큰 기대를 걸고 있었다. 이 강의에서 배운 점은 있었지만, 특히 내가 관심을 가졌던 것을 해명해 주지는 못 했다. 나는 판단의 척도를 찾으려고 했지만, 그것을 알고 있는 사람은 아무도 없다는 것을 인식했던 것 같다. 예를 드는 경우에도 의견이 일치하는 사람이 없었기 때문이다. 우리 젊은 사람들의 마음을 사로잡는 빌란트[41]의 사랑스러운 작품 속에도 그토록 많은 결점이 지적된다면 우리는 어디서 판단의 척도를 구해야 한단 말인가!

나의 개성과 수업이 이렇게 여러모로 분산되어 파괴되다시피 했을 때, 우연히 궁중 고문관 루드비히 씨의 집에서 점심을 같이하게 된 일이 있었다. 그는 의사이면서 식물학자였기 때문에 거기에 모인 사람들은 모루스를 제외하고는 새로 입학하거나 혹은 졸업이 가까운 의과 대학생들이었다. 그때 내가 들은 이야기는 의학이나 자연과학에 관한 것뿐이었다. 그래서 나의 상상력은 전혀 다른 세계로 끌려가게 되었다. 나는 할러[42]나 린네[43]나 뷔퐁[44]이란 이름들이 존경과 함께 불리는 것을 들었다. 그들이 저질렀다는 오류로 때로 논쟁이 일어기도 했지만 결국에는 그들이 누구나 인정하는 절대적인 공적으로 존경을 받게 되는 것으로 논쟁은 끝이 나고 해결이 되었다.

---

40 Johann Augusr Ernesti (1707~1781): 수사학, 신학, 철학 교수.

41 Christoph Martin Wieland (1733~1813): 질풍노도 문학의 대표적인 작가로 셰익스피어의 희곡을 최초로 독일어로 번역했다.

42 Albrecht von Haller (1708~1777): 스위스의 해부학자, 생리학자, 식물학자, 의사.

43 Carl von Linne (1707~1778): 스웨덴의 식물학자.

44 Georges-Louis Leclerc, comte de Buffon (1707~1788): 프랑스의 자연과학자, 문인.

화제가 재미있고 중요해서 나는 주의를 집중시켰다. 그리하여 차차 많은 명칭과 광범위한 전문용어를 알게 되었고 더욱 흥미를 갖게 되었다. 나는 아무리 저절로 마음속에 떠오르는 것이라 해도 시를 쓰거나 읽 는 것을 경계했는데, 그것은 처음에는 자신의 마음에 들지 몰라도 얼마 못 가서 점차 다른 것들과 마찬가지로 나쁜 것임을 자인하게 될까 봐 불안했기 때문이었다.

취미나 판단에 대한 이와 같은 불확실성은 날이 갈수록 불안을 가중시켜 마침내 나는 절망 속에 빠졌다. 나는 어린 시절의 작품 중에서 가장 훌륭하다고 생각한 것들을 가지고 왔다. 한편으로는 그 것에 의해서 명예를 얻어 볼까 희망했고, 다른 한편으로는 나의 발전을 더욱 확실하게 시험할 수 있기 때문이었다. 그러나 사고방식을 완전히 변경하게 되어 이제까지 사랑하고 훌륭한 것으로 생각해 온 모든 것을 포기하도록 강요당하게 되어 나는 곤경에 빠지게 되었다. 그러나 얼마 후 숱한 고통과 싸운 뒤 나는 완성, 미완성의 내 작품에 극도의 경멸감을 갖게 되어 어느 날 시, 산문, 계획, 초안, 구상 등 일체를 아궁이에 태워버리고 말았다. 집 안을 온통 자욱한 연기로 가득 채워 마음씨 좋은 주인아주머니를 적지 않은 공포와 불안 속에 빠뜨리게 하였다.

제7장

풍부하고 자세한 기록이 있기 때문에 어느 정도 관심을 가진 사람이라면 당시 독일 문학의 상황은 충분히 알 수가 있고 그것에 관해 평까지도 할 수 있다. 내가 지금 이런저런 것을 이야기하는 것은 문학 자체의 상황보다는 나와 관련된 것이다. 우선 독자들이 특별히 즐거워할 만한 것에 관해 이야기하고자 한다. 풍자와 비평에 관한 것인데, 이런 것은 모든 편안한 삶에, 그리고 즐겁고 독자적이며 활기 넘치는 문학에 원수 관계이다.

평화로운 시대에는 누구나 자기 방식대로 살고자 하는 법으로, 시민은 생업, 즉 일을 마치고 나면 그 뒤에는 즐기려고 한다. 작가들은 작품을 발표하고 나면 보수는 아니라도 칭찬을 바라고, 자기 일에 관해 알리고 싶어 한다. 무언가 훌륭하고 유익한 일을 했다고 생각하기 때문이다. 그런데 이런 평화 속에서 시민은 독설가한테, 작가는 비평가한테 방해를 받아 평화로운 분위기는 불쾌한 혼란 속으로 빠져들게 된다.

내가 태어난 시대의 문학은 그전 시대와의 대립으로 발전을 해 왔다. 오랫동안 타민족의 침입을 받았기 때문에 학술이나 외교상의 협상을 외국어에 의존해온 독일은 자국의 언어를 발전시킬 수 없었다. 필요 여하를 막론하고 수많은 외국어가 새로운 개념과 더불어 독일어에 침투했다. 이미 알고 있는 대상에까지 외래어 표현과 화법을 쓰지 않을 수 없게 되었다. 거의 두 세기 동안 불행한 혼란 속에서 황폐해진 독일인은 프랑스인에게서 사교적 예법을, 로마인에게서 품위 있는 표현 방법을 배웠다. 그런데 이 현상이 모국어에 나타나 프랑스어나 라틴어의 관용어를 그대로 쓰거나 절반만 독일어로 바꾸어서 사용하다 보니 사교나 사업의 어법이 우스꽝스럽게 되고 말았다. 게다가 남유럽 언어의 비유적 표현이 무절제하게 받아들여지고, 과도하게 사용되었다. 귀족적인 로마 시민들의 예의범절이 독일 소도시의 지식 계급에 수입되어 곳곳에서, 무엇보다 스스로 극히 불편한 상황이었다.

그러나 이 시기에 천재적인 작품들이 나왔고 독일 고유의 자유롭고 쾌활한 정신이 싹트기 시작했다. 성실하고 진지한 이런 사고는 사람들로 하여금 순수하고 자연스럽게, 외국어를 섞지 않고 일상적으로 알기 쉽게 쓸 것을 요구했다. 그런데 높이 살만한 이 노력을 통해서 독일적인 폐단인 '평범함'이 흘러들어오게 되었다. 흘러들어왔다기보다 제방이 터진 것처럼 홍수처럼 밀어닥쳤다는 말이 옳을 것이다. 대학의 모든 4대 학부에서 그동안 오래 버텨 온 딱딱하고 현학적 분위기는 결국 뒤에 이 학부, 저 학부에서 하나씩 사라졌다.

재주가 많은 사람, 즉 기고만장한 자연아들에겐 시험하고 공격해 볼 만한 대상이 두 가지 있었다. 별로 중대한 의미를 가진 것은 아니므로 대담하게 접근할 수 있었는데, 그 하나는 외국어, 조어, 관용구로 일그러진 독일어이고, 또 하나는 그 같은 결점을 피하려고 애를 쓰지만, 가치 없는 저작물들이었다. 그런데 이 일에 있어 한쪽과 싸우는 것이 다른 쪽에다 피해를 불러온다는 사실을 아무도 생각하지 못했다.

우선 젊고 대담한 청년 리스코[45]가 천박하고 어리석은 한 작가에게 개인적으로 도전했는데 작가의 서투른 태도는 그에게 더욱 맹렬하게 공격할 기회를 주었다. 그 후 리스코는 공격의 범위를 더욱 넓혀 특정한 인물, 자기가 멸시하거나 멸시하게 하는 인물이나 대상에게 엄청난 증오심을 가지고 조소를 퍼부었다. 그러나 그의 경력은 짧아서 곧 세상을 떠났고, 그는 침착하지 못하고 정상이 아닌 청년으로 간주하여 사람들의 기억에서 사라졌다. 별 업적을 남기지 않았지만 원래 독일인들은 일찍 세상을 떠나는 유망한 인재에 대해서 특별한 경의를 표하는 까닭에 사망 후 독일인은 리스코의 재능과 성격을 존중할 만한 것으로 간주했다. 그래서 리스코는 대중적으로 인기 있는 라베너[46] 이상의 지위를 차지할 만한 탁월한 풍자가로 일찍부터 우리에게 칭찬과 추천을 받았다. 물론 그에게서 얻은 것은 아무것도 없다. 그의 저술에는 졸렬한 것을 졸렬하다고 비평한 것 이외에는 아무것도 인정할 만한 것이 없고, 그런 비평이라면 우리는 극히 당연하게 생각할 뿐이다.

유복하게 자라 훌륭한 학교 교육을 받았고, 명랑하여 정열이나 증오에 휩쓸리지 않는 라베너는 풍자도 일반적이었다. 이른바 악덕이나 우둔함에 대한 그의 비난은 격하지 않은 인간 지성의 순수한 견해와, 다른 한편으로 세상은 당연히 이래야 한다는 확고한 도덕관에서 우러난 것이었다. 과실이나 결함에 대한 그의 비난 역시 악의가 없고 명랑한 것이었다. 우둔한 자를 풍자로써 개선한다는 것이 결코 무모한 계획이 아니라는 생각을 전제로 한다면 그의 저작에 다소

---

45 Christian Ludwig Liscow (1701~1760): 풍자 작가.
46 Gottfried Wilhelm Rabener (1714~1771): 풍자 작가.

과격한 점이 있어도 용서할 수가 있을 것이다. 라베너 같은 사람은 앞으로 쉽사리 나타나지 않을 것이다. 그는 유능하고 치밀한 사무가로 의무를 다했고, 그것으로 시민들의 호감을 사고 윗사람들의 신임을 얻었다. 그는 주변에 있는 모든 것을 가볍게 무시하는 것을 낙으로 삼았다. 박식한 학자들, 허영에 들뜬 청년들, 모든 종류의 어리석음과 오만함을 그는 조롱한다기보다 희롱하는 편이었다. 그의 냉소는 결코 멸시가 아니었다. 그는 자기 자신, 삶, 죽음까지도 풍자했다.

이 저술가가 대상을 취급하는 방식에 미학적인 것은 거의 없었다. 외적인 형식에서는 변화가 많았지만, 그는 아이러니를 지나치게 사용했다. 즉 비난해야 할 것을 칭찬했고, 칭찬해야 할 것을 비난했다. 이와 같은 수사학적 방법은 극히 한정적으로만 사용해야 한다. 그것을 오랫동안 계속하면 총명한 사람들에게 불쾌감을 주며 우매한 사람들을 혼란시키고, 특히 정신적인 노력도 하지 않은 채 자신이 남보다 현명하다고 생각하는 많은 중간층 사람들의 마음을 사로잡는다. 그가 서술하는 것이나 방식은 어느 것이나 모두 성실함과 쾌활함, 침착함을 보여주었기 때문에 우리는 언제나 매혹당했다. 그가 당시에 무한한 칭송을 받은 것은 이러한 도덕적 장점의 결과였다.

많은 사람이 그의 저술에서 모범을 찾으려 했고, 그런 것을 발견해낸 것은 당연하다. 몇몇 사람들은 그에 대해 불평을 하기도 했다. 그의 풍자가 절대로 개인에 관한 것이 아니라는 지나치게 긴 변명은 그가 얼마나 불쾌한 감정을 가졌는지를 증명해 준다. 그의 편지에서 일부는 인간으로, 또한 저술가로서의 명예를 높여 주었다. 드레스덴 포위 공격 당시에 그는 집과 재산, 저서와 가발까지 잃어버리고도 조금도 침착함을 잃지 않았으며, 쾌활한 성격도 변함이 없었다. 그의 낙천적인 기질을 혹시 당시 그 도시의 사람들이 용서하지 못한다 할지라도 친구에게 써 보낸 그의 진솔한 편지는 존경할 만한 가치가 있는 것이다. 쇠약해진 그가 죽음이 다가오는 것에 관해 쓴 편지는 실로 존경스럽다. 라베너는 쾌활하고 이지적이며 세상의 일에 기꺼이 몸을 내맡기는 모든 사람에게 성자로 존경받을 가치가 있는 사람이었다.

본의는 아니지만 이쯤에서 그에 관한 이야기는 마쳐야겠다. 다만 이것만은 말해 두고 싶다. 그의 풍자는 모두 중류 계층에만 관련된 것이었다. 상류 계급도 잘 알고는 있지만 건드리지 않는 것이 유익하다고 그가 생각한 흔적을 여기저기에서 찾아볼 수 있다. 그에게는 후계자가 없고, 아무도 자신이 라베너와 같거나 비슷하다고 생각하는 사람도 없었다.

이제 비평 쪽을, 우선 이론상의 연구를 보면 당시는 이념적인 것이 세상에서 종교 속으로 도피해 버리고 심지어 윤리학에서도 거의 자취를 찾을 수 없는 상황이었다. 예술의 최고 원리에 관해서 아는 사람은 아무도 없었다. 고체트의 《비판적 문학론》은 모든 종류의 문학과 운율, 운율의 여러 가지 움직임에 대해서 역사적인 지식을 담고 있기 때문에 유익하고 배울 점이 많았지만 탁월한 재능이 전제조건이었다. 시인은 박식해야 하고 취향도 높아야 한다는 등의 내용이 씌어 있었다. 마지막에는 호라티우스의 《시학》이 등장한다. 이 귀중한 저서에서 우리는 하나하나의 금언을 존경심을 가지고 읽으며 놀라워했지만, 전체를 어떻게 봐야 하고 그것을 어떻게 이용할 것인가에 관해서는 도무지 알 수가 없었다.

고체트의 대항마로 스위스인들이 나타났다. 그들은 무엇인가 다른 일, 더 나은 것을 이루고자 했다. 우리도 그들이 훨씬 홀륭하다고 들었다. 우리는 브라이팅어[47]의 《비판적 문학론》을 읽어 보았다. 그런데 이 책으로 좀 더 넓은 분야에 들어갈 수 있긴 했지만 실은 더욱 큰 미궁으로 들어간 것이다. 우리가 신뢰하는 탁월한 인물이 우리를 거대한 미궁 속에서 이리저리 끌고 다니기 때문에 그만큼 더 피곤했다. 이 책을 조금만 훑어보면, 이 말이 증명될 것이다.

문학 그 자체에 대해서는 아직 아무런 기본 원리가 발견되지 못하고 있었다. 문학은 너무나 정신적이고 변덕스러운 것이었다. 회화는 누구나 눈으로 파악하고 외부 감각으로 한 발자국씩 가까이 갈 수 있는 예술이기 때문에 원리를 탐구하기가 훨씬 쉬워 보였다. 영국인과 프랑스인은 이미 조형 예술에 관한 이론을 세우고 있었다. 그래서 누구나 그것에서 비유를 이끌어내 문학의 원리를 세울 수 있다고 생각했다. 전자는 형상을 눈앞에, 후자는 상상 속에 놓는다는 주장이었다. 그래서 먼저 관찰의 대상이 된 것은 시적 형상이었다. 비유부터 시작해서 묘사로 넘어갔는데, 언제나 외적 감각으로 알 수 있는 것이 언어로 표현된다는 주장이었다.

문제는 형상이다! 그러나 자연 이외에 어디에서 이 형상을 끌어낼 수가 있는가? 화가는 공공연하게 자연을 모방했다. 작가는 그러면 안 되는가? 그러나 우리 눈앞에 놓여 있는 자연은 그대로 모방할 수 있는 것이 아니었다. 그것은 무수히 많은 무의미한 것과 무가치한 것을 포함하고 있어서 선택해야 한다. 선택을 결정하는 것은 무엇인가? 의미 있는 것을 찾아야 하는데, 무엇이 의미 있는 것인가?

---

47 Johann Jakob Breitinger (1701~1776): 스위스의 학자.

이 물음에 대답하기 위해 스위스인들은 오랫동안 숙고했던 모양이다. 그들은 신기하면서도 교묘하고 재미있는 생각에 도달했다. 그들은 새로운 것이 무엇보다도 의미 있다고 말했다. 그리고 한동안 숙고 끝에 그들은 경탄할 만한 것이 다른 것보다 언제나 새롭다는 점을 발견했다.

이리하여 그들은 문학의 조건을 어느 정도 종합했지만 좀 더 생각해야 할 문제에 도달하게 되었는데, 그것은 경탄할 만한 것이 공허할 수 있으며 인간과 무관할 수도 있다는 것이었다. 필연적으로 요구되는 인간과의 관련은 도덕성이었다. 명백히 인간의 개선이 따라와야 하니 결국 모든 성과에도 불구하고 문학 역시 유용해야만 궁극적 목표에 도달한다는 결론이었다. 이 모든 요구에 따라 다양한 문학 장르를 점검한 결과 자연을 모방하되 경탄할 만하면서도 동시에 도덕적 목적과 유용성이 있는 문학의 장르가 최선, 최고의 장르로 인정되었고, 많은 숙고를 거쳐 가장 위대한 작품은 이솝 우화로 확신하게 되었다.

이와 같은 결론은 오늘날에는 이상하게 생각될지 모르나 그 당시 최고의 식자들에게는 결정적 영향을 주었다. 겔러트, 그리고 후에 리히트버[48]가 이 부문의 연구에 몰두했고 레싱까지도 이 문제를 연구하려고 노력했다. 수많은 사람이 여기에 그들의 재능을 기울였다는 것은 이러한 문학이 얼마나 신뢰를 얻었는지를 대변하는 것이다. 이론과 실제는 늘 상호 작용하는 법이다. 작품 속에서 작가의 생각을 알 수 있고, 작가의 의도를 생각에서 예측할 수 있다.

---

48 Magnus Gottfried Lichtwer (1719~1783): 독일의 우화작가.

지금까지 이야기한 스위스인들의 이론에서 눈을 돌리기 전에 그들을 제대로 다루어야 할 것 같다. 보트머[49]는 수없이 노력했지만, 이론이나 실제에서 일생 유치한 범위를 벗어나지 못했다. 브라이팅어는 유능하고 학식이 있고 통찰력 있는 인물로, 면밀한 관찰을 할 때면 문학의 필요요건을 하나도 빠트리지 않았다. 그가 자신의 방식에서 숨은 결함을 어렴풋이나마 알고 있었다는 것이 증명된다. 예를 들면 아우구스트 2세의 열병식을 노래한 폰 쾨니히[50]의 시가 정말로 시인지를 묻는 그의 의문은 주목할 만한 것이다. 그 질문에 대한 해답역시 훌륭한 의견을 개진하고 있다. 오류로부터 출발하여 한 바퀴 원을 돌고 나서 핵심에 도달해서 시의 기초가 되는 도덕, 개성, 열정 같은 인간 내면에 대한 기술을 저술의 마지막에 부록으로 첨가한 것만 보아도 그는 충분히 인정할 만하다.

이렇게 어긋난 원리와 반쯤 해석된 불충분한 법칙과 지리멸렬한 학설로 젊은 사람들이 혼란 속에 빠진 것은 충분히 이해가 간다. 우리는 실례를 연구했지만 개선되지 못했다. 외국의 예는 고대의 예처럼 너무 멀리 떨어져 있었고, 국내의 훌륭한 예는 개성이 너무 강해 그 장점은 우리가 따를 수 없었으며, 단점은 우리가 그 속에 빠지지 않도록 경계해야 하는 것들이었다. 마음속에서 무언가 창작의 충동을 느끼는 사람들에게 이것은 절망적인 상태였다.

자세히 관찰하면 독일 시문학에서 결함은 내용, 민족적인 내용으로, 결코 인재가 부족한 것은 아니었다. 여기서 귄터[51]를 예로 들

---

49 Johann Jakob Bodmer (1698~1783): 스위스의 비평가.

50 Johann Ulrich König (1688~1744): 작센의 선제후인 아우구스트 2세의 궁정 시인.

51 Johann Christian Günther (1695~1723): 독일의 시인.

어 보겠다. 그는 완전한 의미에서 시인이라고 부를 수 있는 사람이었다. 타고난 감각과 상상력에다 기억력과 이해와 표현까지 뛰어난 그는 수많은 작품을 썼고, 운율을 유창하게 사용하고 발랄하고 재기가 있으며 동시에 다방면으로 박식했다. 요컨대 그는 생활 속에서, 그것도 미천한 현실 속에서 시를 통해서 제2의 인생 창조에 필요한 모든 요소를 갖추고 있었다. 행사시[52]에서 모든 상태를 감정으로 승화시키고 적절한 심정과 형상으로 역사적 전설적 전승으로 미화시키는 일을 매우 쉽게 해내는 그의 솜씨에 우리는 경탄했다. 그의 시에서 볼 수 있는 조야함과 격렬함은 시대성과 시인의 생활 방식, 특히 그의 성격, 아니 무개성이라고 부를 수 있는 것에서 기인한 것이다. 하지만 그는 억제할 줄 몰랐고 그렇게 해서 인생도 글쓰기도 소진되고 말았다.

미숙한 태도 탓에 귄터는 아우구스트 2세의 궁정에 초빙되는 행운을 놓쳤다. 궁정에서는 모든 화려한 것과 더불어 여러 축하행사에서 활기와 위엄을 더하고, 스쳐 가는 찬란함을 노래로 영원히 남길 수 있는 궁정 시인을 구하고 있었다. 폰 쾨니히 쪽이 더 예의가 있고 운이 좋았다. 그는 이 지위에 올라 명성과 갈채를 누렸다.

모든 군주국에서 문학의 내용은 위에서 내려온다. 아마도 뮐베르크의 왕실 열병장이 ― 국가적 규모는 아니고 지방 규모였지만 ― 시인 앞에 나타난 최초의 가치 있는 대상이었을 것이다. 좌우에 문무백관을 거느리고 수많은 군중 앞에서 인사를 교환하는 두 명의 왕, 의연한 군대, 모의전투, 각종 경축 행사들은 외적 감각을 집중시키기에

---

52 경조사 등의 행사에 쓰이는 시를 말한다.

충분했고, 묘사하고 서술하는 문학을 위한 풍부한 소재였다.

물론 이 대상에는 내부적 결함이 있었다. 다만 화려하고 외적인 것뿐으로 내부에서는 어떤 행동도 일어나지 않는다는 것이었다. 원수들 이외에는 아무도 눈에 띄지 않았다. 현실이 그렇더라도 시인은 다른 사람들을 손상하지 않으려고 한 사람만 두드러지게 묘사해서는 안 되었다. 시인은 궁정이나 내각의 구성원 명부를 참고할 수밖에 없었다. 그 결과 인물 묘사가 너무도 무미건조해지고 말았다. 인물보다 오히려 말을 더 잘 표현했다고 사람들은 시인을 비난했다. 그러나 대상을 시로 표현해야 할 때 시인이 재능을 보여주었으니 그것만으로도 그는 칭찬받을 만하지 않은가? 최대의 난관은 그 자신도 느낀 것 같다. 시를 한 편밖에 더는 쓰지 못하기 때문이다.

그렇게 연구와 고찰을 하는 동안 뜻하지 않은 사건으로 놀라게 되어 근대 독일 문학을 처음부터 공부하려던 나의 기특한 계획은 수포로 돌아가게 하였다. 동향인인 요한 게오르크 슐로서[53]는 열심히 노력해서 대학을 나온 후 프랑크푸르트 암 마인에서 통상적인 변호사의 길을 가고 있었다. 그러나 열심히 보편성을 추구하는 그의 정신은 여러 가지 이유에서 자신의 상황에 순응할 수 없었다. 서슴지 않고 그는 트렙토브에 거주하고 있는 루드비히 폰 뷔르템베르크[54] 공작의 비서관으로 취임했다. 공작은 고결하고 자주적인 방법으로 가족이나 사회를 계몽, 개선하여 더욱 높은 목적을 위해 단결시키고자 했던 위대한 인물 중의 한 사람이었다. 루드비히 공작은 아이들에게

---

53 Johann Georg Schlosser (1739~1799): 법률가로 후에 괴테의 누이동생과 결혼했다.
54 괴테의 주장대로 왕자인 Ludwig von Württemberg가 아니라 프로이센의 장군인 Frie-
　　drich Eugen von Württemberg(1732~1797)로 확인되었다.

예의를 가르치는 데 대한 충고를 얻기 위해서 루소에게 편지를 보냈다가 "만약에 내가 불행하게도 왕자로 태어났다면……" 이라는 불온한 문구로 시작하는 유명한 회답을 받은 바로 그 사람이다.

슐로서는 공작의 업무뿐 아니라 비록 책임자는 아니지만, 자녀들의 교육까지 조언을 해주어야 했다. 도덕의 완벽한 순수함을 얻고자 매진하는 최상의 뜻을 품은 이 고귀한 인물은 만일 그가 보기 드문 훌륭한 문학적 소양과 어학 지식 그리고 자신을 시나 소설로 표현할 수 있는 재능이 없었더라면 사람들로 하여금 가벼운 기분으로 함께 생활하도록 하지 못했을 것이다. 나는 그가 라이프치히를 지나간다는 소식을 듣고 간절히 기다렸다. 그는 도착하자 브륄 가의 자그마한 여관에 투숙했는데, 주인은 쉰코프라는 사람이고 안주인은 프랑크푸르트 출신이었다. 대목장을 제외하면 일 년 중에 평상시는 손님이 적었고, 집이 좁아서 많은 손님을 받을 수도 없었다. 다만 큰 장이 열리면 프랑크푸르트 사람들이 많이 찾아와서 식사했고, 불가피할 때는 숙박도 하는 것이 보통이었다. 슐로서가 도착했다는 통지를 받고 나는 부랴부랴 그 집으로 찾아갔다. 전에 그를 본 적이 있는지 없는지는 기억이 나지 않았다. 만나보니 그는 건장한 청년이었다. 둥글고 오밀조밀한, 둔해 보이지 않는 얼굴이었다. 검은 눈썹과 곱슬머리 사이의 둥근 이마는 성실함과 엄격함이 지나쳐 다소 고집스러워 보였다. 확실히 그는 나와 반대였고, 바로 그래서 우리 두 사람의 우정은 좋은 관계를 유지할 수 있었다. 나는 그의 재능을 존경했다. 특히 그가 일을 행하고 이루는 데 있어서 나보다 훨씬 뛰어난 것을 잘 알고 있었기 때문에 더욱 존경했다. 내가 그에게 보여준 존경과 신뢰에 대해 그의 호감은 증대되었고, 그와는 반대로 활발하고 산만하며 흥분하기 쉬운 나의 성격에 대해서 그는 점점 관대해져 갔다. 그는 영국인들을 열심히 연구했고 특히 포프[55]는 그의 이상형까지는 아니라도 관심의 대상이었다. 그는 이 작가의 《인간론》에 대항해서 같은 시형과 운율을 사용하여 한 편의 시를 썼는데, 그것은 포프의 이신론에 대해 기독교가 승리하도록 할 의도에서 쓴 것이었다. 가지고 있는 많은 원고 속에서 그는 각 나라의 언어로 쓴 시와 산문을 나에게 보여주었다. 그것들을 보자 나도 따라 해보고 싶은 충동이 일어나 진정할 수가 없었다. 나는 그에게 독일어, 프랑스어, 영어 그리고 이탈리아어로 시를 써 보냈다. 소재는 중요하고 유익했던 우리의 대화에서 나온 것이었다.

슐로서는 저명한 인사들과 만나보고 나서야 라이프치히를 떠날 생각이었다. 나는 그를 기꺼이 안면 있는 인사들에게 소개했다. 덕분에 내가 아직 찾아본 적이 없는 사람들도 이 기회에 알게 되는 영광을 가졌다. 슐로서가 박식하고 개성이 뚜렷한 사람이라 특별한 영접을 받았고, 또 화제를 잘 이끌어 나갈 줄 알았기 때문이었다. 고체트를 방문했던 일은 그냥 지나칠 수 없다. 그의 사고방식과 습관을 잘 보여 주기 때문이다. 그는 '골데너 베렌'이라는 건물 2층에서 넉넉한 생활을 하고 있었다. 그것은 꽤 나이가 든 브라이트코프가 고체트의 저작과 번역 그리고 그 외의 도움으로 그의 서점에 막대한 이익을 가져다주었기 때문에 평생 살 집으로 마련해 준 것이었다.

우리가 방문을 알리자 하인이 큰 방으로 안내하며 주인이 곧 나오실 것이라고 말했다. 하인의 몸짓을 이해하지 못해서 무엇을 말하

---

55 Alexander Pope (1688 – 1744): 영국 시인으로 호메로스의 역자로 널리 알려졌다.

는지 알 수는 없었지만, 주인이 바로 옆방에 있다고 말한 것으로 우리는 알아들었다. 방에 들어가자 이상한 장면과 마주하게 되었는데, 우리가 방에 들어선 순간 반대편 문에서 고체트가 들어왔다. 그는 키가 크고 뚱뚱했으며, 거대한 몸에 붉은 호박색 안감을 댄 녹색 다마스트 천의 잠옷 바람으로 서 있었다. 큼직한 그의 머리는 다 드러난 채 아무것도 쓰고 있지 않았다. 그러자 황급하게 조치가 취해졌다. 하인이 긴 가발을 손에 들고 옆문에서 뛰어들어 와 (머리카락이 팔꿈치까지 늘어뜨려져 있었다) 당황한 태도로 주인에게 가발을 내밀었다. 고체트는 조금도 불쾌한 내색을 하지 않고 왼손으로 가발을 받아 재빠른 솜씨로 머리 위에 알맞게 얹으며 오른손으로는 가엾은 하인의 따귀를 때렸기 때문에, 하인은 희극에서처럼 빙그르르 돌면서 문밖으로 나갔다. 그러자 이 유명한 노대가는 엄숙하게 우리에게 자리를 권하고 앉아 꽤 오랫동안 점잖게 이야기를 나누었다.

슐로서가 라이프치히에 체류하고 있는 동안 우리는 매일 그와 함께 식사했고 유쾌한 친구들도 알게 되었다. 몇몇 리플란트인, 후일 라이프치히시의 시장이 된 드레스덴의 궁중 목사 헤르만의 아들, 그들의 가정교사이며 겔러트의《스웨덴의 백작 부인》과 짝을 이루는《P 백작》의 저자이자 궁중 고문관인 파일, 그의 형제인 차하리에, 지리학과 계보학 편람의 편집인인 크레벨 등 모두 예의 바르고 쾌활하고 친절한 사람들이었다. 차하리에가 가장 조용했고, 파일은 외교적인 성격의 품위 있는 사람으로 꾸밈이 없고 인정이 많았다. 정말로 팔스타프[56] 같은 크레벨은 큰 키에 뚱뚱하고 금발에다

---

56 셰익스피어의 희곡에 등장하는 명랑하고 재치 있는 뚱뚱보.

약간 튀어나온 하늘색 눈을 하고 있었다. 이 사람들은 때로는 슐로서 때문에, 때로는 나의 개방적이고 스스럼없는 유쾌한 성격과 관대한 태도로 인해서 나를 극진히 대해 주었다. 그래서 그 후에 대단한 권유가 없어도 나는 그들과 식사를 함께했다. 슐로서가 떠난 다음에도 나는 자리를 함께했고, 루드비히의 식탁은 포기했다. 내가 이 작은 서클의 친구들 속에 끼는 것이 더욱 즐거웠던 이유는 예쁘고 마음씨 고운 그 집 딸이 마음에 들었고, 그녀와 다정하게 시선을 교환하는 기회가 생긴 때문이었다. 그레트헨과의 불행한 일이 있었던 후 찾으려 하지도, 우연히 생기지도 않던 즐거운 일이었다. 나는 점심시간을 친구들과 유쾌하고 유익하게 보냈다. 크레벨은 진심으로 나를 사랑해 주었으며 적당히 놀리고 자극할 줄도 알았다. 반대로 파일은 나에게 진정한 호의를 가지고 여러 가지 일에 대한 나의 판단을 지도하고 규정하려고 애썼다.

이들과 사귀면서 대화나 본보기, 사색을 통해 내가 알게 된 것은 몰취미하고 공허하고 맥 빠진 시대로부터 빠져나오는 첫걸음은 단호함과 치밀함 그리고 간결함을 통해서라는 것이었다. 종래의 문체에서는 모든 것이 서로 평준화되어 평범한 것과 더 나은 것을 구별할 수가 없었다. 널리 퍼져 있는 피해에서 작가들은 빠져나오려고 노력했고 다소나마 성공하기도 했다. 할러와 람러는 천성적으로 압축된 표현을 즐겼고, 레싱과 빌란트는 깊은 성찰을 통해 이에 도달할 수 있었다. 레싱의 시는 차츰 경구적 표현으로 되어《민나》[57]에서는 간결함을,《에밀리아 갈로티》에서는 할 말만 하다가 후년에는 다시

---

57 《Minna von Barnhelm》(1767)을 말한다.

특유의 명쾌한 소박성으로 되돌아왔는데 이 소박함이 《현자 나탄》에서는 그에게 잘 어울렸다. 《아가톤》, 《돈 실비오》, 《진기한 이야기》에서 아직도 이따금 장황한 빌란트는 《무자리온》과 《이드리스》에서 경탄할 만한 침착성과 정확성, 우아함을 얻게 된다. 클롭슈톡 역시 《메시아》의 첫 시들은 산만한 감이 없지 않았으나 송시와 단시, 그리고 비극에서 압축된 문체를 보여 주었다. 그는 고대인들 특히 타키투스와 경쟁을 시작하여 더욱더 응축된 표현을 쓰게 되었고, 그 결과 이해하기 힘들고 재미가 없어져 버렸다. 훌륭하지만 기이한 재능을 가진 게르스텐베르크 역시 간결한 문장을 썼는데, 그의 업적은 높이 평가를 받았으나 전체적으로 유쾌하지는 못했다. 글라임은 느리고 쾌활했지만 대표작인 《전쟁의 노래》는 어느 한 군데도 간결한 데가 없었다. 람러는 시인이라기보다 비평가였다. 그는 시 분야에 있어서 독일인의 업적을 수집하기 시작했는데, 그를 완전히 만족하게 하는 시는 한 편도 찾아볼 수가 없다고 했다. 그래서 작품이 형식을 갖추려면 생략이나 정정, 변경할 수밖에 없다고 했다. 이 때문에 그는 모든 시인과 애호가들의 적이 되었다. 누구나 자신의 결점을 알아야 하고 독자들 또한 일반적 취향이나 법칙에 따라 창작되거나 수정된 것보다는 오히려 결점이 있는 개성적인 작품에 더 흥미를 느끼기 때문이다. 당시 리듬은 아직 요람에 들어 있는 상태였고, 아무도 유아기 상태를 빨리 벗어날 방법을 모르는 상태였다. 시적인 산문이 우위를 차지했다. 게스너와 클롭슈톡은 많은 모방자를 만들어 냈지만, 음절에 운율을 맞추면서 산문들을 쉬운 운문으로 옮기는 사람들은 환영을 받지 못했다. 그러려면 생략하거나 첨가하지 않을 수 없는데 산문으로 된 원작이 오히려 더 나은 것으로 보였기 때문이다. 이런 모든 것에서 간결함만이 요구된다면 비판은 더욱 수월해진다. 중요한 내용은 압축될수록 비교가 쉽기 때문이다. 수많은 진정한 시 형식들이 나타났다. 모방하고자 하는 대상에서 필요한 것만 표현하고자 했기에 모든 대상에 대해 공정해야 했고, 의식적인 것은 아니지만 이런 방식에서 표현 방법이 다양해졌다. 물론 그중에는 못마땅한 것도 있고 실패한 것도 없지 않다.

빌란트가 가장 훌륭한 소질을 가졌음은 의심할 여지가 없었다. 그는 일찍부터 청년들이 흔히 즐겨 머무는 관념 세계에서 자랐다. 그러나 그는 흔히 경험이라고 부르는 것, 즉 세상이나 여자들과 만나게 되면서 관념 세계에 혐오를 느껴 현실로 뛰어들었으며, 타인들과 더불어 이 두 세계의 모순을 즐겼다. 여기에서 해학과 엄숙 사이의 가벼운 투쟁을 통하여 그의 재능은 미의 극치를 이루게 되었다. 그의 걸작들은 나의 대학 시절에 나왔다. 《무자리온》은 나에게 큰 영향을 주었고 외저[58]가 나에게 준 최초의 견본쇄에서 본 부분들은 아직도 기억이 난다. 고대가 부활하여 눈앞에 보이는 듯했다. 빌란트의 천재성 속에 잠재되었던 것이 완벽하게 드러나 있었다. 불행한 금욕의 벌을 받는 파니아스-티몬[59]이 드디어 연인과, 세상과 다시 화해하는 이야기를 읽으면 그와 더불어 염세적 시대를 경험하게 된다. 그밖에 삶에 잘못 적용되어 종종 광신이라고 의심받는 격양된 감정을 비웃는 쾌활함도 작품에는 잘 나타나 있다. 진실하며 존경할 만한 것으로 생각되는 것을 작가가 비웃고 조롱하는 것을 용서해야 하는데, 그가 그렇게 함으로써 계속 창작을 할 수 있게 된다고 인정할

---

58 Adam Friedrich Oeser (1717~1799): 화가, 조각가, 삽화가.
59 《무자리온》의 주인공.

때는 더욱더 그렇다.

이런 작품들에 대한 당시의 비평이 얼마나 형편없었는지는《일반 독일 문고》[60]의 처음 몇 권에서 엿볼 수 있다.《진기한 이야기들》에 관해서는 찬사가 쏟아지지만 이런 장르의 문학이 갖는 특징에 관해서는 아무런 비평의 흔적도 나타나지 않는다. 비평가는 당시 다른 사람들과 마찬가지로 미적 판단력을 작품의 사례에서 키워 나갔다. 이와 같은 패러디 작품을 비판하면서 무엇보다도 고상하고 아름다운 원본을 염두에 두고 패러디 작가가 실제로 원본의 취약하고 코믹한 면을 제대로 보았는지, 거기서 무엇을 빌렸는지, 혹은 모방이라는 외적 형식을 통해서 자신만의 탁월한 발명품을 만들어냈는지를 보아야 한다는 것은 전혀 생각하지 못했다. 그런 점은 아무것도 느끼지 못한 채 시를 부분적으로 칭찬하거나 비난하고 있을 뿐이다. 비평가는 자기가 좋아하는 부분에 밑줄을 어찌나 많이 그었는지 인쇄할 때 전부 인용할 수 없을 정도였다고 고백하고 있다. 가장 가치 있는 셰익스피어 번역에 대해서까지 "솔직히 말하자면 셰익스피어 작품은 번역되지 말았어야 한다."라고 할 정도였으니,《일반 독일 문고》가 미적 판단에 있어 무척 뒤떨어져 있었고, 결국 뜨거운 젊은이들은 진솔한 감정으로 다른 지도자를 찾아 헤맨 것이 이해가 된다.

독일인들은 많든 적든 형식을 규정하는 소재를 이런 식으로 사방에서 구했다. 민족적 대상은 별로, 혹은 전혀 다루지 않았다. 슐레겔[61]의《헤르만》이 그런 내용을 암시 정도만 하고 있을 뿐이었다. 목

---

60 Allgemeine Deutsche Bibliothek: Christoph Friedrich Nicolai가 창간한 계몽주의적 비평지.

61 Johann Elias Schlegel (1719~1749):《헤르만》은 1743년 작품이다.

가적인 경향은 끝없이 퍼져 나갔다. 게스너의 작품은 우아하고 어린 아이와 같은 열성에도 개성이 없어, 모든 사람에게 자기도 그 비슷한 것을 쓸 수 있다고 믿게 하였다. 《유대인의 목가》[62]처럼 타민족의 것을 기술하는 시, 가부장 시대의 시, 구약 성서와 관련된 것 역시 인간 보편적인 것에서 얻었다. 보드머의 《노아의 노래》는 독일 문단에 범람했다가 서서히 빠져나간 홍수의 상징이었다. 아나크레온 풍의 시는 수많은 평범한 시인들에게 멋대로 붓을 휘두르게 했다. 호라티우스의 엄정성을 독일인들은 따르긴 했지만, 그것은 극히 서서히 진행될 뿐이었다. 포프의 《곱슬머리의 겁탈》[63]을 모범으로 하는 대다수의 코믹한 영웅시들도 더 나은 시대를 불러오지 못하고 있었다.

여기에서 실수 한 가지를 말해야겠는데, 자세히 보면 우스꽝스럽지만 심각한 영향을 끼친 실수이다. 독일인들은 여러 민족이 훌륭하게 다루고 있는 다양한 문학에 관해 역사적 지식은 충분히 가지고 있었다. 근본적으로 문학의 내적 이해를 망치게 하는 문학의 칸 나누기는 고체트가 《비판적 작시법》에서 완성했는데, 거기에는 탁월한 작품을 가진 독일 작가도 칸에다 채워 넣었다. 꾸준히 발전을 거듭하면서 매해 작품의 모음집은 풍부해졌고 해마다 새로운 작품이 과거의 작품을 그때까지 누리던 자리에서 축출했다. 우리에게는 호메로스는 없어도 베르길리우스와 밀턴이 있었고, 핀다로스는 없지만, 호라티우스가 있었다. 테오크리스토스도 충분하게 있었다. 외국

---

62 Jüdische Schäfergedichte: Georg August von Breitenbauch가 편찬한 세 권짜리 시집 (1765).

63 영국시인 Alexander Pope (1688~1744)가 1712년 발표한 풍자영웅시이다. 한 가문의 젊은이가 다른 가문 여성의 머리카락을 훔친 사건을 다루고 있다.

과 비교하면서 작품이 점점 늘어나자 이제 드디어 국내의 작품들을 비교하게 되었다.

미적 감각은 아직 기반이 취약했다. 이 시대에 독일과 스위스의 신교도 지역에서는 인간의 이성이라고 부르는 것이 무척 활발하게 이야기되기 시작했다. 학교 철학은 인간이 문제 삼는 모든 것을 가정된 원칙에 따라 임의로 정돈하여 일정한 항목 아래 강의한다는 점에 그 공적이 있는데, 그 내용이 종종 모호하고 쓸모없고, 방법은 존경할 만해도 그것을 적절치 않은 시기에 적용한다든가 범위를 너무 많은 대상으로 넓히다 보니 대다수 사람에게는 생소하고 흥미도 없어 결국 무용지물이 되고 말았다. 어떤 사람들은 대상을 처리하여 자타에 쓸 만한 뚜렷한 개념을 만드는 데에 필요한 현명하고 올바른 감각을 자연이 자신에게 부여했기 때문에 극히 보편적인 것을 구하려고 굳이 애를 쓸 필요가 없고, 와 닿지 않을 정도로 멀리 떨어진 일들이 어떻게 서로 연관되는지 연구하지 않아도 된다는 확신을 가지고 있었다. 그들은 작업하면서 눈을 크게 뜨고 앞을 바라보았다. 정신을 집중하고 열심히 활동하고 자신의 범주 안에서 정확한 판단과 행동을 한다면 다른 범주의 사물에 관해서도 스스로 정확한 판단을 내릴 수 있다고 믿고 있었다.

이런 생각에 따르면 누구나 혼자 철학을 할 수 있을 뿐 아니라 자기를 철학자로 여길 권리가 있다. 철학이라는 것은 건전하고 훈련된 지성이며, 이것은 보편적인 것을 추구하며 내적, 외적 경험에 따라 판단을 내리는 것이었다. 모든 의견에 대해 중용을 지키고 공정함을 유지하는 것이 옳다고 생각했기 때문에, 명쾌한 판단력과 함께 특유한 절제감은 글이나 발언에 명성과 신뢰를 가져다주었다. 그리하여 대학의 모든 학부에, 모든 계층과 직업에 철학자들이 나타나게 되었다.

이러한 방식에서 신학자들도 소위 자연 종교로 기울어지게 되었다. 그래서 자연의 빛이 어느 정도 인간에게 신의 인식이나 그를 개선하고 순화를 촉진하는 데 충분한지 문제가 되었을 때 대담하게도 인간에게 유리한 해결을 내리는 데 주저하지 않았다. 절제의 원칙에 의해서 모든 기성 종교에 똑같은 권리를 주었고, 그 결과 어느 종교든 전부 같은 정당성을 가지지만 불확실한 것이 되었다. 결국, 모든 것의 존립 가치가 인정되었고, 다른 어느 책보다도 내용이 풍부하고 인간의 문제에 대해서 사색의 재료와 성찰할 기회를 풍부하게 제공하는 성서가 설교나 기타 종교적 논의의 기초가 되었다.

하지만 성서도 통속적인 문학과 같이 시대가 흐르면서 피할 수 없는 독특한 운명을 맞게 되었다. 사람들은 이제껏 책 중의 책인 성서는 하나의 정신으로 쓰인 것, 즉 하느님의 넋이 들어 있고, 그것을 받아 적어 전해 온 것임을 신념과 신앙으로 믿어 왔지만, 한편으로 이미 오래전부터 신도나 비신도에 의해서 성서의 다양한 부분이 서로 일치하지 않는다는 비난을 받기도 하고 옹호되기도 했다. 영국인, 프랑스인, 독일인이 정도의 차이는 있지만 격하고 신랄하며 대담하고 가차 없이 성서를 공격했다. 그러나 성서는 각국의 성실하고 사려 깊은 사람들에 의해서 보호도 받았다. 나 자신은 성서를 사랑하고 귀하게 생각했다. 나의 도덕적 교육은 거의 성서의 덕이고, 성서의 사건이나 교훈, 상징, 비유 등이 내게 깊은 인상을 남겨 여러 가지 방식으로 영향을 끼쳤기 때문이다. 나는 불공평하고 조소적이며 뒤틀린 공격이 싫었다. 옹호하기 위한 근거로 그 당시 일부 사람들은 많은 구절을 멋대로 뽑아 신이 인간의 사고방식이나 이해력을 따르고 있고, 그러므로 귀신 들린 사람들조차도 성격이나 개성을 부정할 수 없으며, 목동인 아모스가 왕자였다는 이사야의 언어를 사용할 수 없었을 것[64]이라는 주장까지 했다.

이러한 생각과 확신에서, 특히 점점 발전해 가는 언어학의 지식에 의해서 동양의 지방, 국민성, 천연자원, 현상을 더 자세히 연구하여 지난 시대를 되살리고자 노력하는 연구가 활발해졌다. 미하엘리스[65]는 재능과 지식을 쏟아 이 방면에 몰두했다. 그의 여행기는 성서 해석에 유력한 도움이 되었다. 많은 의문을 지니고 새롭게 여행을 떠나는 사람들은 예언자나 사도들에 관한 의문을 풀어 보고자 했다.

많은 사람은 성서를 자연스러운 직관으로 접근해서 고유한 사고방식이나 표현방식을 더욱 수월하게 이해하도록 만들었다. 역사적이고 비판적인 견지에서 여러 가지 반론을 제거하고 상스러움을 없애고 천박한 조롱을 없애려고 각 방면으로 노력하고 있지만, 소수의 사람 사이에는 이와 반대되는 생각이 나타났다. 그들은 성서에서 가장 불분명하고 신비스런 부분을 고찰 대상으로 선택하여 억측과 추정, 억지스럽고 기이한 종합 판단을 통해 그것을 해명까지는 못해도 확인하려 했고, 그중에도 예언 부분은 실현된 결과를 근거로 삼아 곧 닥쳐올 일에 대한 믿음을 정당화하려고 했다.

---

64 왕의 연대기인 〈이사야 서〉의 작가로 알려진 이사야는 소치기인 아모스의 아들이기 때문에 귀족사회의 언어를 구사할 수 없었을 것이며 따라서 〈이사야 서〉의 작가는 이사야가 아닐 것이라는 주장으로, 괴테는 여기서 당시에 성서에 관한 문헌학적, 실증적 연구가 유행이었음을 말하고 있다.

65 David Michaelis (1717~1791): 신학자이자 동양학자.

존경스러운 벵엘[66]은 요한 계시록에 대한 그의 노력이 결정적인 것으로 인정되어, 총명하고 성실하고 경건하며 비난할 점이 없는 사람으로 알려졌다. 생각이 깊은 사람들은 과거에 사는 동시에 미래에도 살아야 했다. 만일 현재까지의 시대 흐름 속에서 밝혀진 예언이나 가까운 미래나 먼 미래 속에 가려진 예언을 숭배하지 않는다면 그들에겐 이 세상의 평범한 일상은 아무런 의미가 없어 보였다. 이를 통해 역사에는 찾아볼 수 없는 하나의 연관이 드러났다. 역사는 불가피한 한정된 범위 안에서 우연히 요동하고 있는 것만을 우리에게 보여 줄 뿐이었다. 크루지우스[67] 박사는 성서의 예언적 부분에 많은 흥미를 느꼈던 사람 중 한 사람이었다. 그 부분이야말로 인간에 있어서 두 개의 반대되는 특성, 즉 정서와 통찰력을 동시에 가동하기 때문이었다. 많은 청년이 이 이론을 신봉해서 이미 상당한 무리를 이루었다. 이들 무리가 이목을 집중적으로 받게 된 것은 에르테스티[68]가 제자들과 더불어 청년들이 빠져든 우매함을 폭로하고 완전히 퇴치하겠다고 위협적으로 공표했기 때문이다. 그 결과 분열, 증오, 박해 등 여러 불상사가 일어났다. 나는 명확한 당파 쪽이었고 그들의 원리와 장점을 내 것으로 만들려고 노력했다. 그렇기는 하지만 이렇게 칭찬할 만하고 사려 깊은 해석법으로 말미암아 성서가 가진 시적 내용은 예언적 내용과 더불어 결국에는 잃어버리지 않을까 하는 예감에 빠지게 되었다.

그러나 독일 문학이나 미학에 종사하는 사람들에게는 예루살

---

66 Johann Albrecht Bengel (1687~1752): 신학자로 예언서를 주로 연구했다.

67 Christian August Crusius (1712~1775): 라이프치히 대학 신학 교수.

68 Johann August Ernesti (1707~1781): 개신교 신학자, 교육가, 철학자.

렘,[69] 촐리코퍼,[70] 슈팔딩[71] 같은 사람들의 노력이 한층 더 관심을 끌었다. 그들은 설교나 논문에 훌륭하고 순수한 문체를 사용하여, 종교나 그것에 가까운 윤리학을 위해서 특별한 감성과 취미를 가진 사람들에게도 공감과 애착심을 갖게 하려고 노력하였다. 읽기 좋은 문체가 반드시 필요했고, 거기에는 무엇보다도 이해하기 쉬운 것이 요구되기 때문에, 각 방면에서 저술가들은 자신의 연구나 직업에 대하여 식자뿐 아니라 일반 대중에게도 명쾌하고 분명하게 글을 쓰려고 애를 썼다.

외국인 티소[72]의 전례에 따라 이제 의사들도 일반 교육에 주력하기 시작했다. 할러,[73] 운처,[74] 치머만[75] 등이 큰 영향을 끼쳤다. 그들 각자에 관해서는, 특히 치머만에 관해서는 비난도 있지만, 그들의 영향력은 지대했다. 이 일에 관해서는 역사, 특히 전기에서 다루어야 할 것이다. 인간이란 무엇을 남겨 놓았는지가 아니라 그가 활동하고 즐기고 어떻게 다른 사람들을 활동시키고 즐기도록 자극을 주었는지가 중요하기 때문이다.

젊어서부터 제국직속 기사의 기록실에서부터 레겐스부르크의 의회에 이르기까지 모든 문서실에서 괴상한 형식으로 보전되고 있는 난해한 문체에 익숙한 법률학자들은 쉽사리 자유로운 표현에 이

---

69 Johann Friedrich Wilhelm Jerusalem (1709~1789): 신교 신학자.

70 Georg Joachim Zollikofer (1730~1804): 개혁파 목사.

71 Johann Joachim Spalding (1714~1804): 개신교 신학자.

72 Simon Tisso (1728~1797): 스위스의 의사로 대중적인 의학 작품을 프랑스어로 썼다.

73 Albrecht Haller (1708~1777): 스위스의 생리학자.

74 Johann August Unzer (1727~1799): 함부르크 태생의 신경계 의사.

75 Johann Georg Zimmermann (1728~1795): 스위스 태생의 의사이자 저술가.

르지 못했다. 그들이 취급해야 할 대상들이 외면의 형식, 즉 문체와도 긴밀한 관계가 있기 때문에 더욱 그랬다. 그렇지만 젊은 모저[76]는 이미 자유롭고 특색 있는 저술가가 되었고, 퓌터[77]는 명쾌한 강연을 통해서 다루고자 하는 대상과 문체를 명확히 했다. 그의 학파에서 이루어진 것은 모두 그런 특징을 가지고 있었다. 철학자들도 대중화되기 위해서는 명확하고 쉽게 써야 할 필요를 느꼈다. 멘델스존[78]과 가르베[79]가 나타나 대중의 관심과 존경을 받았다.

모든 전문 분야에서 독일어와 문체가 형성되고 판단력도 발전했는데, 당시의 종교적, 도덕적, 또는 의학적 대상을 다룬 작품들에 대한 평론은 감탄스럽다. 반면 그런 것과는 반대로 시가나 기타 순수 문학에 관한 비판들은 한심할 정도는 아니라도 적어도 매우 미약한 것이었음을 알 수 있다. 이것은 《문학 서간》,[80] 《일반 독일 문고》[81]나 《문예학 문고》에 대해서도 말할 수 있는 것이며, 아주 쉽게 중요한 실례도 들 수 있다.

이 모든 일이 서로 뒤섞여 일어났지만 스스로 무엇인가를 만들어 내려 하고, 하고 싶은 말이나 문구를 선배에게서 빌어다 쓰지 않으려는 사람은 이용하려는 소재를 끊임없이 혼자서 찾아내야 했다.

---

76 Friedrich Karl von Moser (1723~1798): 슈투트가르트 태생의 저술가이자 정치인.

77 Johann Stefan Pütter (1725~1807): 역사가이자 법학자.

78 Moses Mendelssohn (1729~1786): 유태계 철학자로 음악가 멘델스존의 할아버지.

79 Christian Garve (1742~1798): 철학자로 라이프치히 대학 교수.

80 Literaturbriefe, 1761부터 1766년까지 레싱 등이 발간한 잡지.

81 《일반 독일 문고 Allgemeine deutsche Bibliothek》: 1757년에 창간하여 1806년까지 출간된 잡지로 1865년부터는 《새 문예학 문고 Neue Bibliothek der schönen Wissenschaften》로 명칭이 변경되었다.

이 점에서도 우리는 길을 헤맸다. 우리는 자주 들었던 클라이스트[82]의 말을 생각해야 했다. 그것은 늘 혼자 산책한다고 비난하는 사람들에 대한 조소적이며 재치 있고 진실한 대답이었다. 자기는 한가한 것이 아니라 이미지를 사냥하러 간다고 했다. 이 비유는 귀족이자 군인인 그의 말로서는 적절한 표현이었다. 그는 이 비유를 통해서, 여가만 있으면 늘 총을 끼고 부지런히 토끼나 꿩 사냥을 가는 같은 신분의 연배들과 자신을 비교해서 말한 것이었다. 그래서 우리는 클라이스트의 시 속에서, 비록 잘 가공된 이미지는 아니지만, 자연을 친밀하게 여기게 하는 많은 것을 찾아내게 되어 행복했다. 아펠스 공원, 쿠헨 공원, 로젠탈, 골리스, 라쉬비츠, 코네비츠[83] 등은 시적 포획물을 찾아내는 이상적인 장소는 아니었지만, 사람들은 우리에게 조금이라도 이익이 되도록 이미지 사냥 나갈 것을 진심으로 권유했다. 이것이 동기가 되어 나는 때때로 혼자서 산책하러 나갔다. 아름다운 것이나 숭고한 대상들이 별로 눈에 띄지 않았으며, 경치가 좋은 로젠탈[84]도 제일 좋은 계절엔 모기가 있어 멋진 시상이 나올 수가 없었다. 그래도 나는 꾸준히 노력하여 자연의 작은 삶(이 단어를 나는 조용한 삶[85]의 유사어로 쓰고 싶다)에 큰 관심을 끌게 되었다. 이 지방에서 볼 수 있는 아름다운 일들도 그 자체만으로는 별로 의미가 없으므로 그 가운데서 의미를 찾아내는 것이 습관이 되었다. 의미는 직

---

82 Eward Christian von Kleist (1715~1759): 레싱의 친구로 군인이자 시인.

83 라이프치히 근교의 산책 코스.

84 라이프치히에 있는 공원으로 장미의 계곡 이런 뜻이다.

85 작은 삶으로 번역한 독일어는 Kleinleben, 조용한 삶으로 번역한 독일어는 Stilleben인데 워낙은 정물화란 뜻이지만 분철을 하는 경우 조용한 삶이란 뜻이 된다. 여기서는 단어 조합을 가지고 장난을 하고 있다.

관과 감정과 성찰 중에서 어느 것이 중요한가에 따라 때로는 상징적인 것이 되고, 때로는 비유적인 것으로 기울어지기도 했다. 여러 가지 일 대신에 한 가지만 이야기해 보겠다.

보통 사람들처럼 나는 내 이름을 좋아했고 교양 없는 젊은이들이 하듯이 내 이름을 아무 데나 쓰고 다녔다. 언젠가 한 번은 큼직한 보리수나무의 매끄러운 껍질에 내 이름을 보기 좋고 또렷하게 새겨 놓았다. 그 후 가을에 아네테[86]에 대한 내 애정이 꽃처럼 피어올랐을 때 내 이름 위에 그녀의 이름도 열심히 새겼다. 그해 겨울이 지나갈 무렵 나는 변덕스러운 애인이 되어 우격다짐으로 트집을 잡아 아네테를 괴롭히고 불쾌하게 했다. 봄이 되어 우연히 보리수나무를 찾아갔더니, 그녀의 이름을 새긴 나무에서 힘차게 흐르는 수액이 상처로 흘러내려, 죄 없는 나무의 눈물이 이미 굳어 버린 내 이름 자국을 적시고 있었다. 그것을 보니 나의 횡포로 눈물을 흘리던 그녀가 여기 내 이름 위에서 우는 것을 보는 것 같아 놀랐다. 나의 잘못과 그녀의 애정을 생각하니 눈물이 솟았다. 나는 그녀에게 달려가서 모든 것을 거듭 사과했고, 이 사건으로 한 편의 전원시를 썼는데, 읽을 때마다 애착이 가고 남들에게 읽어 줄 때도 감격이 벅차올랐다.

내가 플라이세[87] 강변의 목동이 되어 이런 사랑의 대상에 어린아이처럼 깊이 빠져서 금방 내 가슴으로 되불러 올 수 있는 것만 선택하고 있는 동안에 독일 시인들은 오래전부터 거창하고 중요한 일에 관심을 두고 있었다.

---

86 Annette는 Anna Katharina Schönkopf(1746~1810)의 애칭으로, 괴테는 그녀를 라이프치히 법학생 시절에 만났다.

87 라이프치히를 관통해 흐르는 강.

진실하며 더욱 높고 참된 삶의 내용은 프리드리히 대왕과 7년 전쟁의 업적을 통해서 최초로 독일 문학에 들어왔다. 모든 민족문학은 그 기초가 인간 제일주의에 있지 않거나 민족과 그들의 목자가 동일인으로 대변되지 않는다면 김이 빠지거나 빠지게 된다. 왕들은 전쟁이나 위험 속에 놓여 있을 때 묘사해야 하고, 그런 때에 왕들은 일인자가 된다. 그들은 마지막 국민 한 사람의 운명까지 결정하고 운명을 공유함으로써 신들보다 훨씬 더 흥미를 끌게 된다. 신들이야 인간의 운명을 결정하기는 하지만 운명을 공유하는 것과는 거리가 있다. 이런 의미에서 적어도 어떤 가치를 인정받으려면 모든 민족에게는 반드시 서사시의 형식은 아니더라도 영웅서사시가 있어야만 한다.

글라임[88]이 시작한 〈전쟁의 노래〉는 그러므로 독일 시에서 높은 위치를 차지하고 있다. 그것은 그 시들이 전쟁과 더불어 전쟁 한가운데에서 만들어졌으며, 성공한 그 시의 형식이 마치 동료 전사가 최고조의 순간에 부르는 것 같은 완벽한 효과를 우리에게 느끼게 하기 때문이다.

람러[89]는 극히 품위 있는 다른 형식으로 국왕의 업적을 노래했다. 그의 시는 내용이 풍부하여 우리로 하여금 마음을 뒤흔드는 위대한 대상에 빠지게 하는 불멸의 가치를 가진 작품이다. 소재의 내적 가치야말로 예술의 시초이며 끝이기 때문이다. 물론 천재, 즉 수련을 쌓은 예술적 재능은 어떤 것으로도 무엇이든 다 만들 수 있고, 취급하기 매우 힘든 소재도 정복할 수 있음을 부인할 수 없다. 그러나 자세히 관찰하면 여기서 만들어지는 것은 예술품보다는 기교품에 불과

---

88 Johann Wilhelm Ludwig Gleim (1719~1803): 장, 단편과 노벨레, 시를 썼음.
89 Karl Wilhelm Ramler (1725~1798): 할레 대학교수이자 시인.

하다. 예술작품은 가치 있는 대상을 기초로 해야만 하고, 그래야 기술과 노력과 연마를 통해서 우리에게 소재의 가치를 한층 더 훌륭하고 아름다운 것으로 보여 줄 수 있기 때문이다.

프로이센 사람들과 개신교를 믿는 독일은 반대파에서는 볼 수 없는 보물을 그들의 문학에서 하나 획득했는데, 다른 주들은 아무리 노력해도 이 부족한 결함을 결코 보충할 수가 없었다. 프로이센의 작가들은 왕에 대해서 가진 위대한 개념으로 자신들을 만들어 나갔다. 모든 일을 왕을 위해 하는데도 왕이 조금도 관심을 두지 않기 때문에 그들은 더욱더 열성을 높여 갔다. 이미 오래전부터 이곳에 와 있는 프랑스인들을 통해서, 그리고 그 뒤에는 프랑스 문화와 재정 제도를 왕이 특히 애호해서 프랑스 문화는 대량으로 프로이센에 흘러들어왔다. 이 과정에서 이의를 제기하고 맞서는 것이 필요했는데 그것이 결과적으로는 독일인들을 돕게 하였다. 마찬가지로 독일어에 대한 프리드리히 대왕의 혐오 역시 독일 문학을 발전시키는 데 도움을 주었다. 모든 일은 왕의 관심을 끌기 위해서 이루어졌다. 왕한테 존중을 받지 못하더라도 왕의 관심이라도 끌면 되었다. 하지만 모든 것은 독일식으로, 깊은 확신으로 이루어졌다. 자신이 정당하다고 인정하는 것을 했고, 왕이 독일의 권리를 인정하고 존중해 줄 것을 원했다. 그러나 그런 일은 일어나지도 않았고 또 일어날 수도 없었다. 지적으로 살며 즐기고자 하는 왕에게, 그가 야만적인 것으로 취급하는 것이 즐길 만한 것으로 바뀌기까지 어떻게 오랜 시간을 허비하며 기다리라고 요구할 수 있겠는가? 수공품이나 공산품이라면 왕은 자신이나 국민에게 외국의 우수한 상품 대신 값이 싼 대용품을 쓰도록 권고할 수 있다. 그런 것에서는 모든 것이 신속하게 완비되고, 완성하는 데 한 사람의 일생이 필요하지도 않다.

무엇보다도 7년 전쟁의 진정한 산물이자 완전히 북독일의 민족적 내용을 담은 한 작품에 대해서 찬사를 보내지 않을 수 없다. 그것은 의미 있는 사건에서 소재를 택하고 특별히 시사적인 내용이 포함되어있어 그로 인해 커다란 파문을 불러온 희곡《민나 폰 바른헬름》[90]이다. 작가인 레싱은 클롭슈톡이나 글라임과는 달리 자신의 품격을 내던지는 것을 아끼지 않았다. 그는 언제든지 품격을 회복할 자신이 있기 때문에 난잡한 술집 출입이나 세속적인 생활을 좋아했다. 왕성한 활동을 하는 자신의 내적 생활에 대해 균형을 잡아 줄 강력한 반대추가 필요하기 때문이었다. 그래서 그는 타우엔치엔 장군의 수행원이 되었다. 앞서 작품이 어떻게 전쟁과 평화, 증오와 애정 사이에서 생겨났는지는 쉽사리 이해할 수가 있다. 이 작품이야말로 지금까지 문학에서 취급된 문학적, 시민적 세계에서 한층 더 높고 더 중요한 세계로 눈을 뜨게 만드는 데 성공했다.

이 전쟁 동안 프로이센인과 작센인이 가졌던 증오에 찬 긴장은 전쟁이 끝나도 사라지지 않았다. 작센인들은 오만해진 프로이센인들에게 받은 상처를 떨쳐 버리지 못했다. 정치적인 평화가 상호 간의 마음의 평화를 회복시키지는 못했다. 그런데 앞서 희곡이 이 힘든 일을 형상화했다. 작센 여성들의 우아하고 애교 있는 점이 프로이센인의 가치와 위엄 그리고 완고함을 극복한다. 그리고 주인공과 보조 역의 유별나고 서로 대립하는 성격의 성공적인 결합이 솜씨 있게 표현되어 있다.

---

90 Minna von Barnhelm (1767): 7년 전쟁을 배경으로 역경을 헤쳐나가는 남녀의 애정을 그린 희곡.

독일 문학에 관한 빈약하고 산만한 소견으로 내가 독자들을 다소 혼란 속에 빠뜨렸다면, 그것은 당시 나의 빈약한 두뇌가 처했던 무질서한 상태를 제대로 보여 준 셈이다. 당시 독일 문학의 매우 중요한 시대의 갈등 가운데 옛것을 채 알기도 전에 새로운 것이 밀려와 옛것은 완전히 포기해도 좋다고 생각하는 상황에서 그래도 옛것은 한편으로 여전히 나를 지배하고 있었다. 이런 어려움에서 빠져나오려고 내가 어떤 길로 한 걸음씩 들어갔는지를 이제 말해보고자 한다.

나의 젊은 시절이 처한 번잡스런 시대를 나는 여러 훌륭한 사람들과 더불어 성실하고 부지런히 공부하면서 보냈다. 내가 아버지에게 남겨 둔 4절판 원고들은 이것을 증명하기 충분하다. 얼마나 많은 시도와 초안, 절반쯤 실현되었던 계획이 확신보다 불만 때문에 연기로 사라져 버렸는지 모른다! 나는 대체로 대화, 학설, 여러 모순된 견해 등을 통해서, 특히 식탁 친구였던 궁중고문관 파일 씨를 통해서 소재의 중요성과 취급 방식의 간결함을 존중하는 것을 배웠다. 그러나 중요한 소재를 어디서 구해야 하고 어떻게 하면 간결하게 취급할 수 있는지 명백히 밝힐 수가 없었다. 나의 상황은 매우 제한적이어서 동료들은 무관심하고, 교사들은 소극적이고, 교양 있는 시민들은 제각각이었다. 하는 수 없이 나는 모든 것을 나 자신 속에서 구하지 않으면 안 되었다. 나의 시에서 진실한 기초와 감정과 반성을 요구하려면 마음속에서 찾아낼 수밖에 없었다. 시적 표현을 위해 사물이나 사건의 직접적인 관찰이 요구되는 경우 나는 마음을 움직이고 관심을 끄는 영역에서 한 걸음도 나올 수가 없었다. 나는 우선 가요 형식이나 자유 운율로 짧은 시를 썼다. 이런 시들은 깊은 성찰에서 생긴 것으로, 지나간 사건을 취급했는데 대개는 경구적인 표현을 택했다.

그리하여 내가 일생 벗어날 수 없는 경향, 즉 나를 기쁘게 하거나 괴롭히는 것, 내 마음을 움직이는 것을 하나의 이미지, 한 편의 시로 만들어 나 자신과 결말을 맺어 외적 사물에 대한 관념을 바르게 하고 그것을 통해서 마음을 안정시키는 경향이 시작되었다. 이런 재능은 극단적인 성격을 가진 나에게는 더욱 필요한 것이었다. 나는 늘 본성에 의해 이쪽 극단에서 저쪽의 극단으로 내몰렸다. 그러므로 내가 써서 내놓은 모든 것은 하나의 커다란 고백의 파편일 뿐이다. 지금 쓰고 있는 이 책은 그 고백을 완전한 것으로 만들려는 대담한 시도이다.

그레트헨에 대한 애정을 나는 이제 앤헨[91]에게로 돌렸다. 그녀는 젊고 예쁘고 쾌활하고 사랑스럽고 좋은 여자였기 때문에 마음속의 성단에 얼마 동안 작은 성녀로 모셔 두고 숭배의 대상으로 삼을 자격이 있었다. 숭배란 받는 쪽보다도 주는 쪽이 더 쾌감을 얻는 것이다. 나는 매일 방해도 받지 않고 그녀를 만났다. 그녀는 내 식사 준비를 도왔고, 저녁에는 포도주도 가져다주었다. 점심을 함께 먹는 제한된 식사모임이야말로 연시를 제외하면 찾아오는 손님이 적어 이 작은 집이 좋은 평판을 들을 수 있는 이유였다. 여기서 우리는 담소도 나누고 오락도 즐겼지만, 그녀가 집에서 멀리 나갈 수 없고, 떠나면 안 되기 때문에, 오락 거리는 아무래도 미약했다. 우리는 차하리에의 노래를 불렀고 크뤼거[92]의 희곡인《미헬 공작》을 공연했는데 손수건을 옭아매 밤 꾀꼬리를 만들기도 했다. 이렇게 얼마 동안은 그런대로

---

91 Ännchen은 Anna Katharina Schönkopf의 애칭이다. 괴테보다 3살 연상으로 음식점 집 딸이었다.

92 Herzog Michel Krüger (1723~1750).

잘 지냈다. 그러나 이러한 관계는 시간이 가고 허물이 없어질수록 변화가 적기 때문에 나는 애인을 괴롭혀서 오락으로 삼으려 했고, 그녀의 애정을 횡포를 일삼는 폭군 같은 변덕으로 지배하려는 좋지 못한 욕망에 사로잡혔다. 시를 쓰는 것이 잘 안 되거나 잘 써질 가능성이 없거나 여러 가지로 나를 괴롭히는 온갖 일 때문에 생겨나는 우울한 기분을 그녀에게 화풀이해도 된다고 생각했다. 나를 진심으로 사랑하는 그녀가 내 호감을 얻기 위해서 할 수 있는 일은 무엇이든 했기 때문이다. 결국, 근거 없고 쓸데없는 질투로 나와 그녀의 가장 아름다운 날들은 망쳐지게 되었다. 그녀는 얼마 동안 무서운 인내로 그것을 참고 있었고, 나는 그 인내를 극도로 잔인하게 끝까지 몰아갔다. 그러나 드디어 그녀의 마음이 내게서 멀어지고 내가 이제껏 필요도 이유도 없이 행한 어리석은 행동에 이제 책임을 져야 한다는 것을 깨달았을 때 나는 부끄러운 동시에 절망했다. 아무 소득도 없는 끔찍한 소동이 우리 사이에 벌어졌다. 그때 나는 그녀를 진심으로 사랑했다는 것과 그녀를 포기할 수 없다는 것을 느꼈다. 나의 열정은 고조되었고 그런 상태에서 가능한 모든 형상으로 나타났고, 그때까지 그녀가 해오던 역할이 나에게로 넘어왔다. 나는 그녀의 마음에 들기 위해 할 수 있는 모든 일을 하면서 애를 태웠고, 심지어 다른 즐거움을 마련하기 위해 애를 쓰기도 했다. 나는 그녀의 마음을 얻으려는 희망을 포기할 수 없었지만, 때는 이미 늦었다. 정말로 그녀를 잃어버린 것이었다. 내가 나의 과실을 도덕적으로 속죄하기 위해 온갖 어리석은 방법으로 내 몸을 괴롭히며 나 자신에게 복수하려 한 미친 짓은 나의 생애 중 가장 좋은 몇 년을 허송하게 한 병의 가장 큰 원인이 되었다. 만일 내가 가진 시적 재능이 치유력으로 나를 구해 주지 않았더라면 나는 아마 파멸하고 말았을 것이다.

이미 전부터 종종 나는 좋지 못한 나의 버릇을 분명히 깨닫고 있었다. 그녀가 나 때문에 아무런 이유 없이 고통받는 것을 보면서 가엾은 그녀를 정말로 안타깝게 생각했다. 나는 그녀의 상황, 나의 상황, 그리고 다른 남녀의 행복한 상황을 자주 시시콜콜하게 상상해 보았고 드디어 그런 괴로운 상황을 후에 교훈이 되는 참회가 되도록 희곡으로 다루게 되었다. 현재 남아 있는 희곡 작품 중 가장 오래된 《연인의 변덕Die Laune des Verliebten》이란 소품이 있다. 여기에는 천진한 본성에서 끓어오르는 연인의 격정적 충동이 잘 드러나 있다.

하지만 이미 오래전부터 내 마음을 끄는 것은 깊고 의미 있으며 충동에 가득한 세상이었다. 그레트헨과의 사건과 그 결과로 나는 일찍이 시민 사회 속에 숨어 있는 신기한 미로를 보았다. 종교, 도덕, 법, 계층, 관습, 이런 모든 것은 도시 생활의 표면을 지배할 뿐이었다. 훌륭한 가옥 사이를 연결하는 거리는 깨끗하고, 사람들은 거기서 지극히 예의 바르게 행동하지만, 내부는 한층 더 황폐해 보일 때가 많았다. 하룻밤 사이에 무너져 버리는 수많은 부실한 벽을 회반죽 칠을 한 얇고 매끄러운 외면으로 가리고 있었다. 파괴는 평화로운 상태에서 갑자기 일어나는 것이어서 더욱더 무서운 결과를 초래했다. 나는 수많은 가정이 파산, 이혼, 유괴, 살인, 절도, 독살 등에 의해 파멸하거나 몰락 직전에 비참하게 사는 것을 보았다. 나는 아직 젊었지만, 그들에게 여러 번 구조의 손을 내민 적이 있었다. 내가 정직하며 비밀을 지켜 사람들의 신뢰를 얻었고, 나의 활동이 여하한 희생도 두려워하지 않고 극히 위험한 경우에도 열심히 활동하기 때문인 것 같다. 나는 중재도 하고 비밀스럽게 돕고 미리 화를 방지하는 등

할 수 있는 것은 무엇이든지 할 기회가 많았다. 그럴 때 나 자신, 혹은 다른 사람 때문에 감정을 상하거나 굴욕을 느낀 적도 없지 않았다. 기분을 돌리려고 나는 희곡의 초안을 잡기도 했고, 발단 부분을 쓰기도 했다. 그러나 전개 부분에서 항상 불안해지고, 작품들이 거의 비극적 결말을 보게 될 것 같아서 하나씩 중단해 버렸다. 그중에서 완성된 것은 《공범자들 Mitschuldigen》뿐인데, 이 작품에서는 쾌활하고 우스꽝스러운 점이 우울한 가정생활을 배경으로 무언가 두려운 것과 함께 드러나 있다. 그래서 상연하면 부분적으로는 재미있지만, 전체적으로는 불안감을 주었다. 대담하게 표현된 위법 행위는 우리의 미적, 도덕적 감정을 손상하는 법이다. 그 때문에 이 작품은 독일 극장에서는 받아들여지지 못했지만, 그런 장애물을 피한 모방 작들은 크게 호평을 받았다.

하지만 위의 두 작품은 의식하지는 않았지만, 더욱 높은 관점에서 쓰인 것이다. 도덕적 책임에 관해서 신중한 관용의 태도를 보이고 있으며, 신랄하고 세련되지 못한 필체지만 "너희 중에 죄 없는 자가 먼저 돌을 던져라"라는 기독교의 성구(聖句)를 유희처럼 표현하고 있다.

초기의 두 작품을 우울하게 만든 이 엄숙함 때문에 나는 내 천성에 적합하고 유익한 주제를 놓쳐 버리는 잘못을 범했다. 진지한 젊은 청년이 끔찍스런 체험을 하는 동안 내 마음속에 일종의 대담한 유머가 생겨났는데, 그것은 순간을 스스로 초월하는 기분으로 위험을 두려워하지 않고 오히려 대담하게 이쪽으로 끌어오는 것이었다. 이 유머는 혈기 왕성한 청년의 우쭐대기 좋아하는 자만심에서 기인하는 것이다. 익살맞게 표현될 때에는 그 순간뿐 아니라 추억에도 즐거움을 주는 자만심이다. 이런 일은 일상적인 것으로 대학생들의 용어로서 '쉬트'[93]라고 불렸는데, 서로 유사한 데서 '익살 떤다'라는 말처럼 '쉬트 떤다'라고 말하기도 했다.

그런 유머러스한 대담성은 마음과 뜻을 담아 무대에 올리면 매우 큰 효과를 발휘했다. 이것은 일시적이며, 설령 목적이 있다 해도 그것이 멀지 않은 곳에 있다는 점에서 음모와는 구별된다. 보마르셰[94]는 이와 같은 유머의 가치를 이해했다. 피가로의 효과는 주로 그런 데서 온 것이다. 이같이 악의없는 장난이나 못된 짓이 일신의 위험을 무릅쓰고 귀한 목적을 위해서 사용되는 경우 거기서 나타나는 상황은 미학적으로나 도덕적으로나 연극에서 커다란 가치를 갖게 된다. 예를 들어 오페라《물 긷는 사람》[95]은 이제껏 무대에 오른 희곡 중에서 가장 성공적인 소재를 다룬 작품이다.

일상생활의 끝없는 권태에서 벗어나기 위해서 나는 수많은 이런 장난을 때로는 아무 목적도 없이, 때로는 좋아하는 친구들을 위해서 했다. 나로서는 단 한 번도 의식적으로 취급해 본 적이 없는 것 같고, 이런 모험을 예술의 대상으로 생각해본 적도 없었다. 가까이 있는 이런 소재들을 택해서 작품을 만들었다면 최초의 내 작품들은 좀 더 쾌활하고 유익한 것이 되었을 것이다. 이런 식의 작품 몇 가지가 후일 내 작품에 나타나긴 하지만 단편적이고, 의도 없이 쓰인 것이다.

우리에게는 언제나 감정이 이성보다 가까이 있으면서 창작을 하

---

93 Suite, 장난이란 뜻.

94 Pierre Augustin Caron de Beaumarchaise (1723~1799): 프랑스의 극작가로《세비야의 이발사》와《피가로의 결혼》이 널리 알려졌다.

95 Luigi Cherubini (1760 – 1842)의 오페라.

도록 만들기 때문에, 그리고 이성은 스스로 살아나 갈 수가 있기 때문에, 나에게는 감정의 문제가 언제나 아주 중요하게 생각되었다. 나는 애정은 무상하고 인간의 성질은 변하기 쉽다는 것에 대해, 도덕적 감성과 우리들의 천성 속에서 삶의 수수께끼로 보이는 신기한 결합을 이루는 모든 고귀하고 심원한 것에 관해 몰두했다. 여기에서도 괴로운 일을 한편의 노래, 경구, 시로 만들어서 빠져나오려고 했다. 그러나 그런 작품들은 나의 고유한 감정이나 특수한 상황과 관련된 것이기 때문에 나 자신 외에는 아무에도 관심을 가질 수 없었다.

　나의 외적 상황은 시간이 흐르는 동안 몹시 변해 있었다. 뵈메 부인은 가엾게도 오랫동안 병을 앓다가 세상을 떠났다. 부인은 마지막에는 나를 더는 만나지 않았다. 남편이 나를 탐탁하지 않게 여긴 까닭이다. 그의 눈에는 내가 근면하지 못하고, 경솔해 보였다. 특히 내가 독일 군법 강의 내용을 깨끗이 필기하지 않고 거기에 인용된 인물들, 고등 법원 판사, 법원장, 배석 판사 등의 얼굴에 묘한 가발을 씌워 노트 여백에다 그려서 주의 깊게 듣고 있는 옆 학생들의 정신을 산만하게 만들고 웃겼던 일이 알려지자, 그는 나를 몹시 불쾌하게 생각했다. 상처한 후 그는 전보다도 더 은둔 생활을 했다. 나도 그의 견책을 면하려고 만나는 것을 피했다. 겔러트가 영향력을 발휘할 수도 있었는데 그것을 이용하지 않은 것은 우리에게 불행이었다. 물론 그에게는 고해신부의 역할을 맡아서 각자의 성향이나 과실을 들어줄 틈이 없었다. 그래서 그는 우리 일은 크게 전체로 보고 교회라는 제도를 빌어 우리를 다루려고 생각했다. 그래서 우리를 앞에 불러 머리를 숙이고 울 것 같은 낮은 목소리로 교회에는 열심히 다니는지 고해신부는 누구인지 성찬식에 참가했는지를 묻는 것이 보통이었다. 이 심문에 합격하지 못하면 그는 한탄하며 우리를 돌려보냈다. 우리는 마음을 고쳐먹기보다는 오히려 짜증이 났지만 그래도 그를 진심으로 좋아하지 않을 수 없었다.

이 기회에 어린 시절을 돌이켜 보면서 생각해 볼 만한 것이 있는데, 그것은 교회의 종교가 기대에 어긋나지 않는 결과를 얻으려면 커다란 문제를 그 결과나 연관성을 살펴서 다루어야 한다는 점이다. 신교의 예배는 풍성하지도 잘 연결이 되어있지도 못해서 교구의 신자를 결합하지 못한다. 자칫하면 신도들은 교회에서 떨어져 나가 작은 교구를 만들거나, 교회와 관련 없이 각자 편하게 시민 생활을 하게 된다. 그래서 교회에 다니는 사람이 해마다 줄어들고 그와 비례해서 성찬식에 참례하려는 사람들도 줄어든다고 오래전부터 걱정하고 있었다. 이 두 가지 현상 특히 성찬을 받는 사람들이 줄어드는 원인은 명확했다. 하지만 누가 감히 그것을 입에 올리겠는가! 그것을 해보려 한다.

도덕적이고 종교적인 일에서도 인간은 육체적, 일상적인 일에서처럼 무슨 일이든 갑자기 하는 것을 좋아하지 않는다. 습관이 될 때까지 계속하는 것이 필요하다. 또한, 좋아하는 것과 해야 하는 것은 따로 떼어 생각할 수 없고, 어떤 일을 즐겨 반복하려면 그것이 낯설어서는 안 된다. 신교의 예배 의식은 전체적인 것에서는 풍성함이 부족하므로 개별적인 것을 찾게 된다. 그러면 신교도는 성사(聖事)가 너무 적다는 것, 실제로 참가하는 의식은 성찬식 하나뿐임을 알게 된다. 세례식은 단지 다른 사람이 하는 것을 보는 데 지나지 않기 때문에 거기서 즐거움을 느낄 수 없기 때문이다. 성사는 종교의 최고 행사이며 특별한 신의 은총을 받는 구체적 상징이다. 성찬에서 인간의 입술은 구현된 신의 본질을 받아들이고, 하늘의 양식을 지상의 양식 형태로 받는다. 이런 의미는 모든 교회에서 다 같은 것으로 성사는 비밀에 귀의하는 것, 비록 차이는 있어도 이해하고 순응하는 것을 통해 향유할 수 있다. 이것은 언제나 신성하고 위대한 행위로, 가능한 것 혹은 불가능한 것, 인간이 요구할 수 없고 포기할 수도 없는 것을 현실의 세계에서 대변하는 것이다. 하지만 성스러운 예식은 고립되어서는 안 된다. 어떤 기독교도라 할지라도 마음속에 상징적이거나 성사적인 의미가 배양되어 있지 않으면 성사가 부여하는 참된 기쁨을 향유할 수 없다. 기독교도는 가슴의 내적 종교와 외부의 종교를 온전한 하나로, 다시 말해 위대한 보편적인 성사로 보는 데 익숙해져야 한다. 수많은 부분으로 나뉘어 각 부분이 성스러움, 불멸성, 영원성을 전해주고 있는 성사로 보아야 한다.

한 쌍의 젊은 남녀가 두 손을 마주 잡는다.[96] 지나가는 인사를 하거나 춤을 추기 위해서가 아니다. 성직자가 그 위에 강복을 하면 두 사람의 결합은 끊을 수 없는 것이 된다. 얼마 되지 않아 이 부부는 똑 닮은 어린아이를 제단 앞에 데리고 온다. 어린아이는 성수로 정화되어 교회에 속하게 된다. 이 축복은 가장 무서운 배교를 하기 전에는 잃어버리지 않는다. 아이는 살면서 세상의 일에는 스스로 경험을 쌓아 가지만 종교에 대해서는 배워야 한다. 시험을 통해 배움의 완성이 밝혀지면 이번에는 진실한 시민으로서 또한 진실하고 자발적인 신도로서 이 행위의 중요성을 표시하는 외부적 표시를 하고 교

---

96 이하 가톨릭교의 의식을 말하고 있다.

회의 품에 안긴다. 그는 비로소 확실히 한 사람의 기독교인이 되는 것이며, 장점과 의무도 알게 된다. 그러는 사이 그는 인간으로서 신기한 일에 부딪히고 교훈과 징계로 내면이란 얼마나 불안스러운 것인지를 알게 된다. 늘 가르침과 위반에 관한 이야기가 있지만 더는 처벌을 받는 일을 해서는 안 된다. 이제 그에게는 자연적인 요구와 종교적인 요구 사이에 갈등이 생겼을 때 휩쓸려 들어갈 수밖에 없는 무한한 혼란 속에서 훌륭한 방책이 부여되는데, 그것은 그의 행위와 비행, 결함과 의혹을 위임받은 존경할 만한 사람에게 고백하는 것이다. 그 사람은 그를 안심시키며 훈계하고 격려하고 동시에 상징적 형벌에 의해 그를 징계하고 마지막에는 그의 죄를 완전히 소멸시킴으로써 행복하게 해주고, 순결하고 깨끗해진 그에게 다시 양심을 넘겨줄 줄 아는 사람이다. 잘 관찰하면 다시 작은 의식들로 세분된 여러 성스러운 예식 행사를 통해 그는 마음의 준비를 하고 안정된 마음으로 그리스도의 육체를 상징하는 빵을 받기 위하여 무릎을 꿇는다. 그리고 이 숭고한 의식의 신비함을 높이기 위해 성배를 멀리서만 보여줄 뿐이다. 그를 만족하게 하는 것은 비천한 음식이나 음료가 아니다. 그것은 천상의 양식으로 천상의 음료에 대한 갈증을 일으키게 한다.

그러나 청년이라면, 그리고 성인이라도 이것으로 모두 끝났다고 생각해서는 안 된다. 현실의 여러 관계에서 우리는 결국 자립하게 되는데, 이 경우 지식이나 이성이나 인격만으로는 전부 충분하지 않기 때문이다. 종교적 일은 결코 다 배울 수가 없다. 우리 마음속의 더욱 고귀한 감정은 때로 자기의 것이라고 안심할 수 없는 것인데다가, 여러 외부적인 요인으로 압박을 받기 때문에, 충고나 위로, 도움에 필요한 모든 것을 자신의 힘으로 공급하기는 무척 어렵다. 하지만 여기에 대해 일생 언제나 구제 수단이 준비되어 있으니, 현명하고 경건한 한 분이 길 잃은 자에게 바른길을 가르쳐 주고 괴로운 자를 구제해 주기 위해서 늘 기다리고 있다.

일생을 통해서 그렇게 시련을 받은 것은 죽음의 문턱에서 치유력을 열 배나 발휘한다고 한다. 젊었을 때부터 배운 친숙한 습관에 따라 죽음에 이른 자는 저 상징적이고 의미심장한 확증을 열렬히 받아들이게 되는데, 현실의 보증이 모두 소멸한 곳, 그곳에서 신의 보증을 통해 영원히 행복한 존재가 된다. 신과 직접적인 관계에 서서 신에게서 흘러나오는 무한한 은혜를 받기 위해 거룩한 몸이 된 그는 적의를 가진 어떤 자연의 힘이나 악의를 품은 초자연적인 존재가 그를 방해할 수 없다는 것을 분명하고 확고하게 느낀다.

마지막으로 인간 전체가 정화되기 위해 양발에까지 향유를 바르고 축복을 받는다. 만일 그 사람이 회복되는 경우 발은 딱딱하고 불투명하고 현세의 지면에 닿는 것에 거부감을 느낄 것이다. 그 발에는 신비한 속력이 부여되어 이제까지 그를 끌어당기던 땅덩이를 아래로 차버리게 된다. 그렇게 되면 앞서 말한 것과 같은 아름다운 신성한 행위의 빛나는 순환을 통해서 요람과 묘지는 비록 그 거리가 잠시 아무리 멀다 해도 영원한 원으로 연결된다.

그러나 모든 정신적 기적은 과일처럼 자연의 토양에서 솟아나는 것이 아니다. 씨를 뿌리거나 재배하거나 기르지 못한다. 다른 곳에서 불러들이지 않으면 안 되는데, 그 일은 누구나, 언제나 할 수 있는 일이 아니다. 여기서 우리는 경건한 전통에서 나타나는 이 상징의 극치에 부닥친다. 우리는 어떤 한 사람이 다른 사람보다 하늘로부터 특별히 사랑과 축복을 받고 신성해질 수 있다는 말을 자주 들어 왔다. 그러나 그것이 태어날 때부터 타고난 것으로 보이지 않도록, 무거운 의무와 결부된 이 큰 은혜는 그 자격을 가진 자에게서 다른 사람에게로 전해지는 것이다. 그래서 인간이 획득할 수 있는 최고의 보물은 자기 힘으로 얻을 수 있는 것이 아니라 정신적 상속으로 이 세상에 보존되고 영구히 전해져야 한다. 실제 신부의 서품식에는 대중이 은혜를 받아야 할 신성한 행사를 효과적으로 행하는 데 필요한 모든 것이 포함되어 있다. 이때 대중은 신앙과 조건 없는 신뢰 이외의 행동은 할 필요가 없다. 이리하여 사제는 선임자와 후임자의 대열 가운데로 입장하여 향유를 함께 바른 자들의 무리 속에서 최고의 축복을 받은 자로 등장한다. 자신을 장엄하게 나타내고 있으나 우리가 존경하는 것은 그 사람 자체가 아니라 그의 직무이며, 우리가 무릎을 꿇는 것은 그가 보내는 신호가 아니라 그의 축복이기 때문에 그만큼 숭고하다. 왜냐하면, 그를 지상의 도구가 죄 많고 방탕한 성질을 통해 약화하거나 무력하게 할 수 없으므로 그 축복은 더 성스럽고 더욱 천상에서 직접 내려온 것으로 보인다.

진정 정신적인 이런 내용이 개신교에서는 얼마나 조각나 버렸는지 모른다! 앞서 말한 상징 일부를 의심스러운 것으로, 극히 얼마 되지 않는 것만을 경전에 맞는 것으로 선언해 놓았으니, 한 부분을 무용하다고 말하면서 어떻게 다른 부분의 존엄성을 설득할 수가 있겠는가?

나는 그 당시 수년 전부터 우리 집 고해신부였던 선량하고 늙고 몸이 약한 성직자에게 종교 교육을 받았다. 나는 신앙 문답서와 그것의 해석, 구원의 교리를 나는 암기할 수가 있었다. 유력한 증언을 하는 성서의 잠언도 전부 외고 있었다. 그러나 이런 모든 것에서 아무런 결실도 얻지 못했다. 그 선량한 노인이 옛 형식에 따라 나를 시험하겠다고 언명했을 때 나는 이 일에 대한 흥미와 애착을 전부 잃어버리고 말았다. 마지막 1주일 동안을 온갖 놀이로 보낸 뒤 나는 손위의 친구가 성직자에게서 입수한 쪽지를 모자 속에 넣어 놓고 감정과 확신을 하고 말할 수 있는 것을 무감각하고 무의미하게 외웠다.

그런데 고해를 하게 되자 나의 선량한 의지나 발전을 위한 노력이 무미건조하고 생명 없는 인습으로 인해 완전히 마비되어 버린 것을 깨달았다. 나에게 많은 결함이 있었지만 나는 그것을 중대한 잘못으로 의식하지 못했는데, 이런 의식이야말로 커다란 잘못을 축소하는 것이었다. 그런 의식이야말로 결단과 인내로 인간의 원죄를 극복하고 새로운 인간이 되어야 한다는 내면의 도덕적 힘을 보여 주기 때문이다. 고해석에서 특별히 고백할 것이 없으므로 우리가 가톨릭 교도보다 월등하다는 것, 고백을 원한다면 그것은 올바른 것이 아니라고 우리는 배웠다. 그러나 나는 후자의 사고방식에는 찬성할 수가 없었다. 만약 기회가 있으면 바로 잡으려고 생각하는 기이한 종교적 의문을 나는 가지고 있었다. 그러나 그런 것은 할 수 없는 일이었기 때문에 나는 하나의 고해사를 생각해냈는데, 그것은 이해력 있는 사람에게 내 심정을 잘 표현해서 금지된 개별적 고백을 일반적인 것으로 고백하는 것이었다. 그러나 내가 이 의식을 위해 맨발 교회[97]의 합창석으로 들어가 종지기가 문을 열어주어 이상한 창살이 달린 좌석으로 가서 정신적 대부와 마주하고 좁은 장소에 갇히게 되자, 그리고

---

97 프랑크푸르트에는 1786년까지 맨발 교회라는 이름의 프란체스코 수도원이 있었다.

그가 힘없는 콧소리로 나를 환영하자 나의 정신과 마음의 빛은 별안 간 모두 사라져 버리고 기억했던 고해의 말이 입에서 나오지 않았다. 당황한 나머지 나는 손에 들고 있던 책을 펴고 닥치는 대로 짧은 구절들을 읽었는데, 그것은 누구나 마음 놓고 말할 수 있는 일반적인 내용이었다. 나는 면죄를 받고 아무 감정 없이 그 자리를 떠났다. 다음날 부모님과 함께 성찬식에 참석했고, 그로부터 이삼일 간은 그런 신성한 행사 후에 걸맞은 태도를 보였다.

하지만 그 결과로 불행이 마음속에 생겼는데, 우리의 종교가 다양한 교리로 복잡해지고 가지각색으로 해석되는 성서의 문구에 기초를 두고 있기 때문에 회의적인 인간을 괴롭히는 그런 불행으로, 그것은 각가지 도그마들로 복잡해지고 우울증 상태가 되어 극단에 이르면 고정관념에 빠지게 되는 것이었다. 나는 매우 총명한 사고방식을 가지고 살면서도 성령에 대한 죄의식과 죄를 범했다는 불안감에서 빠져나오지 못하는 사람들을 여럿 알고 있었다. 같은 불행이 성찬의 내용 문제로 나를 위협했다. 즉 자격이 없는 자가 성찬을 받으면 그로 인해서 심판을 받게 된다는 성서의 구절이 어려서부터 무서운 인상을 심어 준 것이다. 중세 역사에서 신의 심판, 즉 끓어오르는 쇠꼬챙이와 타오르는 화염과 넘쳐나는 홍수 같은 기이한 시련에 관한 이야기와 성서에 있는, 결백한 자에게는 약이 되지만 죄 있는 자는 그 신체를 부풀려 터뜨렸다는 샘물 이야기가 내 상상 속에서 극도의 두려움과 결합하였다. 극히 자격이 없는 자에게는 신성한 행사에서 거짓 약속과 위선 그리고 독신(瀆神) 등으로 괴로움을 받게 되어 있었다. 누구도 스스로 자격이 있다고 공언할 수 없고, 면죄가 모든 것을 해결하기는 하지만 여러 면에서 제한이 있고 그것을 자유롭게 획득할 수 있는 것도 아니므로 그런 것은 더욱 무섭게 여겨졌다.

이런 우울한 의혹이 나를 괴롭혔다. 게다가 사람들이 나에게 알려주는 정보가 몹시 무력해 보였기 때문에 공포의 형상은 더욱 무서운 모습을 띠게 되었다. 그래서 나는 라이프치히에 도착하자마자 교회와의 관계에서 완전히 벗어나려고 했다. 그러니 겔러트의 훈계가 나를 얼마나 압박했겠는가! 그는 우리에게 무절제한 행동을 하지 말도록 타일렀는데 그렇지 않아도 말이 적은 그였기 때문에 나는 이상한 질문으로 그를 괴롭히고 싶지 않았다. 나 자신도 쾌활한 시간에는 그런 것을 부끄럽게 생각했기 때문에 결국 교회와 제단에 대한 이 이상한 양심의 불안을 완전히 극복할 수 있게 되었다.

겔러트는 경건한 감정을 기초로 도덕론을 수립하고, 때때로 그것을 공개석상에서 낭독하여 명예로운 방법으로 청중에게 자신의 의무를 수행했다. 겔러트의 저작은 이미 오랫동안 독일 도덕과 문화의 기초가 되어 왔기 때문에 누구나 그의 저작이 출판되기를 고대하고 있었지만, 이 일은 그의 사후에야 실현되었기 때문에 사람들은 그의 강의를 듣는 것을 큰 행운으로 여겼다. 그의 철학 강의 시간이 되면 강당은 만원이었다. 아름다운 정신, 순수한 의지, 행복에 대한 이 고귀한 사람의 관심과 훈계, 경고, 부탁이 나직하고 우수에 찬 음조로 흘러나올 때면 강한 감명을 남겼다. 그러나 그런 감명이 오래가지는 못했는데, 이런저런 비판자들 때문이었다. 부드러운 비판자들의 말에 따르면 기가 꺾인 그의 태도가 의구심을 일으키기 때문이었다. 한때 대단한 명성을 떨쳤던 겔러트의 학설과 사고방식에 대해 알아보려던 프랑스인 여행객이 있었다. 궁금해하는 것에 관해 우리가 설명해주자 그가 미소를 띠고 머리를 저으면서 말했다. "내버려두세요.

그 사람이 우리를 바보 취급하는군요."

위엄 있는 것을 주변에 두는 것을 좀처럼 좋아하지 않는 상류 사회도, 겔러트가 우리에게 끼쳤을 도덕적 영향을, 가끔, 망치는 방법을 알고 있었다. 다른 학생들보다 특별히 소개받은 덴마크의 부유한 귀족 청년들에게 그가 가르친 것과 배려한 것을 나쁘게 여겼으며, 이 청년들을 위해 동생 집에서 오찬을 베푼 것을 이기적이며 족벌주의라고 비난하기도 했다. 그 동생이란 사람은 키가 크고 풍채가 좋은 호걸로, 구속을 싫어하고 세련되지 못한 펜싱 선생이었는데, 형인 겔러트와 달리 그가 이 귀족 친구들을 종종 엄하고 거칠게 취급했다는 말이 있었다. 그래서 사람들은 청년들 편을 들기로 하고 명성 높은 겔러트에 대해 이런저런 비난을 했다. 결국, 우리는 그에 대해 오해하지 않으려고 무관심한 태도를 보였고, 더는 그의 앞에 나타나지 않기로 했다. 그래도 온화하게 백마를 타고 오는 그를 만날 때는 언제나 공손하게 인사는 했다. 백마는 선제후가 그의 건강을 위해서 운동을 하도록 보내 준 선물이었다. 이 특별대우도 그가 비난받는 일 중의 하나였다.

그리하여 내게는 모든 권위가 소멸하고 내가 알아오고 생각해 오던 극히 위대한 사람들에 대해서까지 내가 의심을 품고 절망하는 시기가 닥쳐왔다.

프리드리히 2세의 모습은 여전히 세기의 모든 탁월한 인물들보다 먼저 내 머릿속에 떠올랐다. 나는 외할아버지 집에서와 마찬가지로 라이프치히 시민들 앞에서도 그를 칭송해서는 안 되는 것이 이상했다. 물론 시민들이 전쟁의 재난을 뼈저리게 느끼고 있었기 때문에, 전쟁을 시작하고 계속한 인물에 각별한 호감을 느끼지 않은 것을 책할 수 없었다. 그들은 프리드리히 왕을 탁월한 인물로 생각했지만, 결코 위대한 인물로 인정하지는 않았다. 엄청난 수단을 써서 별것 아닌 성과를 거둔 것은 재주가 아니라고 그들은 말했다. 국토나 재산이나 인명을 아끼지 않는다면 누구든 목적을 이룰 수 있다는 것이었다. 그런데 프리드리히 왕은 계획의 어느 것을 보든, 또는 실제로 실행한 일을 보아도 위대한 점을 보여 주지 못했다는 것이다. 그는 주도자의 지위에서 언제나 과실을 범했는데, 그의 비범함이 나타난 것은 오직 이 과실을 만회하지 않을 수 없을 때였다고 한다. 그가 위대한 명성을 얻은 이유는, 사람이 누구나 때때로 범하는 과실을 교묘히 만회하는 재능을 갖고자 하기 때문이라고 했다. 7년 전쟁을 자세히 검토해 보면 우수한 군대를 쓸데없이 희생시키고 해로운 전쟁을 장기화했던 것은 왕의 책임이고, 진정 위대한 장군이라면 훨씬 신속하게 적을 섬멸했으리라는 것이다. 이런 의견을 주장하기 위해서 사람들은 수많은 사실을 인용했고, 나 또한 그것을 부정할 수 없었기에 어려서부터 독특한 이 군주에게 바친 절대적인 숭배도 점차 식어가는 것을 느꼈다.

라이프치히 시민들이 위인을 숭배하는 즐거운 감정을 나에게서 빼앗아 간 것처럼, 그때 내가 알게 된 새로운 친구는 당대의 시민에 대해서 품고 있던 존경심을 감소시켰다. 이 친구는 세상에 둘도 없는 기인으로 린데나우 백작 아들의 가정교사를 하고 있었는데 풍채부터가 몹시 별났다. 서른 살이 훨씬 넘은 베리시[98]는 말랐지만 체격이 좋았고, 큰 코가 돋보이는 얼굴이었다. 가발이라고 불러도 좋을

---

98 Ernst Wolfgang Behrish (1738~1809).

정도의 붙임 머리를 아침부터 저녁까지 하고 다녔는데 말쑥한 복장을 했고, 외출할 때는 언제나 칼을 차고 모자를 옆구리에 끼고 있었다. 그는 시간을 허비한다기보다 재미있게 보내기 위해 아무것도 아닌 일에서 무엇을 만들어 내는 특별한 재능을 가진 사람이었다. 그는 무슨 일이건 천천히 위엄 있게 했는데, 점잔 빼는 그의 태도가 천성에서 온 것이 아니었으면 뽐낸다는 말을 들었을지도 모른다. 그는 프랑스 노인을 닮았고 실제로 매우 능숙하게 프랑스 말을 했다. 그가 즐기는 최대의 오락은 장난을 진실하게 취급하고, 어리석은 생각을 끝없이 계속해 나가는 것이었다. 그는 늘 회색 옷을 입고 있었다. 가지각색의 천으로 되어 있는 의복은 진하고 연한 색깔의 차이가 있었기 때문에, 그는 어떻게 하면 한 가지 회색을 더 첨가할 수 있을지 며칠 생각한 끝에 그 일이 잘되어 그의 성공을 의심하거나 불가능하다고 단정한 우리가 무안해하면 매우 만족해했다. 그러면서 우리가 독창력이 결핍되어 있는데다 자기의 재능을 믿지 않는 것에 대해서 긴 훈시를 했다.

　　그는 학식이 풍부해 근대의 어문학에 정통했으며 필적도 훌륭했다. 그는 나에게 호감을 느꼈다. 나는 늘 연장자와 교제하는 습관이 있었고 또 그러기를 좋아했기 때문에 이내 그와 사귀게 되었다. 나는 불안하고 초조한 성격으로 그를 괴롭혔으나 그는 나의 성격을 교정하는 데 희열을 느꼈기 때문에 나와의 교제가 그에게는 특별한 즐거움을 주었다. 그는 문예 방면에 취미가 있어서 좋은 것과 나쁜 것, 평범한 것과 용납되는 것에 대한 일반적인 판단 기준을 가지고 있었다. 그러나 그의 판단은 거의 비난 쪽이어서 내가 당대의 작가에 대해서 품고 있던 다소의 신뢰마저 논문이나 창작에 관해서 기분대로 떠들어대는 그의 혹평으로 파괴되고 말았다. 내 작품만은 관대하게 취급해서 내가 하는 대로 내버려 두었지만, 거기에는 작품을 절대로 인쇄하지 않는다는 조건이 붙어 있었다. 반면 그는 자신이 좋다고 생각하는 작품을 청서해서 아름답게 제본하여 나에게 보내기로 약속했다. 이 계획은 그에게 엄청난 시간을 소비하게 했다. 왜냐하면, 적당한 종이를 발견해 책의 크기를 정하고 여백의 폭과 문자의 형태를 정하고, 까마귀 깃털을 얻어다 끝을 자르고 잉크를 마련할 때까지 아무것도 하지 못하고 수 주일을 보내는 까닭이었다. 그는 청서를 시작할 때마다 언제나 이런 수고를 했는데 그래서 차츰 매력적인 원고가 만들어졌다. 시의 제목은 고체(古體)로 쓰고, 시는 수직의 작센 필체로 썼다. 어디서 뽑아냈는지 직접 생각했는지 몰라도 각 시편의 끝에는 그 시에 적합한 장식화가 그려져 있었다. 이러한 경우에 사용되는 목판화나 장식화의 빗금을 그는 매우 아름답게 모방하는 기술이 있었다. 청서를 진행하면서 그는 이런 것들을 나에게 보여주기도 하고, 인쇄기로서는 따라갈 수 없는 훌륭한 필체로 내 것이 오래도록 보존되게 하여서 그것을 보면 갖게 될 나의 행복을 기이하고 엄숙한 태도로 자랑스럽게 칭찬하면서 유쾌한 시간을 갖는 기회를 다시 한번 만들었다. 그 사람과의 교제는 그가 지닌 풍부한 지식으로 인해서 모르는 가운데 나에게는 늘 도움이 되었다. 게다가 그는 나의 침착하지 못한 과격한 성격을 진정시켜 주었기 때문에 도덕적으로도 나에게 유익했다. 그는 모든 조야한 것에 대해서 혐오감을 가지고 있었고, 그의 익살은 기발해 한 번도 속되거나 진부한 적이 없었다. 그는 동향인에게는 상을 찌푸리며 혐오스러워했고, 그들이 계획하는 일에 대해서 우스꽝스러운 필체로 묘사했다. 특히 사람마다 익살스럽게 묘사하는 그의 재주는 끝이 없었다. 그는 누군가의 외모에서도 비난할 점을 찾아냈다. 우리가 창가에 모여 있으면 그는 통행인들을 몇 시간 동안이나 비판할 수가 있었다. 그들의 욕을 하다 지치면 정상적인 인간으로서 대체 어떠한 복장을 해야 하는가, 어떻게 걸어야 하는가, 어떠한 태도를 보여야 하는가 하는 것을 상세하게 지적하는 것이었다. 이 제안은 대개 부적당하고 무의미하게 끝나는 것이 보통이어서, 우리는 그 사람의 모습을 보고 웃기보다 오히려 그가 정신이 나가서 베리시의 제안대로 묘한 모습을 했을 경우를 상상하고 웃었다. 모든 일에 있어서 그는 조금도 악의없이 가차 없이 실행했다. 우리는 그의 외모가 프랑스의 사교춤 선생까지는 못되어도 최소한 대학의 언어 교수 정도로는 보인다고 단언하며 그를 당황하게 했다. 이 비난은 장시간 동안 계속되는 그의 연설을 촉진하는 신호였다. 연설은 대개 자기와 프랑스 노인 사이는 천양지차가 있음을 제시하는 동시에 우리가 그의 복장의 개량이나 변화에 관해 끄집어낼 만한 유치한 제안들을 열거하면서 우리를 비난하는 것이었다.

청서가 점점 아름답고 꼼꼼하게 되어 가면 갈수록 더욱더 열을 올린 내 시 창작의 방향은 이제 완전히 자연스러운 것, 진정한 것으로 기울어졌다. 소재가 반드시 중요한 것은 아니었지만 언제나 순수하고 명확하게 표현하려고 했다. 그것은 특히 그 친구가, 까마귀 깃털의 잉크와 네덜란드 종이에 시를 쓰는 것이 무엇을 의미하는지, 무의미하고 무용한 일에다 낭비해서는 안 되는 시간과 재능과 노력이 얼마나 필요한지를 생각하게 되었기 때문이다. 동시에 그는 완성된 노트를 펴놓고 써서는 안 되는 부분을 상세히 설명하고, 그런 것이 쓰여 있지 않을 때는 칭찬을 해주었다. 그리고 인쇄술에 대해 심한 모멸감을 가지고 식자공의 흉내를 내어 그들의 동작이나 바쁜 듯이 활자를 고르는 것을 조롱하고, 이런 작업에서 문학의 온갖 불행이 생긴다고 말했다. 반대로 필사자의 품성과 고상한 태도를 칭찬하고 그 예를 보여주기 위해서 자리에 앉았다. 그런 다음에 그는 우리가 그를 본받아 탁자에 앉아 자기처럼 몰두하지 않는 것을 책망했다. 그는 다시 식자공과 필사자 간의 차이를 이야기하는 부분으로 돌아가서 쓰고 있던 편지를 거꾸로 들어서, 밑에서 위로 혹은 오른편에서 왼편으로 쓰는 것이 얼마나 보기 싫은지 등 기타 여러 가지 사항을 설명했다. 그의 말은 몇 권의 책자가 될 정도였다.

이렇게 쓸모없고 어리석은 일을 하면서 우리는 시간을 낭비했다. 우리 모임에서 예기치 않게 세상을 놀라게 한 우연한 사건이 일어나 좋지 않은 평판을 초래하리라고는 아무도 생각지 못했다.

겔러트는 실습 강의에 흥미를 별로 느끼지 못했던 것 같다. 산문이나 시의 문체에 대해 지도를 할 때는 언제나 과외 강의로 소수의 사람에게만 가르쳤는데, 우리는 거기에 끼이지 못했다. 공개 강의에서 생겨난 결함을 클로디우스[99]가 보충하려고 생각했다. 그는 문학과 비평, 시 방면에서 명성을 떨치고 있었다. 젊고 쾌활하고 활동적인 그는 대학과 문단에 친구가 많았다. 겔러트는 우리에게 그의 강의를 들으라고 권고했다. 그러나 중요한 점은 우리가 두 사람 사이에 큰 차이를 느끼지 못했다는 것이다. 클로디우스 역시 세부적인 점만 비판할 뿐 마찬가지로 빨간 잉크로 정정만 해 주었다. 우리는 오류가 가득하다는 것만 알았지 어디에서 정확한 것을 찾아야 하는지 예상

---

99 Christian August Cloudius (1738~1784): 라이프치히 대학의 철학 교수.

을 할 수가 없었다. 그에게 나의 소품을 몇 개 가지고 갔더니 그것을 그리 나쁘게 취급하지는 않았다. 그때 집에서 온 편지가 도착했는데 아저씨의 결혼식을 위해서 시 한 편을 보내라는 것이었다. 나는 그런 일이 즐거웠던 지나간 날의 경솔하고 쾌활했던 시절에서 멀리 떨어져 있는 느낌이었다. 나는 실제의 일에 대해서는 아무것도 몰랐기 때문에 겉으로 치장해서 멋있게 만들고자 했다. 그래서 나는 시에다 프랑크푸르트 법률가의 결혼식을 상담하기 위해 모든 올림포스의 신들을 끌어모으고, 유명인의 축연에 걸맞게 아주 진지하게 다루었다. 주인공 때문에 베누스와 테미스가 불화가 일어났지만, 아모르가 테미스에게 장난하는 바람에 아모르가 승리해 신들이 이 결혼을 승낙하게 된다는 줄거리였다.

이 작품은 꽤 내 마음에 들었다. 집으로부터도 훌륭하다는 칭찬의 편지를 받았기 때문에 나는 사본을 만들어 선생님에게도 칭찬을 받으려 했다. 그러나 기대는 어긋났다. 그는 이 문제를 엄격히 분석하여 시 속에 들어 있는 패러디적인 요소를 무시하고 사소한 인간의 사건에 신이라는 도구를 대대적으로 사용한 것은 부당하다고 말했다. 또 신화적 인물의 인용이나 남용은 현학적인 시대에서 유래한 잘못된 습관이라고 질책하고, 이 시의 표현이 어느 때는 너무 장엄하고 어느 때는 너무 비속하다면서 곳곳에 빨간 잉크를 아끼지 않았고 그러고도 수정이 더 필요하다고 단언했다.

이 작품은 물론 익명으로 낭독하여 비평을 받았지만 모두 주의를 하다 보니 이 실패한 신들의 모임이 내 작품이었다는 것을 숨길 수가 없었다. 그의 입장을 인정하고 보면 비판은 매우 정당한 것으로 생각되었고, 자세히 검토해 보면 신들은 본래 무의미한 형상에 지나지 않았기 때문에 나는 올림포스 신들의 모임을 저주하고 신들 모두를 포기해 버렸다. 이때부터 나의 시에 나타나는 신은 오직 아모르와 루나뿐이었다.

베리시가 조소의 대상으로 선출한 인물 중 첫째는 클로디우스였다. 사실 그에게서 괴상한 면을 찾아내는 것은 어려운 일이 아니었다. 그는 자그마하고 강해 보이는 민첩한 모습으로 동작이 격하고 말은 약간 경솔하고 태도 또한 침착하지 못했다. 이 같은 특색으로 그는 그 지방 사람들과는 달랐다. 그러나 성격이 선량하고 장래가 촉망되기 때문에 사람들은 기꺼이 그를 인정해 주었다.

사람들은 축하할 일이 있으면 시를 그에게 위촉했다. 그는 소위 람러식 송가를 썼는데 그것은 사실 람러에게만 어울리는 양식이었다. 클로디우스는 모방자로서 람러의 시를 화려하게 장식하는 외국어에 특히 주목했다. 람머의 표현은 제재와 취급 방법의 거창함에 어울리기 때문에, 우리의 귀와 정서, 상상력에 매우 탁월한 효과를 주었다. 하지만 클로디우스의 경우에는 이와 반대로 시가 어떤 방식으로 정신을 앙양시키는 데 전혀 적합하지 않았기 때문에 이 표현이 이상한 느낌을 주었다.

우리는 이 시가 아름답게 인쇄되어 대단한 호평을 받는 것을 보았다. 우리가 이교의 신들을 이용하는 것을 방해했던 그가 그리스어와 라틴어를 사다리 삼아 파르나소스 산상에 다른 사다리를 조립하려 하는 것이 무척 불쾌했다. 늘 반복되는 어구는 우리 기억 속에 깊이 새겨졌다. 우리가 콜게르텐[100]에서 맛있는 과자를 먹고 있던 유쾌

---

100 Kohlgärten: 라이프치히의 한 지역으로 여기에 유명한 〈헨델 제과점〉이 있었다.

한 때에 별안간 그 힘차고 장중한 말을 제과업자 헨델에게 보내는 시한 편에 모아 보고 싶었다. 생각했으면 즉시 실행하는 법! 그 집 벽에 연필로 적어 놓은 것을 여기에 옮겨 보겠다.

오 헨델이여, 남에서 북에 이르는 그대 명성,
들으라, 귓가에 울리는 찬가를!
그대는 갈리아인, 브리튼인들이 열망하는
독창적인 과자를 굽는 창조적 천재로다.
그대 앞의 커피의 대양(大洋)은
히메투스[101]에서 흐르는 과즙보다 더 달도다.
그대의 집은 예술을 기리며 세워진 기념비,
트로피로 둘러싸여 여러 민족이 칭찬한다!
왕관은 없어도 헨델은 여기서 행복을 찾았고
극작가보다도 많은 은화를 탈취했노라고.
언젠가 그대의 관이 장엄한 장식으로 빛날 때,
애국자들은 그대의 묘 앞에서 눈물 흘리리.
아직 살아있으니, 그대의 침상은 고귀한 일족의 보금자리.
올림포스처럼 높이, 파르나소스처럼 견고하라!
그리스의 밀집 방진도, 로마의 노포(弩砲)도
게르마니아와 헨델을 황폐하게 하지 못하리.
그대의 행복은 우리의 자랑, 그대의 불행은 우리의 고통,
헨델의 사원은 작가들의 심장이도다.

---

101 Hymettus: 벌꿀이 유명한 그리스의 산.

이 시는 방의 벽을 보기 흉하게 만든 다른 시들 사이에서 오랫동안 눈에 띄지 않았다. 우리는 그것을 보고 즐거워했지만, 나중에는 다른 일에 분주해서 아주 잊고 말았다. 한참 지난 후 클로디우스가 《메돈》을 내놓았는데, 초연은 갈채를 받았다. 하지만 우리는 그 속에 담긴 예지와 관용과 도덕을 우스꽝스럽게 생각했다. 그날 저녁에 단골 술집에 모였을 때 나는 크리텔 시형으로 서곡을 만들었다. 이 시에는 두 개의 큰 자루를 가진 어릿광대가 등장하여 무대 양쪽에 자루를 놓고, 즉흥적인 익살을 늘어놓은 후에 다음 사실을 관중에게 밝힌다. 즉 이 두 자루 속에는 도덕적 모래와 미학적 모래가 들어 있는데, 배우가 종종 관중의 눈에다 뿌릴 것이라는 얘기였다. 한 자루에는 돈을 빼버린 선행이 들어 있고, 다른 자루에는 아무 내용이 없는 요란한 의견이 가득하다고 말한다. 광대는 머뭇거리며 무대를 떠났다가 때때로 다시 나타나 관객들에게 경고를 잘 듣고 눈을 감으라고 진지하게 훈계한다. 그리고 자신은 언제나 관중 편이며 관중에게 호의를 가지고 있다는 등등의 여러 가지를 말한다. 이 서곡은 즉석에서 친구 호른이 공연했다. 그러나 이 장난은 우리 사이에서만 했지, 복사도 하지 않았고 원고도 없어지고 말았다. 하지만 어릿광대 역을 아주 정중하게 연기한 호른은 헨델에게 바치는 내 시에 몇 개의 시구를 삽입하여 그것을 직접 《메돈》과 관계시키려 했다. 그가 그것을 읽어 주었지만 별로 기발하게 보이지 않았고, 전혀 다른 의미로 쓴 처음의 시가 그 때문에 망쳐진 것 같아 재미가 없었다. 우리의 무관심과 비난이 불만인 호른은 그것을 다른 사람들에게 보여 주었는데, 그들은 그것이 새롭고 재미있는 모양이었다. 이번에는 복사본을 만들었는데. 클로디우스의 《메돈》이 평판이 좋았기 때문에 이 시도 빠르게 일반인들에게 보급되었다. 그 결과 비난이 쏟아졌고, 그 작가는 (이 시가 우리한테서 나왔다는 것이 곧 알려졌다.) 맹렬한 공격을 받았다. 그런 일은 크로넥[102]과 로스트[103]가 고체트에 대한 공격에서 사용한 이래 이제껏 한 번도 없었기 때문이다. 일찌감치 물러나 있던 우리는 다른 새를 피하려다 부엉이 덫에 걸린 셈이었다. 드레스덴에서도 이 사건을 좋게 생각하지 않았고, 우리에게 불쾌하지는 않지만 심각한 결과를 가져왔다. 린데나우 백작은 이미 오래전부터 아들의 가정교사가 탐탁하지 않았다. 베리시는 백작 아들을 결코 등한히 하지 않았다. 교사들이 수업할 때는 제자의 방이나 근처에 있었고, 강의에는 빠지지 않고 함께 다니고 낮에는 반드시 그를 데리고 외출했으며 산책에도 언제나 그를 데리고 다녔다. 그런데 우리가 아펠의 집에 모여서 산책할 때는 늘 함께 다녔기 때문에 그것만으로도 이목을 끌었다. 베리시는 우리와 함께 있는 것이 버릇이 되어 밤 아홉 시가 되면 제자를 하인에게 맡기고 술집으로 우리를 찾아왔다. 그럴 때는 으레 구두와 양말을 갖추어 신고 허리춤에 칼을 차고 모자를 옆구리에 끼고 오는 것이 보통이었다. 그가 늘 하는 농담과 장난은 끝이 없었다. 정각 열 시에 외출하는 습관이 있는 한 친구가 있었는데, 그것은 어여쁜 아가씨와 연인 관계인 그가 그 시각이 아니면 그 여자와 만날 수가 없었기 때문이다. 우리는 그를 보내고 싶지 않았다. 어느 날 저녁에 자리를 함께했을 때, 베리시는 그를 보내지 않으려는 계획을 세웠다. 열 시가 되니까 그 친구는 어김없이 일어나 작별 인사를

---

102 Johann Friedrich von Cronegk (1731~1758).

103 Johann Christoph Rost (1717~1765): 두 사람은 익살스러운 풍자시로 고체트를 공격했다.

했다. 베리시가 그를 불러서 함께 나갈 테니 잠깐 기다려 달라고 청했다. 그리고 나서 그는 우선 애교 있는 태도로 바로 눈앞에 있는 칼을 찾기 시작하더니 허리춤에 착용했는데 몹시 어색한 솜씨로 했기 때문에 올바르게 찰 수가 없었다. 그의 행동이 너무 자연스러웠기 때문에 아무도 의심하는 사람이 없었다. 그러던 그가 변화를 주기 위하여 칼을 오른쪽 허리로, 두 다리 사이로 가져오자 모두 웃음을 터뜨렸다. 출발을 서두르던 친구도 함께 웃으며 베리시가 하는 짓을 바라보았다. 결국, 약속 시간이 지나 버려 그는 밤늦게까지 우리와 함께 즐기며 유쾌한 이야기를 했다.

불행하게도 베리시와, 그리고 그를 통해서 우리는 두서너 명의 여자들에게 서로 다른 애착을 가지고 있었다. 여자들은 소문처럼 그렇게 나쁜 여자들이 아니었지만 그런 일이 우리에게 좋은 평판을 가져다줄 리는 없었다. 우리는 가끔 그 여자들의 정원에 있다가 발각되었는데, 백작의 아들이 함께 있을 때에도 그쪽으로 산책했다. 이런 일이 쌓이고 쌓인 끝에 드디어 백작에게 보고가 되었고, 백작은 점잖게 베리시를 해고하려고 했다. 그러나 그 결과가 오히려 그에게 행운을 가져다주었다. 그의 풍채와 지식과 재능과 비난의 여지 없는 성실성은 명망 높은 인사들의 사랑과 존경을 얻고 있었던 터라 그들의 추천으로 그는 데사우 황태자의 교사로 초빙되어 어느 면에서나 탁월한 그 제후의 궁정에서 안정된 행복을 찾게 되었다.

베리시 같은 친구를 잃는 것은 나에게 가장 힘든 일이었다. 그는 나를 교육한다면서 오히려 그르쳤지만, 나에게 유용하다고 생각하며 쏟아 부었던 고통을 어느 정도 나의 사교성을 위해 결실을 보도록 하려면 그가 필요했다. 그는 나를 점잖고 예의 바르게 장소에 적합하게 움직이도록 만들었고, 나의 사교적 재능을 끌어낼 줄 알았다. 그러나 나는 이런 일에서 독자성이 없으므로 혼자가 되자 이내 혼란스럽고 고집스러운 성질로 돌아갔다. 주위 사람들이 나에게 만족하지 않는다고 생각하고 그들이 점점 더 불만스러워지면서 완고한 본성으로 되돌아갔다. 그런 독선적인 기분에서, 장점으로 생각할 수 있는 것을 나쁘게 여기는 바람에 이제까지 꽤 친한 관계를 맺고 있던 사람들과 멀어졌다. 어떤 행동을 하거나 혹은 안 해서, 지나치거나 아니면 부족해서 나 자신과 남들에게 끼친 갖가지 불쾌한 일들로 해서 나는 경험이 부족하다는 말을 들어야만 했다. 나의 작품을 보고 호의적인 어떤 친구가 같은 말을 해주었는데, 특히 외부세계와 관련이 있는 경우 그렇다고 했다. 나는 사회를 될 수 있는 대로 잘 관찰하였지만 거기서 교훈 같은 것은 거의 찾아내지 못했다. 될 수 있는 대로 열심히 관찰했지만 배울만한 것은 발견하지 못했고 견딜만하게 만들자면 내 것을 거기에 넉넉히 덧붙여야만 했다. 나는 때때로 베리시에게 경험이 무엇인지 명백히 밝혀달라고 졸랐다. 장난에 정신이 팔려서 하루하루를 적당히 미루다가 그가 마침내 몇 가지 전제를 늘어놓고 나더니 드디어 입을 열었다. 즉 참된 경험이란 고유한 것이어서 경험하는 자가 경험을 경험하면서 반드시 경험해야 하는 것을 경험할 때, 그것이 경험이라는 얘기였다. 이 말을 우리가 맹렬히 비난하면서 설명을 요구했더니 그는 그 말속에는 큰 비밀이 숨겨져 있는데 그것은 경험을 해봐야 비로소 이해할 수 있다고 연설을 계속 이어갔는데, 그에게 15분간 이야기를 계속하는 것쯤은 아무것도 아니었다. 그는 계속 그렇게 해야 경험은 더욱 경험적이 되고 드디어 진정한 경험이 된다고 말했다. 우리가 그런 그의 익살에 절망하면 그는 의견을 명백하고 인상적으로 심어 주는 그 방법은 최근의 위대한 작가들에게서 배웠다고 말하면서, 그 사람들은 어떻게 하면 고요한 고요를 고요하게 하고, 어떻게 하면 평온함이 평온 속에서 더욱 평온해질 수 있는지를 말하고 있다고 했다.

좋은 모임에서 우연히 장교 한사람이 우리와 함께 휴가를 보내게 되었는데, 사려 깊고 경험이 풍부하다는 칭찬을 받게 되었다. 7년 전쟁에 참가한 그는 사람들의 신뢰를 받고 있었다. 그와 친해지는 것은 어렵지 않았다. 우리는 자주 함께 산책했다. 경험이란 개념은 당시에 내 머릿속에 박혀 있었고, 그것을 명백히 밝히고 싶은 욕구가 강렬했다. 나는 원래 개방적인 성격이라 답답한 심경을 그에게 털어놓았다. 그는 미소를 띠면서 친절하게 자기의 생애와 다음 세계의 변화에 관해서 이야기해 주었는데, 대충 다음과 같은 이야기였다. 즉 경험이 우리에게 가르쳐주는 것은 최고의 사상이나 희망이나 계획은 도저히 달성할 수 없는 것으로, 그런 망상을 품고 열심히 그런 것을 말하는 사람은 경험 없는 사람 취급을 받는다는 것이었다.

그러나 용감하고 유능한 남자인 그는 자기가 이런 망상을 아직 완전히 버리지 않았으며, 믿음은 별로 없지만, 사랑과 희망은 아직도 남아있어 괴롭다고 했다. 그리고 전쟁 이야기, 전쟁터의 삶과 소규모 전투, 특히 그가 참가했던 경우를 이것저것 이야기했다. 그런 엄청난 사건들이 개인과 연관되자 기괴한 모습을 만들어 냈다. 나는 그를 설득해서 그가 최근까지 계속했던 믿을 수 없는 궁정 생활 이야기를 하게 했다. 나는 아우구스트 2세의 강한 체력과 많은 자식과 엄청난 사치에 관해서 이야기 들었다. 그리고는 미술 애호가인 후계자들의 미술벽과 수집벽, 브륄 백작의 극심한 사치와 프리드리히 왕의 작센 침공으로 근절된 수많은 연회와 호화로운 유흥에 관한 이야기도 들었다. 지금은 성도 파괴되고 브륄 백작의 호화로운 물건들도 없어져서 남은 것이라고는 심하게 훼손된 아름다운 작센 땅뿐이었다.

내가 그와 같은 무의미한 향락에 놀라며 행복과 불행의 결과에 대해 슬퍼하는 것을 보고 그는 경험 있는 사람이라면 행복과 불행 어느 것에도 놀라지 않고, 그런 것에 강한 관심도 가지지 않는다고 설명했다. 나는 이제까지의 무경험 속에 좀 더 머물러 있고 싶었다. 그는 나를 격려하며 당분간은 늘 유쾌한 경험에만 마음을 두고 불쾌한 경험은 될 수 있는 대로 피하는 것이 좋을 것이라고 권했다. 그런데 언젠가 화제가 다시 일반적인 경험에 이르렀을 때, 내가 베리시의 궤변을 말했더니 그는 웃으며 머리를 가로저었다. "한번 입에서 나온 말이 어떻게 되는지 알겠습니다. 그 말은 너무 괴상하고 유치해서 거기에다 이성적인 의미를 붙이기는 불가능할 것 같습니다. 하지만 한번 시도해 볼 수는 있는 일이겠지요."

내가 좀 더 캐묻자 그는 분별 있고 쾌활한 어조로 말했다. "당신 친구의 말에 주석을 보충해서 그 사람의 어조를 빌어서 말해도 좋다면 그 뜻은 아마 이렇게 될 것 같군요. 즉 경험이란 경험하고 싶지 않은 것을 경험하는 것에 지나지 않는다는 것입니다. 그런데 적어도 세상의 일은 대개가 그렇게 굴러가지요."

제8장

모든 면에서 베리시와 완전히 다르지만, 어느 의미에서는 그와 비교될 수 있는 인물이 있는데 외저[104]였다. 그는 편안하게 일하며 꿈꾸듯이 살아가는 사람 중의 한 사람이었다. 어렸을 적에는 별로 노력을 하지 않았기 때문에 친구들은 그가 소질은 훌륭하지만, 예술의 기량을 마음껏 펼치지 못할 것이라고 했다. 하지만 나이가 들면서 그는 매우 근면해졌다. 내가 알고 지낸 수년 동안 독창성이나 근면함에서 그는 결코 부족한 점이 없었다. 그를 처음 본 순간부터 나는 강한 인상을 받았다. 묘하고, 무언가를 암시하는 그의 거처부터 매력적이었다. 플라이센부르크 고성의 오른쪽 모퉁이에 있는 새로 수리한 아름다운 나선형 층계를 올라가면, 왼편에 그가 학장으로 있는 미술대학의 환하고 널찍한 홀들이 보였다. 좁고 어두운 복도를 지나서 일렬로 이어지는 방과 넓은 곡식 창고를 지나 맨 끝까지 가면 그의 방이 나타난다. 첫 번째 방은 후기 이탈리아파의 그림들로 장식되어 있었는데, 그는 이 대가들의 우아함을 높이 평가했다. 나는 두세 명의 귀족들과 함께 그에게서 개인 지도를 받았기 때문에 그 방에서 그림을 그리도록 허락을 받았다. 때로 우리는 옆에 있는 내실에도 들어갔는데, 거기에는 서적 몇 권과 미술 및 박물표본 수집품, 그가 특히 아끼

---

104 Adam Friedrich Oeser (1717~1799): 화가로 라이프치히 미술대학의 학장.

는 물건들이 있었다. 좁은 공간을 세심하게 다루는 방식으로, 모든 것이 취향에 따라 소박하게 정돈되어 있었다. 가구나 장롱, 서류함은 지나친 장식이나 군더더기 없이 고상했다. 그가 우리에게 늘 되풀이하는 말은 단순함이었다. 예술은 수작업과 합쳐져 단순함을 만들어내야 한다고 했다.[105] 곡선, 조개 장식, 바로크 취향에 격렬히 반대하는 그는 동판에 그런 양식으로 새기거나 그린 낡은 견본들을 가구나 방 주변의 매우 훌륭한 단순한 형식과 대비시키면서 보여 주었는데, 주위의 모든 물건이 그의 원칙과 일치했기 때문에 그의 말이나 이론은 우리에게 항상 강한 인상을 주었다. 일반인들과 관리들로부터 존경을 받아서 새로운 건축이나 수리를 할 때 상당 역할을 했기 때문에 그는 자신의 견해가 현실에서 실현되는 것을 우리에게 보여 줄 수 있었다. 그는 더욱 큰 완성도가 필요한 자체적인 일을 계획하거나 완성하는 것보다는 일정한 목적이나 용도를 위한 일을 그때그때 완성하는 데 더 흥미를 느낀 것 같았다. 출판업자들이 작품을 위해 크고 작은 동판을 요구할 때마다 그는 언제나 준비가 되어 있었다. 빙켈만[106]의 초기작품에 들어간 장식용 그림들도 그가 만든 것이었다. 그러나 때로는 간단한 스케치만 하고, 가이저[107]가 솜씨 있게 완성하기도 했다. 그가 그리는 인물들은 철저하게 일반적인 모습이어서, 관념적이라고 할 수는 없었다. 그가 그린 여성들은 우아하고 호감을 주었으

---

105 독일 고전주의는 바로크 예술의 과도한 장식성을 거부하고 '고귀한 단순성과 고요한 위대성'(빙켈만)을 주장했다.

106 Johann Joachim Winckelmann (1717~1768): 고고학자이자 미술사가로 고전주의 예술론을 편 《그리스의 회화와 조각에 대한의견》, 《고대 예술사》이 유명하다.

107 Christian Gottlieb Geyer (1742~1803): 외저의 제자이자 사위로 라이프치히 미술대학의 교사였다.

며 아이들도 천진난만했지만 단지 남자들은 잘 그리지 못했다. 재치
는 있지만 늘 모호하고 단순한 화풍 때문에 남자들은 대개 부랑자처
럼 보였다. 형체보다 빛, 그림자, 그리고 크기에 주력하기 때문에 그
의 구도는 전체적인 효과가 좋았다. 실제로 그의 행동이나 작품에는
일종의 독특한 우아함이 담겨 있었다. 의미심장하고 비유적이며 부
차적으로 일으키게 하는 것에 대한 뿌리 깊은 호감을 억제할 수도,
억제하려 하지도 않았기 때문에 그의 작품은 언제나 무엇인가를 생
각하게 하였고, 기술이나 기법만으로는 그렇게 되지 않기 때문에 개
념을 통해서 완벽해졌다. 그런데 위험을 수반하는 이런 경향 때문에
그의 작품은 훌륭한 심미안(審美眼)의 경계까지는 가지만 그것을 초
월하지는 못했다. 간혹 그는 기상천외한 착상이나 변덕스러운 농담
으로 의도를 달성하려고 했고, 최고의 작품에다 언제나 유머러스한
맛을 담았다. 대중이란 항상 같은 것으로 만족하지 않기 때문에 그
는 더욱 새롭고 기괴한 장난으로 응수했다. 나중에는 콘서트홀의 대
기실에 자신의 방식으로 이상적인 여인상을 그렸는데, 여인이 심지
자르는 가위를 초에 갖다 대고 있는 그림이었다. 이 묘한 뮤즈가 촛
불을 끄려는 것인지 혹은 돋우려는 것인지에 관해 세간에 언쟁이 벌
어지자 그는 아주 즐거워했다. 이 그림에는 갖가지 풍자적인 생각이
장난스럽게 드러나 있었다.

　내가 그곳에 있을 때 새 극장의 건립이 모든 사람의 이목을 끌었
는데, 극장의 막이 완전히 새로운 것이어서 반응이 대단했다. 예술
의 여신을 그리는 경우에 대개 구름 위에 떠 있는 모습으로 그리지
만 외저는 지상에다 옮겼다. 영광의 전당 앞뜰을 소포클레스와 아리
스토파네스의 입상이 장식했고, 그 주위에는 근대의 여러 극작가가

모여 있었다. 예술의 여신들 역시 거기에 있었는데 모두 기품 있고 아름다웠다. 그런데 묘한 것이 있었다. 텅 빈 중앙을 지나 멀리 보이는 사원의 입구로 가벼운 상의를 걸친 한 남자가 앞서 말한 두 무리 사이로 전당을 향해서 거리낌 없이 걸어가는 것이었다. 보이는 것은 뒷모습뿐으로, 달리 특별한 점은 없었다. 그 남자는 셰익스피어를 나타낸 것이었다. 선배나 후배도 없고 선례(先例)에 신경도 쓰지 않은 채 그는 독자적으로 불멸을 향해서 걸어가고 있었다. 이 작품은 새 극장의 넓은 바닥에 완성되었다. 우리는 자주 그 주위에 모였고, 나는 그곳에서 《무자리온》[108]의 견본쇄를 큰소리로 낭독하기도 했다.

　나로 말하자면 미술의 실습에서 조금도 진전이 없었다. 외저의 학설은 우리의 생각이나 취향에 영향을 끼쳤지만, 그의 그림은 너무나 모호해서, 예술과 자연의 대상물에 대해서 어렴풋이 꿈을 꾸고 있는 나를 엄밀하고 확실한 실습으로 인도할 수 없었다. 얼굴이나 신체에 관해서 그가 전해 준 것은 형태보다는 느낌, 비율보다는 자세였다. 그는 우리에게 형상의 개념을 심어 주었고 그것을 우리 내부에서 생명을 부여하도록 요구했다. 그가 데리고 있던 사람들이 초보자만 아니었더라면 그 방법은 아마 훌륭하고 올바른 것이었을 것이다. 설령 그의 뛰어난 교육 능력에 대해서는 인정할 수 없다 하더라도, 그가 재치 있고 세상 물정에 밝으며 훌륭하게 숙련되어 있다는 점에서 참된 교사의 자격이 있다는 것을 인정하지 않을 수 없게 만든다. 그는 각자가 처한 부족한 점을 잘 알아보았고, 그 부족한 점을 직접 힐책하지 않고 칭찬이든 비난이든 간접적으로 간단하게 암시만 했다.

---

108 1768년 빌란트의 소설.

그래서 사람들은 그 일에 관해 생각하게 되고 많은 일을 통찰할 수 있게 되었다. 한 번은 내가 청색 종이에다 기존의 방식에 따라 꽃다발을 검은색과 흰색 크레용으로 열심히 그려, 일부는 가볍게 문지르고 일부는 음영을 만들어 이 작은 그림을 좀 더 두드러지게 만들려고 애쓴 적이 있었다. 한동안 애를 쓰고 있는데, 어느새 그가 내 뒤에 와서 "종이를 더!"라고 말하고 이내 사라졌다. 옆 사람과 나는 이 말의 의미를 해석하려고 머리를 썼다. 꽃다발은 2절지에 그리고 있었는데, 주위에 여백이 충분했기 때문이다. 오랫동안 생각한 끝에 겨우 그의 말의 뜻을 알 것 같았다. 나는 검정과 두 색깔을 동시에 사용하여 청색 바탕을 덮어 버리고 중간색을 망치게 했기 때문에 열심히 그리긴 했지만, 호감이 가지 않는 그림을 그려 놓은 것을 알게 되었다. 그는 원근법과 빛, 그림자도 관찰해서 열심히 가르쳐 주었지만 배운 원칙들을 잘 응용하려면 머리를 쓰고 고생해야만 했다. 아마도 그의 생각은 화가가 되지 않을 우리에게 안목과 취미를 고양하고 직접 작품을 만드는 것이 아니라 제작에 필요한 조건들을 가르쳐 주려는 것 같았다. 그렇지 않아도 나는 노력하는 것이 질색이었다. 그냥 머리에 떠오르는 것이 아니라면 아무 기쁨도 느끼지 못하기 때문이었다. 나는 게으름을 부리지는 않았지만, 점점 흥미를 잃었고, 실제로 만드는 것보다는 지식을 얻는 쪽이 편했기 때문에 그가 생각하는 방향으로 나를 이끌어 가도록 내버려 두었다.

당시 다르장빌[109]의 《화가들의 생애》가 독일어로 번역되었다. 나는 재빨리 그 책을 구해서 열심히 읽었다. 그것이 기뻤던지 외저는

---

109 Antoine-Joseph Dezallier d' Argenville (1680~1765).

라이프치히의 전시실에서 많은 수집품을 볼 기회를 만들어 주어 우리를 미술사로 인도했다. 그러나 이와 같은 실습도 나에게는 그의 의도와는 다른 효과가 나타났다. 예술가들이 취급했던 모든 대상은 내 마음속에 시적 재능을 일깨워 주었으며 시를 위해 동판화가 만들어지듯 나는 동판화와 그림을 위해서 시를 썼다. 다시 말해 그림에 표현된 인물들의 전후 상황을 상상해서 적합한 소곡을 만들었다. 나는 모든 예술을 서로 관련지어 관찰하는 습관을 갖게 되었다. 내 시가 자주 서술적이 되는 잘못조차 그것으로 다양한 예술의 차이점을 깨닫게 하므로 유익한 것으로 생각하였다. 당시에 쓴 이런 소품들은 베리시가 편찬한 작품집에 실려 있었는데 현재까지 남아 있는 것은 하나도 없다.

외저가 그 안에서 살고 있고, 그를 열심히 만나다 보면 우리 자신도 빠져들게 되는 그의 예술이나 취향의 일면은 그가 전에 친하던 고인이나 현재 관계를 유지하며 멀리 떨어져 있는 사람들을 기억하기를 좋아하기 때문에 더욱 가치 있고 정다운 것이 되었다. 일단 어떤 사람을 존경하면 외저는 태도가 변함이 없이 항상 똑같았다.

우리에게 프랑스인 중에서 특히 케뤼스[110]를 높이 평가하는 말을 하면서 그는 이 방면에서 활약하는 독일인들을 알려주었다. 그래서 우리는 크리스트[111] 교수가 미술 애호가이며 수집가인 동시에 감식가, 협력자로서 예술에 대하여 훌륭한 업적을 남기고 미술의 참된 발전을 위해서 노력했음을 알게 되었다. 이와 반대로 하이네커[112]는 입

---

110 Le comte de Caylus (1692~1765): 미술품 수집가, 고고학자, 미술 저술가.

111 Johann Friedrich Christ (1700~1756): 라이프치히 대학 교수로 고고학자.

112 정확한 이름은 하이네켄이다. Heinrich von Heinecken (1706~1791): 드레스덴 미

에 올리지도 않았는데, 그 이유는 그가 외저한테서 평가를 받지 못하는 독일 미술의 유치한 초기 연구에 열중하기 때문이고, 또 하나는 빙켈만을 가혹히 취급했기 때문이었다. 이 일은 그가 도저히 용서할 수 없는 일이었다. 우리는 리퍼트[113]의 공로에 관심을 끌게 되었는데, 그것은 그의 공로를 외저가 아낌없이 칭찬했기 때문이었다. 그의 말에 의하면, 입상이나 대형 조각품은 모든 예술 지식의 기초이자 정점이지만 원작이든 모작이든 직접 보기가 쉽지 않다는 것이다. 이와 반대로 리퍼트에 의해서 보석 조각술의 세계가 알려졌는데, 거기에는 이해하기 쉬운 고인들의 공로, 성공한 구상, 적당한 배합, 기품 있는 가공이 눈에 띄고, 양이 많으므로 서로 비교할 수도 있다는 것이었다. 제한된 범위이긴 하지만 연구에 몰입하면서 우리는 빙켈만이 이탈리아에서 누린 고상한 예술 생활에 관해서 배우고, 경건한 마음으로 그의 초기 작품들을 두 손으로 받아 들었다. 그를 향해 정열적인 존경심을 품고 있던 외저는 그것을 우리 마음속에 쉽사리 주입할 수 있었다. 빙켈만의 소 논문들의 문제점은 반어적 표현으로 인해 내용이 혼란스럽고, 특수한 의견이나 사건에 관계된 것이었기 때문에 우리로서는 도저히 해득할 수가 없었지만 외저가 많은 영향력을 행사하고, 아름다움의 복음, 높은 안목과 즐거움의 복음을 끊임없이 전해 주었기 때문에 우리는 일반적인 의미를 더 확실히 알게 되고 그런 해석을 통해 더욱 확실한 길을 가고 있다고 생각하게 되었다. 빙켈만이 그의 첫 번째 갈증을 가라앉힌 같은 샘물에서 물을 긷게 된 일을 우리는 절대 작지 않은 행복으로 생각했다.

술관 관장.
113 Philipp Daniel Lippert (1702~1785): 고미술 수집가.

한 도시에 있어 선한 것이나 바른 것에 대해 같은 생각을 하는 지식인들이 모여서 사는 것보다 더 큰 행복은 없다. 라이프치히는 그런 장점을 가지고 있었고, 아직은 판단의 차이가 그리 많이 드러나지 않았기 때문에 한층 평화롭게 이 장점들을 즐기고 있었다. 동판화 수집가이자 숙련된 감식가인 후버[114]는 독일 문학의 가치를 프랑스인들에게 전해주는 공로로 감사를 받고 있었다. 세련된 안목을 지닌 예술 애호가 크로이하우프[115]는 예술의 애호가로, 모든 수집품을 자기 것처럼 여겼다. 빙클러[116]는 자기의 귀중한 예술품에 대해 품고 있는 분별 있는 기쁨을 다른 사람들과 함께하기를 좋아했다. 많은 사람이 뜻을 같이하고, 한마음으로 활동했다. 나는 그들이 예술품을 검사할 때 참석을 허락받았는데, 불화가 있는 것을 본 적이 한 번도 없다. 예술가를 배출한 학파, 그 예술가가 살았던 시대, 자연이 부여한 특수한 재능, 예술 작업의 수준 등이 합리적인 방식으로 고찰되었다. 거기에는 종교적, 또는 세속적인 대상인지, 향토적, 또는 도시적인 대상인지, 살아있는, 또는 죽은 대상인지 등에 대해 아무런 편애도 찾아볼 수 없었고 오직 예술에 관한 것만 문제가 되었다.

애호가와 수집가들은 환경과 사고방식, 능력이나 기회에 따라 오히려 네덜란드파에 마음이 쏠렸지만, 서북쪽 미술가들의 무한한 가치에 안목을 숙련시켰고, 동시에 남동쪽에도 동경과 존경의 시선을 던지고 있었다.

대학은 이렇게 내 가족과 나의 목표를 소홀하게 만들었지만, 일

---

114 Michael Huber (1727~1804): 라이프치히 대학 프랑스어 교수.
115 Franz Wilhelm Kreuchauff (1727~1803): 사업가이자 동판화 수집가.
116 Gottfried Winkler (1731~1795): 은행가이자 건축가.

생 최대의 만족을 만날 수 있는 기초를 마련해 주었다. 강한 자극을 받았던 그 도시의 이미지는 그립고 귀중하게 항상 내 마음속에 존재한다. 플라이센부르크 고성, 미술학교의 교실, 특히 외저의 거처와 빙클러와 리히터의 수집품들은 지금도 생생하게 떠오른다.

이미 아는 사실에 관해서 선배들이 대화를 나누는 동안 곁에서 배우고 모든 것을 정리하는 어려운 일을 맡은 청년은 곤란한 처지에 빠지게 되었다. 그리하여 나는 다른 사람들과 함께 새로운 깨달음을 갈구하며 찾아다녔는데, 그것은 이미 많은 신세를 지고 있는 한 인물에 의해 이루어지게 되었다.

정신은 두 가지 방법, 즉 직관과 개념으로 커다란 기쁨을 느끼게 된다. 직관은 가치 있는 대상을 요구하는데 그것은 항상 존재하는 것이 아니어서, 당장에 도달할 수 없는 상당한 교양을 필요로 하는 것이다. 그와는 반대로 개념은 수용력만을 필요로 할 뿐인데, 내용을 동반하고 또 그 자체가 교양의 도구이다. 그래서 뛰어난 사상가가 음울한 구름 속에서 우리 머리 위에 비춰준 광명은 둘도 없이 고마운 것이 되었다. 레싱의 〈라오콘〉[117]이 어떤 영향을 주었는지 생생하게 느끼려면 청년이어야만 한다. 이 작품은 빈곤한 직관의 영역에서 우리를 사상의 넓은 광야로 이끌고 갔다. 오랫동안 오해를 불러일으켜 온 '시는 회화와 같이'라는 생각이 하루아침에 제거되고, 조형 예술과 언어 예술의 구별이 분명해지고, 양자가 기초가 아무리 근접하다 할지라도 그 최고점은 이제 별개로 분리되었다. 어떤 종류의 의

---

117 〈회화와 시의 경계에 관하여〉라는 부제가 말해주듯 레싱의 《라오콘》은 고대 조각상을 중심으로 문학이 미술보다 더 가능성이 많은 예술임을 밝히고 있는 문학비평서의 고전이다.

미도 포기할 수 없는 언어 예술가에게는 미의 한계를 넘는 것이 허용되지만, 조형 예술가는 미의 한계 내에 머물지 않으면 안 된다. 조형 미술가의 작업은 미를 통해서만 충족되는 외부적 감각을 위한 것이지만, 언어 예술가의 작업은 추(醜)마저 감내할 수 있는 상상력에 호소한다. 이 탁월한 사상의 결과는 번갯불처럼 눈앞에 나타났다. 지금까지 주도하며 비판해 온 비평을 낡은 저고리처럼 벗어 던진 우리는 모든 재난에서 해방되었다고 생각하며, 지금까지 영광스럽게 생각했던 16세기를 이제 가벼운 동정까지 곁들여 내려다보아도 된다고 믿었다. 당시의 독일 조형예술이나 시는 삶을 방울 단 어릿광대의 모습으로, 죽음을 덜그럭대는 해골의 모습으로, 필연적이고 우연한 재난을 괴상한 악마의 모습으로만 재현할 줄밖에 몰랐던 때문이다.

우리가 가장 열광한 것은 옛사람들이 죽음을 잠의 형제로 인정하고 양자를 쌍둥이로 혼동할 만큼 닮은 것으로 표현한 그 사상의 아름다움이었다. 여기서 우리는 아름다움의 승리를 높이 기릴 수 있었고, 세상에서 모든 추함을 결코 쫓아낼 수는 없지만, 예술의 세계에서 웃음거리라는 저속한 범주로 몰아낼 수가 있었다.

이런 주요 개념, 기본 개념의 화려함은 오로지 그것이 감정에만 나타나 무한한 효력을 발휘한다는 것, 그것을 열망하는 시대에 최적의 순간에만 나타난다는 것이다. 그런 자양분의 혜택을 받은 사람들은 일생 내내 기꺼이 거기에 몸을 담근 채 눈부신 성장을 즐긴다. 그러나 한편으로는 그런 영향을 즉시 반대하는 사람도 없지 않았고, 나아가 그 높은 뜻을 트집 잡거나 비난하는 사람들 또한 없지 않았다.

그러나 개념과 직관이 교대로 서로 요구하듯이 이 새로운 사상에 몰두하는 동안 수집한 미술품들을 더 다량으로 보고 싶은 욕망이 솟아올랐다. 그래서 즉시 드레스덴을 방문할 결심을 했다. 필요한 현금도 있었다. 그러나 나의 공상적인 성격으로 말미암아 나는 쓸데없이 증대된 곤란들을 극복해야만 했다. 그것은 내가 그 지방의 귀중한 미술품들을 내 방식대로 보기를 원하고, 누구에게도 오도되지 않으려는 생각에서 내 계획을 비밀로 했다. 그런데 이것 말고도 또 하나 괴상한 일이 일어나 단순한 일을 복잡하게 만들었다.

우리는 모두 선천적 혹은 후천적 약점을 가지고 있는 데 문제가 되는 것은, 둘 중의 어느 것이 더 많은 괴로움을 주는가 하는 것이다. 나는 어떤 상황에도 잘 적응했고 그럴 기회도 많았지만, 아버지로 인해 여관에 대한 강한 반감을 갖게 되었다. 아버지는 이탈리아, 프랑스, 독일을 여행하는 동안 그런 생각을 깊게 뿌리내리게 되었다. 아버지는 비유로 이야기하는 일이 드물었는데 유쾌한 경우에만 그런 도움을 받았다. 아버지는 이따금 이런 말을 하셨다. 여관 문전에는 반드시 커다란 거미줄이 쳐 있는데 어찌나 교묘한지 벌레가 밖에서 안으로는 들어갈 수 있지만, 특수한 재주를 갖춘 말벌이라도 무사히 빠져나올 수는 없다는 것이다. 평소의 습관이나 좋아하는 것을 단념하고 여관 주인이나 급사의 방식대로 생활해야 하고, 게다가 과도하게 돈을 지급해야 하는 것이 아버지는 끔찍하다고 생각했던 모양이다. 아버지는 손님을 극진히 대접한 옛날을 찬양했다. 평소에 아버지는 집에서 일상에서 벗어나는 일을 하기 싫어했지만, 손님을 극진히 대접했고, 특히 예술가나 그 방면의 명인들을 환영했다. 그래서 대부인 제카츠는 언제나 우리 집에 숙소를 정하였고, 감베[118]를 잘

---

118 비올라의 일종.

타서 칭송을 받은 마지막 감베 연주자 아벨[119]도 정중히 환대했다. 어릴 때부터 받아 왔던 그 인상이 아직도 지워지지 않고 선명한데 어떻게 내가 낯선 도시의 여관에 발을 들여 놓을 결심을 할 수 있었겠는가? 결국, 친절한 친구 집에 숙박하는 것이 최선이라고 생각했다. 궁중 고문관 크레벨, 배심 판사인 헤르만 등이 자주 그런 말을 해 주었다. 그러나 나는 그들에게도 여행 계획을 비밀로 했다. 나는 기발한 생각을 해냈다. 옆방에 사는 부지런한 신학자는 가엾게도 눈이 점점 나빠지고 있었는데, 그는 드레스덴에 구둣방을 하는 친척이 있어 때때로 서신을 교환하고 있었다. 자주 이야기를 들어서 나는 오래전부터 특별히 관심을 기울이고 있던 터였다. 그에게 답장이 오면 우리는 항상 요란하게 축하를 했다. 맹인이 될 위험에 처한 친구의 애원에 회신하는 그의 방법은 아주 독특했다. 그 친구는 찾아내기 어려운 위안의 근거를 찾으려고 헛수고하지 않았다. 그러나 협소하고 가난하며 고생스러운 자신의 생활을 관찰하는 쾌활한 태도, 괴로움과 부자유 속에서 찾아내는 풍자, 인생은 그 자체로 보배라는 확고한 신념은 편지를 읽는 사람에게도 전달되어 잠깐만이라도 그와 같은 기분에 젖게 만들었다. 나는 열정적이기 때문에 자주 그에게 공손한 인사말을 전해 주도록 했으며 그의 행복한 성격을 칭찬하고 그와 서로 알고 싶다는 소망을 표명하곤 했다. 이런 일로 나는 친지를 방문하여 대화를 나누고 그의 집에 숙박하여 잘 사귀는 것이 자연스럽게 여겨졌다. 사람 좋은 목사 후보자는 처음에는 반대하다가 마침내 힘들여서 쓴 편지를 건네주었다. 나는 학생증을 주머니에 넣고 황색 마차를

---

119 Karl Friedrich Abel (1725~1787).

타고 그리움에 부풀어 드레스덴으로 향했다.

나는 나의 제화공을 찾았고, 곧 그를 도시 변두리에서 만났다. 그는 걸상에 앉은 채 친절히 나를 맞아 주었다. 그리고 편지를 읽고 나더니 미소를 띠며 말했다. "이 편지를 보니 젊은 분께서는 별난 기독교인이군요." — "어째서 그렇습니까?" — "별나다는 것은 나쁜 의미가 아닙니다. 다르게 보이는 사람이란 뜻입니다. 당신은 주님을 따르는 사람이라고 공언하지만 다른 면에서는 그렇지 않기 때문입니다." 내가 더 상세한 설명을 요구하자 그는 말을 계속했다. "당신은 가난한 자, 천한 자에게 복음을 전하려는 것처럼 보입니다. 그것은 참으로 좋은 일입니다. 주님을 그렇게 본받는 것은 칭찬할 만한 일입니다. 그러나 동시에 이것도 생각해야 합니다. 주 그리스도는 유복한 부잣집의 호화로운 식탁에 앉기를 더 좋아하셨고 우리 집과는 정반대인 향유의 좋은 냄새를 싫다고 하지 않으셨습니다."

스스럼없는 시작이 나를 즐겁게 했다. 우리는 한동안 농담을 주고받았다. 안주인은 이런 손님을 어떻게 재우고 대접해야 좋을지 모르겠다는 걱정스러운 표정으로 서 있었다. 이 점에서도 주인은 재미있는 생각을 해내서 성경뿐 아니라 고트프리트의 《연대기》까지 끄집어냈다. 그곳에서 숙박하기로 타협이 되자 나는 지갑을 안주인에게 맡기면서 필요할 때마다 써달라고 부탁했다. 주인은 그것을 거절하려고 짓궂은 말을 섞어 가며 자기가 겉으로 보이는 것처럼 그렇게 가난하지 않다고 설득시키려 했다. 나는 다음과 같은 말로 그녀를 승복시켰다. 즉 오늘날에는 기적이 일어나지 않으니 물을 포도주로 변화시키려면 이런 유용한 가정상비약이 필요하다고 말했다. 안주인은 나의 말과 행동에 점점 익숙해졌다. 우리는 곧 친해져서 유쾌한 하루를 보냈다. 주인의 태도는 변하지 않았는데, 모든 것이 변함없는 마음에서 우러나왔기 때문이었다. 그의 특이함은 명랑한 성격에서 기인한 적절한 사고방식이었고, 같은 일을 한다는 데 만족하고 있었다. 끊임없이 일하는 것이 그에게는 최선이고, 필수적이었다. 그 외의 다른 것들은 부차적인 것으로 여겼고, 그것이 그에게 마음의 안정을 주었다. 나는 그를 실천하는 철학자, 본능적인 현자의 등급에 넣지 않을 수 없었다.

미술관이 열리는 시간이 되었다. 초조하게 기다려온 시간이었다. 막상 성소에 발을 딛고 보니 나의 감탄은 마음속의 모든 생각을 초월할 정도였다. 한번 빙 돌면 제자리로 돌아오는 이 미술관은 엄청난 정숙과 함께 화려하면서도 무척 청결했다. 도금한 지 오래되지 않은 눈부신 액자, 밀랍으로 닦은 마루, 일하는 사람들보다 관람자들이 더 많은 방은 축제의 분위기를 만들었는데, 매우 독특한 이 느낌은 신전에 들어갔을 때의 감정과 흡사한 것이었다. 수많은 사원의 장식과 예배의 대상들이 오로지 성스러운 예술의 목적으로만 진열되어 있기 때문에 더욱 그런 기분이었다. 나는 좀 별난 안내자의 설명을 참고 들으면서, 어서 바깥 회랑으로 나가게 해달라고 부탁했다. 그곳은 정말 집처럼 아늑했다. 여러 예술가의 작품들을 이미 본 적이 있었고, 어떤 것은 동판을 통해서 알고 있거나 이름만 들었던 것이었다. 안내자에게 그것을 숨기지 않았기 때문에 나는 어느 정도 신뢰를 얻었다. 화필이 자연을 정복한 작품들을 감상하면서 감격하는 나의 모습을 보고 안내자는 기뻐했다. 알려진 자연과의 비교가 예술의 가치를 필연적으로 높인 작품들에 특히 마음이 끌렸다.

점심을 먹으려고 다시 구둣방으로 갔을 때 나는 내 눈을 의심했다. 오스타데[120]의 그림을 눈앞에서 보는 듯했기 때문이었다. 그대로 미술관에 걸어 놓기만 하면 될 정도로 완전한 그림이었다. 물체의 위치, 광선과 음영, 전체적으로 흐르는 갈색의 색조, 마술적인 구조의 배합 등 오스타데의 그림에서 감탄할 만한 것을 나는 현실에서 보았다. 내가 나의 재능을 인정한 것은 이번이 처음이었다. 나는 이 재능을 나중에 의도적으로 훈련했는데, 그것은 그 작품에 각별한 주의를 던졌던 여러 예술가의 눈으로 자연을 관찰하는 능력을 말한다. 이 능력은 나에게 상당한 즐거움을 주었고 천분에 없는 재능을 열심히 연습해 보겠다는 욕망을 북돋아 주었다.

나는 입장이 허가되는 시간에는 언제나 미술관을 방문했고, 수많은 걸작을 보면서 감탄한 것을 거리낌 없이 말했다. 그래서 눈에 띄지 않게 지내려면 애초의 은밀한 계획은 수포로 돌아갔다. 그때까지는 부감독관이 나를 상대해 주었는데, 이번에는 미술관의 감독 리이델[121] 씨가 나에게 관심을 가지며 특히 내 분야에 속할 만한 작품들에 주목하게 하였다. 나는 이 훌륭한 인물을 활동적이고 친절한 사람으로 생각했고, 그 생각은 그 후 지금까지 변함이 없다. 나의 마음속에 그의 모습은 미술품들과 하나로 결합하여서 따로 떼어놓을 수가 없다. 그와의 추억은 이탈리아까지 나를 따라다녔다. 이탈리아의 거대하고 풍부한 수집품을 보았을 때 나는 그가 옆에 있었으면 하는 마음이 간절했다.

그런 작품들은 낯선 사람이나 모르는 사람들을 말없이 무심하게

---

120 Adriaen van Ostade (1610~1685): 네덜란드파의 화가로 주로 농민생활을 실내나 건물 배경으로 그렸다.

121 Johann Anton Riedel (1736~1816): 화가이자 드레스덴 미술관 감독.

바라볼 수 없도록 만들었다. 작품을 바라보는 시선은 서로의 마음을 여는 데 좋은 기회이기 때문에 나는 거기서 어느 젊은이와 이야기를 나누게 되었다. 그는 드레스덴 주재 어느 공사관에 근무하고 있는 것 같았다. 그는 저녁에 어느 여관으로 나를 초대했다. 여관에서 모임이 열리는데 각자 약간의 회비를 부담하고 잘 지낼 수 있다는 것이었다.

나는 그 여관에 갔으나 모임은 아직 열리지 않고 있었다. 급사가 나를 초대한 청년이 조금 늦을 것이라는 사과를 전하며 덧붙이기를, 설사 무슨 일이 일어나더라도 기분 상하지 말고, 자기 몫 이상 돈을 낼 필요는 없다고 했을 때 약간 의아한 생각이 들었다. 나는 그의 말을 어떻게 해석해야 할지 몰랐지만, 아버지가 말한 거미줄 생각이 나서 무슨 일이 일어나는지 기다려 보기로 했다. 사람들이 모였고, 청년이 나를 여러 사람에게 소개했다. 나는 오래 걸리지 않아 이 모임이 새내기인 나를 건방지고 오만한 존재로 보고 우롱할 목적으로 모인 것이라는 것을 깨달았다. 그래서 나는 더욱 조심하면서 그런 빌미를 제공하지 않으려고 애썼다. 식사 때가 되자 목적은 한층 명백해졌다. 지나치게 많은 술을 마시고 나서 각자 애인의 건강을 위해 축배를 들면서, 이 잔으로는 한 잔도 더는 마시지 않겠다고 서약하며 술잔들을 뒤로 던졌다. 이것은 더 큰 광란의 신호였다. 마침내 나는 살며시 그 자리를 빠져나왔다. 급사는 나에게 아주 싼 계산서를 청구하면서 저녁마다 이렇게 시끄러운 것은 아니니 또 와달라고 부탁했다. 숙소로 돌아오는 길은 멀었고 도착했을 때는 자정이 가까워 있었다. 문은 잠겨 있지 않았으나 모두 잠들어 있었다. 램프가 비좁은 집 안을 비추고 있었다. 거기에서 나는 더욱 훈련된 눈으로 샬켄[122]의 아름다운 그림을 보았고, 그 그림에서 눈을 뗄 수 없어 잠이 달아나고 말았다.

드레스덴에서 체류한 며칠을 미술관 관람에만 바쳤다. 고대의 물품들이 아직 대정원의 정자 안에 있었지만, 드레스덴에 있는 그 밖의 귀중한 것들과 마찬가지로 나는 구경하지 않았다. 나는 회화 수집품과 관련하여 아직도 내가 모르는 것이 많이 숨어 있다는 확신에 가득 차 있었다. 그래서 이탈리아 대가들의 가치를 나의 짧은 식견으로 멋대로 이해하지 않고 그냥 솔직하게 그 가치를 믿었다. 자연으로서 볼 수 없는 것, 자연을 대신할 수 없는 것, 알고 있는 대상과 비교할 수 없는 것들은 나에게 아무런 영향도 미치지 못했다. 모든 고상한 예술 애호에서 단서가 되는 것은 소재에서 오는 인상이다.

나는 구두공과 잘 지냈다. 그는 재기발랄하고 재주가 다방면이어서 우리는 가끔 유쾌하고 기발한 착상으로 경쟁했다. 그러나 자기가 행복하다고 자만하고 타인에게도 그것을 요구하는 사람은 우리를 불쾌하게 만든다. 그런 생각을 반복하는 것 역시 우리를 지루하게 만든다. 나는 그 집에서 잘 지냈고 환대를 받았으나 절대 행복하지는 않았다. 그의 발에 맞는 구두가 내 발에도 맞으라는 법은 없다. 우리는 좋은 친구로서 작별했다. 안주인 또한 작별할 때 나에게 아무런 불만이 없었다.

드레스덴을 떠나기 직전에 즐거운 일이 있었다. 조금이라도 신용을 회복해 보려고 그 청년은 나를 미술 학교 교장인 폰 하게도른을 소개했다. 그는 소장품들을 친절하게 보여주었고, 젊은 예술 애

---

122 Gottfried Schalcken (1643~1706): 네덜란드의 화가로 '촛불의 왕'이라는 별명이 있을 정도로 촛불 그림을 많이 그렸다.

호가가 열광하자 몹시 기뻐했다. 감정가에게서 흔히 볼 수 있듯이 그는 자기가 가진 그림에 너무도 푹 빠진 나머지 남들이 아무리 칭찬하는 그림도 그의 기대에 부응하기가 극히 힘들었다. 내가 스바네펠트[123]의 그림이 유난히 마음에 들어서 세부적인 것까지 칭찬해 마지않자 그는 무척 기뻐했다. 내가 자라난 지방의 아름답고 청명한 하늘을 연상시키는 풍경, 그곳의 무성한 식물과 온화한 기후가 사람들에게 베풀어 주는 은혜는 그리운 추억을 떠올리게 하여 나를 감동시켰다.

그런데 정신과 감각을 진정한 예술로 이끌어 가는 이 귀중한 경험은 극히 비참한 광경으로 인해 중단되고 말았다. 그것은 항상 다니는 드레스덴의 거리가 파괴되고 황폐해진 광경이었다. 쓰레기 더미가 쌓인 모렌 거리, 탑이 파손된 십자가 교회는 마음속 깊이 사무쳐 지금도 내 기억 속에 검은 얼룩으로 남아 있다. 성모 교회[124]의 둥근 지붕에서 나는 정리된 아름다운 거리 사이사이에 처참한 폐허가 자리 잡고 있는 것을 보았다. 교회 관리인은 불상사를 대비해 교회의 지붕을 둥글게 설계해서 폭격에도 견딜 수 있게 한 건축가의 기술을 칭찬했다. 관리인은 사방의 폐허를 가리키면서 걱정스럽다는 듯 간단히 말했다. "저것은 적이 한 짓입니다."

내키지는 않았지만 이렇게 해서 나는 마침내 라이프치히로 돌아왔다. 나의 돌발적인 행동에 습관이 되지 않은 친구들은 깜짝 놀라서, 나의 비밀스러운 여행에 무슨 뜻이 있을까 하고 온갖 추측들을 했다. 내가 숨김없이 정직하게 설명을 해주어도 그들은 지어낸 이야

---

123 Hetrmann van Swanevelt (1600~1655): 네덜란드파의 풍경화가.

124 십자가교회(Kreuzenkirche)나 성모교회(Frauenkirche) 모두 현재까지도 드레스덴의 명소이다.

기라고 단정했고, 내가 장난삼아 구두공의 집에 숨겨 둔 수수께끼가 있을 것이라고 하면서 들추어내려고 야단이었다.

내 마음을 들여다보았더라도 그들은 아무런 장난도 없다는 것을 알 수 있었을 것이다. 나는 아는 게 많으면 골칫거리도 많아진다는 옛날의 진리가 절실히 다가왔고, 본 것을 정리하여 내 것으로 만들려고 하면 할수록 더욱 힘들어졌다. 나는 다시 일상생활에 열중했다. 친한 친구들과의 교제, 내게 필요한 지식의 습득, 글씨 연습 같은 일에 대단하지 않지만 내 힘을 쓰는 데 알맞은 방식으로 열중하자 드디어 편해졌다.

브라이트코프[125] 집안과의 교제는 매우 유쾌하고 유익했다. 집안을 일으킨 설립자 베른하르트 크리스토프 브라이트코프는 가난한 인쇄공으로 라이프치히에 와서 노이마르크트 거리에 있는 웅장한 '골데너 베렌'이라는 건물에서 고체트와 함께 살고 있었다. 아들인 요한 고틀로프 이마누엘[126]은 오래전에 결혼하여 자식들이 많았다. 그들은 거액의 재산 일부로 '골데너 베렌' 건너편에 본가보다 더 높고 넓은 '춤 질베르넨 베렌'[127]을 짓는 것이 좋겠다고 생각했다. 바로 이 집이 건축될 때 나는 그 가족들과 알게 되었다. 나보다 두서너 살 위인 장남[128]은 체격이 좋았으며, 음악에 열중해 피아노와 바이올린을 완벽하게 다루었다. 차남은 성실하고 착했으며 형처럼 음악을

---

125 Berhard Christoph Breitkopf (1685~1777) :유명한 출판사의 설립자.

126 Johann Gottlob Immanuel Breitkopf (1719~1790): 출판사를 확장하여 악보출판도 겸하였다.

127 '골데너 베렌'은 '금곰', '질베르너 베렌'은 '은곰'이란 뜻이다.

128 Bernhard Theodor Breitkopf (1749~1820): 페테르부르크에서 서적인쇄소와 서적 상을 경영.

좋아해서 자주 음악회를 열어 형 못지않게 활기 있게 만들었다. 이 두 사람은 부모나 형제처럼 나에게 호감을 느끼고 있었다. 나는 건물의 기공과 완공 때, 가구를 비치하거나 이사할 때에도 그들을 도왔기 때문에 그런 일에 관해 많은 것을 배웠으며, 외저의 학설을 응용하는 기회가 생겼다. 새집의 설립 과정을 지켜본 나는 자주 그곳을 방문했다. 우리는 여러 가지 일을 함께했다. 장남은 내 노래를 두세 곡 작곡했다. 이 작품은 인쇄되었고 그의 이름은 넣었지만 내 이름은 쓰지 않았는데, 많이 알려지지는 않았다. 나는 그중에서 나은 것을 골라 다른 짧은 시 속에 넣었다. 그의 아버지는 악보 인쇄를 창안해 완전하게 만들었는데, 나에게 인쇄술의 기원과 발전에 관한 도서를 수집해 놓은 훌륭한 서고를 이용하도록 허락해 주었기 때문에 나는 이 방면에 대한 지식을 얻었다. 거기에서 나는 고대를 그려 놓은 훌륭한 동판화를 발견하여 이 방면의 연구를 계속했다. 이 연구는 이사할 때 훌륭한 유황 수집품[129]이 섞여 있어서 도움이 되었고 한층 더 진척을 보였다. 그것을 잘 정리하기 위해서는 리퍼트 같은 사람들의 것을 참고하지 않으면 안 되었다. 나는 아프지는 않아도 몸 상태가 좋지 않을 때면 가끔 같은 건물에 사는 의사 라이헬 박사[130]에게 진단을 받았다. 이처럼 우리는 조용하고 기품 있는 생활을 했다.

이 집에서 나는 다른 식으로 또 한 사람과 인연을 맺었다. 동판화가인 슈토크[131]가 다락방에 이사 온 것이다. 뉘른베르크 출신인 그는 무척 근면하고 꼼꼼하며 규칙적인 생활을 하는 남자였다. 그는 가

---

129 유황산 석회로 만든 소장품.

130 Georg Christian Reichel (1717~1771): 라이프치히 대학의 의학과 부교수.

131 Johann Michael Stock (1737~1773).

이저처럼 외저의 디자인에 따라 크고 작은 동판으로 만들었는데, 소설이나 시에다 그런 것을 첨가하는 것은 점점 유행되고 있었다. 그는 매우 깨끗하게 그렸기 때문에 부식액에서 꺼낼 때는 작품이 거의 완성된 상태였고, 마지막에는 조각칼로 약간만 손질하면 되었다. 그는 한 판을 만들어내는 데 필요한 시간을 정확히 쟀고, 매일 예정된 분량의 일을 완성하기 전에는 어떤 일이 있어도 작품을 떠나지 않았다. 그는 잘 정돈된 깨끗한 방의 커다란 박공 창가에 위치한 넓은 작업대 앞에 앉아 있었는데, 집에는 아내와 두 딸이 있었다. 한 딸은 행복한 결혼을 했고, 또 한 딸은 훌륭한 예술가였는데, 두 딸은 일생 나의 친구가 되었다. 나는 나의 시간을 위층과 아래층으로 나누었다. 나는 꾸준히 근면하게 일하는 동시에 유머가 있고 친절한 그 사람에게 애착을 느꼈다.

나를 매혹한 것은 이런 종류의 예술 장르가 갖는 순수한 기술이었다. 나도 그런 것을 만들고 싶어서 그와 어울렸다. 나는 또다시 풍경에 마음이 끌렸다. 풍경은 나의 고독한 산책에 위안이 되었고, 표현하기 쉽지만, 그 자체가 혐오감을 일으키는 인물화보다 수월했다. 그래서 나는 그의 가르침으로 여러 가지 풍경화를 틸레[132]나 다른 사람들을 모방해서 동판에 부각했다. 미숙한 손으로 만들어진 것인데도 그것은 상당한 효과가 나타나 반응이 좋았다. 나는 동판의 기초를 만들고 흰 칠을 하고 부각을 하고 마지막에 부식액을 붓는 등 다양한 일거리로 분주했다. 얼마 후에 나는 여러 가지 일에서 그를 도울 수 있게 되었다. 필요한 주의를 충분히 하지 않아 실수하는 일은

---

132 Johann Alexander Thiele (1685~1752): 드레스덴의 궁중 화가.

드물었다. 하지만 대개 그럴 때 발생하는 유독 가스에 대해서는 부주
의했다. 그것이 그 후 얼마 동안 나를 괴롭혔던 병의 원인이 되었는
지도 모른다. 틈틈이 모든 것을 해보려는 욕심에서 나는 목판 조각도
해보았다. 프랑스 견본을 본떠 여러 가지 작은 인쇄용 목판도 만들었
는데, 어떤 것은 쓸 만해 보였다.

　여기서 라이프치히에 거주하거나 잠시 체류하던 사람들을 몇 명
을 기억해 보려 한다. 지방 징세관인 바이세[133]는 한창 일할 나이의
쾌활하고 친절하고 인정이 많은 사람으로 우리의 사랑과 존경을 받
았다. 그가 쓴 희곡을 훌륭하다고 인정하지는 않았지만, 매력은 있었
다. 힐러[134]에 의해 경쾌한 멜로디가 첨가된 그의 오페라는 우리를 매
우 즐겁게 했다. 함부르크에서 온 쉬벨러[135]도 같은 길을 걸었다. 그의
〈리주아르트와 다리올레테〉역시 환영을 받았다. 우리보다 나이가 얼
마 많지 않은 미남 에쉔부르크[136]는 학생 중에서는 뛰어났다. 차하리
에는 그의 동생과 함께 우리와 이삼 주일 동안 함께 즐기며, 식사했
다. 우리는 키 크고 체격 좋고 명랑하며 미식가인 이 손님을 특별한
요리와 화려한 디저트, 특제 포도주로 대접하는 것을 당연한 영예로
여겼다. 언제인지는 기억나지 않지만 레싱도 한 번 이 도시에 온 적
있다. 우리는 그의 환심을 살 생각이 없었고 실제로 그가 가는 장소
를 피했다. 아마 우리는 그런 사람과는 거리가 멀고 그와 친해질 수
있는 자격도 없다고 생각했던 것 같다. 그런 단순한 어리석음은 오

---

133 Christian Felix Weiße (1726~1804).

134 Johann Adam Hiller (1728~1804): 작곡가이자 지휘자.

135 Daniel Schiebeler (1741~1771): 법률가, 저술가.

136 Johann Joachim Eschenburg (1743~1820): 빌란트와 더불어 최초로 셰익스피어의
　　작품을 독어로 번역했다.

만하고 변덕스러운 청년기에는 흔히 있을 수 있는 일이지만, 그 결과 나중에 벌을 받았다. 그렇게도 탁월하고, 내가 가장 존경한 그를 나는 결국 한 번도 앞에서 보지 못하고 말았다.

예술이나 고대에 관한 연구에서는 누구나 빙켈만을 떠올렸다. 그의 능력은 국내에서 열광적인 찬사를 받았다. 부지런히 그의 저술을 읽으면서 우리는 그가 어떠한 상황에서 최초의 저술을 썼는지 알고자 노력했다. 거기서 우리는 외저로부터 유래된 것으로 보이는 많은 견해를 발견했을 뿐만 아니라 외저식의 풍자와 기발한 생각도 찾아냈다. 이 주목할 만한 수수께끼 같은 저술이 이루어진 계기에 관해 이해가 갈 때까지 우리는 연구를 멈추지 않았다. 청년은 교육을 받기보다는 자극을 원하기 때문이었다. 그런데 어려운 저술 덕분에 의미 있는 교양의 한 단계를 오르게 된 것은 이것이 마지막이 아니었다.

클로츠[137]의 공격이나 레싱의 반박은 이런 시대가 곧 종식되리라는 것을 암시했지만, 그래도 당시는 문학에서 우수한 사람들을 존경심을 가지고 받들던 아름다운 시기였다. 빙켈만은 불가침의 폭넓은 존경을 받고 있었다. 그가 자신의 품위에 어울리지 않는 어떤 공개적인 것에 대해서도 몹시 예민하다는 것은 잘 알려졌었다. 잡지마다 일제히 그의 명성을 드높였고, 형편이 좋은 여행자들은 그를 찾아와 가르침을 얻고 기뻐하며 돌아갔다. 그가 발표하는 새로운 견해는 학문과 삶에 퍼져나갔다. 같은 존경을 데사우 영주[138]도 받고 있었다. 젊고, 사려 깊은 고귀한 사상을 가진 그는 여행 중에도 변함없이 홀

---

137 Christian Adolf Klotz (1738~1771): 할레 대학교수로 레싱을 신랄히 비평했다.

138 Leopold Friedrich Franz (1740~1817): 계몽주의와 인문주의의 정신으로 교육의 중요성을 강조했다.

룡한 처신을 했다. 빙켈만에게 매혹된 영주는 그가 생각나는 곳에다 아름다운 별칭을 붙였다. 당시 유일했던 공원 녹지, 에르트만스도르프[139]의 활약으로 완성된 높은 안목의 건축술, 이 모든 것이 스스로 모범을 보여서 타인을 인도하고 시종과 신하들에게 황금시대를 약속하는 영주의 호감을 보여주고 있었다. 빙켈만이 이탈리아에서 돌아와 친구 데사우 영주를 방문하러 가는 길에 외저에게 들른다는 이야기를 들은 우리는 그가 시야 안으로 들어올 것을 생각하며 기쁨에 넘쳤다. 그와 이야기해 볼 만한 욕심은 내지 않았고 단지 그를 보고 싶을 뿐이었다. 그 나이에는 모든 일을 여흥으로 만들기 좋아하기 때문에 우리는 데사우까지 그를 따라가기로 약속을 했다. 예술을 통해서 빛나는 아름다운 지방, 훌륭한 정치과 아름답게 치장된 곳, 우리보다 훨씬 위의 월등한 인물들이 돌아다니는 것을 두 눈으로 보기 위해서였다. 외저도 그것을 생각만 해도 몹시 기뻐하며 어쩔 줄 몰라 했다. 그런데 마른하늘에 날벼락처럼 빙켈만의 부음이 날아들었다.[140] 이 소식을 처음으로 들었던 곳을 나는 아직도 기억한다. 그 것은 플라이센부르크 성이었는데, 외저의 방으로 올라갈 때 지나가는 작은 문에서 그리 멀지 않은 곳이었다. 동료 학생이 나한테 오더니 외저와 만날 수 없다면서 이유를 말했다. 이 놀라운 사건은 엄청난 파장을 가져왔다. 모두 슬퍼하고 탄식했다. 요절은 그의 삶의 가치에 대해 더욱 주목하게 했다. 그가 고령에 이르도록 계속 활동했다 하더라도 아마 지금처럼 큰 영향을 끼치지는 않았을 것이다. 다른 비범한 사람들처럼 그도 기이하고 비참한 최후의 운명으로 더욱

---

139 Friedrch Wilhelm Erdmannsdorff (1736~1800): 건축가이며 조경사.
140 빙켈만은 1768년 6월 8일에 트리에스트에서 살해당했다.

저명해졌기 때문이다.

빙켈만의 서거를 한없이 슬퍼하는 사이에 곧 내 생명을 염려해야 할 처지에 이르리라고는 생각하지 못했다. 그동안 몸의 상태가 좋지 않았다. 집을 떠날 때부터 나는 이미 우울증의 증세가 있었는데, 이 증세가 주로 앉아서 지내는 생활로 인해 약화하기는커녕 오히려 심해졌다. 아우어슈타트 재난 이래 종종 가슴에 통증을 느꼈는데, 낙마한 후 눈에 띄게 악화하여 우울했다. 서툰 식이요법은 소화력을 해쳤다. 그리고 메르제부르크의 독한 맥주는 두뇌를 우둔하게 했다. 아주 야릇하게 기분을 우울하게 하는 커피, 특히 식후에 우유와 함께 마시는 커피가 나의 내장을 마비시키고 기능을 완전히 정지시킨 것 같았다. 나는 큰 걱정을 하면서도 분별 있는 생활방식을 취할 결심은 하지 못했다. 청춘의 강한 힘이 밑받침된 나의 성격은 자유분방한 즐거움과 우울한 불쾌감의 극단 사이를 오갔다. 더욱이 그 당시는 냉수마찰이 무조건 장려되던 시기였고, 딱딱한 침구 위에 얇게 덮고 자야 했다. 그 때문에 종래의 발한 요법은 완전히 억제되고 말았다. 루소가 장려한 것을 오해한 결과로 빚어진 이 어리석은 행동은 우리를 더욱 자연에 접근시키고 관습의 구덩이에서 구해 준다는 것이었다. 그러나 이런 모든 일을 구별 없이 무분별하게 이용했기 때문에 해가 되기도 했다. 나는 건강한 체질을 혹사했고, 전체를 구하기 위해서 내부의 각 기관이 드디어 반란과 혁명을 터트리지 않으면 안 될 사태에 이르렀다.

어느 날 밤 나는 심한 각혈로 잠이 깼다. 그래도 옆 방 사람을 깨울 정도의 기력과 의식은 있었다. 친절하게 도움을 주던 라이헬 박사가 왔다. 며칠 동안 나는 생사를 헤맸다. 회복의 기쁨을 각혈할 때

목 왼편에 종기가 생긴 것을 알고 망쳐 버리고 말았다. 위험을 넘긴 후에야 비로소 종기가 있는 것을 알아챌 여유가 생겼다. 하지만 회복이 느리더라도 병이 완쾌되는 것은 기분 좋고 즐거운 법이다. 나의 경우 자연이 도왔기 때문에 전혀 다른 사람이 된 것 같았다. 오랫동안 맛보지 못했던 정신의 큰 즐거움을 얻었기 때문이었다. 육체적으로는 지루한 고통이 나를 위협할 때에도 내면의 자유를 느낄 수 있어 기뻤다.

그러나 이 시기에 나에게 용기를 북돋아 준 것은, 받을 가치도 없는 나에게 훌륭한 사람들이 보여 준 애정이었다. 받을 가치가 없다고 말하는 것은 나의 못된 변덕으로 손해를 입지 않은 사람이 없었고, 내 잘못이라고 느끼면서도 내가 한동안 완강히 피한 사람도 있기 때문이다. 그들은 모든 것을 잊고 나를 다정하게 대해 주었으며, 내 방에서, 혹은 외출 시 나를 즐겁고 재미있게 해 주려고 신경을 썼다. 나를 마차에 태우고 나가 별장에서 대접을 해주어 나는 곧 회복된 것 같았다.

이런 친구 중에 누구보다도 먼저 당시 시의원이며 훗날 라이프치히의 시장이 된 헤르만 박사에 관해 말하려고 한다. 슐로서를 통해서 만난 이후 그는 계속 변함없는 관계를 유지하고 있는 식탁 친구였다. 그는 대학에 다니는 사람 중 가장 근면하다고 말할 수 있었다. 빠지지 않고 강의를 들으러 다녔고 개인 생활에서도 언제나 부지런했다. 나는 그가 조금도 탈선하지 않고 차근차근 발전하여 학위를 따고 승진하는 것을 보았다. 전혀 과도하게 애를 쓰는 것같이 보이지 않았고, 조금도 서두르거나 지체하지도 않았다. 온순한 성격과 유익한 그의 이야기는 내 마음을 사로잡았다. 내가 그의 규칙적인 근면성을 유난히 좋아한 것은 내게 없는 장점을 인정하고 존중함으로써 일부분이라도 내 것으로 만들려고 생각한 때문이었다.

업무와 마찬가지로 그는 재능을 발휘하거나 오락을 즐길 때에도 빈틈이 없었다. 매우 훌륭한 솜씨로 피아노를 치고 정성을 다해 풍경화를 그렸는데, 나에게도 같이 하자고 권했다. 그래서 나도 그가 하는 식으로 회색 종이에 흑백의 초크로 플라이세 강변의 무성한 버드나무 숲들과 조용히 흐르는 아름다운 물굽이를 그렸고, 동경에 차 공상에 잠기곤 했다. 그는 때로 익살스러운 나의 행동에 재미있는 농담으로 응수할 줄 알았다. 장난스럽게 격식을 차린 만찬에 그가 나를 초대하여 둘이서 함께 지낸 시간이 지금도 기억에 남아 있다. 우리는 그의 지위에 대한 현물 보수로 부엌에 들어온 소위 '시 의원 토끼'를 독특한 예법으로 촛불 아래서 먹어 치웠는데, 베리시식의 무수한 농담으로 음식에다 맛을 더하고 포도주의 효과를 높였다. 훌륭한 직책을 맡아 지금도 변함없이 활동하고 있는 이 탁월한 인물은, 내가 증세를 약간 느끼긴 했어도 그렇게 악화할 것으로 예상 못 했던 병에 걸렸을 때에도 매우 성실하게 도움을 주었다. 여가만 있으면 나를 위해 시간을 보냈고, 지나간 유쾌한 일을 떠올리게 하여 우울한 상황을 명랑하게 만들어 준 일은 지금도 고맙게 생각하고 있고, 오랜 세월이 흘러 이렇게 감사를 전할 수 있게 되어 기쁘다.

이 소중한 친구 외에 브레멘의 그뢰닝[141]도 나를 극진히 돌보아 주었다. 내가 발병하기 얼마 전에 그와 알게 되었는데 나에 대한 그의 호의는 사고를 당하고 나서 비로소 깨닫게 되었다. 누구도 병자와

---

141 Georg Gröning (1745~1825): 브레멘 가문 출신으로 명망 있는 외교가가 되었다.

는 친하게 지내려고 하지 않는 법이어서 나는 이 호의의 가치를 더욱 절실히 느꼈다. 그는 나를 즐겁게 해주었을 뿐 아니라 잡다한 근심거리를 잊게 하고 병이 나아 곧 건강하게 활동할 수 있다고 위로했으며, 내가 그런 기대를 하도록 몸을 아끼지 않았다. 세월이 흐르면서 그가 고향에서 중요한 직책에 종사하며 유능한 인물로 등장하는 소식을 들을 때마다 나는 얼마나 기뻤는지 모른다.

친구인 호른[142]이 사랑과 관심을 끊임없이 보여준 것도 이때였다. 브라이트코프 일가, 슈토크 가족 그리고 기타 여러 사람이 나를 가까운 친척처럼 대해 주었다. 많은 친절한 사람들의 호의로 나는 상황에 대한 감정이 완화되었다.

여기서 자세히 이야기해야 할 인물이 있는데, 그때 처음으로 알게 된 그와의 유익한 대화는 슬픈 나의 처지를 완전히 잊게 할 정도로 내 마음을 끌었다. 그는 후에 볼펜뷔텔에서 사서가 된 랑어[143]이다. 탁월하고 박식하고 교양이 풍부한 그는 열병처럼 뜨거운 나의 지식욕에 기뻐했다. 그는 명확한 개념으로 나를 진정시키려고 했다. 그래서 짧은 시간 동안의 교제였지만 나는 그에게서 많은 덕을 보았다. 그는 여러 가지 방법으로 나를 인도했으며, 또 그 당시 내가 걸어가야 할 방향에 대해 주의를 환기했다. 그에게 있어 나와의 교제는 약간 위험이 따랐기 때문에, 더욱 그에게 감사해야 했다. 베리시 대신에 그가 린데나우 백작의 가정교사직을 새로 맡았을 때, 노백작은 절대로 나와 교제하지 않는다는 조건을 붙였다. 그런데 그는 위험인물과 교제를 해보고 싶은 호기심에 끌려, 몰래 만날 수 있는 방도를 생

142 ohann Adam Horn (1749~1806).
143 Ernst Theodor Langer (1743~1820).

각해 냈다. 나는 이내 그의 호감을 샀다. 그는 베리시보다 현명했으며 우리는 밤에 만나 산책을 하고 흥미 있는 일에 관해서 이야기했다. 드디어 나는 그의 애인 집 앞까지 따라가게 되었는데, 겉으로는 엄격해 보이고 진지하고 학문적인 이 남자 역시 누구보다도 사랑스러운 한 여성의 그물에서 벗어날 수는 없었다.

독일 문학을 위시한 문학에 관한 내 계획들은 점차 멀어져 갔다. 독학으로 공부하는 경우가 늘 그렇듯이 나는 또다시 좋아하는 고대인에게로 향했다. 여전히 먼 푸른 산과 같이 그 윤곽과 크기는 명확한데 각 부분과 내부 관계가 식별되지 않은 채로 나의 정신적 소망의 시야를 가리고 있는 사람들이었다. 나는 랑어와 서로 교환을 했는데, 글라우코스와 디오메데스의 역을 모두 다 했다.[144] 나는 그에게 독일의 시인과 평론가가 가득 든 광주리를 넘겨주고 그 대신 그리스 작가들을 받았다. 덕택에 병의 차도가 부진했음에도 나는 원기를 얻을 수 있었다.

새로운 친구들이 주고받는 신뢰는 점진적으로 발전하는 것이 보통이다. 공통된 일이나 취미가 서로 일치하는 것이 처음 나타나는 현상이고, 그다음에는 대화가 과거와 현재의 열정적인 사건들, 특히 연애사건으로 발전되어 나간다. 그러나 관계를 온전히 발전시키려면 더욱 깊은 것이 전개되어야 하는데, 그것은 종교적 신념, 불멸의 것에 관련된 것으로 이것이야말로 우정의 바탕을 다지는 동시에 그 절정을 장식하는 것이다.

기독교는 고유의 역사적이고 실증적인 면과 이신론 사이를 오락

---

144 《일리아스》에 나오는 인물들로, 친구와의 서약을 위해 글라우코스는 자신의 청동 갑옷을 디오메데스의 황금 갑옷과 서로 교환했다.

가락했는데, 이신론의 경우는 그것이 도덕의 기초가 되는 미풍양속에 기초하기 때문이다. 성격이나 사고방식의 차이는 여기에서 무한한 단계를 드러내는데, 이런 신념에 대해 이성이나 감정이 어느 만큼을 나눠 가질 수 있고 나눠 가져도 되는가에 따라 근본적 차이가 만들어지기 때문이다. 활동적이고 재간이 풍부한 사람들의 경우는 나비와 같아서, 애벌레 상태를 완전히 망각하고 유기적인 완전체로 성장시켜준 껍질을 버린다. 이와 달리 독실하고 사려 깊은 사람들은 꽃에 비유할 수 있는데, 꽃은 매우 아름답게 만발해도 그 뿌리가, 모체인 줄기에서 절대로 떨어지지 않고, 오히려 이런 가족적인 관련으로비로소 원하는 열매를 성숙시킬 수 있다. 랑어는 후자에 속했다. 그는 학자이며 뛰어난 독서가였지만 전해 내려오는 다른 문헌들보다성서에 더 많은 가치를 부여하고, 그것을 우리가 도덕적, 정신적 계보를 설명할 수 있는 유일한 문서로 인정했다. 그는 위대한 세계 신과의 직접적인 교섭을 생각할 수 없는 사람 중의 하나였다. 그래서그에게는 매개물이 필요했는데, 그런 유사한 것을 세속적이거나 종교적인 사물 어느 것에서나 찾아낼 수 있다고 생각했다. 그의 유쾌하고 철저한 이론 강연은 불쾌한 병으로 세상사에서 차단되어, 정신의 활발한 활동을 종교로 전환하려고 갈망하던 청년을 손쉽게 경청하게 만들었다. 나는 성서를 굳게 믿고 있었기 때문에 인간적 방식으로 존중했던 것을 이제부터 신적인 것으로 받아들이는 신앙만 가지면 되었다. 이 일은 내가 성서를 처음으로 접했을 때부터 그것을 신적인 것으로 간주했기 때문에 나에게는 쉬운 일이었다. 참는 사람, 부드럽고 연약한 마음을 지닌 사람들에게서 이 복음은 환영을 받았다. 랑어는 신앙인인 한편 이지적인 인간이어서 감정에 지배되거나 도취에 빠져서는 안 된다는 주장을 고수했지만, 나는 감동과 열광 없이 신약성서에 빠져들 수는 없었다.

이런 이야기들을 하면서 우리는 많은 시간을 보냈다. 그는 나같이 성실하고 준비가 잘 된 개종자를 얻은 것이 기뻐서 애인에게 바칠 시간을 나 때문에 희생해도 개의치 않았다. 심지어 나와의 교제가 폭로되어 베리시처럼 후원자에게 미움을 받을 위험까지도 무릅썼다. 나는 그의 애정에 깊은 감사로 보답했다. 그가 나를 위해서 해준 일은 항상 귀한 것이지만 당시 나의 입장에서는 특히 더할 나위 없이 귀한 것이었다.

그러나 보통 우리의 정신이 가장 영적인 상태에 집중해 있을 때, 속세의 조잡하고 거친 잡음이 강력하고 난폭하게 닥쳐와 보이지 않게 움직이는 양자가 돌연 대조되어 그것이 더욱 예민하게 느껴지는 법인데, 나 역시 랑어의 소요(逍遙)[145]파와 이별하기 전에, 적어도 라이프치히에서는 보기 드문 불상사를 목격했다. 다름 아니라 학생들이 일으킨 소동으로, 청년들과 시의 병사들 간에 불화가 생겨 폭력 사태로 발전한 것이었다. 많은 학생이 단결하여 모욕받은 것에 복수하려고 했다. 병사들의 완강한 저항으로 불만에 찬 학생 측이 불리한 상황이었다. 시의 유력 인사들이 승리자들의 용감한 저항을 칭찬하고 보수를 주었다는 소문이 퍼졌다. 그로 인해서 학생들의 자존심과 복수심이 무섭게 일어났다. 다음 날 저녁에는 창문을 부술 것이라는 말이 공공연하게 떠돌았다. 이 소문이 사실이라는 보고를 전해준 두세 명의 친구들은 나를 현장으로 데리고 갔다. 사람들이 위험한 소동

---

145 아리스토텔레스가 산책길을 산책하면서 강의를 한데서 유래한 아리스토텔레스학파의 별칭으로, 여기서는 랑어의 가르침이 산책길에서 이루어졌음을 빗대어 말한 것이다.

을 기다리며 바짝 긴장하고 있었다. 대단한 구경거리가 시작되었다. 왕래가 없는 길거리 한편에는 소리도 내지 않고 꼼작도 안 하면서 조용하게 사건을 기다리는 사람들로 꽉 찼고, 다른 편에는 한 무리의 젊은이가 평온을 가장하며 걸어가고 있었다. 목표로 삼았던 집에 이르자 그들은 지나면서 창을 향해서 돌을 던졌다. 유리창 깨지는 소리가 나는 동안에도 계속해서 던졌다. 하지만 일은 시작되었을 때와 마찬가지로 끝날 때도 조용히 끝났고, 사건은 더는 악화하지는 않았다.

대학생들이 일으킨 행동의 소란한 여운을 뒤로하고 나는 1768년 9월에 안락한 전세 마차로 친한 친구 두세 명을 동반하여 라이프치히를 떠났다. 아우어슈타트 부근에서는 전에 당한 재난이 생각났다. 그러나 몇 년 후에 더욱 큰 위험이 이 지방으로부터 나를 위협할 줄은 꿈에도 생각하지 못했다. 그리고 우리가 성을 구경한 고타의 석고상으로 장식된 넓은 홀에서 내가 그토록 많은 은총과 애호를 받게 될 줄은 상상도 못했다.

고향에 가까워질수록 내가 어떤 상태와 기대와 희망을 품고 집을 떠났었든가 하는 것을 곰곰이 생각하게 되었다. 난파당한 사람처럼 돌아온 것을 생각하니 기분은 완전히 의기소침해졌다. 하지만 특별히 나무랄만한 일도 별로 없었기 때문에 어느 정도는 마음이 편안했다. 그래도 가족들의 환영은 내 마음을 움직였다. 감동하기 잘하는 내 천성은 병으로 인해서 더욱 자극되고 고양되어 열정적인 장면을 연출하게 되었다. 내가 알고 있었던 것보다 나는 더 나빠 보였던 것 같다. 그러나 누구나 자신의 상태에 습관이 되어 아무렇지도 않게 생각하는 법이다. 여하간 가족들은 나의 이야기를 다음에 듣기로 하고 우선 육체적으로나 정신적으로나 나를 쉬게 해야 한다는 점에 무언의 일치를 보았다.

누이동생이 곧 나와 어울렸다. 편지로 미리 알고는 있었지만 나는 집안 사정을 누이동생에게서 더 자세히 들을 수가 있었다. 아버지는 내가 떠난 후 교육 취미를 누이동생에게 돌렸다. 평화는 보장되었지만, 사회와 격리되었고 세입자까지 두지 않게 된 빈집에서는, 외부에서 교제나 오락을 구하는 길이 거의 끊겼다. 동생은 프랑스어, 이탈리아어, 영어를 번갈아 공부해야 했고, 하루 대부분을 피아노 연습에 바쳐야 했다. 쓰는 것도 소홀히 할 수 없었다. 이미 눈치채고 있었지만, 아버지는 동생이 편지 쓰는 것을 지도하여 자신이 전하는 교훈을 내게 써 보내도록 한 것이다. 누이동생은 엄격함과 부드러움, 완고함과 유연한 성격이 독특하게 혼합된, 뭐라고 정의할 수 없는 존재였는데 그것은 변함이 없었다. 이런 성질들은 때로 결합하는가 하면 때로 의지와 감정을 통해 분산되기도 했다. 내가 보기에 무서울 정도로 동생은 아버지에게 강한 태도를 보였다. 아버지가 이삼 년간 허물없는 오락을 방해하고 망쳐놓은 것을 용서하지 않았고, 아버지의 선량하고 훌륭한 기질을 조금도 인정하려 하지 않았다. 동생은 아버지가 명령하거나 지시하는 것을 세상에서 매우 무뚝뚝한 태도로 수행했지만 말할 수 없이 무뚝뚝한 방식으로 했다. 동생은 관습에 맞게 행동하지만, 그 이상도, 이하도 하지 않았다. 아무것도 사랑이나 호감에서 우러나서 하지 않았는데, 그것이 어머니가 나하고 비밀스럽게 이야기할 때 무엇보다 한탄하는 것 중의 하나였다. 그러나 모든 인간이 그러하듯 누이동생도 사랑을 갈구하는 마음이 있어, 그 애정의 전부를 나에게 쏟았다. 자신의 시간은 전부 나를 간호하고 위안해 주기 위한 배려 속에 짜놓았다. 동생을 따르는 동생의 친구들도 나를 기분 좋게 하고 위로하기 위해 이것저것 생각해 냈다. 동생은 나를 즐겁게 하는 재간이 있었으며 때로는 익살스러운 유머의 싹을 보이기도 했다. 이것은 누이동생에 대해서 지금까지 몰랐던 것인데, 전유물처럼 잘 어울렸다. 곧 우리 사이에는 누구도 알아듣지 못하게 주고받을 수 있는 말이 생겨났으며, 대담하게도 동생은 부모님 앞에서 이 은어를 쓰기도 했다.

개인적으로 아버지는 편안한 생활을 하고 있었다. 건강하셨고 하루 대부분을 동생 교육과 여행기를 쓰거나 라우테를 연주보다는 조율하는 데 소비했다. 그러면서 아버지는 학위를 따고 예정된 경력을 밟아가야 할 건강하고 활동적인 아들 대신 육체보다도 영혼이 더 피로워 보이는 병약한 아들을 갖게 된 불쾌함을 될 수 있는 대로 억제하고 있었다. 아버지는 치료로 호전시켜 보려는 소망을 숨기지 않았다. 그래서 아버지 앞에서 우울증적인 언사는 삼가야 했다. 아버지가 격해지고 괴로워하실 가능성이 있었기 때문이다.

본성이 유독 쾌활하고 명랑한 어머니는 이런 상황에서 몹시 지루한 날을 보내야 했다. 사소한 가정의 일은 삽시간에 해치웠다. 늘 부지런히 일하지 않고는 못 견디는 선량한 어머니는 몇 가지 흥미 있는 일을 찾으려 했다. 맨 먼저 찾아낸 것이 종교였다. 어머니의 훌륭한 친구들은 교양 있고 독실한 신자들이어서 종교는 한층 깊이 어머니의 마음을 끌었다. 이런 친구 중에 우선 클레텐베르크[146] 아주머니가 있었다. 《빌헬름 마이스터》에 삽입된 〈아름다운 영혼의 고백〉[147]은 그분의 담화와 편지로 이루어진 것이다. 그녀는 아담한 보

---

146 Susanne von Klettenberg (1723~1774): 괴테 어머니의 친척.
147 〈아름다운 영혼의 고백〉은 《빌헬름 마이스터의 수업시대》(1796)의 제6장으로 신앙

통 키의 체격이었고, 솔직하고 자연스러운 태도는 세상의 예법과 궁중 예법을 두루 갖춰 더욱 호감을 주었다. 아름다운 복장은 헤른후트 파 여인들의 복장을 연상시켰다. 그분은 웬만해서는 쾌활함이나 평정을 잃는 법이 없었다. 자기의 병을 덧없는 세상을 살아가는 데 필요한 운명적인 요소로 생각하고, 고통을 최대의 인내로 참고 고통이 없는 틈틈이 활기차게 대화를 즐겼다. 가장 좋아하는 유일한 화제는 자신을 관찰하는 사람이 마음속에서 경험할 수 있는 도덕적 체험들에 관한 것이었다. 여기에 종교적 감정이 결부되어 그것을 매우 우아하고 독창적인 방식으로 자연적인 것, 혹은 초자연적인 것으로 관찰했다. 그분의 마음속 깊이 들어 있는 이러한 체험들은 굳이 말로 표현할 필요가 없었다. 그분의 영혼에 포착된 상세한 모습을 그런 것을 좋아하는 친구들의 기쁨을 위해 다시 환기하는 데는 더 필요한 것이 없었다. 그분은 젊어서부터 택한 완전히 자신만의 몸가짐과 태어나고 교육받은 귀한 신분, 그리고 정신의 활발함과 독특함으로 인해 같은 구도의 길에 들어선 다른 여성들과 잘 어울리지 못했다. 가장 뛰어난 그리스바흐 부인[148]은 너무 엄하고 무미건조했으며 학식이 너무 많아 보였다. 그녀는 자신의 감정 발달에 만족한 다른 부인들보다도 더 많이 알고 생각하고 또 파악했다. 그래서 다른 사람들에게는 짐스러웠다. 그런 거대한 짐을 지고는 은총의 길로 갈 수가 없고 그걸 원하지도 않았기 때문이었다. 반면 대다수 사람은 단조로웠는데, 후기 감상파 사람들의 용어

심 깊은 여성의 전기이다.

148 Jophanna Dorothea Griesbach (1726~1775): 아들 Johann Jakob Griesbach이 신학생으로, 괴테와 친구였다.

와 비교할 만한 특정한 전문 용어에 구속되어 있었기 때문이다. 클레텐베르크 아주머니는 양극단 사이의 길을 걷고 있었다. 어느 정도는 스스로 만족하며, 생각과 활동으로 고귀한 태생과 높은 신분을 보여주는 친첸도르프[149] 백작의 모습에 자신을 투영하고 있는 것 같았다. 그런데 그녀가 필요한 것을 나에게서 발견했다. 즉 미지의 구원을 추구하는 젊고 활기찬 인간, 자신을 죄지은 사람이라고 여기지는 않지만, 마음의 평화를 얻지 못하고, 육체도 영혼도 별로 건강하지 못하지만, 미지의 어떤 구원을 향해 노력하는 인간을 나에게서 보았다. 그녀는 자연이 나에게 부여한 것과 내가 스스로 획득한 것에 흥미를 느꼈다. 그리고 나의 장점을 인정했는데 그것은 그분에게 굴욕을 느끼지는 않았다. 첫째로 그분은 남자와 경쟁하려고 하지 않았고, 둘째로 자신이 종교적 수양 면에서는 나보다 훨씬 앞서 있다고 생각하기 때문이었다. 나의 불안, 성급함, 노력, 모색, 탐구, 사고, 마음의 동요 등 모든 것을 자기 방식으로 해석하고 나에게 자신의 확신을 숨김없이 말했다. 모든 것이 내가 신과 화해하지 않는 데서 나타난다는 것이었다. 그러나 나는 어릴 때부터 신과 평화로운 관계에 있다고 믿었고, 오히려 여러 가지 경험에서 신이 나에게 빚을 지고 있다고 생각했으며 대담하게도 내 편에서 신을 용서해야 한다고 믿었다. 이런 자부심은 무한히 선량한 나의 의지에서 기인한 것으로, 나는 신이 오히려 내 의지에 도움을 주어야 한다고까지 생각했다. 나는 아주머니와 이 점에 관해서도 논쟁을 했는데 논쟁은 언제나 화기애애하게 이루어졌고, 늘 노총장과 담화할 때처럼 나는 여러 면에서 관대하게 봐

---

149 Nikolaus Ludwig von Zinzendorf (1700~1760): 독일 경건주의 운동을 일으킨 종교 및 사회 개혁자.

주어야 하는 어리석은 청년으로 결론이 났다.

나는 목의 종기 때문에 몹시 고생했다. 의사와 외과의[150]는 처음에는 종기를 가라앉히려고 하다가 다음에는 그들 말로 화농시키려 했고, 마지막에는 절개하는 것이 좋겠다고 했다. 그 때문에 나는 오랫동안 고통보다는 오히려 불편함 때문에 고생했다. 치료 말기에는 질산은과 부식성 약품을 연달아 붙이느라고 매일 불쾌함을 겪어야 했다. 내과 의사와 외과 의사는 기질은 달랐지만 둘 다 독특한 기독교도였다. 키가 후리후리하고 풍채가 훌륭하고 숙련된 솜씨를 가진 외과 의사는 안타깝게도 가벼운 폐결핵을 앓고 있었다. 그러나 그는 참된 기독교인의 인내로 자신의 처지를 이겨 냈고, 병 때문에 직무를 소홀히 하는 법이 없었다. 비밀스럽고 교활한 눈초리에 말투에는 애교가 있었지만 속을 알 수 없는 내과 의사는 신자들에게 특별한 신임을 얻고 있었다. 그는 활발하고 꼼꼼해서 환자들에게 위로가 되었다. 그러나 그에게 환자가 늘어난 것은 무엇보다도 몇 가지 비밀 사제 약제를 숨기고 있는 투약 때문이었다. 당시에는 의사가 직접 약을 짓는 것이 금지되었기 때문에 아무도 이 사실을 입에 올려서는 안 되었다. 소화제 같은 분말제는 비밀이 아니었지만, 아주 위험한 경우가 아니면 사용할 수 없는 중요한 염류제(鹽類劑)는 신자들 사이에만 소문이 나돌았을 뿐 그것을 본 사람도, 효과를 시험해 본 사람도 없었다. 그런 만병통치약의 가능성에 대한 믿음을 자극하고 확고하게 하려고 내과의사는 환자가 다소라도 받아들일 기색만 보이면, 일련의 신비한 화학 및 연금술 서적을 추천하여 그것을 연구하면 보물을

---

150 당시는 (내과)의사와 수술을 집도하는 외과의는 엄격히 구별되어 있었다.

자기 것으로 만들 수 있다고 귀띔했다. 또 조제라는 것은 물리적 혹은 도덕적 이유에서 타인에게 전수할 수 없으므로 더욱 중요한 것이며, 이 위대한 일을 이해하고 불러내서 이용하기 위해서는 서로 연계된 자연의 비밀을 이해해야만 한다고 했다. 그것은 개별적인 것이 아니라 보편적이며 다양한 형태와 모습으로 나타날 수 있기 때문이라고도 했다. 클레텐베르크 아주머니는 이 유혹적인 말에 귀가 솔깃했다. 육체의 건강은 영혼의 건강과 관계가 있는 법이다. 이렇게 수많은 병을 고치고 많은 위험을 방지하는 약을 만들어 낼 수 있는 것 이상 타인에게 더 큰 자선, 더 큰 동정을 베풀 수 있을까? 그녀는 벨링의 《신비적 마술서》[151]를 남몰래 연구했다. 저자는 자신이 전하는 빛을 금방 다시 어둡게 만들고 해체해 버리기 때문에, 그녀는 이 빛과 어둠의 변화 속에서 말상대가 될 친구를 구하고 있었다. 나에게 이병을 옮기는 것은 사소한 자극만으로 충분했다. 나는, 다른 저서들처럼 직계의 계보를 신플라톤학파까지 더듬어 올라갈 수 있는 이 저서를 구입했다. 내가 이 책에서 가장 노력을 기울인 것은 어느 한 부분에서 다른 부분을 가리키는 저자의 희미한 암시에 유의하고, 밝혀야 할 부분의 쪽수를 가장자리에다 기재하는 일이었다. 그러나 아무리 읽어도 그 책은 어려워서 이해가 안 되었다. 결국에는 전문 용어를 깊이 연구해서 그것을 자신의 의향대로 사용하고, 이해는 못 하지만 적어도 입에 담을 수 있다고 생각하는 정도에서 그치는 도리밖에 없었다. 그 책에는 존경하는 선배들이 언급되고 있었기 때문에 우리는 근원을 탐구해 보고 싶은 자극을 받았다. 그래서 테오프라스투스

---

151 opus mago – cabbalisticum: 소금, 유황, 수은 등의 의학적 용법에 관한 서술한 Georgii von Welling의 저서.

파라셀수스[152]와 바실리우스 발렌티누스[153]의 작품으로 눈을 돌렸고, 또 헬몬트,[154] 스타르키[155]나 그 외 인물들도 살펴보았으며, 대부분 자연과 상상에 기초한 그들의 학설과 원리를 이해하고 그에 따르려 했다. 특히 《호메로스의 황금 사슬》[156]이란 책이 마음에 들었다. 거기에는 비록 공상적이기는 해도 자연이 아름다운 결속의 모습으로 표현되어 있었다. 우리는 때로 혼자서, 때로는 함께 이런 기이한 것에 관해 이야기하며 오랜 시간을 보냈다. 그래서 방 안에 있어야 하는 기나긴 겨울을 저녁마다 즐겁게 보냈다. 어머니도 함께하여 우리 세 사람은 비밀을 계시를 받았을 때보다 오히려 비밀 그 자체에서 더 많은 기쁨을 맛보았다.

그러는 사이에 또 하나의 무서운 시련이 기다리고 있었다. 나의 소화 기능은 정상이 아니었고 어느 순간에는 기능이 파괴되었다 해도 과언이 아닌 증세를 보여, 나는 극심한 불안감 속에서 생명의 위험을 느꼈고, 더는 아무런 치료도 효과가 없어 보였다. 이런 절박한 상황에 불안한 어머니는 당황한 의사에게 만병통치약을 내놓으라고 다그쳤다. 의사는 한동안 반대하다가 한밤중에 자기 집으로 뛰어가 결정체로 된 건조한 염기물이 든 작은 병을 한 개 들고 돌아왔다. 그리고 그것을 물에 녹여 병자인 나에게 먹였다. 그것은 확실히 알칼리

---

152 Theopharastus Paracelsus (1493~1541): 스위스의 연금술사.

153 Basilius Valentinus: 15세기 독일의 수도사로 연금술사.

154 Johann Baptist von Helmont (1577~1644): 자연과학 연구를 종교와 연계한 범주지주의자.

155 George Starky: 17, 18세기에 걸친 영국의 범주지주의자, 자연과학자, 의사.

156 Aurea catena Homeri: '황금사슬'이란 호메로스의 《일리아스》에서 빌린 용어로 여러 가지가 서로 결합한 형태를 말한다.

맛이 났다. 그 약을 먹자 이내 증세가 가벼워졌고, 이 순간을 고비로 병세가 차츰 호전되었다. 이 사실이 의사에 대한 믿음과 한편으로는 그런 보물을 만드는 데 관여하고자 하는 내 욕심을 강하게 끌어올린 것은 말할 것도 없다.

부모도 형제자매도 없이 크고 좋은 집에 사는 클레텐베르크 아주머니는 오래전에 작은 풍로, 플라스크, 적당한 크기의 증류기를 사들였다. 그리고 벨링의 지침, 의사인 전문가의 지시에 따라 특히 쇠에 관한 실험을 했다. 쇠는 용해만 하면 치료에 효력이 있다고 알려졌었다. 우리가 읽은 서적에 의하면, 대기염(大氣鹽)이 중요한 역할을 한다는 것이다. 이 실험에는 알칼리가 필요했는데 그것이 공중에서 녹으면 초자연적인 것과 결합해서 신비스런 중성염을 만들어내기 때문이었다.

계절이 좋아지고 어느 정도 회복이 되어 다시 다락방에 기거할 수 있게 되자 나도 소규모의 장치를 사들이기 시작했다. 모래를 깐 풍로를 마련한 나는 금방 불이 붙는 도화선으로 유리 증류기를 혼합물을 증발시키는 샬레로 변하게 하는 기술을 빠르게 습득했다. 이제 우리는 소우주와 대우주[157]의 특별한 성분들을 신비하고 놀라운 방법으로 다루어서 전례가 없는 방식으로 중성염을 만들어 내는 실험을 했다. 내가 한동안 열중한 것은 규소액이었다. 그것은 순수한 규석을 적당한 비율의 알칼리로 용해할 때 생기는데, 거기서 투명한 유리가 생겨 공기와 접촉하면 녹아서 아름답고 맑은 액체가 되었다. 이것을 약을 지어서 직접 본 사람은 처녀토[158]를 믿게 되고, 그것의 작

---

157 소우주는 인간, 대우주는 세계를 뜻한다.

158 prima materia: 원(元) 질료, 창조 직후 소위 아무도 밟지 않은 흙.

용이나 그 가능성을 믿는 사람들을 비난하지 않게 될 것이다. 나는 이 규소액을 만들어 내는 데 특히 능란했다. 마인 강에서 발견되는 아름답고 흰 규석은 원료로 손색이 없었다. 하지만 열의도, 다른 어느 것도 부족하지 않았으나 나는 곧 규소 물질과 염류의 결합은 내가 연금술에서 믿고 있는 만큼 밀접하지 않다는 것을 인정할 수밖에 없었기 때문에 결국 이 실험에 권태를 느끼게 되었다. 이 두 물질은 쉽사리 분리되었는데, 몇 번 동물성 젤라틴 형태로 나타나 나를 놀라게 한 아름다운 광물성 액체는 마지막에는 분말로 남았다. 이것은 미세한 규분(硅粉)으로밖에 생각할 수 없었다. 그 본성에서는 처녀토를 어머니 상태로 변하게 할 희망을 만들 만한 어떤 가능성도 찾아볼 수가 없었다.

이 실험들은 이처럼 이상하고 서로 관련이 없었지만 나는 거기에서 여러 가지를 배웠다. 생성될 것같이 보이는 모든 결정화(結晶化)에 정밀한 주의를 기울여 자연물의 외형을 알 수 있게 되었고 어설픈 연금술사로서 약제사나 일반적인 불을 가지고 실험하는 사람들을 그리 존경하지 않았음에도 불구하고 근대에는 화학의 대상이 방법적으로 한층 세밀하게 취급되고 있는 것을 알게 되어 어느 정도 화학에 관해서 지식을 갖추게 되었다. 그동안에 나는 뵈르하베[159]의 《화학편람》에 몹시 끌려 그의 다른 저작들도 많이 읽게 되었다. 이것으로 인해 오랫동안의 병 때문에 의학적인 것에 친밀했던 나는 훌륭한 그의 《경구집》을 연구하는 계기를 갖게 되었고 그 내용을 생각과 기억에 새겨 두었다.

---

159 Hermann Boerhaave (1668~1738): 의사로 레이덴 대학의 교수.

그보다 좀 더 인간적이고 수양에 훨씬 유익했던 일은 내가 라이프치히에서 집으로 보낸 편지들을 다시 한 번 꼼꼼히 읽어 본 것이었다. 수년 전에 내 손으로 쓴 것을 다시 눈앞에 꺼내어 자신을 대상으로 삼으면서 관찰하는 것보다 자신에 관해 더 많이 해명해 주는 것은 없다. 그러나 당시 나는 아직 젊었고 편지에 쓰인 시대와 현실이 너무나 가까웠다. 대체로 젊은 사람들은 자만심을 쉽게 버리지 못하는데, 그런 자만심은 가까운 과거를 경멸함으로써 버릴 수 있게 된다. 그 이유는 자신에게나 남에게나 좋고 훌륭하다고 생각한 것이 오래가지 못한다는 것을 알게 되면서, 도저히 구제할 수 없는 것은 스스로 버리는 것이 곤경에서 빠져나가는 최선의 길이라고 생각되기 때문이다. 나의 경우도 다르지 않았다. 즉 내가 라이프치히에서 기울였던 어린아이 같은 노력이 경멸할 만한 것임을 알게 되었듯이, 이제는 대학생의 경력 역시 경멸해야 할 것으로 여겨졌다. 나는 그 생활이 관찰이나 통찰에 있어 나를 한층 향상했고 소중한 가치가 있었다는 사실을 깨닫지 못했다. 아버지는 내가 아버지와 누이동생에게 보낸 편지를 일일이 모아서 철해 두었다. 그뿐 아니라 깔끔하게 정정해 철자나 틀린 문장을 고쳐 놓기까지 했다.

이 편지들을 보면 제일 눈에 띈 것은 외형이었다. 나는 1765년 10월부터 이듬해 1월 중순까지의 필적이 말할 수 없이 난필인 데 놀랐다. 3월 중순에 이르러서야 상을 받으려고 응모할 때 쓰는 침착하고 정돈된 필체가 나타났다. 이것을 보고 느꼈던 놀라움은 친절한 겔러트에 대한 고마움으로 바뀌었다. 뚜렷이 기억하고 있는데, 그는 우리가 논문을 제출할 때 진심에서 우러나온 목소리로 필적을 연습하는 것이 문체를 연습하는 것보다 더 신성한 의무라고 가르쳤다. 그는 난잡한 글씨를 볼 때마다 이 말을 반복했다. 몇 번이나 그는 제자의 필체를 아름답게 만드는 것을 교육의 중요한 목적으로 삼고 싶다고 늘 말했다. 좋은 필체에는 좋은 문장이 따라온다는 것을 충분히 알고 있기 때문에 그렇다고 했다.

이 밖에 편지에서 내가 느낀 또 하나의 사실은 프랑스어나 영어로 쓴 부분은 오류가 없지 않았지만 그래도 쉽고 힘들이지 않고 썼다는 점이었다. 트레프토프에 사는 게오르크 슐로서와의 서신 왕래에서 계속 이런 연습을 계속했는데, 그와는 여전히 관계를 유지하고 있었다. 이것으로 나는 수많은 세상사에 대해서 배웠고 (그에게는 일이 희망하는 대로 되지 않는 경우가 많았기 때문에) 그의 진지하고 귀한 사고방식에 대해 점점 신뢰가 커졌다.

편지들을 읽으면서 또 하나 빼놓을 수 없었던 일은, 아버지께서 선의로 하신 일이 나에게 특별한 손해를 끼쳤고, 마침내 나를 기이한 생활 방식에 빠지게 만든 원인을 제공했다는 사실이었다. 아버지는 나에게 언제나 카드놀이를 경계시켰다. 그러나 궁중 고문관 뵈메 씨의 부인은 생존 시에 아버지의 그런 경고는 단지 카드놀이의 남용을 우려하는 것이라고 하면서 자기 생각을 따르도록 했다. 나 역시 사교 모임에서 이 놀이가 유익하다는 것을 이해했기 때문에 그녀가 시키는 대로 했다. 나는 놀이의 감각은 있지만, 개념이 없었다. 어떤 놀이든 쉽고 빠르게 배우지만 나는 거기에 필요한 집중력을 밤새 유지하는 일은 할 수 없었다. 그래서 처음에는 곧잘 하다가도 결국은 져서 나나 남들에게 손해를 끼쳤다. 그리고는 항상 기분이 상해서 식사를 하러 가거나 모임에서 떨어져 나왔다. 부인의 오랜 투병 기간 나는 카드놀이를 하지 못했고, 부인이 세상을 떠난 후 아버지의 훈계가 되살아났다. 나는 처음에는 모임에 사과하고 빠져나왔다. 사람들이 나 때문에 불편해하니까 다른 사람들보다도 나 스스로 귀찮아져서 나는 초대에 응하지 않게 되었다. 그러자 초대가 점점 뜸해지더니 드디어는 완전히 없어져 버렸다. 젊은 사람들, 특히 현실감을 가지고 세상에 부딪쳐 보려는 사람들에게 꼭 추천해야 할 이 카드놀이는 결국 내 취미가 되지 못했다. 아무리 해도 나아지지 않았기 때문이었다. 누군가가 나에게 이 놀이를 전체적으로 바라보게 하여 어떤 징후나 이런저런 우연이 거기에서는 판단력이나 행동을 훈련하는 일종의 자료가 된다는 것을 가르쳐주었다면 아마 그것에 친숙해졌을 것이다. 그 시절의 편지를 보면서 나는 사교적인 놀이는 피할 것이 아니라 친숙해져야 한다는 확신을 얻었다. 시간은 한없이 길어서, 하루라는 시간은 그것을 채우려 한다면 아주 많은 것을 담을 수 있는 그릇이다.

고독한 중에도 나는 여러 가지 일에 열중했다. 전에 열중했던 취미의 망령들이 기회를 틈타 다시 모습을 나타냈기 때문에 더욱더 많은 일에 손을 댔다. 그래서 다시 그림을 시작했다. 나는 언제나 자연이나 실물을 직접 그리려 했기 때문에, 내 방의 가구와 그 안에 있는 인물을 함께 그렸다. 그 일이 재미가 없어지면 사람들이 떠들며 관심을 두는 항간의 사건들을 묘사했다. 이런 그림에는 개성이나 어느 정도의 안목은 있었지만 안타깝게도 인물에 조화와 참된 생명이 없었고, 마무리 필치도 매우 흐릿했다. 내가 이렇게 하는 것을 좋아하는 아버지는 더욱 명확한 것을 원했다. 또 모든 것이 완결되고 완전해야 했다. 아버지는 이 그림들을 걸어 놓고 선으로 액자를 그렸다. 그리고 우리 집에 출입하던 화가 모르겐슈테른에게 — 후일 교회의 안내서 그림으로 유명해진 사람이다 — 그림 속의 방에다 원근법상의 선과 공간을 그려 넣도록 부탁했다. 그것은 흐릿하게 그린 인물과 어느 정도 뚜렷한 대조를 이루었다. 아버지는 이런 방법으로 나에게 그림을 더욱 명확하게 그리도록 만들 수 있다고 생각했다. 나는 아버지를 기쁘게 하려고 여러 가지 정물을 그렸다. 앞에 실물이 표본으로 놓여 있기 때문에 보다 명확하고 확실하게 그릴 수가 있었다. 부식 동판이 생각나 흥미 있는 풍경화를 구상하고 슈토크에게서 물려받은 옛 제작법을 찾아내 동판 제작을 하면서 나는 지난날의 유쾌했던 시절을 추억할 수 있어 행복했다. 나는 동판을 부식시켜 견본을 만들어 보았다. 이 작업에 빛과 그림자의 명암이 빠져서 그것을 넣으려고 고심했지만 안타깝게도 어떻게 하는지 알 수가 없어 제대로 완성하지는 못했다. 나의 건강 상태는 당시 매우 좋았는데, 그만 이제까지 앓은 적이 없는 병에 걸렸다. 목이 몹시 아프고, 특히 목젖 부위가 심한 염증을 일으켜서 삼키려면 참기 어려운 고통을 느꼈다. 의사들은 어떻게 해야 할지 몰랐다. 양치를 시키고 약솜으로 나를 괴롭혔지만, 병의 고통에서 구해 주지는 못 했다. 그러다가 영감처럼 떠오른 생각이 있었다. 그것은 동판을 부식할 때 내가 충분히 주의하지 않고 너무 열심히 그 일을 반복했기 때문에 이 병이 초래되었고 여러 차례 병세를 악화시켰다는 것이었다. 의사들은 원인이 명백해졌고 확신을 하게 되었다. 동판화 작업에 재주가 없어서 남에게 보여주기보다는 감추고 싶은 핑계가 많았던 나는 이것으로 괴로운 일에서 벗어날 수 있었기 때문에 작업을 쉽사리 단념할 수 있었다. 나는 또한 라이프치히에서 심하게 아팠던 것도 같은 원인 때문일 수 있다는 생각을 떨쳐버릴 수가 없었다. 지나치게 자신에 대해, 해로운 것이든 이로운 것이든 자신에게 신경을 너무 많이 쓰는 것은 지루하고 때로 슬픈 일이다. 인간의 본성에는 한편으로 고유한 개성이, 다른 한편에는 생활의 방식과 다양한 즐거움이 있는데도 이 양자 간의 마찰로 인류가 파멸하지 않은 것은 분명 기적이다. 인간의 본성은 일종의 독특한 강인성과 다면성을 지닌 것같이 생각된다. 자기에게 접근하거나 혹은 자기가 받아들인 것을 전부 정복하고, 만약에 그것을 동화시키지 못하면 적어도 해가 없게 만들기 때문이다. 물론 많은 풍토병이나 독주(毒酒)의 작용이 증명하듯이 거대한 자연의 힘에 대해서는 저항해도 소용이 없다. 만약에 우리가 복잡한 시민 생활이나 사교 생활에서 때로 유리하게, 때로 불리하게 작용하는 것을 공연히 두려워하지 않고, 우리가 즐기는 유쾌한 것이라도 거기서 초래되는 나쁜 결과를 고려해서 중단한다면, 우리는 많은 불편함을 쉽게 제거할 수 있을 것이다. 건강한 상태에서 종종 병 자체보다도 더 우리를 괴롭히는 그 불편함 말이다. 유감스럽게도 식이요법에 관한 것은 도덕에 관한 것과 마찬가지로 잘못을 겪지 않고는 그것을 통찰할 수가 없다. 여기에 경험은 쓸모가 없는데, 뒤의 잘못은 앞의 잘못과 유사한 것이 아니어서 같은 형태로 인식되지 못하기 때문이다.

라이프치히에서 누이동생에게 보낸 편지를 읽으면서 빠트릴 수 없었던 것은 내가 대학의 첫 수업에서부터 나 자신을 현명하고 총명하다고 생각했다는 것이다. 무엇을 배우면 나는 자신을 이내 교수 지위에 올려놓고 그 위치에서 가르치려 들었다. 재미있는 것은 겔러트가 강의할 때 나에게 가르쳐 주거나 충고했던 것을 내가 누이동생에게 똑같이 적용한 것이었다. 생활이나 독서에서 나는 청년에게 적합하지만, 여자들에게는 부적당한 것이 있다는 생각을 미처 생각하지 못했다. 교수 흉내를 우리는 농담의 재료로 삼았다. 내가 라이프치히에서 썼던 시는 이제 가치가 없어 보였다. 그 작품들은 냉담하고 건조하며 인간의 감정이나 정신 상태의 표현이 너무 피상적이었다. 그래서 집을 떠나 두 번째로 대학에 가게 되었을 때, 이 작품들을 모두 화형에 처해 버렸다. 시작만 했던, 몇 편의 희곡, 그중 몇 편은 3막 혹은 4막까지, 나머지는 도입부만 쓴 것인데, 다른 많은 시나 편지 그리고 서류와 함께 불 속에 던져 버렸다. 베리시가 필사해준 원고 〈사랑의 변덕〉과 〈공범자〉 외에는 남은 것이 거의 없었다. 이 중 〈공범자〉는 내가 특별한 애착을 가지고 여러 번 수정했다. 이 작품을 완성하면서 나는 더욱 동적이고 명쾌한 장면을 얻기 위해서 전개 부분에 손을 댔다. 레싱은 《민나 폰 바른헬름》의 제1막과 2막에서 희곡이 어떻게 전개되어야 하는지 탁월한 모범을 보여 주었다. 내게 가장 중요한 것은 그의 생각과 목적을 철저히 파고드는 것이었다.

당시에 내 마음을 움직이고 자극하고 몰두하게 했던 것에 대한 이야기가 장황해졌는데, 이제 초감각적 일들이 내게 주었던 관심으로 다시 돌아가야 하겠다. 나는 이런 일을 가능한 한 명확히 이해해 보려고 노력했다.

당시 나는 손에 들게 된 어떤 책에서 큰 영향을 받았는데, 그 책은 아르놀트[160]의 《교회와 이단의 역사》였다. 아르놀트는 단순히 숙고하는 역사가가 아니고 경건하고 감정이 풍부한 인물이었다. 그의 의견은 내 의견과 부합했다. 이 책에서 특히 기뻤던 것은 그전까지 미친 사람이나 무신론자로 알려진 많은 이단자에 대해서 더욱 유리

---

160 Gottfried Arnold (1666~1714): 초기 기독교부터 경건주의를 거쳐 17세기까지 기독교의 역사를 다루었다.

한 관점을 가진 점이었다. 반항이나 역설을 좋아하는 경향은 우리 두 사람 모두 가지고 있었다. 나는 열심히 여러 가지 견해를 연구했다. 모든 인간은 종교를 가져야 한다고 늘 들어 왔고, 나 역시 자신의 종교를 쌓아 올리는 것이 당연하다고 생각했기 때문에 아주 편한 마음으로 이 일을 시도했다. 신플라톤학파를 기초로 하고 거기에 연금술, 신비주의, 카발라[161] 같은 것이 혼합되어 나는 기이해 보이는 하나의 세계를 만들었다.

영원으로부터 스스로 만들어진 하나의 신성을 나는 생각했던 것 같다. 그러나 창조란 다양성 없이 존재할 수 없어서 필연적으로 제2의 것이 나타나야 했는데, 그것을 우리는 아들이라는 이름으로 인정하게 된다. 이 둘은 창조 활동을 계속해야만 했는데, 거기서 스스로 제3의 것이 나타나 전체로 계속 존재하며 영원한 것이 된다. 이것으로 신성의 순환은 완결되고, 또다시 그들과 완벽하게 똑같은 것을 창조하는 일은 불가능해진다. 하지만 생산의 충동은 멈추지 않고 계속되어서 그들은 제4의 것을 창조한다. 이 제4의 것은 그 안에 모순을 내포하고 있는데, 그것은 그가 그들처럼 무한하지만, 그들 안에 존재하며 그들의 제한을 받는다는 점이었다. 이것이 루시퍼[162]인데, 이후 그에게 창조력이 전부 위임되어 그에게서 모든 다른 존재가 생겨난다. 루시퍼는 무한한 활동력을 보이며 즉시 천사들을 창조했다. 모두 그들을 닮아 무한하지만 동시에 그들 안에서 존재하며 그들의 제한을 받는다. 그러나 이 같은 영광에 둘러싸인 루시퍼는 더욱 높은 근원을 망각하고, 근원을 자신 속에서 발견할 수 있다고 믿었다. 이 최

---

161 유대 신비주의.
162 최초로 창조된 천사로 후에 사탄으로 타락했다.

초의 배은에서 신의 뜻이나 의도와 일치하는 않는 것이 나타나기 시작했다. 자신에 빠져들면 들수록 그는 더욱 불행해졌고, 그가 근원으로의 달콤한 상승을 방해하고 있는 영(靈)들 또한 불행해졌다. 이리하여 천사의 타락이란 형태의 사건이 발생했다. 천사 중의 일부는 루시퍼에게 모여들었고, 다른 일부는 자신의 근원으로 향했다. 루시퍼에서 나와 그를 따를 수밖에 없는 창조 전체의 응집에서 우리가 물질의 형체에서 인식하는 것, 즉 무겁고 단단하고 어두운 것으로 생각하는 것들이 생겨났다. 그것들은 직접적은 아니어도 신의 본질에서 나온 것이어서 아버지나 조부모처럼 무한하며, 강하고 영원하다. 이것을 재앙이라고 부를 수 있다면 이 재앙은 루시퍼의 일방적인 성향에서 생긴 것으로, 이 창조에는 다른 좋은 절반이 빠져 있다. 다시말해 거기에는 응집을 통해 얻을 수 있는 것은 모두 들어있지만, 반면 확대를 통해 성취할 수 있는 것이 빠져 있다. 그리하여 모든 창조가 끊임없는 응집을 통해 자신을 소모하면서 아버지인 루시퍼와 함께 자신을 멸망시키고 신성이나 영원에 대한 그들의 권리를 상실하게 될 상황에 이르게 된다. 엘로힘은 이 상태를 얼마 동안 지켜보고 있었다. 그리고 대지를 깨끗하게 만들어 새로운 창조의 공간을 만들 영겁의 미래를 기다려야 할지 아니면 현재 상태에 간섭하여 자신의 영원성에 따라 결함을 도와주어야 할 것인가를 선택하게 되었다. 엘로힘은 후자를 택했고 루시퍼의 행동 결과로 초래된 모든 결함을 그들의[163] 의사에 따라 즉시 보충했다. 그들은 무한한 존재에 자기 확대의 능력을 부여해 자신을 향해 움직이는 힘을 주었다. 생명 본래의

---

163 엘로힘은 단수와 복수로 쓰이는데 여기서는 복수명사이다. 단수 명사의 경우 이스라엘의 유일신을, 복수의 경우에는 가나안의 모든 신을 뜻한다.

맥박이 다시 회복되었다. 루시퍼 자신도 이 작용의 영향에서 벗어날 수 없었다. 이것이 우리가 광명이라고 알고 있는 시기로, 흔히 창조라는 말로 표현되는 만물이 시작되는 시기이다. 엘로힘의 생명력에 의해 이 창조가 끝없이 점점 다양해질수록 신성과의 근원적 결합을 다시 이루는 과정에서 한 가지가 부족했다. 그래서 인간이 탄생하게 된 것이다. 인간은 모든 점에서 신성과 유사, 아니 완전히 일치해야 하지만, 무한한 동시에 제한적인 루시퍼의 사례에 빠지고 말았다. 이 모순이 존재의 모든 영역에서 인간에게 나타나 완전한 자각과 단호한 의지가 여러 상황에서 나타났고 인간은 가장 완전한 동시에 가장 불완전하고, 가장 행복한 동시에 가장 불행한 피조물이 되고 말았다. 곧 인간도 루시퍼 역을 완벽하게 수행하게 되었다. 은혜를 베푼 자에게서 떨어져 나가는 것은 배은이다. 원래 창조라는 것이 근원으로부터의 배반과 그것으로의 복귀에 불과한 것이기는 하지만, 이제 두 번째로 추락이 명백해진 것이다.

여기서 쉽게 알 수 있는 것은 구원은 영원에 의해 정해질 뿐 아니라 영원히 필연적이며, 생성과 생존의 시간 내내 되풀이되어야 한다는 것이다. 이런 의미에서 극히 자연스러운 것은 신성이 잠깐 그 자신이 만든 껍질을 쓰고 있는 인간의 모습을 하고 있다는 것, 그리고 신성은 인간의 운명을 짧은 시간으로 나누어 놓았는데, 그것은 비슷하게 만들어서 이 즐거움을 고조시키고 고통을 완화하기 위한 것이라는 점이다. 모든 종교 및 철학의 역사가 주는 교훈은 인간에게 불가피한 이 위대한 진리가 여러 시대, 여러 국민에 의해서 가지각색의 방법으로, 제한된 능력에 따라 기이한 우화나 상징을 통해 전해졌다는 것이다. 우리에게는 상황이 우리를 넘어뜨리고 억누르는 것처럼 보일지라도, 실제로는 우리를 드높이며 그렇게 하여 신의 의도를 완성하는 기회를 부여하며 그런 것을 의무로까지 만든다는 것, 그리고 한편으로 자신을 응집시키는 것도 필요하지만 다른 한편으로는 한결같은 맥박 가운데 자신을 와해시키는 것도 소홀히 하지 말아야 한다는 사실이다.

제9장

"인간의 마음이란 다양한 미덕, 특히 사교적이고 세련된 미덕에서 많은 영향을 받는 법이며, 그 안에서 여러 섬세한 감정들이 자극을 받고 꽃도 피우게 된다. 특히 젊은 독자들은 인간의 마음과 정념의 숨은 구석을 보여주는 다양한 모습에서 특히 강한 인상을 받는다. 여기서 얻게 되는 지식은 라틴어나 그리스어보다 가치가 있는데, 오비디우스야 말로 그런 지식을 전하는 대가라 할 수 있다. 그러나 젊은이에게 오비디우스를 포함한 고대 시인들을 추천하는 이유가 결코 이 점에만 있는 것은 아니다. 인간은 자비로운 조물주로부터 특히 젊어서 적절히 개발하는 것을 게을리해서 안 되는 많은 정신적인 능력을 부여받았는데, 그런 것은 논리학이나 형이상학, 라틴어, 그리스어 같은 것으로 키울 수 없다. 왜냐하면, 우리는 상상력을 가지고는 있지만, 최상의 표상을 처음부터 포착할 수 없으므로 멋지고 아름다운 형상을 제시하여 심성을 길들이고 연마하여 곳곳에서 아름다움을 본성 그 자체, 확고하며 참되고 더욱 순수한 모습으로 인식하도록 해야 한다. 안내서 같은 것으로는 습득할 수 없는 일상생활이나 학문처럼 우리에게는 다양한 개념과 일반 상식이 필요하다. 우리는 감정과 애정, 정념을 유리하게 개발하고 순화해야 한다."

《일반 독일 문고》[164]에 들어 있는 이 유명한 구절이 이런 종류의 글 중에서 유일한 것은 아니었다. 이 비슷한 주장이나 사고방식은 여러 면에 발표되었다. 그것은 원기 왕성한 젊은이들에게 매우 강렬한 인상을 주었는데, 특히 빌란트의 예로 더욱 강화되어 한층 더 강력하게 작용했다. 그가 뛰어난 제2기[165] 작품들에서 이런 원칙에 따라 자신을 발전시켰음을 명백히 증명하고 있기 때문이었다. 더는 무엇이 필요한가? 난해한 질문을 내세우는 철학은 밀쳐버렸고, 공부하기에 엄청난 노력이 필요한 고대어들도 뒷전으로 밀려났다. 그 입문서에 관해서는 이미 햄릿이 걱정스러운 말로 우리 귀에다 충분히 속삭이고 있기 때문에 의심이 더욱 깊어졌다.[166] 우리의 시선은 기꺼이 영위해 온 활기찬 생활로, 가슴으로 경험하고 예감하는 정념에 대한 지식으로 향했다. 정념은 전에는 비난을 받았지만, 이제는 공부의 중심 주제가 되었고, 그것에 관한 지식은 정신력을 도야하는 가장 우수한 방법으로 추천되어 중요하고 귀중한 것으로 생각되었다. 더구나 이런 사고방식은 나 자신의 신념과 문학 활동에 적합했다. 나는 여러 가지 좋은 의도가 좌절되고 많은 성실한 희망이 사라진 것을 보고 슈트라스부르크로 나를 보내려는 아버지의 뜻을 기꺼이 따랐다. 슈트라스부르크에서는 명랑하고 즐거운 생활이 기대되었는데, 그곳에서 나는 학업을 계속해 마지막에는 학위를 딸 예정이었다.

봄이 되자 건강뿐 아니라 청춘의 원기가 훨씬 회복된 것을 느꼈

---

164 Allgemeine deutsche Bibiothek: Friedrich Nicolai가 창간한 잡지로 서적 등에 관한 비평을 주로 실었다.

165 1760~1769년, 《아가톤》, 《무자리온》 등이 여기에 속한다.

166 《햄릿》 1막 5장의 대사 (호레이쇼, 세상에는 우리가 철학으로 몽상하는 것보다 더 많은 일이 있네.)

다. 처음과는 전혀 다른 동기에서 나는 다시 집을 떠나고 싶은 마음이 간절했다. 많은 고통을 겪은 그 아름다운 방과 공간이 싫어졌고, 아버지와의 관계도 원만하게 유지할 수 없었기 때문이었다. 병이 재발하고 병의 차도가 더뎌지자 아버지는 보통 이상으로 초조해하셨는데, 사려 깊게 나를 위로해 주시기는커녕 잔인한 태도로 어쩔 수 없는 일을 내 의지에 달린 일로 말씀하는 것을 나는 참을 수가 없었다. 그러나 아버지도 나 때문에 여러 가지로 감정이 상했고 마음 아파하셨다.

젊은 사람들이 대학에서 일반적인 지식을 얻어 오는 것은 옳고 좋은 일이다. 그들은 현명해진 것으로 생각하고 그 지식을 눈앞의 대상에 적용하는 척도로 삼으려고 한다. 하지만 그럴 경우 대개는 대상을 잃어버리는 법이다. 나도 가옥의 건축과 구조, 그리고 장식 등에 관해서 일반적인 지식을 배웠기 때문에 대화 중에 부주의하게도 그것을 우리 집에 적용했다. 집의 전체 설계도를 만들어 갖은 어려움에도 불구하고 건축을 완성한 아버지는 이 집이 아버지와 가족을 위한 주택이라는 점에서는 어떤 이의도 용납지 않았다. 프랑크푸르트의 대다수의 집이 그런 식으로 지어져서 층계는 꼭대기까지 자유롭게 통해 있고, 올라가면 방이 되고도 남을 만한 넓은 마루가 있었다. 사실 날씨가 좋은 계절에는 우리가 모두 거기서 지내기도 했다. 그러나 단일 가족의 정답고 명랑한 생활을 위한 것이라면 몰라도 위아래층이 개방적으로 연결된 구조에서 여러 세대가 함께 살게 되면, 프랑스군이 숙박했을 때 경험했듯이 몹시 불편해진다. 우리 집의 계단이 라이프치히식으로 한편은 붙어 있고 각층에 문이 달려서 격리되어 있었다면 군정 장교와 아버지가 위태롭게 마주치는 장면도 없었을 것이며 아버지가 생각하는 모든 불쾌한 사건들 역시 그렇게 대단하게 느껴지지 않았을 것으로 생각된다. 그런데 내가 그런 건축 양식을 칭찬하고 그 장점을 늘어놓으며 아버지에게 우리 집 계단도 옮길 수 있다고 설명하자 아버지는 믿을 수 없을 정도로 화를 냈다. 그 직전에 내가 곡선 장식의 거울 틀을 타박하고 중국식 벽지도 비난했기 때문에 아버지의 노기는 더욱 컸다. 일단 그 일은 가라앉아 끝을 맺었지만 아름다운 나의 엘사스 행 여행을 서두르게 되어, 나는 새로 제작된 급행 마차를 타고 도중에 정차도 하지 않고 여행을 단시간에 끝마쳤다.

'춤 가이스트' 여관에 도착하자마자 마차에서 내려, 나는 열렬한 갈망을 충족시키고자 대성당으로 급히 달려갔다. 마차의 동승자가 한참 전부터 가리켜 주어서 마차를 타고 오는 내내 이미 눈여겨본 곳이었다. 좁은 골목길에서 벗어나 대성당을 쳐다보았을 때, 특히 몹시 비좁은 광장에서 너무도 가깝게 그 앞에 서자 나는 매우 독특한 느낌을 받았다. 이 인상을 즉석에서 무엇이라고 규정짓지 못한 채 나는 일단 모호하게만 느꼈다. 하늘 높이 떠오른 찬란한 태양이 비옥하고 광활한 대지를 한눈에 드러내고 있는 그 아름다운 순간을 놓치지 않으려고 나는 급히 성당으로 올라갔다.

종탑 위에서 나는 앞으로 살면서 머물게 될 아름다운 지방을 내려다보았다. 고상한 시가지, 울창한 수목들에 둘러싸인 넓은 초원, 라인 강을 따라 강가, 섬, 둔치에서 풍요롭게 자라고 있는 온갖 식물들이 내려다보였다. 남쪽에서 뻗어난 일 강 유역의 들판도 이에 못지않게 다양한 녹색으로 물들어 있었다. 산 쪽인 서쪽에도 나지막한 평지가 있어 숲과 무성한 목초지의 경치가 아름다웠다. 북쪽의 언덕

지대에는 농작물의 성장을 촉진하는 실개천이 거미줄처럼 사방으로 흐르고 있었다. 이렇게 펼쳐진 평야와 즐겁게 산재한 숲들 사이로 경작에 알맞은 토지가 훌륭하게 경작되어 푸른 싹을 내고 있었다. 그 중에서도 가장 비옥한 지점에는 마을과 농장이 눈에 띄었는데, 새로운 낙원처럼 인간에게 베풀어진 넓은 평야가 개간되거나 혹은 나무로 들러 싸인 채 산으로 경계가 지어져 멀고 가까운 곳에서 한 폭의 그림처럼 보였다. 이 광경을 상상해 보면 그렇게도 아름다운 주거지를 잠시나마 내 것으로 정해준 운명에 고마워하는 나의 기쁨을 누구나 이해할 수 있을 것이다.

한동안 체류하게 될 새로운 땅의 신선한 풍경에는 특이한 점, 무척 유쾌하고 예감에 찬 점이 있었다. 전체가 마치 백지처럼 펼쳐져 있었는데 아직은 거기에 우리와 관련된 슬픔이나 기쁨이 적히지 않은 종이 같았다. 밝고 활기찬 평야는 아직 말이 없었고, 우리의 눈은 그 자체로 의미 있는 곳만을 향할 뿐, 어떤 곳도 아직은 애착이나 열정을 불러일으키지 못했다. 하지만 미래에 대한 예감은 젊은이의 마음을 동요시키는 것이어서, 충족되지 못한 욕망은 닥쳐오게 되어 있고 또한 그렇게 되길 은근히 바라는 법이어서 좋든 나쁘든 눈에 띄지 않게 우리가 사는 지역의 개성을 드러내게 되는 법이다.

종탑에서 내려와 나는 한동안 이 신성한 건물 앞에서 떠날 줄을 몰랐다. 그러나 처음에도 그 후 얼마 동안에도 이해가 안 되는 일은 질서정연한 건물이자 완성품으로 호감이 가긴 하지만 내가 이 놀랄 만한 건물을 괴물로 보았다는 점이다. 그러나 나는 이 모순을 깊이 생각해 보거나, 전혀 생각해 보지도 않았고 이 경탄할 기념물이 내 눈앞에서 나에게 조용히 영향을 미치도록 내버려 두었다.

나는 생선 시장의 남쪽에다 작지만 편리하고 아늑한 숙소를 정했다. 그 앞의 아름다운 긴 거리에서 넘쳐나는 끊임없는 활기는 나의 무료한 시간을 달래 주었다. 나는 몇 장의 추천서를 갖고 있었는데 나의 후견인 중에는 사업가가 한 사람 있었다. 그는 외적인 예배의식은 교회 방식을 따랐지만, 가족들과 함께 내가 잘 알고 있는 경건한 신앙[167]을 가지고 있었다. 그는 예의가 바른 사람이었고 행동이 무척 당당했다. 사람들이 나한테 추천을 해주고 나를 그들에게 추천하기도 한 식탁 친구들은 쾌활한 사람들이었다. 두세 명의 노부인들이 이 하숙을 오래전부터 깔끔하게, 성공적으로 운영해 오고 있었다. 장년과 청년 합해서 열 명가량의 하숙생들이 있었는데 마이어[168]라고 하는 린다우 출신의 남자가 제일 생각난다. 전체적으로 약간 어수룩한 점만 빼면 모습이나 용모가 제일 미남이었다. 그런데 그의 훌륭한 천분은 지나친 경솔함 때문에, 그리고 고귀한 기질은 분방한 방종 때문에 훼손되고 있었다. 얼굴은 갸름하다기보다는 둥근 편이고 용모는 준수했다. 눈, 코, 입, 귀 같은 감각기관이 복스럽게 생겼고, 지나칠 정도로 크지도 않아 보기에 좋았다. 특히 입술이 젖혀져 있어서 매력적이고 인상학적인 면에서도 독특했다. 레첼,[169] 즉 코 위에서 양쪽 눈썹이 서로 맞붙어 있어 잘생긴 얼굴에다 유쾌한 관능적 매력을 풍겼다. 그는 쾌활하고 솔직하고 선량했기 때문에 모든 사람에게 사랑을 받았는데, 기억력이 특출해서 강의에 집중할 필요가 전혀 없었다. 그는 들은 것은 무엇이나 다 기억했다. 재주 또한 뛰어났고 무엇

---

167 경건주의 교파를 말한다.

168 Johann Meyer (1749~1825): 오스트리아 태생의 의사로 후에 런던에서 개업했다.

169 양쪽 눈썹이 거의 서로 붙은 사람을 말한다.

에나 흥미를 느꼈다. 그에게 의학 공부는 쉬운 일이었다. 어떤 기억도 그에게는 확실히 남아 있었다. 강의를 재연하거나 교수들의 흉내를 내는 장난이 때로는 너무 심해서 어느 때는 오전에 세 과목의 강의를 듣고 나서 점심 식탁에서 교수들의 흉내를 교대로 냈는데, 짤막짤막하게 교대로 흉내를 냈다. 그의 뒤범벅 강의는 때로는 재미있었으나 성가신 때도 있었다.

다른 사람들은 대체로 세련되고 침착하고 진지했다. 그중 한 사람은 루이[170] 훈장을 받은 퇴역 군인이었고, 나머지는 학생들이었는데 모두가 선량하고 친절했다. 다만 배당된 양 이상의 음주는 할 수 없었다. 그렇게 하기가 쉽지 않다는 점이 회장인 잘츠만[171] 박사에게는 걱정이었다. 이분은 60대의 독신이었는데 오래전부터 점심을 같이 하면서 그들의 질서와 명망을 유지해 왔다. 그에게는 상당한 재산이 있었다. 복장은 단정했고 외출할 때는 언제나 구두에 양말을 갖추어 신고 모자를 옆구리에 끼고 다녔다. 모자를 쓰는 것은 이례적인 일로 그는 언제나 우산을 들고 다녔는데, 화창한 여름날에도 갑자기 폭풍우나 소나기가 온다는 것을 잊지 않았다.

그에게 나는 슈트라스부르크에서 법학을 열심히 공부해서 될 수 있는 대로 빨리 학위를 따고 싶다는 계획을 말했다. 그가 무엇이건 정통했기 때문에 나는 그에게 들어야 할 강의와 계획에 관해서 물었다. 그것에 대해 그는 널리 학문적인 의미의 법률가를 양성하려는 독일 대학과는 달리 슈트라스부르크에서는 프랑스와의 관계 때문에 모든 것이 실용적이며 현실문제에 충실하기를 좋아하는 프랑스인의

---

170 루이 14세의 기사단.

171 Johann Daniel Salzmann (1722~1812): 후견 재판소의 서기.

생각을 따른다고 했다. 그리하여 일정한 일반 원리와 예비지식을 가르치는 데 주력하며, 가능한 한 쉽게 파악할 수 있도록 필수적인 사항만 전수한다는 것이다. 그는 매우 신임을 받고 있는 사람을 복습 교사로 소개해 주었다. 나도 이 복습 교사를 신임하게 되었다. 그와 함께 나는 법학의 문제에 관한 이야기를 시작했다. 그는 내 허풍에 적잖이 놀라는 눈치였다. 라이프치히에서 공부한 것이 있기 때문에 내가 평소에 말하던 것보다 법률의 요점에 관해 더 광범위한 인식을 하고 있었기 때문이다. 물론 내가 아는 것은 모두 일반적인 백과사전식 개관에 불과했고 명확하고 진정한 지식이라고 할 수 없었다. 열심히 공부하지 않았어도 대학생활이 여러 방면의 공부에 굉장히 도움을 준 까닭이었다. 학문을 습득하거나 추구하는 사람들에 늘 둘러싸여 있다 보면 그런 분위기에서 무의식중에라도 어느 정도 영향을 받을 수 있는 법이다.

복습 교사는 나의 장황한 이야기를 듣더니 무엇보다도 당면한 목표에서 한눈팔지 말 것을, 즉 시험을 보고 일단 학위를 취득한 후에 실무에 종사할 생각부터 해야 한다고 말했다. "시험 보는 일에서는 범위를 넓게 잡을 필요가 없습니다. 어떻게, 어디에서 법이 만들어졌는지 그것에 관한 내적, 외적 계기 같은 것은 묻지 않습니다. 또 법이 시대와 습관에 따라 어떻게 변했고 잘못된 해석이나 부당한 판례로 인해 어느 정도 바뀌었는지도 묻지 않습니다. 그런 종류의 연구라면 그건 학자들이 일생을 바쳐서 할 일입니다. 우리는 현재의 것을 문제로 삼아 소송 의뢰자를 보호하여 이익을 가져오도록 이용할 때 언제든 떠올릴 수 있으면 됩니다. 거기에 우리 젊은 사람들은 미래의 삶이 정해집니다. 그 외에는 재능이나 근면 여하에 달려 있습니다." 그는 문답체로 씌어 있는 자신의 노트들을 주었고, 나는 시험을 잘 치를 수 있었다. 호페의 작은 법률 문답서를 완전히 암기하고 있었기 때문이다. 기타 사항을 열심히 준비한 후 나는 내키지는 않았지만 가벼운 마음으로 수험생 자격을 갖추게 되었다.

그런데 나한테는 이 방면의 독자적인 연구에 진전이 없었다. 나는 실제적인 일에는 전연 흥미가 없었고, 합리적은 아닐지라도 무엇이든 역사적으로 설명되기를 바랐다. 그러던 중 나는 능력을 발휘할 큰 활동 영역을 발견했다. 그것은 우연히 외부에서 들어온 어떤 분야에 내가 관심을 쏟게 되는 기묘한 방식으로 이루어졌다.

나의 식탁 친구들은 대부분 의대생이었다. 익히 아는 바와 같이 수업 시간 외에도 학문과 직업에 대해서 열심히 이야기를 주고받는 것은 의대생뿐이다. 그것은 학과의 성격에서 유래한다. 그들의 연구 대상은 극히 감각적인 동시에 최고로 단순하면서 또한 무척 복잡한 것이다. 의학은 인간 전체를 상대로 하고 있기 때문에 인간 전체를 살펴야 한다. 젊어서 배우는 것 전부가 위험하면서도 중요하고 여러 가지 의미에서 보람 있는 실무를 예고하고 있다. 따라서 청년은 알아야 할 것과 해야 할 것에 전심전력한다. 그것 자체가 그들의 흥미를 끌기 때문이고, 다음으로는 그것으로 독립되고 풍요로운 생활을 기대할 수 있기 때문이다.

그래서 식사 때는 예전에 궁중 고문관 루드비히 씨의 하숙집처럼 의학 이야기 이외에는 들을 일이 없었다. 산책할 때나 소풍을 나가도 다른 이야기는 별로 화제에 오르지 않았다. 좋은 동료였던 식탁 친구들은 밖에서도 역시 나의 동료가 되었다. 그리고 언제나 모든 방면에서 같은 생각으로 같은 학문을 연구하는 사람들이 모여들었다.

대체로 의학부는 교수가 유명하다는 점과 학생 수가 많다는 점에서 다른 학부를 능가하고 있었다. 나는 학문과 직업에 대해서 그 세력 속에 쉽게 휩쓸려 들었고, 나의 지식은 더욱 확대되어 학구열에 불이 붙었다. 2학기가 시작되자 나는 슈필만[172] 교수의 화학 강의와 로프슈타인[173] 교수의 해부학 강의를 들었는데 정말 열심히 공부할 생각이었다. 나는 뛰어난 예비 지식, 혹은 과잉 의학 지식을 통해서 친구들로부터는 이미 어느 정도의 명망과 촉망을 받고 있었다.

그러나 내가 공부를 산만하게 하고 꾸준히 못 한 이유뿐만 아니라 더 엄청난 일로 공부가 방해를 받게 되었는데, 국가적인 대사건이 세상을 흔들어 상당 기간 공부가 중단되었다. 그것은 오스트리아의 황녀이며 프랑스 왕비인 마리 앙투아네트가 파리로 가는 길에 슈트라스부르크를 통과하게 된 것이다. 귀한 분들이 이 세상에 있다는 것으로 민중의 관심을 끄는 축제 행사는 다양하게 준비되었다. 그중에서도 특히 나의 시선을 끈 것은, 그녀를 맞이하여 남편의 사절들에게 인도하기 위해서 라인 강의 섬에다 두 교각 사이에 세운 건물이었다. 건물은 지면보다 좀 높고, 중앙에는 큰 홀이 있으며, 양편에는 약간 작은 홀이 있고, 그 뒤로는 다른 방들이 늘어서 있었다. 이것이 좀 더 장기간에 건설되었더라면 틀림없이 높은 분들의 별장으로 가치가 있었을 것이다. 그런데 내가 이 건물에 유독 관심을 두고 입장 허가를 받기 위해서 몇 차례나 문지기에게 은화를 아끼지 않은 것은 내부 전체를 둘러서 짠 융단 때문이었다. 여기서 나는 처음으

---

172 Jakob Reinhold Spielmann (1722~1783): 슈트라스부르크 외과대학의 화학 및 식물학 교수.

173 Johann Friedrich Lobstein (1736~1784): 슈트라스부르크 외과대학의 해부학 교수.

로 라파엘로의 초벌그림에다 짜놓은 융단을 보았다. 비록 원화에 직조한 그림이지만 정확하고 완전한 것으로 나는 그것을 보고서 커다란 인상을 받았다. 그 앞을 왔다 갔다 하면서 아무리 보아도 싫증이 나지 않았는데, 무엇이 이렇게도 나를 사로잡는 것인지 알 수 없어서 헛된 노력으로 머리를 괴롭히기도 했다. 이들 양쪽 홀은 무척 화려하고 아늑했으며 중앙 홀은 더욱 놀라웠다. 거기에는 더 크고 더 빛나며 더 복잡하게 장식된 근대 프랑스인들의 원화에 따라 직조한 융단이 걸려 있었다.

내 감정이나 판단은 어떤 것도 쉽사리 배제하지 않기 때문에 이런 장식품도 친숙하게 느꼈던 것 같다. 하지만 그 그림은 너무도 나를 격분시켰다. 그림은 이아손과 메데이아와 크레우사의 이야기[174]를 내용으로 삼고 있었다. 가장 불행한 결혼의 예를 나타냈다. 옥좌 왼편에는 처참한 죽음에 직면해 신음하는 신부가 그녀를 동정해서 통곡하는 사람들 무리에 둘러싸여 있고, 오른편에는 아버지 이아손이 살해당한 아들들의 모습을 보며 놀라고 있었다. 복수의 여신은 용이 끄는 마차를 타고 하늘로 도망을 치고 있었다. 이 잔인하고 역겨운 내용에 몰취미한 것을 추가하기 위하여, 금실로 수놓은 옥좌 뒷면의 빨간 벨벳 배후 오른편에는 짐승의 흰 꼬리가 휘감겨 있고, 불을 뿜는 야수와 싸우는 이아손의 모습이 호화로운 휘장에 뒤덮여 있었다.

그러자 외저의 화풍에서 습득한 원리가 떠올랐다. 혼례식 건물의 부속실에 그리스도와 사도를 배치한 것은 안목 없음과 무식을 보

---

174 그리스 신화에 나오는 이야기로 메데이아는 아버지를 배반하면서까지 이아손을 도와 황금 양털을 얻게 해주어 그와 결혼했으나 후에 이아손이 코린토스의 여왕 크레우사와 결혼하려 하자 그녀를 독살하고 자신의 두 자식마저 칼로 찔러 죽이고 달아났다.

여주는데, 그것은 틀림없이 왕실의 융단 관리자가 방의 크기만 염두에 둔 것이었다. 그래도 그 덕택에 그것을 볼 수 있기 때문에 나는 묵인할 수 있었다. 그런데 중앙 홀의 실책은 나를 격분시켰다. 그래서 요란하고 격하게 미감과 감정에 가해지는 저런 범죄에 증인이 되어 달라고 나는 요구했다. 나는 주위 사람들을 아랑곳하지 않고 소리쳤다. "무슨 짓인가! 젊은 왕비가 결혼으로 나라에 첫발을 들여놓는 마당에 이렇게 분별없이 세상에 둘도 없는 가장 끔찍한 결혼의 예를 보여주다니! 도대체 프랑스의 건축가나 화가 그리고 실내 장식가 중에는 이 그림이 무엇을 표현하는지, 그림이 생각과 감정에 작용한다는 것, 인상을 남기고 예감을 불러일으킨다는 것을 아는 사람이 한 명도 없단 말인가! 이래서야 쾌활하다고 소문이 난 아름다운 숙녀를 맞으러 흉악무도한 유령을 국경까지 보낸 것이 아니고 뭔가." 내가 무슨 말을 더했는지 잊어버렸지만, 여하간 동행자들은 사고가 일어나지 않도록 나를 진정시켜서 밖으로 끌어내려고 애를 썼다. 그들은 그림에서 누구나 뜻을 찾는 것은 아니며, 적어도 융단 관리자들은 그때 아무 생각도 없었을 것이고, 슈트라스부르크나 부근에서 몰려오는 주민들, 왕비와 신하들도 모두 그런 망상에 빠져들지는 않을 것이라고 말했다.

아직도 나는 이 숙녀의 아름답고 고상하며 쾌활하면서도 위엄 있는 용모를 뚜렷하게 기억하고 있다. 왕비는 유리창이 달린 마차를 타고 있어 잘 보였는데, 시중드는 부인들과 일행을 맞으려고 몰려오는 군중을 보면서 정답게 미소 짓고 있는 것 같았다. 저녁에 우리는 시가를 벗어나 불을 밝힌 여러 건물, 그중에서도 대성당의 타오르는 듯한 탑을 답사했다. 이 탑은 멀리서 보나 옆에서 보나 아무리 보아도 싫증이 나지 않았다.

왕비는 여정을 계속했고 사람들은 흩어졌다. 도시도 이내 전처럼 조용해졌다. 왕비가 도착하기 이전에 매우 철저히 정비해놓아서 장애인이나 꼽추, 혐오감을 주는 병자들은 일체 왕비가 통과하는 길가에 나타나지 않았다. 사람들은 이 일에 대해서 농담들을 했다. 나는 프랑스어로 짧은 시를 지었는데, 그것은 특별히 병자와 절름발이를 위해서 세상을 편력했던 그리스도의 왕림과 불행한 사람들을 쫓아버린 왕비의 왕림을 대조시킨 것이었다. 친구들은 이 시를 나무라지 않았다. 그 대신에 우리와 함께 살았던 한 프랑스인이 나의 시어와 운율에 대해서 과격하게 비판을 했는데 그것은 너무나 철두철미한 것이었다. 그 후로 다시는 프랑스어로 시를 쓴 기억이 없다.

수도로부터 왕비의 안착 보도가 전해지자마자 무서운 소식이 뒤따랐다. 불꽃놀이 때 건축 재료로 교통을 차단한 도로에서 경찰의 실책으로 수많은 사람이 마차에 깔리거나 넘어져서 죽었으며, 그래서 결혼 축전 때 도시는 슬픔과 비탄에 잠겼다는 것이다. 그러나 이 엄청난 불행을 젊은 왕과 왕비 그리고 국민들에게도 비밀로 했기에 많은 가정에서는 아무리 기다려도 들어오지 않는 가족들이 이 참사에서 희생되었을 것이라고 단정할 뿐이었다. 이때 내 마음속에는 저 큰 중앙 홀의 처참한 그림이 생생하게 떠올랐다. 도덕적인 이미지가 감각적인 모습으로 구체화할 때 얼마나 강력한 것인지는 누구나 다 알고 있다.

그러나 이 사건은 내가 저지른 장난으로 말미암아 친구들에게 불안과 고통을 주었다. 라이프치히에 함께 있던 젊은이들에게는 서로 속이고 놀리는 재미가 남아 있었다. 경솔한 장난기가 발동한 나는 프랑크푸르트의 한 친구에게 (과자점의 헨델에게 쓴 나의 시를 늘려서《메돈》에 보낸 적이 있다) 베르사유를 발신지로 편지를 썼는데, 거기에는 내가 베르사유에 무사히 도착해 축전에 참여했다는 것 등 여러 가지 이야기를 쓴 다음에, 이 일을 비밀로 해 달라고 부탁했다. 라이프치히의 우리 그룹은 이 친구를 때때로 여러 가지로 곤란에 처하게 하는 장난으로 속여서 골탕먹이는 것이 습관이 되어 있었다. 그는 세상에 둘도 없는 익살꾼으로, 속아 넘어갔다는 것을 알아채자 엄청나게 요란스러웠기 때문에 더욱 심하게 했다. 나는 이 편지를 쓰고 곧 여행을 떠나 2주 동안 외박을 했다. 그 사이에 저 불행한 소식이 프랑크푸르트에 도달했다. 친구는 내가 파리에 있는 것으로 믿고 혹시 내가 재난에 휩쓸려 들어가지나 않았는지 근심했다. 그는 나의 부모님하고 나와 편지를 교환하는 사람들을 찾아가 무슨 소식이 오지 않았는지 물었다. 마침 여행 때문에 나는 편지를 보낼 수 없어서 어디에도 내 소식은 없었다. 그는 몹시 불안해하며 여기저기 돌아다녔고, 드디어 가장 가까운 친구들에게 사건을 알려 함께 걱정하기 시작했다. 다행히도 이와 같은 억측이 나의 부모님에게 전해지기 전에 슈트라스부르크에 도착을 알리는 나의 편지가 도착했다. 친구들은 내가 무사한 것을 알고 안심했지만, 그동안 내가 파리에 있었다고 여전히 믿었다. 친구들이 나 때문에 근심했다는 것을 알고 나서 나는 감동했고 절대로 그런 경솔한 짓을 하지 않겠다고 맹세했다. 그러나 비슷한 장난은 그 후에도 수차례나 계속되었다. 종종 현실의 생활은 그 광채를 잃기 때문에 사람들은 가끔 그것을 허구로 다시 색칠 해야 하는 까닭이다.

대단한 왕실의 호화로운 물결도 흘러가 버렸다. 그리고 나에게는 매일 매시간 감상하고 존경하고, 숭배하고 싶었던 라파엘로의 융단 외에는 아무런 동경도 남아 있지 않았다. 다행히도 나의 열렬한 노력이 효과를 나타내 그 융단에 대한 의미가 유력한 인사들의 관심을 끌었기 때문에, 가능한 한 늦게 걷어내 짐을 꾸리게 되었다. 이제 다시 조용하고 침착한 학교생활, 사교 생활로 다시 돌아갔다. 사교 생활에서는 식탁의 좌장인 일반 교육학자이자 법원 서기인 잘츠만 씨가 지도자였다. 그의 총명함과 겸양, 온갖 농담이나 우리에게 허용한 작은 탈선에도 늘 변하지 않는 그의 품격은 그를 소중하고 귀하게 만들었다. 그가 불쾌한 기색을 보이거나 권위를 가지고 사소한 언쟁이나 다툼 속에 끼어든 것을 거의 본 적이 없었다. 여러 사람 중에서 내가 그와 가장 많이 어울리는 사람이었다. 그 역시 내가 다방면으로 교양이 있고, 사물의 판단도 편파적이 아니라고 여기고 있었기 때문에 나와 이야기하기를 좋아했다. 그가 나를 자기 친구라고 공언해도 부끄럽지 않은 사람이 되려고 나는 외적으로도 그를 모범으로 삼았다. 그는 별로 세력이 없는 지위에 있었지만, 최대의 명예를 얻기에 손색없이 직무를 수행했다. 그는 소년 보호소 담당관이었는데 대학의 담당관만큼 실권을 쥐고 있었다. 다년간 그가 매우 꼼꼼히 사무를 처리해 오는 동안 상하를 막론하고 그의 혜택을 받지 않은 집은 하나도 없었다. 그런 행정을 통해서 고아를 돌보는 사람보다 더 축복을 받거나, 반대로 고아의 재산을 낭비하거나 낭비하게 내버려 두는 사람보다 더 저주받는 일도 없게 되었다.

슈트라스부르크 시민들은 열렬한 산책자들이었는데 그건 당연한 일이었다. 원하는 곳으로 발걸음을 향하면 자연 그대로, 혹은 과거와 현재의 손길이 가해진 많은 유흥지가 있었고, 여기저기 찾아다니며 명랑하고 쾌활하게 즐기고 있는 사람들을 거기서 볼 수 있었다. 더욱 재미있는 것은 여성들의 다양한 옷차림이었다. 중산층 아가씨들은 아직도 머리를 말아 올려 커다란 핀을 꽂고 있었는데, 꼭 끼는 스커트는 옷자락이 늘어져서 꽤 불편해 보였다. 흐뭇한 일은 복장이 신분에 따라서 별로 차이를 드러내지 않는다는 사실이었다. 심지어 일부 부유한 상류 가정에서조차 딸들이 그런 복장을 하는 것을 막지 않았다. 대다수 가정에서는 프랑스식을 따랐지만 해가 갈수록 그런 차림이 늘어갔다. 잘츠만 씨는 지인이 많아 이곳저곳 자유롭게 출입했다. 그와 동행하면 무척 즐거웠는데, 여름은 특히 유쾌했다. 가는 곳마다 그는 정원에서 친절한 대접을 받았고 즐거운 모임이나 향연에 초대되었다. 그런데 어느 날 내가 두 번째로 방문한 어떤 집에 들어서자마자 곧 작별을 고해야 할 사건이 생겼다. 우리는 초대를 받고 정각에 방문했는데, 손님은 그리 많지 않았고 어떤 사람들은 카드놀이를 하고 다른 사람들은 평소처럼 산책하고 있었다. 드디어 식탁을 차릴 무렵이 되었을 때 나는 안주인과 여동생이 소곤대며 난처한 기색으로 이야기하고 있는 것을 발견했다. 마침 그 자리에 있게 된 내가 말했다. "두 분이 비밀스럽게 이야기하시는데 끼어들어 주제넘습니다만 사정을 말씀해 주시면 조언을 드리거나 도움이 되고 싶습니다." 그러자 두 사람이 난처한 사정을 털어놓았다. 그것은 열두 명의 손님을 초대했는데 친척 한 사람이 갑자기 여행에서 돌아오는 바람에 열세 명이 되어, 손님 중의 어떤 사람은 운명적으로 불길한 상황에 부닥치게 되리라는 것이었다. 그래서 내가 대답했다. "그것은 아주 쉽게 해결됩니다. 제가 빠지도록 해주십시오. 그리고 나중에 보상해 주십시오." 그들은 명문가 출신으로 예의가 깍듯해서 절대로 응하지 않으려 했고, 열네 번째 손님을 구하러 이웃에 사람을 보냈다. 나는 잠자코 있었지만, 하인이 헛수고하고 돌아오는 것을 보고, 살며시 빠져나와 그날 저녁을 반체나우의 오래된 보리수 밑에서 즐겁게 보냈다. 나의 양보가 충분한 보상을 받은 것은 당연한 결과였다.

일반적인 사교에 있어 카드놀이는 없어서는 안 되는 놀이였다. 잘츠만 씨는 뵈메 부인의 교훈을 되풀이했고, 나 또한 카드놀이라는 작은 희생을 통해서 많은 즐거움을 얻을 수 있고, 모임도 여느 때보다 훨씬 더 자유로울 수 있다는 것을 익히 알고 있던 터여서 그만큼 순순히 응했다. 그래서 잊고 있던 옛날의 피케 게임을 찾아냈고, 스승의 지시에 따라 휘스트 놀이를 배웠고, 어떤 상황에서도 손을 안 대야 하는 놀음 지갑도 준비했다. 나는 대부분의 저녁 시간을 최상의 모임에서 친구들과 함께 지냈는데, 사람들은 대체로 내게 호의적으로 여러 가지 가벼운 반칙을 묵인해 주었는데, 그럴 때면 친구가 내게 조용히 지적을 해주었다.

자신이 싫어하는 것을 강요당함으로써 나는 외모에서도 사회에 순응하여 맞춰 나가지 않으면 안 된다는 것을 상징적으로 배웠다. 내 머리카락은 아름다웠지만, 슈트라스부르크의 이발사가 머리를 뒤쪽으로 너무 깊게 깎아서 그럴듯한 머리 모양을 만들 수 없는 상황이었다. 얼마 안 되는 짧고 곱슬곱슬한 앞머리를 세우려면 나머지 머리카락을 정수리에서부터 땋거나 묶어야 한다는 것이다. 그렇게 하고 자연스럽게 머리가 자라서 시대에 맞는 머리가 될 때까지 당분간 가발로 참을 수밖에 없다는 얘기였다. 처음에 완강히 거부한 허물없는 위장을 이발사는 내가 결심만 한다면 결코 남들이 알아채지 못하도록 만들어주겠다고 했다. 그는 약속을 지켰고, 나는 손질이 잘된 숱이 많은 머리를 가진 청년으로 통하고 있었다. 그러나 나는 아침 일찍부터 치장을 하고 분가루를 뿌린 채 있어야 했고, 흥분하거나 과격하게 움직여서 가짜 머리가 드러나지 않도록 조심했다. 이 구속이당분간 나를 얌전하게 처신하게 하였고, 모자를 겨드랑이에 끼고 구두와 양말을 신고 다니는 습관을 붙이는 데 큰 도움을 주었다. 아름다운 여름 저녁 초원이나 정원에 가득 퍼지는 라인 강의 모기를 막기 위해서는 얇은 가죽 구두를 신지 않고는 못 배겼다. 이런 사정들로 인해 심한 육체 운동은 할 수 없게 되어 사교적인 담화는 더욱 활기를 띠고 열렬해졌는데, 그것은 내가 지금까지 경험한 가장 흥미진진한 대화였다.

느끼거나 사고하는 내 방식은 상대방을 있는 그대로 인정하고 상대가 원하는 만큼의 가치를 인정하는 데에 문제가 없었다. 삶의 황금기를 맞이하여 활짝 피어난, 신선하고 젊은이다운 솔직한 용기는 나에게 많은 친구와 애호자를 만들어 주었다. 우리 식탁의 그룹은 스무 명쯤으로 늘어났다. 잘츠만 씨는 여전히 종래의 방식을 고집했기 때문에 전과 조금도 달라지지 않았다. 누구나 여러 사람 앞에서 언동에 주의하지 않으면 안 되었기 때문에 대화는 한층 예의를 갖추게 되었다. 새로 가입한 사람 중에서 한 남자가 특히 관심을 끌었는데, 그의 이름은 융[175]이고, 후일에 슈틸링이란 이름으로 널리 알려진 사람이었다. 구식 복장을 제외해도 그의 용모는 조야했지만, 그에게는 어딘가 부드러운 점이 있었다. 묶은 머리의 가발은 그의

---

175 Johann Heinrich Jung-Stilling (1740~1817): 슈트라스부르크에서 의학을 공부했고 자전적 소설 《하인리히 슈틸링의 청춘》으로 유명해졌다.

비범하고 호의적인 얼굴을 훼손하지 않았다. 음성은 부드러웠지만 여리거나 빈약하지는 않았고, 흥분했을 때는 종종 쩌렁쩌렁 울릴 정도로 격렬했다. 가까이 사귀어 보면 그가 감성에 뿌리를 두고 있으며, 그러므로 애착이나 열정에 따라 움직인다는 것, 그리고 바로 그 감성에서 아름다움과 진실과 정의에 대한 정열이 솟고 있음을 알 수 있었다. 그의 행적은 단순했지만, 여러 가지 사건들과 다방면의 활동으로 가득했다. 그의 활동력의 근본 요소는 신에 대한, 그리고 신에서 흘러나오는 도움에 대한 확고한 믿음이었다. 그것은 신의 끊임 없는 배려와 모든 고난과 재난으로부터의 구원에 대한 명확한 확신이었다. 그는 그런 경험을 자주 겪었는데, 슈트라스부르크에서도 그런 경험이 반복되었기에 기쁨에 넘쳐서 절도 있고 근심 없는 생활을 해나갔고, 계절마다 다음 계절의 확실한 생계를 기대할 수 없는데도 불구하고 열심히 공부에 몰두했다. 젊었을 때 그는 숯 굽는 사람이 되려 했지만, 도중에 재단사가 되었다. 그리고 틈틈이 좀 더 높은 일을 주제로 공부했고 남을 가르치는 것을 좋아해서 교직에 마음을 두게 되었다. 이 시도는 성공하지 못해서 과거의 직공생활로 되돌아갔지만, 그는 누구에게나 신임과 호감을 얻었기 때문에 몇 차례 가정교사로 초빙되었다. 그러나 그의 가장 내적이고 독특한 교양은 스스로 힘으로 구원을 얻은, 널리 알려진 일파의 사람들에게서 얻은 것이다. 그 사람들은 성서와 교훈적 서적을 읽음으로써, 또한 상호 간의 훈계나 고백으로 신앙을 깊게 하려는 노력을 통해서 경탄을 자아낼 만한 교양을 이루어낸 사람들이었다. 그들이 항상 마음에 간직하고 대화를 나누었던 관심은 도덕, 친절, 자선 같은 매우 소박한 기초 위에 놓여 있어서, 그들처럼 소박한 상황의 사람에게 자주 나타나는 이탈 현상도 큰 의미를 가지지 않았다. 그들의 양심이 순수하고 정신이 언제나 명랑한 까닭이었다. 그래서 인위적이 아닌 자연적인 교양을 습득하게 되었는데, 그 교양의 독특한 장점은 어떤 나이, 어떤 계급에도 어울리며 사교적이라는 것이었다. 그래서 그들은 능변이었고, 일체의 애정 관계에서는 그것이 아무리 섬세하고 중요해도 적절하고 기분 좋게 표현하는 재주를 가지고 있었다. 선량한 융도 그런 한 명이었다. 비록 의견이 일치하지는 않아도 그의 사고방식을 싫어하지 않는 소수의 사람 사이에서 그는 말하기를 좋아하는 사람 정도가 아니라 능변가처럼 보였다. 특히 자기의 과거를 이야기할 때 매력적이어서 여러 상황을 듣는 사람에게 일목요연하게 눈앞에 그려주었다. 나는 그 이야기를 글로 쓰도록 재촉했고 그도 그렇게 하겠다고 약속했다. 그러나 그가 자신을 표현하는 방식은 소리쳐 부르면 높은 곳에서 떨어질 것 같은 몽유병자와 비슷했고, 무엇을 던지면 요란한 물소리를 내는 강물과도 같았기 때문에 많은 사람 앞에서 불안했다. 그의 신앙은 어떠한 회의와 조소도 용납하지 않았다. 정다운 이야기를 하다가도 반박을 받으면 이내 모든 것이 중단되었다. 그런 경우 내가 도움을 주었는데, 거기 대해서 그는 진실한 우정으로 보답했다. 나는 그의 사고방식을 이상하게 생각하지 않았다. 친한 친구들과의 교제를 통해서 그럴 때 이미 매우 익숙했고, 자연스럽고 소박한 내 성격과 맞았기 때문에 나는 그와 친해졌다. 그의 정신적 경향이 마음에 들었다. 그가 가진 기적의 신앙에 관해 나는 건드리지 않았다. 그에 관해서는 잘츠만 씨도 조심스럽게 다루었다. '조심스럽게'라는 것은 성격, 기질, 나이, 처지로 보면 잘츠만 씨가 이성적이고 합리적인 기독교도들의 편을 들어야 하는 입장인 때문이었다. 그런 사람들의 종교는 본래 성격의 건실함과 남성적인 독립심에 바탕을 두고 있어서 쉽사리 애매함이나 몽상, 어둠으로 가게 되는 감정에 자신을 넘겨주거나 혼란에 빠지는 것을 좋아하지 않기 때문이었다. 이런 계층 역시 존중할 가치가 있었고 숫자도 많았다. 모든 성실하고 유능한 사람들이 서로 이해하고, 같은 확신을 하고 같은 인생항로를 걸어가고 있었다.

우리의 식사모임 친구였던 레르제[176]도 그중 한 사람이었다. 그는 철두철미하고 정직했을 뿐 아니라 어려운 처지에 걸맞게 검소한 청년이었다. 그의 생활 형편은 내가 아는 학생 중에서 가장 어려웠다. 우리 중에서 제일 깨끗한 복장을 하고 있었지만, 그는 언제나 똑같은 것을 입고 있었다. 그러나 자기의 복장을 매우 신중하게 다루고 주위를 항상 깨끗이 했고, 공동생활도 자기 자신과 마찬가지로 하도록 요구했다. 그가 어디에 기대거나 책상 위에 팔꿈치를 얹어 놓거나 하는 것을 본 일이 없었다. 그는 자기 냅킨에 표시해 놓는 것을 절대로 잊지 않았다. 그리고 의자가 깨끗하지 않으면 언제나 하녀가 혼이 났다. 모든 것이 철저한 그였지만 외모는 조금도 딱딱하지 않았다. 그는 솔직하고 꾸밈없이 명확하게 이야기했는데, 약간 비꼬는 듯한 농담도 잘 어울렸다. 체격은 훌륭했다. 후리후리하고 키가 컸는데, 천연두 때문에 얼굴 윤곽은 뚜렷하지 않았다. 그의 자그마한 파란 눈은 맑고 날카로웠다. 그는 여러 면에서 우리를 지도할 만했지만, 그 밖에도 펜싱 검을 잘 썼기 때문에 우리는 그를 검술 사범으로 삼았다. 그 또한 그런 기회에 전문 지식을 설명해주는 것이 재미있는

---

176 Franz Christian Lerse (1749~1800): 후에 콜마의 사관학교 교수가 된다.

모양이었다. 사실 우리는 그에게서 얻은 것이 많았고, 함께 모일 때면 유익한 운동이나 훈련으로 시간을 보낸 것을 그에게 고마워했다.

극히 드문 일이긴 했지만 우리 사이에도 크고 작은 분쟁이 있었고, 잘츠만 씨가 아버지 같은 태도로 진정시킬 수 없을 때는 레르제가 중재자 겸 재판관으로 적임자였다. 우리는 대학에서 종종 화근의 원인이 되는 외부 형식에 구애되지 않고, 호의로 결속된 모임이어서 외부에서 접근하는 사람들이 적지 않았지만 우리 속으로 들어올 수는 없었다. 레르제는 분란을 편파성 없이 판단했으며, 말이나 해명으로 해결되지 않는 사건은 필요한 변상을 감탄할 만한 솜씨로 평화롭게 처리했다. 이런 점에서는 그를 따를 사람이 없었다. 그는 하늘이 자기를 전쟁 영웅이나 사랑의 영웅으로 만들어 주지 않았기 때문에, 소설이나 싸움판의 조연 정도로 만족해야 한다고 말했다. 그는 변함없이 선량하고 건실한 성격의 모범이었기 때문에 내 마음속에 매력 있는 인물로 남게 되었고, 《괴츠 폰 베를리힝엔》을 쓰면서 나는 우리 우정을 기념하고 싶어서 품위 있게 아랫사람이 될 줄 아는 훌륭한 인물에 프란츠 레르제라는 이름을 붙이게 되었다.

특유의 유머러스하면서도 딱딱한 말씨로 그는 사람들이 자신이나 남에게 무엇을 빚지고 있는지, 남들과 가능한 한 오래 평화롭게 지내기 위해서는 어떤 태세를 취해야 하고 그것을 위해 어떻게 처신해야 하는지를 강조시켰지만 나는 내적, 외적으로 전혀 다른 상태에서 적수를 상대로 싸우지 않으면 안 되는 상황이었다. 나는 나 자신, 상대방, 그리고 자연의 위력과 싸우고 있었다. 내 건강상태는 무엇을 계획해야 할 경우에 언제나 충분히 힘을 발휘할 수 있었다. 다만 일종의 과민증이 남아 있어 항상 균형 잡힌 상태는 아니었다. 강한 소리를 병적으로 싫어했고, 병적인 대상은 구토와 혐오감을 일으켰다. 특히 높은 곳에서 아래를 내려다볼 때 나타나는 현기증은 나를 불안하게 했다. 나는 이 결점들을 짧은 시간에 고치기 위해 좀 과격한 방법을 썼다. 저녁때 병사들의 귀대를 알리는 북을 따라다녔는데, 규칙적으로 울리는 요란한 북소리에 심장이 터지는 것 같았다. 또 혼자서 대성당의 정상에 올라가 소위 '목' 아래의 단추, 혹은 왕관이라고 불리는 곳에 약 15분쯤 앉아 있다가 용기를 내어 탁 트인 밖으로 나가보기도 했다. 특별히 붙잡을 것도 없는 1엘레[177] 길이의 바닥에 올라서서 넓게 펼쳐진 끝없는 땅을 바라보면 가까운 주변이나 장식물 때문에 성당과 그 주변은 가려서 안 보였다. 마치 열기구를 타고 내려다보는 것 같았다. 이런 불안과 공포를 반복한 결과 드디어 그것이 아무렇지도 않게 되었다. 이 훈련은 후일 산악 여행이나 지질 연구를 할 때 대건축물의 노출된 서까래 위를 목수들과 뛰어다니기 경쟁을 할 때, 그뿐 아니라 로마에서 중요한 미술품을 가까이 보기 위해서 똑같은 모험을 할 때도 큰 도움이 되었다. 마찬가지로 해부학도 나의 지식욕을 충족시키면서 동시에 불쾌한 광경을 견디도록 만들어 주기 때문에, 나에게는 이중의 가치가 있었다. 그리고 모든 신체의 상태에 관한 지식을 얻고 보기 싫은 사물에 대한 구토증에서 벗어나려는 이중 목적으로, 노(老)에르만 박사의 임상 강의와 그 아들의 조산술 강의에도 출석했다. 이렇게 해서 나는 여간해서는 눈 하나 깜짝하지 않게 되었다. 나는 또한 이런 감각적인 인상뿐만 아니라 상상력의 위협에 대해서도 단련을 했다. 그리하여 암흑과 묘지, 쓸쓸한

---

177 옛 치수 단위로 약 55~85cm.

장소, 밤의 사원이나 예배당 등 불길하고 공포를 일으키는 분위기에도 아무렇지 않게 되었고 이 점에서 낮이나 밤이나 또 어떠한 장소에서나 조금도 차등 없이 느낄 정도가 되었다. 오히려 만년에는 그런 상황에서 청년 시절의 그 통쾌한 전율을 다시 맛보고 싶어서 기괴하고 무서운 광경을 불러내 보았는데, 그런 것은 어느 정도 억지인 것 같은 기분이었다.

너무 엄숙하고 강렬한 것에서 받는 압박에서 벗어나고자 하는 노력은 내 마음속에서 끊임없이 작용하고 때로는 강하게 때로는 약하게 보였지만, 거기에 도움이 된 것은 자유롭고 사교적이고 활동적인 생활방식이었다. 나는 이 생활에 마음이 끌리고 익숙해져서 아주 자유롭게 그것을 향유할 수 있게 되었다. 누군가가 타인의 결점을 들추어 비난을 퍼뜨리는 경우 그 스스로는 결점으로부터 자유로우며 완전히 벗어나 있다고 생각하게 된다. 타인을 비난하면서 자신을 높이는 자체가 이미 상당히 유쾌한 것으로, 그 때문에 우리의 좋은 모임도 인원이 많든 적든 그런 것을 최대한 즐기고 있다. 하지만 자기만족을 최대로 느끼는 것은, 자기를 상급자나 군주, 혹은 정치가들의 심판자로 올려놓고, 제도의 부적당하고 불편한 점만을 찾아내서 있을 수 있는 사소한 문제점만을 보고, 의도의 훌륭함도, 시간과 상황의 도움이 필요한 상호 간의 협력도 인식하지 못할 때였다.

프랑스의 상황을 기억하고 후년의 문서를 통해 정확하고 상세하게 아는 사람은 절반은 프랑스 영토였던 알자스에 거주하는 주민들이 당시 국왕과 재상, 궁정과 중신들에 관해서 어떻게 말했는지 쉽게 상상할 수 있을 것이다. 지적 호기심이 충만한 나의 욕구에서 볼 때 그것은 새로운 사건이었고, 지식의 과시나 젊은이의 자만심에서도 매우 환영할 만한 대상이었다. 나는 무슨 일이든 세밀한 주의를 기울여 열심히 적어 놓았는데, 거짓말 같은 이야기나 세간에 떠도는 믿을 수 없는 소문 같은 것을 써 놓아 얼마 안 되는 기록들이 결과적으로 어느 정도 가치가 있을 것으로 본 때문이었다. 왜냐면 그 기록들은 마침내 드러난 비밀을 당시에 공공연하게 떠돌던 말과 혹은 당시 사람들이 올바르게, 혹은 잘못되게 판단을 내린 것들을 후세의 확인과 합쳐서 비교해 보는 데 필요한 때문이었다.

시선을 끌 뿐만 아니라 매일 포석을 딛고 다니는 우리 눈에 확 띄는 것은 도시 미화 계획이었다. 그 실행은 설계도와 지도에서 가장 기묘한 방법으로 현실화되기 시작했다. 감독인 게이요 씨는 구석지고 정리되지 않은 슈트라스부르크의 골목길들을 고쳐서 질서 정연하고 당당한 아름다운 도시를 계획했다. 파리의 건축가인 블롱델 씨가 그 계획에 따라 작성한 설계도에 의하면 140명의 가옥 소유자가 대지의 덕을 보고 80명은 손해 보고 나머지 사람들은 달라지는 것이 없었다. 이 설계는 채택되었지만, 단숨에 단행하지 않고 시일을 두고 완성하기로 되어 있었기 때문에, 그동안 도시는 어떤 곳은 형체가 정리되고 또 어떤 곳은 되지 않아서 괴상한 모습을 띠었다. 예를 들어 구불구불한 거리를 바로잡으려 할 경우 처음의 건축 희망자는 지정된 선까지 진출했다. 그러면 대개 그 이웃도 앞으로 나왔고 연달아 세 번째, 네 번째 집들도 앞으로 나오는 바람에 보기 싫게 들어간 공지가 생겨, 그것이 뒤에 처진 집의 앞뜰처럼 보였다. 굳이 권력을 행사하고 싶지는 않았겠지만, 강제로 하지 않았더라면 개조는 진행되지 못했을 것이다. 그러므로 누구나 일단 판결을 받은 집에 대해서는 도로와 관련되는 부분의 개량이나 수리가 허가되지 않았다. 기묘하고 생각지도 못한 모든 괴상한 모습이 우리 한가한 산책객들에게 멋대로 조소를 퍼붓고 베리시 방식으로 완성 촉진을 제안하고 계획 완성의 가능성을 의심하게 하는 좋은 구실이 되었다. 그 정비계획이 어느 정도나 오래 제대로 채택되었는지는 알 수가 없다.

슈트라스부르크의 신교도들이 즐기는 또 하나의 화제는 예수회 교인들의 추방이었다. 이 교파의 장로들은 도시가 프랑스의 손에 들어가자마자 달려와서 거처를 물색했다. 그리고 곧 세력을 확장하고 거대한 신학교를 건축했는데, 그 신학교는 대성당의 후면 3분의 1을 가릴 정도로 대성당에 붙어 있었다. 신학교는 사각형으로 지어졌으며 중앙에는 정원을 만들 계획이었다. 세 면은 이미 완성되어 있었는데, 견고한 석조 건물로 이 교파 신부들의 건물과 같았다. 그들 때문에 신교도들이 고통을 받지는 않았다 하더라도 압박을 느낀 것은, 옛 종교를 부활시키는 것을 의무처럼 여기는 이 교파의 계획 때문이었다. 따라서 예수회의 몰락은 반대파에게 최대의 만족을 주었다. 사람들은 그들이 포도주를 팔고 서적을 없애고 건물은 덜 활동적인 다른 교단에 넘기는 것을 보고 기뻐했다. 적대자, 아니 감시자만 없어져도 사람들은 무척 기뻐하는 법이다. 사냥개가 없으면 늑대들이 노린다는 사실을 양 떼는 생각하지 못하는 법이다.

어느 도시에나 대대로 경악해 하는 그들만의 비극이 있듯이 슈트라스부르크에서도 불행한 집정관 클링글린[178]에 대한 이야기가 많

---

178 Franz Joseph Klinglin 1685(?)~1755.

았다. 그는 행복의 절정에 올라 도시와 땅을 거의 독재적으로 지배했으며 재산과 지위, 세력이 가져다줄 수 있는 모든 것을 누리다가 드디어 궁정의 총애를 잃었다. 이제까지 관대하게 넘겼던 모든 일에 대해서 문책을 당하고, 감옥에 갇혀 그 속에서 일흔 살이 넘어 의문의 죽임을 당했다.

이러한 이야기들을 루이의 기사[179](騎士)인 우리의 식탁 모임 친구는 열정적으로 들려주었다. 그래서 나는 그와 함께 산책하는 것을 좋아했다. 그런 초대를 피하면서 나를 그와 단둘이 남겨두는 다른 사람들과 달리 나는 새로 사귀는 사람에 대해서 얼마 동안은 되어 가는 대로 방임하고, 상대방의 일이나 내가 받게 될 영향 같은 것을 깊이 생각하지 않았다. 그러나 나는 차츰 그의 이야기나 의견이 나를 가르치고 계몽하기보다는 오히려 동요시키고 혼란스럽게 하는 것을 깨달았다. 이 수수께끼는 쉽사리 풀릴 만한데도 당시 나는 그를 어떻게 생각해야 좋을지 전혀 모르고 있었다. 그는 인생에서 아무 해결도 얻지 못한 채 시종 개별적인 일로 정력을 소비하는 사람 중의 한 사람이었다. 불행하게도 그는 확고한 취향, 사상까지는 못 되지만 일종의 열정적인 심사숙고에 빠져서, 정신적 질병으로 보이는 어떤 관념에 매달려 있었다. 그는 언제나 고정된 견해로 되돌아가기 때문에 오래되자 성가시게 만들었다. 그는 자신의 기억력 감퇴를 한탄했고 최근 일에 관한 것이면 더욱 심했다. 그는 자기 나름의 추리로 모든 덕은 좋은 기억력에서 생기고, 모든 죄악은 망각에서 나타난다고 주장했다. 그는 이 견해를 몹시 예리한 감각으로 밀고 나갈 수 있었지만,

179 앞서 언급한 루이 훈장을 받은 퇴역 군인 친구를 말한다.

그렇게 할 수 있었던 것은 말을 모호하게 만들어 광범위하게 사용하다가도 협소한 뜻으로 사용하고, 이런 때는 굉장히 가깝게 흡사한 의미로, 저런 때는 전혀 거리가 멀게 사용하기 때문이었다.

처음에는 그의 이야기를 듣는 것이 재미있었다. 그의 말재주는 사람을 놀라게 했다. 마치 농담하듯, 연습하듯이 진기한 사건에 관해서 그럴듯하게 말하는 능란한 궤변가를 마주 보고 있는 것 같은 기분이었다. 하지만 이런 첫인상은 아쉽게도 순식간에 무뎌지고 말았다. 어떤 이야기를 해도 언제나 결국은 같은 주제로 돌아가기 때문이었다. 그는 지나간 주제에 관해서는 무관심했는데 흥미가 있는 것이든 이미 자세한 사정을 아는 것이든 마찬가지였다. 그는 세계사의 이야기를 끄집어내는 중에도 사소한 틈을 이용해 자기가 좋아하는 악의에 찬 이야기로 빠지곤 했다.

어느 날 오후 우리의 산책이 이런 점에서 불행에 빠진 적이 있었다. 독자들을 우울하게는 아니더라도 피곤하게 만들 유사한 사건들 대신 여기서 그 이야기를 하려고 한다.

시내를 돌아다니다가 우리는 나이 든 어느 거지를 만났다. 그녀가 치근대고 구걸하여 이야기를 방해하자 그가 "꺼져, 이 마귀야!"라고 욕을 하고 지나갔다. 걸인은 이 불친절한 남자도 자기만큼 늙었다는 것을 알자 뒤에서 누구나 잘 아는 속담을 약간 변형해서 되받았다. "늙기 싫거들랑 젊었을 때 목이나 매달지 그랬어!" 그가 홱 돌아섰는데, 한바탕 소동이 벌어질 것 같은 기세였다. 그가 소리쳤다. "목을 매달아! 나더러 목을 매라고! 안 되지, 나는 목을 매기에는 너무 착실한 놈이거든. 뭐라고, 목을 매달아? 나더러 목을 매라고? 좋아, 그 말 맞아: 난 벌써 죽었어야 할 놈이야. 총 한 방의 가치도 없다는

걸 살아서 굳이 확인할 필요도 없는 놈이야." 노파는 화석처럼 우두
커니 서 있었다. 그가 말을 계속했다. "마귀할멈, 당신 굉장한 진리를
말했소! 그러고도 물에 빠져 죽지도, 화형당하지도 않았으니 당신의
욕에 내가 상을 주지." 그는 은화 한 닢을 노파에게 내주었는데, 그것
은 여간해서 걸인에게 주지 않는 큰 액수였다.

우리는 라인 강의 첫 번째 다리를 건너 어느 음식점을 향해서 걸
어갔다. 다시 앞의 이야기로 되돌아가려는데 쾌적한 인도 위로 아주
멋지게 차려입은 여성이 맞은편에서 다가 와 우리 앞에 서더니 얌전
하게 인사를 하고 말을 걸었다. "대위님, 어디 가세요?"라고 하면서
흔히 하는 인사말을 건넸다. 그는 약간 허둥대며 말했다. "저, 누구
신지……" — "네? 친구를 그렇게 쉽게 잊으시다니요?" 그녀는 귀엽
게 놀라면서 말했다. '잊는다'는 그 말이 그의 마음을 상하게 했다.
그는 고개를 저으면서 몹시 언짢게 대답했다. "정말인데, 정말로 기
억이 안 납니다!" 그러자 그녀는 농담을 섞어 얌전히 대답했다. "주
의하세요, 대위님. 그럼 다음번에는 내가 대위님을 몰라봐도 되겠
네요!" 이렇게 말하더니 그녀는 뒤도 돌아보지 않고 우리 곁을 지나
빠른 걸음으로 가버렸다. 내 친구는 별안간 두 주먹으로 이마를 세
게 치면서 소리쳤다. "이런 바보! 늙은 멍청이! 자네도 이제 내 말이
옳은지 틀렸는지 알았을 거야." 몹시 격렬한 어조로 그는 이 사건으
로 평소의 주장을 더욱 힘주어 늘어놓기 시작했다. 그가 자신에게
쏟아놓은 비난을 나는 반복할 수도, 하고 싶지도 않다. 마지막에 그
가 나를 돌아보며 말했다. "내 증인이 되어 주게! 자네도 저 거리 모
퉁이의 젊지도 아름답지도 않은 가게 여자 알지? 거기를 지나갈 때
면 나는 언제나 인사를 하고, 때로는 몇 마디 나누기도 하지. 그녀

가 나한테 친절한 것은 벌써 30년이나 돼. 나한테 유난스럽게 호감을 보인 것은 한 달 정도밖에 안 되네. 내가 자네한테 항상 말했었지. 그런데 내가 그녀에게 모른다면서 공손한 그녀에게 모욕을 주었어. 배은이 최대의 죄악인데, 배은망덕하지 않으려면 일단 잊는 것을 하지 말아야 해.”

우리는 주점으로 들어갔다. 입구 홀에서 술을 마시는 무리가 떠들고 있기 때문에 그는 잠시 자신과 자기 또래들에 대한 비방을 그쳤다. 그는 조용해졌고 나는 그가 진정되었기를 바랐다. 2층 방에 들어가 보니 웬 젊은이가 혼자 왔다 갔다 하고 있었다. 대위는 그 남자의 이름을 부르며 인사를 했다. 나는 그 남자와 알게 된 것이 즐거웠다. 그가 군무국에 취직하고 있으며, 연금이 지연되었을 때 여러 번 사심 없이 도와주었다고 수없이 칭찬한 까닭이었다. 나는 이야기가 일반적인 것으로 흘러가서 안심되었다. 우리는 포도주 한 병을 마시면서 이야기를 계속했다. 그러나 여기서 불행하게도 완고한 인간에게 공통된 내 군인 친구의 또 하나의 결점이 나타났다. 그는 좀 전의 불쾌한 사건에 매달려 고정된 생각에서 벗어나지 못한 나머지 절제하지 못한 채 감정을 털어놓았다. 조금 전에 받은 모독이 아직 가시지 않고 있는데 이번에 다른 사건이 덧붙여 나타난 것이다. 그것은 전혀 다른 종류의 것이었다. 잠깐 여기저기 살펴보던 그는 식탁 위에 커피잔이 두 개인 것을 발견했다. 자신도 상당한 난봉꾼인 그는 청년이 지금껏 혼자 있지 않았다는 생각이 든 모양이었다. 그의 마음속에는 이곳에 예쁜 여자가 찾아왔으리라는 억측이 떠올랐고 그 추측이 그럴듯해지자 불쾌했던 처음의 마음에 괴상한 질투까지 겹쳐 완전히 혼란에 빠지고 말았다.

그때까지 나는 청년과 허물없이 이야기하고 있었기 때문에 아무런 예감도 느끼지 못했는데, 대위는 내가 익히 들어서 잘 알고 있는 불쾌한 음성으로 두 개의 커피잔과 기타 이것저것을 빈정대기 시작했다. 당황한 연하의 청년은 예의를 잃지 않고 쾌활하고 훌륭하게 넘겨 버리려고 노력했다. 그러나 연장자가 주책없이 점점 무례해졌기 때문에, 상대편도 하는 수없이 드디어 모자와 단장을 들었다. 나가면서 그는 약간 도전적인 언사를 남기고 가버렸다. 그러자 대위는 격분했고, 그동안에 혼자서 포도주 한 병을 다 마신 상태였기 때문에 길길이 날뛰었다. 그는 주먹으로 식탁을 내리치며 몇 번이고 '그놈을 때려죽이겠다.'라고 고래고래 소리를 쳤다. 이 말은 누군가가 그에게 맞서거나 혹은 마음에 들지 않을 때 늘 하는 말이어서 그렇게 악의가 있는 것은 아니었다. 그런데 집으로 돌아가는 도중에 사태는 뜻밖에 악화하였다. 내가 경솔하게 그 청년에 대한 친구의 무례함을 힐책하고 그가 전에 청년을 얼마나 칭찬했었는지를 상기시킨 때문이었다. 실수였다! 나는 인간이 자기 자신에 대해서 이처럼 분노하는 것을 한 번도 본 적이 없다. 그것은 길에서 만난 여성이 계기가 되어 벌어진 사건에 대한 격렬한 결론이었다. 여기서 나는 후회와 참회가 극단에 달해 우스꽝스러운 꼴이 되고, 무릇 열정이 천재의 증거라면 정말로 그가 천재적 인간임을 보았다. 그는 오후 산책에서 겪은 사건들을 하나하나 들추어 그것을 교묘한 말씨로 자책의 재료로 삼았고, 드디어는 거지 할멈을 자기와 비교하더니 드디어 라인 강에 투신하지 않을까 염려될 정도로 혼란에 빠져 버렸다. 멘토어가 텔레마크를 물속에서 *끄집어낸 것처럼*[180] 내가 그를 끌어낼 자신이 있었더라면, 그가 물속에 뛰어들어도 내버려 두었을 것이다. 그러면 그를 진정시켜서 집으로 데리고 갈 수 있었을 것이다.

나는 즉시 레르제에게 이 일을 말했고, 다음 날 아침 둘이서 앞서 청년한테 갔다. 레르제는 직선적인 태도로 청년의 마음을 풀어주었다. 우리는 화해를 시키기 위해서 그가 대위와 우연히 만날 기회를 만들기로 의견을 모았다. 그런데 우스운 일은 대위가 자신의 무례함을 잠을 자면서 잊어버렸고, 싸움을 생각지도 않고 있는 청년을 그가 달래 볼 생각을 하고 있었다는 것이다. 모든 것이 하루 아침에 끝나 버렸다. 이 사건은 완벽한 비밀이 아니었기 때문에 나는 친구들로부터 조롱을 면치 못했다. 경험상 그들은 대위와 교제할 때 손해를 입을 수도 있다는 사실을 나한테 미리 주의 시켰어야 할 사람들이었다.

다음에 계속할 이야기를 생각하는 동안 추억의 기이한 장난 속에서 당시 내가 특별히 관심을 가졌고 시내에서나 교외에서나 계속 내 눈에 들어왔던 신성한 대성당 건물이 다시 생각난다.[181]

이 대성당의 정면을 관찰하면 할수록 거기에는 숭고한 것과 쾌적한 것이 결합하여 있다는 첫인상이 더욱 강해지고 명백해졌다. 우리 앞에 하나의 덩어리로 존재하는 저 거대한 건축물이 위협적인 느낌을 주지 않고, 개별 부분을 살펴볼 때에도 우리를 혼란시키지 않는 것은 거기에 불가능하게 보이는 부자연스러운 조합이 이루어져 있고 게다가 즐거움까지 첨가된 것이 틀림없기 때문이다. 서로 어울

---

180 《텔레마크의 모험》 제7권에 나오는 이야기.
181 이하 슈트라스부르크 대성당의 고딕 양식에 관한 설명이다.

리기 어려운 이 두 가지 성질이 합쳐 있다고 생각할 때만 이 대성당의 느낌을 이야기할 수 있다는 사실로 볼 때 이 기념물이 얼마나 높은 가치를 가졌는지 알 수 있다. 모순된 요소가 어떻게 무리 없이 서로 융합되고 결합하였는지는 다음과 같다.

우선 탑은 생각하지 말고 수직의 직사각형으로 위압적으로 보이는 건물의 정면만 관찰하도록 하자. 각각의 부분이 희미해지다가 결국 보이지 않게 되는 어스름이 깃드는 시간이나 달이나 별이 빛나는 밤에 성당의 정면으로 다가가서 보면, 거대한 벽만 보이는데 높이와 넓이가 적당히 균형이 잡혀 있다. 낮에 이것을 바라보면서 두뇌의 힘을 빌려 세부를 추상화해보면, 건물의 정면이 단지 내부의 공간만을 막고 있는 것이 아니라 여러 개로 이어진 건물을 덮고 있다는 것을 알 수 있다. 즉 이 거대한 평면의 입구는 내부의 필요에 의한 것으로, 아홉 개의 구획으로 나누어진다. 맨 처음에 눈에 띄는 것은 교회 본당으로 통하는 커다란 중앙 문이다. 문의 양면에는 회랑으로 가는, 그보다 작은 문이 두 개 있다. 중앙의 문 위에는 수레바퀴 같은 둥근 창문이 보이는데, 이 창문은 신비스런 햇살을 교회와 원형 천장에 던지고 있다. 양편에는 수직으로 된 네모난 커다란 창문이 두 개 있다. 가운데 창문과 뚜렷한 대조를 이루는 이 두 개의 창문은 우뚝 솟은 종탑의 기단(基壇)에 속한다. 4층에는 밖으로 트인 곳이 세 곳이 나란히 있는데, 모두 종루(鐘樓)나 기타 교회에 필요한 데에 쓰이게 되어 있다. 최상부는 벽 전체를 둘러친 장식 대신 전면 회랑의 난간을 통해 수평으로 차단되어 있다. 앞서 말한 아홉 개의 공간은 지면에서 위로 솟아오른 네 개의 석주가 지탱하면서 둘러싸고 있는데, 커다란 세 개의 수직 칸으로 나누어져 있다.

이 대형 건물은 높이와 폭의 아름다운 균형은 말할 필요도 없고, 세부적으로도 석주를 통해서, 그리고 석주간의 적당한 분할을 통해서 균형 잡힌 경쾌함을 보여주고 있다.

우리가 추상적 사고를 고집하면서 견고한 부벽[182](扶壁) 기둥뿐인 장식 없는 거대한 벽, 그 벽에 있는 필요한 만큼의 트인 공간, 그런 대형의 분할이 보여주는 적합한 균형을 생각해 보면 전체적으로 확실히 장엄하고 기품이 있어 보이지만 여전히 무미건조한 지루함이나 장식 없는 살풍경의 느낌은 사라지지 않는다. 예술품은 전체적으로는 거대하고 소박하며 조화를 이룬 점에서 고귀하고 품위 있는 인상은 주지만, 모든 개별 부분이 일치해야만 호감을 주고 즐거움을 주는 것이 가능하다.

바로 이 점에서 우리가 바라보고 있는 이 건물은 최고의 만족을 준다. 모든 장식은 각 부분에 딱 들어맞고 거기에 어울리며 마치 거기서 생겨난 것처럼 보인다. 다양성은 그것이 서로 같은 것에서 만들어진 까닭에 통일감을 주어 특별한 즐거움을 갖게 한다. 그리고 실제로 그런 경우에만 작업은 예술의 극치로 찬양되는 것이다.

수수께끼는 간단하게 풀린다. 즉 벽의 트인 공간, 견고한 벽, 석주 등 어느 것이든 나름의 사명에서 비롯된 특징을 가지고 있다. 그리고 이 특성은 한 단계씩 하단의 작업을 연결해서 그 결과 큰 것이나 작은 것이나 제 위치를 차지하여 서로 잘 어울려 이 거대한 건물에 평온함을 부여하고 있다. 원근법에 의해 두꺼운 벽 속 깊숙이 파

---

182 고딕 건물에서 중요한 건축양식으로 일종의 벽 지지대 역할을 한다.

고들어 기둥과 뾰족 아치로 장식된 많은 문, 창문, 아치에 조각된 장미장식, 밑받침의 횡단면, 수직으로 분할된 날씬한 기둥이 기억난다. 연이어 뒤쪽에는 차례로 계속 위로 솟구치는 기세로 성상을 지키는 천개 역할을 하는 뾰족뾰족한 구조물이 가벼운 기둥처럼 붙어있는 대형 기둥, 아치의 측륵(側肋), 그리고 화관(花冠)이나 잎사귀, 또는 돌의 감각으로 조각되어 자연물처럼 보이는 기둥머리를 상상해 보기 바란다. 실물이 아니라도 이 건축물을 그 전체와 세부의 그림을 참고해서 내가 말한 것을 비판하고 비교해 보기 바란다. 혹시나 내말이 과장처럼 들릴지도 모르겠다. 나 자신도 첫눈에 황홀해져서 이 예술품에 도취하고 말았지만, 그 가치를 깊이 이해하게 되기까지는 상당한 시일이 걸렸다.

나는 고딕 건축을 비난하는 사람들 속에서 자랐기에 복잡하게 중첩된 장식에 혐오감을 느끼고 있었다. 멋대로 만들어진 그런 장식은 종교적으로 음산한 특성에 대해 거부감을 갖도록 만들었다. 내가 반감이 심했던 것은 비율도 맞지 않고, 순수한 일관성도 없는 혼이 깃들지 않은 건물들만 보아온 까닭이었다. 하지만 여기에서는 그런 비난할 점이 하나도 보이지 않고 오히려 반대의 인상을 주기 때문에 나는 새로운 계시를 발견한 기분이었다.

그러나 오랫동안 이것들을 쳐다보고 생각하는 동안에 이미 말한 것보다 더 큰 공적을 발견하게 되었다. 비율이 균형 잡힌 큰 구획, 아주 사소한 것에 이르기까지 감각적이면서도 풍부한 정취가 넘치는 장식들은 두드러져 보였다. 다양한 장식이 서로 결합하여 중앙 부분에서 다른 부분으로 자연스럽게 넘어가고, 같은 종류이면서 성상에서 괴물의 상까지, 나뭇잎 문양에서 톱니바퀴 모양에 이르기까지 그

형체가 다양하게 변화하는 부분들이 눈에 들어왔다. 조사해보면 해볼수록 나는 경탄에 빠졌다. 측량하고 스케치하며 즐기고 조사해 볼수록 더욱 애착이 커졌다. 그래서 특히 남아 있는 탑을 연구하고 빠지거나 완성되지 못한 것을 마음속으로나 종이 위에 복구해 보는 데 많은 시간을 소비했다.

그래서 나는 이 건물이 옛날 독일 땅에 건축되었고, 진정으로 독일적인 시대에 이렇게 번성했을 뿐 아니라, 묘석에 새겨진 사소한 명인의 이름 또한 조국의 음향과 독일적인 어원을 지니고 있기 때문에 지금까지 모욕적으로[183] 사용해 오던 고딕 건축 양식이란 말을, 이 예술의 가치를 고려해 독일 건축술로 개칭하고 이것을 우리 민족의 것으로 보기로 작정했다. 나는 처음에는 구두로, 후에는 에르베니 아 슈타인바흐[184]에게 바친 작은 논문[185]에 나의 애국적인 견해를 발표했다.

나의 이 전기가 위의 논문이 간행되어 헤르더가 편찬한《독일의 특성과 예술에 대하여》에 수록된 시기에 관해 서술할 때가 되면 그 문제에 관해 더욱 많은 것을 이야기할 것이다. 이 기회에 제2부 서두의 모토에 대해서 약간의 의문을 가질 수도 있는 사람들을 위해 설명을 하고자 한다. 씩씩하고 희망에 찬 '젊어서 원한 것은 노년에 풍성하게 이루어진다'는 격언에 대해서는 그것과는 정반대의 경험들을 끌어오거나, 다른 해석을 할 수 있다는 것을 잘 알고 있다. 그러

---

183 고트(Goth)는 17세기 영어에서 게르만계 혈통의 잔인한 약탈자인 반달족과 같은 의미로 사용되었고, 고딕 건축술 역시 그리스 건축술을 부활시키려는 이들에 의해 경멸적으로 사용되었다.

184 Ervini a Steinbach (1244~1318): 슈트라스부르크 대성당의 건축가.

185 〈독일 건축술에 관하여 Von deutscher Baukunst〉(1772)를 말한다.

나 많은 긍정적인 예도 있으니 내가 무슨 뜻으로 이 말을 썼는지 설명하고자 한다.

우리의 소망이라는 것은 내부에 있는 능력의 예감이며, 장차 성취할 수 있는 것의 전조이다. 할 수 있고, 하고자 하는 것은 밖에서, 미래의 모습으로, 상상으로 나타난다. 우리는 이미 마음속에 간직하고 있는 것에 동경을 느낀다. 사전에 열정적으로 파악함으로써 진정으로 가능한 것은 꿈꾸던 현실로 변한다. 이 같은 경향이 본성에 존재하기에, 우리가 순조롭고 곧은길에 있을 때는 한 걸음씩 나아갈수록 처음 소망의 일부가 성취된다. 그리고 역경에서는 우회로를 거쳐서 항상 곧은길로 되돌아와 실현된다. 어떤 사람들은 끊임없는 노력으로 현세의 재물에 도달하여 부귀나 영화나 명예로 자신을 장식한다. 다른 사람들은 더욱 건실하게 정신적 우월성을 향해서 노력하여 사물에 대한 명석한 개념, 정서의 안정, 현재와 미래에 대한 확신을 얻게 된다.

그러나 여기에 제3의 방향이 있다. 그것은 양쪽을 혼합한 것으로 가장 확실히 성과를 거두는 방향이다. 다시 말해 창조가 파괴를 압도하는 중요한 시기와 청년기가 일치하고, 마음속에 그런 시기가 요구하거나 약속하는 것에 대한 예감에 눈을 뜨게 되면 사람은 외적인 동기에 이끌려 활동적인 일에 쏠리게 되어 이것저것에 손을 내밀어 다방면으로 활동하고자 하는 욕망이 마음에 넘치게 된다. 그러나 인간은 유한한 존재이고 거기다 우연한 장애까지 겹치게 되면, 시작한 것이 진전되지 않거나 붙잡은 것을 떨어뜨려서 소망이 계속 무위로 돌아가게 된다. 하지만 이러한 소망이 순수한 마음에서 우러나왔고 시대의 요구에 적합한 것이라면, 조금도 걱정할 것 없이 좌우에 그냥 내버려두거나 떨어트려도 된다. 다시 그것이 발견되어 수중에 들어올 뿐 아니라 아직 접하거나 생각하지 못했던 유사한 종류의 일이 나타날 것이 확실한 때문이다. 우리가 사는 동안 전에 소명으로 느꼈지만 다른 일들과 함께 포기하지 않으면 안 되었던 일을 타인이 이루어내는 것을 보면, 인류는 합쳐야 비로소 진정한 인간이며, 개인은 자신을 전체 속에서 느낄 때 비로소 즐겁고 행복하다는 아름다운 감정을 갖게 된다.

이런 생각이 이번에 꼭 들어맞았다. 내가 매혹되었던 과거 건축물에 대한 애착, 슈트라스부르크 대성당에 소비한 시간과 그 후 쾰른 대성당이나 프라이부르크 대성당을 구경하면서 그런 건축물의 가치를 더욱 깊이 알기 위해 바쳤던 관심을 계산해 볼 때 내가 후에 이런 것에 관심을 두지 않고 더 고차적인 예술에 마음이 끌려서 완전히 내버려둔 것에 대해 자신을 비난하지 않을 수 없기 때문이다. 하지만 최근에 세인의 관심이 그런 대상에 쏠려 그에 대한 애착뿐 아니라 열정까지 꽃피는 것을 보거나 유능한 청년들이 열정적으로 과거의 기념물에 대해서 정력과 시간, 관심과 재산을 아낌없이 소비하는 것을 보면, 내가 전에 노력하고 원했던 것이 가치 있는 일이었음을 회상하고 기쁨을 느낀다. 사람들이 선조의 업적을 높이 평가할 줄 알 뿐만 아니라 미완성으로 남아있는 시작들에서, 적어도 그림으로나마 원래의 설계를 명백히 나타내려 하고, 우리에게 모든 계획의 시작인 동시에 마지막인 구상을 밝혀내려 노력하고, 혼란스러운 과거로 보이는 것을 사려 깊은 열의를 가지고 주의 깊고 성실하게 해명하려고 노력하는 것을 만족스러운 마음으로 돌이켜본다. 특히 성실한 줄피츠 브와스레[186]를 높이 평가하고 싶다. 그는 끊임없이 화려한 동판화로 쾰른의 대성당을 바벨탑과 같이 하늘 높이 솟아있는, 그러나 인간의 손으로는 이루어질 수 없어 필연적으로 미완성이 될 수밖에 없는 거대한 구상의 모범으로 나타내는 일에 열중했다. 그와 같은 건축물이 저 정도 완성된 것만으로도 놀라운데 본래 완성하려고 했던 의도를 알면 더욱더 경탄을 금할 수 없게 된다.

선조의 거대한 기상을 살펴보고 의도를 이해시키기 위해서는 역량과 재산, 영향력을 가진 사람들에 의해서 이런 종류의 문학이나 미술에 관한 사업이 촉진된다면 더 바랄 것이 없다. 거기서 얻어지는 식견은 결코 무익한 것이 아니다. 이런 작품들에 대한 판단은 언젠가는 반드시 공정하게 이루어질 것이다. 그런 것은 활동적인 대성당에 바친 우리 친구의 연구 외에도 독일 중세의 건축사를 자세히 연구해 보면 철저하게 알 수 있다. 더 나아가 이 건축물의 공사에 관한 사실이 명백히 설명되고 그리스 · 로마 건축술이나 동양 · 이집트 건축술과 비교해서 여러 특징을 설명할 수 있다면 완벽해지는 것이다. 조국에게 바친 그의 노력의 성과를 나는 현재 개인적으로 언급하고 있지만, 그것이 공적으로 알려진다면 진심으로 만족한 마음으로 '젊어서 원한 것은 노년에 풍성하게 이루어진다'는 말을 최고의 의미에서 되풀이할 수 있을 것이다.

이처럼 수세기를 통해서 시간에 의지해서 기회를 기다려야 하는 것이 있지만 익은 과일처럼 신선할 때 먹지 않으면 안 되는 것이 있다. 이제 방향을 돌려 무도에 관한 이야기를 하고자 한다. 슈트라스

---

186 Sulfiz Boissereée (1783~1854): 쾰른의 미술품 수집가.

부르크, 넓게는 알자스에 있어 매일 매시간 대성당이 눈에 아른거리듯이 귀에 생생하다. 어렸을 때부터 아버지는 나와 여동생에게 손수 춤을 가르쳐 주었는데, 엄격한 아버지한테서는 의외였다. 아버지는 매우 엄격하게 자세와 스텝을 가르쳐 주었다. 우리가 미뉴에트를 출 정도가 되자 아버지는 리코더로 4분의 3박자의 쉬운 곡을 연주해 주었다. 우리는 그 곡에 맞춰 될 수 있는 대로 열심히 움직였다. 나는 어려서부터 프랑스 극 무대에서 발레는 아니지만, 독무나 2인의 춤을 보아 왔다. 그리고 기묘한 발의 움직임이나 가지각색의 도약도 유심히 보았다. 미뉴에트를 충분히 배웠을 때 악보에 지그, 또는 뮈르키[187]란 이름으로 많이 실려 있는 다른 무도곡을 연주해달라고 아버지에게 부탁했다. 그 박자는 완전히 내 팔다리에 맞도록 만들어진 것 같았고, 나는 즉석에서 이 곡에 맞는 스텝과 동작을 생각해 냈다. 이것은 어느 정도 아버지를 즐겁게 했다. 실제로 아버지는 때때로 이런 식으로 원숭이 춤을 추게 해서 함께 즐거워했다. 나는 그레트헨과의 불행 이후 라이프치히 체류 중에 두 번 다시 무도장에 가지 않았다. 어느 무도회에서 미뉴에트를 춰야 했을 때는 박자나 동작 그리고 스텝도 생각나지 않았다. 만약 바라보는 사람들이 나의 미숙한 동작을 멋대로 해석하면서 그들의 대열에 끌어들이려는 것을 단념시키려는 의도에서 나온 단순한 고집이라고 주장하지 않았다면 나는 사람들로부터 조소와 수치를 면치 못했을 것이다.

프랑크푸르트에 머무는 동안 나는 그런 즐거움에서 완전히 차단되어 있었다. 그러나 슈트라스부르크에서는 삶의 다른 생활의 의

<hr>

187 17~18세기의 기악용 춤곡.

욕과 더불어 팔다리에도 박자 감각도 되살아났다. 일요일이나 평일에 한가롭게 걷다 보면 사람들이 모여서 춤을 추는 것을, 둥글게 원을 만들면서 춤추는 것을 볼 수 있다. 마찬가지로 시골 별장에서는 가족 무도회가 열렸고, 모두 다가올 겨울의 화려한 가장무도회에 관해 이야기했다. 내 위치나 모임에서 내가 쓸모없는 사람일 수는 없었다. 그래서 왈츠를 잘 추는 어느 친구가 나중에 최고의 모임에서 통할 수 있도록 나더러 우선은 잘 추지 못하는 무리에 끼어 연습하라고 권했다. 그는 노련하다고 이름난 어느 무도 교사에게 나를 데리고 갔다. 무도 교사는 내가 기본적인 동작을 어느 정도 반복해서 익숙해지면 다음 단계를 가르쳐 주겠다고 약속했다. 그는 마르고 세련된, 프랑스 기질의 소유자였는데 매우 친절했다. 나는 한 달 분의 강습료를 미리 내고 열두 장의 표를 받았다. 그는 이 표에 맞게 일정한 시간에 가르쳐 주겠다고 했다. 그는 엄격하고 정확했지만 답답한 사람은 아니었다. 나는 약간 배운 것이 있었기 때문에 이내 그에게 만족을 주었고 칭찬도 받았다.

그런데 수업을 편하게 해주는 다른 이유도 있었다. 그에게는 딸이 두 명 있었는데 둘 다 예쁘고 채 스무 살이 되지 않았다. 그녀들은 어렸을 때부터 춤을 배웠기 때문에, 서툰 제자들의 춤 상대가 되어 곧 어느 정도 교육이 되도록 도움을 주었고 도움이 되었다. 두 사람 다 예의가 바르고 프랑스어만 했다. 나도 나름대로 서툴고 우스꽝스럽게 보이지 않으려고 열심히 했다. 다행히 자매는 나를 칭찬했고, 아버지의 바이올린 연주에 맞추어 즐겁게 미뉴에트를 추어 주었다. 그뿐 아니라 귀찮은 일일 텐데 나에게 차츰 왈츠와 선회 동작까지 가르쳐 주었다. 아버지는 제자가 많지 않아서 그들은 외로운 생활을 하고 있었다. 그래서 때때로 연습이 끝난 후 그들은 남아서 이야기라도 하자고 권했다. 그것이야말로 바로 내가 바라는 일이었다. 그녀들은 무엇보다도 태도가 얌전했다. 나는 가끔 소설의 한 구절을 읽어 주었다. 언니는 동생만큼, 아니 그 이상 예뻤으나 나는 동생을 더 좋아했다. 그러나 언니가 동생보다 나에게 더 다정하고 친절했다. 그녀는 연습 시간에는 늘 내 옆에 있었고 시간을 연장하기도 했다. 그래서 무도 교사에게 표를 두 장씩 주어야 하지 않나 싶었던 일도 몇 번 있었다. 그러나 그는 받지 않았다. 반면 동생은 친절하지 않은 것은 아니지만 신중했고, 아버지가 불러야만 언니와 교대를 했다.

어느 날 저녁 나는 그 원인을 확실히 알게 되었다. 연습을 마치고 거실로 가려는데 언니가 나를 뒤로 끌어당기며 말했다. "잠깐 좀 더 여기에 있어요. 고백하자면 동생이 카드 점 보는 여자를 불러다 외지에 가있는 남자 친구의 점을 보고 있거든요. 동생은 그에게 온통 마음을 빼앗겨 모든 희망을 그에게 걸고 있어요. 내 마음은 매인 데가 없지만……" 그녀가 말을 이었다. "아마 내 마음도 무시당할 각오를 해야 할 것 같아요." 나는 몇 마디 위로의 말을 하고, 그 현명한 여자에게 물어보면 곧 확실해질 것이라고 했다. 그리고 나도 전부터 점을 한번 보고 싶었지만 믿음이 없어 못 했는데 이번 기회에 점을 봐야겠다고 말했다. 그녀는 이 세상에 이것보다 더 정확한 것은 없고 단순히 장난으로 점을 보아서는 안 되며 진정한 관심사를 물어야 한다고 했다. 점이 끝난 것을 확인하자마자 나는 그 방으로 언니를 억지로 끌고 들어갔다. 동생은 매우 기분이 좋은 것 같았다. 나에게 평소보다 다정했고 농담도 하면서 재치 있게 대했다. 아마 멀리 있는 애인에 대해 안심할 수 있게 되어, 나를 언니의 현재 친구로 생각하면서 내 앞에서 애교 있게 굴어도 괜찮다고 생각한 것 같았다.

그녀는 노파에게 찬사를 보내면서 언니와 나에게도 진실을 밝혀 주면 후한 보수를 주겠다고 약속했다. 노파는 우선 언니의 점을 치기 위해 카드를 늘어놓았다. 그녀는 '미인' 점괘를 유심히 들여다보더니 주저하며 말을 하지 않았다. "벌써 알겠는데요."라고 신비스런 카드 점에 관해 알고 있는 동생이 말했다. "망설이시는군요. 언니에게 불쾌한 말을 하기 싫으신 거죠. 그런데 이것은 아주 불길한 거죠!" 언니는 얼굴이 파래졌다. 그러나 정신을 차리고 말했다. "자, 말해 보세요. 설마 죽는 것은 아니죠!" 노파가 깊이 한숨을 쉬고 말하기를, 당신은 사랑하고 있으나 사랑을 받지 못하는데, 중간에 다른 사람이 있어 그렇다고 했다. 착한 그녀에게 당황하는 빛이 보였다. 노파는 사태를 호전시키려고 편지와 금전 운은 있다고 말했다. 어여쁜 아가씨는 말했다. "편지는 기다리지도 않아요. 돈도 싫어요. 당신이 말하듯이 내가 사랑하고 있는 것이 사실이라면 그 사람도 나를 사랑해 주어야 당연하죠." ─ "혹시 좋아지는지 봅시다." 노파는 카드를 섞어서 다시 한 번 늘어놓았다.

하지만 모두 보고 있는 앞에서 그것은 더욱 나쁘게 나왔다. '미인'은 혼자 외롭게 서 있을 뿐 아니라 여러 가지 불운에 둘러싸여 있었다. 애인은 더욱 멀어지고 방해자가 한층 접근해 간 것이다. 노파는 더 좋은 점괘를 바라는 마음에서 세 번째를 늘어놓으려 했다. 그러나 어여쁜 아가씨는 더는 참을 수가 없어 와락 울음을 터뜨리고 말았다. 그녀의 귀여운 가슴이 격하게 들썩였다. 그녀는 몸을 돌려 방을 뛰어 나갔다. 나는 어쩔 줄 몰랐다. 애정은 지금 마주하고 있는 아가씨 곁에 나를 붙잡아 두려 했고, 동정은 언니 쪽으로 나를 몰아댔다. 내 입장은 정말 괴로웠다. "루친데를 위로해 주세요. 언니를 따라가 보세요." 에밀리에가 말했다. 나는 주저했다. 애정 이외의 어떤 것이 그녀를 위로해 줄 수 있겠는가. 또 이런 경우 내가 어떻게 냉정하게 위로해 줄 수 있겠는가! "함께 갑시다." 내가 에밀리에에게 말했다. "제가 언니 옆에 있어도 괜찮을까요?" 우리는 그녀에게 가보았으나 문이 잠겨 있었다. 아무리 문을 두드리며 소리치고 애걸도 해보았으나 루친데는 대답하지 않았다. "언니 하는 대로 내버려 둘 수밖에 없어요. 지금은 아무것도 하기 싫을 테니까요." 에밀리에가 말했다. 우리의 만남 초기부터 생각해 보면 그녀는 언제나 격하고 고르지 못한 데가 있었다. 나에 대한 사랑은 그녀가 나에게는 무례한 태도를 보이지 않는 것뿐이었다. 어떡한단 말인가! 노파에게 이 불상사의 대가를 지급하러 가려 할 때 에밀리에가 말했다. "당신 점도 쳐달라고 할 참인데요." 노파가 준비했다. "이만 실례하겠습니다!"라고 큰 소리로 말하고 급히 층계를 내려갔다.

다음날 나는 그 집에 갈 용기가 나지 않았다. 사흘째 되는 날 아침, 전부터 자주 자매의 심부름을 왔고 대신 그녀들에게 꽃이나 과일을 갖다 주던 소년을 통해서 에밀리에가 오늘은 절대로 빠지지 말라는 말을 전해 왔다. 평소와 같은 시간에 갔더니 교사 혼자 있었다. 그는 나의 스텝과 동작을 여러 가지로 고쳐주며 흡족히 여기는 것 같았다. 연습이 끝날 무렵에 동생과 우아한 미뉴에트를 추었는데, 그녀는 유쾌하게 몸을 움직였고 교사는 무도장에서 이것보다 더 훌륭하고 능숙한 한 쌍을 본 일이 없다고 단언했다. 연습이 끝난 후에 나는 평소처럼 거실로 갔다. 그녀의 아버지는 우리만 남기고 가버렸다. 나는 루친데가 없는 것이 걱정되었다. 에밀리에가 말했다. "언니는 누워 있어요. 그게 좋아요. 걱정할 건 없어요. 언니의 마음의 병은 신체어디가 좀 나빠지면 곧 낫는답니다. 언니도 죽기는 싫으니까요. 조금있으면 말을 들을 거예요. 집에 상비약이 있어서 그걸 먹고 쉬고 있으니까 사나운 물결도 점점 가라앉을 거예요. 저런 상상의 병을 앓고 있을 때 언니는 착하고 귀엽답니다. 원래는 건강한 편인데 단지열정에 사로잡힌 것뿐으로, 온갖 소설과 같은 죽음을 생각해내서 그것을 즐기면서 두려워하고 있답니다. 유령 이야기를 듣고 있는 애들처럼 말이어요. 어젯밤에도 이번에는 꼭 죽을 것이니 자기가 마지막숨을 거둘 때, 처음에는 잘해주다가 인제 와서 지독하게 구는 배반한 나쁜 친구를 데려오라고 흥분했어요. 언니는 그를 가차 없이 책하고 죽고 싶다고 했어요."

"난 잘못한 것 없습니다. 어떤 호감도 보인 적이 없어요. 나를 위해서 훌륭하게 증언해 줄 사람을 잘 알고 있습니다."

에밀리에는 미소를 띠면서 대답했다. "당신 말씀은 알아듣겠어요. 하지만 똑똑하게 처신해서 결단을 내리지 않으면 모두 곤란한 처지에 빠지고 말 거예요. 당신이 연습을 그만두면 어떨까요? 당신은지난달 표를 아직도 넉 장이나 가지고 계시죠. 언젠가 아버지도 당신한테서 돈을 더 받는 것은 무책임한 일이라고 말씀하셨어요. 당신이 무도를 전공하신다면 별문제지만, 젊은 남자에게 필요한 정도는이제 충분하거든요."

"집에 그만 오라고 말하는 거죠. 에밀리에?"

"네, 그래요. 그렇지만 제가 마음에서부터 그러는 것은 아니에요. 들어보세요. 그제 급히 돌아가신 후 당신에 대해 점을 치게 했는데 같은 점괘가 세 번이나, 그것도 갈수록 명확히 반복되었어요. 당신은 온갖 좋은 일과 친구들, 훌륭한 사람들에게 둘러싸여 있고 돈도 부족하지 않았어요. 여자들은 약간 떨어져 있더군요. 특히 불쌍한 언니는 가장 먼 곳에 있었어요. 다른 여자 하나가 당신에게 접근했지만, 옆에까지 가지는 못했어요. 제삼자가 방해했기 때문이에요. 당신에게 솔직히 말씀드리면 제가 그 두 번째 여자라고 생각했어요. 이렇게 터놓고 말씀드리니, 제가 호의로 드리는 충고를 이해해 주시겠죠. 저는 먼 곳에 있는 남자에게 마음을 허락했고 약혼도 했어요. 그리고 누구보다도 그를 사랑했어요. 그런데 이제는 당신의 존재가 지금까지의 모든 것보다 더 중대해질 것 같아요. 그러면 당신은 자매 중에서 한 사람에게는 애정을 갖고 다른 한 사람에게는 냉담하여, 그 때문에 불행해질 두 사람 사이에 끼어 입장이 어떻게 되겠어요. 이 모든 고통은 다 무가치하고 순간적이에요. 우리는 당신이 어떤 분이고 무엇을 원하는지 몰랐는데, 카드가 그것을 확실히 보여 준 것 같습니다. 그럼 안녕히!" 이렇게 말하면서 그녀는 손을 내밀었다. 내가 우물쭈물하자 그녀는 나를 문 쪽으로 데리고 가면서 말했다. "자, 우리가 이야기하는 것이 마지막이 되도록 평소 같으면 내가 하지 못했을 것이지만 받아 주세요." 그녀는 내 목에 매달려 뜨거운 키스를 해주었다. 나는 그녀를 꼭 껴안았다.

그 순간 별안간 옆문이 열리더니 그녀의 언니가 간소하지만 아름다운 실내복으로 들어와 소리쳤다. "너 혼자 이 분과 작별하게 하진 않겠어!" 에밀리에가 나를 놓자 루친데가 내 가슴에 파고들어 검은 머리를 내 뺨에 비벼대면서 잠시 그대로 있었다. 조금 전에 에밀리에가 예언한 대로 나는 완전히 두 자매 사이에 끼어 있었다. 루친데는 나에게서 떨어져 내 얼굴을 진지하게 바라보았다. 나는 그녀의 손을 쥐고 다정한 말을 해주려 했다. 그러나 그녀는 몸을 휙 돌려 거친 걸음으로 방 안을 몇 번 왔다 갔다 하더니 소파 귀퉁이에 몸을 내던졌다. 에밀리에가 가까이 갔으나 물리쳤다. 거기에서 지금 생각해도 고통스러운 상황이 일어났다. 그것은 과장되게 꾸민 것은 전혀 없고, 정열적인 젊은 프랑스 여자에게 알맞은, 그것도 감정이 풍부한 여배우만이 무대 위에서 재연할 수 있는 장면이었다.

루친데는 동생에게 비난을 퍼부었다. "나에게 기울어지는 마음을 가로챈 것이 이번이 처음은 아냐. 이 자리에 없는 그 사람 경우도 그랬어. 결국, 그는 내 앞에서 너하고 약혼했지. 나는 그것을 보고만 있어야 했어. 그래도 나는 참았지. 하지만 얼마나 눈물을 흘렸는지 몰라. 그런데 넌 이제 또 그 사람을 놓지도 않고 이 분마저 내게서 빼앗아 갔어. 한 번에 몇 사람이나 지닐 수 있는지 알면서도 말이야. 나는 솔직하고 온순해. 그래서 사람들은 내가 어떤 사람인가를 쉽게 알고, 무시해도 좋다고 생각하지. 너는 마음을 가리고 말도 안 하니까 사람들은 너를 신비스럽게 생각하지. 그러나 네 마음속에는 어떤 것이라도 자기의 희생물로 만들려는 차디찬 이기심만 있을 뿐이야. 하지만 그걸 숨기고 있으니까 아무도 알 수 없어. 나는 따스하고 진심 어린 마음도, 얼굴도 숨김이 없어."

에밀리에는 말없이 언니 옆에 앉아 있었다. 루친데는 혼자서 떠들어대다가 점점 흥분하여, 내가 들으면 좋지 않은 일까지도 마구 퍼부었다. 에밀리에는 언니를 무마하려고 나에게 나가 달라고 눈짓을 했다. 그러나 질투와 의심에는 천 개의 눈이 있는 듯 루친데가 그것을 알아챘다. 그녀는 벌떡 일어나 나를 향해 곧장 걸어왔는데 격한 태도는 아니었다. 내 앞에 서서 그녀는 무엇을 생각하는 것 같았다. 이윽고 그녀가 입을 열었다. "내가 당신을 잃었다는 것을 알아요. 이젠 아무런 요구하지 않겠어요. 그러나 에밀리에, 너도 이 분을 가질 수 없어!" 이렇게 말하며 그녀는 말 그대로, 내 머리를 붙들고 두 손을 내 머리카락 속에 집어넣어 내 얼굴을 자기 얼굴에 대고 몇 번이나 입을 맞췄다. "자, 나의 저주를 두려워하세요. 나 다음에 처음으로 이 입에 입을 맞추는 사람한테는 영원히 불행에 불행이 겹칠 거야! 아무도 이 사람을 건드릴 수 없어. 이번만은 하느님이 내 소원을 들어주실 거야. 당신은 어서 가세요, 빨리 가세요. 어서 서둘러 가세요!"

나는 두 번 다시 이 집에 발을 들여놓지 않겠다고 굳게 결심하면서 나는 듯이 층계를 뛰어 내려왔다.

제10장

길드 조합원이기에 한 사람의 개인을 대변하지 않았던 독일의 작가들은 시민사회에서 특권을 조금도 누리지 못했다. 다른 유리한 위치를 갖지 못하면 그들은 기반도 지위도 명성도 가질 수 없었다. 재능이 명예가 되느냐 불명예가 되느냐 하는 것은 우연이었다. 가련한 대지의 아들은 재간과 능력을 의식하면서도 삶에 이끌려가며 근근이 살아야 했고, 때에 따라서는 뮤즈에게서 받은 재능을 목전의 어려움 때문에 낭비하지 않을 수 없었다. 모든 종류의 시 중에서 최초이자 가장 순수한 행사시[188]는 그 높은 가치를 국민이 이해하지 못했기 때문에 멸시받았다. 시인은 귄터[189] 같은 길을 택하지 않는 한 이 세상에서 익살꾼이나 식객 같은 비참한 입장으로 추락했고, 극장이나 인생의 무대에서 사람들이 멋대로 희롱해도 되는 인물이 되었다.

　반대로 뮤즈가 명망 높은 인사들과 한데 어울리면, 그들은 뮤즈에게서 영광을 얻었다. 하게도른[190]같이 사교술에 능숙한 귀족, 브로

---

188 Gelegenheitsgedicht: 결혼, 생일, 장례 같은 경조사를 위해서 쓴 시를 말한다.

189 Johann Christian Günther (1695~1723): 슐레지엔 태생의 서정 시인으로 당대에 인기가 높았다.

190 Friedrich von Hagedorn (1708~1754): 독일 시에 새로운 경쾌함과 우아함을 부여했다.

케스[191] 같은 훌륭한 시민, 할러[192]같이 철저한 학자 등이 상류계급에서 나타나 고귀하고 존엄한 사람들과 어깨를 겨루었다. 재능이 있고 실무에서 근면하고 충실한 사람들도 존경을 받았다. 그래서 우츠,[193] 라베너,[194] 바이세[195] 같은 사람들은 특별한 존경을 받았다. 좀처럼 서로 결합하지 않는 이질적인 특성들이 이들에게 결합하여 있는 것이 평가를 받은 것이다.

그러나 이제 천재 시인이 자신을 인식하고, 상황을 스스로 창조하고 독자적으로 품위를 보존할 기초를 세우는 시대가 다가오고 있었다. 이런 시대에 초석을 세우는 모든 일이 클롭슈톡에게 집중되었다. 그는 감각이나 도덕의 면에서 순수한 젊은이였다. 진지하고 철저하게 교육받은 그는 자신이나 자신의 행동에 큰 가치를 부여하고 있었다. 그리고 일생의 발걸음을 신중히 예측하여 내면의 힘을 예감하고 생각할 수 있는 최고의 대상으로 향했다.[196] 무한한 특성을 표현하는 이름인 메시아를 그는 새롭게 찬미하고자 했다. 시인이 생각하기에 구세주는 지상의 비천함과 고뇌를 거쳐 가장 높은 천상의 승리에 이를 수 있게 함께 하는 주인공이었다. 클롭슈톡의 작품은 젊은 영혼 속에 존재하는 모든 신적인 것, 천사와도 같은 것, 인간적인 것을 요구했다. 성서로 교육을 받았고 그 힘으로 자란 그는 이제 족장, 예언자, 선구자와 더불어 현재를 살아가고 있었다. 이들은 수

---

191 Barthold Brockers (1680~1747): 시인이자 함부르크의 시 참사원.

192 Albrecht von Haller (1708~1777): 베를린 귀족 가문 태생으로 괴팅엔 대학교수.

193 Johann Pater Uz (1720~1796): 시인으로 뉘른베르크의 법원의 배석판사.

194 Gottlieb Wilhelm Rabener (1714 – 1771): 풍자 시인이자 세무관리.

195 Christian Felix Weiße (1726 – 1804): 계몽주의의 선구자이자 아동문학가, 재정관.

196 이하 클롭슈톡의 《메시아》에 관해 이야기하고 있다.

백 년 이래 모두 한 분의 주위에 후광을 비추는 것을 사명으로 여겨왔으며, 그 한 분의 굴욕에 경악하고 찬양하는 일에 영광스럽게 참여해야 했다. 우울하고 어두운 시간이 지나간 후 그의 얼굴에서 영원한 심판자는 구름을 거두고 아들이자 자신과 마찬가지로 신인 그를 알아보았고, 신의 아들은 자신을 외면한 인간들과 타락한 영혼까지도 다시 인도한다. 활기에 찬 천상은 수천 명의 천사가 옥좌에 둘러서서 환성을 지르고, 조금 전까지도 제물을 바치는 장소로 눈길을 끌었던 우주에는 사랑의 광채가 흘러넘친다. 클롭슈토크이 시를 구상하고 완성할 때 느꼈던 천상의 평화는 학식의 습득을 말없이 이어가고 있는 사람이라면 누구든 그의 첫 시편 10편을 읽으면서 공유할 수 있었다.

대상의 품격은 시인의 자존감마저 고조시켰다. 시인 자신도 장차 이런 합창에 참가하게 될 것으로, 그리스도 역시 시인을 우대할 것이고, 현세에서는 다감하고 경건한 마음을 가진 사람들이 깨끗한 눈물로 사랑스럽게 감사를 바치며 그의 노력에 대해서 직접 감사할 터였다. 이런 순진하고 어린아이 같은 생각과 희망은 오직 시인과 같은 선량한 사람만이 가질 수 있었다. 클롭슈토크은 자신을 거룩한 인간으로 볼 권리를 충분히 가졌고, 실제 행동에서도 극히 조심스럽게 순수함을 보존하려고 노력했다. 첫사랑[197]이 다른 남성과 결혼했기 때문에 만년에 그는 그녀가 정말로 자신을 사랑했었는지 그녀가 자신에게 합당한 여성이었는지 분명치 않아서 그녀에게 첫사랑을 바친 것

---

197 클롭슈토크의 송가에 Fanny이라는 이름으로 등장하는 Marie Sophie Schmidt는 아이제나흐의 시장이 된 Johann Lorenz Schreiber와 결혼했다.

을 몹시 불안해했다. 그를 메타[198]에 묶어준 감정, 깊고 조용한 애정, 짧고 신성한 결혼 생활, 두 번째 인연에서 아내를 잃은 남편의 괴로움, 이 모든 것까지도 그는 천상의 축복을 받은 사람으로서 다시 회상해도 조금도 부끄러운 일이 아니었다.

자신을 귀하게 여기는 그의 태도는, 그에게 호의를 가진, 위대하고 인간적으로도 존경받는 어느 덴마크 정치가[199]의 가정에서 얼마 동안 좋은 대접을 받고 있었기 때문에 더욱 높아졌다. 현세와 격리되어 있으면서도 한편으로는 외부의 풍습을 존중하며 세상에 주의를 게을리하지 않는 상류 계급에 그의 영향은 한층 확고부동해졌다. 침착한 태도, 신중한 언사, 간결함 등이 터놓고 단호하게 말할 때조차 어느 정도 외교적이며 관료적인 외모를 나타냈는데, 이와 같은 외모는 부드러운 기품하고 같은 근원에서 흘러나오는 것이지만 서로 모순된 것처럼 보였다. 이런 모든 것에 대한 기술, 또는 모범으로 보이는 그의 초기 작품들은 상상할 수 없는 정도의 영향을 불러왔다. 하지만 그가 다른 사람들을 생활이나 창작에서 개인적으로 격려한 사실은 그의 특별한 개성으로 사람들의 입에 오르내리지 않았다.

그러나 청년의 문학 활동과 노력에 대한 격려, 유망하지만 역경에 놓여 있는 사람을 앞으로 끌어내 그 사람의 진로를 쉽게 만들어주려는 의욕은 한 사람의 독일인에 광채를 부여했다. 지위는 제2인

---

198 Margaretha Moller: 클롭슈톡와 1752년에 결혼했으나 아이를 출산하다가 1758년에 사망했다.

199 Meta(Margaretha Moller)가 세상을 떠난 뒤 클롭슈톡은 덴마크의 외무대신인 Joahann Hartwig Ernst Freiherr von Bernstorff 의 집에 수년간 체류했다.

자라고 할 수 있지만, 활동 면에서는 제1인자라고 할 수 있는 사람으로, 그가 글라임[200]을 말하는 것임을 누구나 알 것이다. 그에게는 대단하진 않아도 수입이 좋은 직장이 있었고, 그리 넓지는 않아도 거주지 또한 지리적으로 위치가 좋아서 군사적으로나 사회적으로나 또 문학적으로나 활기가 넘치는 곳이면서 풍부한 수입의 근원지였고, 그래서 그는 수입 일부를 지역의 이익으로 남겼다. 그는 창작의 충동을 왕성하게 느꼈으나 그보다 더 강했던 충동, 즉 남에게 무엇인가를 창작하도록 하는 일에 전념했다. 이 두 가지 활동은 그의 긴 생애를 통해서 끊임없이 이어졌다. 시를 쓰는 일과 베푸는 일로 그에게는 숨 돌릴 사이가 없을 정도였다. 그는 재능이 있지만 빈곤한 사람들을 노소를 막론하고 도와주어 문학을 위해 실제로 공헌했기 때문에, 그에게는 친구는 물론 은혜를 입은 자와 추종자들이 많았다. 사람들은 그의 시를 널리 퍼지게 허용하는 길밖에는 은혜에 보답할 길이 없었기에, 그의 시는 광범위하게 알려지게 되었다.

이 두 사람이 그들의 가치를 높게 평가하고 사람들로 하여금 스스로 대단한 인물로 여기도록 후원하는 그 생각은 음으로 양으로 상당히 크고 좋은 영향을 끼쳤다. 그런데 그 생각 자체는 존중할 만하지만, 한편으로 그것이 본인이나 그 주변, 나아가 그 시대에 독특한 손해를 끼쳤다. 두 사람이 끼친 정신적인 영향은 생각해 볼 필요도 없이 위대하다고 할 수 있지만, 일반 사회에서 보면 미미한 것으로, 더욱더 변화무쌍한 삶에 비하면 그들의 외적 상황은 별것이 아니었다. 낮은 길지만, 밤도 마찬가지다. 늘 시만 쓰면서 타인에게 은혜만

---

200 Johann Wilhelm Ludwig Gleim (1719~1803).

베풀 수는 없는 법이다. 그들의 시간은 사교가나 상류층 사람들, 부자들처럼 빈틈없이 채워질 수는 없다. 그러므로 그들은 자신들만의 유독 좁은 환경을 과대평가하고, 일상생활에서 그들끼리만 통하는 중요성에 몰두했다. 그런 나머지 순간적으로만 재미있을 뿐, 뒤에는 아무런 가치도 남지 않는 해학을 지나칠 정도로 즐겼다. 그들은 받을 만한 칭송과 명예를 타인으로부터 받았고 그에 걸맞게 보답했지만, 그 정도가 언제나 지나쳤다. 자기들의 애정을 무척 소중하다고 생각했기 때문에 반복해서 표현했으며 그것을 위해서는 종이나 잉크를 아끼지 않았다. 이런 식으로 후세 사람들이 놀라는 텅 빈 내용의 서한집이 나타났는데, 어째서 탁월한 사람들이 이같이 무의미한 서신 교환을 즐겼는지 이해하기 곤란하고, 이런 편지는 인쇄하지 않은 것이 좋았을 것이라고 솔직히 털어놓는다 해도 나쁘게 생각할 수 없을 것이다. 그러나 탁월한 사람이라 할지라도 너무 자신에게만 사로잡혀 성장을 위한 양식이나 척도를 발견할 수 있는 풍성한 외부 세계를 아는 것을 게을리하면, 단지 하루살이 생활을 하게 될 뿐이며 그가 즐기고 있는 것이 사소한 것에 지나지 않는다는 것을 이 서한집을 통해 배우게 된다면, 이 몇 권의 책자들도 다른 책들과 함께 책장에 꽂아놓는 것도 괜찮은 일이다.

이 사람들의 활동이 전성기에 들어갔을 때 우리 젊은 사람들도 서클 안에서 활동하기 시작했다. 나는 나이가 많은 사람들을 제외하고 나이 어린 친구들과 서로 찬사와 칭찬하는 일에 빠져 있었다. 우리 사이에서는 내가 창작한 것을 언제나 마음에 들어 했다. 부인이나 친구, 후원자들은 자기를 위해 기획하고 시를 쓴 것을 나쁘게 생각하지는 않았다. 하지만 그런 친절 때문에 오히려 무의미하고 서로의 기분을 맞추는 글만 쓰게 되어, 가끔이라도 더욱 높은 유용성을 위해서 강한 단련을 하지 않으면 상투적인 글 속에서 개성은 여지없이 사라지게 될 상황이었다.

내 마음속에 깃들고 활동했던 득의, 자만, 허영, 거만, 자존과 같은 모든 것들이, 다행스럽게도 뜻밖의 인물과 알게 됨으로써 혹독한 시련을 겪게 된 것이다. 이 시련은 특이하고 시대와 맞지 않아서 더욱 엄중하고 민감하게 느꼈다.

나에게 중대한 결과를 초래했던 의미 깊은 사건이란 헤르더[201]와 만나서 그와 긴밀히 가까워진 일이다. 그는 우울한 기분의 폰 홀슈타인 오이틴 왕자과 함께 슈트라스부르크로 여행을 왔다. 그가 도착했다는 소식을 듣자 우리 회원들은 그에게 접근하고 싶은 열렬한 욕망에 사로잡혔다. 이 행운은 뜻밖에도 나에게 제일 먼저 왔다. 나는 그가 얼마나 막강한 인물인지를 잊어버린 채 그를 방문하려고 '춤 가이스트' 여관에 갔는데, 층계 아래에서 막 올라가려는 성직자처럼 보이는 한 사람을 만났다. 분가루를 뿌린 머리를 둥글게 엮어 올리고 검은 의복을 입고 있어서 그렇게 보였고, 그보다 더 눈에 띈 것은 검고 긴 비단 외투였는데, 그것의 끝자락을 모아서 주머니 속에 넣고 있었다. 이처럼 눈에 띄었기 때문에 전체적으로는 품위 있고 보기 좋은 인물이 새로 도착한 유명한 손님이라는 것을 의심할 여지가 없었다. 내가 먼저 말을 걸었기 때문에 내가 그를 알고 있다는 것이 이내 증명이 되었다. 그가 나의 이름을 물었지만, 그에게는 아무 의미도 없는 것이었다. 그는 나의 솔직함이 마음에 든 것 같았고 다정하

---

201 Johann Gottfried von Herder (1744~1803): 질풍노도 문학운동의 지도적 인물로 청년 괴테와의 만남을 통해 낭만주의 운동의 선구자가 되었다.

게 응해 주었다. 층계를 올라갈 때에도 그는 열심히 말상대가 되어 주어 누가 누구를 방문한 것인지 잊어버릴 정도였다. 작별할 때 나는 그의 숙소를 다시 방문하고 싶다고 허락을 구했고 그는 흔쾌히 들어 주었다. 나는 이 특전을 놓치지 않고 이용했고, 점점 더 그에게 끌렸다. 그의 거동은 민첩하다고 할 수는 없었지만 세련되고 예의가 있었고 어딘가 깔끔했다. 둥근 얼굴, 넓은 이마, 약간 뭉툭한 코, 다소 돌출되었지만, 개성적이고 애교스러운 입을 가지고 있었다. 검은 눈썹 아래의 새까만 검은 두 눈은 한쪽이 늘 빨갛게 충혈되었지만, 총기를 잃지는 않았다. 그는 나에게 여러 질문을 하면서 나와 나의 상황을 알려고 애썼다. 그의 매력은 더욱 강력하게 전해졌다. 나는 솔직한 성격이어서 특히 그에게는 아무런 비밀도 숨기지 않았다. 그러나 얼마 후 그에게서 남을 물리치는 천성이 드러나기 시작해서 나를 적잖이 불편하게 만들었다. 나는 그에게 나의 일거리와 취미에 관해서 이야기했다. 그중에서도 특히 서신 연락을 자주 하고 있었던 친구들의 도움을 받아 모아 놓은 문장(紋章) 수집에 관해서 이야기했다. 이 문장들을 국가 달력에 정리해 놓았기 때문에 전체 군주들과 각 계층의 귀족에 이르기까지 자세히 알 수 있었다. 이 문장들은 특히 대관식 행사의 기억을 되살려 주었다. 나는 이것들에 대해서 의기양양하게 이야기를 했다. 그러나 그는 내 생각과 달리 이런 관심 자체를 비난할 뿐만 아니라 나한테까지 우스꽝스럽게 보이게 하여서 나까지 그런 것을 싫어하게 만들었다.

그의 반항심 때문에 나는 많은 것을 참아야 했다. 그는 공작과의 여행을 끝내려고 하고 있었는데 그것은 안질 때문에 슈트라스부르크에 체류하려 한 때문이었다. 이 안질은 곤란하고 불쾌한 병의 하나로, 고통스럽고 불안한 수술을 하지 않으면 나을 수 없으므로 더 부담스러웠다. 눈물샘이 아래로 막혀있어서 거기에 고인 액체가 코 쪽으로 흘러가지 못했고 인접한 뼈에도 이 분비물이 자연스럽게 흘러갈 수 있는 구멍이 없어서 흘러내릴 도리가 없었다. 그래서 눈물샘의 바닥을 절개하여 뼈를 뚫고 말총 한 올을 눈물점으로, 그다음에는 절개한 눈물샘과 새로 연결한 구멍으로 통과시킨 후에 이 두 부분의 소통을 원활하게 하려고 날마다 이리저리 움직여 주어야 했다. 이 모든 일은 외부로부터 절개하지 않고는 실행할 수도 성공할 수도 없는 일이었다.

헤르더는 공작과 작별하고 자신의 숙소로 이사했다. 그리고 로브슈타인²⁰²에게 수술을 받기로 했다. 내가 전에 과민한 감수성을 고치려고 노력했던 훈련이 다행히 도움되었다. 수술에 입회한 나는 이 소중한 사람을 위해서 여러 가지로 쓸모가 있었고 도움도 줄 수 있었다. 그런데 이번 일을 통해서 나는 그의 위대한 강직성과 인내성에 경탄했다. 여러 차례의 절개를 반복해서 붕대를 갈 때의 고통에도 그는 조금도 찡그리지 않아 고통을 느끼지 않는 사람처럼 보였다. 물론 그 사이에 그의 기분이 변하는 것을 우리는 여러 번 참아야 했다. 우리라고 말하는 것은 나 외에 페겔로프라는 러시아 사람이 그의 곁에 있기 때문이었다. 이 남자는 이미 리가에서부터 헤르더와 아는 사람이었고, 젊지는 않지만 로프슈타인의 지도를 받아 기술을 더 깊이 연구하고 있었다. 헤르더는 다정하고 재간이 풍부했으나 때때로 불쾌한 일면을 노출했다. 사람을 당기거나 밀어내는 것은 단지 사람

---

202 Johann Friedrich Lobstein (1736~1784): 슈트라스부르크 대학의 해부학 교수.

에 따라 차이가 있을 뿐 원래 누구에게나 있는 것으로 맥박처럼 느리기도 빠르기도 하다. 그러한 자기의 특성을 실제로 극복할 수 있는 사람은 극히 드물고, 대개는 극복한 것처럼 겉으로 보일 뿐이다. 헤르더의 경우 신랄하고 날카롭고 반발적인 표현이 너무 많은 것은 확실히 병하고 병에서 기인한 고통에서 기인한 것이었다. 하지만 이런 일은 삶에서 자주 있는 것으로, 사람들은 병으로 인한 그의 정신 상태를 충분히 고려하지 않고 그의 성격에 대해 때때로 부당한 판단을 내렸다. 모든 사람을 건강하다고 여기고 누구에게나 건강한 사람처럼 행동하기를 요구하기 때문이다.

치료 기간 중 나는 아침저녁으로 그를 방문했다. 온종일 그의 집에 있으면서 그의 훌륭하고 위대한 개성, 박식한 식견, 깊은 통찰을 날이 갈수록 높이 평가하게 되어 얼마 되지 않아 그의 질책이나 비난을 더욱 쉽게 견뎌 낼 수 있었다. 이 선량한 고문자의 영향은 크고 탁월했다. 그는 나이가 나보다 다섯 살 위였는데, 젊을 때는 그 차이가 큰 것이다. 그리고 그의 진가를 인정하고, 그가 이룬 업적을 존중했기 때문에 그는 나보다 훨씬 우위에 있었다. 상태는 그리 즐겁지만은 않았다. 지금까지 내가 교제해 온 연장자들은 나를 달래 가며 교육했으며 너그럽고 관대하여 말하자면 나를 잘못 지도한 것 같았다. 그러나 헤르더에게는 어떤 짓을 해도 결코 동의를 기대할 수 없었다. 그래서 한편으로는 그에 대한 강렬한 애착심과 존경이, 다른 한편으로는 그에게서 받는 불쾌한 감정이 늘 다투었다. 마침내 나의 인생에서 처음으로 느끼는 특별한 갈등이 나타났다. 그가 질문하든 대답하든 혹은 어떤 형식으로 말을 해도 그의 대화는 언제나 중요했고 나에게 매일 새로운 식견을 전해 주었다. 이전에 나는 라이프치히에서 사소하고 제한적인 일에만 관심을 가졌었고, 프랑크푸르트에서도 독일 문학에 대한 일반적 지식을 넓히지는 못했다. 오히려 저신비하고 종교적인 화학 공부가 나를 암흑 지대로 이끌어 갔기 때문에 몇 년 전부터 넓은 문학 세계에서 일어나는 일은 나에게는 대부분 낯선 일이었다. 그런데 이제 나는 돌연 헤르더를 통해서 최근의 모든 활동과 그 진전 방향에 관해 파악하게 되었다. 그 자신은 이미 널리 유명해져서 《단상》, 《비평의 숲》, 그 외의 저서를 통해서 오래전부터 독일에서 주목받는 일류 인사들과 어깨를 겨루고 있었다. 그의 생각이 어떻게 움직였고 그의 성격에 어떤 싹이 있었는지는 파악하거나 기술할 수는 없다. 그러나 그 후 수년간 그가 행동하고 이루어낸 것을 생각해 보면, 그가 마음속에 간직했던 의지가 얼마나 컸었는지 인정할 수 있을 것이다.

이렇게 함께 지낸 지 얼마 지나지 않아 그는 언어의 기원에 관한 최고의 논문에 수여하는 베를린시의 상금을 타기 위해서 응모할 작정이라고 밝혔다. 논문[203]은 거의 완성되어 있었는데, 깨끗한 필적으로 쓴 읽기 쉬운 원고를 한 권씩 나에게 보여 주었다. 나는 그러한 주제에 대해서는 한 번도 생각해 본 적이 없었고, 기원이라든가 종말 같은 것에 대해서는 생각도 못 해 볼 정도로 사물의 중심에 사로잡혀 있었다. 또 나는 이 문제가 어느 정도는 한가한 주제라고 생각하고 있었다. 신이 인간을 만들었을 때 꼿꼿이 서서 걸어 다니게 했듯이 언어도 잘 만들어 주었을 것이기 때문이다. 인간이 걷고 붙잡을 수 있는 것을 금방 알 수 있듯이 목으로 노래를 부르고, 소리를 혀나

---

203 《언어 기원론 Schrift über den Ursprung der Sprachen》을 말한다.

입천장, 입술 등 다양한 방법으로 변화시킬 수 있다는 것도 쉽사리 알았음이 틀림없었다. 만일 인간이 신에 기원을 둔 것이라면 언어 자체도 신에 기원을 둔 것이며, 인간을 자연의 부류에 속한다면 언어 또한 자연적이었다. 나는 이 두 가지를 영혼과 육체처럼 절대로 분리할 수가 없었다. 복잡한 실재론자였지만 다소 공상적인 쥐스밀히[204]는 신의 기원설에 찬성하고 있었다. 즉 신이 원시인의 교사 역할을 했다는 것이다. 헤르더의 논문은 어떻게 해서 인간이 스스로의 힘으로 언어를 갖게 되었으며 또 가져야 하는가를 말하고 있었다. 나는 그 논문을 매우 재미있게 읽었고 자극도 받았다. 하지만 지식이나 사고력에서 그의 판단을 비판할 수 있는 정도까지 높은 경지는 이르지 못했다. 그래서 나는 내 생각대로 약간의 의견을 첨부해서 필자에게 박수를 보냈다. 이런저런 것이 수용되긴 했지만 결국은 욕설과 비난을 피할 수 없었다. 뚱보 외과의는 나보다 더 인내심이 없었다. 그는 자기에게 내민 그 논문을 유머러스하게 옆으로 치우며 자기에게는 그런 추상적인 문제를 생각할 소양이 전무하다고 했다. 그는 저녁마다 함께 놀던 롱브르[205]나 하자고 재촉했다.

그렇게도 불쾌하고 고통스러운 치료를 받고서도 헤르더는 조금도 원기를 잃지 않았다. 그러나 성격은 점점 나빠졌다. 그는 부탁하는 쪽지를 쓸 때도 조롱을 첨가하지 않고는 못 견뎠다. 예를 들면 나에게 이렇게 써 보낸 적이 있다.

대패질 잘 된 책꽂이라는 학교에서 위로를 받고,

---

204 Johann Peter Süssmilch (1707~1767): 베를린의 유명한 성직자.
205 트럼프 놀이의 일종.

화려한 장정의 내면이 아니라 외면에서 위로를 받는 그대여,

신들의, 고트족의, 아니 코트(오물)[206]의 후손인 그대에게

키케로 서한집 속에 혹시 브루투스의 서한이 있다면

괴테여, 그것을 나에게 보내주라.

내 이름을 이렇게 조롱하는 것은 물론 좋은 일이 아니었다. 사람의 이름이란 결코 몸에 걸치고 있어 언제든 당기거나 잡아끌 수 있는 외투 같은 것이 아니며 몸에 딱 맞는 의복, 아니 인간 자체에 상처를 입히지 않고는 할퀴거나 벗기지 못하는 피부처럼 철저히 인간 속에 뿌리박고 있기 때문이다.

그러나 처음의 비난은 근거가 있었다. 나는 랑어[207]와 교환해서 얻은 저서와 부친의 장서 속에 있던 호화로운 판본들을 슈트라스부르크로 가지고 와서 그것들을 읽어보려는 선의의 생각으로 깨끗한 서가에 정렬해 놓고 있었다. 그러나 잡다한 일에 손을 대느라고 시간을 낭비하던 나에게는 아무래도 시간이 부족했다. 언제나 책이 필요했기 때문에 서적에 지극히 관심을 두고 있던 헤르더는 나를 처음 방문했을 때 나의 훌륭한 장서를 보았다. 그리고 즉석에서 내가 그 장서들을 전혀 읽지 않았다는 사실을 알아냈다. 허영과 허식을 가장 증오하던 그는 기회 있을 때마다 그것으로 나를 조롱했다.

조롱하는 시가 또 하나 생각난다. 드레스덴 화랑에 대해서 내가 이야기를 했던 날 저녁에 그가 보낸 것이었다. 나는 이탈리아파의 고상한 정신까지는 통찰하지는 못했지만, 유머러스하고, 최상급은 아

---

206 단어를 가지고 장난을 하고 있다. (신들 Götter, 고트 족 Goten, 오물 Koten).

207 Ernst Theodor Langer (1743~1820).

니지만 탁월한 도미니코 페티[208]가 마음에 들었다. 그가 그린 것은 종교적인 소재였다. 그는 신약 성서의 우화에서 근거를 찾아 풍부한 독창력과 훌륭한 취미로 그리기를 즐겼다. 그림을 통해서 그는 성서의 우화를 일상생활에 접근시켰다. 그가 구상한 재치 있고 소박한 세부는 자유로운 터치가 내 마음에 들었고 생동감을 주었다. 나의 이런 어린아이 같은 예술 도취감을 헤르더는 이렇게 조롱했다.

공감해서
어느 화가가 특별히 마음에 든다,
그 이름은 도미니코 페티.
너무도 멋지게 그는 성서의 우화를
바보의 우화로 만들어 놓았다.
공감해서, 바보의 우화로 만들었다!

쾌활하거나 혼란스런, 혹은 경쾌하거나 신랄한 이 비슷한 익살들을 더 열거할 수 있다. 그것들은 불쾌하지는 않았지만 짜증스러웠다. 하지만 나는 교양에 도움이 되는 것은 무엇이건 존중했으며, 종래의 견해나 애착을 포기도 할 줄도 알았기 때문에 곧 그런 것에 익숙해졌다. 다만 당시 내 입장에서 나는 가능한 한 정당한 비난과 부당한 험담을 구별하려고 노력했다. 그래서 하루도 유익하게 배우면서 지나치지 않는 날이 없었다.

나는 전과는 전혀 다른 방면에서, 다른 의미에서 그것도 내 성

---

208 Dominico Feti (1589~1624): 드레스덴 미술관에 작품 여덟 점이 진열되었다.

격에 맞는 의미에서 시를 접하게 되었다. 그는 선배인 로트[209]에 따라 재치 있게 논평한 히브리 문학, 우리를 독려해서 발굴해낸 알자스의 민요들, 즉 시로 남겨진 오래된 문헌들은 세계적이며 민족적인 선물이지, 소수의 우아하고 교양 있는 사람들만의 세습 재산이 아님을 증명했다. 나는 모든 것을 받아들였다. 내가 열심히 받아들이면 받아들일수록 그는 더욱더 아끼지 않고 주었다. 그래서 우리는 가치 있는 시간을 보냈다. 나는 시작했던 자연 연구를 계속하려고 마음먹었는데, 시간이란 잘 쓰면 충분했기 때문에 때로 이중, 삼중의 일을 할 수가 있었다. 이후에 점차로 완성한 모든 일은 헤르더가 싹을 틔워준 것이었고, 나는 그를 통해서 종래에 생각하고 내 것으로 만들었던 것을 완전한 것으로 만들었으며, 더 높은 것에 연결하고 확대할 수 있는 행운도 얻었다. 만일 헤르더가 더 조직적이었더라면 나의 교양의 지속적인 방향에 대해서도 귀중한 지침을 주었을 것이다. 그러나 그는 이끌고 가르치기보다는 오히려 시험하고 자극하는 것을 좋아했다. 그래서 그는 우선 자신이 대단한 가치를 인정하고 있는 하만[210]의 저서를 나에게 소개해 주었다. 그러나 그는 이 저술에 관해 가르쳐주거나 이 비범한 정신의 경향과 진로를 설명해주지는 않고, 내가 그런 난해한 서적을 이해하려고 괴상한 짓을 하는 것을 즐거워했을 뿐이다. 하지만 그러는 동안 나는 하만의 저서 속에서 마음에 드는 것을 발견했고, 어디서 와서 어디로 가는지는 모른 채 그것에 열중하고 있었다.

---

209 Robert Lowth (1710~1787): 영국의 주교이며 헤브라이 학자. 구약을 문학적 아름다움이란 면에서 해석했다.

210 Johann Georg Hamann (1730~1788): '북방의 마법사'로 불리는 사상가.

헤르더의 눈 치료가 생각보다 시일이 오래 걸리자 로프슈타인은 당황해서 다시 시작했다. 그러나 끝이 보이지 않았다. 페겔로프도 전에 좋은 결과는 기대할 수 없으리라고 내게 비밀스럽게 알려준 일이 있어서 상황은 전체적으로 우울해졌다. 헤르더는 초조해지고 기분도 언짢아져서 종래처럼 활동을 계속할 수 있을 것 같지 않았다. 게다가 외과 수술이 실패한 책임을 정신적 과로와 활기차고 유쾌한 우리들의 교제 탓으로 돌리기 시작하자, 그는 더 조심하지 않으면 안 되었다. 아무튼, 숱한 고통과 고생을 하고도 인공 눈물샘은 만들지 못했고 의도한 눈물의 흐름도 바랄 수 없게 되었다. 병을 이 이상 악화시키지 않으려면 상처를 아물게 하는 수밖에 없었다. 수술 시 고통에 태연자약했던 헤르더의 태도는 사람들을 경탄시켰고, 일생 상처를 지니고 살아야 한다는 우울하고도 침울한 그의 체념에는 실로 숭고함마저 느껴졌다. 그것을 통해 그를 아끼고 사랑했던 사람들은 영원히 그를 존경하게 되었다. 그는 다름슈타트의 어느 훌륭한 여성을 알게 되었고 그녀의 애정을 얻은 상황이었기 때문에, 그만큼 더 마음이 상했을 것이다. 돌아가는 길에 그는 자유롭고 쾌활하고 멋진 사람으로 약혼녀나 다름없는 그 여성을 만나서 두 사람 사이를 한층 더 굳히려는 생각에서 치료를 받은 것 같았다. 이제 그는 가능한 한 빨리 슈트라스부르크를 떠나려고 서둘렀다. 그에게 지금까지의 체류는 불쾌했을 뿐만 아니라 비용도 막대했기 때문에 나는 돈을 빌려 주었다. 그는 그 돈을 일정한 기한 내에 갚겠다고 약속했으나 기한이 지나도 돈은 오지 않았다. 채권자한테 독촉을 받지는 않았지만, 수주일 간 나는 어쩔 줄을 모르고 지냈다. 드디어 편지하고 돈이 도착했는데, 이번에도 그는 자기의 참모습을 발휘하지 않고는 못 견뎠다. 편지에는 감사의 인사 대신에 다른 사람이라면 혼란스럽게 만들 조롱의 구절들만 크니텔 시 형식으로 씌어 있었기 때문이었다. 그러나 나는 조금도 흔들리지 않았다. 그의 가치에 대해 너무나 굳은 신념을 지니고 있었기 때문에 그것에 해가 될 수도 있는 모든 모순된 것까지 나는 포용하려 하였다.

자신이나 타인의 결점은 유익한 결과를 기대하지 않는 한 절대로 입 밖에 내서는 안 된다. 그래서 나쁜 지적은 삼가려고 한다.

감사와 배은은 도덕의 세계에서 항상 일어나는 일이며, 인간 상호 간에는 절대로 조용히 넘어갈 수 없는 사건 중의 하나다. 나는 감사하지 않는 것, 배은, 감사에 대한 반감을 서로 구분하고 있다. 첫 번째 것은 인간의 타고난 본성으로, 인간은 그렇게 만들어졌다. 그것은 불쾌한 것이든 기분 좋은 것이든 모두 다행스럽게도 경솔하게 망각하는 데에서 생기는 것으로, 이 망각 덕택으로 인간은 삶을 계속 영위할 수 있다. 인간이 생활해 나가려면 외부적인 협력이 끝없이 필요하므로 만일 태양과 지구, 신과 자연, 조상과 부모, 친구와 동료에게 늘 적절한 감사를 표하다가는 새로운 은혜를 받아들여 즐길 수 있는 시간이나 감정의 여유가 남지 않을 것이다. 하지만 자연 그대로의 인간이 경박한 마음의 지배에 몸을 맡기면 냉랭한 무관심만 차츰 늘어나게 된다. 그러면 은인을 타인처럼 보고, 그 사람에게 해가 되는 것이라도 자기에게 이익이 되는 것이라면 아무래도 상관없다고 생각하게 된다. 이것이 교양을 갖추지 못한 사람이 필연적으로 빠지게 되는 야비함에서 생겨나는 배은이다. 감사를 싫어하는 것, 즉 은혜를 불만과 혐오감으로 보답하는 것은 극히 드문 일이며 선택된 특별한 사람들에 있어서만 볼 수 있다. 즉 위대한 소질이나 그 징후를 가지고 하층 계급 혹은 절망적인 처지에서 태어났기 때문에 어려서부터 스스로 진로를 개척하고 모든 방면에서 도움과 원조를 받아야 하는데 은인들이 굼떠서 불쾌하고 역겨운 도움밖에 받지 못한 경우이다. 이들이 받은 것은 세속적인데, 그 대신에 수행한 것은 한층 높은 품격의 것이어서 엄밀한 의미의 보상은 생각할 수가 없다. 레싱은 인생의 전성기에 터득한 체험을 바탕으로 이 문제에 대해서 단도직입적으로 쾌활하게 표명한 일이 있었지만, 반면에 헤르더는 젊은 시절에 그를 사로잡았던 불쾌감을 훗날에도 정신력으로 조절할 줄을 몰랐다.

이런 요구는 자신에게는 할 수 있을 것 같다. 인간으로 하여금 자기 자신을 깨닫도록 늘 작용하는 자연의 빛은, 이런 경우 그의 상황에 관해 알려주고 친절한 도움을 준다. 일반적으로 도덕적 수양의 기회가 많을 때 결점을 너무 과중하게 보거나 이겨 낼 수 없는 엄격한 수단을 찾아도 안 된다. 어떤 결점은 아주 쉽게, 유희하듯 떨쳐 낼 수 있기 때문이다. 예를 들어 우리는 단지 습관에 의해서 감사의 마음을 환기하고, 그것을 생생하게 간직하고, 하나의 욕구로까지 만들 수 있다.

전기를 쓰려면 자신에 관해 말하는 것이 좋다. 나는 원래 고마움을 별로 느끼지 못하는 편이다. 그래서 은혜를 망각하고 순간적인 불화에서 오는 격렬한 감정으로 자칫하면 배은으로 빠지는 일이 많았다.

이것에 맞서기 위해 우선 나는 내가 소유하고 있는 것을 어떻게 얻게 되었는지를, 그것이 선물인지 교환인지 사들였는지, 혹은 다른 방법에 의한 것인지를 생각해보는 습관을 붙였다. 나의 수집품을 남에게 보일 때는 그것을 내 손에 들어오도록 소개해 준 사람들에 관해서 이야기하는 습관과, 귀중한 물건이 내 것으로 된 기회, 우연, 혹은 먼 인연이나 협조에 관해서도 적절하게 감사를 하는 습관을 붙였다. 이렇게 하면 주변에 있는 것들이 생명을 얻고, 그것을 우리는 아름다운 첫 만남과 관련지어 생각하게 된다. 과거의 상황이 현재가 되어 눈앞의 존재를 귀중하고 의미 있게 보게 하고, 선물을 보낸 사람들을 자주 떠올리고 그 모습에 유쾌한 추억을 연결해 배은하지 못하도록 하며, 때에 따라 보답을 하고 싶은 마음을 갖게 된다. 동시에 구체적인 소유물이 아닌 것에 대해서도 생각을 하게 되어, 자신의 고귀한 보물이 언제 누구에게서 받았다는 것을 몇 번이든 추억하게 된다.

이제 나에게 소중하고 얻은 바가 많은 헤르더와의 관계로부터 시선을 돌리기 전에 한두 가지 더 이야기해야겠다. 교양에 도움이 되고 특히 현재까지도 진지하게 전념하고 있는 일들에 대해서 내가 헤르더에게 터놓고 말하기를 점점 꺼리게 된 것은 극히 자연스러운 일이었다. 그는 내가 좋아하는 것을 대부분 흥미 없게 만들었다. 특히 내가 재미있다고 생각한 오비디우스의 《변신 이야기》에 대해서도 그는 가혹한 비난을 가했다. 나는 이 애독서를 극구 변호했고 이처럼 밝고 아름다운 세계를 신이나 반신(半神)들과 함께 배회하면서 그들의 행동과 정열을 맛보는 것은 청년의 공상을 위해서 무엇보다도 즐거운 것이라고 말했다. 또 앞서 말한 어느 진지한 분[211]의 견해를 자세히 설명하고 나 자신의 경험을 인용하면서 재삼 확인시켰는

---

211 제9장 앞부분에서 이미 언급되었는데, 빌란트를 말한다.

데도 불구하고, 그는 인정하지 않았고 그 작품에는 고유하고 확실한 진실성이 없다고 우겼다. 거기에는 그리스도, 이탈리아도, 태고의 세계나 문명의 세계도 없으며, 전부 기존의 모방뿐이며 교양이 과잉된 사람이 할 수 있는 기교적인 묘사뿐이라고 반박했다. 나는 마지막으로 탁월한 개인의 창작물 역시 자연이며, 고금을 막론하고 모든 민족 중에서도 그 시인만이 시인이라고 주장했지만 역시 전혀 공감을 얻어 내지 못했다. 그 때문에 나는 반박을 참아야 했다. 그뿐인가, 오비디우스에도 거의 싫증을 느끼게 되었다. 어떠한 애착이나 습관도 자기가 신뢰하는 뛰어난 사람들에게 비난을 받으면서까지 그것을 유지할 수 있을 정도로 강하지는 못한 법이다. 항상 무엇인가 문제가 된다. 그리고 무조건 사랑할 수 없다면 그 사랑은 이미 의심스러운 것이다.

내가 아주 조심스럽게 그에게 숨긴 것은, 내 마음속에 뿌리를 박아 차츰 성숙해져 시적 형태를 취하려던 어떤 대상에 대한 관심이었다. 그것은 《괴츠 폰 베를리힝엔》과 《파우스트》였다. 괴츠의 인생 이야기는 나를 감동하게 했다. 거칠고 무질서한 시대를 사는, 거칠고 선량하며 독자적인 그 인물은 나의 공감을 불러일으켰다. 파우스트의 인형극 이야기는 내 마음속에 복잡한 반향을 불러일으켰다. 온갖 지식을 추구하면서 나도 일찍부터 지식의 공허함을 깨닫게 되었다. 나 역시 삶에서 다양한 시도를 해 보았지만 언제나 더욱 불만스럽고 더욱 고통을 받으며 되돌아오고 말았다. 나는 이런 문제를 다른 문제들처럼 언제나 염두에 두었고, 고독할 때는 그것을 생각하며 즐겼다. 그러나 헤르더에게 아주 철저하게 숨긴 것은 나의 신비주의적이고 밀교적인 화학과 그것에 관련된 것이었다. 나는 아직도 그것을 좋아하면서 철저하게 이론으로 만들려고 비밀리에 열중하고 있었다. 나는 창작 중에서는 《공범자》를 그에게 봐달라고 했던 것 같다. 그러나 그에게서 어떤 훈계나 격려를 받았는지는 기억이 나지 않는다. 하지만 틀림없이 평소의 그와 다르지 않았을 것이다. 그에게서 얻는 것은 즐겁지는 않지만 중요해 보였다. 사실 그의 필적까지도 나에게는 어떤 마력을 갖고 있었다. 그가 쓴 편지 한 장, 봉투 한 장도 찢거나 던져버린 기억이 없다. 그러나 공간과 시간이 바뀌다 보니 멋있고 예감에 가득하고 행복했던 그 시대의 기록이 수중에 남아있는 것이 하나도 없다.

나에게와 마찬가지로 다른 사람들에게 끼친 영향에 관해서는 헤르더의 매력이 슈틸링으로 불리는 융에게 끼친 매력에 대해 말하지 않을 수 없다. 융의 성실하고 공정한 노력에 대해서는 적어도 인정이 있는 사람이면 모두 흥미를 느꼈으며, 무엇인가를 함께 나눌 수 있는 사람이라면 누구나 그의 감수성에 관해 공공연하게 말하지 않을 수 없었다. 그에 대해서만은 헤르더도 관대한 태도를 보였는데, 그가 보이는 반사 작용은 언제나 자신이 받은 영향과 비례하는 것으로 보였다. 융의 완고함은 선의로 가득했고 과감한 행동에는 온화성과 진실성이 담겨있기 때문에 이해심 있는 사람이라면 그를 가혹하게 대할 수 없었고, 호의를 가진 사람이라면 그를 조롱하거나 비웃을 수 없었다. 융 역시 헤르더에게 매료되어 그의 모든 행동에서 힘을 얻고 격려를 느낀 것 같았다. 거기에 비례해서 나에 대한 그의 우정이 줄어들 정도였다. 그렇지만 우리는 변함없이 좋은 동료였고, 늘 서로 돕고 서로 친절히 돌보았다.

하지만 우리는 우정으로 가득한 병실을, 정신의 건강보다 질병을 논하는 토론의 광장을 나와서 야외로, 대사원의 넓은 발코니로 나갔다. 우리 젊은이들이 포도주가 넘치는 잔을 들고서 지는 태양에 작별을 고하기 위해 저녁이면 모이던 그 시간이 아직 그 자리에 그대로 있는 것 같다. 거기서 우리는 모든 이야기를 중지하고 다만 주위의 경치에 눈이 팔렸다. 모두 시력을 시험하면서 누구나 가장 먼 곳에 있는 것을 보고 식별하려고 애썼다. 망원경의 힘을 빌려 교대로 자기가 가장 좋아하고 가장 중요하게 생각하는 장소를 자세히 설명해 주었다. 이 풍경 속에 유난히 눈에 띄지는 않지만 나에게 유난히 매력적인 장소도 있었다. 이럴 때는 주고받는 이야기에 상상이 자극되어 작은 여행을 약속했다. 때로는 즉석에서 실행되는 일도 빈번했다. 여러 가지 중에서 나에게 많은 의미에서 많은 수확이 있었던 여행에 관해 이제 이야기하고자 한다.

귀한 식탁 친구였던 엥엘바흐[212]와 바일란트[213]는 두 사람 모두 남쪽 알자스 출신이었는데, 나는 그들과 함께 말을 타고 차베른으로 여행을 했다. 화창한 날씨에 아담하고 다정한 마을이 조용히 미소 짓고 있었다. 주교의 거대한 성을 바라보며 우리는 경탄하지 않을 수 없었다. 새로 지은 넓고 큰 마구간의 호화스러움은 주인이 얼마나 안락하게 사는지를 증명하고 있었다. 우리는 층계의 화려함에 놀랐고 경외심을 가지고 방과 홀들을 돌아다녔다. 그것은 우리가 보게 된 식사 중인 추기경의 작고 쇠약한 몸과 뚜렷한 대조를 이루고 있었다. 정원은 훌륭했고, 성의 중앙을 직선으로 통과하는 약 45분 거리의 운하는 과거 주인의 의지와 세력이 얼마나 컸는지를 말해주고 있었다.

---

212 Johann Conrad Engelbach (1744~1802?).

213 Friedrich Leopold Weyland (1750~1785): 의학도.

우리는 이리저리 돌아다니면서 광대한 알자스 평야 끝의 포게젠 산 기슭에 있는 이 아름다운 지역을 두루 감상했다.

왕국령의 이 종교적 전초 지점을 구경하고 푹 쉬고 나서 우리는 다음 날 아침 일찍 강대한 왕국의 문을 여는 공공의 보루에 이르렀다. 상상할 수도 없이 어마어마한 노력으로 이루어진 유명한 차베른의 언덕이, 떠오르는 햇볕을 받으며 우리 앞에 나타났다. 마차 세 대가 나란히 갈 수 있는 넓은 도로가 거의 느껴지지 않을 정도의 완만한 경사를 이루며 험한 산 위로 구불구불 나 있었다. 도로는 평평했고 보행자를 위해 약간 높게 만들어 놓은 양편의 보도와 산의 물을 끌어내리는 석조의 배수로 등 모든 것이 깨끗하고 정밀하며 단단하게 만들어져 훌륭한 모습이었다. 우리는 서서히 팔츠부르크 성에 도달했는데, 성채는 적당한 높이의 언덕 위에 서 있고, 보루는 거무스레한 암석 위에 같은 종류의 암석으로 우아하게 서 있었는데, 흰 석회를 칠해 메운 이음새에는 네모난 돌의 크기가 정확히 드러나 공사의 정밀함을 역력히 증명하고 있었다. 장소 자체도 전체가 성곽에 어울리게 질서정연하게 석조로 건축되어 교회당의 품위가 넘쳤다. 일요일 아침 아홉 시였는데, 우리가 길을 걸어가고 있을 때 음악이 들려왔다. 사람들은 이미 음식집에서 즐겁게 왈츠를 추고 있었다. 이 지방 사람들은 물가가 오르든 기근의 위협이 있든 오락을 중지하지 않았다. 빵집 주인이 여행에 필요한 빵을 팔지 않으면서 우리더러 어느 때라도 식사를 할 수 있는 여인숙으로 가보라고 했을 때도 우리의 흥겨운 기분은 조금도 우울해지지 않았다.

뛰어난 건축술을 다시 한 번 감상하고 알자스를 조망하는 상쾌한 경치를 또 한 번 즐기기 위하여 우리는 말을 타고 언덕길을 내려갔다. 북스바일러에 도착하니 바일란트가 성대한 환영 준비를 해놓고 있었다. 작은 마을의 분위기는 쾌활한 청년들 기분에 딱 맞았는데, 집안의 상황을 더 가깝고 친밀하게 느낄 수 있기 때문이었다. 여유롭고 한가한 관청 업무, 도시적인 생업, 농사와 원예일 사이에서 이리저리 여유롭게 움직이는 사람들의 가정생활은 우리에게 호감을 일으켰다. 어울리는 것은 불가피했는데, 그런 데서 일어나기 쉬운 주민들의 부조화 같은 것이 없다면 나그네가 제한된 범위 안에 있는 것도 즐거운 일이다. 이 작은 도시는 프랑스 통치하에서 다름슈타트 태수의 소유로, 하나우 리히텐베르크 백작령의 수도였다. 이곳은 정부와 의회가 있어서 매우 아름답고 아늑한 중심지였다. 고성과 언덕 위에 멋스럽게 설계된 정원을 구경하러 떠났을 때 우리는 시내에서 보았던 불규칙한 거리와 건축 양식 같은 것은 이내 잊어버렸다. 다양한 공원, 길들인 꿩과 야생 꿩의 사육장, 기타 비슷한 시설들의 흔적은 이 조그마한 수도가 전에 얼마나 안락했었는지 말해 주었다.

그러나 가장 훌륭한 것은 가까이 있는 바스트베르크 언덕에서 낙원과 같은 멋진 주변 지역을 내려다본 광경이었다. 수많은 조개껍질로 쌓여 있는 이 언덕은 처음으로 태고의 흔적으로 나의 시선을 끌었다. 나는 조개가 이처럼 커다란 더미로 쌓여있는 것을 본 적이 없었다. 호기심에 찬 시선은 주변으로 쏠렸는데, 우리는 마지막 구릉에서 평지를 향해 서 있었다. 북쪽으로는 작은 숲과 함께 비옥한 평야가 연이어 펼쳐져 있었으나, 근엄한 산줄기에 막혀 있었다. 산맥은 서쪽 차베른을 향해 뻗어 있었고, 주교의 성과 거기서 한 시간 정도의 거리에 있는 성 요한 수도원이 명확하게 구별되었다. 거기서부터 시선은 어렴풋이 사라져 가는 포게젠 산맥을 지나 남쪽으로 향했다.

북동쪽으로 시선을 돌리니 리히텐베르크 성이 암석 위에 보였고, 남동쪽을 보면 끝없는 알자스 평야가 펼쳐져 멀리 안갯속에서 시야에서 멀어져 가는데 그 끝에는 슈바벤 산맥들이 그림자처럼 지평선 속으로 사라지고 있었다.

세상을 별로 많이 여행하지 않았지만 나는 여행에서는 물길을 알아보고 작은 개울도 그것이 어디로 흘러가는지를 알아두는 것이 중요하다는 것을 깨달았다. 그런 물음을 통해 둘러싸고 있는 하천 지역을 조감할 수 있고, 서로 이어진 고도에 관해 알 수 있어 확실한 해결의 끄나풀을 손에 넣게 되는 것이다. 이 끄나풀은 지형을 바라보거나 추억하는 데 도움을 줄 뿐 아니라 각 지방의 지리, 정치 문제에 관한 혼돈에서도 벗어날 수 있게 해준다. 이런 생각을 하면서 나는 사랑스러운 알자스에 작별을 고했다. 다음 날 아침에는 로트링엔으로 떠날 예정이었다.

그날 저녁은 친밀한 대화를 하며 보냈는데, 즐겁지 않은 현재를 대화하면서 더 나았던 과거를 회상하면서 즐겁게 만들 수 있었다. 여기서는 분별력과 행동이 탁월했던, 최근에 세상을 떠난 라인하르트 폰 하나우 백작[214]의 이름이 계속 입에 올랐는데, 그의 삶을 기리는 훌륭한 기념물들이 곳곳에 남아 있었다. 이런 사람은 이중의 은인이라는 장점을 가지고 있는데, 과거에는 당대를 행복하게 만들었고 그 뒤에는 후대 사람들의 감정이나 용기를 북돋고 격려해 주는 까닭이다.

북서쪽 산악 지대로 접어들어 구릉 지역의 고성 뤼첼슈타인을 지나서 자르 강과 모젤 강 유역으로 내려왔을 때, 마치 황량한 서쪽

---

214 Johann Reinhard 2세 (1665~1736).

지방의 상태를 보여주려는 듯이 하늘에 구름이 끼기 시작했다. 거기서 보켄하임이란 작은 마을에 이르러 별궁이 있고 잘 건축된 노이자르베르덴을 건너자 우리 눈앞에는 자르 강 골자기 양옆으로 산들이 이어졌다. 만약에 그 산자락에 호나우라고 불리는 초원과 목초지가 자르알벤까지, 그리고 그 너머 안 보일 때까지 펼쳐져 있지 않았더라면 황량해 보였을 것이다. 로트링겐 공작의 말 사육장인 커다란 건물들이 눈에 띄었다. 그 건물들은 현재 농장으로 사용되고 있는데 그런 용도에 안성맞춤이었다. 우리는 자르게뮌트를 거쳐 자르브뤼크에 도착했다. 이 조그만 별궁은 암석투성이 삼림 지대 속에 있는 하나의 밝은 점이라고 할 수 있다. 마을은 작은 구릉지였지만 전의 영주가 잘 가꾸어 놓아 안락한 인상을 주었다. 집들은 모두 회백색으로 칠해져 있고 높이가 가지각색이어서 다양한 모습이었다. 아름답고 훌륭한 건물들에 둘러싸인 광장 한복판에는 소규모이기는 해도 주위와 균형을 이루며 루터파 교회가 서 있었다. 성의 전면은 마을하고 같은 평지지만, 후면은 반대로 험악한 암석 절벽이었다. 이 절벽에는 쉽게 계곡으로 내려갈 수 있도록 층계를 만들어 놓았을 뿐 아니라 아래쪽의 한쪽은 하천의 위치를 변경하고 다른 쪽은 암석을 파서 길쭉한 네모꼴의 정원용 대지를 만들어 놓았다. 그리고 이 지면 전체에 흙을 덮어 식물을 심을 수 있게 했다. 이런 계획이 실행된 시기는 정원을 조성하는 데 있어서 오늘날 풍경 화가의 안목의 도움을 받듯이 건축가의 조언을 받는 시대였다. 호화스럽고 아늑하고 우아한 이 성의 모든 설비는 성의 주인이 선대의 영주처럼 생을 즐기는 사람임을 말해주고 있었다. 현재의 주인은 그곳에 없었다. 관장 폰 귄데로데[215]는 사흘간이나 기대 이상으로 정중하게 우리를 영접했다. 다양하게 배우기 위하여 나는 친했던 지인들을 이용했다. 선대 영주의 환락에 찬 생애는 화제를 제공하고도 남았으며, 또 그 토지가 제공하는 장점을 이용하기 위해서 수립한 다양한 조치들도 화제가 되었다. 나는 산악 지대에 흥미를 느꼈으며 일생 머리에서 떠나지 않았던 경제적, 기술적 관찰의 욕구가 솟아올랐다. 우리는 풍부한 두트바일 탄광과 제철소, 명반 제조소에 관해서는 물론 아직도 불타고 있는 산 이야기도 들었다. 그래서 이런 신기한 것을 가까이에서 보려고 준비했다.

우리는 숲이 무성한 산맥을 지나갔다. 이 산들은 화창하고 비옥한 토지에서 온 사람들에게는 황량하고 쓸쓸하게 느껴질 것이 틀림없었다. 그 속에 있는 것만이 관심을 끌었다. 우리는 여러 시설을, 즉 낫 공장과 철사 제작소를 구경했는데 낫 공장에서는 기계가 사람의 손을 대신하는 것을 보고 기뻐했고 철사 제작소에서는 지성과 관념이 통합되어 높은 유기적인 활동을 하는 것을 보고 감탄했다. 명반 광산에서는 매우 유용한 이 원료의 채굴과 정제에 관한 것을 자세히 알게 되었다. 희고 기름이 흐르는 푸석푸석한 흙 같은 물건이 쌓여 있는 것을 발견하고 용도를 물었더니 광부가 미소를 지으며, 그것은 명반을 제조할 때 표면에 떠오르는 거품인데, 슈타우프 씨가 그것도 쓸데가 있을지 모른다고 모아 놓게 한 것이라고 대답했다. "슈타우프 씨가 아직 생존해 계신가요?" 일행 한 사람이 깜짝 놀라서 물었다. 사람들이 그렇다면서 예정된 여정을 따라가면, 그리 멀지 않은 곳에

---

215 Max Freiherr von Günderode (1730~1777),

외따로 있는 그의 집을 지나게 될 것이라고 말했다.

우리는 명반수가 떨어지는 배수로를 따라 길을 올라갔다. 그리고 유명한 두트바일 석탄이 채굴되는, 탄갱이라고 부르는 횡갱도 옆을 지나갔다. 이 석탄은 건조하면 어둡게 변색한 강철의 짙푸른 빛깔을 내고, 움직일 때마다 아름다운 무지개 빛깔이 표면에 어렸다. 그러나 캄캄한 갱도 입구에는 안의 물건을 채굴해서 주위에 쌓아 놓았기 때문에 들어가 보고 싶은 생각이 들지 않았다. 계속해서 구운 명반 편암을 씻어 내는 노천갱에 이르렀는데, 전부터 들어 왔지만, 신기한 일이 우리를 놀라게 했다. 계곡으로 들어갔는데 거기는 이미 불타는 산의 지역이었고 강렬한 유황 냄새가 주위를 둘러쌌다. 동굴의 한쪽은 열을 뿜고 있었고, 거기엔 하얗게 타버린 불그스름한 돌로 덮여있었다. 틈바구니에서는 짙은 연기가 솟아오르고 지면의 열은 두툼한 구두창을 통해서까지 느껴졌다. 어째서 이 지역이 타오르기 시작했는지는 모르지만, 이 우연한 현상은 명반 생산에 큰 이익을 주었다. 즉 산의 표면을 형성하고 있는 명반 편암은 완전히 구워진 상태라서 잿물만 빼내면 되기 때문이다. 이 계곡은 사람들이 점차 석회화된 편암을 운반해가서 소비했기 때문에 생긴 것이다. 우리는 계곡에서 산정으로 기어올랐다. 우아한 너도밤나무 숲이 골짜기에 이어 양쪽으로 퍼져있는 공터를 에워싸고 있었다. 몇몇 나무는 열기로 인해 이미 말라죽었고, 다른 나무들은 시들어가고 있었으나, 그 옆에는 뿌리까지 위협하면서 다가오는 열기를 아직 느끼지 못하는 싱싱한 나무들이 서 있었다.

공터의 여기저기 구멍에서는 연기가 솟아오르고 이미 연기를 다 내뿜은 구멍도 있었다. 불은 파헤쳐진 낡은 폐갱과 수직 갱도 속에서

10년 동안 타고 있었는데, 서서히 밑으로 내려가고 있었다. 이 불은 새로운 석탄층의 틈새로 퍼져 나가는 것 같았다. 숲 속으로 이삼백 보 들어간 곳에 풍부한 탄맥으로 보이는 뚜렷한 징후를 파들어 가려고 했으나 얼마 안 가서 광부들은 맹렬한 연기에 몰려 쫓겨났다. 갱구는 다시 묻어 버렸다. 은둔하고 있는 화학자의 주택 옆을 지나가며 보니 거기서는 아직도 연기가 나고 있었다. 그의 주택은 산과 숲 사이에 있었다. 계곡은 그 근방에서 매우 다양하고 멋진 구비를 만들어 내고 있었는데, 주위의 지면은 새까매서 석탄처럼 보였다. 석탄층이 여기저기서 밖으로 드러났다. 과거에는 불 철학자라고 불리던 석탄 철학자의 거처로 더 이상 적당한 주거지는 없을 것이다.

거처로 그리 구차하지 않은 집 앞에 이르자 슈타우프 씨를 발견했다. 그는 이내 내 친구를 알아보고 우리를 환영했으며 새로운 정부에 대한 불만을 호소했다. 우리는 그의 이야기를 통해서 명반 제조소나 그 외에 좋은 의도로 세워진 시설들이 외적 혹은 내적 사정으로 비용만 들고 유지가 되지 않는다는 여러 가지 이야기를 알게 되었다. 그도 당시의 화학자들처럼 자연물로 모든 것을 이룰 수 있다는 내적 감정에 사로잡혀 사소한 것, 부차적인 것까지 열심히 관찰하지만 부족한 지식 탓에 경제적, 상업적인 이익을 내는 데는 서툰 사람이었다. 그래서 그가 기대하고 있는 거품의 이용이란 것도 아득한 일이었다. 그는 불타는 산에서 얻어 온, 한 덩어리의 염화암모늄을 우리에게 보여 주었을 뿐이다.

남들에게 불평을 털어놓게 된 것을 기뻐하면서 비쩍 마르고 노쇠한 이 작은 노인은 한쪽 발에는 구두를, 또 한쪽 발에는 슬리퍼를 신고 흘러내리는 양말을 연신 추켜올리며 수지(樹脂) 공장이 있는 산으로 발을 끌면서 올라갔다. 전에 그가 세운 이 공장은 이제는 애석하지만 황폐해지는 대로 내버려 둘 수밖에 없었다. 거기에는 서로 연결된 노(爐)가 늘어서 있는데 석탄에서 유황을 제거하여 제철에 사용할 수 있도록 만들기 위한 것이었다. 그러나 기름이나 수지, 심지어 매연까지도 놓치지 않고 이용하려고 했기 때문에 사업은 실패로 돌아갔다. 전의 영주는 취미로 생각하고 장래를 기대하며 사업을 진행했지만, 오늘날엔 누구나 직접적인 수익을 따지는데, 수익을 증명할 수 없는 까닭이었다.

우리는 이 연금술사를 고독 속에 남겨 두고 이미 늦었기 때문에 서둘러 프리드리히스탈 유리 공장으로 갔다. 이곳을 지나면서 우리는 이 공장에서 인간의 기술에 의한 가장 중요하고 경탄할 만한 일에 대해서 알게 되었다.

그러나 이 뜻깊은 경험보다 우리 청년들에게 더욱 흥미가 있었던 것은 몇 가지의 유쾌한 모험과 노이키르히 부근에서 해 질 무렵에 본 예기치 않았던 불꽃이었다. 며칠 전 밤에 자르 강변에서 암석과 관목 사이에 수많은 구름 떼 같이 반딧불이 반짝이는 것을 보았는데, 여기서는 불꽃을 뿜는 화덕이 재미있는 불꽃놀이를 보여 주고 있었다. 밤이 깊어서 산골 속에 있는 제련소에 도착하여 불꽃이 솟는 화덕의 작은 틈에서 흘러나오는 불빛에 희미하게 비치는 초막의 신기한 어스름이 반가웠다. 쏴쏴 하는 물소리와 수력으로 움직이는 풀무 소리, 녹은 철 속으로 귀를 멍하게 하고 정신이 혼란토록 불어대는 무서운 바람 소리가 우리를 몰아내어 우리는 산 중턱에 위치한 노이키르히로 돌아오고 말았다.

다양한 것을 구경했고 흥분되었지만 나는 이날 돌아와서 쉴 수가 없었다. 나는 행복하게 잠든 친구를 남겨 두고 그곳보다 높은 곳에 있는 수렵용 별장으로 올라갔다. 산과 숲이 멀리 보였지만 맑은 밤하늘에는 윤곽만 알아볼 정도였고 산허리나 계곡은 알아보기가 어려웠다. 잘 보존된 그 건물은 텅 빈 채 쓸쓸히 서 있었다. 지키는 사람도 사냥꾼도 보이지 않았다. 나는 테라스를 휘감은 층계의 큰 유리문 앞에 앉았다. 숲이 울창한 이 산속에서 나는 여름밤의 환한 지평선에 비해 더욱 어둡게 보이는 숲에 묻힌 암흑세계를 내려다보았고, 별이 반짝이는 창공 아래 인적 없는 장소에 오랫동안 앉아 있었다. 이런 적막을 느낀 일은 이제까지 한 번도 없었던 것 같았다. 그래서 별안간 멀리서 부는 피리 소리가 향유의 향기처럼 적막한 분위기를 깨뜨렸을 때 얼마나 기뻤는지 모른다. 그때 그리운 사람의 모습이 떠올랐다. 이 여행에서 받은 여러 인상 때문에 묻혀 있던 그 모습이 점점 뚜렷해지자 나는 서둘러 숙소로 돌아왔다. 숙소에 돌아온 나는 아침 일찍 출발할 준비를 하였다.

돌아오는 길은 갈 때의 길을 이용하지 못했다. 츠바이브뤼켄도 아름답고 기억할 만한 별궁으로 우리들의 주의를 끌 만한 가치가 있었지만 우리는 서둘러 지나갔다. 크고 단순한 성에 정연하게 심어져 있는 보리수와 사냥용 말들을 길들이기 위한 설비를 갖춘 공터, 큰 마구간, 영주가 놀이를 위해 세운 민가들에 잠깐 시선을 던졌을 뿐이다. 이 모든 것과 주민들 특히 부인과 소녀들의 복장과 행동은 먼 지방과 연관되었음을 보여주었는데, 라인 강 건너 지방에서 오랫동안 벗어나지 못하고 있는 파리와의 연관성을 뚜렷이 나타내고 있었다. 우리는 교외에 있는 공작의 술 창고에도 가보았다. 상당히 넓은 그곳에는 커다랗고 아름다운 술통이 가득했다. 우리는 계속 걸어갔는데 그곳은 자르브뤼크와 유사해 보였다. 거칠고 황량한 산 사이에 자리 잡은 몇 안 되는 마을이 있었는데 거기에는 곡식을 경작한 흔적조차 없었다. 우리는 호른바흐를 옆에 끼고 비취 마을로 들어갔다. 이 작은 마을은 물줄기가 둘로 갈라져 하나는 자르 강으로, 다른 하나는 라인 강으로 흘러들어 갔다. 우리의 발은 강 쪽을 향했다. 그러나 그림처럼 산 하나를 휘감고 있는 아름다운 비취 마을과 그 위에 있는 성채에서 시선을 뗄 수가 없었다. 성채 일부는 암석 위에, 일부는 암석을 파내고 지은 것이었다. 지하의 공간은 특히 주목할 만했다. 상당한 수의 사람과 말이 숙영할 수 있는 충분한 장소에 훈련장으로 쓸 만한 지하실, 제분소, 예배당 등 세상이 어지러울 경우 지하에서 필요한 것들이 있었다.

쏟아져 내리는 시냇물을 따라 우리는 베렌탈을 통과했다. 양편 언덕의 우거진 숲은 버려진 채 수천 그루의 고목이 서로 겹쳐 썩고 있었으며 절반이 부패한 원목에서 새 가지가 수없이 싹트고 있었다. 길손들의 이야기 속에서 폰 디트리히라는 이름이 들렸는데, 이 삼림지대에서 여러 차례 그 이름이 존경에 가득 차 들려왔다. 이 사람은 근면성과 수완, 재산, 재산의 이용과 응용 등 모든 방면에서 균형을 이루고 있었다. 그는 자기가 늘린 소득에 대하여 정당하게 기뻐했고, 확보한 이익을 당연하게 즐길 줄 아는 사람이었다. 널리 견문할수록 일반적으로 유명한 사람 외에 지방마다 존경과 사랑을 받는 사람들의 이름을 알게 되는 것이 나는 기뻤다. 몇 가지 질문을 통해 나는 폰 디트리히가 다른 사람보다 먼저 철, 석탄, 목재 같은 산이 가진 자원의 용도를 깨닫고 근면히 노력하여 재산을 늘린 사람이라는 것을 알 수 있었다.

우리가 도착한 니더브론은 그것에 관한 새로운 증거였다. 그는 이 지방에 훌륭한 제철 공장을 설립하려고 이 작은 마을을 폰 라이닝겐 백작과 그 밖의 공동소유자들에게서 사들였다.

로마인에 의해 건설된 목욕장에서 부조, 비문, 기둥머리, 기둥의 몸체 같은 귀중한 유물들이 농가에서, 쓰레기와 농기구 사이에서 신비한 빛을 발하며 나로 하여금 고대의 정신을 절실히 느끼게 해주었다.

그래서 근처에 있는 바젠부르크 성에 올라갔을 때, 한편의 기반이 된 거대한 암석 위에 잘 보존된 메르쿠어 신[216]에 대한 감사를 서약하는 비문 앞에서 나는 경건한 마음이 되었다. 성 자체는 해변에서 평야에 이르는 마지막 산 위에 있었다. 그것은 로마인의 유적 위에 독일인이 세운 성의 폐허였다. 그 탑에서 나는 다시 한 번 알자스 전체를 전망했다. 뚜렷하게 보이는 대사원의 첨탑이 슈트라스부르크의 위치를 표시하고 있었다. 바로 가까이에는 하게나우의 대삼림이 펼쳐져 있었고, 도시의 탑들이 그 배후에 우뚝 솟아 있었다. 나는 그쪽으로 이끌리듯 갔다. 말을 타고 우리는 폰 디트리히가 훌륭한 성을 쌓게 한 라이히스호프를 지나 니더모더른 부근의 언덕에서 하게나우 숲을 따라 흐르는 작은 모더 강의 아름다운 물줄기를 내려다보았다. 우스꽝스럽게도 석탄갱을 조사해 보겠다는 친구를 남겨 두고 나는 떠났는데, 그런 일은 두트바일에서 더 가능성이 높다. 나는 하게나우를 거쳐서 마음이 가는 대로 지름길을 달려 그리운 제젠하임으로 말을 몰았다.

---

216 상업의 신.

험악한 산악 지대의 전망과 맑고 비옥하고 상쾌한 평야의 전망도 상냥하고 친절한 대상에 기울어진 나의 마음을 묶어놓지 못했다. 이번에도 역시 갈 때보다 귀로가 즐겁게 느껴졌다. 귀로는 또다시 내 마음을 사로잡았는데, 내가 온 마음을, 사랑과 존경을 바치고 있는 어느 고귀한 여성 곁으로 나를 이끌어 가기 때문이었다. 그러나 독자들을 그녀의 시골 주택으로 안내하기 전에 그녀에게서 내가 느끼게 된 애정과 행복을 북돋고 고조시키는 데 도움이 될 사건부터 이야기하려 한다.

근대 문학에서 내가 뒤떨어질 수밖에 없었던 것은 프랑크푸르트에서의 내 생활이나 내가 열중하던 공부로 알 수 있는데, 슈트라스부르크에서의 체류도 나를 그 방면으로 이끌어주지는 못했다. 그러나 헤르더가 나타나면서 풍부한 지식뿐 아니라 많은 재료와 신간 서적들도 가지고 왔었다. 그는 《웨이크필드의 시골 목사》[217]를 걸작이라고 소개하면서 독일어 번역서를 직접 낭독해 주었다.

그의 낭독 방법은 아주 독특했다. 그의 설교를 들어 봤다면 그것이 어떤 것인지 누구나 상상할 수 있을 것이다. 무엇을 낭독해도 그렇지만 그는 이 소설을 진지하고 소박하게 낭독했다. 긴장감이 넘치거나 표정을 바꾸는 표현은 어디에도 찾아볼 수 없고, 서사시를 낭독할 때 허용되는, 아니 요구되는 다양성까지도 그는 피했다. 다시 말해 여러 인물이 말을 할 경우에도 말투를 별로 바꾸지 않았는데, 그런데도 한 사람 한 사람 말하는 것이 강조되고 행동하는 사람이 서술하는 사람과 구별되었다. 헤르더는 단조롭지 않게 모든 것을 하나

---

217 영국 작가인 Oliver Goldsmith의 소설.

의 음조로 연이어 읽었다. 모든 일을 지나간 일로, 작품 속 인물의 모습이 눈앞에서 약동하는 것이 아니라 조용히 흘러가듯이 읽었다. 이런 그의 낭독은 무한한 매력이 있었다. 왜냐면 그가 모든 것을 깊이 느끼고 그런 작품의 다양성을 존중할 줄 알았기 때문에 작품의 가치가 순수하고 명확하게 나타나 세부적인 강조로 혼란을 일으키거나 전체적인 느낌이 손상되는 법이 없기 때문이었다.

아마도 개신교 시골 목사는 현대 목가의 가장 아름다운 소재일 것이다. 그는 멜기세덱[218]처럼 한 몸에 사제와 왕을 겸한 사람으로 등장한다. 그는 지상에서 생각할 수 있는 가장 순박한 상태, 농부의 생활 상태와 상통하는, 비슷한 일을 하며 가족 상황도 비슷하다. 그는 아버지이며 가장이고 농부이고 완전히 교구의 일원이다. 그의 더 높은 직책은 순수하고 아름다운 현실에 기초를 두고 있다. 그에게 주어진 임무는 인간을 현실사회에서 인도하고 정신적인 교육을 보살피고, 일생의 중요한 시기에 축복을 해주고 그들을 가르치고 격려하며 위로하고, 현재의 위로가 불충분할 때는 더 행복한 미래에 대한 희망을 품도록 해주고 보증해 주는 일이다. 순수한 인간적인 마음을 지니고 여하한 경우에도 굽히지 않을 만큼 강하며, 순결이나 강직을 기대할 수 없는 대중을 초월하는 인물을 상상해 보라. 그 인물에게 직책에 필요한 지식과 한시라도 선행을 주저하지 않는 정열적이고 쾌활하고 변함없는 행동을 부여한다면 그의 성격을 충분히 나타낼 수 있다. 하지만 작은 범위 정도가 아니라 아주 더 작은 범위로 들어가는 데 필요한 소박함을 거기에 첨가해 보기 바란다. 선량함, 관용, 의연

---

218 구약 성서에 나오는 살렘왕.

함, 기타 확고한 성격에서 오는 아름다운 면을 그에게 부여하고, 거기에 이 모든 것 이외에 기분 좋은 양보심, 자신과 타인의 잘못에 미소를 보낼 수 있는 관용을 덧붙인다면, 이것으로 훌륭한 웨이크필드 목사의 모습을 대강 그려볼 수 있을 것이다.

기쁨과 슬픔을 통한 그의 인생항로에서 이러한 성격의 표현, 완전히 자연적인 것과 기이하고 신기한 것이 결합하여 이야기가 점점 재미있어지는 줄거리는 이 소설을 지금까지 쓰인 가장 우수한 작품으로 만들었다. 더욱 이 소설의 큰 특징은 완전히 도덕적이고, 순수한 의미에서 기독교적이며, 선한 의지와 정의의 고수에 대한 보답이 서술되어 있고, 신에 대한 절대적 신앙을 시인하며, 악에 대한 선의 궁극적 승리를 확증할 뿐만 아니라 어느 것에도 위선이나 고루함의 흔적이 없다는 것이다. 작가가 이 두 점에 빠지지 않고 있는 것은 작품 중 여러 상황에서 아이러니로 드러난 고매한 정신에 의한 것으로, 이 작품은 아이러니로 우리에게 현명하고 선량한 인상을 주고 있다. 작가인 의사 골드스미스는 의심의 여지 없이 도덕 세계에 대해서, 또 그 세계의 가치와 결함에 대해서 탁월한 식견을 가지고 있다. 동시에 그는 자기가 영국인이란 사실을 감사하게 받아들이고, 그 나라 국민이 그에게 제공한 이익이 많다는 것을 인정하고 있는 것 같다. 그가 묘사하고 있는 가정은 시민적인 행복의 최하층에 속하지만, 최고의 층과 맞닿아 있다. 점점 좁아져 가는 좁은 생활 범위는 자연스러운 시민사회의 발전에 따라 넓은 세계와 관련을 맺게 된다. 이 조그마한 배는 영국 사회의 굽이치는 큰 물결 위에서 항해하고 있다. 그리고 이 배는 행이든 불행이든 주위에서 돛을 올리고 있는 거대한 선박들로부터 손상되거나, 혹은 구조를 받을 수밖에 없다.

나는 독자들이 이 작품을 알거나 기억하고 있으리라고 생각한다. 처음 들어 보는 사람이나 다시 읽어 보겠다는 생각을 하게 된 사람도 아마 나에게 감사하게 될 것이다. 덧붙여 말해 두고자 하는 것은, 시골 목사의 부인은 자신은 물론 가족에게 조금도 부족한 점이 없는 활동적이고 좋은 성격을 가졌지만, 자신이나 가족에 대해서 약간 자만심을 가지고 있다는 점이다. 두 딸 중 올리비에는 예쁘고 외향적이며, 소피아는 매력적이고 내향적이다. 또 근면한 아버지를 숭배하는 다소 우락부락한 아들 모제스의 이름도 빠뜨리고 싶지 않다.

헤르더의 낭독에서 결점을 찾는다면 성급하다는 것이었다. 듣는 사람이 정확하게 느끼고 적절히 생각해 보거나 그것을 알아듣고 이해할 때까지 기다려 주지 않고 성급히 반응을 알려고 했다. 반응이 나타나면 그것이 또 불만이었다. 나의 감정이 차츰 넘쳐흐르자 그는 감정의 과잉이라고 꾸짖었다. 나는 인간으로, 젊은이로 모든 것을 생생하게, 진실로, 눈앞의 일로 느꼈다. 내용과 형식만 관찰하는 그는 내가 소재에 압도되고 있는 것을 꿰뚫어 보았고, 그것을 용인하지 않았다. 별로 섬세하지 않은 인물 페겔로프에 대한 비판이 가장 나빴다. 그가 특히 화를 낸 것은 우리들의 예리함의 부족이었다. 우리는 작가가 자주 사용하는 대조법을 미리 알아보지 못하고, 빈번히 반복되는 기교도 알아채지 못한 채 감동에 빠지고 마음을 빼앗긴다는 것이었다. 그러나 삼인칭 서술에서 일인칭으로 넘어가면서 버첼의 정체가 드러나기 시작하는 바로 서두에서 그가 화제의 귀족인 것을 우리는 곧 알아채지 못하고 예상조차 못 하자 헤르더는 이를 용서하지 않았다. 가련하고 초라한 나그네가 부유하고 권세 있는 귀족으로 변하면서 정체를 드러냈을 때 우리가 어린아이처럼 기뻐하자 그는 우리가 작가의 의도대로 건성으로 넘긴 부분을 지적했다. 그는 작품을 예술 창작품으로 보고, 우리에 대해서도 자신과 같은 견지를 요구했고, 예술 작품이 우리에게 자연의 산물로 작용하도록 내버려두는 상태인 우리의 어리석음을 호되게 질책했다.

나는 헤르더의 질책에 조금도 흔들리지 않았다. 다행인지 불행인지 대체로 젊은 사람들은 일단 어디선가 영향을 받게 되면 그것이 내부에 흡수되어 좋은, 혹은 나쁜 일의 발단이 되기 쉽다. 앞서 작품은 이유를 설명할 수 없을 만큼 나에게 큰 인상을 남겼다. 나는 여러 대상, 즉 행과 불행, 선과 악, 삶과 죽음을 초월해 진실로 시적인 세계에 도달하게 하는 반어적 성향에 동감하고 있었다. 그리고 후일에야 의식하게 되었지만, 당시 그 작품은 나에게 딱 맞는 작품이었다. 단지 나는 가상의 세계에서 그와 흡사한 현실 세계로 이내 자리를 옮기게 될 줄은 꿈에도 생각지 못하고 있었다.

알자스 출신인 식탁 친구 바일란트는 가끔 근처에 있는 친구와 친척들을 방문하면서 조용하고 근면한 생활에 활기를 주고 있었다. 내가 산책하러 갈 때면 여러 장소와 가정을 안내해주고 소개장을 써주는 등 여러모로 도움을 주었다. 그는 슈트라스부르크에서 6시간 걸리는 드루젠하임 근처에 상당한 교구를 담당하며 총명한 부인과 귀여운 두 딸과 함께 사는 어느 시골 목사의 이야기를 늘 했다. 그때마다 그는 그 가정이 손님을 좋아하고 친절하다고 칭찬했다. 그래서 일이 없는 날에는 말을 타고 야외로 나가는 젊은 기사의 마음을 부추겼다. 결국, 우리는 그곳으로 소풍 가기로 했다. 그때 나는 친구에게 이런 다짐을 하게 했다. 나를 소개할 때 나에 관해서 장점도 단점도 말하지 말 것, 나를 무관심하게 취급해 줄 것, 나쁘진 않더라도 약간 초라하고 허물없는 복장을 하고 가는 것을 승낙해 달라는 것이었다. 그는 순순히 동의하며 그러는 것도 재미있겠다고 기대했다.

유명한 인물이 가끔 내적인 본질을 한층 더 순수하게 나타내기 위해서 때로 외적인 장점을 숨기는 것은 눈감아줄 수 있는 장난이라고 할 수 있다. 그러므로 군주의 변장이나 거기에서 발생하는 모험에는 언제나 유쾌한 점이 있다. 인간의 모습을 한 그들이 베푸는 모든 선행을 이중으로 높이 평가할 수 있고, 불쾌한 것은 가볍게 취급하거나 피할 수 있는 위장한 신처럼 보이게 한다. 제우스신이 필레몬과 바우키스 집에서,[219] 하인리히 4세가 사냥 놀이를 한 후 몰래 농부들 틈에 끼어 즐거워한 것은 자연스럽고 누구나 좋아하는 일이다. 그러나 지위도 이름도 없는 청년이 변장하고 즐거움을 맛볼 생각을 한다는 것은 용납할 수 없는 오만이라고 생각할지도 모른다. 그러나 여기서는 사상이나 행동을 이야기하거나, 그것이 얼마나 칭찬, 혹은 비난받아야 하는지가 문제가 아니라, 사고나 행동을 밝혀내어 어떻게 일이 일어났는지가 중요하므로, 우리의 즐거움을 위해 이 젊은이의 오만을 용서하고 싶다. 나의 변장술은 어려서부터 엄격한 아버지한테서 자극을 받은 것이었다.

나는 낡은 내 옷과 몇 개의 빌린 옷을 입었고, 머리를 아주 이상하게는 아니지만 그래도 유별나게 만들었다. 친구는 웃음을 참지 못했다. 나는 소위 풋내기 기사의 태도나 몸짓을 그대로 흉내 낼 줄 알았다. 아름다운 도로와 화창한 날씨, 또 라인 강 근처라는 점이 우리

---

219 제우스가 인간의 모습으로 어느 마을에 왔을 때 아무도 그들을 맞아주지 않았으나 늙은 필레몬과 바우키스 내외만이 그들을 따뜻이 대접했다. 그 보상으로 마을 전체가 홍수에 잠겼을 때 이들 부부는 구원을 받았다.

를 기쁘게 했다. 드루젠하임에서 잠시 쉬었는데 친구는 옷차림을 가다듬기 위해서였고, 나는 때때로 잊어버릴 우려가 있는 역할을 환기하기 위해서였다. 근방의 풍경은 넓고 평탄한 알자스의 특징을 고스란히 보여 주었다. 아담한 길을 말을 달려 초원을 지나 우리는 곧 제젠하임에 도착했다. 우리는 말을 숙소에 맡기고 어슬렁어슬렁 목사관으로 갔다. "오해하지 말게. 낡고 형편없는 농가같이 보이지만, 안은 아주 새것 같다네." 멀리서 그 집을 가리키며 바일란트가 말했다. 뜰 안으로 들어서자 전체가 마음에 들었다. 그곳이야말로 소위 그림 같다고 말하는, 네덜란드 미술에서 나를 매혹하는 그런 아름다움을 지니고 있었다. 사람이 만든 모든 물건에 세월이 끼친 영향이 현저하게 눈에 들어왔다. 집과 헛간, 외양간이 폐허 상태로, 보존할지 신축을 할지 결정을 짓지 못한 채 이도 저도 못하고 있었다.

마을과 마찬가지로 뜰 안도 조용하고 인적이 없었다. 들어가 보니 키가 자그마하고 조용하며 친절한 목사가[220] 혼자 있었다. 가족은 밖에 나가고 없었다. 반갑게 맞으며 그가 마실 것을 권했지만 우리는 사양했다. 내 친구는 여자들을 찾으러 나갔고 나와 주인만 남았다. 그가 말을 꺼냈다. "아마 당신은 내가 유복한 마을에서 수입도 많은 지위에 있으면서 이런 초라한 집에 사는 것이 이상할 것입니다. 그러나 이것은 결단력이 없어서 그런 것입니다. 벌써 오래전부터 마을 사람들이나 관청으로부터 집을 개축하도록 계획이 되어 설계도를 만들고 검토와 변경까지도 했지만 아직 포기도 시행도 하지 못하고 있습니다. 이렇게 몇 해가 지나니 어찌해야 좋을지 모르겠군요." 나는

---

220 Johann Jacob Brion (1717~1787): 1760년부터 제젠하임의 목사였음.

일을 강력하게 추진하도록 그에게 희망을 북돋고 자극을 주는 답변을 해주었다. 그는 그 일을 좌우하는 입장에 있는 사람들에 관해 터놓고 이야기했다. 그는 특별히 인물 묘사에 능숙하지 않았지만 나는 일이 왜 부진했는지 충분히 이해할 수가 있었다. 이 목사가 사람을 믿는 데는 특별한 점이 있었다. 그는 마치 십년지기처럼 이야기했고, 특별히 나에 대해 경계를 하지도 않았다. 드디어 친구가 목사의 아내와 함께 들어왔다. 그녀는 나를 전혀 다른 눈으로 쳐다보는 것 같았다. 이목구비가 반듯하고 사려 깊은 표정으로 보아 아마 젊었을 때는 무척 아름다웠을 것 같았다. 키가 크고 나이에 맞게 적당히 호리호리했다. 뒷모습은 아직도 젊고 아름다워 보였다. 뒤따라 큰딸이 활발하게 뛰어들어 와 앞서 두 사람과 마찬가지로 프리데리케[221]에 대해서 물었다. 아버지는 세 사람이 함께 집을 나간 후로는 보지 못했다고 대답했다. 딸은 동생을 찾으러 다시 밖으로 나갔다. 부인은 다과를 날라 왔고, 바일란트는 목사 부부와 이야기를 계속했다. 아는 사람들이 그렇듯이 세 사람의 이야기는 모두 아는 친구들이나 사건에 관한 것들이었다. 나는 듣고 있으면서 이 사람들 대화에서 내가 어느 정도나 기대할 만한지 알게 되었다.

큰딸이 동생을 찾지 못한 것을 걱정하며 들어왔다. 모두 작은딸 걱정을 하면서 이런저런 좋지 못한 습관을 비난했다. 그러나 아버지만은 조용히 말했다. "내버려 두면 돼. 틀림없이 돌아올 테니까!" 그때 거짓말처럼 그녀가 안에 들어섰다. 그 순간 이 시골 하늘에 너무나도 아름다운 별 하나가 나타난 것이다. 두 딸은 아직도 독일식이라

---

221 Friderika Elisabeth Brion (1752~1813).

고 불리는 복장을 하고 있었다. 거의 자취를 감춘 이 민속 의상을 프리데리케는 참으로 어울리게 입고 있었다. 무릎 위까지는 귀여운 다리를 드러내 주었고, 주름 장식이 있는 짧고 흰 둥근 치마는 더 없이 사랑스러운 작은 발이 보일 정도로 복사뼈보다 길지 않았다. 거기에 몸에 꼭 맞는 흰 조끼와 까만 비단 앞치마를 입고 있는 그녀는 시골 처녀와 도시처녀의 모습을 모두 갖추고 있었다. 그녀는 날씬한 체격에 마치 아무것도 몸에 걸치지 않은 것처럼 경쾌하게 걸었고, 귀엽고 탐스러운 금발 머리보다 목이 너무나 가냘프게 보였다. 그녀는 맑고 파란 눈으로 찬찬히 주위를 둘러보았다. 잘생긴 동그란 코는 아무 근심도 없는 듯이 마음껏 공기를 들이마시고 있었다. 밀짚모자를 팔에 걸고 있었는데, 첫눈에, 단숨에 귀엽고 사랑스러운 그녀를 보고 그 아름다움을 알아보게 되어 나는 행복했다.

그들을 관찰할 시간이 있어서 그렇게 선량한 사람들을 놀리는 것이 어쩐지 부끄러웠지만 나는 내 역할을 착실히 연기하기 시작했다. 소녀들도 합세해서 이야기를 열심히 재미있게 하기 시작했다. 모든 이웃과 친지들이 화제에 올랐고 아저씨, 아주머니, 사촌, 오고 간 사람들, 교부, 나그네의 모습들이 떠올라 내가 몹시 번거로운 세계에 사는 듯이 여겨졌다. 가족들은 모두 몇 마디씩 나와 이야기를 했고 부인은 왔다 갔다 할 때마다 나를 눈여겨보았다. 제일 먼저 나와 이야기를 한 것은 프리데리케였다. 내가 주위에 흩어져 있는 악보를 집어서 들여다보고 있으니까 연주를 할 줄 아느냐고 물었다. 내가 할 줄 안다고 대답하니까 그녀는 아무 곡이든 연주해 달라고 청했다. 그러나 목사는 그것을 말리며 주인이 먼저 연주나 노래를 해서 손님을 접대하는 것이 예의 바른 행동이라고 했다.

꽤 숙련된 솜씨로 그들은 시골에서 늘 듣는 다양한 곡을 연주했는데, 피아노는 교사가 조율한 지 상당히 오래되어 보였다. 그녀가 감미롭고 애처로운 노래를 부를 것으로 생각했는데 전혀 그렇지 않았다. 그녀는 자리에서 일어나 미소를 지으며, 미소를 지었다기보다 평상시의 쾌활하고 즐거운 표정으로 말했다. "제가 노래를 잘 부르지 못하는 것이 피아노나 선생님 탓은 아닙니다. 밖으로 나가게 되면 알자스나 스위스 노래를 들려 드릴게요. 그런 노래를 더 잘하니까요."

저녁 식사 때 명랑한 큰딸과 작은딸의 애교로 말미암아 내 생각이 자주 흔들렸지만 그래도 나는 말없이 전부터 머릿속에 떠오르던 상상에 열중했다. 내가 실제로 웨이크필드 가족과 어울리고 있다고 착각이 들 정도였다. 목사는 소설 속의 그 훌륭한 인물과 비교할 수는 없었다. 그런 인물이 실제로 어디에 있겠는가! 소설의 남편이 지니고 있던 품위는 부인에게서 볼 수 있었다. 그녀의 태도를 보고 있으면 존경심과 경외심을 금할 수 없었다. 부인이 훌륭한 교육을 받은 것을 알 수 있었는데, 그녀의 행동은 조용하면서도 여유롭고 쾌활해서 사람을 끌었다.

큰딸은 올리비에처럼 요란한 아름다움은 없지만 좋은 체격과 쾌활하고 정열적인 성격으로 언제나 적극적이었고 어머니를 도왔다. 프리데리케를 프림로즈의 딸 소피로 대치하는 것은 어려운 일이 아니었다. 소피에 대한 묘사는 거의 없고 귀엽다는 말만 있었는데, 프리데리케야말로 귀여웠기 때문이다. 같은 일을 하거나 같은 장소가 나타나면 똑같지는 않아도 비슷한 효과가 나타나는 법인데, 여기서도 많은 이야기가 나오다 보니 웨이크필드 가정과 같은 화제나 사건이 많았다. 아버지가 초조하게 기다리던 어린 아들이 방 안에 뛰어들어 와 손님들을 개의치 않고 대담하게 우리 옆에 와 앉았을 때, 나는 거의 "모제스,[222] 너도 왔구나!"라고 소리칠 뻔했다.

식사 때의 대화에서 그 지방과 가족들의 이야기를 하면서 이런저런 재미있는 이야기를 나누었기 때문에 더 자세히 알게 되었다. 내 옆에 앉아 있던 프리데리케는 구경할 만한 가치가 있는 곳에 관해 이야기를 해주었다. 이야기가 다른 이야기를 계속 끌어들였기 때문에 나도 그만큼 수월하게 대화에 끼어들어 비슷한 사건을 이야기할 수 있었다. 훌륭한 토속 포도주가 아낌없이 나왔기 때문에 나는 까닥하면 내 연극 역할을 잊어버릴 지경이었다. 나보다 조심스러운 친구가 아름다운 달빛을 구실로 산책을 제안했는데 즉석에서 모두 환영이었다. 친구는 큰딸과 나는 작은딸과 팔짱을 끼고 우리는 넓은 들판을 걸어갔다. 우리는 끝이 안 보이는 지면보다는 머리 위의 하늘을 쳐다보며 걸었다. 프리데리케의 이야기에는 달빛같이 애매한 것이 전혀 없었다. 그녀의 재치 있는 말솜씨는 밤을 낮으로 만들 정도로 훌륭했다. 그녀의 말에는 감정을 암시하거나 일깨우는 점이 조금도 없었다. 단지 점점 나와 관련된 이야기가 많아졌을 뿐이다. 그녀는 자신의 상황, 지역, 친지들에 관해서 내가 차차 알게 될 만한 것을 소개해 주었다. 그러면서 자기 집을 한 번 다녀간 손님들이 재차 방문하듯이 나도 예외가 되지 말고 다시 방문해 달라고 말했다.

그녀가 움직이고 있는 작은 세계에 관해, 그리고 그녀가 특히 높게 평가하는 사람들에 관해 하는 이야기를 조용히 듣는 것은 즐거웠다. 그런 것을 통해서 그녀는 자신의 상황에 관해 명확하고 친절하게

222《웨이크필드의 시골 목사》에 등장하는 이름.

알려주었는데, 그것은 나에게 신기한 영향을 끼쳤다. 나는 그녀와 전부터 함께하지 못했던 것이 몹시 화가 났으며, 동시에 그때까지 그녀의 주위에서 행복을 차지해 온 사람들에 대해서 고통스럽고 억제할 수 없는 질투를 느꼈다. 마치 나에게 그런 권리라도 있는 듯 나는 그녀가 이웃이니 종형제니 교부니 하는 이름으로 지칭한 남자들에 대해 이리저리 추측을 해보았다. 그러나 사정을 잘 모르는 내가 거기서 무엇을 알아낼 수 있단 말인가. 결국, 그녀는 점점 말이 많아졌고 나는 점점 침묵하게 되었다. 그녀의 모습은 주위와 함께 어둠 속에서 어른거렸기 때문에 나는 마치 그녀의 마음속을 들여다보는 것 같았다. 마구 숨김없이 이야기를 털어놓았기 때문에 그녀의 마음은 한없이 순수하다고 여기지 않을 수 없었다.

함께 손님방으로 들어오자 친구는 신이 나 통쾌한 농담을 터뜨리며 소설 속 프림로즈의 가정과 비슷해서 나를 놀라게 한 것을 많이 자랑했다. 나도 그 사실에 동의하고 감사를 표시했다. 그는 큰 소리로 말했다. "정말이야! 믿을 수 없을 만큼 똑같아. 이 가정은 그 가정과 정말 비슷해. 여기 있는 변장한 신사는 자기를 버첼 씨로 자처해도 좋을 정도야. 일상생활에서는 소설과 달리 악인들은 필요 없으니, 이번에는 내가 조카의 역할을 맡아서 그보다 훨씬 훌륭한 연기를 해 보이겠네." 재미는 있었지만 나는 곧 대화를 중단하고 무엇보다도 그가 나의 실체를 누설하지나 않았는지 양심에 비추어 물어보았다. 그는 "아니"라고 했다. 나는 그를 믿었다. 슈트라스부르크에서 함께 하숙하고 있는 식탁 친구에 관해 그들이 물었지만, 엉터리 이야기를 해주었다는 것이다. 그래서 나는 다음 질문으로 넘어갔다. 그녀가 연애한 적이 있는지, 혹시 현재 연애 중인지 아니면 약혼을 했는지를 물었다. 그는 모두 부정했다. 나는 대답했다. "사실 저렇게 쾌활한 천성을 나로선 이해할 수 없네. 연애하다가 실연 후 다시 안정되었거나 아니면 약혼을 했거나, 이 두 가지 경우라면 이해할 수 있지만 말이야."

이렇게 우리는 밤늦게까지 떠들어댔다. 날이 밝자 나는 다시 생기가 넘쳐 그녀를 또 만나고 싶은 간절한 마음을 억제할 수 없었다. 그러나 옷을 입을 때 나는 경솔하게 택했던 형편없는 의상에 깜짝 놀랐다. 입으면 입을수록 형편없어 보였다. 사실 모든 것이 그런 효과를 계산한 것들이었다. 머리 손질 같으면 그럭저럭 어떻게 하겠는데, 마지막에 낡아 빠진 빌린 회색 저고리를 껴입고, 소매가 짧아 괴상망측하게 된 모습을 거울에 이리저리 비춰 보았을 때는 정말이지 절망적이었다. 한 군데도 나은 곳이 없이 여기저기가 우스꽝스럽게 보이기 때문이었다.

이렇게 내가 치장을 하는 동안 친구는 잠이 깨어 푹신한 비단 이불 속에서 거리낌 없는 만족감과 하루에 대한 즐거운 기대감으로 나를 바라보고 있었다. 나는 의자에 걸려 있는 그의 훌륭한 옷이 부러웠다. 그가 나와 체격이 같다면, 친구 앞에서 그의 옷을 빼앗아 갈아입고 재빨리 정원으로 나가 버렸을 것이다. 내 저주스런 옷을 남겨 놓고 말이다. 그는 내 옷을 걸쳐도 괜찮을 만큼 장난스러우므로, 그렇게만 하면 사건은 아침 일찍 유쾌한 결말을 맺을 수 있을 것이었다. 그러나 그것은 불가능한 일이었고 다른 뾰족한 방법도 없었다. 친구가 나를 근면하고 재치 있지만 가난한 신학생이라고 소개했는데, 그렇게 변장한 나에게 어젯밤 그처럼 터놓고 친절하게 이야기했던 프리데리케 앞에 도저히 다른 모습으로 나타날 수는 없었다. 나는 화가 나서 갖은 궁리를 다 해보았지만, 소용이 없었다. 그때 기분 좋게 기지개를 켜고 있던 친구가 나를 쳐다보더니 별안간 큰 소리로 웃어대며 말했다. "정말이지, 자네는 괴상망측해 보이네." 나는 격렬하게 대꾸했다. "어떻게 하면 되는지 알겠네. 잘 있어, 나는 먼저 실례하겠네!" — "이 친구가 정신이 나갔나!" 그가 침대에서 뛰어내리며 나를 잡으려 했다. 그러나 나는 이미 문을 나와 계단을 내려가 집과 마당을 벗어나 여관으로 달리고 있었다. 순식간에 나는 말에 안장을 매어 미친 듯이 드루젠하임으로 말을 몰았다. 그곳을 지나고도 한참이나 말을 몰았다.

안전하다고 생각되자 나는 천천히 말을 몰았다. 그러자 처음으로 안타까운 감정이 느껴졌다. 나는 운명에 몸을 맡기고 차분히 마음을 가라앉힌 후 어젯밤의 나들이를 떠올리며 머지않아 그녀와 다시 만날 희망을 마음속에 간직했다. 그런데 이 평온한 마음이 곧 초조로 변했다. 나는 빨리 시내로 달려가 옷을 갈아입고 원기 있는 말을 구하기로 했다. 잘하면 아마 식사 전에, 아니면 후식 때나 저녁 무렵에는 확실하게 도착해서 용서를 빌 수 있을 것 같았다.

이 계획을 실천하기 위해서 말에 박차를 가하려던 그 순간, 또 하나의 좋은 생각이 떠올랐다. 어제 드루젠하임에서 깨끗이 옷차림을 한 여관집 아들을 보았는데 그는 오늘도 아침 일찍 시골 일을 시작하면서 나에게 인사를 했다. 그는 나와 같은 체격이었다. 생각은 곧 실천으로! 나는 말머리를 돌려 드루젠하임에 도착했다. 마구간에 말을 집어넣고 그 젊은이에게 제젠하임에서 재미있는 장난을 할 계획인데 옷을 좀 빌려 달라고 단도직입적으로 청했다. 자세한 이야기를 할 필요도 없이 그는 나의 청을 기꺼이 받아 주었고, 아가씨들을 즐겁게 해주려는 나를 칭찬했다. 그러면서 그 처녀들은 몹시 성실하고 착한데, 프리데리케 아가씨가 특히 더 그렇다며, 그녀들의 부모들도 늘 유쾌하고 즐겁게 지내고 있다고 말했다. 조심스럽게 관찰하더니 복장으로 보아 나를 가난뱅이 학생으로 보고 그가 이렇게 말했다. "잘 보이려면 그렇게 하는 게 좋겠네요." 우리는 옷을 바꿔 입었다. 그는 나하고 옷을 바꿔 입을 이유가 없었지만, 진심이었고 게다가 내 말이 마구간에 있기 때문이었다. 깔끔한 옷차림을 하고 나는 가슴을 펴 보았다. 그는 자기와 닮은 내 모습을 기분 좋게 관찰하고 있었다. "좋습니다, 형님!" 그가 나에게 악수를 청했다. 나도 힘주어 그 손을 잡았다. "그런데 우리 아가씨한테 너무 접근하지는 마십시오. 아가씨가 잘못되면 안 됩니다."

다시 자라난 내 머리는 대충 그의 머리처럼 가르마를 할 수가 있었다. 그의 얼굴을 자세히 들여다보고 나는 불에 태운 코르크로 그의 짙은 눈썹을 적당히 흉내 내고 눈썹 사이를 가운데로 더 가깝게 모이도록 했다. 수수께끼 같은 계획에서 외모도 수수께끼로 만들 작정이었다. 그가 띠를 두른 모자를 내주자 내가 말했다. "그런데 목사님 댁에 전해 드릴 것은 없나요? 그러면 목사님 댁을 자연스럽게 방문할 수가 있을 텐데."―"좋습니다. 그런데 두 시간 정도 기다려야겠습니다. 우리 집에 산모가 있어요. 목사님 사모님에게 케이크를 갖다 드리겠다고 할 테니 그것을 전해 주십시오. 잘난 척하기 힘듭니다, 장난도 마찬가지입니다." 나는 기다리기로 했다. 두 시간은 한없이 긴 시간이었다. 나는 초조해서 죽을 지경이었다. 세 시간이 지나서야 케이크가 오븐에서 나왔다. 잠시 후에 드디어 따끈한 케이크와 신임장을 들고 얼마 동안은 나와 또 닮은 사람과 함께 아름다운 햇빛 속에 길을 서둘렀다. 그는 저녁에 내 옷을 갖다 주겠다고 했지만, 나는 그것을 거절하고 내가 다시 그의 옷을 돌려주겠다고 약속했다.

나는 깨끗한 냅킨으로 싼 선물을 가지고 뛰었다. 얼마 가지 않아 멀리서 친구가 두 여자와 이쪽으로 향해 걸어오고 있는 것을 발견했다. 나의 가슴은 죄어들었는데 이런 옷차림에는 어울리지 않는 것이었다. 나는 걸음을 멈추고 서서 호흡을 가다듬고 무엇을 해야 할지 생각해 보았다. 그때 지형이 나에게 유리하다는 사실을 발견했다. 그들은 냇물 저편에서 걸어오고 있었고, 나는 풀밭을 걸어가고 있었는데 양쪽 길 사이에는 상당한 간격이 있었다. 그들이 바로 건너편까지 왔을 때 아까부터 나를 주시하고 있었던 프리데리케가 말을 건넸다. "게오르게, 무얼 가지고 왔어요?" 나는 잽싸게 모자를 벗어 얼굴을 가리고 보자기로 싼 물건을 높이 들어 보였다. "아기 세례 케이크군요!" 그녀가 소리쳤다. "누님은 어떠세요?" — "건강합니다." 알자스 사투리는 아니었지만 나는 다른 사람 목소리를 내려고 애썼다. — "집에 갖다 놓으세요!" 큰딸이 말했다. "혹시 어머니가 안 계시면 하녀에게 주세요. 우리도 곧 돌아갈 테니 기다리고 계세요, 알았죠?" 나는 일이 처음부터 순조로웠기 때문에 만사가 잘되리라는 무한한 희망에 차 즐거운 마음으로 길을 서둘러 얼마 후 목사관에 도착했다. 집 안에는 아무도 없었다. 목사가 서재에 있을 것 같아서 그를 놀라게 하고 싶지 않아서 문 앞에 있는 벤치에 앉아 케이크를 옆에 놓고 얼굴을 모자로 가렸다.

이때보다 기분이 유쾌했던 일은 쉽사리 기억나지 않는다. 나는 조금 전까지만 해도 절망에 빠져 비틀대며 뛰어 나갔던 문턱에 다시 앉게 되었다. 이미 그녀를 만났고 귀여운 목소리도 들었다. 게다가 내 속임수 때문에 이별을 한 직후이다. 곧 그녀에게 내 정체가 발각되기를 기다리고 있으려니 가슴이 뛰었다. 이렇게 속이는 것은 발각되어도 부끄러울 것이 없다. 어제 웃었던 어느 장난보다도 더 재미있을 것이다. 사랑과 필요는 최고의 스승인데, 이번에 양자가 협력한 것이다. 그리고 제자도 스승들 못지않았다.

그런데 하녀가 헛간에서 나왔다. "어머나, 케이크네요. 누님은 어떠세요?" — "건강합니다." 나는 대답을 하고 눈을 맞추지 않은 채 케이크를 가리켰다. 하녀는 보따리를 손에 들고 중얼댔다. — "오늘 웬일이에요! 바르바라가 또 다른 남자에 눈을 돌렸네요! 우리에게 너무 화풀이하지 마세요. 그렇게 가다가는 어디 말끔한 결혼이 되겠어요!" 하녀가 약간 언성을 높였기 때문에, 목사가 창가에 나타나 무슨일인지 물었다. 하녀가 나를 가리켰다. 나는 자리에서 일어나 목사쪽을 바라보았으나 모자로 여전히 얼굴을 가리고 있었다. 목사는 무언가 친절한 말을 하면서 나더러 가지 말고 있으라고 했다. 내가 정원 쪽으로 가서 안으로 들어가려고 할 때 대문을 들어서던 목사의부인이 나를 불렀다. 햇살이 강렬해 눈이 부셨기 때문에 나는 또 한번 모자가 주는 혜택을 이용해 오른발을 뒤로 빼며 인사를 했다. 부인은 그냥 가지 말라는 말을 남기고 집 안으로 들어갔다. 나는 정원에서 왔다 갔다 했다. 이제까지는 모든 일이 더할 나위 없이 순조로웠는데 잠시 후 젊은이들이 돌아오리라고 생각하니 몹시 긴장되었다. 그런데 갑자기 부인이 내 옆으로 다가와서 무엇을 물어보려고 내얼굴을 들여다보았다. 나는 미처 더는 얼굴을 가릴 수가 없었고 부인은 놀라 할 말을 잊은 채 서 있었다. 잠시 후 부인이 말했다. "게오르게인 줄 알았는데, 이게 누구야! 당신이군요? 당신은 도대체 몇 가지 모습을 가진 건가요?" — "진짜는 하나뿐이고, 장난할 때는 얼마든지 원하시는 수만큼 입니다." — "장난을 망치지는 않을게요." 부인은 미소를 띠었다. "정원 뒤쪽으로 나가서 풀밭에 있는 것이 좋을 거예요. 열두 시 종이 울리면 오세요. 장난 준비를 해놓을게요." 나는 그 말에 따랐다. 마을 정원의 울타리를 지나서 풀밭 쪽으로 가려고 하는데 마침 샛길에서 두세 명의 마을 사람들이 걸어오는 바람에 나는 당황했다. 그래서 바로 옆에 있는 언덕 위의 숲 쪽으로 길을 바꿨다. 그 숲 속에서 정해진 시간까지 숨어서 기다리기로 했다. 그 속에 들어가니 신기한 기분이 들었다. 벤치가 놓여 있는 깨끗한 공터가 있었는데 어느 벤치에서나 사방의 아름다운 풍경을 바라볼 수 있었다. 한편으로 마을과 교회 탑이, 다른 한편에는 드루젠하임이 보이고, 그 뒤에는 수목이 우거진 라인 강의 섬이, 맞은편에는 포게젠 산과 끝으로 슈트라스부르크의 대사원이 보였다. 여러 가지 화창한 그림들이 덤불이라는 액자에 끼워져서 이보다 더 즐겁고 보기 좋은 광경은 없을 정도였다. 나는 벤치에 앉았다. 그리고 가장 튼튼한 나무에 '프리데리케 쉼터'라고 쓴 작고 길쭉한 나뭇조각이 붙어 있는 것을 발견했다. 내가 이 쉼터를 망가트리러 왔으리라고는 조금도 생각하지 않았다. 싹트는 정열은 그 기원을 모르듯이 그 종말도 생각하지 않는 것이다. 오직 즐겁고 쾌활한 마음뿐으로 불행 같은 것은 예감조차 하지 않는 아름다움을 가지고 있기 때문이다.

사방을 둘러볼 사이도 없이 달콤한 꿈에 정신을 잃고 있었을 때 누군가의 발소리가 들렸다. 바로 프리데리케였다. 그녀는 멀리서 말을 걸었다. "게오르게, 거기서 뭘 해요?" — "게오르게가 아닙니다." 그녀를 향해 가면서 내가 외쳤다. "진심으로 사과드립니다." 그녀는 깜짝 놀라서 나를 뚫어지게 보더니 이내 평정을 되찾고 한숨을 쉬고 나서 말했다. "지독한 분이네, 이렇게 놀라게 하다니!" — "첫 번째 변장의 죄로 두 번째 변장하게 되었습니다." 내가 말했다. "처음 변장은 제가 누구 집에 간다는 것을 조금이라도 알았다면 용서받지 못할 짓이었습니다. 그러나 이번 것은 친절한 사람으로 변장했으니 틀림없이 용서해 주시겠지요." — 그녀의 다소 창백한 볼이 더할 나위 없이 아름다운 분홍빛으로 물들었다. "적어도 게오르게보다 푸대접하진 않겠어요. 자! 여기 앉으세요. 너무 놀라서 간담이 서늘해졌어요."

나는 몹시 감동해서 그녀 옆에 앉았다. "오늘 아침까지의 이야기는 친구분에게서 전부 들었어요. 그러니까 그다음의 이야기를 해주세요." 두 번 재촉을 받을 사이도 없이 나는 어제의 내 모습이 싫어진 것과 집에서 뛰어 나갔던 것 등을 재미있게 이야기했고, 그녀는 애교 있게 마음껏 웃었다. 나는 다른 이야기들도 했는데 조심스러운 말투였으나, 이야기의 형식을 빈 사랑의 고백이라고 볼 수 있을 정도로 열정적이었다. 나는 맞잡은 그녀의 손에 입을 맞추어 그녀와 다시 만난 기쁨을 표시했다. 어젯밤 달빛 아래에서는 주로 그녀가 이야기했지만, 이번에는 내가 실컷 이야기했다. 그녀와 다시 만나 어제 자제했던 이야기를 모두 할 수 있게 된 기쁨은 이루 말할 수 없었다. 나는 이야기에 열중해서 그녀가 생각에 잠겨 침묵하고 있는 것을 알아채지 못했다. 그녀는 몇 번 깊은 한숨을 쉬었다. 나는 몇 번이나 그녀를 놀라게 한 것을 사과했다. 그렇게 얼마 동안이나 앉아 있었는지 몰랐다. 그런데 별안간 "리켄,[223] 리켄!" 하고 부르는 소리가 들렸다. 언

---

223 프리드리케의 약칭.

니의 목소리였다. "재미있는 사건이 일어날 거예요." 전처럼 쾌활해진 귀여운 소녀가 말했다. "언니가 이쪽으로 올 거예요." 그녀는 나를 숨기듯이 옆으로 돌아보며 말했다. "금방 알아보지 못하게 저쪽을 쳐다보고 계세요." 언니가 그 장소로 들어섰는데, 혼자가 아니고 바일란트와 같이 왔다. 두 사람은 우리를 보고 화석처럼 서 있었다.

조용한 지붕에서 별안간 강렬한 불꽃이 치솟는 것을 보거나 흉측한 모습을 한 불쾌하고 끔찍한 무서운 괴물을 만난다 해도 우리는 도덕상 있을 수 없는 일을 우연히 눈앞에 목격할 때처럼 충격적인 경악에 빠지지는 않을 것이다. "무슨 짓이야!" 언니는 놀라서 허둥지둥 소리를 쳤다. "무슨 짓이야? 게오르게와! 손을 잡다니! 어떻게 된 거야?" — "언니." 프리데리케가 근심스런 얼굴로 대답했다. "불쌍한 사람이야. 이 분이 나에게 용서해 달라면서 언니에게도 사과해야 할 일이 있대. 하지만 언니가 먼저 이분을 용서해야 해." — "무슨 말인지 모르겠다." 언니는 머리를 저으며 바일란트를 돌아보면서 말했다. 그는 성격대로 침착하게 아무 말 없이 사태를 지켜보고 있었다. 프리데리케가 자리에서 일어나 나를 잡아당겼다. — "자, 꾸물거리지 말고 사과하고 용서를 비세요." — "네, 그래야지요." 나는 언니 옆으로 가까이 걸어가며 말했다. "용서해 주십시오." 언니는 비명을 지르며 얼굴이 빨개져 뒤로 물러났다. 그리고 풀밭 위를 구르며 배꼽을 잡고 웃어댔다. "자네 정말 대단해!" 바일란트가 빙그레 웃으며 내 손을 잡고 흔들어댔다. 평소에 다정한 몸짓을 좋아하지 않는 그였지만 그의 악수는 진심이 묻어나고 원기를 북돋아 주는 것이었다. 하지만 이번에도 인색하긴 마찬가지였다.

우리는 잠시 쉬며 기분을 가라앉히고 마을로 돌아왔다. 도중에 어떻게 이런 기적 같은 만남이 이루어지게 되었는지 알게 되었다. 셋이 소풍을 나왔다가 프리데리케가 식사 전에 자신의 쉼터에서 좀 쉬었다 가려고 일행과 헤어져 혼자 왔다. 두 사람만 집으로 돌아갔는데 목사의 부인이 점심이 준비되었으니 빨리 프리데리케를 불러오라고 두 사람을 다시 내보냈다는 것이다.

언니는 즐거워하면서 놀렸다. 그리고 어머니가 이미 이 비밀을 알고 있다는 말을 듣고 소리쳤다. "그러면 남아 있는 아버지와 동생, 하인하고 하녀들 전부를 속여야지." 정원 울타리까지 왔을 때 프리데리케와 바일란트만 먼저 집으로 들여보냈다. 하녀는 뜰 안에서 일하고 있었다. 올리비에(이제 언니 이름을 말해도 될 것 같다)가 하녀에게 말을 걸었다. "잠깐, 너한테 할 말이 있어." 그녀는 나를 울타리 옆에 세워 두고 하녀에게로 갔다. 그녀는 아주 진지한 표정으로 이야기했다. 올리비에는 게오르게가 약혼자인 바르바라와 사이가 나빠져서 대신 그녀와 결혼하고 싶어 하는 것 같다고 말했다. 그것은 그 하녀에게 솔깃한 이야기였다. 다음에는 내가 나서서 그 이야기를 증명해야 했다. 귀엽고 순박한 그녀는 내가 앞에 갈 때까지 눈을 내리깔고 그대로 서 있었다. 그러나 별안간 낯선 얼굴을 보자 비명을 지르며 달아나 버렸다. 올리비에는 나더러 그녀를 쫓아가 집 안에 들어가 소동을 일으키지 않도록 꼭 잡고 있으라고 했다. 자기는 아버지의 상태를 살피고 오겠다는 것이었다. 도중에 올리비에는 하녀에게 호감을 느낀 하인을 만났다. 나는 그사이 하녀를 쫓아가서 그녀를 꼭 붙들고 있었다. "생각 좀 해봐! 참 다행스러운 일이야!" 올리비에가 하인에게 말을 걸었다. "게오르게가 바르바라와는 끝났고 리제랑 결혼한대." —"전부터 그럴 줄 알았어요." 선량한 하인은 기분이 언짧아 그 자리에 서 있었다.

나는 하녀에게 단지 목사를 속이려는 것이 목적이라고 이해시키고 하인 쪽으로 걸어갔다. 하인은 돌아서서 가려고 했지만 리제가 그를 잡았다. 사건의 진상을 듣자 그는 어리둥절해했다. 우리는 함께 집으로 걸어갔다. 식탁은 준비되어 있었고 목사는 벌써 방에 와 있다. 올리비에는 등 뒤에다 나를 끌고 방문까지 가서 말했다. "아버지, 게오르게도 같이 식사해도 되죠? 그런데 모자를 쓰고 있어도 좋다고 허락해 주세요." ─ "괜찮다. 그런데 웬일이냐? 어딜 다쳤느냐?" 그녀가 모자를 쓰고 있는 나를 앞으로 밀면서 말했다. "아뇨! 모자 속에 새 둥지가 있는데, 새끼들이 밖으로 나오려고 소동을 일으킬 것 같아서요. 새들이 아주 버릇이 없네요." 목사는 무슨 뜻인지 몰랐지만, 농담으로 받아들였다. 그 순간 그녀는 내 모자를 벗기고 한 발 뒤로 빼며 몸을 숙여 인사를 하고 나에게도 그렇게 하라고 했다. 목사는 내 얼굴을 보고 알아보았지만, 목사다운 침착한 태도를 잃지 않았다. "저런! 신학생이로군!" 그는 위협하듯이 손가락을 쳐들며 말했다. "전공이 하도 빨리 바뀌어 하룻밤 사이에 나는 조수를 잃게 되었군. 어제는 나 대신 종종 설교단에 올라가 주겠다고 약속을 하더니만." 그는 웃으며 나를 환영했다. 우리는 식탁에 자리 잡았다. 모제스는 상당히 늦게 들어왔다. 귀여움만 받고 자란 막내아들이라 그는 식사시간을 알리는 열두 시 종소리를 귀담아듣지 않을 때가 많았다. 모임에 별로 신경을 쓰지 않았고, 이상한 일이 있어도 별 관심이 없었다. 안전한 방법을 쓰기 위해서 나는 자매 사이에 앉지 않고 게오르게가 자주 앉던 식탁의 끝에 앉았다. 그는 내 뒤쪽으로 들어와 내 어깨를 무심히 두드리면서 말했다. "아저씨, 많이 잡수세요." ─ "고맙습니다,

도련님." 내가 대답했다.

낯선 음성과 낯선 얼굴에 그는 깜짝 놀랐다. 올리비에가 말했다. "어때? 이 분, 게오르게하고 똑 닮았지?"—"음, 뒤에서 보니까 그러네." 그가 정신을 차리고 대답했다. 그는 나를 두 번 다시 쳐다보지 않고 늦게 온 것을 만회하려는 듯이 열심히 먹었다. 그리고 때때로 식탁에서 일어나 뜰과 정원에서 하고 싶은 일을 제멋대로 하고 왔다. 후식 시간에 진짜 게오르게가 와서 자리는 더욱 활기를 띠었다. 모두 그의 질투심을 놀렸고, 그가 사랑을 가지고 경쟁한다는 것은 찬성할 수 없다고 말했다. 그러나 그는 매우 겸손하고 능란했다. 은근슬쩍 자신과 약혼녀, 자기를 모방한 나와 목사님 딸들에 관한 이야기를 뒤섞어 마지막에는 누구 이야기인지 알 수 없게 되었다. 사람들은 그가 포도주와 자기가 가져온 케이크를 조용히 먹도록 내버려두었다.

식사가 끝난 후 소풍을 나가자는 말이 나왔다. 그러나 내 농부 복장으로서는 어울리지 않았다. 여자들은 내가 옷 때문에 아침 일찍부터 그처럼 헐레벌떡 도망친 것을 알고 사촌이 오면 사냥할 때 입는 좋은 외투가 옷장에 걸려 있는 것을 생각해 냈다. 나는 거절했다. 겉으로는 농담처럼 거절했지만 속으로는 내가 농부로서 만들어낸 좋은 인상을 그 사촌으로 인하여 파괴하고 싶지 않은 허영심이 있었다. 목사는 낮잠을 자러 갔고, 부인은 집안일에 분주했다. 친구가 나에게 무슨 이야기라도 하라고 제안했다. 나는 즉석에서 승낙하고 널찍한 정자로 나가 동화를 들려주었는데 그것은 훗날 〈신(新) 멜루지네〉[224]란 제목으로 집필한 이야기이다. 그것과 〈신(新) 파리스〉와의 관계

---

224 이 노벨레는 후에 《빌헬름 마이스터의 편력시대》에 삽입되었다.

는 청년과 소년 같은 관계이다. 우리를 기분 좋게 둘러싸고 있던 전원의 현실과 순박함이 환상의 유희로 손상될 우려만 없다면 그 이야기를 여기에 삽입했을 것이다. 아무튼, 나는 그 이야기의 저자와 화자에게 보답하는 것, 즉 호기심을 불러오고 관심을 붙들어두고 수수께끼를 어서 풀도록 독촉하고 기이한 일을 한층 기이한 일로 혼란을 일으키고, 연민과 공포를 일으키고 걱정하게 하고 감동하게 해, 중대 사건으로 보이던 것을 마침내 재치 있고 명랑한 농담으로 변화시켜 정서를 만족하게 하고, 상상력에는 새로운 상상을, 지성에는 더 깊은 사고를 하도록 할 소재를 남기는 데 성공했다.

앞으로 이 이야기가 인쇄된 것을 읽으면서 과연 그런 효과가 있었을까, 라는 의심이 든다면, 인간은 본래 선천적으로 현실에만 영향을 끼치는 존재라는 것을 생각해 보기 바란다. 쓴다는 것은 언어의 오용이며, 조용히 혼자 읽는 것은 말하는 것의 가련한 대용에 지나지 않는다. 인간은 가능한 모든 것에 영향을 주는데, 사람들에게는 인격을 통해 영향을 끼친다. 청년은 청년에게 가장 강력한 영향을 끼치는데, 가장 순수한 효과도 여기에서 나타난다. 이 영향으로 인해 세계는 생기를 띠게 되고, 정신적으로나 물질적으로 사멸하지 않는다. 나는 아버지에게서 일종의 훈계조의 화술을 물려받았고, 어머니에게서는 상상력이 불러오는 모든 것을 포착해서 재미있고 힘차게 표현하는, 이미 알고 있는 이야기를 새롭게 창작하고 이야기를 하면서 이야기를 만들어 내는 천성을 물려받았다. 아버지에게서 배운 화술로 인해 나는 대부분 친구에게 불쾌한 존재였다. 남의 의견이나 생각을 듣기 좋아하는 사람도 없으려니와 경험이 천박하여 늘 판단이 미숙해 보이는 젊은이의 경우에는 특히 그렇기 때문이다. 그와 반대로 어머니는 사교적 담화를 잘할 수 있는 소질을 물려주었다. 허황한 이야기도 상상력에는 강한 매력을 불러오고, 별것 아닌 내용도 지성은 감사하며 받아들인다.

나로서는 조금도 힘이 들지 않는 이런 화술은 아이들로 하여금 나를 좋아하게 만들었고 청년들을 감동하게 하고 즐겁게 했으며 어른들의 시선을 끌었다. 다만 일반적인 사교 모임에서는 이 연습을 중지하지 않을 수 없었다. 그것으로 인해서 나는 인생의 즐거움과 자유로운 정신의 발전을 많이 저해 당했다. 그러나 부모님으로부터 받은 이 두 가지 천성은 일생 나를 떠나지 않았으며 그것은 제3의 소질, 즉 비유적으로 우화처럼 자기를 표현하려는 욕구와 결합했다. 매우 식견이 있고 현명한 갈박사[225]는 나의 이런 면을 인정하여 내가 본래 대중 연설가로 태어났다고 단언했다. 나는 적잖이 놀랐다. 만일 이것이 정말로 근거가 있다면, 내 민족에게는 말할 것이 하나도 없으니 유감스럽게도 내가 계획할 수 있던 나머지 모두가 내 사명과 맞지 않은 때문이었다.

---

225 Franz Joseph Gall (1758~1828): 의사이자 해부학자. 인간의 정신적, 감정적 성향을 뇌에 국한해, 두개골의 형태로 그것을 파악하려 했다.

시와 진실 1

초판 1쇄 인쇄 2014년 3월 5일
초판 1쇄 발행 2014년 3월 8일

지은이 요한 볼프강 폰 괴테
옮긴이 박광자
발행인 신현부
발행처 부북스

주소 100-835 서울시 중구 동호로17길 256-15 (신당동)
전화 02-2235-6041
팩스 02-2253-6042
이메일 boobooks@naver.com

ISBN 978-89-93785-64-7
ISBN 978-89-93785-07-4 (세트)

이 도서의 국립중앙도서관 출판시도서목록(CIP)은 서지정보유통지원시스템 홈페이지
(http://seoji.nl.go.kr)와 국가자료공동목록시스템(http://www.nl.go.kr/kolisnet)에서
이용하실 수 있습니다. (CIP제어번호 : CIP2014007469)